Gill Paul
Die Affäre

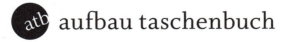

Die gebürtige Glasgowerin GILL PAUL studierte Geschichte und Medizin und hat seit 1999 zahlreiche Liebesromane und Sachbücher veröffentlicht. Die erfolgreiche Geschäftsfrau liebt das Reisen und verehrt Liz Taylor. Sie lebt und arbeitet in London.

Diana, eine kleine Londoner Museumsangestellte, erhält im Sommer 1961 das überraschende Angebot, an den Dreharbeiten von *Cleopatra*, dem teuersten Film des 20. Jahrhunderts, als historische Beraterin mitzuarbeiten. Das ist die Chance ihres Lebens! Doch ihr viel älterer Ehemann Trevor ist geradezu empört über ihr Ansinnen, für ein paar Monate allein nach Rom zu gehen. Nur widerwillig lässt er sie fort. In Rom ist für Diana erst einmal alles fremd. Aber bald genießt sie die Sonne, die neuen Freundinnen, die Restaurants, die italienische Mode, die Nähe von weltberühmten Schauspielern. Wie alle am Set bewundert sie Liz Taylor, die Hauptdarstellerin des Films. In ihrem Schatten entdeckt sie ihre Weiblichkeit neu und beginnt eine verhängnisvolle Affäre mit dem so zärtlichen wie undurchsichtigen Ernesto.

Ein spannender Roman um große Kinogeschichte und große Leidenschaften.

Gill Paul

Die
Affäre

Roman

Aus dem Englischen
von Ulrike Seeberger

atb aufbau taschenbuch

Die Originalausgabe unter dem Titel
The Affair
erschien 2013 bei Avon,
A division of HarperCollins Publishers.

ISBN 978-3-7466-2544-7

Aufbau Taschenbuch ist eine Marke
der Aufbau Verlag GmbH & Co. KG

1. Auflage 2014
© Aufbau Verlag GmbH & Co. KG, Berlin 2014
Copyright © Gill Paul 2013
Umschlaggestaltung HarperCollins Publishers Ltd 2013
grafische Adaption capa, Anke Fesel
unter Verwendung eines Motivs von getty images
und Arcangel Images
Satz LVD GmbH, Berlin
Druck und Binden CPI – Clausen & Bosse, Leck
Printed in Germany

www.aufbau-verlag.de

Für Anne Nicholson, meine Tante,
die mich immer zum Schreiben ermutigt hat.

Einleitung

Ischia, Juni 1962

Die Sonne war noch nicht aufgegangen, aber am östlichen Himmel war schon ein Schimmer zu ahnen, und das stahlgraue Mittelmeer wurde allmählich heller. Auf einer Holzbank saß ein alter Fischer und mühte sich damit ab, die ausgefransten Kanten eines zerrissenen Netzes zu flicken. Er liebte die Stille vor Tagesanbruch. Die Luft war seltsam ruhig: keine Brise, kein Vogelgesang, kein Insektengebrumm, nur das regelmäßige Rauschen der Wellen.

Hinter einem Zaun zu seiner Linken lagen Dutzende von Holzbooten aus der Antike an einem neugebauten Landungssteg, wie eine Fata Morgana. Sie sollten in einem Hollywood-Film eingesetzt werden. An den Seiten der Schiffe ragten lange Reihen von Rudern hervor, Bug und Heck der Boote waren elegant nach innen geschwungen. Der Fischer hatte gehört, dass all diese Schiffe in einer nachgespielten Seeschlacht zerstört werden sollten, und schüttelte den Kopf über so eine Verschwendung. Das alles sollte in tausend Stücke zerschmettert werden – die Welt war verrückt geworden.

Er vernahm murmelnde Stimmen, und dann sah er zwei schattenhafte Gestalten zum Strand hinunterschleichen. Ein Frauenlachen war zu hören. Sie würden ihn nicht bemerken, denn er saß mit dem Rücken an einen Felsen gelehnt, aber er schaute zu. Die Frau tauchte einen Zeh ins Wasser und schrie auf, weil es so kalt war. Ihr Begleiter sagte etwas Unverständliches; zweifellos war es ein Mann. Sie tranken etwas aus einer Flasche, und als sie leer war, warf sie der Mann ins Wasser. Der Fischer schnalzte missbilligend mit der Zunge, und der Mann wandte sich in seine Richtung, als hätte er es bemerkt.

Plötzlich packte er die Frau am Arm und zog sie auf den Sand. Besonders bequem wird es da nicht sein, überlegte der Fischer, mit all den spitzen Steinchen und hin und wieder einem Scherben Seeglas. Manchmal buddelten sich auch stechende Schalentiere unter die Sandoberfläche; das würde ihr einen schönen Schrecken einjagen. Mit jeder Sekunde wurde es heller, und jetzt konnte der Fischer sehen, dass der Mann auf der Frau lag. Verheiratet sind die beiden nicht, vermutete der Fischer. Würden sie sonst freiwillig für die Liebe eine zerklüftete Küste dem bequemen Ehebett vorziehen? Bei diesem Gedanken musste er seufzen, in Erinnerung an seine vor vier Jahren verstorbene Frau und den ungeheuren Trost, den ihr Körper ihm stets geschenkt hatte.

Jetzt vögelte der Mann die Frau. Wusste er, dass er einen Zeugen hatte? Erregte ihn das? Dem Fischer bereitete das Zuschauen kein Vergnügen – in seinen Lenden regte sich nichts mehr –, aber trotzdem wandte er den Blick nicht ab. Als die beiden fertig waren, stand die Frau auf und bürstete sich die Steinchen vom Rücken. Er konnte an ihrem Tonfall erkennen, dass sie sich lachend über die kleinen Verletzungen beschwerte. Der Mann küsste sie, und sie sprachen leise miteinander. Doch schon bald darauf wandte er sich ab und ging den Hügel hinauf.

Statt ihm zu folgen, spazierte die Frau am Strand entlang, schaute auf den rosigen Schein am Horizont, ließ die Schuhe in einer Hand baumeln. Sie ging an die Stelle, wo das Boot des Fischers auf dem Sand lag, stand einfach nur eine Weile da und schaute.

Sobald der erste Streifen des strahlend weißen Sonnenrads über dem Horizont aufgestiegen war und man die Hitze des Tages bereits ahnen konnte, drehte sich die Frau um und ging den Strandpfad hinauf geradewegs auf den Fischer zu. Als sie näher kam, sah er, dass sie eine Schönheit war, eine sehr bekannte noch dazu.

Sie erschrak ein wenig, als sie ihn bemerkte, sagte aber mit amerikanischem Akzent »Buongiorno«. Sie musterte ihn, als wollte sie prüfen, wie viel er wohl gesehen hatte, und als sie an ihm vorüberging, zwinkerte sie ihm zu.

Er nickte kurz. Sie sollte besser ihre Schuhe anziehen, dachte er. Es lagen Fischhaken auf dem Weg, leicht zu übersehen, aber nur schwer wieder aus dem Fleisch herauszubekommen. Doch da er nicht wusste, wie man das auf Englisch sagte, flickte er nur weiter sein Netz.

Etwas später funkelte die Sonne auf einem Gegenstand im Sand, an der Stelle, wo das Paar gelegen hatte. Der Fischer ging hin, um ihn näher zu untersuchen, und sah, dass es ein Schmuckstück aus glitzernden Steinen war. Er hob es auf und war verwundert, wie schwer es war. Er hatte zwar noch nie Brillanten gesehen, hegte aber keinen Zweifel, dass es welche waren. Er überlegte einen Augenblick und steckte dann den Gegenstand in die Tasche seiner Öltuchhose, ehe er zu seinem Netz zurückging.

Kapitel 1

London, Juli 1961

»Ich habe ein Gespräch aus Los Angeles für Sie. Los Angeles in Amerika. Ich verbinde.«

»Ich glaube, das ist ein Irrtum ...«, protestierte Diana – sie kannte niemanden, der in Amerika lebte. Aber ihre Stimme verlor sich bereits in einer Abfolge von Klicken und Brummen, während die Telefonistin Stecker an ihrer Schalttafel umstöpselte.

»Ich stelle Sie sofort zu Mr Wanger durch«, sagte eine fröhliche amerikanische Stimme, und Diana zog verwundert die Augenbrauen hoch. Walter Wanger war der Produzent eines Films über Cleopatra, für den man im letzten Winter in den Pinewood Studios mit den Arbeiten begonnen hatte. Die Produzenten hatten jedoch dem Film den Geldhahn zugedreht, nachdem Elizabeth Taylor, der Star des Films, an einer lebensgefährlichen Lungenentzündung erkrankt war.

Walter kam an den Apparat. Seine Stimme klang, als spräche er aus einer Höhle in weiter Ferne. Zusätzlich wurde Diana noch dadurch irritiert, dass sie auch das Echo ihrer eigenen Stimme hörte. Sie musste immer wieder Pausen einlegen, damit es verklingen konnte.

»Wir brauchen Sie in Rom«, sagte Walter. »Ende September fangen wir mit dem Dreh an. Aber bitte kommen Sie schon vorher, sobald Sie können.«

»Sie brauchen mich? Wofür in aller Welt?« Diana hatte im Vorjahr einen Tag in den Studios von Pinewood verbracht und ihm Ratschläge zu den schrillbunten Kulissen des Films gegeben. Da sie ihm im Grunde gesagt hatte, wenn man historisch genau sein wollte, müsste man eigentlich noch einmal ganz von vorn anfangen, hatte sie nicht damit gerechnet, je wieder von ihm zu hören.

»Sie haben in Oxford über Cleopatra promoviert, Sie sind die Topexpertin des British Museum. Niemand sonst könnte der Produktion mit so viel Autorität unter die Arme greifen. Ehrlich gesagt, ohne Sie würde der Film nur halb so gut, wie er sein könnte. Sie *müssen* kommen, Diana.«

»Wie lange brauchen Sie mich?«

»Bestimmt nicht mehr als sechs Monate«, antwortete er. »Vielleicht ein bisschen weniger.«

Sie schnappte nach Luft. Sie hatte mit höchstens einer Woche gerechnet, aber Walter erklärte ihr, er hätte sie gern während des gesamten Drehs dabei. Er bot ihr ein Gehalt an, das beinahe doppelt so hoch war wie das, was sie im Augenblick bezog – sogar höher als das ihres Mannes Trevor als Universitätsdozent. Dazu kam noch ein großzügiges Spesenkonto. Das Studio würde für sie ein Zimmer in einer Pension buchen, und sie würde von einem Studiochauffeur durch die Stadt kutschiert. Walter redete und redete, er erwähnte all die Annehmlichkeiten, die sie genießen würde, und außerdem würde ihr Name sogar im Abspann des Films auftauchen. Diana bekam kaum ein Wort dazwischen.

Es schien ihm gar nicht in den Sinn zu kommen, dass sie sein Angebot ablehnen könnte. Diana äußerte ihre Bedenken nicht, weil alles so ungeheuer glamourös klang. Sie war noch nie in Rom gewesen. Eigentlich war sie bisher überhaupt nur ein einziges Mal im Ausland gewesen, als Studentin auf einer Forschungsreise nach Ägypten. Wenn sie bei den Dreharbeiten dabei war, könnte sie sicherlich auch die Stars bei der Arbeit beobachten, und das wäre sehr aufregend. Außerdem fühlte sie sich geschmeichelt, weil Walter Wanger so großes Vertrauen in sie setzte.

Als Diana sich nach dem Ferngespräch in ihrem kleinen

Wohnzimmer umschaute, kam sie jedoch erst einmal ins Grübeln. Wie konnte sie Trevor allein lassen? Sie würde ihn schrecklich vermissen, und er wäre ohne sie völlig verloren.

Er war außerstande, sich ein anständiges Abendessen zuzubereiten. Wenn sie nicht da war, würde er wahrscheinlich von Toast und kalten Bohnen aus der Konservendose leben. Er konnte nicht einmal eine Büchse Suppe warm machen, ohne sie anbrennen zu lassen. Bei seinem ersten und letzten Versuch, die Waschmaschine zu benutzen, waren all seine Sachen eingelaufen. Sie war seine Frau. Es war ihre Pflicht, für ihn zu sorgen.

Zum Glück hatte er nie gemeint, nach der Hochzeit sollte eine Frau ihren Beruf an den Nagel hängen. Er hatte sie immer dafür bewundert, dass sie beruflich vorankommen wollte, und er hatte sie ermutigt, ihre Arbeit ernst zu nehmen. Also hätte er vielleicht nichts dagegen, dass sie diese Gelegenheit beim Schopf packte. Und sechs Monate waren ja eigentlich gar nicht so lang.

Trevor kam spät von einer Versammlung der Victorian Society nach Hause zurück, und Diana brachte ihm eine Tasse Tee und einen Teller mit Wurstbroten, ehe sie ihm von dem Angebot erzählte.

»Das soll wohl ein Witz sein!«, war seine erste Reaktion. »Was für eine Unverschämtheit von dem Kerl, eine verheiratete Frau zu bitten, ihren Mann monatelang allein zu lassen!«

»Ich weiß, es scheint eine lange Zeit zu sein, Schatz. Aber ich bekomme Spesen für ein paar Heimreisen nach London, und du könntest doch auch nach Rom kommen. Wahrscheinlich könnten wir sogar jedes Wochenende miteinander verbringen, entweder hier oder in Rom. Und wir könnten eine Menge Geld auf die hohe Kante legen, damit wir uns eine größere Wohnung leisten können, wenn ...« Sie verstummte.

Seit Diana ihre Promotion abgeschlossen hatte, versuchte sie schwanger zu werden, bisher jedoch ohne Erfolg. »Vielleicht machen wir ja was falsch«, hatte Trevor gescherzt, um seine Enttäuschung zu verbergen, als ihre letzte Monatsblutung anfing. »Ganz klar, wir müssen mehr üben.« Sie hatte ein schlechtes Gewissen, als wäre es allein ihre Schuld, dass sie nicht schwanger wurde. In einer Zeitschrift hatte sie gelesen, dass es beinahe immer an der Frau lag.

»Wir werden schließlich beide nicht jünger«, brachte ihr Trevor nun in Erinnerung. »Ich will nicht alt und klapprig sein, wenn ich meinem Sohn das Fahrradfahren beibringe. Und deine Eianlagen werden auch nicht besser, wenn wir zu lange warten.«

»Ich glaube nicht, dass sechs Monate da viel ausmachen«, brachte sie vor. Doch sie wusste, dass er sich sorgte, weil er schon Mitte vierzig war, achtzehn Jahre älter als sie.

»Sie werden dir dort den Kopf verdrehen. Dieser verflixte Walter Wanger wird dich bitten, auch als Beraterin an seinem nächsten Projekt mitzuarbeiten, und dann am nächsten, und ehe du dich's versiehst, gondelst du überall auf der Welt rum und benutzt nie wieder dein Gehirn. Wusstest du, dass der Kerl auch *Die Dämonischen*** gedreht hat? Langsam habe ich das Gefühl, dass mit dir auch so was passiert ist. Außerirdische sind gekommen und haben dich durch eine Diana ersetzt, die genau das Gegenteil von der Frau ist, die ich geheiratet habe.« Er lächelte und strich ihr übers Knie, versuchte, einen Witz daraus zu machen, aber sie sah deutlich, dass er aufgebracht war.

»Ich bin immer noch ich«, sagte sie und griff nach seiner Hand. »Ich bin immer noch deine Frau. Ich denke, ich hatte nur den Wunsch, noch was Aufregendes zu erleben, ehe ich

---

* *Die Dämonischen* (Invasion of the Body Snatchers), 1956, Regie: Don Siegel.

mich auf ein Leben als Mutter einlasse. Dann bin ich zwanzig Jahre oder länger ans Haus gefesselt, wenn ich unseren Nachwuchs aufziehe, und Beraterin bei diesem Film zu sein, das wäre ein kleines Abenteuer, das ich mir noch leisten könnte: etwas Aufregendes, von dem ich eines Tages unseren Kindern und Enkelkindern erzählen könnte.«

Ein verletzter Blick überschattete seine Augen. »Unser Leben ist also nicht aufregend genug? Was ist denn mit all den spannenden Sherry-Einladungen im historischen Institut?«

Sie musste über seinen Sarkasmus lächeln. »Ich mag unser Leben, wirklich. Ich mag sogar die Sherry-Einladungen, aber manchmal habe ich das Gefühl, in der Falle zu sitzen.« Er holte tief Luft, also sprach sie schnell weiter. »Es kommt mir vor, als wäre mein ganzes Leben vorgezeichnet und ich müsste mich streng an diesen Plan halten. Ich fände es wunderbar, wenn sie dich für sechs Monate nach Rom oder sonstwo ins Ausland versetzten und ich dann an den Wochenenden zu dir fliegen könnte. Ich würde liebend gern mehr reisen und fremde Städte erkunden.«

»Das können wir alles irgendwann machen, aber du weißt doch, dass ich jetzt an meiner akademischen Laufbahn arbeiten muss, ein weiteres Buch herausbringen – wenn ich je die Zeit dazu finde. Es würde mich Monate zurückwerfen, wenn ich mich jetzt zusätzlich zu meiner Lehrtätigkeit auch noch um die Wäsche und die restliche Hausarbeit kümmern müsste, nur weil du dich auf einem Filmset rumtreibst.«

»Du kannst deine Wäsche gern am Wochenende mit nach Rom bringen, dann mache ich sie dir da«, scherzte sie leichthin.

»Jetzt bist du albern«, blaffte er, und es war eine Spur Wut in seiner Stimme, die er sich schnell zu verbergen bemühte. »Kannst du dir vorstellen, dass ich jedes Wochenende mit einem Koffer voller verschwitzter Socken in der Ewigen

Stadt auftauche? Wenn die beim Zoll beschließen, mein Gepäck zu durchsuchen, würden sie vom Gestank ohnmächtig werden.«

»Möglicherweise könnte ich einen Teil meines Gehalts dazu benutzen, für dich eine Haushaltshilfe einzustellen.«

»Oh, jetzt ist es auf einmal *dein* Gehalt, ja? Ich bezahle die Miete für die Wohnung hier mit *meinem* Gehalt, und du gibst mir mit deinem Gehalt gnädig Almosen. So sieht es also aus?«

»So habe ich das nicht gemeint«, flüsterte sie und war wütend auf sich. Vielleicht sollte sie es ihm nicht unbedingt auf die Nase binden, dass sie in Rom mehr verdienen würde als er. So nah an einem Streit waren sie lange nicht mehr gewesen, und sie wusste, dass sie die Sache schlecht angefangen hatte.

»Außerdem hatte ich gedacht, dass du dich um eine Assistentenstelle an der Uni bewerben wolltest, sobald etwas Passendes ausgeschrieben wird. Was würde wohl eine Auswahlkommission davon halten, dass du dir sechs Monate Auszeit genommen hast, um beim Dreh eines Hollywood-Films mitzuwirken? Das scheint nicht gerade seriös.«

Diana schwieg einen Augenblick. Sie wusste, dass sie es ihr Leben lang bereuen würde, wenn sie jetzt einen Rückzieher machte und diese Gelegenheit nicht beim Schopf packte.

»Ich bin nicht so seriös wie du, Trevor. Mich langweilt die akademische Welt. Ich wünsche mir eine neue Herausforderung, draußen im weiten Leben, nicht in dem staubigen kleinen Eckchen, an das wir uns gewöhnt haben.«

Trevor starrte in seinen Schoß. »Kannst du diese neue Herausforderung nicht in London finden? Ich wäre todunglücklich ohne dich, mein Schatz.« Als sie nicht antwortete, stand er auf. »Na, jedenfalls habe ich morgen einen langen

Tag in der langweiligen alten akademischen Welt, also gehe ich jetzt besser schlafen.« Er gab ihr einen raschen Kuss auf die Wange, als wollte er »nichts für ungut« sagen. »Du kommst doch auch bald, nicht?«

»Ich habe noch Lust auf eine Tasse Tee. Wärm schon mal das Bett für mich an.«

In der Küche saß Diana an dem roten Resopaltisch, hielt den Zettel mit Walter Wangers Telefonnummer in der Hand und musterte die Zahlen, als wäre darin die Antwort in einem Geheimcode verschlüsselt. Was hatte sie denn da vor? Sie sehnte sich danach, Rom zu sehen – aber sie und Trevor konnten durchaus im Urlaub dort hinfahren. Sie war neugierig darauf, wie es am Filmset zugehen würde, aber vielleicht würde Walter sie ja auch für kürzere Zeit verpflichten, nur bis Weihnachten zum Beispiel? Würde sich Trevor darauf einlassen? Sie verspürte ein kleines Nagen und wusste genau, dass sie, wenn sie einmal dort mit der Arbeit am Film angefangen hatte, bestimmt nicht gern nach der Hälfte weggehen würde.

War sie unerträglich egoistisch? Ja, das war sie wohl. Sie war die Ehefrau, die Hausfrau. Es wäre nicht fair, Trevor so lange im Stich zu lassen. Ihr eigener Beruf sollte an zweiter Stelle stehen, zunächst sollte sie sich um seine Bedürfnisse kümmern. Sie hatte allerdings gedacht, Trevor und sie wären ein moderneres und progressiveres Paar als all die anderen. Das hatte ihr an ihrer Beziehung immer so gefallen.

Gedanken wirbelten ihr durch den Kopf, und sie konnte sie nicht zum Schweigen bringen. Sie wusste, dass sie ins Schlafzimmer gehen, neben ihm ins Bett kriechen und ihm zuflüstern sollte: »Natürlich fahre ich nicht nach Rom. Es tut mir leid, dass ich das Thema überhaupt angesprochen habe.« Er würde sich zu ihr umdrehen und sie küssen, und alles wäre gut. Das musste sie tun, aber sie stand nicht auf.

Da nagte noch ein kleiner Zweifel in ihrem Herzen, es war ein kleiner harter, vielleicht ein egoistischer Zweifel, jedenfalls aber ein hartnäckiger Zweifel.

Die Uhr auf dem Kaminsims schlug Mitternacht, dann ein Uhr, und immer noch saß Diana mit dem Kopf in den Händen da. Gab es irgendein Argument, mit dem sie Trevor dazu überreden konnte, sie fort zu lassen? Das Geld wäre nützlich, aber alle anderen Gründe klangen fadenscheinig. Frauen wie sie machten so was einfach nicht. Aber sie wollte es doch so ungeheuer gern. Je mehr sie darüber nachdachte, desto klarer wurde ihr, dass sie es nicht ertragen könnte, sich diese Gelegenheit durch die Lappen gehen zu lassen. Sie musste ihn einfach überreden. Irgendwie musste sie es schaffen.

Um drei Uhr morgens ging sie ins Schlafzimmer und schlüpfte ins Bett. Trevor war im Tiefschlaf und regte sich kaum. Sie konnte die Wärme seines Körpers spüren, aber sie war tieftraurig über die scheinbar unüberbrückbare Kluft, die sich zwischen ihnen aufgetan hatte.

Kapitel 2

Rom, Juli 1961

»*Un espresso, per favore*«, rief Scott Morgan einem Kellner zu, setzte sich dann hin und schlug seine langen Beine unter dem Tischchen eines Straßencafés übereinander. Die Luft an der Piazza Navona war mit Benzindünsten gesättigt, und die Sonne schien schon gleißend vom Himmel, was das Pochen in seinen Schläfen nur noch verstärkte. Er drückte die Finger in die Augenhöhlen.

»*Hai avuto una bella sbornia sta'notte, eh*?«, scherzte der Kellner. »Es ist wohl eine wilde Nacht gewesen?« Als der Mann Scott den Kaffee brachte, deutete er mit einer Pantomime an, dass jemand ein Glas kippt und betrunken torkelt. Ein paar Touristen am nächsten Tisch kicherten.

»*Grazie, Giovanni, non mi prendi in giro*!« Er rang sich ein schwaches Grinsen ab. Das fehlte gerade noch, dass sich Giovanni über ihn lustig machte.

Der Kellner hatte natürlich völlig recht. Er war am Vorabend mit den Jungs von der Auslandspresse auf Sauftour gewesen, und er hatte, beflügelt von der Kameraderie, dem Erzählen von Anekdoten und dem Gefühl, ein »echter Journalist« zu sein, ein paar Whiskys über den Durst getrunken. Die anderen hatten ihn angestachelt, weil sie nur zu gern sehen wollten, wie der Jüngste von ihnen unter den Tisch kippte oder das Abendessen auf die Dachterrasse des Hotel Eden kotzte.

Scott spürte einen gewissen Neid von seiten dieser verlebten alten Kämpen, die sich vom Redaktionsvolontär bei irgendeinem Käseblatt hochgearbeitet und nun den Zenit ihrer Laufbahn erreicht hatten und als Italienkorrespondenten für überregionale Zeitungen in der Heimat arbeiteten. Sie waren der Meinung, sich einen solchen Posten verdient zu haben, mit vielen langen Jahren, in denen sie Berichte und Nachrufe über Rodeos geschrieben hatten, also war es nicht verwunderlich, dass sie es Scott übelnahmen, wenn er direkt vom College hier gelandet war, mit nichts als einem Harvard-Abschluss in internationalen Beziehungen und ein paar Artikeln im *Harvard Crimson* als Empfehlung. Zugegeben, er arbeitete nicht für die *New York Times* oder die *Washington Post*. Seine Zeitung, der *Midwest Daily*, war ein respektables, mittelgroßes Blatt, das bei den Bauern im überfrommen Mittleren Westen beliebt war, aber es war doch eine ziemlich prestigeträchtige Position für einen blutigen Anfänger. Er erzählte den anderen nicht, dass man ihm den Job nach einem Anruf seines Vaters angeboten hatte, der einen großen Teil der Aktien dieses Unternehmens besaß.

Scott war im Mai in Rom eingetroffen und hatte sich als Erstes eine Vespa, eine Ray-Ban-Sonnenbrille und ein paar schwarze Rollkragenpullover gekauft. Er wollte wie der ultra-coole Typ werden, den Marcello Mastroianni in *La Dolce Vita* spielte, in der ganzen Stadt eine wunderschöne Frau nach der anderen verführen und sich von Berühmtheiten aushalten lassen, die sich Artikel von ihm erhofften, während er gleichzeitig ernsthafte, wichtige Berichte einsandte, die ihm die Bewunderung seiner Kollegen einbringen würden. Bisher hatte die Wirklichkeit mit dieser Vorstellung nicht ganz Schritt gehalten. Tatsächlich war nicht eine einzige seiner Geschichten gedruckt erschienen, seit er hier vor zwei Monaten angekommen war, und die Schreiberlinge hatten ihn am Vorabend ständig damit aufgezogen.

»Alle Storys abgeschmettert, abgelehnt, in den Papierkorb gewandert, was? Wir sollten dich Basket nennen, weil all deine Sachen im Papierkorb landen. Was meint ihr, Jungs?«

Sie hatten alle mitgemacht. »Gib mal den Aschenbecher, Basket.« – »Noch einen Whisky, Basket?«

Wenn er die Berichte seiner Landsleute las, die von merkwürdigen Bündnissen zwischen den politischen Parteien Italiens oder von undurchdringlichen landwirtschaftlichen Statistiken aus dem Süden des Landes handelten, musste er ein Gähnen unterdrücken. Vielleicht sollte er auch so was machen, aber er konnte keine solchen Geschichten schreiben, weil er die Kontakte nicht hatte. Er hatte erwartet, ein gut besetztes Büro voller Mitarbeiter vorzufinden, die Interviews für ihn arrangieren würden. Er hätte dann nur hingehen, ein paar kluge Fragen stellen und seinen Bericht pinseln müssen. Stattdessen war seine einzige Kollegin eine Italienerin mittleren Alters, die Anrufe beantwortete und seine Korrespondenz tippte. Sein Vorgänger, ein Journalist namens Bradley Wyndham, war weggegangen, ohne irgendwelche Telefonnummern oder guten Ratschläge zu hinterlassen, und nun musste Scott eben selbst schauen, wie er klarkam.

»Hat einer von euch Bradley Wyndham gekannt?«, fragte er die Schreiberlinge, und sie hatten alle geantwortet, sie hätten ihn mal getroffen, aber nicht gut gekannt.

»Ob du's glaubst oder nicht, der war Abstinenzler«, hatte einer mit ungläubigem Staunen hinzugefügt. »Ein Journalist, der nicht säuft, ist wie ein Hai, der nicht schwimmt. Er hat ein paar wirklich anständige Stories geschrieben, aber er hat irgendwie nicht dazugehört.«

»Vielleicht war es aus gesundheitlichen Gründen«, schlug Scott vor. »Oder vielleicht war er fromm.« Niemand schien etwas über Bradley Wyndhams Privatleben zu wissen oder auch nur zu ahnen, warum er Rom Hals über Kopf verlassen hatte.

Einer der Journalisten, ein Mann namens Joe, begann seinen »besten Freund« Truman Capote zu zitieren: »Truman hat mal gesagt: ›Es ist mir egal, was die Leute über mich reden, solange es nicht stimmt.‹ Ist das nicht rasend komisch? Wenn man mit Truman rumhängt, hat man immer das Bedürfnis, das Notizbuch rauszuholen und mitzuschreiben, was er sagt, weil er die unglaublichsten Sachen raushaut, einfach so aus dem Stand.«

»Ja, aber dann wiederholt er sie die nächsten zehn Jahre, ob man sie hören will oder nicht«, erwiderte ein anderer mit schleppender Stimme. »Der hat noch nie was gegen Selbstzitate gehabt.«

Scott war skeptisch, was Joes Freundschaft mit Truman Capote betraf. Gewiss würde doch der gefeierte New Yorker Schriftsteller in erleseneren Kreisen verkehren?

Als er heute am Morgen nach der Sauftour im Café saß, dachte Scott, dass Rom wohl doch nicht der richtige Posten für ihn war. Hier gab es einfach nichts, über das er schreiben konnte. Er wünschte sich, man hätte ihn nach Berlin geschickt, wo im Augenblick die hart umkämpfte Front im Kalten Krieg verlief und sich die Situation zuspitzte und immer mehr Menschen vom sowjetischen Teil in den von den westlichen Alliierten besetzten Teil flohen. Oder in die UdSSR, wo Chruschtschow mit dem sowjetischen Kernwaffenarsenal und mit der Führung im Weltraumrennen prahlte. Oder nach Israel, wo Adolf Eichmann wegen Kriegsverbrechen und Verbrechen gegen die Menschlichkeit vor Gericht stand.

Um halb elf ging die Tür des Gebäudes gegenüber auf, und wie jeden Tag um diese Zeit trat eine atemberaubende junge Italienerin heraus. Das war der Grund, warum Scott dieses Café besonders bevorzugte, obwohl es einige Straßen von seinem Büro entfernt lag. Die junge Frau hatte wunderbar welliges, glänzend schwarzes Haar und das hübscheste

Gesicht, das er je gesehen hatte: herzförmig, mit hohen Wangenknochen und schokoladenbraunen Augen. Sie trug ein altmodisches Sommerkleid in hellen Pastellfarben, das an der Taille von einer Schärpe zusammengehalten wurde und züchtig weit unter dem Knie endete. Manchmal, wenn die Sonne hinter ihr stand, konnte Scott die Umrisse ihrer Hüften und Beine durch den Stoff ausmachen. Seit er sie zum ersten Mal erblickt hatte, war er hoffnungslos verliebt. Sein Herz setzte regelmäßig ein paar Schläge aus, wenn sie morgens aus ihrem Haus trat.

Sie trug einen Korb, und er wusste, dass sie auf dem Weg zum Einkaufen auf dem Markt war und dann zur Messe in eine Kirche gehen würde. Er war ihr ein paarmal gefolgt, und der Ablauf war immer der gleiche.

Sie überquerte die Straße, und als sie am Café vorüberkam, rief Scott: »*Buongiorno, bella signorina!*«

Sie nickte in seine Richtung und warf ihm ein rasches, nervöses Lächeln zu, ohne jedoch stehen zu bleiben.

Er hatte sie nun schon über einen Monat beinahe jeden Morgen so gegrüßt und freute sich, dass sie das zumindest zur Kenntnis nahm, wenn sie auch nicht zurückgrüßte. Welche Chance hatte er, dass sie eines Tages mit einem Rendezvous einverstanden wäre? Er malte sich aus, dass sie sich bei Kerzenschein an einem Tisch gegenübersaßen, dass er sie in seinem besten Italienisch umwarb und es ihm dann gelang, ihr auf einer dunklen Straße einen Kuss zu geben, wenn er sie nach Hause begleitete. Weiter reichte seine Phantasie nicht. So ein Mädchen würde man niemals ins Bett bekommen, ohne sie zu heiraten, und so weit wollte er nicht gehen. Aber Scott liebte die Herausforderung, und diese junge Frau war gewiss eine.

Er beschloss, es sich zur Aufgabe zu machen, noch vor Ende des Sommers ein Rendezvous mit ihr zu arrangieren.

Er war ledig. Sie trug keinen Ehering, auch sonst keinen Schmuck außer der Halskette mit dem goldenen Kreuz. Was konnte so ein Treffen schaden? Und wenn es dazu kam, musste er unbedingt ein Foto von sich und ihr machen lassen, das er seinen Kumpels zu Hause zeigen konnte; sonst würden sie ihm niemals glauben, dass eine solche Schönheit ihn anziehend finden könnte.

Kapitel 3

Diana kam am 25. September am römischen Leonardo-da-Vinci-Flughafen an und suchte ihren Koffer aus den in der Ankunftshalle gestapelten Gepäckstücken heraus. Man hatte ihr gesagt, dass sie jemand abholen würde, der ein Schild mit ihrem Namen in der Hand halten würde, aber sie sah niemanden, auf den diese Beschreibung passte. Es war ein glühend heißer Tag, und sie wünschte, sie hätte ihren Wintermantel nicht an, aber es war einfach im Koffer kein Platz mehr dafür gewesen. Jetzt zog sie ihn aus und legte ihn sich ordentlich gefaltet über den Arm. Ein paar Taxifahrer tauchten auf und wetteiferten um ihre Aufmerksamkeit, aber sie winkte ab. Ihr Fahrer steckte wahrscheinlich im Stau und würde sich verspäten.

Beim Warten gingen ihr die Streitgespräche der vergangenen Wochen im Kopf herum. Trevor hatte recht: Sie musste eine sehr egoistische Person sein. Sie wusste, dass sie eine schlechte Ehefrau war. Sie wusste, dass sie ihn enttäuschte. Ihre Diskussionen waren immer erbitterter geworden, und ihre Standpunkte hatten sich verhärtet. Diana konnte sich einfach nicht vorstellen, diese Gelegenheit zur Mitarbeit an dem Film verstreichen zu lassen. Doch Trevor hatte das sehr persönlich genommen, als hieße das, dass sie ihn nicht genug liebte. Sie hatte alle möglichen Argumente vorgebracht, aber er wiederholte immer nur, dass er ohne sie nicht klarkommen würde, dass er sie zu sehr vermissen würde.

Sie hatten kaum miteinander geredet, seit sie ihren Flug gebucht hatte. Er war so verletzt, dass er sie nicht einmal anschaute, und sie ängstigte sich, dass sie ihrer Ehe unwiderruflich geschadet hatte. Trevor würde sich doch nicht etwa von ihr scheiden lassen? Sie hatten keine geschiedenen Leute in ihrem Bekanntenkreis, kannten nicht einmal in der Universität welche. Was würde sie machen, wenn er sich entschließen würde, diesen außergewöhnlichen Schritt zu tun? Sie hatte ein sicheres, wohlgeordnetes Leben aufgegeben, um sich in ein ungewisses Abenteuer zu stürzen. Dass niemand gekommen war, um sie abzuholen, schien ihr symbolisch für das Chaos, das sie zu erwarten hatte. Da stand sie nun mitten unter den Taxifahrern in der geschäftigen Eingangshalle und überlegte, ob sie den größten Fehler ihres Lebens begangen hatte.

Nachdem sie sich eine halbe Stunde dort aufgehalten hatte, wechselte sie an einem Schalter etwas Geld. Dort sagte man ihr, zum Telefonieren bräuchte sie *gettoni*. Also kaufte sie welche und benutzte sie, um in Walter Wangers Büro anzurufen. Sie musste es ein paarmal versuchen, ehe sie begriff, welche Zahlen sie mitwählen musste und welche nicht. Das Telefon klingelte, aber es ging niemand an den Apparat. Sie versuchte, ihre Angst zu beschwichtigen, und beschloss, ein Taxi zu den Filmstudios von Cinecittà zu nehmen. Was konnte sie sonst machen, da sie doch die Adresse ihrer Pension nicht kannte? Sie wählte einen älteren Fahrer aus, der weniger aufdringlich schien als die anderen, und ließ ihn ihr Gepäck in den Kofferraum wuchten. Zum Glück sprach sie einigermaßen anständig Italienisch, seit sie einen Kurs an der Universität belegt hatte. Sie hatte sich mit dem Sprachenlernen immer leichtgetan, während Trevor trotz seines überlegenen Intellekts dafür überhaupt kein Talent besaß.

Während der halbstündigen Fahrt fragte sie sich, was wohl schiefgelaufen war. Erwartete man sie heute noch nicht? Hatte man es sich noch einmal anders überlegt und wollte sie doch nicht anstellen? Der Fahrer hielt vor dem Eingang eines eingeschossigen rosafarbenen Gebäudes, über dessen Tor ein

Schild mit dem Schriftzug *Cinecittà* hing. Diana bezahlte den Fahrer und stand schwitzend in der Hitze, während ein übergewichtiger Wachmann in einem dunklen Anzug mit Walter Wangers Büro telefonierte und es dann mit einer anderen Nummer im Produktionsgebäude probierte. Diana hatte einen Knoten im Bauch. Was, wenn alles ein Riesenfehler gewesen war und man sie überhaupt nicht erwartete? Hatte sie ihre Ehe wegen eines Missverständnisses aufs Spiel gesetzt?

Ein junge Frau mit Pferdeschwanz und weißen Caprihosen kam über den Rasen auf sie zugerannt. »Diana?«, rief sie. »Sie müssen gedacht haben, wir hätten Sie komplett vergessen. Heute ist der erste Drehtag, und alle waren am Set und haben zugeschaut, einschließlich des Fahrers, der Sie abholen sollte. Ich schwöre, auf Italiener kann man sich einfach nie verlassen.« Sie war Amerikanerin.

»Schon in Ordnung«, sagte Diana. »Jetzt bin ich ja hier.«

»Wir bringen Ihren Koffer ins Produktionsbüro und erledigen die Formalitäten. Sie müssen noch Ihren Vertrag unterschreiben, und dann führe ich Sie herum. Ich heiße Candy«, fügte sie hinzu.

Diana folgte ihr über die große Rasenfläche. Dutzende von Leuten hatten sich dort ausgestreckt, rauchten, sonnten sich, lasen Zeitschriften, plauderten und lachten, und sie richteten kurz ein paar neugierige Blicke auf Diana und ihren sperrigen Koffer. Die jungen Frauen trugen alle Caprihosen oder kniekurze Röcke und kleine Blüschen, und plötzlich hatte Diana das Gefühl, in ihrem längeren Rock im Stil der fünfziger Jahre, mit ihrer Jacke und ihren beigen Lederhandschuhen ziemlich altmodisch auszusehen. Sonst hatte niemand Handschuhe an. Die jungen Frauen zeigten sonnenbraune, nackte Beine, während Dianas in rehbraunen amerikanischen Strümpfen steckten, und sie voller Neid überlegte, wie viel weniger die anderen schwitzten.

Candy führte sie zu einer Gruppe von Gebäuden. »Das sind die Produktionsbüros«, sagte sie. »Sie können Ihren Koffer hier stehenlassen.«

Diana schüttelte ein paar Leuten die Hand, die an Schreibtischen saßen, und unterschrieb an den vorgesehenen Stellen ihren Vertrag. Man informierte sie, dass sie jeden Freitagabend am Ende des Arbeitstages ihr Gehalt von 50 000 Lire (etwa 28 Pfund Sterling) abzüglich der örtlichen Steuern erhalten würde und dass das Studio eine Arbeitserlaubnis für sie besorgen würde, sie sich allerdings innerhalb der nächsten Tage polizeilich melden müsste.

Als sie den Raum gerade verlassen hatten, blieb Diana auf der Treppe stehen und schaute auf einen Mann, der in einer römischen Toga auf sie zukam. Sie war höchst verdutzt, als sie begriff, dass es Rex Harrison war. Sie und Trevor hatten ihn im Theatre Royal in der Drury Lane in *My Fair Lady* gesehen, wo er den Professor Higgins spielte, den Mann, der einem Londoner Blumenmädchen beibrachte, wie man »richtig spricht«. Es war eine wunderbare Inszenierung gewesen, und die Leute waren begeistert aufgesprungen und hatten applaudiert, bis ihnen die Hände weh taten. Rex Harrison ging vorbei, ohne in ihre Richtung zu blicken, aber sie verspürte trotzdem einen kleinen aufgeregten Kitzel.

»Haben Sie Walter schon kennengelernt?«, fragte Candy. Diana erklärte, dass sie an ihrem einzigen Tag in den Pinewood Studios mit ihm gesprochen hatte. »Dann nehme ich Sie mit rüber, damit Sie Joe Mankiewicz hallo sagen können, wenn er eine Sekunde für uns übrig hat.«

»Was macht der?«, fragte Diana, und Candy starrte sie erstaunt an.

»Er ist der Regisseur. Wussten Sie das nicht?«

»Ich dachte, das wäre Rouben Mamoulian. Ich bin mir sicher, dass ich das irgendwo gelesen habe.«

»Ja, das war er auch, aber den haben sie schon vor ewigen Zeiten rausgeschmissen. Die Besetzung hat sich völlig geändert, seit wir in Italien sind. Aber Liz haben wir noch – wohl oder übel.«

»Was meinen Sie damit?«

Candy verdrehte komisch die Augen. »Sie werden schon sehen.«

Jemand steckte den Kopf zur Tür herein. »Candy, wir haben ein Problem mit den Elefanten. Die sind richtig aggressiv geworden und lassen niemanden in ihre Nähe. Könntest du mal hingehen und mit dem Elefantenmenschen reden, was er dazu zu sagen hat?«

»Klar«, erwiderte Candy. »Warum kommen Sie nicht mit, Diana? Dann kann ich Ihnen gleich ein bisschen was zeigen. Den Mantel und die Jacke können Sie hierlassen. Da draußen ist es ja wie im Backofen.« Sie warf einen Blick auf Dianas züchtigen Rock und die Strümpfe, und es schien, als wollte sie noch etwas sagen, aber dann überlegte sie es sich wohl anders.

Sie spazierten eine schattige Allee entlang. Überall waren ordentlich gemähte Rasenflächen und elegante Boulevards mit römischen Pinien und Oleanderbüschen zu sehen. Viele Leute winkten und riefen Candy Grußworte zu, als sie vorübergingen, und sie rief zurück, machte aber keine Anstalten, Diana vorzustellen.

»Die Kantine ist da drüben, und die Bar hier.« Sie deutete auf einen gesonderten Häuserblock, ging aber daran vorbei. Diana war völlig ausgetrocknet und hätte ein kühles Getränk brauchen können, wollte aber keine Umstände machen. »Ich habe für Sie ein Zimmer in der Pensione Splendid bei der Piazza Repubblica reserviert, so dass Sie nur etwa zwanzig Minuten brauchen, um morgens herzukommen. Ein Fahrer des Studios holt Sie etwa um acht ab.« Sie plapperte über alle möglichen anderen praktischen Dinge weiter, und Diana versuchte, sich alles zu merken und gleichzeitig die Orientierung in diesem riesigen Studiogelände zu bekommen, das sich meilenweit in alle Richtungen zu erstrecken schien.

Sie konnten die Elefanten von Weitem hören und riechen, lange ehe sie das eingezäunte Gelände erreichten. Die Tiere brüllten mit hocherhobenen Rüsseln und stampften mit den Füßen, was die Pferde in den nahegelegenen Ställen scheu machte. Diana konnte sie nicht zählen, denn einige standen auch in einem Außengebäude aus Sandstein, aber vier liefen draußen auf und ab. Candy näherte sich einem Mann, der der Verantwortliche zu sein schien, und redete Italienisch mit ihm. Er breitete die Arme aus und zuckte mit den Achseln, erklärte ihr wohl, dass es nicht seine Schuld war, dass die Tiere so unruhig waren. So seien sie eben.

Diana schaute sich die armen Wesen an, die jeweils mit einer schweren Kette um den Knöchel gefesselt waren. Ihre Augen wirkten erstaunlich menschlich und weise. Der Elefant, der am nächsten bei ihr stand, schien um Mitgefühl für sein Leid zu flehen. Dann schaute Diana auf seine Ohren, die klein waren und schlapp herunterhingen. Sie erinnerte sich daran, dass die Biologielehrerin ihnen in der Schule erklärt hatte, afrikanische Elefanten hätten große Ohren, beinahe in der Form des Kontinents Afrika, mit denen sie sich über den Nacken fächeln, indische Elefanten dagegen kleinere, eher hängende Ohren, die ein wenig wie eine Landkarte von Indien aussehen.

Sie fragte den Trainer: »*Questi sono elefanti indiani?*«

»*Sì, certamente*«, erwiderte der und sprudelte eine ganze Latte von Beschwerden über seinen Vertrag und seine Arbeitsbedingungen hervor.

»Ist das ein Problem?«, fragte Candy.

»Na ja, eigentlich hätte Cleopatra natürlich afrikanische

Elefanten gehabt. Ihr Königreich lag in Afrika. Aber kaum ein Zuschauer wird den Unterschied bemerken, da bin ich mir sicher.«

»Phantastisch!«, rief Candy. »Sie haben uns vielleicht gerade einen Ausweg aus unserem Vertrag mit diesem Typen und seinen viel zu aggressiven Tieren aufgezeigt. Walter wird begeistert sein.«

»Oh, gut. Sollten wir ihn dann nicht suchen?« Diana sehnte sich danach, ein freundliches Gesicht zu sehen. Vielleicht könnte Walter ihr auch erklären, was von ihr erwartet wurde.

»Walter kann man nie finden, wenn man ihn braucht – nur, wenn man ihn nicht sucht«, antwortete Candy. »Wir gehen zurück, legen vielleicht ein kleines Päuschen ein und trinken was. Sie sehen aus, als wäre Ihnen warm.«

Diana nickte dankbar. Sie hatte einen blassen englischen Teint und vertrug die Sonne nicht besonders gut. Bereits nach einer halben Stunde im römischen Sonnenschein merkte sie, dass ihre Wangen ein wenig brannten. Sie bat den Barmann um Wasser, das er in einer grünen Glasflasche mit einem hübschen Etikett servierte, auf dem San Pellegrino stand. Warum haben die hier Wasser in Flaschen, fragte sie sich, wo doch Rom den Ruf hatte, das beste Leitungswasser der Welt zu haben, das über die berühmten römischen Aquädukte geradewegs aus den Bergen kam? Es erschien ihr verrückt.

Candy hatte im hinteren Teil des Studiogeländes zu tun, und Diana gesellte sich zu ihr und fühlte sich völlig verloren. Würde sie sich je in diesem virtuellen Metropolis zurechtfinden? Ihr war warm, sie war müde und außerordentlich dankbar, als ihr Candy endlich anbot, einen Fahrer zu rufen, der Diana in ihre Pension bringen sollte.

Ihr Zimmer lag im zweiten Stock eines alten Gebäudes. Es

war ein großes, helles Zimmer mit einem eigenen kleinen Balkon und mit einer schönen Aussicht auf die Bäder des Diokletian. Das Zimmer enthielt ein Doppelbett, einen Schrank und ein Waschbecken, und alles sah ordentlich und sauber aus. Auf einem kleinen Tisch stand ein Aschenbecher mit dem vertrauten rot-weiß-blauen Schriftzug von Cinzano. Auf dem Flur befand sich ein gemeinschaftlich genutztes Badezimmer. Als Allererstes zog sich Diana aus und gönnte sich ein lauwarmes Bad, um den Reiseschmutz abzuwaschen. Sie schlüpfte in ein kühles Baumwollsommerkleid, gab Pond's Cold Cream auf ihre Wangen und ging hinunter, um die *padrona* zu fragen, ob sie das Telefon benutzen dürfte.

»Tut mir leid, ist kaputt«, erklärte ihr die Frau. »Das nächste öffentliche Telefon ist in der Bar auf der anderen Straßenseite, aber Sie brauchen dazu *gettoni*. Die können Sie im *tabaccaio* drüben beim Bahnhof Termini kaufen.« Sie machte eine vage Handbewegung.

Diana ärgerte sich, dass sie vorhin am Flughafen nicht mehr *gettoni* gekauft hatte. Sie wusste, dass der Bahnhof ein paar Straßen entfernt war. Sie hatte eigentlich vorgehabt, Trevor anzurufen, um ihm mitzuteilen, dass sie gut angekommen war. Sie hätte ihm auch gern erzählt, dass sie Rex Harrison gesehen hatte, und ihm von den indischen Elefanten berichtet, aber ihr war klar, dass sie nicht erwarten konnte, dass er ihre aufgeregte Freude teilte. Sie redeten ja kaum noch miteinander.

Sie verspürte einen scharfen Schmerz, denn sie vermisste ihn. Normalerweise erzählten sie einander alles, in langen Gesprächen, die sie immer sobald wie möglich auf den neuesten Stand brachten, wenn sie einmal voneinander getrennt gewesen waren.

Es fiel ihr schwer, von dieser innigen Vertrautheit zu einem

Leben überzugehen, das sie mit niemandem teilte, über das sie niemandem berichten konnte.

Sie hängte ihre Kleider auf, setzte sich aufs Bett und schaute über die Dächer der Ewigen Stadt, während die Sonne unterging und dabei einzelne Fenster wenige Minuten in ein feuriges Licht tauchte und über Türme und Türmchen einen goldenen Schein breitete. Aus der Küche der *trattoria* nebenan wehte ein appetitlicher Duft herauf, und Diana beschloss, dort zu essen und dann früh zu Bett zu gehen. Sie würde Trevor morgen anrufen. Er hatte sich nicht einmal richtig von ihr verabschiedet, da konnte er nicht erwarten, dass sie gleich am ersten Abend bei ihm anrief.

Kapitel 4

»He, Scott, wie geht's?«, dröhnte die Stimme des Chefredakteurs aus dem Telefon. »Ich hab einen Auftrag für Sie: fünfzehnhundert Wörter über die italienische kommunistische Partei. Wie unterscheidet sich ihr Stil von dem des Kommunismus im Sowjetblock? Was sind ihre Ziele, und wie viel Einfluss hat sie in Italien? Meinen Sie, Sie können das schaffen?«

»Klar! Wann braucht ihr es?«

»Reicht eine Woche? Oder haben Sie zu viel damit zu tun, hinter den italienischen Mädels herzurennen?« Der Redakteur hielt Scott für einen Playboy von internationalem Format, und Scott wollte ihm diese Illusion nicht rauben, indem er ihm eingestand, dass er seit seiner Ankunft in Europa nicht einmal einen Kuss bekommen hatte.

»In einer Woche dann«, antwortete er. Endlich konnte er zeigen, wozu er fähig war. Diese versoffenen Schreiberlinge in der Hotelbar des Eden würden ihn ernst nehmen müssen, sobald man einen intelligenten Bericht von ihm veröffentlich hatte.

Er brauchte ein paar Zitate von römischen Politikern. Seine Sekretärin hatte ihm von einem Dolmetscher namens Angelo erzählt, der die Interviews vereinbaren und ihm helfen konnte, wenn sein sehr einfaches Italienisch nicht mehr ausreichte. Dann hätte er bei den Politikern einen Fuß in der Tür. Es war nur schade, dass die ersten, die er treffen würde, ausgerechnet Kommunisten waren. Scott hatte darüber sehr entschiedene Ansichten. Eigentlich begann er den Artikel bereits zu schreiben, ehe er überhaupt jemanden getroffen hatte.

Einige Gewerkschaftler hier in Rom haben die brutale Un-

terdrückung des Ungarnaufstands durch die Sowjets verurteilt, aber die Parteiführung hat sich ruhig verhalten, weil sie sehr gut weiß, wo ihr Vorteil liegt, schrieb er. *Moskau hat die Hand am Geldhahn für die Finanzen, auf denen ihre Macht hier beruht, und obwohl die Parteiführung gemäßigtere Töne anschlägt als Señor Fidel Castro, glauben die italienischen Kommunisten doch immer noch, dass die Arbeiterklasse sich zusammentun und den Kapitalismus stürzen sollte. Etwa vier Prozent aller italienischen Arbeiter sind Mitglieder der kommunistischen Partei, aber man kann jede Wette eingehen, dass das nicht die fortschrittlich denkenden Arbeiter sind, die Mailand zu einem so modernen Zentrum der Bekleidungsindustrie gemacht haben, und auch nicht die Leute, die mit dem Schutz der berühmten antiken Überreste in Rom, Venedig und Florenz betraut sind, denn der Kommunismus würde all das zu Staub zerfallen lassen. Nur politisch völlig ungebildete Bauern glauben noch all die schönen Worte über das Verteilen der Reichtümer und ahnen nicht, dass es unter dem Kommunismus diese Reichtümer gar nicht mehr geben würde, genauso wenig wie freie Meinungsäußerung und andere Freiheiten.*

Er interviewte die Politiker, zitierte sie aber so, dass ihre Worte bestenfalls naiv und schlimmstenfalls eigennützig klangen.

Korruption gehört in Italien zum täglichen Leben, behauptete er, *und da gibt es keine Ausnahmen, aber die Politiker der äußersten Linken mit ihren moralischen Sprüchen vom Gemeinwohl sind mit Abstand die größten Scheinheiligen. Man muss sich nur vor Augen halten, wie schnell Señor Castro Anfang dieses Jahres die demokratischen Wahlen in Kuba abgeschafft hatte. Wenn man sie nur ließe, würden die italienischen Kommunisten das noch schneller bewerkstelligen.*

Es war genau das, was seine Leser im Mittleren Westen hören wollten, die noch unter der Erinnerung an die amerikanische Niederlage in der Schweinebucht vor vier Monaten litten. Zufällig war es auch Scotts Meinung. Er und seine Kommilitonen in Harvard waren völlig entgeistert gewesen, als die von der CIA ausgebildeten Konterrevolutionäre von Castros Truppen mit ihren sowjetischen Jagdpanzern und Jagdbombern besiegt worden waren. Jetzt sah es ganz so aus, als müssten sich die Amerikaner damit abfinden, dass sie die Roten vor der Tür hatten, nur durch achtzig Meilen Meer von den Florida Keys getrennt, es sei denn, John F. Kennedy hatte noch einen anderen Plan in der Schublade. Den hatte er doch bestimmt.

Scotts Redakteur hatte den Artikel auf zwei Seiten gedruckt, mit Fotos von italienischen Landarbeitern und einem hochmodernen Webstuhl in Mailand. Scott war ganz aufgeregt, als er sein Exemplar der Zeitung per Sonderkurier zugeschickt bekam. Unmittelbar unter der Schlagzeile stand »von Scott Morgan, unserem Rom-Korrespondenten«.

Einen Tag später erhielt er jedoch einen Anruf von Angelo, dem Dolmetscher. »Ich hoffe, dass Sie nie wieder ein Interview mit einem italienischen Politiker führen möchten«, sagte er, »denn, um es deutlich zu sagen, Sie haben alle Brücken hinter sich abgebrochen.«

»Das liest doch niemand hier in Rom, oder?«, fragte Scott. Auf diesen Gedanken war er einfach nicht gekommen.

»Natürlich lesen sie das. Sie haben die Interviews gegeben, und ihre Presseberater haben sich Exemplare der Zeitung verschafft, um zu sehen, wie sie in Ihrem Artikel dargestellt wurden. Sie können sicher sein, dass die Herren nicht sonderlich erfreut über Ihre herablassende Einstellung und Ihre fehlende Bereitschaft sein werden, auch nur den Versuch zu unternehmen, die dringenden Themen zu begreifen.«

»Sie machen Witze. Warum haben Sie mich nicht gewarnt?«

»Mein Fehler. Ich hatte Ihnen ein Minimum an Intelligenz unterstellt.«

An jenem Abend ging Scott ins Hotel Eden, um zu sehen, was seine Landsleute dachten, und er wurde mit viel Johlen und Schulterklopfen begrüßt. »Ach was, du wolltest doch sowieso kein Politikjournalist werden, oder?«

»Ihr habt es alle gelesen?«

»Wie konnten wir deinen ersten gedruckten Artikel verpassen, besonders, da er die Mitglieder der kommunistischen Partei als politisch ungebildete Bauern bezeichnet?«

Joe spendierte ihm einen großen Whisky, und Scott kippte ihn so rasch wie möglich herunter.

»Soll ich dir mal *mein* Geheimnis verraten?«, nuschelte Joe, der offensichtlich beim Trinken schon einen großen Vorsprung hatte. »Ich lese die italienische Presse und bastle daraus meine Storys. Mein Redakteur wird das nie rausfinden. Schnapp dir ein Wörterbuch und geh am Morgen den *Corriere della Sera* und *La Stampa* durch, dann hast du hier ein schönes Leben.«

Am nächsten Morgen beschloss Scott, genau das zu tun, aber die einzigen Artikel, die von internationalem Interesse waren, berichteten darüber, dass Elizabeth Taylor mit ihrem Hofstaat in Rom angekommen war, um in Cinecittà einen Film über Cleopatra zu drehen. Dann folgten Beschreibungen ihrer Villa mit sieben Schlafzimmern an der Via Appia Antica, ihrer Kinder, ihrer Hunde und ihrer beinahe tödlichen Erkrankung sowie eine Wiederaufbereitung des Skandals, den sie damit erregt hatte, dass sie ihrer Rivalin Debbie Reynolds ihren gegenwärtigen Ehemann Eddie Fisher »gestohlen« hatte. Scott hatte nichts für Sensationsjournalismus übrig und war entschlossen, nicht in diese Tiefen hinabzusteigen. Seine Helden waren Norman Mailer und Tom Wolfe, ernsthafte Männer, die in einem völlig neuen Stil schrieben, der sich wie Literatur las, aber harte Fakten vermittelte. Keiner der beiden würde so tief sinken, dass er über Elizabeth Taylors Hunde berichtete. Er versank in Trübsinn.

Die Uhr zeigte auf zwanzig nach zehn, und er begriff, dass er gerade noch Zeit haben würde, die wunderschöne junge Italienerin beim Verlassen des Hauses zu erwischen. In letzter Zeit hatte sie ihm zugelächelt, wenn er sie grüßte, und einmal sogar sein »Buongiorno« erwidert. Er musste also dranbleiben.

Er schwang sich auf die Vespa und schlängelte sich durch den Verkehr, kam gerade ein paar Minuten vor der Zeit an der Piazza Navona an. Er sprang schnell zum Tabakladen, um sich eine Schachtel Camel zu kaufen, und sah durch die Schaufensterscheibe, wie sie aus der Haustür trat und die Straße überquerte. Er warf rasch das Geld auf die Theke und schaffte es, schnell aus dem Laden heraus und ihr in den Weg zu treten.

»*Ah, buongiorno, signorina bellissima*«, sagte er lächelnd. »Wir treffen uns, *finalmente*!«

Sie errötete und schaute züchtig zu Boden. Er stand direkt vor ihr, also konnte sie nicht einfach weitergehen, und sie zögerte ganz kurz, um zu entscheiden, was sie tun sollte.

»Das ist ein sehr schönes Kleid«, sagte er auf Italienisch.

»*Grazie, signore*«, erwiderte sie, machte dann einen eleganten Schritt zur Seite und ging um ihn herum weiter die Straße entlang.

Scott stand da und schaute ihr hinterher. Als sie die Ecke erreichte, drehte sie sich nach ihm um.

»Danke!«, flüsterte er und ballte entzückt die Fäuste.

Kapitel 5

Am nächsten Morgen wurde Diana kurz nach acht von einem Studiowagen abgeholt und nach Cinecittà gebracht. Das Tor öffnete sich, und sie fühlte sich sehr wichtig, als sie dem Wachmann am Empfang ihren Ausweis zeigte und er sie mit einem »*Buongiorno, Signora Bailey*« durchwinkte.

Als sie die Tür des Produktionsbüros öffnete, bemerkte sie als Erstes einen sehr attraktiven Italiener, der auf einer Schreibtischkante hockte und mit den jungen Frauen im Büro plauderte. Seine Augen wanderten an Diana auf und ab, während er ihre Figur musterte, und dann zwinkerte er ihr zu.

»Ist das die, die so viele Probleme gemacht hat? Die sieht so unschuldig aus.« Er neckte sie. Sein Englisch war fließend, aber er hatte einen starken Akzent.

Zu ihrer Verärgerung merkte Diana, dass sie errötete. Eine blonde Frau um die dreißig erbarmte sich ihrer. Sie kam mit ausgestreckter Hand auf sie zu. »Ich bin Hilary Armitage, und Sie müssen Diana sein? Dieser Schurke hier ist Ernesto Balboni. Er hilft uns, alles zu beschaffen, was wir für den Film brauchen.«

»Ich habe mir sagen lassen, Sie hätten sich über die Elefanten beschwert«, forderte Ernesto Diana heraus. »Was haben Ihnen denn die armen Viecher getan?«

Diana wusste nicht, wie sie darauf reagieren sollte, also antwortete sie ihm ernsthaft. »Es tut mir leid, ich wollte keine Probleme verursachen, aber Cleopatra hätte keine indischen Elefanten gehabt ...«

»Wie klug Sie sind, dass Sie den Unterschied kennen«, mischte sich Hilary ein. Ihren Akzent hatte sie sicher auf einem feinen englischen Mädchenpensionat erworben, aber sie schien nicht eingebildet zu sein.

»Sie wollten Elefanten, also habe ich Ihnen Elefanten beschafft«, fuhr Ernesto fort. »Es war ganz schön schwierig, und jetzt sagen Sie mir, ›ich mag diese Elefanten nicht‹. Okay, ich bringe das in Ordnung, aber nur wenn Diana heute mit mir zu Mittag isst.«

»Ich … ich bin nicht sicher. Vielleicht habe ich zu tun.« Diana war auch nicht sicher, ob er einfach nur flirtete oder ob es zu ihren Aufgaben gehörte, mit ihm essen zu gehen.

»Lassen Sie das Mädchen in Ruhe, Ernesto. Sie ist gerade eben erst angekommen, und schon versuchen Sie, sie zu verführen.«

Er sprang von der Schreibtischkante herunter, und Diana bemerkte, dass er nicht besonders groß war – nur ein wenig größer als sie selbst –, aber eine sehr gute Figur hatte, mit muskulösen Armen unter seinem kurzärmligen Hemd, das er am Kragen offen trug. Er streckte Diana die Hand hin und packte ihre mit warmen Fingern, die sie viel länger als nötig festhielten. »Wir werden uns oft sehen, damit ich historisch korrekte Requisiten besorgen kann. Wenn Sie es zum Mittagessen nicht schaffen, dann sollten wir vielleicht heute Abend miteinander ausgehen?«

Um jedes Missverständnis auszuschließen, hielt ihm Diana ihre Linke hin, um ihm den Ehering zu zeigen. »Ich bin verheiratet«, sagte sie.

»Natürlich sind Sie das. Sie sind viel zu schön, um ledig zu sein. Ich sehe Sie später. *Buongiorno, bella.*«

Auf dem Weg zur Tür schaute er sich noch einmal um und grinste sie an. Glaubte er etwa, sie hätte seine Einladung zum Abendessen angenommen? Oder nicht? Sie hatte keine Ahnung, hoffte aber, dass es nicht so war, weil sie schließlich keine feste Verabredung getroffen hatten.

Hilary verdrehte die Augen zur Decke, ehe sie Diana ihren Schreibtisch zeigte und ihr eine einfache Karte des Studiogeländes gab, damit sie sich besser zurechtfinden konnte. Sie erklärte ihr die Telefonanlage und sagte ihr, dass sie gern das Telefon benutzen dürfe, um zu Hause anzurufen. Sie zeigte ihr, wo die Büromaterialien aufbewahrt wurden, und natürlich den Wasserkessel und den Vorrat an englischem Tee. Sie war freundlich und effizient, aber einige Male schaute sie auf die Uhr, so dass Diana klar wurde, dass sie es eilig hatte.

»Haben Sie eine Ahnung, was ich heute machen soll?«, fragte Diana. »Ich habe Mr Wanger noch nicht gesehen, um ihn nach meinen Aufgaben zu fragen.«

Hilary schien überrascht. »Ich hatte angenommen, dass er Ihnen das alles erklärt hat. Er kommt erst später, weil es gestern eine PR-Katastrophe gegeben hat. Eine Gruppe von Ehefrauen von Kongress-Abgeordneten ist aufgetaucht und wollte sich die Kulissen anschauen. Natürlich hofften die Damen, Elizabeth Taylor zu treffen, aber niemand hatte ihr etwas davon gesagt, und sie mag keine Überraschungen, also hat sie nicht mitgespielt. Walter wird den ganzen Tag damit zu tun haben, diese Sache wieder auszubügeln. Aber sie filmen heute eine Szene im Isistempel auf Tonbühne 5. Warum gehen Sie nicht mal da hin? Vielleicht bekommen Sie dort auch Gelegenheit, sich Joe vorzustellen.«

»Dem Regisseur?«

Hilary nickte. »Tonbühne 5 finden Sie auf Ihrem Plan. Mittagessen gibt es in der Kantine von zwölf bis drei, und in der Bar können Sie den ganzen Tag lang Snacks bekommen.«

»Prima, danke.«

Nun war niemand mehr im Büro. Also machte sich Diana eine Tasse Tee, nahm den rechten Ohrring ab und griff zum Hörer, um die Telefonistin zu bitten, sie mit Trevors Büro in der City University zu verbinden. Nach vielem Klicken und Summen und langer Stille hörte sie die vertraute Stimme seiner Sekretärin in der Leitung.

»Hallo, Diana hier, ich rufe aus Rom an. Ist Trevor zufällig da?«

Die Antwort war so undeutlich, dass Diana sie kaum verstehen konnte, aber anscheinend war er in einer Besprechung.

»Sagen Sie ihm bitte, dass ich angerufen habe und gut angekommen bin? Ich versuche es später noch einmal.«

Sie war erleichtert, dass sie darum herumgekommen war, seine kurz angebundenen Antworten am Telefon zu ertragen. Jetzt wusste er zumindest, dass sie sicher angekommen war. Sie trank ihren Tee aus, nahm einen Notizblock und einen Stift und ihren Plan des Studiogeländes und machte sich auf den Weg zur Tonbühne 5.

Sie ging um den Rasen herum, dann eine breite Straße mit Pinien auf dem Mittelstreifen entlang. Die Tonbühnen sahen aus wie Flugzeughangars. Als sie zur Nummer 5 kam, drückte sie eine schwere, gepolsterte Tür auf und stand in einer riesigen Höhle voller Menschen. Ein Lichtstrahl erhellte einen Bereich, in dem eine Szene vorbereitet wurde. Eine Kamera war auf einen kleinen Kran montiert, und dahinter stand ein behäbiger Mann mittleren Alters in einem zerknitterten Hawaii-Hemd und mit einer Baseballkappe auf dem Kopf, der alles übellaunig betrachtete. Sie fragte sich, was wohl seine Aufgabe war, denn trotz seines abgerissenen Äußeren schienen alle Befehle von ihm entgegenzunehmen.

Hier drinnen war es noch heißer als draußen, als arbeitete man in einem Backofen. Ein riesiges Schild auf Englisch und Italienisch besagte »Rauchen verboten«, und zudem war noch das Bild einer mit einem Schrägbalken durchgestrichenen Zigarette zu sehen. Darunter stand ein Eimer mit Sand, und ein Schild gebot: »Im Falle eines Brandes benutzen«. Doch Diana bemerkte, dass der Eimer eher als Aschenbecher diente und dass Dutzende von Zigarettenstummeln drinlagen.

»Wird gerade gedreht?«, fragte sie jemanden, und gleich führte der zwei Finger an die Lippen, und ein Chor von »Pssst« ertönte von überall her. Jemand schrie: »*Silenzio!*«

»Nach oben«, flüsterte ihr nächster Nachbar und deutete auf eine Treppe. Also schlich Diana vom Set weg und die Treppe hinauf, war sich gar nicht sicher, wohin sie unterwegs war. Auf einem handgeschriebenen Schild am oberen Treppenabsatz stand: »Maske, Garderobe Zimmer 23«. Von einem langen Korridor gingen geschlossene Türen ab, alle sorgfältig mit Nummern versehen. Die einzige offene Tür war Nummer 23, und von dort schien helles Licht heraus. Diana schaute hinein und sah eine hübsche junge Blondine, die sich an einem Spiegel schminkte, der von hell strahlenden Glühbirnen umgeben war. Ein paar Italienerinnen saßen da und schwatzten.

»Hallo. Bist du Schauspielerin?«, fragte Diana die junge Blondine.

Die lächelte zurück und antwortete mit einem englischen Akzent, der ein wenig nach Birmingham klang. »Nein, ich mache mit diesen Damen zusammen das Make-up. Ich habe mich nur geschminkt, während wir warten.«

»Worauf wartet ihr denn?«

»Elizabeth Taylor ist noch nicht hier, also können sie nicht mit dem Filmen anfangen. Sie kommt immer zu spät.«

»Die filmen also da unten noch gar nicht?« Diana war erleichtert. »Und ich dachte, ich hätte eine Aufnahme verpatzt, weil ich eine Frage gestellt habe und mir alle zugezischt haben, ich sollte leise sein.«

»Die nehmen vielleicht gerade B-Rollen-Material auf. Die zeichnen für diesen Film den Ton live auf, also muss es wirklich total ruhig sein, wenn die Kamera läuft. Man soll immer schauen, ob das rote Licht über der Tür an ist, ehe man reingeht. Aber mach dir keine Sorgen, die hätten es dich schon wissen lassen, wenn du eine Aufnahme vermasselt hättest!«

»Wo kommt dein Akzent her?«, fragte Diana, die versucht hatte, herauszufinden, wo der Dialekt hingehörte.

»Leamington Spa. Bei Warwick.«

»Du machst Witze! Ich bin in Leamington Spa geboren und habe da gewohnt, bis ich zwölf war!« Diana lächelte, höchst erfreut, jemanden aus ihrer Heimat getroffen zu haben. Jetzt wurde ihr erst klar, wie einsam sie sich gefühlt hatte.

Die junge Frau hieß Helen, wie sich herausstellte. Sie unterhielten sich angeregt darüber, aus welchem Teil der Stadt sie stammten und welche Schulen sie besucht hatten. Diana fragte Helen, wie sie dazu gekommen war, bei diesem Film mitzuarbeiten. Helen antwortete, sie hätte gerade ihren Abschluss an der Maskenbildnerschule fertig gehabt, als sie einen Job in Pinewood bekam und ihr Schulleiter einen Paragraphen in ihrem Vertrag aushandelte, der besagte, dass sie mit nach Rom gehen würde, wenn die Produktion dorthin umzog. Die meisten anderen Make-up-Leute waren Italiener.

»Es ist toll, hier zu arbeiten. Ich habe schon alle Stars kennengelernt«, sagte sie ganz aufgeregt. »Gestern haben sie mich nach unten gerufen, und ich habe Elizabeth Taylors Maskenbildnerin assistiert. Sie hat mich wahrhaftig nach meinem Namen gefragt. War das nicht nett von ihr?«

»Wie war sie?«

»O Gott, diese Augen! Ich habe es nie geglaubt, wenn in

den Zeitschriften stand, sie hätte violette Augen, aber sie hat wirklich welche: ein ganz tiefes Violett. Es verschlägt einem beinahe den Atem, wenn man sie direkt anschaut. Ich habe sie um ein Autogramm gebeten. Guck mal!«

Sie zeigte Diana ein in rosa Stoff eingebundenes Buch und schlug es auf der Seite auf, wo die Unterschrift »Elizabeth T« mit einem kleinen »X« dahinter prangte.

»Du Glückspilz!«, sagte Diana. »Wen hast du denn sonst noch?«

»Bisher nur Leute vom Team. Ich mag die Schauspieler nicht fragen, denn das wirkt nicht gerade professionell. Schließlich bin ich ja zum Arbeiten hier! Und außerdem würde ich mich richtig fürchten, Rex Harrison zu fragen.«

Helen redete schnell, war voller Ehrfurcht vor der Umgebung, in der sie sich befand. Sie war vielleicht Anfang zwanzig, nur ein paar Jahre jünger als Diana, aber sie hatte etwas Kindliches, das bezaubernd wirkte, und sie war die erste wirklich freundliche Person, der Diana hier begegnete.

»Es ist niemand hier«, meinte Helen. »Sollen wir eine Cola trinken gehen? Die Bar ist nicht weit weg.«

Diana stimmte zu. Sie wusste, dass sie versuchen sollte, jemanden aufzutreiben, der ihr sagen konnte, was genau ihr Job war, aber vielleicht wäre es auch nützlich, ein bisschen mehr über die Leute am Set herauszufinden. Helen sagte den Italienerinnen, dass sie in einer halben Stunde zurück sein würde, und die nickten und schwatzten weiter.

Vor der Bar standen auf einer breiten Terrasse ein paar Tische. Helen setzte sich an einen davon, Diana nahm neben ihr Platz. Sie zogen nicht wenige anerkennende Blicke von italienischen Arbeitern auf sich, die gerade Kaffeepause machten. Die interessieren sich für Helen, dachte Diana. Nicht für mich.

»Ich komme nicht gern allein hierher«, sagte Helen mit leiser Stimme. »Es ist mir unangenehm, wenn die Leute mich so anstarren.«

Sie bestellten zwei Cola, und Diana erklärte, wieso sie an diesem Film mitarbeitete.

»O je, du bist ja eine Intellektuelle. Das ist klasse! Mach dir keine Sorgen, wenn du nicht weißt, was genau deine Aufgabe ist. Ich glaube, das weiß hier niemand so ganz. Wir wursteln uns alle nur so durch, kriegen aber Geld dafür, dass wir in dieser wunderbaren Stadt leben und mit jeder Menge berühmter Leute zu tun haben. Das kann doch nicht schlecht sein, oder? He, heute Abend gehen ein paar von uns Pizza essen. Möchtest du mitkommen?«

Diana stimmte sofort zu. Das wäre ihr viel lieber als ein Abendessen mit Ernesto, was möglicherweise ziemlich kompromittierend enden könnte.

»Super! Gib mir die Adresse deiner Pension, dann hole ich dich so um acht rum mit dem Taxi ab.« Plötzlich stieß sie Diana mit dem Ellbogen an und deutete mit dem Kopf auf einen Mann, der mit einem kleinen Hund die breite Straße hinunterging.

»Wer ist das?«, flüsterte Diana.

»Eddie Fisher, Elizabeth Taylors Mann. Der, den sie Debbie Reynolds ausgespannt hat. Sieht gut aus, oder?«

Ja, das stimmte, dachte Diana, bis auf seine recht narbige Haut, die darauf schließen ließ, dass er als Teenager sehr unter Akne gelitten hatte. Außerdem war er ziemlich klein. Alle Männer hier sahen ziemlich klein aus. »Arbeitet der auch an dem Film mit?«, fragte sie.

»Er hat irgendeinen aufregenden Titel, aber im Grunde rennt er nur und holt Drinks für Elizabeth und macht hinter den Hunden sauber.« Helen drehte die Augen zum Himmel.

Diana schaute dem Mann hinterher, wie er um die Ecke bog, und fragte sich, wie es wohl war, mit einer Frau verheiratet zu sein, die alle für die schönste Frau der Welt hielten. Da brauchte man ein gutes Selbstbewusstsein. Sie hatte einmal gehört, dass Eddie Fisher Sänger sei, war sich aber nicht sicher, ob sie je eines seiner Lieder gehört hatte.

Helen begann zu singen: »Cindy, o Cindy …« Sie hatte eine sehr nette Stimme. »Daran musst du dich doch erinnern? Das war vor ein paar Jahren ein ziemlicher Hit.«

Diana schüttelte den Kopf. Sie war nicht auf dem Laufenden, was Schlager anging. Trevor mochte lieber Klassik, und also hörten sie sich eher so etwas an. Diana hatte das Gefühl, dass ihr diese Welt völlig fremd war. Sie war erst fünfundzwanzig, aber sie hätte genauso gut vierzig sein können, so gesetzt war ihr Leben geworden.

Nachdem sie ausgetrunken hatten, liefen sie zurück zur Tonbühne 5, und Helen flitzte nach oben in die Maske, während Diana zum Hangar-Set zurückging. Die Tür stand offen, und das rote Licht war aus. Um die Ecke herum konnte sie einen riesigen Hexenkessel aus Pappmaché sehen, der von Kelchen und Bronzestatuen des schakalköpfigen Anubis umgeben war. Sie lächelte, weil sie das Bild kannte, das man hier als Vorlage verwendet hatte. Historiker hielten es allerdings inzwischen für eine Fälschung aus dem dritten Jahrhundert. Diana zog ihren Block hervor und begann sich Notizen zu machen.

Ein junger Assistent maß gerade den Abstand zwischen dem Altar und der Linse der auf Schienen aufgebauten Kamera. Ein paar junge Frauen in altägyptischen Kostümen tauchten auf, und Diana vermutete, dass es Tempeldienerinnen sein sollten. Die Kostüme waren gar nicht so schlecht – da hatte jemand seine Hausaufgaben gemacht –, aber die Frisuren und das Make-up waren pures Hollywood.

Jemand rief »Ruhe am Set«, und die Leute begannen auf den Ausgang zuzugehen.

»Sollten Sie überhaupt hier sein?«, fragte eine Amerikanerin mit einem Klemmbrett Diana.

»Ich bin die Historikerin hier und soll beraten. Ich weiß es nicht«, antwortete Diana.

»Nur Technik und Schauspieler«, befahl die Frau und deutete zur Tür. Diana gehorchte.

Sie wanderte noch eine Weile umher und beschloss dann, früh zu Mittag zu essen. Sie ging zur Kantine, die sie mit Hilfe des Plans fand, den Hilary ihr gegeben hatte. Es war dort schon recht viel los, aber sie fand noch einen leeren Tisch in einer Ecke. Der Kellner brachte ihr eine Speisekarte. Als Vorspeise gab es Nudeln – *fettuccine al ragù* oder *agnalotti in brodo* –, und die Hauptgerichte waren Huhn *cacciatore* (Tagesmenü) oder *blanquette de veau* mit Erbsen, kleinen Karotten und Kartoffelpüree. Der Nachtisch war einfach – sie hatte die Wahl zwischen Eis und frischem Obstsalat. Alles sah wunderbar aus, aber es war viel mehr, als sie normalerweise mittags aß.

»Haben Sie auch Sandwiches?«, fragte sie den Kellner, als er an ihren Tisch trat, um ihre Bestellung aufzunehmen.

Er nahm ihr die Speisekarte ab und lächelte nicht. »In der Bar gibt es Sandwiches. Wir sind ein Restaurant.«

Sie dankte ihm, stand auf und machte sich wieder auf den Weg in die Sonne. Die Bar, wo sie vorhin mit Helen eine Cola getrunken hatte, war nun von einer lebhaften, laut schwatzenden Menschenmenge besetzt. Diana wählte zwei Sandwiches mit Tomate und Ei aus, die sie zu einer Nische an der Seite mitnahm.

Eine Gruppe von Männern kam herein, alle attraktiv und sonnengebräunt wie die in der Lucky-Strike-Werbung. Sie zogen Stühle um einen Tisch herum zusammen, und Diana fiel auf, wie muskulös sie waren, wie richtige Athleten. Einer von ihnen nahm einen Stuhl weg, der direkt neben ihr stand, und schaute nicht einmal zu ihr hin. Niemand redete ein Wort mit ihr.

Sobald sie fertig gegessen hatte, verließ sie die Bar. Sie wollte einen ausgedehnten Spaziergang über das Gelände machen und sich orientieren. Sie schaute in Schreinerwerkstätten, Gipswerkstätten voller Statuen, Requisitenlager und riesige Lagerhäuser mit unendlich vielen Kleiderständern voller Kostüme. Vom hinteren Ende von Cinecittà aus konnte sie sanft gewellte Felder sehen, und sie brach in diese Richtung auf, weil sie dachte, so könnte sie auch wieder zurückfinden.

Plötzlich bemerkte sie zwei Männer, die im Schatten hinter einer Kulisse sehr nah zusammenstanden. Sie hatten Diana nicht gesehen, und sie hielt die Luft an, als ihr klar wurde, dass die beiden sich küssten. Schockiert und peinlich berührt, duckte sie sich weg und ging auf Zehenspitzen fort, bis sie sich sicher war, dass die beiden sie nicht sehen konnten. Natürlich hatte sie vermutet, dass auch homosexuelle Männer dabei sein würden, wenn man einen Film drehte, denn sie hatte gehört, dass sie eher kreative Menschen waren. Aber sie hatte nicht erwartet, dass sie so offen dazu stehen würden. In England waren diese sexuellen Beziehungen illegal, und sie war davon ausgegangen, dass die Gesetze im streng katholischen Italien ebenso sein würden. Sie lebte jetzt in einer anderen Welt und musste sich an einen Haufen Dinge gewöhnen, die sie noch nie gesehen hatte. Das hatte sie doch schließlich gewollt – neue Erfahrungen.

Die Außensets wurden auf dem Studiogelände gebaut, und sobald sie nah genug herangekommen war, sah sie den Nachbau des Forums, der sogar noch größer wirkte als der, den sie in Pinewood kritisiert hatte. Walter hatte also überhaupt nicht zugehört. Sie zog ihren Block hervor und machte sich Unmengen von Notizen über alle Teile der Gebäude und die Fassaden, die sie sehen konnte, und kletterte dabei über Stapel von Baumaterialien. Sie hatte im Produktionsbüro vorhin eine Schreibmaschine entdeckt, und sobald sie fertig war, wollte sie dorthin gehen und ihre Notizen abtippen.

Sie ging auf der anderen Seite des Geländes zurück. Als sie sich den Büros näherte, kam plötzlich ein kleiner Hund aus einem Gebäude geflitzt und rannte über den Rasen. Etwa zehn Meter von ihr entfernt ging eine Tür auf, und eine Gestalt in Bademantel und Haarnetz schaute heraus. Es war zweifellos Elizabeth Taylor.

»Hierher, Baby«, rief sie mit heiserer, aber überraschend hoher, kindlicher Stimme.

Diana war wie verzaubert. Miss Taylor war die berühmteste Frau der Welt, nach ihrer beinahe tödlichen Erkrankung im Frühjahr ohnehin. Sie war berühmter als Marilyn Monroe, Joan Crawford und Ava Gardner zusammen – und da stand sie in Bademantel und Haarnetz vor ihr.

Sie warf einen kurzen Blick auf Diana und zog sich dann wieder in das Gebäude zurück. Diana schaute auf ihrem Plan nach und sah, dass hier »Garderobensuite Stars« stand.

Sekunden später öffnete sich die Tür wieder, und Eddie Fisher eilte heraus, eine Hundeleine in der Hand, und pfiff nach dem Hund. Diana deutete mit der Hand in die Richtung, wo der Hund verschwunden war, und er grinste und rief ihr zu: »Vielen Dank, Honey!«

In der Schule war Diana immer eine Außenseiterin gewesen, der Bücherwurm, der nur ein paar ähnlich ernste Freundinnen hatte, aber jetzt hatte sie zum ersten Mal in ihrem Leben das Gefühl, zu einem verzauberten inneren Kreis zu gehören.

Kapitel 6

Um zehn nach acht an diesem Abend hupte draußen vor Dianas Pension ein Taxi, und sie eilte die Treppe hinunter. Helen winkte ihr aus dem hinteren Fenster zu. Ein Italiener saß vorn auf dem Beifahrersitz, und zunächst dachte Diana, er wäre ein Freund des Taxifahrers, aber dann drehte er sich um und redete mit Helen Englisch. Er sagte ihr, er wolle nach Trastevere, und sie könnten ihn an der nächsten Ecke absetzen.

»Wer war das?«, fragte Diana, nachdem er ausgestiegen war und ihnen eine gute Nacht gewünscht hatte.

»Nur Luigi«, antwortete Helen ohne eine weitere Erklärung. Diana vermutete, dass er auch beim Film arbeitete.

»Wir fahren in die Via Veneto, wo alle Stars hingehen. Hast du schon davon gehört?«, erkundigte sich Helen. »Du hast das doch bestimmt in *La Dolce Vita* gesehen?«

Diana musste zugeben, dass sie diesen Film noch nicht kannte; er war im Vorjahr in die Kinos gekommen. Aber sie wusste, dass der Star des Films, Anita Ekberg, in einer berühmten Szene im Trevi-Brunnen tanzte. Alle Zeitungen hatten sie abgebildet, die kurvige Blondine in ihrem schulterfreien Kleid, das jeden Augenblick herunterzurutschen drohte.

»Da wären wir«, verkündete Helen, als das Taxi in der Nähe einer breiten Straße hielt, die sich einen Hang hinaufwand. Bars und Restaurants mit Tischen vor der Tür säumten die Straße, und überall herrschte reger Betrieb.

Diana bemerkte eine Gruppe junger Männer, die, Kameras in den Händen, neben ihren Motorrollern standen und sich unterhielten. Plötzlich rief ihnen einer von weiter oben am Hang etwas zu, und sie rannten alle los wie eine Hundemeute.

»Das sind Pressefotografen«, erklärte Helen. »Wahrscheinlich hat weiter oben jemand eine Berühmtheit entdeckt – vielleicht Elizabeth und Eddie. Komm schon, wir treffen die anderen in einer Pizzeria um die Ecke.«

Diana hatte keine Zeit, sich zu erkundigen, wer »die anderen« waren, ehe sie in ein lautes Restaurant voller italienischer Familien eintraten. Bunte Lichter hingen in Girlanden an den Wänden, und aus einem großen Backofen in der Mitte war ein warmer Schein zu sehen. Helen begrüßte eine Gruppe von neun jungen Frauen, die um einen runden Tisch herum saßen, und stellte ihnen Diana der Reihe nach vor.

»Was machst du?«, fragte eine von ihnen, und sie wandten sich alle ohne großes Interesse ab, sobald sie gehört hatten, dass sie Historikerin war. Die meisten waren amerikanische Schauspielerinnen, die kleinere Komparsenrollen als Dienerinnen der Cleopatra hatten. Das Gespräch drehte sich um die berühmteren Schauspieler und Schauspielerinnen: was sie an diesem Tag alles gesagt und getan hatten, und insbesondere darum, wie wahrscheinlich es war, dass Elizabeth Taylor heute Abend ausgehen würde.

Diana versuchte mit der jungen Frau neben sich ein Gespräch anzufangen, merkte aber, dass die keinerlei Interesse daran hatte. Vielleicht lag es daran, dass Dianas Kleidung im Vergleich zu der ihren so altmodisch wirkte. Die anderen waren alle im Stil von Jackie Kennedy gekleidet: Sie trugen bunte Etuikleider, die nur bis zum Knie gingen, oder weiße Hosen mit Kaftanoberteilen und klotzigem Schmuck. Diana hatte eines ihrer Lieblingskleider an: Es war aus einem glänzenden roten Stoff mit weißen Pünktchen, hatte in der Taille einen Gürtel und einen weiten Rock, aber hier am Tisch wirkte es völlig fehl am Platz. Der Rock war viel zu lang. Und keine der anderen jungen Frauen trug weiße Handschuhe. Diana passte einfach nicht hierher.

Die anderen bestellten Pizza. Diana hatte noch nie eine probiert, ließ sich also genau wie Helen eine Napoletana kommen. Eine riesige Karaffe Wein wurde gebracht, und für alle wurden die Gläser eingeschenkt. Diana nippte an ihrem Wein und fand ihn unangenehm herb. Aber die Pizza war himmlisch, mit weichem Käse, der in einer Tomatensauce schmolz und etwas Salzigem, das sie nicht identifizieren konnte. Helen ging auf die Toilette, und als sie zurückkam, ließ sie sich albern kichernd auf ihren Stuhl fallen. Diana vermutete, dass Helen ihren Wein ein bisschen zu schnell heruntergestürzt hatte, und fragte sich, ob sie sie davor warnen sollte, noch mehr zu trinken. Sie hatte das Gefühl, diese junge Frau aus ihrer Heimatstadt beschützen zu müssen – aber sie kannte sie ja erst ein paar Stunden, und es stand ihr wirklich nicht zu, ihr Ratschläge zu erteilen. Inzwischen kicherten alle am Tisch und machten sich an die zweite Karaffe Wein, während Diana ihr erstes Glas kaum angerührt hatte.

Das Gespräch drehte sich nun darum, welche Aspekte aus dem Leben eines Stars die Fotografen ablichten durften. Die Frauen waren der Meinung, dass die Fotografen doch nur ihre Arbeit machten, wenn sie die Stars fotografierten, die schick angezogen auf eine Party oder in einen Nachtklub gingen, dass aber die *paparazzi*, die versteckt in den Bäumen rings um Elizabeth Taylors Villa hockten und deren Kinder im Swimmingpool fotografierten, zu weit gingen. Diana hatte den Begriff »*paparazzi*« noch nie gehört, begriff aber, dass er sich auf die Pressemeute bezog, die sie draußen gesehen hatte.

»Einer von denen hat mir hunderttausend Lire für eine

Aufnahme von Elizabeth am Set angeboten«, erklärte eine junge Frau, und ein paar andere bestätigten das.

»Ja, mir auch. Aber wir würden ja fliegen, wenn das rauskäme, das lohnt sich also wirklich nicht.«

Als sie mit dem Essen fertig waren, schlug jemand vor, sie sollten noch in eine Pianobar gehen. Diana zog mit, obwohl sie allmählich müde wurde. Auf den Straßen fuhren viele Taxis, und sie plante, sich kurz in der Bar umzuschauen, ehe sie wieder ging und sich ein Taxi nach Hause nahm. Die ganze Gruppe quetschte sich in eine kleine dunkle Höhle, die keinen Namen an der Tür hatte, und kaum waren sie drin, sah Diana schon Ernesto an der Bar stehen. Er küsste sie auf beide Wangen und schien höchst erfreut, sie hier zu sehen.

»Diana, Sie müssen einen Drink mit mir nehmen. Ich bestehe darauf.«

»Ich wollte gerade gehen«, setzte sie an, aber er hörte gar nicht zu, sondern rief einem Kellner zu: »*Due Belline.*«

»Was ist ein Bellini?«, fragte sie.

»Vertrauen Sie mir. Sie werden ihn mögen«, sagte er, und sie mochte ihn wirklich. Es war ein süßes, fruchtiges und spritziges Getränk, das gar nicht nach Alkohol schmeckte, obwohl sie vermutete, dass es durchaus welchen enthielt. Die anderen hatten einen Tisch gefunden. Ein paar junge Italiener gesellten sich dort zu ihnen, und Diana fragte sich, ob sie sich dazusetzen sollte.

»Wie sind Sie zur Expertin in Sachen Cleopatra geworden?«, fragte Ernesto. Sie erklärte ihm, welche Fächer sie in Oxford studiert hatte und wie sehr die ägyptische Königin sie immer fasziniert hatte, die eine so geschickte Politikerin und militärische Strategin gewesen war. Er schien sich ehrlich für die Forschungen zu interessieren, die sie für ihre Doktorarbeit angestellt hatte, und erkundigte sich, wie Cleopatra es ihrer Meinung nach geschafft hatte, beinahe vierzig Jahre lang auf dem Thron zu bleiben. Es machte Diana Spaß, ihm ihre Theorien darüber dazulegen, wie gerissen es Cleopatra angestellt hatte, sich die Unterstützung des ägyptischen Volkes zu sichern.

»Meinen Sie nicht, dass Ihre akademische Glaubwürdigkeit darunter leiden könnte, dass Sie mit einem Hollywood-Film zu tun haben?«, fragte Ernesto.

»Das denkt mein Mann auch«, gab Diana zu. »Er wollte nicht, dass ich herkomme.«

»Natürlich wollte er das nicht! Ich bin sehr erstaunt, dass er es Ihnen erlaubt hat! Ein italienischer Ehemann hätte es Ihnen verboten.«

Diana zog eine Augenbraue in die Höhe. »In Großbritannien der sechziger Jahre brauchen wir Frauen die Erlaubnis unseres Ehemanns nicht mehr, um eine berufliche Gelegenheit zu ergreifen, die sich auftut.«

Ernesto zuckte die Achseln. »In Italien schon. Aber sagen Sie, wie war Ihr erster Tag am Set?«

Diana gestand, dass sie keine Ahnung hatte, was sie tun sollte. Niemand hatte ihr erklärt, was ihr Verantwortungsbereich war, und sie hatte weder den Regisseur kennengelernt noch den Produzenten wiedergetroffen.

»Keine Sorge.« Ernesto tätschelte ihr die Hand. »Morgen früh nehme ich Sie mit zur Drehbuchbesprechung, da können Sie alle treffen. Die ist um zehn Uhr.«

»Sie scheinen ja gute Beziehungen zu haben. Wie sind Sie zum Film gekommen?«

Ernesto erklärte, dass die Studios von Cinecittà ihn empfohlen hatten, weil er dort schon an Dutzenden von Filmen mitgearbeitet hatte. Er konnte gut Drehorte finden, ungewöhnliche Gegenstände oder Materialien auftreiben, die gebraucht wurden, und mit örtlichen Geschäftsleuten verhandeln, die alles Mögliche für den Film lieferten. »Ich bin Geschäftsmann, und ich kenne einen Haufen Leute. Mehr braucht man für meinen Job nicht.«

»Sie sprechen hervorragend Englisch. Das hilft sicher auch.«

»Ich mache Geschäfte mit vielen Leuten aus England, und ich muss doch sicher sein, dass sie mich nicht übers Ohr hauen«, sagte er und grinste. »Viele haben es probiert.«

»An welchen anderen Filmen haben Sie mitgewirkt?«

»An Dutzenden! Kennen Sie die erste Einstellung in *La Dolce Vita*, in der ein Hubschrauber den Gipschristus über die Dächer trägt? Wer hat wohl den Hubschrauber angemietet und die Herstellung der Statue überwacht?«

»Tut mir leid, den Film habe ich noch nicht gesehen.«

»Aber den *müssen* Sie sehen! Ich nehme Sie mal mit. Es muss doch hier irgendwo ein Kino geben, wo der noch läuft, und dann gehen wir zusammen hin.«

Diana begann schon nach einer Entschuldigung zu suchen, aber er kam ihr zuvor, indem er die Hand hob.

»Keine Sorge. Ich weiß, dass Sie verheiratet sind. Ich bin auch kein Casanova. Sie und ich werden gute Freunde sein, mehr nicht.«

Sie lächelte. »Wunderbar. Ich brauche hier ein paar Freunde. Ich gehe jetzt in meine Pension zurück, denn ich bin ziemlich müde, aber wir sehen uns morgen.«

»Wie kommen Sie nach Hause? Darf ich Sie hinbringen?« Er stand auf und zog einen Schlüsselbund aus der Tasche.

»Ich wollte mir ein Taxi nehmen. Keine Sorge, es ist nicht weit. Ich wohne an der Piazza Repubblica.«

»Es würde mir nicht im Traum einfallen, Sie nachts allein im Taxi nach Hause fahren zu lassen. Anständige Mädchen würden niemals allein Taxi fahren.«

»Ach du liebe Güte!«, rief Diana. »Na, dann …«

Sie verabschiedete sich von Helen und den anderen und folgte Ernesto auf die Straße. Sie hatte ein Auto erwartet und war verdutzt, als er auf eine Vespa stieg und sie mit einer Handbewegung aufforderte, sich hinter ihn zu setzen. Welche andere Wahl blieb ihr nun?

»Ich weiß nicht, was ich machen muss. Ich bin noch nie mit so was gefahren.«

»Sie steigen auf und legen mir die Arme um die Taille. Es ist ganz einfach.«

Sie raffte ihren weiten Rock und setzte sich rittlings auf den Roller. Sie fragte sich, wie um alles in der Welt die anderen das mit ihren engen, kurzen Kleidern machten. Sie legte ihre Hände lose an Ernestos Jackett, aber als die Vespa losfuhr, packte sie ihn fester. Ihr Rock blähte sich auf der einen Seite auf, und sie stopfte ihn unter ihren Oberschenkeln fest. Der Fahrtwind wehte ihr das Haar aus dem Gesicht, und sie schloss die Augen und genoss das Gefühl.

Als sie die Augen wieder aufschlug, fuhren sie gerade an einer wunderschönen Kirche vorüber.

Sie war in Rom, es war 1961, und sie fuhr hinten auf einer Vespa nach Hause. Endlich hatte das Leben angefangen, nach dem sie sich immer gesehnt hatte.

Kapitel 7

Am nächsten Morgen kam Ernesto um fünf vor zehn ins Produktionsbüro, um Diana abzuholen und zur Drehbuchbesprechung mitzunehmen.

»Sind Sie völlig sicher, dass ich mit hinkommen sollte?«, fragte sie.

»Natürlich. Sie müssen dabei sein. Sie können in diesem Stadium ja noch wirklich was ausrichten.«

Das Büro des Regisseurs lag in einem Gebäude gegenüber vom Haupteingangstor. Ein Dutzend Leute saßen rauchend und Kaffee trinkend da. Einer von ihnen war Walter Wanger, der sofort aufsprang und herübereilte, um Diana zu umarmen.

»Sweetheart, Sie haben es geschafft! Es ist wunderbar, Sie zu sehen! Ich will Sie allen vorstellen.« Er machte die Runde im Raum, deutete auf John De Cuir, der das Set entworfen hatte; Hilary Armitage, die Frau, die sie bereits im Produktionsbüro kennengelernt hatte; Leon Shamroy, den Kameramann, den sie als den Mann im Hawaiihemd vom Set wiedererkannte; und einige Produktionsleiter, Scriptgirls und verschiedene andere. Diana versuchte verzweifelt, sich alle Namen zu merken. Dann ging die Tür auf, und ein Mann mit einem offenen, freundlichen Gesicht spazierte herein, den sie schon einmal irgendwo gesehen hatte. Er rauchte Pfeife.

»Joe, das ist Diana, unsere neue historische Beraterin«, rief Walter. »Ich habe sie heute dazugebeten, damit wir herausfinden können, wie sie dir von Nutzen sein könnte.«

Das war natürlich glatt gelogen. Walter hatte sie überhaupt nicht dazugebeten. »Diana, das ist Joe Mankiewicz.«

Sie schüttelte dem Regisseur die Hand und begriff, dass sie ein Interview mit ihm in der *Sunday Times* gelesen hatte und ihn von seinem dort abgebildeten Foto wiedererkannte. Trevor und sie hatten gefunden, dass er in diesem Interview einen sehr klugen und redegewandten Eindruck machte.

»Willkommen an Bord!«, sagte Joe, setzte sich dann auf die Kante seines Schreibtisches und reichte einer jungen Frau namens Rosemary Matthews einen Stapel getippter Seiten, die diese gleich zu verteilen begann. »Gib Diana auch ein Exemplar«, wies er sie an.

Sie mochte den Geruch seines Tabaks, der, verglichen mit dem abgestandenen Zigarettenrauch, nach frisch gemähtem Gras duftete. Hier rauchten einfach alle, Männer wie Frauen – sie hatte noch niemanden getroffen, der Nichtraucher war.

»Joe schreibt jeden Abend das Drehbuch um«, erklärte Walter. »Wir waren mit der letzten Fassung gar nicht zufrieden. Sobald Sie am Morgen Ihr Exemplar bekommen, sollten Sie es durchlesen und Hilary sagen, ob es irgendwelche größeren Probleme geben könnte. Sie müssen aber wirklich schnell sein, denn wir fangen gleich nach dieser Besprechung mit den Proben und gegen Mittag mit dem Drehen an.«

»Nach dem Drehbuch, das Sie gerade geschrieben haben?«

Joe nickte. »Ja, das ist verrückt, aber ich habe beim Film schon viel verrücktere Sachen erlebt. Sie werden sich schon noch dran gewöhnen.«

Sie begannen über eine Szene zu sprechen, die sie in der folgenden Woche an der Küste von Anzio drehen wollten. Cleopatra hat darin ein Heerlager gegenüber den Truppen des Ptolemäus eingerichtet und überlegt, wie sie Caesar erreichen und um Hilfe bitten könnte. Joe erkundigte sich bei

Diana, wie die Truppen wohl aufgestellt waren, und sie war erleichtert, dass sie die Antwort darauf wusste und eine Skizze für ihn zeichnen konnte.

Er nickte erfreut. »Okay, dann können wir die natürliche Rundung der Bucht für dieses Stück benutzen und die Kameras hier aufbauen.« Er deutete auf einen Punkt auf dem Blatt, und alle Köpfe neigten sich zu ihm hin, um es richtig zu sehen.

»Ist Dialog geplant?«

»Ich mach's kurz«, sagte Joe.

Ernesto lehnte sich zu ihr und flüsterte, dass sie bei Außenaufnahmen Dialoge so weit wie möglich vermieden, weil diese Stellen später nachsynchronisiert werden müssten, was eine heikle Sache war.

»Weiß einer, ob Miss Taylor heute am Set erscheint?«, fragte jemand.

»Es hat zumindest niemand angerufen und gesagt, dass sie nicht kommt«, antwortete Walter.

»Habt ihr schon im Kalender nachgeschaut. Ist der Tag heute rot angestrichen?«, rief ein anderer, und ringsum im Raum prusteten die Leute vor Lachen. Diana verstand das nicht recht. Sie musste später jemanden danach fragen.

Sie gingen die Seiten des Drehbuchs durch, die man verteilt hatte, und Diana versuchte sie schnell zu überfliegen, aber es war schwierig, einen Kommentar dazu abzugeben, ohne den Zusammenhang zu kennen. Niemand hatte Kritik vorzubringen. Man sprach nur über Kamerawinkel. Es schien eher eine technische Besprechung zu sein.

Joe stand auf und wollte gehen, machte aber noch einmal kehrt, um kurz mit Diana zu sprechen. »Könnten Sie im Produktionsbüro immer eine Nachricht hinterlassen, wo Sie sich abends aufhalten? Falls ich Sie erreichen muss, um etwas abzuklären, während ich schreibe.«

Diana versprach, das zu tun, und errötete vor Wichtigkeit. Der Regisseur würde sie um Rat fragen, während er das Drehbuch umschrieb! Sie hätte Bereitschaft, wie ein Arzt. Stolzgeschwellt ging sie zu Walter hinüber, um ihn nach ihren weiteren Aufgaben zu fragen.

»Ich möchte, dass Sie sich all die wunderbaren Sets von John genau anschauen und mit ihm besprechen, ob es Dinge gibt, die man noch ein bisschen authentischer machen könnte.«

John De Cuir schaute grimmig hinüber und zeigte deutlich, dass er sich jede Einmischung verbat.

»Stellen Sie sich den Leuten in der Requisite und in der Kostümabteilung vor und schauen Sie, ob die Ratschläge brauchen«, fuhr Walter fort. »Reden Sie mit den Leuten in der Maske und beim Haar. Sie sind der Dreh- und Angelpunkt, Sie sprechen mit Leuten in allen Abteilungen am Set, und Sie sorgen dafür, dass das intellektuelle Niveau dieses Films gehoben wird.«

»Ich habe mir schon Notizen zu einigen Außenkulissen gemacht, die ich gestern gesehen habe«, brachte sie vor. Sie hatte die Notizen in der Handtasche dabei.

»Wunderbar!« Walter verschränkte die Arme hinter dem Rücken. »Geben Sie die Hilary. Die sorgt dafür, dass die richtigen Leute sie zu lesen bekommen. Großartig, dass Sie gleich mitten rein gesprungen sind! Ist Ihre Pension in Ordnung?«

»Zauberhaft, vielen Dank.«

»Gut, gut. Nun, ich muss jetzt weg, aber ich freue mich wirklich, dass Sie bei uns sind.«

Ernesto erschien wieder an ihrer Seite. »Es gibt ein paar Standfotos von der Szene, die gestern mit Miss Taylor am Isisaltar gedreht wurde. Möchten Sie die mal ansehen?«

Diana ging zu einem Tisch am Fenster, wo der Fotograf sie

ausgebreitet hatte. Sie zeigten Elizabeth Taylor als Cleopatra vor dem Hexenkessel, den Diana gestern auf Tonbühne 5 gesehen hatte. Sie war völlig falsch gekleidet und zurechtgemacht. Trevor hätte bei ihrem Anblick nur verächtlich geschnaubt. Sie trug ein tief dekolletiertes Abendkleid, während Cleopatra eine lange, hochgeschlossene Tunika mit mehreren Reihen Perlen am Hals getragen hätte. In jener Zeit waren Perlen der kostbarste Schmuck, das Äquivalent zu den heutigen Diamanten, und es war bekannt, dass Cleopatra Perlen besonders liebte. Auch ihre Frisur war verkehrt, das Haar war zu einem Bob mit Pony geschnitten, und genauso unpassend war das schwere schwarze Augen-Make-up, das an den Augenwinkeln nach oben schwang. Die alten Ägypter hatten sich Khol auf die Lider gegeben, um die Augen vor Sonnenstrahlen zu schützen, aber sie hätten ihn nicht in diesem Stil aufgetragen.

»Da stimmt überhaupt nichts«, flüsterte sie Ernesto zu.

Er grinste. »Sie können gern Irene Sharaff Ihre Meinung sagen, aber tragen Sie dazu lieber eine Rüstung. Sie hat nicht den Ruf, Kritiker mit offenen Armen zu begrüßen.«

»Alle fordern mich auf, meine ehrliche Meinung zu sagen, und dann hören sie nicht hin. Ich habe keine Ahnung, warum ich überhaupt hier bin. Was soll ich denn in den nächsten sechs Monaten machen?«

Er tätschelte ihr mitfühlend den Arm. »Sie könnten sich eine schöne Zeit machen und sich von mir Rom zeigen lassen. Oder Sie könnten taktvoll mit den wichtigsten Leuten sprechen und versuchen, sie dazu zu überreden, ein paar minimale Änderungen an ihren Entwürfen vorzunehmen. Ich würde beides empfehlen.«

Ehe sie den Besprechungsraum verließ, ging sie mit ihren Notizen vom Vortag zu Hilary. »Walter hat gesagt, ich soll Ihnen dies hier geben.«

Hilary schaute auf die Seiten und schien verwundert zu sein. »Hat er das gesagt? Okay. Danke.« Sie klemmte sich den Stapel unter den Arm.

Ernesto eilte davon, und Diana kehrte ins Büro zurück, um das Drehbuch noch einmal sorgfältig zu lesen, aber es war ein erfundener Dialog ohne Fakten, die sie korrigieren konnte. Als sie fertig war, beschloss sie, wieder auf das Außengelände zu gehen, wo sie am Vortag gewesen war, und dann an der Straße entlangzuspazieren, wo auf dem Plan verschiedene Werkstätten verzeichnet waren. Die ersten, die sie erreichte, enthielten riesige Kulissenteile, von denen die meisten aus weißem Marmor und mit Gold verziert waren. Dort standen auch mehrere sehr große Salbengefäße, die aus der Entfernung gut aussahen. Bei näherem Hinsehen erkannte sie jedoch, dass sie aus Pappmaché waren und beim geringsten Windstoß leicht umkippen würden. Sie bemerkte golden bemalte Statuen einer Katzengöttin, die aus der falschen Zeit stammten, machte sich also Notizen dazu. Es war niemand da, mit dem sie dies hätte besprechen können.

In der nächsten Werkstatt fertigten ein paar Italiener römische Heeresstandarten an. Diana blieb stehen, um ihnen zuzuschauen. Die Männer hatten die Füße des Adlers so gemalt, dass sie sich über die Buchstaben SPQR krallten, und sie hatten Punkte zwischen den Initialen eingefügt, was nicht korrekt war. Diana zeichnete rasch eine Skizze in ihr Notizbuch, um den Männern zu zeigen, wie die authentischen Standarten sein müssten, und hielt sie ihnen hin.

»Sie sollten so aussehen«, sagte sie auf Italienisch. »Die Krallen des Adlers hier und SPQR hier unten.« Sie deutete mit der Spitze ihres Stiftes an die Stelle.

»*Chi diavolo sei*?«, fragte einer von ihnen. »Wer zum Teufel bist du?« Es klang überhaupt nicht freundlich.

»Ich bin die historische Beraterin. Vom British Museum in London. Ich bin gerade erst angekommen.«

Erst da fiel ihr auf, dass die Männer bereits etwa fünfzig Standarten fertiggestellt hatten, die alle zum Trocknen an der Wand lehnten und alle falsch gemalt waren.

»Warum verpisst du dich nicht wieder nach London?«, sagte einer der Männer auf Englisch mit starkem Akzent. Er tauchte seinen Pinsel in einen Topf mit Goldfarbe und fuhr mit seiner Arbeit fort.

Sie hob abwehrend die Hände und ging rückwärts aus der Werkstatt.

Kapitel 8

Als Diana ins Produktionsbüro zurückkehrte, war niemand da. Sie beschloss, einen weiteren Versuch zu unternehmen, Trevor zu erreichen. Also rief sie bei der Vermittlung an und gab die Nummer weiter. Während sie darauf wartete, verbunden zu werden, kam Hilary herein und nickte ihr zu, als sie sich an ihren Schreibtisch setzte. Diana überlegte kurz, ob sie den Hörer auflegen und es später noch einmal probieren sollte, doch da hörte sie bereits den Klingelton, und Trevors Sekretärin antwortete.

»Sie haben Glück. Ich stelle Sie durch«, sagte sie.

»Hallo, ich bin's. Wie geht es dir?«, fragte Diana, sobald sie Trevor am Apparat hatte.

»Ich überlebe«, antwortete er, und dann folgte eine lange Pause, in der keiner von ihnen ein Wort sagte.

»Hast du dir schon überlegt, ob du bald mal für ein Wochenende herkommst? Das Wetter ist phantastisch, und es wäre schön, mit dir zusammen die Sehenswürdigkeiten anzuschauen.«

»Ich habe zu viel zu tun«, war die Antwort. »Man hat mich gebeten, noch ein paar weitere Studenten zu betreuen, die sich im letzten Augenblick eingeschrieben haben, und ich stecke bis über die Ohren in Korrekturen.«

Diana seufzte. »Ich bin mir nicht sicher, wann ich es schaffe, mal nach London zu reisen, denn es sieht ganz so aus, als müssten wir auch samstags arbeiten. Ich wünschte mir, du könntest kommen, Trevor.«

»Es ist weit und kostet einen Haufen Geld, nur um einen Sonntag mit dir zu verbringen.«

Sie wusste, dass sie viel von ihm verlangte, aber sie sehnte sich so verzweifelt danach, ihn zu sehen und alles zwischen ihnen wieder in Ordnung zu bringen. »Wenn du an einem Freitagabend kommen und bis Sonntagabend oder sogar bis zum frühen Montagmorgen bleiben könntest, dann würde sich die Reise lohnen.«

»Ich möchte dir nicht im Weg stehen. Meine Kollegen unken alle, dass du dich nächstens mit einem Filmstar nach Hollywood absetzen wirst und ich davon erst erfahre, wenn ich die Schlagzeile in der *Daily Mail* lese.«

Diana wusste, dass er diese Bemerkung scherzhaft gemeint hatte, aber sie empfand sie als Vorwurf. Ihr stiegen die Tränen in die Augen. »Das ist wirklich albern. Ich würde dich *niemals* verlassen.« Sie sprach leise, weil ihr klar war, dass Hilary mithören konnte.

Er antwortete traurig: »Nun, das habe ich auch immer gedacht – und doch sieht es ganz so aus, als hättest du es bereits getan.«

Eine Träne rollte ihr über die Wange. »Ich arbeite, Trevor. Ich vermisse dich schrecklich, aber ich musste diese Chance einfach nutzen. Ich wünschte, du würdest versuchen, mich zu verstehen.«

»Ich *versuche* es ja. Ich komme nur schwer damit klar, dass für dich meine Gefühle in dieser Sache nicht wichtig zu sein scheinen. Ehrlich, Diana, du kannst nicht alles haben. Ich wünschte, du wärst nicht fortgegangen. Ich habe viel zu viel zu tun, um dich zu besuchen. Sag mir einfach, wann du zurückkommst. Und jetzt erscheinen gleich ein paar Studenten zu einem Tutorium, ich muss also aufhören.« Nach einer kleinen Pause fügte er hinzu: »Pass gut auf dich auf, Schatz. Auf Wiedersehen.«

»Auf Wiedersehen, Trevor«, sagte sie, aber er hatte den Hörer bereits aufgelegt, und sie konnte ihre Tränen nicht länger zurückhalten. Sie bedeckte das Gesicht mit den Händen.

Hilary kam rasch zu ihr herüber, legte ihr eine Hand auf die Schulter und stellte eine Schachtel mit Papiertüchern auf den Schreibtisch. »Sie Ärmste. Ich habe notgedrungen mitgehört. War das Ihr Mann?«

Diana nickte.

»Er wollte nicht, dass Sie herkommen? Ich kann mir vorstellen, dass viele Männer etwas dagegen haben, dass ihre Frauen an einem Ort wie diesem sind, wo sie sie nicht beaufsichtigen können. Weinen Sie nicht, Liebes. Er wird sich schon wieder beruhigen. Wie lange sind Sie verheiratet?«

Diana schnäuzte sich. »Zwei Jahre.«

»Waren Sie schon lange davor ein Paar?«

»Ja, Ewigkeiten. Er war in Oxford mein Tutor, und wir haben uns verliebt, es aber eine Weile geheim gehalten, weil die Universitätsverwaltung sicher nicht damit einverstanden gewesen wäre. Erst nachdem ich mein Grundstudium abgeschlossen und mit meiner Doktorarbeit angefangen hatte, haben wir es den Leuten erzählt.«

Hilary hockte auf der Schreibtischkante, die Hand noch auf Dianas Schulter. »Ist er sehr ernsthaft und intellektuell? Ich kann mir vorstellen, dass er ein gutes Stück älter als Sie ist.«

»Er ist achtzehn Jahre älter und natürlich furchtbar gescheit, aber auch sehr witzig. Er kann mich immer zum Lachen bringen.« Sie hielt inne. »Na ja, gewöhnlich schon.«

»Sagen Sie mir, was Sie an ihm nicht gut finden«, forderte Hilary sie auf. »Versucht er, Sie zu kontrollieren?«

»Nein, eigentlich nicht. Ich nehme an, bisher waren wir noch nie verschiedener Meinung. Jedenfalls nicht über wichtige Dinge. Sein schlimmster Fehler ist, dass er im Haus sehr schlampig ist. Er stellt seine Teetassen ab, wo immer er geht und steht, und ich verbringe meine Zeit damit, seine schmutzigen Socken und zerfledderten historischen Zeitschriften hinter ihm herzuräumen.« Sie lächelte liebevoll. Er verlor auch ständig Sachen, weil er so unordentlich war, und sie fand die dann an den unmöglichsten Stellen wieder. Einmal tauchte sein Scheckheft in einem Blumenkasten vor dem Wohnzimmerfenster auf, nachdem er wohl die Blumen gegossen hatte. »Sind Sie verheiratet?«, fragte sie Hilary und sah dann, dass die keinen Ehering trug.

»Ich könnte es nicht ertragen, von einem Mann herumkommandiert zu werden«, sagte sie. »Ich liebe meine Freiheit zu sehr, bezweifle also, dass ich je heiraten werde. Ich schätze mich glücklich, dass ich in einer Zeit geboren bin, in der Frauen in einem interessanten Job ein gutes Gehalt verdienen können und keinen Mann brauchen, der für sie sorgt. Niemals zuvor in der Geschichte hatten Frauen so viel Freiheit wie wir heute, nicht wahr?«

»Eigentlich waren sie in Ägypten zur Zeit Cleopatras auch ziemlich frei«, antwortete Diana. »Frauen durften Häuser und Geschäfte besitzen. Sie genossen eine ebenso gute Bildung wie die Männer und konnten ihre Ehemänner selbst wählen. Wenn Sie in der gleichen Epoche über das Mittelmeer nach Rom schauen, dann waren die Frauen dort das Eigentum ihrer Väter und Ehemänner.«

»Vielleicht fanden Sie deswegen Cleopatra so faszinierend?«, meinte Hilary. »Weil Sie eine unabhängige Frau sind? Jedenfalls wird Ihr Ehemann seine Ansichten ein wenig modernisieren müssen. Am Telefon ist es nicht leicht, besonders mit dem Rauschen in der Leitung. Warum schreiben Sie ihm nicht einen Brief, in dem Sie ihm erklären, warum Sie diese Gelegenheit ergreifen mussten, und ihn bitten, das zu verstehen? Sagen Sie ihm, dass Sie ihn lieben, aber trotzdem herkommen mussten. Wenn er Sie liebt, überlegt er es sich bestimmt.«

Diana nickte. »Das ist eine gute Idee. Das tu ich.«

67

»Und machen Sie nicht den Fehler, den Brief in einen italienischen Briefkasten zu werfen – die werden so gut wie nie geleert. Wir haben einen täglichen Kurierdienst nach London, dem können Sie Ihren Brief mitgeben. Fragen Sie Candy danach.«

Diana reichte ihr die Schachtel mit den Papiertüchern zurück. »Vielen Dank für Ihren Ratschlag. Der scheint mir sehr weise zu sein.«

Sie setzte sich an die Schreibmaschine und konzentrierte sich darauf, die Notizen des Tages abzutippen, beschloss danach, zur Tonbühne zu gehen und nachzuschauen, was gefilmt wurde. Auf dem Weg dorthin bemerkte sie Helen, die auf einer Wiese lag und aus einer Cola-Flasche trank.

»Machst du gerade Pause?«, fragte sie und setzte sich.

»Heute wird nicht gefilmt«, erklärte ihr Helen. »Elizabeth Taylor hat ihre Periode, und es steht in ihrem Vertrag, dass sie in den ersten drei Tagen nicht arbeiten muss.«

»Aber das ist doch lächerlich!«, rief Diana.

»Die führen einen Kalender, in dem sie die Tage markieren, damit sie vorhersehen können, wann sie das nächste Mal ausfällt.«

Diana erinnerte sich, dass jemand bei der Drehbuchbesprechung etwas von rot im Kalender angestrichenen Tagen gesagt hatte, und vermutete, dass die Bemerkung sich darauf bezogen hatte. »Was wäre, wenn alle Frauen das machten?«, fragte sie. »Ich fände es wunderbar, immer drei Tage frei zu haben.«

Helen nickte zustimmend. »Ich auch! Sie begründet es damit, dass sie vor der Kamera perfekt aussehen muss, und sie glaubt nicht, dass sie in dieser Zeit des Monats gut genug aussieht. Was denkt die eigentlich, wozu es Make-up gibt? Unter uns, der Witz ist, dass sie ihre Periode nicht nach dem Kalendermonat hat, sondern dass die immer mit dem Morgen nach einer nächtlichen Party zusammenfällt.«

»Das ist aber unprofessionell! Ich bin erstaunt, dass man ihr so was durchgehen lässt.« Diana erinnerte sich daran, dass Helen selbst am Vorabend ziemlich über die Stränge geschlagen hatte. »Das hat Spaß gemacht gestern Abend. Danke, dass du mich eingeladen hast. Ich hoffe, es geht dir heute gut?«

»Ja!« Helen grinste. »Ich hab mich prächtig amüsiert. Wir haben ein paar Italiener kennengelernt und sind noch mit denen tanzen gegangen. Ist das nicht einfach toll, dass die so gern flirten? Mit denen macht das so viel mehr Spaß als mit britischen Männern.«

Diana dachte an Ernesto und musste zustimmen. Sie gewöhnte sich allmählich daran, wie seine Augen über ihren Körper wanderten und wie er ihren Arm berührte und vertraut mit ihr redete, als würden sie sich schon Ewigkeiten kennen. Es war nur ein unschuldiger Flirt, und sie genoss das sehr.

»Hast du einen Freund?«, fragte sie Helen.

»Nein, aber ich hätte gern einen. Hier arbeiten so viele attraktive Männer, dass ich gar nicht weiß, wo ich anfangen soll. Ich wünschte nur, ich könnte besser Italienisch, denn die Italiener finde ich am schnuckeligsten, aber es gibt da auch einen amerikanischen Kameramann, der mir gefällt, und einen von den Jungs vom Licht.« Sie seufzte. »Wenn die sich nur endlich aufraffen könnten, mich einzuladen.«

»Das wird bestimmt nicht lange dauern«, versicherte ihr Diana. »Du siehst so gut aus, die werden dir nicht widerstehen können.«

Als sie an diesem Abend Cinecittà verließ, um zu ihrer Pension zurückzufahren, lungerte ein einsamer Fotograf am Tor herum.

»*Liz Taylor è lì oggi*?«, rief er durch das offene Fenster des Studiowagens herein – »Ist Liz Taylor heute hier?«

Diana erwiderte, dass sie nicht hier wäre.

»*E domani*?« – »Und morgen?«

»*Non lo so*.« – »Ich weiß es nicht.«

Auf der Fahrt in die Stadt überlegte sie, was für einen langweiligen Job diese Männer hatten, die auf die wenigen Augenblicke am Tag warten mussten, wenn Elizabeth Taylor durch das Studiotor chauffiert wurde oder ein paar Schritte vom Auto zu dem Restaurant ging, wo sie zu Abend aß. Wie hatte Helen sie genannt? *Paparazzi*. Seltsames Wort. Es ähnelte dem Wort *pappataci*, einem Begriff, den die Italiener für eine lästige kleine Mücke verwendeten. Vielleicht kam es daher. Sie brummten auf ihren Motorrollern herum und versuchten, die Reichen und Berühmten im grellen Schein ihrer Blitzlichter einzufangen, einen Stich zu landen. Es schien ihr keine sonderlich lohnende Beschäftigung zu sein, um seinen Lebensunterhalt zu verdienen. Dann mal viel Glück.

Kapitel 9

Als Scott es das nächste Mal schaffte, die wunderschöne junge Italienerin auf der Straße zu treffen, fragte er sie nach ihrem Namen.

»Gina«, antwortete sie rasch, errötete und versuchte, eilig an ihm vorbeizuhuschen.

Scott drehte sich um, um neben ihr herzugehen, als hätten sie die gleiche Richtung und als wäre es das Natürlichste auf der Welt. Sie neigte den Kopf und versuchte zu verhindern, dass irgendjemand sah, wie sie mit dem jungen Amerikaner sprach. Anstatt sie sofort anzumachen, plauderte er freundlich. Er erzählte ihr, dass er erst seit drei Monaten in Rom war und nicht viele Leute kannte, also beinahe jeden Abend allein zu Hause verbrachte. Er erwähnte, dass er kürzlich seinen Abschluss am College gemacht hatte und dass er ein hervorragender Leichtathlet gewesen war. Hochsprung war seine beste Disziplin; er konnte die 1,50 m locker überspringen. Sollte er ihr das einmal demonstrieren, indem er über eine geparkte Vespa sprang?

»*No, no*«, erwiderte sie kichernd, »*non è necessario.*« – »Das ist nicht nötig.«

Er fragte sie, ob sie Musik mochte, und als sie »*Sì, certamente*« sagte, sang er eine kurze Passage aus einem Elvis-Lied, das zu Hause gerade herausgekommen war: »Can't Help Falling in Love«. Er merkte, dass sie das interessierte, denn sie lachte trotz ihrer Nervosität. Scott mochte junge Frauen und hatte schon längst begriffen, dass man halb gewonnen hatte, wenn man sie zum Lachen brachte. Er hatte beobachtet, wie seine Freunde sie viel zu offensichtlich anbaggerten und dann eine Abfuhr erhielten oder mit spitzen

Bemerkungen abgefertigt wurden. Er hatte herausgefunden, dass die Clown-Nummer besser funktionierte, weil die Mädels dann ganz entspannt blieben.

Er sah nicht schlecht aus, fand er zumindest. Eine Ex-Freundin hatte ihm einmal gesagt, er sähe aus wie eine jüngere, attraktivere Version von John F. Kennedy. Leider hatte ausgerechnet die ihn später wegen einem seiner besten Freunde aus der Leichtathletikmannschaft sitzenlassen, aber zumindest das Kompliment hatte er in bester Erinnerung. Es hatte ihn damals verletzt, dass er verlassen wurde, aber er war nicht in das Mädchen verliebt gewesen, und so war eher sein Stolz gekränkt als sein Herz gebrochen gewesen.

»Jeden Tag sehe ich, wie Sie in die Kirche und dann auf den Markt gehen«, sagte er auf Italienisch zu Gina, und er vermutete, dass er den Satz verdreht oder ein falsches Wort benutzt hatte, denn sie kicherte. »Was machen Sie am Nachmittag oder Abend?«

»Ich koche für meine Familie«, antwortete sie. »Mittagessen und Abendessen. Ich helfe meiner Schwester mit den Babys.« Dann begann sie zu beschreiben, wie niedlich die Babys waren und wie eines von ihnen gerade sein erstes Wort gesagt hatte.

»Sie werden sicher eines Tages eine sehr gute Mutter«, sagte Scott zu ihr, und sie schlug verlegen die Hände vors Gesicht. Er bemerkte, dass sie jetzt entspannter wirkte, da sie einige Straßen von ihrem Zuhause entfernt waren. War es nun Zeit, sie zu fragen?

»Ich freue mich, dass wir endlich die Gelegenheit haben, uns zu unterhalten. Ich beobachte Sie schon so lange, jeden Morgen um die gleiche Zeit. Sie sind so wunderschön, dass ich die Augen nicht von Ihnen wenden kann.«

Sie neigte den Kopf und ging weiter.

»Kann ich Sie einmal abends zum Ausgehen einladen?

Wir könnten zusammen zu Abend essen oder einen Kaffee trinken oder einen Spaziergang im Park der Villa Borghese machen?«

»Nein, das geht nicht.« Ihre Stimme klang bedauernd, also gab Scott nicht gleich auf.

»Wenn Sie wollen, könnte ich kommen und mich Ihrer Familie vorstellen, damit sie merkt, dass ich den größten Respekt für Sie empfinde.« Er berührte ganz leicht ihren Arm und schaute sie mit flehenden Augen an. »*Per favore?*«

»Es tut mir leid, aber es würde niemals funktionieren. Mein Vater ist ein wichtiger Geschäftsmann hier, und der würde es niemals akzeptieren, dass seine Tochter ein Rendezvous mit einem Ausländer hat. Niemals.«

»Wie heißt er?«

»Don Ghianciamina. Haben Sie schon von ihm gehört?« Sie beobachtete sein Gesicht, aber er zuckte nur die Achseln. Nein, das hatte er nicht. »Nun, wenn Sie sich umhören, werden Sie herausfinden, dass er ein sehr traditioneller Vater ist. Ich kann jetzt wirklich nicht mehr weiter mit Ihnen sprechen.«

Sie wandte sich von ihm ab, und Scott packte sie beim Arm. »Bitte bleiben Sie noch.«

Plötzlich schrie sie auf und schob Scott von sich. »Gehen Sie jetzt. Laufen Sie! Da kommt mein Bruder!«

Er drehte sich um und sah einen jungen Italiener auf der Straße auf sie zurennen. Scott beschloss, nicht von der Stelle zu weichen. Er wollte versuchen, mit dem jungen Mann zu reden. Und wenn es hart auf hart kam, konnte er es wohl mit ihm aufnehmen, denn er war gößer als der Bruder.

Der Mann packte Gina am Ellbogen und brüllte ihr etwas auf Italienisch zu, aber so schnell, dass Scott nichts verstehen konnte. Er wollte gerade den Mund aufmachen und »Lass sie in Ruhe« sagen. Zu spät sah er den linken Haken, der auf seine Nase zusteuerte. Die Wucht des Schlages brachte ihn aus dem Gleichgewicht, und er fiel auf den Bürgersteig. Als er aufstehen wollte, traf ihn ein Stiefel in die Rippen, und dann wurde er von der anderen Seite getreten und begriff, dass er es mit mehr als einem Angreifer zu tun hatte. Fäuste und Stiefel schlugen und traten in erbarmungslosem Rhythmus von allen Seiten auf ihn ein. Es mussten mindestens drei Männer sein, und sie wechselten sich ab. Er rollte sich zusammen, um seinen Kopf zu schützen, und versuchte, auf eine Tür zuzukriechen, die sich hinter ihm befand, aber immer noch hagelten Schläge auf ihn nieder.

Großer Gott, die bringen mich um, dachte Scott.

Aus dem Augenwinkel konnte er sehen, wie Passanten vorüberhuschten. Er rief: »*Aiuto*!« – »Hilfe!« Aber niemand blieb stehen. Autos fuhren vorbei. Es war heller Morgen, doch niemand war bereit, dazwischenzutreten. Seine Angreifer sagten kein Wort, schienen jedoch nicht die Absicht zu haben, bald aufzuhören. Irgendwie schaffte es Scott, sich in den Eingang zu schleppen. Er versuchte, die Tür zuzuschieben. Endlich, nach einem letzten Tritt, verschwanden die Männer.

Scott machte die Tür zu, lag eine Weile reglos da und tastete seine Verletzungen ab. Alles tat ihm weh: das Gesicht, die Rippen, der Magen, die Nieren. Er musste sich übergeben, fast nur Galle, dann wischte er sich mit dem Handrücken über den Mund. Er hatte bereits von dem Klischee gehört, dass italienische Männer ihre Frauen beschützten, aber dies hier war ja wohl maßlos übertrieben. Er hätte sterben können.

Er hob den Kopf und sah, dass er sich in einer Art Innenhof mit einem kleinen Brunnen in der Mitte befand. Er rief wieder um Hilfe, aber niemand antwortete, und es war auch niemand zu sehen. Sicher hatte doch zumindest einer der

Passanten bei der Polizei angerufen? Er lauschte auf das Geräusch von Sirenen, aber außer dem Plätschern des Brunnens und dem leisen Brummen des Verkehrs draußen war nichts zu hören. Er musste unbedingt in ein Krankenhaus, aber als er aufstehen wollte, gaben die Beine unter ihm nach.

Vorsichtig öffnete er die Tür einen Spalt weit und schaute hinaus, um sicher zu sein, dass die Männer wirklich weg waren. Er kroch auf allen vieren an den Straßenrand und zog sich an einem Auto hoch. Weiter oben an der Straße kam ein Taxi, dessen Schild erhellt war. Er wartete, bis es beinahe auf seiner Höhe war, und trat dann auf die Straße, so dass es gezwungen war, zu halten. Er taumelte auf die andere Seite, riss die Tür auf und fiel in den Wagen.

»*All'ospedale*«, sagte er zum Fahrer. »Ins Krankenhaus. *Presto.*«

Kapitel 10

Diana beschloss, Kontakt mit Irene Sharaff aufzunehmen, die die Kostüme für Elizabeth Taylor entwarf, befolgte aber Candys Rat und ließ sich von Miss Sharaffs Sekretärin einen Termin geben. Allem Anschein nach war sie eine Frau, bei der man besser nicht aneckte.

In der Kostümabteilung schickte man Diana in einen großen, höhlenartigen Raum voller strahlender Farben. Kleider in Juwelenfarben waren um Schneiderpuppen mit weißen Gesichtern gesteckt, und Bahnen von glitzernden Stoffen bedeckten Tische und Stühle.

Diana erkannte Irene Sharaff sofort, denn sie hatte ihr Foto in verschiedenen Zeitschriften gesehen. Die markanten Gesichtszüge und die Hakennase wurden durch das straff zu einem Knoten zusammengefasste dunkle Haar noch betont.

»Sie sind also historische Beraterin?« Sie schnaubte ein wenig. »Wie finden Sie das alles, mein Liebe?«

Diana beschloss, ehrlich zu antworten. »Niemand scheint besonders erpicht darauf zu sein, sich meine Ratschläge anzuhören. Aber ich habe Walter versprochen, sie trotzdem zu geben.«

»Und heute sind Sie hergekommen, um mich zu beraten?« Mit einem scharfen Blick hatte Irene den ausgestellten gelben Rock und die weiße Bluse erfasst, die Diana trug.

»Das würde ich mir niemals anmaßen, Miss Sharaff. Ich bin ein großer Fan Ihrer Arbeit. Ich fand *West Side Story* wunderbar. Die Kleider der Mädchen waren herrlich. Und *Guys and Dolls* fand ich toll, und *Meet Me in St Louis* … Sie bringen einen so frischen Schwung in all Ihre Entwürfe.«

Diese Rede hatte sie sich vorher ausgedacht, weil sie so aufgeregt war, diese großartige Frau kennenzulernen.

»Irgendjemand hat Ihnen offensichtlich geraten, mir Honig ums Maul zu schmieren. Gut gemacht!« Sie lächelte. »Ich weiß schon, was Sie mir über Cleopatras Kostüme sagen wollen. Im ersten Jahrhundert vor Christus wären sie nicht so tief ausgeschnitten und auch nicht in der Taille zusammengerafft gewesen; es wäre eher eine Art gerade geschnittener Tunika gewesen, vielleicht mit einem Gürtel. Ist es das, was Sie mir sagen wollten?«

»Ich war mir sicher, dass Sie das schon wissen«, erwiderte Diana eilig. »Ich wollte mich nur erkundigen, welche Entscheidungen Sie getroffen haben.«

»Das ist offensichtlich. Der Grund, warum man mich für diesen Film haben wollte, ist, dass ich weiß, wie man Elizabeth Taylor anzieht, und das ist kein Witz. Die weltberühmten Brüste müssen zur Schau gestellt werden; das steht zwar nicht ausdrücklich in ihrem Vertrag, könnte aber drinstehen, denn der letzte Film, den sie gemacht hat, ohne sie dem Publikum entgegenzurecken, war *Heimweh – Lassie Come Home*.«

Diana grinste und fühlte sich schon wohler.

»Ich muss Schnitte auswählen, die nicht zeigen, dass Miss Taylor, um es deutlich zu sagen, mollig ist. Und ich muss die Kostüme von einem Tag zum anderen ändern können, weil ihr Gewicht rauf und runter geht wie ein Jo-Jo. Ich schwöre, sie kann über Nacht zwei, drei Zentimeter um die Hüften zunehmen! Eine gerade geschnittene Tunika würde bei ihr niemals gut aussehen, besonders wenn sie neben all den klapperdürren Dienerinnen steht. Da würde sie wie ein Sack Mehl wirken.«

Diana begriff, was Irene meinte. »Sie haben bei der Recherche der Farben sehr gute Arbeit geleistet. Nur fünfzig

Jahre früher hätte man all die Färbemittel nicht gehabt, aber Sie haben die Blau-, Grün- und Terrakottatöne eingefangen, die um 40 vor Christus in Alexandria verwendet wurden.«

»Wissen Sie, welche Anweisungen mir Walter gegeben hat? Sorge dafür, dass Elizabeth sich von all den ausgefallenen Kulissen abhebt, damit das Publikum nur auf sie schaut, wenn sie auf der Leinwand erscheint. Sie kostet uns eine Million Dollar, und er will was für sein Geld.« Sie schnaubte. »Sie können sich glücklich schätzen, wenn Sie ihn überreden können, irgendwas zu ändern, damit es historisch akkurat wird, wenn es auch nur einen Cent mehr kostet.«

»Allmählich begreife ich das.«

Irene stand auf und führte Diana durch den Raum, zeigte ihr ein paar Kostüme, die später beim Dreh verwendet werden sollten. Sie wurden immer kunstvoller, eines war eine Art vergoldetes Kettenhemd, das man sicherlich im ersten vorchristlichen Jahrhundert nicht getragen hätte, aber Diana erwähnte das nicht.

»Fassen Sie das mal an«, sagte Irene und legte ihr das Kleid über den Arm. Diana war erstaunt über das Gewicht. Es musste mindestens zwanzig Pfund schwer sein. Wie würde Elizabeth darin herumlaufen?

»In der Szene wird sie sitzen«, erklärte Irene mit einem Schmunzeln.

Sie sprachen über die Ikonographie der Kopfbedeckungen, und Diana zeichnete die Skizze eines Strahlenkranzes, der vielleicht im Film vorkommen könnte. Sie diskutierten, welche Kostüme die anderen Personen tragen sollten, und Diana zeigte Irene ein Bild von den juwelenbesetzten Sandalen, in denen Cleopatra herumspaziert sein könnte.

Irene lachte. »Elizabeth würde niemals flache Schuhe anziehen. Sie hat pummelige Füße, und sie muss mindestens sieben Zentimeter Absatz tragen, weil Caesar sonst turmhoch über ihr aufragen würde. Wir sind ja nicht im antiken Alexandria; wir sind in Hollywood am Tiber, Schätzchen.«

Ehe Diana ging, schaute Irene sich noch einmal ihr Outfit an. »Darf ich Ihnen einen Vorschlag machen? Sie haben schmale Hüften, aber in dem Rock merkt das niemand. Lassen Sie mal Ihre Beine sehen.«

Verlegen zögerte Diana, ehe sie den Saum ihres Rocks bis auf Kniehöhe hob.

»Hab ich's mir doch gedacht. Ihr englischen Mädchen mit der knabenhaften Figur habt alle tolle Beine. Sie sollten sich ein paar kniekurze Röcke und Kleider besorgen, die an der Hüfte eng anliegen. Nehmen Sie bei Ihrem Teint am besten helle Pastelltöne. Und in Caprihosen würden Sie auch toll aussehen. Wenn ich ehrlich sein darf, wirken Sie ein bisschen ungelenk in diesem ausgestellten Rock, wie eine kleine Begleitsängerin in einer Rockabilly Band.« Sie lächelte. »Nichts für ungut.«

»Kein Problem«, erwiderte Diana, obwohl sie die Tipps ein wenig verstört hatten.

Als sie in ihr Büro zurückging, beschloss sie, sie zu befolgen. Schließlich kamen sie von einer der weltbesten Kostümbildnerinnen! Ihr wurde klar, dass sie keine Ahnung hatte, wo in Rom die Geschäfte für Damenbekleidung waren – sie hatte bisher auf der Fahrt zum Studio und zurück nur Bars und *trattorie* gesehen – aber Helen würde ihr da sicher helfen können.

Diana machte sich auf den Weg zu den Tonbühnen und folgte den handgeschriebenen Schildern, die zu der Garderobe zeigten, wo an diesem Tag die Maske war. Helen saß da und blätterte in einer Frauenzeitschrift namens *Honey*.

»Gott sei Dank, dass du vorbeigekommen bist«, rief sie aus und pfefferte die Zeitschrift in die Ecke. »Mir ist sterbenslangweilig. Es ist nichts zu tun, und zum Sonnenbaden ist es nicht warm genug.«

»Keine Schauspieler zu schminken?«

»Ich habe heute Morgen ein paar Dienerinnen und Centurions zurechtgemacht, und jetzt braucht mich niemand mehr.«

»Ich schon«, sagte Diana und erkundigte sich dann, ob Helen gute, nicht zu teure Kleidergeschäfte in Rom kannte, wo sie ihre Garderobe ein wenig modernisieren könnte.

Sofort schlug Helen La Rinascente auf der Via del Corso vor. »Ich bin auch erst ein paar Wochen hier und habe schon Berge von Sachen da gekauft. Warum gehen wir nicht heute Nachmittag zusammen hin? Wir könnten hier um fünf abhauen, und die haben bis halb acht auf. Ich kann dich beraten. Ich finde es toll, mit Freundinnen einkaufen zu gehen.«

Diana stimmte gern zu, denn sie war keine sehr selbstbewusste Einkäuferin. Als sie im Laden ankamen, war sie froh, dass Helen dabei war, denn die Auswahl war überwältigend. Angesichts der endlosen Reihen von Kleidern, die sich an den eleganten Säulen und Galerien des Geschäfts bis in die weite Ferne zu erstrecken schienen, hätte sie allein bestimmt aufgegeben und wäre nach Hause gegangen.

Helen stöberte ein paar wunderschöne Kleider auf und brachte sie in die vornehme Umkleidekabine, wo Diana sie sich nur überziehen musste. Sie wusste, dass sie reichlich Geld auf dem Konto hatte, weil ihr die Filmgesellschaft ihre Reisespesen im Voraus gezahlt hatte, und leistete sich also vier Etuikleider in dem Stil, den Irene Sharaff empfohlen hatte, dazu noch ein violettes Abendkleid und eine weiße Caprihose, ein paar Kaftanoberteile und einen leichten Sommermantel, weil ihr klar geworden war, dass sie ihren schweren Wollmantel hier in Rom nicht oft brauchen würde.

Helen probierte einen hübschen schwarzweißen Pullover mit einem geometrischen Muster an, hängte ihn dann aber zurück.

»Warum kaufst du dir den nicht?«, fragte Diana. »Der steht dir gut.«

»Bis zum nächsten Zahltag bin ich pleite. Es geht ganz schön ins Geld, jeden Abend auszugehen.«

»Dann spendiere ich ihn dir«, sagte Diana. »Ich bestehe darauf. Ein kleines Geschenk, weil du mir heute so geholfen hast. Ich wäre gleich wieder rausgegangen, ohne irgendwas zu kaufen, wenn du nicht hier gewesen wärst.«

Helen protestierte, aber Diana nahm einfach den Pullover und legte ihn zu dem Stapel, der schon an der Kasse wartete. Als sie einen Reisescheck ausstellte, um die Rechnung zu bezahlen, hatte sie ganz kurz Gewissensbisse wegen Trevor. Natürlich war es nicht nur ihr Geld – es war auch seines. Er bezahlte zu Hause alle Kosten. Sie würde ihm heute Abend schreiben, wie Hilary es vorgeschlagen hatte.

Als sie wieder in der Pensione Splendid war, setzte sie sich aufs Bett und schrieb auf, was sie fühlte. Sie erklärte Trevor zunächst, wie sehr ihr die Gespräche mit ihm fehlten. Sie war noch nicht auf dem Forum oder beim Kolosseum gewesen, weil er der einzige Mensch war, mit dem sie diese Sehenswürdigkeiten anschauen wollte. Sie erklärte ihm, dass ihr bewusst war, wie seicht und frivol die Arbeit an einem Hollywood-Film war, dass sie für sie aber eine andere Art von Bildung darstellte – sie lernte die menschliche Natur besser kennen. Sie beschrieb Joe Mankiewicz und berichtete, dass er jeden Abend vor dem Dreh die nötigen Drehbuchseiten verfasste. Sie erzählte von Irene Sharaff und den Kriterien, die sie auf die Entwürfe von Elizabeth Taylors Garderobe anwandte, zum Beispiel, dass die »weltberühmten Brüste« zur Schau gestellt werden mussten. Sie erzählte ihm von den indischen Elefanten und davon, dass der Zirkusbesitzer, der sie zur Verfügung gestellt hatte, nun ein Verfahren gegen Twentieth Century Fox angestrengt hatte, weil man »seine Elefanten beleidigt hatte«. Der Brief wurde viele Seiten lang. Sie fühlte sich Trevor wieder ganz nah, weil sie jetzt alles zum Ausdruck bringen konnte, was ihr durch den Kopf ging, und sie betete, dass er den Brief lesen und versuchen würde, sie zu verstehen.

Schließlich flehte sie ihn an, bald zu antworten und den Kurierdienst des Studios zu benutzen oder sie im Büro anzurufen. Wenn sie nicht da war, würde jemand eine Nachricht entgegennehmen, und sie würde zurückrufen. Dann fiel ihr nichts mehr ein, was sie ihm noch mitteilen konnte, und sie unterschrieb mit vielen, vielen lieben Grüßen und einer ganzen Reihe von X für Küsschen darunter. Sie spürte einen Schmerz in der Brust, an genau der Stelle, wo ihr Herz war.

Kapitel 11

Scott verbrachte zwei Tage in einem Morphiumnebel, während Ärzte und Krankenschwestern kamen und gingen und er gelegentlich irgendeine unangenehme Prozedur über sich ergehen lassen musste. Seine Nase war gebrochen, und man hatte Pflasterstreifen darübergeklebt und große Wattebausche hineingestopft, so dass er nur durch den Mund atmen konnte. Seine Rippen waren fest bandagiert, und sein linkes Handgelenk war auch gebrochen und eingegipst. Er erinnerte sich vage daran, dass einer der Männer draufgetreten war. Man hatte ihm einen Katheter gelegt, und er wusste, dass Blut im Urin war, wohl von all den Schlägen und Tritten, die er in die Nieren bekommen hatte. Doch der Arzt versicherte ihm, dass das »Trauma« bald heilen würde.

Außer Prellungen und Schwellungen hatte er viele Blutergüsse im Gesicht und am ganzen Körper, und eine Krankenschwester meinte, dass die wohl ein *pugno di ferro* benutzt hatten. Diesen Begriff hatte er noch nie gehört, aber nachdem sie es mit einer Pantomime versucht hatte, begriff er, dass sie einen Schlagring meinte. Was für Leute trugen denn an einem normalen Wochentag morgens so was mit sich herum? Die bloße Vermutung erschütterte ihn, aber als er die Schnittwunde über seiner Stirn untersuchte, konnte er sehen, wo die metallischen Spitzen eingedrungen waren. Es musste also stimmen.

Zwei *carabinieri* kamen, und er erzählte ihnen seine Geschichte langsam und sorgfältig, erinnerte sich an jede Einzelheit seines Gesprächs mit der jungen Frau und gab eine genaue Beschreibung ihres Bruders. Die beiden anderen Angreifer hatte er nicht deutlich gesehen, aber er meinte, sie hätten Lederjacken getragen. Als er den Namen Ghiancia-mina und die Tatsache erwähnte, dass die Familie an der Piazza Navona wohnte, schauten die *carabinieri* einander stumm an.

»Ich glaube, da müssen Sie sich verhört haben, Sir. Es gibt eine Familie mit diesem Namen, aber das ist eine sehr prominente Familie von hervorragendem Leumund.«

»Ich kann Ihnen das Haus zeigen, wo sie wohnen«, beharrte Scott. »Bringen Sie mich dorthin, und ich identifiziere den Mann, der mich so zugerichtet hat.«

Einer der Polizisten zog eine Mappe heraus. »Das ist nicht nötig, Sir. Wir haben Bilder von allen gewalttätigen Kriminellen in der Stadt mitgebracht, und Sie können sie durchgehen und auf die Männer zeigen, die Sie verletzt haben, ohne dass Sie Ihr Bett verlassen müssen.«

Scott begann die Bilder durchzusehen. Es waren sämtlich ziemlich brutal aussehende junge Männer mit dunkler Haut, zwischen fünfzehn und fünfundzwanzig Jahren alt, und alle schauten auf den Polizeiaufnahmen recht grimmig drein. »Mein Angreifer war eleganter gekleidet und hatte hellere Haut als diese hier«, sagte er, schaute aber die Mappe bis zum Ende durch. »Nein, es war keiner von denen. Können wir jetzt zur Piazza Navona gehen?«

»Die Ärzte sagen, dass Sie noch nicht aufstehen dürfen. Keine Sorge, wir befragen die Ladenbesitzer und Barmänner auf dieser Straße, und wir hoffen, dass sich Zeugen finden werden. Sind Sie sicher, dass man Ihnen Ihre Brieftasche nicht weggenommen hat? Oft geht es ja auch um Raub.«

»Meine Brieftasche ist hier«, sagte Scott und deutete auf das Nachttischchen neben seinem Bett. »Ich bin nicht ausgeraubt worden. Man hat mich zusammengeschlagen, weil ich mit dem Mädchen Gina geredet habe.« Er war frustriert, denn er hatte ihnen einen Namen und eine Adresse genannt, und sie nahmen ihn nicht ernst. »Herrgott noch mal, wollt ihr den Kerl nicht schnappen? Wo liegt das Problem? Wollt ihr warten, bis sie noch jemanden so zurichten?«

»Zumindest leben Sie noch«, sagte einer der beiden leise. »Ihre Knochen werden heilen.«

Scott starrte ihn an, war zu verdutzt, um etwas sagen zu können.

Die Krankenschwestern hatten ihn gefragt, ob er wollte, dass sie sich mit seiner Familie in Verbindung setzten, doch er hatte sich überlegt, dass es zu viel Wind machen würde, wenn er seine Eltern in den Staaten anrief. Die würden sofort herfliegen und ein Riesentheater veranstalten und wochenlang hierbleiben, während er sich erholte. Scott wusste das, weil er schon einmal zusammengeschlagen worden war. Eine Bande hatte ihn auf dem Heimweg von der Schule überfallen, und er hatte sich gewehrt, was dazu geführt hatte, dass ihm sehr viel übler mitgespielt worden war als seinem Freund, der nach dem ersten Schlag weggelaufen war. Seine Mutter hatte völlig hysterisch reagiert und darauf bestanden, Scott das ganze restliche Schuljahr lang mit dem Auto von der Schule abzuholen, und ihm auch abends nicht mehr erlaubt, mit Freunden wegzugehen. Dass man zusammengeschlagen wurde, das passierte einem als jungem Kerl einfach ab und zu – hoffentlich nicht mehr allzu oft.

Trotzdem lief es ihm jedes Mal kalt über den Rücken, wenn er an den Schlagring dachte und daran, dass drei gegen einen gewesen waren. Sie hatten wohl allen Ernstes die Absicht gehabt, ihn schwer zu verletzen, und es war ihnen egal gewesen, ob er starb oder am Leben blieb. Das war zum Fürchten.

Rosalia, eine junge Krankenschwester, schien sich besonders zu sorgen, dass er gar keinen Besuch bekam, und blieb immer ein bisschen bei ihm stehen, um mit ihm zu plaudern, wenn sie Dienst hatte. Sie war ein wenig mollig um die Hüften, aber sie hatte sexy Grübchen in den Wangen. Also begann er mit ihr zu flirten.

»Rosalia, meinen Sie, das ich je wieder eine Freundin bekomme? Ich werde mit all meinen Narben und der schiefen Nase ganz furchtbar aussehen. Sollte ich mich gleich in einem Kloster anmelden?«

»Sie kommen schon klar«, antwortete sie. »Es kommt auf die Persönlichkeit an.«

»Na gut, dann bin ich verloren«, sagte er. »Persönlichkeit hatte ich noch nie. Ich habe mich immer auf mein wunderschönes Gesicht verlassen, um die Mädchen rumzukriegen.«

»Vielleicht werden Sie nun ein netterer Mensch«, meinte sie. »Sie müssen jetzt sehr freundlich zu den jungen Damen sein, ihnen Geschenke kaufen und sich wie ein Gentleman benehmen.«

»Ich werde ganz schön einsam sein, wenn sie mich hier rauslassen. Da sitze ich dann mutterseelenallein in meiner kleinen Wohnung und erhole mich. Ich werde unsere Gespräche vermissen. Ich nehme an, es kommt nicht in Frage …«

Er brauchte nicht lange, um sie dazu zu überreden, nach seiner Entlassung aus dem Krankenhaus mit ihm am Abend essen zu gehen. Es wäre ganz gut, eine Krankenschwester im Haus zu haben, überlegte er, falls er mehr Schmerztabletten brauchte. Sie würde doch sicher welche aus der Krankenhausapotheke abzweigen können? Und in der Zwischenzeit konnte er sich mit einem kleinen Flirt die Zeit vertreiben.

Seine Sekretärin kam zu Besuch und brachte Papiere mit, die er unterschreiben musste. Er berichtete ihr von seiner Frustration darüber, dass die Polizei wegen des Überfalls nichts unternahm, aber als er den Namen Ghianciamina aussprach, zuckte sie zusammen.

»Scott, Sie müssen auf mich hören. Das sind Mafia-Leute aus Sizilien, und Sie dürfen auf keinen Fall gegen sie Anzeige erstatten, denn die Polizei kann Sie da nicht schützen. Kommen Sie ins Büro zurück, vergessen Sie, was geschehen ist, und halten Sie sich von diesen Leuten fern. Sonst müssen Sie Rom verlassen.«

»Das soll wohl ein Witz sein? Und die kommen ungeschoren davon? Auf keinen Fall!«

»Doch, genau das meine ich.«

»Was ist das denn für ein Land hier?«

Scott wusste, dass es in den Staaten in New York und Chicago auch eine Mafia gab, weil ab und zu Nachrichten über irgendeine Fehde zwischen den Familien Schlagzeilen machten, aber die amerikanische Polizei tat wenigstens ihr Möglichstes, um die schlimmsten Übeltäter hinter Gitter zu bringen. Hier in Italien schien man es zufrieden zu sein, die Leute einfach frei herumlaufen zu lassen. Es war ein Skandal.

Er lehnte sich in die Kissen zurück. Auf keinen Fall würde er sie ungeschoren davonkommen lassen. Irgendwie musste er sich rächen, aber er musste sich eine Methode überlegen, bei der er seine eigene Sicherheit nicht aufs Spiel setzte. Er beschloss, erst einmal darüber zu schlafen.

Kapitel 12

Am 14. Oktober kam Walter Wanger im Produktionsbüro vorbei und lud Diana zu einer Party ein, die Kirk Douglas gab, um den Jahrestag des Filmstarts von *Spartacus* zu feiern. »Er hat gesagt, ich soll unsere Spitzenleute mitbringen. Elizabeth kommt natürlich. Bis später dann, meine Liebe.«

Diana war ein bisschen unwohl bei dem Gedanken, hinzugehen, aber Helen bot ihr an, in die Pension zu kommen und sie zu frisieren und zu schminken, so dass sie so schön wie möglich aussah. Diana saß auf einem Stuhl am Fenster, während Helen ihr eine seidige Grundierungscreme einmassierte und munter über die Stars plauderte, die vielleicht auch dort zu Gast sein würden.

»Du kennst doch Roddy McDowall, der den Octavian spielt?«, sagte sie kichernd. »Mit dem hatte ich eine total peinliche Begegnung, als wir gerade in Rom angekommen waren. Es gab eine Begrüßungsparty, und ich war ein bisschen beschwipst. Sie haben versucht, einen Studiowagen zu finden, der mich nach Hause brachte, aber der einzige, der noch zur Verfügung stand, war für Roddy gebucht und sollte ihn in seine Villa zurückfahren. Jedenfalls hat er mir angeboten, mich zu Hause abzusetzen, und in meinem betrunkenen Kopf habe ich mir eingebildet, er hätte ein Auge auf mich geworfen. Also habe ich mich rübergelehnt und versucht, ihn zu küssen, kurz bevor wir meine Pension erreichten.« Die bloße Erinnerung war ihr peinlich.

»Was hat er gemacht?«, fragte Diana voller Mitgefühl.

»Er war wirklich nett. Er hat mir die Hände auf die Schulter gelegt, etwa so ...« Sie zeigte es Diana. »Und dann hat er mit einem Augenzwinkern gemeint: ›Ich sollte dir wohl sagen, dass ich auf der anderen Seite des Ballsaals tanze, Schätzchen.‹ Natürlich wusste ich nicht genau, was er damit meinte, aber am nächsten Tag hat mir jemand erzählt, dass er mit seinem Freund John Valva hier ist. Er hat ihm eine Rolle als Centurion in diesem Film besorgt.«

»Hat er seither mit dir gesprochen? Hast du mal seine Maske machen müssen?«

»Nein, Gott sei Dank nicht. Aber am nächsten Tag bin ich ihm auf dem Flur begegnet, und er hat mir total nett zugezwinkert.« Helen lachte. »Deswegen weiß ich, dass er ein super Typ ist. Er ist praktisch Elizabeth Taylors engster Freund auf der ganzen Welt. Und wenn ich denke, dass ich ihn beinahe geküsst hätte!«

»Schade, dass er sich nicht für Frauen interessiert. Sonst hätte er sich sicher auf dich gestürzt!«

»Die sind hier alle schon vergeben.« Helen zählte sie an den Fingern ab. »Von Elizabeth Taylor weißt du das natürlich: ihre vierte Ehe, und sie ist noch nicht mal dreißig! Rex Harrison ist mit Rachel Roberts, der Schauspielerin, hier. Kennst du die?« Diana schüttelte den Kopf. »Die würdest du erkennen, wenn du sie siehst. Sie ist Alkoholikerin, sagt man. Jedenfalls sind sie verlobt und werden bald heiraten, obwohl Kay Kendall erst vor zwei Jahren gestorben ist. Angeblich war sie die Liebe seines Lebens, das haben sie jedenfalls damals gesagt, aber ich denke mal, er hat den Verlust verwunden. Richard Burton ist mit seiner Frau Sybil hier; die sind schon zwölf Jahre verheiratet. Und über Walter Wanger weißt du Bescheid, nicht?« Diana schüttelte den Kopf. »Er ist mit der Schauspielerin Joan Bennett verheiratet, aber als er einmal herausgefunden hatte, dass sie einen Liebhaber hat, schoss er dem in die Genitalien. Er hat dafür eine Weile hinter Gittern verbracht, aber nicht lange. Sie sind nicht geschieden, doch ich habe seine Frau hier in Rom noch nicht gesehen. Ich kann mir nicht vorstellen, dass es in dieser Ehe besonders harmonisch zugeht.«

»Großer Gott!« Diana versuchte diese Informationen mit dem sehr eleganten älteren Herrn in Einklang zu bringen, den sie kennengelernt hatte. »Und was ist mit Joe Mankiewicz? Ist der verheiratet?«

»Im Augenblick nicht. Aber der ist zu alt für mich. Sag mal, wann kommt eigentlich dein Mann her? Den würde ich gern kennenlernen. Sieht er sehr sexy aus?«

Diana lachte. »Er ist überhaupt nicht das, was man sexy nennen würde. Er ist ein sehr netter Mann, allerdings ...« Sie zögerte und überlegte, ob sie mit Helen über ihre Eheprobleme sprechen sollte, entschied sich aber dagegen. Helen war zu geschwätzig, und sie wollte nicht, dass alle darüber Bescheid wussten. »Er hat an der Uni sehr viel zu tun, aber ich hoffe, dass er ganz bald kommen kann.«

Diana erkannte sich im Spiegel kaum wieder, als Helen mit ihr fertig war. Sie hatte zartlila Schatten auf den Lidern und bis zu den Augenbrauen verteilt, in einer Schattierung, die hervorragend zu ihrem neuen violetten Kleid passte und ihre grün-braunen Augen betonte. Das schulterlange braune Haar hatte ihr Helen hoch auf den Kopf getürmt und mit Unmengen von klebrigem Haarlack fixiert. Diana sorgte sich, dass er vielleicht wie Fliegenleim wirken würde, aber Helen versicherte ihr, das sei ausgeschlossen. Sie nahmen zusammen ein Taxi zum Grand Hotel an der Via del Corso, und dann machte sich Helen auf den Weg zu einer Pizzeria, wo sie sich mit ein paar amerikanischen Schauspielerinnen vom Set traf, der gleichen Gruppe, die Diana neulich kennengelernt hatte.

»Hals- und Beinbruch!«, rief sie Diana hinterher, als die aus dem Taxi stieg und auf den roten Teppich trat, der zum Eingang des Hotels führte.

Die Fotografen machten wie im Reflex ein paar Schnappschüsse von ihr, und die Blitzlichter blendeten sie, hörten dann aber plötzlich auf. Die *paparazzi* schauten sich verwundert an, als wollten sie fragen: »Wer ist die denn?« Zweifellos würden sie die Aufnahmen in der Dunkelkammer wegwerfen, sobald sie begriffen hatten, dass Diana nicht berühmt war.

Sie wurde in einen protzigen Ballsaal mit vergoldeten Stuckverzierungen, Säulen, Oberlichtern mit Buntglas und Deckengemälden mit Putten geführt. Auf der Bühne stimmte eine Tanzkapelle die Instrumente, und Gruppen von teuer gekleideten Damen und Herren standen ringsum im Saal, aber Diana erkannte niemanden. Auf einem Tisch war eine Pyramide aus Sektgläsern aufgetürmt, und sie schaute zu, wie ein Kellner den Korken aus einer Champagnerflasche schießen ließ und den Champagner dann geschickt ins oberste Glas goss, bis es überlief und der Champagner in die Gläser darunter floss. Noch nie hatte sie etwas derart Extravagantes gesehen.

»Ein Glas Champagner, Madame?«, fragte der Kellner sie, und sie nahm mit Vergnügen an. Bei ihrer Hochzeit hatte es Sekt gegeben, aber echten Champagner hatte sie noch nie gekostet.

Der erste Schluck erschien ihr ein bisschen zu bitter für ihren Geschmack, aber das Getränk war sehr sanft auf der Zunge, als striche man über Wildleder.

Mit dem Glas in der Hand lief sie ein wenig unbeholfen im Saal umher und hoffte, jemanden zu sehen – irgendjemanden, den sie vom Set kannte. Roddy McDowall saß mit einer Gruppe von Freunden da, aber die schauten nicht einmal auf, als sie vorüberging. Sie fragte sich, welcher von ihnen wohl sein Geliebter war. Sicherlich war doch Hilary auf der Party? Und wann würde Walter kommen? Sie setzte sich hinter einer Säule auf einen Stuhl, weil sie von dort beobachten konnte, was vor sich ging, ohne selbst zu sehr aufzufallen.

Plötzlich erschien Ernesto neben ihr. »Ah, Diana, Sie sehen großartig aus!« Er küsste sie auf beide Wangen und drückte ihr kurz die Schultern. »Das Kleid steht Ihnen wunderbar. Und die Frisur!« Er streckte seine Hände voller Begeisterung aus. »*Bellissima*!«

Sie hoffte, er würde sich zu ihr setzen, damit sie nicht mehr gar so offensichtlich das einsame Mauerblümchen war. »Ich freue mich, Sie zu sehen. Ich wünschte, ich hätte gewusst, dass Sie auch eingeladen sind.«

»Bin ich gar nicht«, flüsterte er ihr zu. »Ich bin, wie man so sagt, ein ungebetener Gast.« Er grinste, als er ihr schockiertes Gesicht bemerkte. »Ich habe gesagt, ich wäre ein Gast Walter Wangers, und da haben sie mich reingelassen.«

»Sie haben vielleicht Nerven!«, sagte sie lächelnd.

Er setzte sich neben sie und begann sie auf alle Berühmtheiten hinzuweisen. »Das ist Tony Curtis. Haben Sie den in *Manche mögen's heiß* in Frauenkleidern gesehen? Und das da drüben ist Jean Simmons. Die ist Engländerin. Die müssen Sie doch kennen?«

Diana schüttelte den Kopf und amüsierte sich darüber, dass Ernesto offensichtlich meinte, sie würde eine Schauspielerin nur deshalb kennen, weil sie beide Engländerinnen waren. Er kannte wirklich jeden, wusste alles über die Leute und war ein sehr unterhaltsamer Gesprächspartner.

Langsam füllte sich der Raum. Hilary kam herüber, um sie zu begrüßen, blieb aber nicht lange, sondern eilte zu einer Gruppe weiter, die sich um Mankiewicz gebildet hatte. Walter war auch da, aber ständig so von wichtigen Menschen belagert, dass Diana gar nicht nah genug an ihn herankam, um ihm für die Einladung zu danken. Man fing an zu tanzen, und Ernesto drängte sie, mit ihm eine Runde auf dem Parkett zu drehen.

»Ich kann nicht tanzen. Ich wüsste gar nicht, was ich tun muss«, protestierte sie.

»Keine Sorge. Ich mache alles«, erwiderte er beharrlich. »Sie lassen sich einfach führen.« Er ließ sich nicht abwimmeln, zog sie am Arm auf die Tanzfläche, legte ihr eine Hand auf den Rücken und führte sie. »Entspannen Sie sich«, flüsterte er, und sie stellte fest, dass seine Beine und die Hand in ihrem Rücken, sobald sie nicht angestrengt versuchte, alles richtig zu machen, sie über den Tanzboden führten. Sie hatte beinahe das Gefühl, eine elegante Figur abzugeben. Niemand schaute auf sie, also brauchte sie wohl nicht aufgeregt zu sein.

Kurz nach zehn Uhr ging ein Raunen durch den Saal, und alle Köpfe wandten sich zur Tür. Frauen richteten ihre Frisuren, während die Männer ihre Jacketts und Krawatten zurechtzogen, als Elizabeth Taylor und Eddie Fisher den Raum betraten. Sie trug ein enganliegendes silbrigweißes Kleid, das mit langen weißen Straußenfedern verziert war, dazu sehr hochhackige Schuhe, die sie zwangen, mit ganz kleinen Trippelschritten zu gehen. Selbst aus der Ferne konnte Diana sehen, dass Elizabeth Taylor schlicht und einfach ein Star war. Man konnte das nicht bemessen oder beschreiben, aber sie war sofort der strahlende Mittelpunkt des Saals, wie eine Sonne, um die unverzüglich alle Planeten kreisen. Sie nahm von einem Kellner ein Glas Champagner entgegen und setzte sich dann an das Kopfende einer sehr langen Tafel. Augenblicklich eilten die berühmtesten Partygäste zu ihr, um sie zu hofieren – Tony Curtis, Kirk Douglas, Jean Simmons, Walter Wanger, Rex Harrison und Rachel Roberts –, und alle waren wild darauf, in ihrer Gegenwart gesehen zu werden. Eddie strahlte freundlich und plauderte mit den Menschen am Rand dieser Menge.

Ernesto entschuldigte sich für einen Augenblick, und so saß Diana allein da und betrachtete das Schauspiel. Sie fragte sich unwillkürlich, was Trevor wohl von dem ganzen Theater halten würde. Diese Frau mochte ja wunderschön sein, aber das waren viele andere auch, und, ehrlich gesagt, sie war eigentlich keine sonderlich gute Schauspielerin. Niemand hatte je berichtet, dass sie besonders klug war. Sie war einfach für ihre Ehen berühmt und dafür, dass ihr dritter Ehemann bei einem Flugzeugabsturz ums Leben gekommen war und dass sie ihren vierten Ehemann Debbie Reynolds, dem Liebling Amerikas, ausgespannt hatte. Ja, Elizabeth war eher wegen ihres Liebeslebens als wegen ihres Schauspieltalents bekannt. Was für eine seltsame Karriere.

Plötzlich bemerkte Diana, dass sich Ernesto im hinteren Bereich des Saals hinter einer Säule aufhielt und in ein Funkgerät sprach. Es erschien ihr seltsam, dass er so etwas besaß, und deswegen fragte sie ihn, als er wiederkam, was er da gemacht hatte.

»Ich habe die Sicherheitsvorkehrungen für die beiden getroffen, wenn sie hier weggehen«, sagte er.

Sie fand es merkwürdig, dass er an den Sicherheitsvorkehrungen für eine Veranstaltung beteiligt war, zu der man ihn nicht einmal eingeladen hatte. Aber sie bekam keine Gelegenheit, ihn näher dazu zu befragen, denn gerade in diesem Augenblick begann die Band eine Rumba zu spielen, und Joe Mankiewicz führte Elizabeth Taylor auf die Tanzfläche. Sie wackelte auf ihren Stilettos hin und her, und als sie die berühmten üppigen Hüften schwenkte, drohte das enge weiße Kleid aus den Nähten zu platzen. Das wäre doch mal was! Alle Augen ruhten auf ihr, aber Elizabeth schaute nur Joe an, und Diana musste zugeben, dass sie außerordentlich sexy

war. Welcher Mann hätte ihrer Anziehung widerstehen können? Es war wohl, als würde man in einen Strudel gezogen.
Der Tanz führte das Paar einen Augenblick lang nah an
Dianas Tisch vorbei, und Diana bemerkte eine Krampfader
an Elizabeths Knöchel, einen kleinen Wurm, der sich auf ihrer Haut abzeichnete. Es war beruhigend, dass auch Elizabeth Taylor nicht vollkommen war, sondern ein echter
Mensch aus Fleisch und Blut.

Diana hörte einen Schrei, ehe sie einen plötzlichen Licht-
blitz sah, und dann gab es einen dumpfen Schlag, als einer
der italienischen Musiker sein Cello fallen ließ und von der
Bühne hechtete. Er rannte auf Elizabeth zu und begann ihr
auf Beine und Hinterteil zu schlagen, während Joe mit ver-
wundertem Gesicht danebenstand. Jetzt roch es ein wenig
verbrannt. Elizabeth verrenkte den Hals, um über die Schulter auf ihr Hinterteil zu schauen, und brach in schallendes
Gelächter aus.

»Ich brenne«, sagte sie. »Die verdammten Straußenfedern.
Da hat wohl jemand eine Zigarette fallen lassen.«

»*Scusi, signora*«, sagte der Musiker und verbeugte sich,
nachdem er die Flammen gelöscht hatte. Sie streckte ihm die
Hand hin, und er führte die weltberühmten Finger an die
Lippen.

»Mein Held«, pries sie ihn mit warmer Stimme. »Danke,
dass Sie mich gerettet haben.«

Niemand sonst hatte rechtzeitig auf diese Ausnahmesitu-
ation reagiert. Nur wenige schienen überhaupt begriffen zu
haben, was geschehen war, als der Musiker wieder auf die
Bühne stieg und weiterspielte. Der Rest der Band hatte einfach ohne ihn weitergemacht.

»Mir scheint, ihr Italiener lasst nie eine Gelegenheit aus,
einer jungen Dame das Hinterteil zu tätscheln«, flüsterte
Diana Ernesto zu, der stolz strahlte.

»Wer weiß? Vielleicht hat er selbst dafür gesorgt, dass sie Feuer gefangen hat.«

Elizabeth bürstete gerade mit der Hand die verkohlten Enden ihrer Straußenfedern weg, während Joe sie fürsorglich am Ellbogen zurück an ihren Tisch führte. Eddie hatte den Vorfall gar nicht mitbekommen und sprang erschrocken auf, als ihm jemand davon erzählte, aber Elizabeth schien alles für einen prächtigen Witz zu halten. Man konnte ihr heiseres Lachen von der anderen Seite des Saals deutlich hören.

Zumindest habe ich eine Geschichte, die ich morgen Helen erzählen kann, dachte Diana. Die wird begeistert sein, wenn sie das hört.

Kurz darauf beschlossen Elizabeth und Eddie, aufzubrechen, und eine ganze Meute von Begleitern schloss sich ihnen an, die sich immer noch im Glanz ihres Ruhmes sonnten. Diana fragte sich, ob es Elizabeth gefiel, wenn die Leute so um sie herumscharwenzelten. Es schien ihr jedenfalls nichts auszumachen.

Sobald die Gruppe gegangen war, war auf der Party nichts mehr los. Obwohl die Band noch spielte und der Champagner in Strömen floss, waren sich offensichtlich alle einig, dass der Abend vorüber war und es sich nicht mehr lohnte, noch länger zu bleiben.

Kapitel 13

Als Scott den amerikanischen Schreiberlingen, die im Hotel Eden ihre Drinks nahmen, erzählte, dass ihn der Sohn von Don Ghianciamina zusammengeschlagen hatte, nachdem er mit dessen Tochter geflirtet hatte, fielen die beinahe von ihren Barhockern.

Joe pfiff leise durch die Zähne. »Großer Gott, da bist du aber gerade noch mal davongekommen! Schau dir nur deine Nase an, Junge. Sieht ja furchtbar aus!«

Scott hatte eine knöchelförmige Vertiefung an der Nasenwurzel, und die Nasenspitze zeigte nach links. Schlimmer war, dass sein linkes Nasenloch ständig triefte, so dass er alle paar Sekunden schniefen oder sich die Nase mit einem Taschentuch abwischen musste. Die Ärzte hatten ihm gesagt, das würde sich vielleicht mit der Zeit geben – oder auch nicht. Das machte ihm am meisten zu schaffen. Seit man ihn aus dem Krankenhaus entlassen hatte, war er öfter mit Rosalia, der Krankenschwester, ausgegangen, aber er konnte sie wegen dieser Triefnase nicht richtig küssen. Außerdem hatte er mordsmäßige Kopfschmerzen und schluckte mehrere Male am Tag Schmerztabletten.

»Was wisst ihr über Ghianciamina?«, fragte Scott. »Was für Sachen macht der so?«

»Drogen. Wahrscheinlich Heroin, denn da ist das große Geld zu holen. Aber ich bin sicher, er ist auch an Geldwäsche, Prostitution und all den üblichen Geschäften beteiligt. Der ist ein ganz großes Tier.«

»Warum unternimmt die Polizei nicht was dagegen? Ich habe denen genau gesagt, wer mich zusammengeschlagen hat, und habe ihnen eine vollständige Personenbeschreibung geliefert und die Adresse genannt, aber sie haben sich geweigert, da hinzugehen und ihn zu befragen. Das ist unglaublich!«

»Darauf hätte ich wetten können. Die haben wahrscheinlich alle Familie. Ernsthaft, du hast Riesenglück, dass du überhaupt noch lebendig rumläufst, und an deiner Stelle würde ich mich bedeckt halten. Lass die Finger von italienischen Mädchen, Basket. Bei denen kommst du nicht weit, ehe du ihnen nicht einen Ring an den Finger gesteckt hast.«

»Ach ja?« Scott konnte der Versuchung nicht widerstehen, mit der Krankenschwester anzugeben, mit der er dreimal Sex gehabt hatte. Sie war ja ganz süß, aber eigentlich nicht sein Typ. Sie schien jedoch ziemlich scharf auf ihn zu sein, und er war sich nicht sicher, wie er da wieder rauskommen sollte. Als sie einige Tage zuvor morgens seine Wohnung verlassen wollte, hatte sie sich an ihn geklammert und mit weinerlicher Stimme gefragt, wann sie ihn wiedersehen würde. Er hatte geantwortet, er hätte im Augenblick viel zu tun und würde sie anrufen, sobald er einen Moment Zeit fand, und sie schien bestürzt zu sein. Alarmglocken schrillten. Aber die Schreiberlinge waren jedenfalls beeindruckt.

»Bring sie doch mal mit. Vielleicht hat sie ja noch 'ne Freundin. Ich hatte schon immer eine Schwäche für Krankenschwestern.«

»Hierher würde er sie doch nie mitbringen«, sagte Joe. »Er hätte zu viel Angst, dass sie mit mir durchbrennt.«

Alle brüllten vor Lachen. Joe war ein bulliger, hässlicher Kerl mit Hasenzähnen und einem schielenden Auge. Alle Männer in dieser Pressemeute waren mindestens zwanzig Jahre älter als Scott, hatten Bierbäuche, schütteres Haar und rote Knollennasen, die deutlich von ihrer Liebe zum Alkohol sprachen.

»Wo ist denn hier in der Stadt die Drogenszene?«, fragte

Scott. »Wo würde ich hingehen, um mir das Zeug zu kaufen, wenn ich der Typ dazu wäre? Was ich natürlich nicht bin.«

»In die Via Margutta und Umgegend. Da hängt die Kunstszene ab. Ich habe mir sagen lassen, dass es dort Bars gibt, wo du Marihuana oder LSD an der Theke kaufen kannst, wenn dich der Barmann kennt.«

»Die veranstalten LSD-Partys, wo alle Trips schmeißen. Aber wo du Heroin herkriegst, kann ich dir nicht sagen. Da musst du wahrscheinlich mit den richtigen Leuten rumhängen, aber ich bin mir ziemlich sicher, dass das auch nicht schwer ist.« Joe linste Scott an. »Du hast doch nicht etwa irgendwelche blödsinnigen Ideen im Kopf, darüber eine Story zu machen, oder, Basket?«

»Natürlich nicht«, log Scott. Genau das hatte er gerade überlegt. Er wusste noch nicht, wie er es anstellen wollte, aber er musste sich unbedingt an seinen Angreifern rächen, und die beste Methode wäre, einen Artikel zu schreiben, der ihre kriminellen Machenschaften aufdeckte. Darin müssten auch Informationen enthalten sein, die so belastend waren, dass der Polizei nichts anderes übrigbliebe, als die Kerle zu verhaften. Er würde sehr viel recherchieren müssen – aber hatte nicht mal jemand gesagt, dass Rache ein Gericht ist, das kalt am besten schmeckt?

»Ich habe heute meine erste Story über Liz Taylor abgegeben«, erzählte ihnen Joe. »Bei einer Party gestern Abend hat ihre Federboa Feuer gefangen, und einer der Gäste musste sie zu Boden ringen und sich auf sie werfen, um die Flammen zu löschen – hat er zumindest behauptet. Nette Ausrede.«

»Hat sie sich verletzt?«, fragte jemand.

»Nee, sie war nur ziemlich erschrocken.«

»Wo waren sie?«, fragte Scott. »Hat jemand den Typ interviewt, der die Flammen gelöscht hat?«

»Es war im Grand Hotel, aber ich habe keine Ahnung, wer das war. Ist doch auch egal. Die Leute wollen nur was über Liz lesen. Jede Ausrede ist gut genug, um ein Bild von ihr auf der Titelseite zu bringen, und schon ist mein Chefredakteur glücklich.«

Scott dachte darüber nach. Sein eigener Chefredakteur hatte angerufen, ehe er vorhin das Büro verließ, und sich erkundigt, wann er wohl wieder Storys vorlegen könnte, aber Scott hatte Probleme, irgendwas mit Substanz zu schreiben, weil kein Politiker und kein Berater mehr mit ihm sprechen wollte. Er fand den Gedanken abstoßend, über Leute nur deswegen zu schreiben, weil sie berühmt waren, aber vielleicht konnte er eine pfiffige kleine Geschichte über heiße Mode zusammenschustern. Er würde sich allerdings beeilen müssen, ehe die Sache Schnee von gestern war.

Er entschuldigte sich und fuhr auf der Vespa zurück zum Büro. Die italienischen Tageszeitungen waren schon weggeworfen worden, aber die Putzfrau hatte die Papierkörbe noch nicht geleert. Er holte die Zeitungen wieder heraus, suchte ein paar »letzte Nachrichten«, in denen der Vorfall mit dem brennenden Kleid erwähnt wurde, und schrieb dann eine fetzige kleine Story über die Gefahren, die Modeschöpfer eingingen, wenn sie nicht in Erwägung zogen, dass ihre Kleidungsstücke möglicherweise in die Nähe von Zigaretten kamen. In Rom war es beinahe Mitternacht, aber zu Hause gerade einmal vier Uhr nachmittags, also blieb noch viel Zeit, diesen Artikel in die Zeitung des nächsten Tages zu bringen. Er telefonierte seine Story ans Redaktionsbüro durch.

Nach getaner Arbeit fuhr er in die Via Margutta, um sich kurz umzuschauen. Aus ein paar Fenstern oberhalb einer großen Kunstgalerie plärrte Rock'n'Roll-Musik. Er entdeckte an der Seite einen Hauseingang. Als er die Treppe hinaufging, würdigte ihn niemand eines zweiten Blicks, obwohl sein sandfarbenes Haar eindeutig verriet, dass er kein Italiener war. Manche Gäste schwankten im Takt der Musik, waren in ihrer eigenen Welt versunken. Andere saßen benommen und mit tellergroßen Augen da und starrten ins Leere. Noch mehr Leute unterhielten sich äußerst angeregt und kreischten vor Lachen. Scott hatte noch nie Drogen probiert und kannte auch niemanden, der das gemacht hatte, aber er hatte genug zu diesem Thema gelesen, besonders in Norman Mailers Artikeln, um zu begreifen, dass solche Verhaltensweisen zu erwarten waren. Er war sich ziemlich sicher, dass er es schaffen würde, einige dieser Leute zum Reden zu bringen. Das Beste war, dass sie sich am nächsten Morgen wahrscheinlich nicht einmal mehr an diese Gespräche erinnern würden.

Genauso würde er es machen. Er würde anfangen, über die Ghianciaminas seine Recherchen anzustellen, langsam und sorgfältig eine Akte aufbauen, bis er genug Stoff hatte, um an die Öffentlichkeit zu gehen. Sobald das einmal gedruckt war, würde er die Stadt verlassen müssen und sich an einen anderen Ort versetzen lassen, vielleicht sogar bei einer anderen Zeitung anfangen. In der Zwischenzeit konnte er seinen Chefredakteur mit ein paar Geschichten über Elizabeth Taylor bei Laune halten, das würde nicht schaden.

»*Vorresti una tab?*«, bot ihm eine große, schlanke junge Frau an. »Willst du ein Tab?«

»Klar, warum nicht?«, antwortete er und überlegte, dass er sich wirklich einen Eindruck verschaffen sollte, wie LSD so war. Sie gab ihm ein winziges Fetzchen von einem papierartigen Material, kaum größer als ein Streichholzkopf, und er schluckte es nach kurzem Zögern. Er hatte nicht damit gerechnet, große Veränderungen zu verspüren, aber nach einer halben Stunde merkte er, dass er außerordentlich zufrieden mit der Welt war. Alle auf der Party erschienen ihm ungewöhnlich gut auszusehen, und nie hatte er bessere Musik gehört. Er wanderte herum, ohne mit jemandem zu sprechen, nahm einfach die guten Schwingungen auf.

Das ist es also!, dachte er in einem bewussten Augenblick. Tolles Zeug, verdammt noch mal!

Kapitel 14

Im Oktober fiel die Temperatur in Rom um zehn Grad, und kaltes, windiges Regenwetter setzte ein. Anstatt auf dem Rasen beim Haupteingang von Cinecittà zu sitzen, rannten die Leute, so schnell sie konnten, von einem Gebäude zum anderen und hielten sich die Regenmäntel über den Kopf, um ihre »altägyptische« Schminke und Frisur zu schützen. Riesenpfützen bildeten sich auf den unebenen Wegen, und junge Frauen kreischten, wenn sie auf eine lose Gehwegplatte traten und ihnen schlammiges Wasser um die nackten Beine platschte.

Man hatte Diana eingeladen, sich im Vorführraum die »Tagesmuster« anzuschauen, wie Hilary sie nannte – das Filmmaterial, das bereits aufgenommen war. Sie war sich nicht sicher, warum man sie dabeihaben wollte, aber Walter erklärte, falls man schreckliche Fehler gemacht hätte, könnte man die immer noch beim Schnitt korrigieren.

»Im allerschlimmsten Fall können wir Szenen nachdrehen, aber ich hoffe, das wird nicht notwendig sein. Bei den meisten Filmen kann man sich die Tagesmuster am Ende des Drehtags ansehen – daher der Name –, aber wir müssen das belichtete Material zur Bearbeitung per Kurier nach LA schicken. Wir packen jeden Abend die Filmdosen ein und verfrachten sie nach Amerika, und dann dauert es etwa eine Woche, bis wir die sogenannten ›Tagesmuster‹ zurückbekommen. Bis dahin sind die Kulissen längst abgebaut. Wenn also irgendwas nicht funktioniert hat, ist es ein ziemliches Theater.« Er lächelte, und Diana fragte sich, ob ihn je irgendwas aus der Ruhe brachte. Sie hatte ihn stets nur gut gelaunt gesehen, aber offensichtlich hatte auch er seine dunklen Seiten, wenn Helen wirklich recht hatte und er den Liebhaber seiner Frau angeschossen hatte.

Sie setzten sich hin, das Licht wurde ausgeschaltet, der Projektor warf einen großen weißen Kreis auf die Leinwand, und dann erschienen kleiner werdende Zahlen. ... 3, 2, 1. Sie sah, wie sich die Klappe langsam schloss, ehe ein Bild von Elizabeth Taylor und Rex Harrison aufleuchtete. Man hatte den Ton auf das Bild synchronisiert, aber es waren weder Hintergrundmusik noch Toneffekte zu hören, so dass die Stimmen merkwürdig flach klangen. Sie sahen sich einen kurzen Ausschnitt an, in dem Cleopatra mit Caesar streitet, und dann erschien wieder die Klappe, und sie waren in einer völlig anderen Szene, die sich nicht an die vorige anschloss.

Diana fiel es schwer, den kurzen Abschnitten der Handlung zu folgen, aber die Schauspielkunst von Rex Harrison beeindruckte sie. Er wirkte sehr glaubwürdig als Caesar, als ein Mann, der darum kämpfte, das riesige römische Weltreich zusammenzuhalten, der aber wegen der gewaltigen Entfernungen und der unversöhnlichen Feinde vor unüberwindlichen Problemen stand. Elizabeth Taylor dagegen spielte einfach Elizabeth Taylor. Mit ihrem seltsamen angloamerikanischen Akzent und ihrem modernen Aussehen hatte sie keinerlei Ähnlichkeit mit der Königin aus dem ersten vorchristlichen Jahrhundert, wie Diana sie während ihres Studiums kennengelernt hatte. Ihre außerordentliche Schönheit und ihr sexuell aufgeladenes Spiel waren pures Hollywood.

Der Film sollte eine Liebesgeschichte werden, kein historischer Dokumentarfilm. Hätte sich das Publikum dafür interessiert, die wahre Geschichte der Cleopatra anzuschauen, die Geschichte einer Frau, die ihren Bruder geheiratet, den Tod ihrer Rivalen befohlen, ihre Feinde in der Schlacht besiegt und die Ägypter bestochen hatte, um ihre Treue zu gewinnen? Diana fand, dass diese Frau, die alles andere als schön gewesen war, die eine Hakennase, ein starkes Kinn und eine klapperdürre Figur gehabt hatte, aber außerordentlich gescheit gewesen war, sich für eine sehr viel spannendere Geschichte geeignet hätte. Aber so, wie die Dinge lagen, konnte sie sehen, dass es ein kitschiger Film werden würde, der darauf angelegt war, seinen Star von der besten Seite zu präsentieren. Daran war nichts zu ändern.

Als der Projektor ausgeschaltet war und das Licht wieder anging, diskutierten alle, was sie gesehen hatten, und Joe Mankiewicz schlug ein paar ergänzende Aufnahmen vor. Der Kameramann stimmte zu, und irgendjemand schrieb alles auf. Niemand fragte Diana nach ihrer Meinung.

»Tolle Arbeit, alle miteinander«, sagte Walter strahlend, und die Gruppe zerstreute sich in alle vier Winde. Von einem Studioschirm beschützt, eilte Diana ins Produktionsbüro zurück und fragte sich, ob es überhaupt sinnvoll war, dass sie sich die Tagesmuster anschaute. Niemals würden die, nur weil sie ihre Meinung äußerte, etwas nachdrehen. Das war mal klar.

»Ich habe gerade eine Reise für Sie gebucht«, sagte Hilary zu ihr, als sie ins Büro trat und ihren nassen Schirm in ein Regal pfefferte. »Joe möchte, dass Sie sich die Kulissen anschauen, die in Ischia gebaut werden. Ich dachte, ich bitte Ernesto, mit Ihnen hinzufahren, weil er die Leute dort kennt. Können Sie gleich morgen aufbrechen?«

»Ja, das wäre in Ordnung.« Sie setzte sich hin, zermarterte sich das Gehirn und versuchte sich zu erinnern, wo bloß Ischia liegen könnte. »Wie lange werde ich weg sein?«

»Das kommt ganz drauf an, was Sie da vorfinden, aber ich denke, nicht mehr als eine Woche. Gerade lange genug, um den Kulissenbauern zu sagen, was sie falsch machen.«

Diana schaute zu Hilarys Schreibtisch hinüber. Es wäre

seltsam, Rom zu verlassen, ohne Trevor mitzuteilen, wohin sie fuhr. »Ist der Kurier aus London schon da?«

Hilary spitzte mitfühlend die Lippen. »Nichts für Sie dabei. Hat er noch nicht geantwortet?«

Diana schüttelte den Kopf.

»Rufen Sie ihn an. Kommen Sie, ich sorge dafür, dass niemand Sie stört.« Sie stand auf und tätschelte Diana kurz die Schulter. »Bleiben Sie standfest, aber sagen Sie ihm, dass Sie ihn vermissen. Viel Glück!«

Diana schaute auf die Uhr. Trevor saß jetzt wahrscheinlich an seinem Schreibtisch beim Mittagessen. Sie meldete das Gespräch bei der Vermittlung an, und kurz nach dem Klingeln hörte sie die Stimme ihres Mannes am anderen Ende.

»Hallo, ich bin's. Wie geht es dir?«

»Gut.«

»Ich habe dir geschrieben. Hast du den Brief bekommen?«

»Ja.«

»Warum hast du nicht geantwortet?«, fragte Diana.

»Ich weiß nicht, was du von mir hören willst. Natürlich vermisse ich dich, aber es war ja nicht meine Entscheidung.« Sein Tonfall jagte ihr kalte Schauer über den Rücken. Auf einmal war sie wütend auf ihn, weil er sie so gar nicht unterstützte. Doch sie wusste, dass der Sache nicht geholfen war, wenn sie jetzt ausrastete.

»Ich fahre morgen nach Ischia, um die Außenkulissen zu überprüfen. Sie bauen dort Boote für die Seeschlacht von Actium.«

»Das wird zweifellos ein echtes Bildungserlebnis«, kommentierte er trocken und fügte hinzu: »Es tut mir leid, aber ich kann hier im verregneten London nur schwer Begeisterung dafür aufbringen.«

Nach einer langen Pause begannen sie beide gleichzeitig zu reden – er, um ihr zu sagen, dass er ein Tutorium vorzubereiten hatte, und sie, um ihn zu bitten: »Trevor, sperre mich nicht aus deinem Leben aus. Bitte komm nach Rom oder schreibe mir wenigstens.«

»Diana, es sind nur noch ein paar Wochen bis Weihnachten. Dann können wir miteinander reden. Ich sehe nicht ein, was es bringen soll, wenn ich vorher komme und untätig rumsitze, während du mit den Stars herumziehst.«

Er ließ sich nicht umstimmen. Ihr blieb nichts anderes übrig, als ihm nachzugeben. Sie würden also bei ihrer Rückkehr miteinander reden. Nachdem sie aufgelegt hatte, saß sie einige Minuten mit dem Kopf zwischen den Händen da. Sie kannte Trevor gut genug, um zu spüren, dass sein barscher Ton nur verhüllen sollte, wie deprimiert und einsam er war. Es war egoistisch von ihr gewesen, ihn allein zu lassen. Sie konnte ihm seine Ansichten nicht verdenken, wünschte sich aber, er würde sie wenigstens jetzt unterstützen, da sie einmal hier war. Sie genoss jede Minute und bereute ihre Entscheidung keine Sekunde lang.

Kapitel 15

Scotts Chefredakteur war höchst erfreut über die Geschichte mit den Straußenfedern, meinte aber, beim nächsten Mal hätte er gern auch noch ein Bild von Elizabeth Taylor in diesem Kleid, am liebsten, während es in Flammen stand.

»Rom wimmelt doch nur so vor Fotografen, das ist sicherlich nicht so schwierig zu organisieren?«

Scott stattete Jacopo Jacopozzi, dem liebenswerten Leiter von Associated Press in Rom, einen Besuch ab. Die Wände seines Büros waren mit Bildern von Päpsten und Präsidenten, Filmstars und Politikern bedeckt.

»Wenn Sie es wollen, wir haben es«, sagte ihm Jacopozzi. »Meine Leute beschatten Elizabeth Taylor von dem Augenblick an, da sie zum Frühstücken auf ihre Veranda tritt, bis zu dem Moment, wo ihr Auto sie abends vom Restaurant nach Hause bringt. Ich kann Ihnen Fotos aus den Kulissen und aus jedem Nachtklub anbieten, den sie gerade besucht. Anruf genügt.«

»Haben Sie eine Aufnahme von dem Kleid mit den Straußenfedern?«, fragte Scott.

»Klar«, antwortete er und zuckte die Achseln. Er blätterte Ordner durch, die vor ihm auf dem Schreibtisch standen, und zog ein Foto heraus, das Elizabeth Taylor beim Verlassen des Grand Hotels zeigte. Sie trug ein weißes Kleid, und Eddie Fisher war an ihrer Seite. »Tazio Secchiaroli höchstpersönlich hat das gemacht. Sie haben schon von ihm gehört? Er ist unser bester Mann. Er ist beinahe berühmter als die Stars selbst, aber billig ist er nicht.«

»Was würde es zum Beispiel kosten, dieses Foto zu verwenden?«

Sie besprachen die erforderlichen Rechte, die Auflage der Zeitung, die Größe, in der es verwendet würde, und als er Jacopozzi endlich dazu gebracht hatte, ihm einen Preis zu nennen, pfiff Scott erstaunt durch die Zähne.

»So viel? Mein Etat ist nicht mal ein Zehntel davon.«

»Dann geht's nicht, mein Lieber. Meine Fotografen saugen mich aus, und ich habe eine Familie zu ernähren.« Der teure Anzug und das schicke Büro straften ihn Lügen.

»Ja, ja.« Scott versuchte einen Preis auszuhandeln, den er sich leisten konnte, aber schon bald war klar, dass sie sich nicht einigen würden. Jacopozzi hatte Kunden genug, und er hatte es nicht nötig, Kompromisse zu schließen. Also schüttelten sie sich die Hände, und Scott zog sich zurück, um einen anderen Plan auszudenken.

An diesem Abend saß er draußen vor einem Café auf der Via Veneto und schaute den *paparazzi* bei der Arbeit zu. An jedem Ende der Straße war ein Späher postiert, der in alle Autos schaute, die die Straße herauf- oder herunterkamen, und der dann den Berg hinauf- oder hinunterschrie, um seine Kollegen auf Berühmtheiten aufmerksam zu machen. Motorroller waren entlang der Straße geparkt, bereit zu einem raschen Aufbruch. Scott schaute zu, wie Richard Burton und seine Frau Sybil aus einem Auto stiegen und ins Café de Paris spazierten.

»Wen wollen Sie am Set von *Cleopatra* flachlegen, Richard?«, brüllte einer ihm auf Englisch zu.

Ein anderer flitzte an den beiden vorbei, und sein Blitz explodierte ihnen mitten ins Gesicht.

Burton presste verärgert die Lippen zusammen, ließ sich aber nicht aus der Reserve locken. Das Foto war natürlich viel mehr wert, wenn der Abgebildete brüllte oder mit der Faust drohte, und er war nicht geneigt, ihnen diesen Gefallen zu tun.

Scott bemerkte, dass einer der Fotografen etwas abseits von den anderen, ein wenig weiter die Straße hinauf, auf einer Treppe stand. Er machte ein paar Aufnahmen von den Burtons, und Scott vermutete, dass sie aus diesem Blickwinkel besonders gut aussehen würden. Er trank sein Bier aus, ließ Kleingeld auf dem Tisch zurück und näherte sich dem Mann.

»Ich bin Scott Morgan vom *Midwest Daily* in den Vereinigten Staaten. Und Sie?«

»Gianni Fortelesa.«

»Ich suche einen Fotografen. Wären Sie interessiert, morgen bei mir im Büro vorbeizukommen und mir ein paar von Ihren Arbeiten zu zeigen?«

Es war ihm sofort klar, dass er eine gute Wahl getroffen hatte, denn Gianni strahlte. Der Wettbewerb unter den Fotografen auf der Straße war mörderisch, und er schien eifrig und ehrgeizig zu sein. Außerdem sprach er gutes Englisch.

»Ich kann nicht so viel zahlen wie die Associated Press, aber ich kann Ihnen eine Pauschalsumme plus ein Honorar pro verwendetem Bild anbieten. Bringen Sie die Aufnahmen von den Burtons mit, die Sie heute Abend gemacht haben, ich bin sicher, dass ich eine davon brauchen kann.«

Am nächsten Tag wurde der Vertrag abgeschlossen, und Scott schrieb rasch eine Story über Richard Burton zu Giannis bestem Foto. Er berichtete, dass Burton die Rolle erst bekommen hatte, nachdem Stephen Boyd abgesagt hatte und weder Marlon Brando noch Peter O'Toole Zeit hatten. Die Produzenten hatten ihn aus der Broadway-Show *Camelot* freikaufen müssen, wo er König Artus und Julie Andrews die Guinevere spielte. Er war als Frauenheld bekannt, und man sagte ihm Affären mit Claire Bloom, Lana Turner, Angie Dickinson und Jean Simmons nach (während die noch mit seinem Freund Stewart Granger verheiratet war). Sybil, seit zwölf Jahren mit ihm verheiratet, drückte gewöhnlich beide Augen zu.

»Tatsächlich«, schloss Scott seinen Bericht ab, »geht das Gerücht, dass die einzige seiner Filmpartnerinnen, mit der er keine Affäre hatte, Julie Andrews war – weil er damals schon ein Verhältnis mit der exotischen Tänzerin Pat Tunder hatte.«

Klar, das war billig, aber Scott fand, dass diese Art von Klatschjournalismus ihm mühelos von der Hand ging, und Gianni versprach ihm Tipps zu geben, wenn irgendwelche Geschichten vom Set in Rom die Runde machten. So würde er Zeit für seine eigene Geschichte finden – die Story, die er unbedingt über die Ghianciaminas schreiben wollte, die Familie, die über dem Gesetz zu stehen schien.

Kapitel 16

Ernesto war auf dem Weg nach Ischia ein unterhaltsamer Reisegefährte, wies Diana auf alle Sehenswürdigkeiten hin, an denen sie mit dem Zug auf der Strecke nach Neapel und dann auf dem Tragflächenboot über die Bucht vorbeifuhren. Es war bereits Abend, als sie ankamen, aber gleich früh am nächsten Morgen fuhren sie zu der Werft, in der die Schlachtschiffe gebaut wurden. Diana sprang eifrig aus dem Auto, weil sie so schnell wie möglich sehen wollte, was dort gemacht wurde. Strahlender Sonnenschein erhellte die Bucht, deren grober brauner Sand von schroffen, felsigen Klippen umgeben war. Fischer gingen gleich neben den Kulissen ihrer Arbeit nach, neben einer Flotte antiker Schiffe, die man dort gezimmert hatte. Manche Schiffe waren umgebaute Fischerboote, bei anderen hatte man nur die Bordwand verändert, die der Kamera zugewandt sein würde.

»*Buongiorno, che piacere vederla*«, sagte einer der Bootsbauer. »Wie schön, Sie hier zu sehen.« Alle kamen herüber, um ihr die Hand zu schütteln. Ihr war schon bald klar, dass sie es mit stolzen, perfektionistischen Handwerkern zu tun hatte, die darauf brannten, ihre Meinung zur geleisteten Arbeit zu hören. Als sie eine kleine Veränderung an den geschnitzten Verzierungen am Bug der Boote vorschlug, versicherte man ihr, dies würde unverzüglich umgesetzt. Die Männer führten ihr vor, wie man während der Seeschlacht den Beschuss mit Steinen und flammenden Speeren bewerkstelligen wollte, zeigten ihr die Metallspitzen, die aus dem Bug der Schiffe hervorragen würden, und machten ihr vor, wie die Boote einander rammen würden.

Als Nächstes sah sich Diana Cleopatras Boot, die *Antonia*,

an, die bei der Ankunft in Tarsus gefilmt werden sollte, wo Cleopatra sich mit Marc Anton treffen würde. Die Innenaufnahmen drehte man im Studio in Cinecittà, aber es war eine spektakuläre Außenaufnahme geplant, bei der das Schiff in Tarsus vor Anker geht und Cleopatra unter einem goldenen Baldachin sitzt und das Anlegemanöver beobachtet. Der Schiffskörper war schon fertig. Er war in seinen riesigen Dimensionen und mit den elegant geschwungenen Linien genau nachgebaut worden. Diana machte eine Skizze von der Takelage und erklärte, dass die Segel violett sein sollten. Die Männer nickten. Das wussten sie bereits. Es war ein spannender Tag für Diana, und sie hatte zum ersten Mal das Gefühl, dass sie von Nutzen war und ihre Meinung geschätzt wurde.

Zum Abendessen bestellte Ernesto eine Flasche Wein. Nach dem ersten Glas merkte Diana, dass sie so entspannt war wie schon seit Wochen nicht mehr – ganz gewiss seit ihrer Ankunft in Italien. Der Streit mit Trevor lag ihr auf der Seele, und als das zweite Glas Wein zur Neige ging, erzählte sie Ernesto alles. Sie kam sich ein bisschen treulos vor, aber Ernesto war ein guter Zuhörer.

»Hat Ihre Familie Trevor gern?«, fragte er.

»Ich habe eigentlich keine Familie«, antwortete sie. »Meine Mutter ist an Krebs gestorben, als ich drei Jahre alt war, und ich erinnere mich nur noch von Fotos an sie. Und als ich neunzehn war, ist mein Vater einem Herzschlag erlegen.« Völlig unerwartet versagte ihr beinahe die Stimme, als sie diese Worte sprach. »Ich habe noch eine Tante und einen Onkel in Schottland und ein paar Cousins und Cousinen, aber die sehe ich nicht oft. Trevor ist jetzt meine Familie.«

»Wie alt waren Sie, als Sie Trevor kennengelernt haben?«

»Neunzehn. Er war einer meiner Dozenten am College, als mein Vater gestorben ist. Er hat mich wunderbar unterstützt, und so nach und nach haben wir uns verliebt.«

»Er ist älter als Sie?«

»Ja, achtzehn Jahre …« Sie konnte sich vorstellen, wie ihm das vorkommen musste: als wäre Trevor ihr Vaterersatz geworden. Manchmal ging ihr dieser Gedanke auch durch den Kopf. Sie war sicherlich sehr verschreckt und unendlich einsam gewesen, als sie Waise geworden war. Trevor hatte ihr das Gefühl vermittelt, in Sicherheit zu sein und wieder eine Verbindung zur Welt zu haben. Das war wohl ein Teil der Anziehung gewesen, aber es war beileibe nicht die ganze Geschichte. Sie waren ein Liebespaar und gleichzeitig gute Freunde geworden. Sie redeten über alles. Deswegen schmerzte der Abbruch der Verbindung sie auch so, als hätte man ihr einen Teil ihrer Person amputiert.

Ernesto legte ihr tröstend eine Hand aufs Knie. »Es tut mir leid, dass Sie einsam sind«, sagte er und schaute sie mit freundlichen Augen an.

Sie bewegte ihr Knie, so dass er seine Hand wegnehmen musste. »Und was ist mit Ihnen? Sie haben Ihre Familie noch nie erwähnt. Ich nehme an, Sie sind verheiratet?«

»Nein«, antwortete er und schüttelte traurig den Kopf. »Aber ich habe eine riesige Familie mit so vielen Cousins und Cousinen, dass ich mir nie alle Namen merken kann.«

»Das überrascht mich!«, sagte sie. »Die meisten italienischen Männer in Ihrem Alter sind doch bestimmt verheiratet? Ich meine natürlich nicht …« In ihrem vom Wein vernebelten Kopf wurde ihr klar, dass das recht unhöflich geklungen haben musste.

»Ich bin noch keine Dreißig«, erwiderte er. »Aber ich bin sehr vorsichtig, was die Frauen angeht. Es gab einmal ein Mädchen, das ich viele Jahre lang geliebt habe. Wir sind zusammen in die Schule gegangen, und als wir dann über zwanzig waren, ist sie meine Freundin geworden. Ich habe immer gedacht, dass wir heiraten würden, bis ich herausgefunden habe, dass sie mich die ganze Zeit über betrogen hat.«

»O nein! Wie haben Sie das rausbekommen?«

»Eines Tages hat sie mir schlicht mitgeteilt, sie würde einen anderen heiraten, einen Mann, der viel reicher ist als ich. Sie haben mich sogar zur Hochzeit eingeladen, aber ich bin nicht hingegangen. Mein Herz war in Trümmern.« Er legte seine Hand an die Brust.

»War das erst kürzlich?«

»Vor vier Jahren, aber seither … Ich weiß nicht. Ich bin ein bisschen zynisch geworden. Ich denke, ich muss hart arbeiten und viel Geld verdienen. Dann kann ich mir die Frau aussuchen, die ich will, und sie sagt ja.«

»Wir sind nicht alle hinter dem Geld her«, protestierte Diana. »Sie haben einfach Pech gehabt.«

»Ich glaube, ich bin zu nett und nachgiebig, wenn ich mein Herz verschenke. Ich hätte mitbekommen müssen, was mit meiner Freundin los war, aber jedes Mal, wenn sie eine Verabredung absagte, habe ich ihr sofort verziehen. Ich habe nicht den geringsten Verdacht gehegt. Ich glaube nicht, dass ich mich je wieder so verlieben werde.«

»Ich bin mir da ganz sicher«, antwortete Diana lächelnd. »Mit der Zeit heilt jedes Menschenherz.« Aber dann dachte sie an Cleopatra, die Königin, die alles aufs Spiel setzte, was sie besaß, und an Marc Anton, der wegen seiner Liaison mit ihr die Seeschlacht von Actium und letztlich das Leben verlor. Da hatte es keine Heilung gegeben.

Sie sprachen über Affären am Set, und Diana fragte: »Haben Sie gehört, dass sich Komparsinnen bei Hilary beklagt haben, dass Männer sie begrabscht haben?«

Ernesto zwinkerte. »Was erwarten die denn, wenn sie so gut wie nichts am Leib tragen? Wir Italiener sind sehr heißblütig.«

»Ich bin entrüstet!«, rief Diana in gespieltem Protest. »Jetzt bin ich schon zwei Monate in Rom, und man hat mich nicht einmal in den Hintern gekniffen. Wahrscheinlich bin ich für diese Schürzenjäger zu alt. Die ziehen wohl die schlanken blutjungen Schauspielerinnen vor.« Sie hatte das als Scherz gemeint, aber die Bemerkung spiegelte doch ihren Eindruck wider, dass sie weniger attraktiv, weniger schick als die anderen jungen Frauen am Set war.

Als sie später am Abend auf ihre Zimmer gingen, packte Ernesto ihr Hinterteil mit beiden Händen und drückte fest zu. Sie fuhr herum und wollte ihn zurechtweisen, aber er zwinkerte ihr nur zu. »Fühlen Sie sich jetzt besser?«, fragte er.

Im Laufe der nächsten Tage stieg ihr jedes Mal die Röte ins Gesicht, wenn sie daran dachte.

Kapitel 17

Als Diana am ersten Tag nach ihrer Rückkehr aus Ischia im Produktionsbüro ankam, konnte sie schon von draußen hören, dass drinnen lautstark gestritten wurde. Sie öffnete die Tür und sah den Schauspieler Richard Burton, der Candy anschrie. Sie erkannte ihn sofort, da sie ihn zusammen mit Trevor in dem Film *Blick zurück im Zorn* gesehen hatte. Allerdings war er viel kleiner, als sie sich ihn vorgestellt hatte, und seine Haut war so pockennarbig, dass sie wie ein Stück Bimsstein aussah. Seine Augen waren durchdringend, und seine Stimme war herrlich, aber insgesamt fand Diana ihn nicht sonderlich attraktiv.

»Kann ich irgendwie helfen?«, fragte sie Candy, die vielleicht moralische Unterstützung brauchte.

»Nein, es ist alles in Ordnung. Hilary ist schon unterwegs.« Candy schaute wie ein in die Enge getriebenes Tier.

Richard Burton blickte kurz zu Diana hin und nahm dann seinen Angriff wieder auf. »Wenn es das erste oder meinetwegen das zweite Mal wäre, dann würde ich ja gern glauben, dass es nur eine dieser Schlampereien ist, die am Set immer wieder vorkommen. Aber ein viertes Mal solche Scheiße zu bauen, das ist zu viel, finden Sie nicht? War Ihr doofes blondes Hirn zu sehr mit den italienischen Jungs in der Schreinerei beschäftigt?«

»Ich habe nur gemacht, was man mir gesagt hat, Mr Burton.«

Diana kam zu dem Schluss, dass sie den Mann nicht mochte. Ganz egal, was Candy vermasselt hatte, es war arrogant von ihm, so mit ihr zu reden. Einen Moment später kam Hilary ins Zimmer gestürzt und verbreitete sofort Ruhe.

Diana verließ das Büro, damit die anderen ihren Streit schlichten konnten. Eine Frau mit einem hübschen, jugendlichen Gesicht und toupiertem silbergrauem Haar stand am Fenster und rauchte.

»Kann man hier irgendwo eine Tasse Tee kriegen?«, fragte sie mit starkem walisischem Akzent. »Mir hängt der italienische Kaffee zum Hals raus. Das ist ja, als würde man verdammten Teer schlucken. Ich bin mir nicht sicher, wie lange ich hier draußen festsitze, bis meine bessere Hälfte sich da drinnen ausgetobt hat.«

Diana begriff, dass das Sybil Burton sein musste. »Wir haben Tee im Büro«, antwortete sie. »Ist Typhoo in Ordnung?«

»Sie sind ein Segen, Herzchen. Milch und zwei Löffel Zucker bitte.«

Während Diana den Tee zubereitete, dachte sie darüber nach, wie unterschiedlich die Burtons aussahen. Sybils vorzeitig ergrautes Haar ließ sie älter als ihn erscheinen, obwohl ihre Haut glatt und faltenfrei war und sein Gesicht entschieden verlebt wirkte. Wie war es wohl, mit einem so jähzornigen Mann zusammenzuleben? Diana wusste, dass Burton darüber hinaus für seine Affären berüchtigt war. War Sybil nur ein Fußabtreter für ihn?

»Sie haben mir das Leben gerettet«, sagte Sybil dankbar, als Diana ihr den Tee hinausbrachte. »Es ist noch so früh, dass wir keine Zeit zum Frühstücken hatten. Man hat Rich gesagt, er solle um neun in der Maske sein. Doch als er ankam, war keine Menschenseele da. Ich glaube, wir haben sogar den Wachmann am Tor aufgeweckt.«

»Ich frage mich, wie das passieren konnte«, überlegte Diana verwundert.

»Anscheinend brauchen sie ihn heute überhaupt nicht. Macht nichts. Dann können wir uns vielleicht das Kolosseum und das Forum ansehen. Waren Sie da schon?«

»Ich hatte noch keine Zeit«, antwortete Diana. »Ich freue mich aber darauf.«

»Natürlich habe ich das gesehen, was sie hier aufgebaut haben. Das ist mehr als zweimal so groß wie das Original, habe ich mir sagen lassen. So ist eben das verdammte Hollywood.« Sie runzelte leicht die Stirn und schaute durch das Fenster des Produktionsbüros. »Die mögen alles in Überlebensgröße.« Sie ließ ihre Zigarette fallen und trat sie mit ihrem Stöckelabsatz aus. »Und welche Aufgabe haben Sie bei diesem Film?«

Diana erklärte es, und Sybil machte große Augen. »Sie müssen unbedingt Rich kennenlernen. Der hat unheimlich viel dazu gelesen, und ich bin mir sicher, er würde sich gern mit Ihnen unterhalten. Aber vielleicht nicht heute.« Sie schaute noch einmal durch die Scheibe. »Wie heißen Sie, Schätzchen?«

Diana sagte es ihr.

»Ich werde ihm von Ihnen erzählen. Keine Sorge, er ist nicht so wild, wie er aussieht.« Sie lächelte, und Diana hatte das Gefühl, dass sie aufrichtig war, und fand sie sympathisch.

Als die beiden gegangen waren, kehrte Diana ins Büro zurück. Candy tupfte sich die Augen mit einem Taschentuch ab, und Hilary tröstete sie. »Es war einfach ein Missverständnis. Er hat kein Recht, sich so zu benehmen.« Sie schaute Diana an und zog eine Augenbraue hoch. »Und Sie lassen sich davon auch nicht einschüchtern.«

Als sie eine halbe Stunde später zusammen zur Drehbuchbesprechung gingen, vertraute Hilary Diana an, dass der falsche Termin ganz und gar Candys Fehler gewesen war und dass die überhaupt nicht mit ihrem Job klarkam. Der heutige Irrtum war nur eines von vielen Missgeschicken. Diana erinnerte sich daran, dass es Candys Aufgabe gewesen war, das Auto zu organisieren, das sie vom Flughafen abholen sollte, aber nie erschienen war.

»Fliegt sie raus?«

»Nein, aber ich werde alle im Büro bitten, von jetzt an genau darauf zu achten, was sie tut. Aber wie war es in Ischia?«

»Wunderbar!«, antwortete Diana begeistert. »Die leisten da hervorragende Arbeit. Ich tippe später meine Notizen.«

»Und Ernesto hat sich anständig benommen?«

»Natürlich! Er war der perfekte Gentleman!« Sie bemerkte den wissenden Blick in Hilarys Augen. »Ehrlich!«

Sie traf sich mit Helen, die sie sehr vermisst hatte, zum Mittagessen und erzählte ihr in allen Einzelheiten von ihrer Begegnung mit den Burtons.

»Hast du schon die Geschichte von ihrer Tochter gehört?«, fragte Helen. »Sie wissen nicht, was mit ihr ist, aber sie ist drei Jahre alt und kann noch nicht sprechen oder laufen. Sie schaukelt nur immer hin und her. Ich habe einen Artikel darüber gelesen.«

»Das ist ja schrecklich! Die arme Sybil! Ich frage mich, wie sie damit zurechtkommt?«

»Sie haben noch eine ältere Tochter, die gesund ist, aber das muss schon eine große Sorge sein.«

Diana verspürte neuen Respekt für Sybil. Nur eine sehr starke Frau konnte mit so etwas fertigwerden und dazu noch die zahlreichen Affären ihres Ehemanns ertragen.

Helen wirkte deprimiert, und Diana fragte sie, was los sei.

»Ach, ich hätte wirklich gern einen Freund, und nie klappt es. Ich habe gestern den ganzen Abend lang mit Antonio vom Kulissenbau geplaudert, aber als ich ihn gefragt habe, ob wir mal zusammen ausgehen wollen, hat er nein gesagt, ich wäre nicht sein Typ.« Sie schniefte. »Ich weiß wirklich nicht, was mit mir nicht stimmt.«

Diana legte ihr die Hand auf die Schulter. »Das klingt

ganz so, als wäre der Typ ein grausamer Mistkerl. Besser, jetzt gleich rauszufinden, dass der einfach nicht der Richtige für dich ist.« Sie überlegte, ob sie Helen vorschlagen sollte, beim nächsten Mal dem Mann die Initiative zu überlassen – Männer hatten gern das Gefühl, die Jäger zu sein, das stand so in allen Zeitschriften –, entschied sich aber dagegen, weil es ihr doch zu persönlich vorkam. Und was wusste sie denn schon?

»Meine Schwester Claire hat einen supernetten Freund. Habe ich dir schon erzählt, dass sie für die *Vogue* in London arbeitet? Sie ist echt glamourös und schlau, und ihr Freund ist Börsenmakler, also werden sie wahrscheinlich mal sehr reich und haben ein Riesenhaus und jede Menge Kinder. Meine Eltern sind wirklich stolz auf sie.«

»Ich wette, auf dich sind sie noch stolzer«, erwiderte Diana. »Und ich wette, dass Claire neidisch auf dich ist. Du arbeitest beim Film des Jahrhunderts mit und mit einigen der berühmtesten Stars der ganzen Welt. Und danach kannst du dir überall auf der Welt die Jobs aussuchen. Da geht es nur noch steil bergauf.«

»Du bist ja heute sehr fröhlich«, sagte Helen und schaute sie ein wenig neugierig an. »Na ja, wenigstens eine von uns hat gute Laune.«

»Ich finde, wir sind Glückspilze, dass wir hier sind. Wir sollten es genießen, so gut wir können. Warum gehen wir beide heute Abend nicht zusammen aus, Helen? Ich lade dich irgendwo in ein nettes Restaurant zum Abendessen ein.«

»Okay«, stimmte Helen zu und gab sich tapfer Mühe, ein wenig zu lächeln. »Das wäre schön.«

Als sie mit dem Mittagessen fertig waren, bat Helen die Kellnerin um ein Glas Milch. »Möchtest du was ganz Niedliches sehen?«

Diana folgte ihr aus der Bar zur hintersten Mauer des Studiogeländes, wo sie unter einem großen Busch ein wuselndes Knäuel grauer und weißer Fellbündel entdeckten. Eine Katze lag lang ausgestreckt da, die Augen zu schmalen Schlitzen verengt, während ein halbes Dutzend zappelnder, miauender Kätzchen über sie hinwegturnten und miteinander balgten, um an ihre Zitzen zu gelangen.

»Die sind erst eine Woche alt.« Helen schüttete die Milch in eine alte Untertasse, die bei der Wand stand, und schob sie der Katze hin, die sofort anfing, die Milch mit ihrer zartrosa Zunge aufzuschlabbern. Helen beugte sich hinunter, um ein Kätzchen hochzuheben, das in ihrer Hand ganz winzig wirkte.

»Die sind niedlich«, sagte Diana.

»Nicht wahr? Ich komme immer mal her, wenn ich einen Moment Zeit habe, und schaue ihnen beim Spielen zu.«

Sie war völlig fasziniert von den Tierchen, wie ein Kind. Diana freute sich, dass Helen etwas gefunden hatte, das ihre Stimmung aufhellte. Ihr ging kurz durch den Kopf, dass wild lebende Katzen Flöhe haben könnten, aber sie wollte Helen die Freude nicht verderben. Mit ihrem strahlenden Gesicht und den blitzenden blauen Augen hatte die junge Frau eine frische, natürliche Schönheit, die es mit jedem Filmstar aufnehmen konnte – sogar mit Liz Taylor höchstpersönlich.

Kapitel 18

Scott lud Gianni zum Mittagessen bei Chechino ein. Das war ein altmodisches Restaurant, das ihm die ausländischen Presseschreiber empfohlen hatten. »Bestelle am besten die *coda alla vaccinara*«, hatten sie ihn gedrängt, und da stand das Gericht auf der Speisekarte. Er fragte Gianni, was das war, aber der wusste diesmal das englische Wort nicht, begann aber mit dem Arm hinter seinem Hinterteil herumzuwedeln und zu wiederholen: »*La coda, la coda.*« Schließlich kriegte Scott heraus, dass es sich um einen Ochsenschwanz handelte, und verzichtete lieber dankend. Aber er bestellte eine Flasche Chianti, und als sie die geleert hatten, noch eine zweite.

Giannis Sprachfertigkeit war der von Scott weit überlegen, und so unterhielten sie sich beinahe ausschließlich auf Englisch.

Der junge Fotograf war Mitte zwanzig und hatte eine Frau und zwei Kinder – eines von zwei Jahren und ein Baby, erzählte er und schaukelte ein imaginäres Kind auf den Armen, um das zu erklären.

»Macht es Ihrer Frau nichts aus, dass Sie jeden Abend weg sind?«, fragte Scott.

Gianni rieb Zeigefinger und Daumen aneinander. »Wir brauchen das Geld.«

Nun wandte sich das Gespräch dem *Cleopatra*-Film zu, der in Cinecittà gedreht wurde. Gianni berichtete, dass es bereits zwei Monate nach Drehbeginn der teuerste Film aller Zeiten war. Einer der Gründe dafür war Elizabeth Taylors Honorar von einer Million Dollar, aber immer wieder sickerten auch andere Geschichten von extravaganten Ausgaben durch. Beinahe die komplette Schauspielerriege und das Filmteam wurden für die gesamten Dreharbeiten voll bezahlt, obwohl zu einem bestimmten Zeitpunkt immer nur wenige von ihnen gebraucht wurden. Die meisten saßen also untätig herum. Eine Viertelmillion Dollar hatte man für eine besondere Sorte Mineralwasser für die Bar ausgegeben, aber gleichzeitig bat man auf einem Schild, das Team solle nicht zu verschwenderisch mit den Plastikbechern umgehen – als würde das die Sache noch rausreißen.

»Waren Sie schon mal drinnen?«, fragte Scott.

»Ja, es gibt einen Nebeneingang. Sie haben mich zwar schnell wieder rausgeworfen, aber vorher habe ich mich gut umgeschaut. Leider hat der Sicherheitsmann mir den Film aus der Kamera genommen.« Er verdrehte die Augen. So etwas war bei ihm Berufsrisiko.

»Irgendwelche Geschichten, dass die Stars überzogene Ansprüche stellen?« So was ließe sich immer in eine Story verwandeln, die gedruckt würde.

»Na klar!«, antwortete Gianni. »Ich habe gehört, dass sie für Signora Taylor ein Chili aus ihrem Lieblingsrestaurant in Hollywood eingeflogen haben.«

»Welches Restaurant war das?«

Gianni kniff die Augen zusammen, konnte sich aber nicht erinnern. »Die haben da manchmal Oscar-Partys, und es ist berühmt für seine Chili-Gerichte.«

»Chasen's?«, tippte Scott.

»Genau! Die geben also einerseits Unmengen aus, und andererseits versuchen sie, an den seltsamsten Stellen Geld zu sparen. Erst gestern haben sie Rex Harrison mitgeteilt, dass er keinen persönlichen Fahrer mehr hat, sondern sich einen mit anderen Schauspielern teilen muss. Ich habe gehört, er wäre so wütend gewesen, dass er sagte, er würde … *fare sciopero*. Wie sagt man? Aufhören zu arbeiten. Alle haben geklatscht und ihn angefeuert, und er hat seinen Chauffeur zurückbekommen.«

»Das ist prima, Gianni. Klasse. Darüber mache ich eine Story. Könnten Sie mir ein Bild von Rex Harrison in seinem Auto mit Chauffeur besorgen?«

»Kein Problem«, sagte Gianni und zuckte die Achseln. Scott bemerkte, dass er Pasta und ein Fleischgericht verputzt hatte und die Sauce mit einem Stück Brot aufwischte, als hätte er noch immer Hunger.

»Hätten Sie gern noch was?«, fragte Scott. »Einen Nachtisch? Die Zeitung zahlt.«

Gianni begann, die Speisekarte zu studieren, las aber erneut den Abschnitt mit den Hauptgerichten. Er schien etwas fragen zu wollen, genierte sich jedoch ein wenig. »Könnte ich noch einen zweiten Gang haben?«, würgte er dann hervor und errötete leicht.

»Natürlich.«

Gianni bestellte also eine weitere Portion des mächtigen Fleischgerichts, das er als Hauptgericht gegessen hatte. Scott leerte sein Weinglas. Das Essen kam, und Gianni stocherte mit der Gabel darin herum, begann aber nicht zu essen. Nach einer Weile stand Scott auf, um auf die Herrentoilette zu gehen. Als er zurückkam, war das Fleischgericht verschwunden.

»Schon fertig?«, fragte er überrascht. »Soll ich mir die Rechnung geben lassen?«

»*Molte grazie*«, sagte Gianni ein wenig betreten.

Scott bezahlte und konnte nicht begreifen, warum der Mann so verlegen wirkte, bis sie aus dem Restaurant traten und auf ihre Motorroller zugingen. Die Vorsicht, mit der Gianni seine Kameratasche im hinteren Gepäckfach des Rollers verstaute, verriet ihn. Scott vermutete, dass er sich das zweite Hauptgericht hatte einpacken lassen und es nun für seine Frau mit nach Hause nahm. Sie mussten wirklich zu kämpfen haben. Scott beschloss, ihm in Zukunft so viele Aufträge zu geben, wie er irgend konnte, und so ein wenig zu helfen.

An dem Tag, nachdem der *Midwest Daily* die Story über Rex Harrison brachte, erhielt Scott einen Anruf von jemandem in der Presseabteilung der Twentieth Century Fox.

»Wer zum Teufel sind Sie? Irgend so ein College-Bubi, der noch feucht hinter den Ohren ist? Hat Ihnen noch niemand gesagt, dass wir der Presse gern behilflich sind, solange die uns nicht verscheißert? Nun, jetzt haben Sie uns verarscht, und ich werde dafür sorgen, dass Sie keine Pressemitteilungen vom Filmset mehr kriegen, keine Interviews mehr machen, keine Einladungen zu Sondervorführungen bekommen, kein Garnichts. Nicht für diesen Film oder irgend einen anderen, den Twentieth Century Fox je produziert. Zufrieden, College-Bubi?«

Der Hörer wurde auf die Gabel gepfeffert, und Scott starrte grinsend auf sein Telefon. Er vermutete, dass es ein Zeichen für eine erfolgreiche Story war, wenn die Produktionsfirma sich so darüber aufregte. Giannis Foto von einem böse dreinschauenden Rex Harrison hatte die Geschichte perfekt abgerundet.

Inzwischen war Scott hinter einem ganz anderen Foto her. Er hatte kurz überlegt, Gianni damit zu beauftragen, wollte ihn aber keinem Risiko aussetzen. Rom war schließlich seine Heimatstadt, und er hatte Familie hier. Scott würde das ganz allein machen müssen. Er kaufte sich eine der neuen Kodak Colorsnap-Kameras, die gerade auf den Markt gekommen waren, und ein paar Rollen Film. Dann fuhr er zur Piazza Navona und parkte um die Ecke. Sein Herz raste. Er zog sich den Schal vors Gesicht, als wollte er sich gegen die Kälte schützen.

Gegenüber von dem Gebäude, in dem die Ghianciaminas wohnten, war auf der anderen Seite des Platzes ein Treppenhaus, das eine Reihe von Büros miteinander verband. Scott hatte dort noch nie jemanden gesehen, wenn er vorbeigefahren war. Man gelangte ins Haus über einen Innenhof mit einem Tor, das heute ein wenig offen stand. Scott ging unbehelligt hinein und stieg die Treppe hinauf, bis er eine offene Galerie erreichte. Er ließ sich in die Hocke nieder, hielt seine Kamera bereit und zündete sich eine Camel an. Sobald er jemanden kommen hörte, konnte er rasch aufstehen und die Treppe hinuntergehen, als käme er von einem Termin.

Er hockte da und wartete und beobachtete den Eingang zum Haus der Ghianciaminas. Zur üblichen Zeit tauchte Gina mit ihrem Einkaufskorb auf. Sein Herz machte einen kleinen Hüpfer, als er sie sah, sogar aus dieser Entfernung. Sie ging die Straße hinauf in Richtung Markt. Wenn nur Rosalia, die Krankenschwester, diese unschuldige Frische hätte! Stattdessen hatte sie etwas an sich, das ihm beinahe schon lästig war. Sie wollte so viel von ihm: Küsse, Komplimente, Zusicherungen – ganz gleich, wie viel er gab, sie brauchte mehr. Er hätte längst mit ihr Schluss machen sollen, denn er wusste genau, dass sie nicht die Richtige für ihn war. Aber er war feige und fürchtete sich vor den Tränen und den Vorwürfen, die ihm sicher waren. Also versuchte er, die Abstände zwischen ihren Treffen zu vergrößern, was nur dazu führte, dass sie umso misstrauischer war, wenn sie einander dann einmal sahen.

Bei den Ghianciaminas öffnete sich die Haustür noch einmal. Eine Gruppe von Männern kam heraus und lief die Straße hinunter. Sie hatten Scott den Rücken zugekehrt, so dass er nicht sehen konnte, ob auch Ginas Bruder dabei war. Das hatte alles keinen Zweck. Sie gingen zur gegenüberliegenden Ecke des Platzes. Plötzlich machte einer von ihnen kehrt, als hätte er etwas vergessen. Als er sich wieder näherte, sah Scott, dass es einer seiner Angreifer war. Er duckte sich unter die Brüstung der Galerie, hielt die Kamera ungefähr in die Richtung und drückte ab. Er spulte den Film weiter, machte noch ein Foto, dann ein drittes. Sein Herz klopfte so sehr, dass er meinte, es müsste ihm aus der Brust springen, während er auf Schritte auf der Treppe unten lauschte.

Nach einigen Minuten Stille hob er den Kopf wieder über das Geländer. Alle Männer waren fort, und die Straße war menschenleer. Er rannte die Treppe hinunter, sprang auf seinen Motorroller und fuhr quer durch die Stadt, am Kolosseum vorbei, am Fleischmarkt vorüber, so weit, wie er nur konnte, bis die Gebäude weniger dicht standen und er schon die Landschaft der Umgebung durchscheinen sah. Erst dann hielt er an und knipste den Film noch mit Bildern von einer Ziege voll, die am Straßenrand angebunden war und graste. Er steckte den Film in die mitgelieferte Papphülle, fuhr an einem Gewerbegebiet in Ostiense vorbei zurück in die Stadt, bis er eine winzige Drogerie fand, die ein Kodak-Schild über der Tür hatte. Er gab seinen Film ab, erhielt eine Quittung und vereinbarte, dass er die Abzüge in der folgenden Woche abholen würde.

Kapitel 19

Als Diana am 13. Dezember im Studio ankam, konnte sie die erhöhte Spannung am Set von *Cleopatra* spüren. Schauspieler und Techniker waren nach Cinecittà gekommen, obwohl man sie nicht hinbestellt hatte, und sie saßen im Laden oder in der Bar herum und flüsterten und beobachteten das Gelände. Draußen hatten die *paparazzi* Wind davon gekriegt, dass irgendwas im Busch war. Allen, die aufs Studiogelände gingen, bot man Geld an, um an diesem Tag Fotos auf dem Gelände zu machen: fünfhundert Dollar, tausend Dollar oder Millionen von Lire. Sie ahnten nicht, dass man nur eine Handvoll auserlesener Personen in die Nähe der Tonbühne lassen würde, um die Dreharbeiten zu beobachten, und selbst die würden am Eingang durchsucht werden, weil Elizabeth Taylor eine Nacktszene drehte, in der Cleopatra von einer ihrer Dienerinnen massiert wurde.

Man hatte die Sicherheitsvorkehrungen um das Set noch erhöht, seit man in der letzten Woche eine junge Frau erwischt hatte, die eine Kamera in ihrer hochtoupierten Frisur verborgen hatte. Diana wusste, dass sie keine Chance haben würde, auch nur in die Nähe der Aufnahme zu kommen – bisher hatte sie in zweieinhalb Monaten erst die Dreharbeiten zu drei Szenen miterlebt. Wie alle anderen war sie aber heute neugierig und beobachtete von der Bar aus gemeinsam mit Helen das Kommen und Gehen.

Eddie Fisher eilte zwischen der Garderobe seiner Frau und der Tonbühne hin und her, den Kopf gesenkt, als sei er in lebenswichtiger Mission unterwegs. Helen flüsterte Diana zu, dass er wahrscheinlich nur überprüfen musste, ob ihr Spezialstuhl an der richtigen Stelle stand. Als Elizabeth dann endlich, mit Cleopatra-Frisur und vollem Make-up und in einen Bademantel gehüllt, erschien, wich ihr Eddie nicht von der Seite. Er war Teil ihres kleinen Hofstaats von Assistenten, die sich ständig um sie kümmerten. Als Elizabeth die Menschenmenge sah, die von der Terrasse vor der Bar zuschaute, winkte sie und rief »Hallo!«, ehe sie im Studiogebäude verschwand.

»Wann fährst du Weihnachten nach Hause?«, fragte Helen. »Ich hoffe, du bist noch zur Weihnachtsparty bei Bricktop's hier. Ist es nicht toll, dass wir alle eingeladen sind, nicht nur die Stars? Ich kann es kaum erwarten.«

»Natürlich bleibe ich so lange da«, antwortete Diana. »Irene Sharaff hat mir angeboten, dass sie mir ein Kleid leiht. Bestimmt hat sie auch eines für dich, wenn ich sie frage. Die hat dutzende.«

»Toll!«, rief Helen. »Du bist Klasse. Ich habe mir seit Ewigkeiten nichts Neues zum Anziehen gekauft.«

Etwas später öffnete sich eine Tür der Tonbühne, und ein Techniker kam auf eine Zigarettenpause heraus. Er flüsterte einem Freund etwas zu, und schon bald lief ein Raunen durch die versammelte Menge in der Bar. Anscheinend hatte Richard Burton eine unhöfliche Bemerkung über Elizabeth Taylors Figur gemacht. Er hatte wohl gesagt, ihre Formen wären nach der Massage vollkommen verändert gewesen.

»Ist das nicht gemein?«, rief Helen. »Der ist wirklich schrecklich.«

Das überraschte Diana nicht. Sie hatte ja ohnehin schon eine ziemlich schlechte Meinung von ihm. Sie überlegte, ob der Film erst ab 18 Jahren freigegeben werden würde. Das musste doch wohl so sein, wenn Nacktszenen vorkamen? Helen wusste auch nicht mehr als sie.

Sie besuchten die Kätzchen, die täglich größer und frecher

wurden. Helen hatte von ihren Krallen viele rote Striemen an den Armen, aber trotzdem hob sie sie gern auf und liebkoste sie, schmiegte sie an ihre Wange.

Danach spazierte Diana zurück zum Produktionsbüro. Sie wollte gerade bei Trevor anrufen, um ihm zu sagen, wann ihr Flug am Heiligabend ankommen würde, als die Tür aufgerissen wurde.

»Hi! Wir sind einander noch nicht vorgestellt worden. Ich bin Eddie Fisher.« Der Mann hatte ein freundliches Lächeln und sehr weiße Zähne.

»Diana Bailey.«

»Ich brauche Ihre Hilfe. Können Sie mir sagen, wo ich Damenbinden und einen Gürtel dazu finden kann? Ich dachte, eine von euch jungen Frauen hat vielleicht einen Vorrat. Es ist ziemlich dringend.«

»Wir haben welche im Badezimmerschränkchen«, antwortete Diana und sprang auf. »Wie viele brauchen Sie?«

»Nur zwei oder drei, bis wir nach Hause kommen. Tausend Dank, Schätzchen.«

Diana holte die Binden und überlegte die ganze Zeit, wie Elizabeth eine Nacktszene drehen konnte, wenn sie ihre Monatsblutung hatte. Hatte sie nicht immer drei Tage frei, wenn sie ihre Periode hatte?

Als sie ihm die Binden gab, grinste Eddie sie erneut an. »Die sind nicht für Elizabeth, falls Sie das denken. Die sind für unsere Hündin Baby. Die blutet die ganze Garderobe voll, das Schweinevieh.«

Diana prustete vor Lachen. »Sind Sie sicher, dass die passen? Ich weiß nicht, wie sehr sich der Gürtel enger stellen lässt.«

»Ich kann's nur versuchen. Nett, Sie kennenzulernen, Diana. Man sieht sich.«

Nach dieser ersten Begegnung blieb er immer auf ein paar

freundliche Worte stehen, wenn sie einander am Set über den Weg liefen. Er erinnerte sich an ihren Namen und fragte sie, wie es ihr ging, machte Kommentare zum Wetter oder Anmerkungen zu den Szenen, die am jeweiligen Tag gedreht wurden. Sie fand ihn sehr ungekünstelt und natürlich, was ihr merkwürdig erschien, wenn man bedachte, mit wem er verheiratet war. Vielleicht liebte Elizabeth ihn genau deswegen. Vielleicht war seine ehrliche Freundlichkeit in ihrer Welt eine Seltenheit.

Am 23. Dezember machten sich Diana und Helen zusammen fein und nahmen ein Taxi in die in einem Untergeschoss liegende Pianobar Bricktop's, wo die Weihnachtsparty des *Cleopatra*-Teams stattfinden sollte. Als sie die Treppe hinunterstiegen, herrschte dort schon drangvolle Enge. Eine Band mit vier Musikern spielte in einer Ecke. Helen ging schnurstracks auf die Tanzfläche, und Diana schaute ihr voller Bewunderung zu, denn sie schien die allerneuesten Tanzschritte zu kennen und bewegte sich völlig selbstvergessen und mit spielerischer Leichtigkeit im Rhythmus der Musik.

»Die ist richtig gut«, sagte ihr Ernesto ins Ohr. Er reichte ihr einen Drink. »Und Sie sehen umwerfend aus. Ich hätte Sie beinahe nicht wiedererkannt.«

Sie schaute an ihrem enganliegenden türkisen Etuikleid herunter, das knapp über dem Knie endete. »Es ist eigentlich nicht mein Stil, aber man muss sich ja Mühe geben.« Sie lächelte. »Und wie geht es Ihnen?«

Sie setzten sich an einen Ecktisch und plauderten. Diana war entzückt, dass er da war, denn von Helen bekam sie den ganzen restlichen Abend kaum etwas zu sehen. Wäre Ernesto nicht gewesen, hätte sie mutterseelenallein dagesessen. Er erzählte ihr, dass er Weihnachten bei seiner Familie verbringen würde und dass man ihn zwingen würde, ungeheure

Mengen des von seiner Mutter zubereiteten Essens zu verputzen. Sie berichtete ihm, dass Trevor und sie stets den Weihnachtstag allein miteinander verbrachten und dann am zweiten Feiertag seine Verwandten besuchten.

»Freuen Sie sich darauf, ihn wiederzusehen?«, fragte Ernesto, und sie antwortete: »Ja, natürlich.« Das stimmte, sie konnte es kaum erwarten.

Rex Harrison und Rachel Roberts standen auf und begannen zu tanzen. Diana fiel auf, dass Rachel Roberts offensichtlich beschwipst war und sich an ihm festhalten musste, um nicht aus dem Gleichgewicht zu geraten. Ihr Gesicht war hochrot, und sie konnte sich nicht einmal mehr im Rhythmus bewegen. Plötzlich fing sie an, am Reißverschluss seiner Hose herumzunesteln. Er schlug ihre Hand mit einer wütenden Bewegung fort, was sie in schallendes Gelächter ausbrechen ließ. Da stürmte Rex von der Tanzfläche zu ihrem Tisch zurück, und Rachel warf einem jungen Italiener, der mit seinen Freunden in der Nähe stand, die Arme um den Hals. Seine Freunde johlten und pfiffen.

»Ich hasse Frauen, die zu viel trinken«, vertraute Ernesto ihr an, während er die Szene beobachtete.

»Und doch bringen Sie mir einen Drink nach dem anderen, wo immer wir auch sind«, neckte Diana ihn.

»Ja, aber bei Ihnen liegt der Fall ganz anders. Sie müssen lockerer werden. Das ist meine Strategie.« Ihre Gesichter waren sehr nah beieinander, und er schaute ihr unverwandt in die Augen.

Diana zog eine Augenbraue in die Höhe. »Ihre Strategie, ach ja! Vielleicht sollten Sie die lieber noch mal überdenken, sonst machen sie mich zu einer von den Frauen, die Sie so hassen.«

Ernesto starrte sie unverwandt an. »Ich liebe es, wie Sie eine Ihrer Augenbrauen in die Höhe ziehen können, aber nicht die andere. Ich habe das zu Hause vor dem Spiegel ge-übt, aber nicht hingekriegt. Ich glaube, ich habe die falsche Sorte Augenbrauen.«

»Es geht nur mit der rechten«, erklärte sie ihm. »Mit der linken kann ich es nicht.« Sie versuchten es beide eine Wei-le und verzogen die Gesichter.

Das übliche Raunen ging durch den Raum, als Elizabeth und Eddie auf der Party eintrafen. »Die bleiben nicht lange«, erklärte ihr Ernesto. »Das ist nur ein Gastauftritt, weil Wal-ter sie darum gebeten hat. Sie mischen sich normalerweise nicht unter das gemeine Volk.«

»Woher wissen Sie das alles?«

»Ich weiß sehr viele Dinge, meine kleine Diana. Fragen Sie einfach, und ich erzähle sie Ihnen.«

Rachel Roberts versuchte gerade, dem jungen Italiener an die Wäsche zu gehen, und Diana dachte, dass sie nun wirk-lich jemand aufhalten sollte, aber Rex war nirgends zu se-hen. Als der junge Mann anfing, ihre Brüste zu betatschen, und sie keine Anstalten machte, seine Hand wegzuschieben, sprang Diana auf.

»Entschuldigen Sie, Miss Roberts«, sagte sie, nahm Rachel beim Arm und zog sie weg. »Sie werden auf der Damentoi-lette gebraucht.«

Der junge Mann gab sie anstandslos frei, weil er sich wohl bewusst war, dass er sich ziemlich weit vorgewagt hatte. Ra-chel kam lammfromm mit, stützte sich schwer auf Dianas Arm, obwohl sie einander nicht kannten.

»Wo ist Rexy?«, fragte sie.

»Ich bin mir nicht sicher, aber wenn Sie sich hier nieder-lassen, gehe ich ihn für Sie suchen.« In einer Ecke stand ein bequemer Sessel, und sie setzte Rachel darauf ab.

»Holen Sie mir einen klitzekleinen Drink?«

Diana bejahte das, obwohl sie das keineswegs vorhatte. Sie

eilte wieder in den Klub zurück und drängelte sich durch die Menschenmenge, um Rex Harrison zu suchen.

»Geht es Ihnen gut?«, fragte Eddie Fisher, als sie an seinem Tisch vorbeikam. Doch als Antwort auf ihre Frage konnte er nur sagen, dass er Rex den ganzen Abend über nicht gesehen hatte.

Diana sah Hilary mit Rosemary Matthews und Joe Mankiewicz in einer Ecke sitzen und fragte sie, was sie mit Rachel machen sollte. Sofort sprang Hilary auf.

»Ich wette, dass Rex wieder einmal ohne sie nach Hause gegangen ist. Kommen Sie, wir setzen sie in ein Auto.«

Als sie zusammen in der Damentoilette ankamen, war Rachel eingeschlafen. Gemeinsam gelang es ihnen, sie wieder auf die Füße zu stellen und zur Tür zu geleiten, wo die Fahrer von Twentieth Century Fox warteten. Ein paar Blitzlichter flammten auf, aber ein Foto von einer betrunkenen Rachel Roberts war wohl nicht das, worauf die *paparazzi* heute hofften.

»Geht das oft so mir ihr?«, fragte Diana, als das Auto losfuhr.

»Leider ja. Sie und Rex haben eine ziemlich stürmische Beziehung, und sie ertränkt ihren Kummer. Sie wollen Anfang nächsten Jahres heiraten; dann beruhigt sich die Lage vielleicht.« Hilary schien davon allerdings nicht sonderlich überzeugt zu sein.

Als sie wieder in den Klub kamen, machte sich Diana auf die Suche nach Ernesto. Als sie sich neben ihn hinsetzte, bot sich ihr ein ungewöhnlicher Anblick: Elizabeth Taylor tanzte Wange an Wange mit Richard Burton. Diana war sehr verwundert: Sie hätte nicht gedacht, dass die beiden gut miteinander auskommen würden, eher vermutet, dass hier zwei Superegos aufeinanderprallten. Aber sie sahen zusammen wirklich gut aus. Obwohl sie hochhackige Schuhe trug, wirkte er neben ihr sehr groß, und seine muskulöse Gestalt gab einen markanten Kontrast zu ihren üppigen Kurven ab. Der Tanz ging zu Ende, und sie trennten sich voneinander, um zu ihren jeweiligen Ehepartnern zurückzugehen.

Diana wandte sich an Ernesto, und eine Frage ging ihr durch den Kopf, die sie kaum in Worte fassen wollte. »Doch sicher nicht?«

»Im Gegenteil, ich glaube, dass es was werden könnte.« Ernesto war tief in Gedanken versunken, führte beinahe ein Selbstgespräch. »Ich glaube, Eddie Fisher wird sie wohl nicht viel länger interessieren.«

Diana dachte an den freundlichen Mann, der sich bei ihr Binden für eine Hündin geholt hatte, und sorgte sich um ihn.

Kapitel 20

Scotts Chefredakteur hatte ihn gebeten, über Weihnachten und Neujahr in Rom zu bleiben, also beschlossen seine Eltern, aus den Vereinigten Staaten herüberzufliegen, um die Feiertage mit ihm zu verbringen. Er buchte ihnen eine Suite im Hotel Intercontinental, sorgte dafür, dass ein Fahrer sie vom Flughafen abholte, und stählte sich für den Augenblick, wenn seine Mutter in die Lobby des Hotels treten und seine gebrochene Nase sehen würde. Sie würde einen hysterischen Anfall bekommen.

Am 23. Dezember, dem Tag ihrer geplanten Ankunft, ereignete sich jedoch in Kalabrien ein schreckliches Zugunglück. Scotts Chefredakteur schickte ihn dorthin, damit er darüber berichtete. Der Zug war gerade über ein Viadukt gefahren, als er aus den Gleisen sprang und die Waggons vierzig Meter in die Tiefe und in einen Fluss stürzten. Scott raste in einem Mietwagen in den Süden und verbrachte einige Zeit an der Unfallstelle, um mit den Untersuchungsbeamten zu reden, im Krankenhaus, wo er Überlebende interviewte, und bei einem Gedenkschrein in der Nähe, den die Familien der einundsiebzig Passagiere errichtet hatten, die bei dem Unfall ums Leben gekommen waren. Er berichtete zum ersten Mal über eine größere Tragödie. Das alles nahm ihn sehr mit, und er war sich nicht sicher gewesen, wie er am besten mit den traumatisierten Überlebenden sprechen sollte. Als er sich an jenem Abend in seinem Hotelzimmer rasierte, bemerkte er, dass ihm Tränen über die Wangen liefen.

Spät am Heiligabend fuhr er durch Rom, während die Kirchenglocken zur Christmette läuteten. Als er in seine Wohnung kam, stellte er fest, dass jemand einen dicken Umschlag unter der Tür durchgeschoben hatte. Er riss ihn auf und begann den langen Brief zu lesen. Er war von Rosalia. Sie hatte gehofft, Weihnachten mit ihm und seinen Eltern zu verbringen; sie hatte ihre Schichten im Krankenhaus eigens so gelegt, dass sie am Weihnachtstag frei hatte, aber er hatte sich nicht bei ihr gemeldet. Was sollte sie davon halten?

Scott hatte sie nicht eingeladen, seine Eltern kennenzulernen, hatte nicht einmal die Möglichkeit angedeutet – das hatte sie sich alles nur eingebildet –, aber gleichzeitig wusste er doch, dass er sie sehr schlecht behandelt hatte. Gleich nach Weihnachten würde er sich von ihr so freundlich wie möglich trennen.

Am folgenden Morgen rief er bei der sehr niedergeschlagenen Rosalia an und log ihr etwas vor. Er behauptete, wegen des Zugunglücks länger im Süden aufgehalten worden zu sein. Er wüsste nicht, wann er zurückkommen würde. Dagegen konnte sie nichts einwenden, aber ihm war klar, dass er ihr Weihnachten verdorben hatte, und er hatte ein sehr schlechtes Gewissen. Er zog sich zum ersten Mal seit seiner Ankunft einen Anzug an und band einen Schlips um, schwang sich dann auf seine Vespa und fuhr zum Intercontinental. Als er das Hotel betrat, waren seine Gedanken noch mit Rosalia beschäftigt, deshalb begriff er zunächst nicht, warum seine Mutter aufschrie, als sie ihn sah.

»Großer Gott! Was ist denn mit dir passiert?«

Seine Nase. Natürlich. »Ein Mann hat mich in einer Bar angegriffen. Er hatte mich wohl mit jemandem verwechselt. Sie haben ihn verhaftet. Keine Sorge, Mom, mir geht es gut.«

»Aber deine Nase ist gebrochen! Konnten sie die nicht besser zusammenflicken? Die sieht ja furchtbar aus.«

»Alles in Ordnung, Mom.«

Sie wandte sich an Scotts Vater. »Wir sollten ihn mit zurück in die Staaten nehmen, damit dieser Kollege von dir ihn operieren kann. Wie heißt der noch gleich?«

»Der macht keine kosmetische Chirurgie«, antwortete Scotts Vater barsch. »Wenn der Junge sagt, dass es ihm gut geht, dann geht es ihm gut.«

Sie tranken im Salon Martinis, ehe sie in den großartigen Speisesaal gingen, um ihr Weihnachtsessen einzunehmen. Die ganze Zeit über lag Scotts Mutter ihm mit Fragen über den Überfall in den Ohren und äußerte laut ihre Bedenken, ob er in Rom überhaupt in Sicherheit wäre. Vielleicht sollte er nach Einbruch der Dunkelheit besser nicht mehr aus dem Haus gehen. Ganz bestimmt sollte er sich von Bars fernhalten. Jedes Mal, wenn er sich einen Tropfen von der Nase wischen musste, trat ein ängstlicher Ausdruck auf ihr Gesicht.

Schließlich wechselte sein Vater das Thema. »Die Artikel, die du bisher geschrieben hast, waren ja nicht gerade heiße Anwärter auf den Pulitzer-Preis. Was soll denn der ganze Unsinn mit den Filmstars?«

Scott zuckte die Achseln. »Ich muss schreiben, was die Redaktion haben will.«

Sein Vater schnaubte verächtlich. »Du bist in Europa, mitten im Kalten Krieg. Warum hast du noch keine italienischen Politiker dazu befragt, was sie von der Ost-West-Konfrontation halten? Wie sieht die Post-Mussolini-Gesellschaft die Roten?«

»Ich habe doch einen Artikel über die italienische kommunistische Partei geschrieben. Und ich arbeite an einer wichtigen Story, aber da ist noch viel zu recherchieren.«

»Du musst aufpassen, dass du dir nicht den Ruf einhandelst, nur so ein schäbiger Klatschkolumnist zu sein. Dein Gehirn benutzt du dabei ja nicht gerade, oder?«

Scott war verletzt. Sein Vater war immer sehr kritisch gewesen: seine Noten in der High School waren nie gut genug gewesen; zur großen Enttäuschung seines Vaters hatte er nicht versucht, in die Football-Mannschaft zu kommen, weil er Leichtathletik lieber mochte; und er war nicht in den prestigeträchtigsten Studentenklub von Harvard aufgenommen worden. Es war lächerlich, dass ihm das alles noch so viel ausmachte, aber er konnte es nicht ändern. Einer der Gründe, warum er sich überhaupt um einen Job im Ausland bemüht hatte, war, dass er dem Druck entkommen wollte, den sein Vater auf ihn ausübte.

Das Essen schien kein Ende nehmen zu wollen, vom Aufschnitt als Vorspeise über den Nudelgang bis zum gebratenen Truthahn. Der Kellner hatte ihnen als Alternative gefüllte Schweinshaxe angeboten, eine große Delikatesse, wie er ihnen versicherte, aber die Morgans hatten sich alle für den traditionellen Truthahn entschieden. Natürlich wurde er nicht mit all den Beilagen serviert, die man in den Vereinigten Staaten dazu reichte – keine Preiselbeersoße, nicht einmal Füllung –, aber er war saftig und schmeckte köstlich.

»Hast du eigentlich mal von Susanna gehört?«, fragte seine Mutter, und Scott seufzte. Susanna war seine Freundin aus Collegetagen; sie hatte ihn verlassen. Seine Mutter hatte häufig angedeutet, er sei verrückt gewesen, sie »sich durch die Lappen gehen zu lassen«, als hätte er etwas dagegen tun können, als hätte er irgendwie verhindern können, dass sie sich stattdessen seinen Mannschaftskameraden aussuchte.

»Nicht, seit ich hier bin«, sagte er. »Ich glaube nicht, dass sie meine Adresse in Rom hat.«

»Die könnte sie herausfinden, wenn sie wollte. Sie könnte zum Beispiel bei mir anrufen. Sag niemals nie«, meinte seine Mutter und versuchte, ihre Stimme hoffnungsvoll klingen zu lassen.

Nach dem Essen gaben sie einander die Geschenke. Scotts

Eltern hatten ihm ein Fernglas und eine neue Chino-Hose mitgebracht. Was um Himmels willen sollte er denn mit dem Feldstecher anfangen?, fragte er sich. Vögel beobachten? Er schenkte seiner Mutter ein Seidentuch und seinem Vater ein Feuerzeug, in das das Kolosseum eingraviert war. Alle betonten, wie hervorragend die Geschenke ausgewählt waren, und alle packten sie ein wenig verlegen wieder in die Schachteln. Dann brachen sie zu einem Spaziergang durch die umliegenden Straßen auf. Scott wies seine Eltern auf einige Sehenswürdigkeiten hin, aber alle waren geschlossen, und es lag Frost in der Luft, so dass sie schon bald zum Kaffee ins Hotel zurückkehrten. Scott versuchte nicht immer wieder auf die Uhr zu schauen, doch die Zeit zog sich unendlich lang hin, während seine Mutter fröhlich über ihre Freunde zu Hause plauderte und sein Vater düster dreinschaute und sich offensichtlich tödlich langweilte.

Am frühen Abend gab Scott vor, er müsse eine Stunde ins Büro gehen, um mit der Redaktion zu telefonieren, aber das war nur ein Vorwand, um endlich fortzukommen. Seine Eltern wollten noch drei weitere Tage in Rom bleiben, und die Zeit erschien ihm wie eine unendlich lange Haftstrafe.

»Ich weiß nicht, ob dieser Motorroller nicht furchtbar gefährlich ist«, rief seine Mutter, als er auf die Vespa stieg. »Warum kaufen wir dir nicht stattdessen ein Auto?«

Er tat so, als hätte er es nicht gehört, drehte fest am Gasgriff und beschleunigte so laut, wie er nur konnte.

Kapitel 21

Während des Heimflugs und der Zugfahrt von Heathrow in die Stadtmitte war Diana ganz aufgeregt, weil sie Trevor wiedersehen würde. Sie sehnte sich danach, seine Arme um sich zu spüren und den holzigen Duft nach Pfeifentabak aus seiner Kleidung zu atmen, ihn zu seiner Arbeit auszufragen und ihm von den Höhepunkten ihrer drei Monate in Rom zu erzählen, natürlich in leicht zensierter Form. Es war so viel geschehen, dass es viel länger her zu sein schien, dass sie ihn zuletzt gesehen hatte. Ihr hatten seine treffenden Bemerkungen gefehlt, aber am allermeisten sehnte sie sich danach, dass er ihr verzeihen würde und sie wieder so gut wie einst miteinander auskommen würden.

Vom Bahnhof aus fuhr sie mit dem Bus weiter, stieg gleich nach dem Zoo aus und eilte dann die eiskalte Straße zu ihrer Mietwohnung am Primrose Hill hinauf. Es war Heiligabend und gerade drei Uhr am Nachmittag, wurde aber bereits dunkel.

Sie klopfte an die Tür, weil es ihr irgendwie seltsam vorkam, nach so langer Abwesenheit einfach hereinzuplatzen, obwohl es ja auch ihr Zuhause war. Sie hatte gerade ihren Schlüssel herausgeholt, um die Tür aufzuschließen, als Trevor aufmachte.

»Oh!«, rief sie. »Hallo!«

Sie bemerkte sofort, wie schlecht er aussah. Seine bleiche Haut wirkte im kalten elektrischen Licht des Flurs beinahe grau, und er schien sehr dünn geworden zu sein. »Du hast abgenommen«, sagte sie besorgt und umarmte ihn.

»Vielleicht ein bisschen«, antwortete er. Als er ihre Tasche nahm und hereintrug, fiel ihr auf, dass sein Pullover an den

Ellbogen Löcher hatte und dass ein Schuh ihm am Fuß schlappte, weil der Schnürsenkel durchgerissen war. Sie hatte in einer Küchenschublade einen Vorrat an Schnürsenkeln, aber den hatte er offensichtlich nicht gefunden.

Sie hatte erwartet, die Wohnung etwas verwahrlost vorzufinden, doch als sie in die Küche kamen, stand kein schmutziges Geschirr im Spülbecken, und der Fußboden sah aus, als sei er kürzlich gewischt worden.

»Hast du dir doch eine Putzfrau genommen?«, fragte sie.

»Nein, das habe ich selbst gemacht. Ist ja nicht besonders schwierig, oder?«

»O gut. Danke.« Es kam ihr sonderbar vor, dass er ihre Rolle an sich gerissen hatte, aber sie konnte sich ja schlecht darüber beschweren. Sie sollte entzückt sein.

»Du hast andere Kleidung«, bemerkte er. »Und du hast irgendwas mit deinem Haar anders gemacht.«

»Das nennt man Toupieren«, erklärte sie. »Das ist wohl der allerletzte Schrei.« Sie hatte das ironisch gemeint, aber Trevor schaute überrascht.

»Das ist schön«, sagte er. »Sehr modern.«

Während sie Tee trank, warf sie einen kurzen Blick in die Speisekammer. Sie hatte damit gerechnet, noch schnell etwas für das Weihnachtsessen einkaufen zu müssen, aber ein Truthahn lag bereits im Regal, ein viel größerer, als sie ihn eigentlich gebraucht hätten. Trevor hatte auch Kartoffeln, Gemüse, Mince Pies und einen runden Christmas Pudding gekauft, der in weihnachtliches Papier mit Stechpalmenzweigen gewickelt war. Sie war gerührt, dass er sich so viel Mühe gemacht hatte.

»Wann hast du es denn geschafft, das alles einzukaufen? Das war aber sehr nett von dir.«

»Ich musste ja lernen, allein klarzukommen«, antwortete er. »Das ist ganz schön kompliziert. Wusstest du, dass alle

143

Geschäfte dienstags schon mittags schließen, außer den Fleischern, die aus irgendeinem Grund ihren halben freien Tag mittwochs haben? Nur um uns das Leben schwer zu machen.«

»Es tut mir leid, das hätte ich dir vorher sagen sollen.« Sie hatte Gewissensbisse. All das wäre ihre Aufgabe gewesen.

»Ich hoffe, es macht dir nichts aus, dass ich einen amerikanischen Studenten, Chad, zum Weihnachtsessen eingeladen habe. Er hätte sonst Weihnachten allein verbracht. Ich habe ihm gesagt, er soll um halb drei kommen, da ist dann noch Zeit für einen Sherry vor der Weihnachtsansprache der Königin.«

»Das war nett von dir.« Als wäre die Atmosphäre zwischen ihnen nicht schon unbehaglich genug, jetzt hatten sie auch noch einen jungen Amerikaner zu bewirten.

Sie schaute noch einmal in die Speisekammer und ging in Gedanken die Gänge des Weihnachtsessens durch. Es fehlten noch ein paar Zutaten: erstens die Paxo*-Füllung (»Weihnachten ohne Paxo wäre nicht Weihnachten«) und etwas Organgenlimonade, um sie mit dem Gin zu mischen, den sie mitgebracht hatte. Trevor mochte Gin. »Ich geh schnell noch ein paar Kleinigkeiten besorgen«, sagte sie zu ihm. »Ich bin gleich wieder da.«

Sie zog ihren Mantel an und machte sich eilig auf den Weg, um die Geschäfte in Camden noch zu erreichen, ehe sie für die Feiertage schlossen. Irgendwie hatte Trevor sie mit seinen Vorbereitungen auf dem falschen Fuß erwischt.

Als sie zurückkam, saß er in seinem Arbeitszimmer und korrigierte Referate seiner Studenten. Also ging sie mit dem Staublappen durch die Wohnung und bemerkte dabei, dass er um alle Ziergegenstände herumgewischt hatte, ohne sie

---

* Paxo ist eine Fertigfüllung für Geflügel, die mit Wasser und etwas Butter gemischt wird.

hochzuheben. Aber eigentlich sollte sie sich glücklich preisen. In Frauenzeitschriften standen manchmal gutgemeinte Hinweise, wie man seinen Ehemann dazu überreden konnte, den Müll hinauszutragen oder den Staubsaugerbeutel auszuleeren, aber niemand erwartete, dass Männer kochten oder saubermachten.

Beim Abendessen war die Unterhaltung zwischen ihnen äußerst gezwungen. Jedes Mal, wenn sie etwas vom Film erwähnte, trat ein ungutes Schweigen ein und Trevor wechselte das Thema. Er wollte einfach nichts davon hören. Stattdessen redete er lang und breit über einen Artikel, den ein Kollege von der Universität veröffentlicht hatte und der seiner Meinung nach auf falschen Annahmen basierte. Er versuchte ihr ein paar winzige Ungereimtheiten zu erläutern, aber die erschienen ihr alle ziemlich trivial.

»Ist der Artikel denn nicht unabhängig begutachtet worden?«, fragte sie.

»Doch, aber von einem Idioten! Ich kann mir beim besten Willen nicht vorstellen, was der sich dabei gedacht hat.« Die Sache hatte ihn sichtlich sehr verärgert. Sie spürte, dass er sich von diesem Kollegen bedroht fühlte, der ihm gleichgestellt war, von dem aber alle wussten, dass er es nach der Emeritierung des gegenwärtigen Professors auf dessen Lehrstuhl abgesehen hatte.

Als er eine kurze Pause einlegte, versuchte Diana ihm von der außerordentlichen handwerklichen Geschicklichkeit der Bootsbauer auf Ischia zu erzählen, aber sie merkte gleich, dass er davon nichts hören wollte. Er stellte keine Fragen. »Ich würde mir so sehr wünschen, dass du mal zu Besuch kommst«, sagte sie traurig. »Von meinem Zimmer aus hat man einen herrlichen Blick auf die Dächer und Kirchtürme, und ich habe noch keine Gelegenheit gehabt, mich in der Stadt richtig umzusehen. Das hebe ich mir auf, bis du kommst.«

»Nun, da kannst du lange warten«, antwortete Trevor. »Ich wage es kaum, die Abteilung zu verlassen, aus lauter Angst, was ich bei meiner Rückkehr vorfinden werde.«

Es ärgerte sie ein wenig, dass er einen Besuch in Rom offensichtlich nicht einmal in Betracht zog. »Wieso? Nur weil ein Kollege einen Artikel geschrieben hat, mit dem du nicht einverstanden bist? Solltest du deine Energie nicht lieber darauf verwenden, selbst Artikel zu schreiben, als fremde zu kritisieren?«

»Was soll das denn heißen?« Trevors Stimme wurde lauter. »Der Grund, warum ich in den letzten Monaten weniger Zeit hatte, mich meinen eigenen Forschungsarbeiten zu widmen, ist ja, dass ich nach den Vorlesungen losrennen und einkaufen musste und dann zu Hause kochen und saubermachen durfte. Außerdem war noch mein Scheckbuch leer, und das neue ist in der Post verlorengegangen, also musste ich die Zeit finden, zur Bank zu gehen, wenn ich Geld brauchte. Ich komme gut zurecht – bitte versteh mich nicht falsch –, aber du solltest dir darüber im Klaren sein, dass ich mich hier nicht gerade gemütlich ausgeruht habe, während du in Rom von einer schicken Bar zur anderen gezogen bist.«

Diana verspürte erneut Gewissensbisse, tat sie aber rasch ab. »Trevor, du bist doch auch gut zurechtgekommen, ehe wir verheiratet waren. Du bist sehr tüchtig.«

»Ich wollte dir nur erklären, warum ich mit meinen Forschungen nicht viel weitergekommen bin. Mein Leben war ein ziemlicher Balanceakt. Ich musste Kompromisse machen.« Er wandte sich ab, schien den Tränen nahe zu sein.

Dianas Wangen glühten. »Es tut mir leid«, flüsterte sie.

Diese Worte hingen zwischen ihnen in der Luft, bis Trevor seinen Stuhl quietschend zurückschob und aufstand. »Ich glaube, ich gehe in mein Arbeitszimmer und korrigiere noch ein paar Aufsätze«, sagte er. »Wenn ich heute Abend einiges aufhole, kann ich mir später während der Feiertage mehr Zeit frei nehmen.«

Diana erhob sich und begann schweren Herzens Geschirr zu spülen. Warum konnte er sich an dem Abend, an dem sie nach drei Monaten Abwesenheit zurückgekehrt war, nicht ein bisschen Zeit für sie nehmen? Wie lange sollte sie dafür bestraft werden, dass sie einen Job angenommen hatte, der sie glücklicher machte, als sie je gewesen war? Wenn er sie wirklich liebte, sollte er sich da nicht mit ihr freuen?

Um neun Uhr machte sie eine Tasse Tee und brachte sie ihm ins Arbeitszimmer. »Ich bedaure, dass wir uns gestritten haben«, sagte sie. »Ich glaube, der Sherry vor dem Abendessen ist mir zu Kopf gestiegen. Ich habe es nicht so gemeint. Es tut mir auch leid, dass dein Leben so schwierig war.«

»Danke«, antwortete er. »Mir tut es auch leid.« Was ihm leidtat, erklärte er jedoch nicht.

Später ging sie als Erste zu Bett und lauschte auf die vertrauten Geräusche von Trevors Badezimmerritualen – das kräftige Zähneputzen, das Ausspucken, das letzte Pinkeln. Als er ins Bett kam, legte er den Arm um sie und ließ ihren Kopf an seiner Brust ruhen, wie sie es immer machten, aber keiner von beiden versuchte, den anderen zum Sex anzuregen. Die Kluft zwischen ihnen schien noch zu tief zu sein. Nach einer Weile sagte er: »Dann will ich mich mal umdrehen.« Und er rollte sich auf die Seite, in seine bevorzugte Schlafstellung.

Diana lag wach und überlegte, wie sie die Situation retten könnte. Sie liebte ihn und konnte den Gedanken nicht ertragen, ihn zu verlieren. Ohne Trevor wäre sie ganz allein auf der Welt. Er war ihr Anker, und bis vor Kurzem war er ihr bester Freund gewesen. Warum interessierten ihn ihre neuen Erfahrungen so gar nicht? Sie brannte darauf, sie ihm mitzuteilen, aber er hatte eine Mauer aufgebaut, die sie nicht überwinden konnte.

»Trevor?«, flüsterte sie.

Es kam keine Antwort, aber sie war sich ziemlich sicher, dass er nur vorgab, bereits zu schlafen.

»Frohe Weihnachten«, flüsterte sie in den Abstand zwischen ihnen. Morgen, dachte sie, morgen bringe ich alles in Ordnung, ganz gleich, was ich tun muss.

Kapitel 22

Sobald Diana am Weihnachtsmorgen merkte, dass Trevor wach war, begann sie, ihm durch seinen Flanellschlafanzug den Rücken zu streicheln. Er lag reglos da, kehrte ihr weiter den Rücken zu. Sie begann, ihm die Schulter zu massieren, was eines ihrer Vorspiele für Sex war. Normalerweise hätte er sich nun zu ihr gedreht und sie geküsst, aber heute schien etwas nicht zu stimmen. Als sie den Arm um ihn legte und mit der Hand fühlte, hing sein Penis schlaff zwischen seinen Beinen. Sie küsste ihn hinter dem Ohr und streichelte ihn, um ihn anzuregen.

Plötzlich entzog sich Trevor ihrem Tun. »Ich habe mir leider den Magen verdorben«, murmelte er. »Entschuldige bitte.«

Er schwang die Beine über die Bettkante, packte seinen Morgenmantel und ging ins Bad, wo er die Tür hinter sich abschloss. Diana lag da und lauschte auf ein Zeichen, dass er zu ihr zurückkehren würde, aber alles blieb still. Sie überlegte, ob er sich wirklich den Magen verdorben hatte oder ob er immer noch zu wütend auf sie war, um mit ihr Sex zu haben. Noch nie zuvor hatte er ihre Annäherungsversuche zurückgewiesen.

Als nach einer Weile klar war, dass er nicht wieder ins Bett kommen würde, stand sie auf und ging schweren Herzens in die Küche, um Tee zu kochen. Sie hörte, dass die Badezimmertür geöffnet wurde, und dann kam er in die Küche.

»Frohe Weihnachten, Schatz«, sagte er, und sie umarmten sich ungelenk, ohne sich zu intim zu berühren.

»Lass mich deine Geschenke holen«, sagte sie fröhlich. Sie hatte sie schon eingepackt: eine neue Pfeife und einen ganz

besonderen Tabak, einen hellblauen Pullover aus dem Kaufhaus Rinascente, seine Lieblingsorangenmarmelade und
eine Schachtel Pralinen von Black Magic. Er setzte sich an
den Küchentisch, machte die Päckchen auf und murmelte
anerkennend.

Diana hatte sich wie immer ihr Geschenk selbst gekauft,
weil Trevor behauptete, er wollte kein Geld für die falschen
Sachen verschwenden. Sie zog das Päckchen hervor und lächelte. »Und das schenkst du mir. Nur das eine Geschenk,
denn es war ziemlich teuer.« Sie wickelte eine schwarze, mit
Pelz verbrämte Krokodillederjacke mit Gürtel aus. Das war
nicht ihr üblicher Stil, aber die Jacke sah so schick aus, dass
Diana ihr nicht hatte widerstehen können.

Trevor war überrascht. »Ungewöhnlich«, sagte er mit
Zweifel in der Stimme. »Ich dachte immer, Schwarz wäre
nicht deine Farbe. Aber solange sie dir gefällt. Ich habe dir allerdings auch selbst etwas besorgt.« Er zog ein Päckchen mit
dem C&A-Schriftzug aus der Tasche seines Morgenrocks. Sie
öffnete es und fand darin ein Paar weiche cremeweiße Leder-
handschuhe, die einem Paar ähnelten, das sie Anfang des
Jahres im Bus vergessen hatte. Wie fürsorglich, dass er sich
daran erinnert hatte. Allerdings hatte sie inzwischen in Rom
aufgehört, Handschuhe zu tragen, weil das dort niemand
mehr machte. Sie erschienen ihr nun genauso altmodisch wie
weit schwingende Röcke und Kopftücher. Aber wie konnte
Trevor das wissen? Sie war gerührt, dass er überhaupt etwas
für sie gekauft hatte, und sie beschloss, die Handschuhe zu
tragen, solange sie in London war.

Sie küssten sich und wünschten sich noch einmal »Frohe
Weihnachten«, und dann begann Diana, den Truthahn für
den Ofen vorzubereiten.

Chad kam um halb drei, und seine Anwesenheit war eine
willkommene Ablenkung. Er war groß und schlaksig, hatte

kastanienbraunes Haar und ein breites, sommersprossiges Gesicht. Er und Trevor schienen ein recht entspanntes Verhältnis zueinander zu haben, zogen sich gegenseitig mit den Unterschieden zwischen Großbritannien und Amerika auf.

»Wusstest du, dass Chad tatsächlich geglaubt hat, sein Name wäre ursprünglich amerikanisch? Da musste ich ihn aufklären und ihm raten, über den angelsächsischen Bischof Chad von Mercia aus dem siebten Jahrhundert nachzulesen.«

Chad grinste. »Ist Mer-sie-a wieder so ein seltsamer englischer Ortsname, also völlig missverständlich geschrieben, etwa wie Glo-sster und Eddin-burra?« Er übertrieb die Aussprache. »Warum versucht ihr hier nicht, die Namen gleich richtig zu buchstabieren? Vielleicht solltet ihr mal einen Amerikaner bitten, die Schreibweise für euch zu korrigieren.«

Damit hatte er natürlich Öl ins Feuer gegossen, und es entspann sich eine lebhafte Debatte, die darin gipfelte, dass Trevor den Vorschlag unterbreitete, Großbritannien sollte die Vereinigten Staaten erneut zur Kolonie machen, um den Menschen dort beizubringen, wie man die englische Sprache korrekt spricht, und ihnen eine paar Lektionen in Ironie zu verpassen. Chad erwiderte, England sei eine längst untergegangene Kolonialmacht, und Trevor schnaubte verächtlich, weil die Amerikaner so oft irrtümlich den Begriff »England« anstelle des korrekten »Vereinigtes Königreich« verwenden.

Chad nahm sich vom Hauptgang zweimal nach, und Diana merkte, dass er sich blendend amüsierte. »Warum übernachten Sie nicht bei uns?«, bot sie ihm an, als sie hörte, dass er mehrere Meilen bis zu seinem möblierten Zimmer zu Fuß gehen musste, weil heute die Busse nicht fuhren. Alles wurde ein wenig leichter, wenn eine dritte Person dabei war, denn dann gab es keine Gefahr, dass unbequeme Themen angesprochen wurden.

Sie hörten sich am Abend ein ziemlich gutes Hörspiel an und tranken Gin and Orange. Dann machte Diana ein Bett für Chad zurecht und lieh ihm eine Zahnbürste.

Als sie und Trevor zu Bett gingen, bemühte sich keiner von beiden, den anderen zum Sex anzuregen. Diana wollte nach der Zurückweisung vom Morgen nicht unbedingt die Initiative ergreifen und wartete auf ein Zeichen von Trevor, dass er zur Liebe bereit war. Es wäre gut, sich wieder zu lieben; dann würde alles wieder normaler erscheinen. Aber Trevor machte keinerlei Annäherungsversuche. Vielleicht hatte er Hemmungen, weil Chad nebenan schlief. Stattdessen kuschelten sie und unterhielten sich leise über ihre Pläne für den morgigen Tag. Mit keiner Silbe wurde Dianas unmittelbar bevorstehende Rückkehr nach Rom erwähnt, auch der Artikel von Trevors Kollegen nicht oder irgendein anderes Thema, das das empfindliche Gleichgewicht hätte stören können. Beide wollten, dass alles harmonisch verlief, und schufen allein durch diese Bemühung eine künstliche und gezwungene Atmosphäre.

Nachdem sie am zweiten Feiertag Chad in sein Studentenzimmer zurückgefahren hatten, besuchten sie Trevors Eltern. Seine Schwester war mit ihren drei kleinen Kindern da, und Trevor verwandelte sich sofort in den lustigen Onkel, an dem sie Kletterübungen machen konnten. Diana hatte einen Kloß im Hals, als sie zuschaute, wie er mit der Kleinsten herumtobte. Er sehnte sich sehr nach eigenen Kindern, und er würde ein wunderbarer Vater sein, da gab es keinen Zweifel. Es war nicht fair, dass sie ihn so lange warten ließ. Sobald sie aus Rom zurück war, sollten sie es wieder versuchen. Leider hatte gerade, als sie bei Trevors Eltern waren, ihre Monatsblutung angefangen, und Trevors Schwester hatte ihr Binden und einen Gürtel leihen müssen. Da hatte ihr Diana von Elizabeth Taylors Hund erzählt, und sie hatten beide darüber gekichert.

Während der restlichen Ferientage mieden Trevor und Diana alle strittigen Themen. Einmal waren sie bei Freunden zum Essen eingeladen, und Diana spielte sorgfältig alles herunter, was man über Rom erzählte. An einem anderen Tag gingen sie in ein Konzert in der Royal Academy of Music. Diana besserte Trevors Kleidung aus und erwarb für ihn im Ausverkauf nach Weihnachten neue Sachen. Sie waren zärtlich zueinander und hielten sich oft an den Händen, wenn sie abends zusammen Radio hörten oder sich im Bett aneinander kuschelten. Diana war froh, dass ihre Periode die Liebe unmöglich machte, denn wenn sie Trevor anschaute, regte sich in ihr rein gar nichts. Sie genoss seine Gesellschaft, aber sie fand es nach wie vor sehr seltsam, dass er nichts über ihre Rolle bei dem Filmprojekt und das aufregende neue Kapitel in ihrem Leben hören wollte. Würde ihre Ehe von nun an immer so sein? Waren die Ehen anderer Leute so? Freundschaft ohne Leidenschaft?

Die Atmosphäre wurde zunehmend eisiger, je näher der 4. Januar, ihr Abreisetag, rückte. Trevor schloss sich in seinem Arbeitszimmer ein, als sie ihren Koffer zu packen begann. Sie versuchte noch einmal, ihn darum zu bitten, ein Wochenende mit ihr in Rom zu verbringen – oder längere Zeit, wenn er das einrichten konnte –, aber er behauptete, das sei wegen seiner Arbeitsbelastung völlig unmöglich.

Am Morgen ihrer Abreise standen sie im Hausflur und hielten sich umarmt. Dianas Kopf ruhte an seiner Schulter, und sie versuchten, die Körperwärme des anderen aufzunehmen und seinen Duft zu atmen. Sie wusste, dass er traurig und wütend war, weil er ihretwegen mit seiner Arbeit nicht vorankam, und sie war verletzt, weil er kein Interesse an dem zeigte, das ihr so viel bedeutete. Verhielt sich so jemand, der sie liebte? Oder hatte Trevor sie nur geliebt, solange sie die Ehefrau war, die er sich wünschte? Sie hatte das Gefühl, dass ein Lebensabschnitt zu Ende war.

Kapitel 23

Sobald das Flugzeug vom britischen Boden abgehoben hatte, begann Diana zu weinen, und die Tränen rollten ihr während des gesamten Flugs über die Wangen. Eine Stewardess brachte ihr Papiertaschentücher und ein Glas Wasser, aber das bewirkte nur, dass sie noch heftiger schluchzte. Trevor und sie hatten sich derart entfremdet, dass sie sich völlig verwaist vorkam. Sie würde in drei Monaten wieder nach Hause zurückkehren, und sie hegte keinerlei Hoffnung, dass er nachgeben und sie besuchen würde. Er sprach kaum mit ihr, wenn sie ihn aus Cinecittà anrief. Bis zu ihrer Rückkehr nach London würde sich der Abstand zwischen ihnen gewiss noch vergrößern. Sie begann sich zu fragen, ob sie ihn überhaupt wieder überbrücken könnten.

Es ist noch nicht alles verloren, sagte sie sich. Du kannst deine Ehe noch retten, wenn du dir Mühe gibst.

Aber sie hatte sich ja während der gesamten Weihnachtsferien Mühe gegeben, und es war ihr ungeheuer schwer gefallen. Wie konnte sie bei Trevor bleiben, wenn der sie nicht sie selbst sein ließ und nicht über die Themen mit ihr sprechen wollte, für die sie sich interessierte? Wie konnte sie bei ihm bleiben, wenn sie sich nicht mehr zu ihm hingezogen fühlte? Sie wünschte sich, es gäbe einen klugen Menschen, mit dem sie darüber sprechen könnte. Wenn nur ihre Mutter noch lebte! Dafür waren Mütter doch da. Natürlich hatte sie Freundinnen in London, aber keine ahnte, dass auch nur der leiseste Schatten auf ihrer Ehe lag. Es wäre auch Trevor gegenüber nicht loyal, ihnen davon zu erzählen. Viele dieser Freundinnen waren mit Freunden von Trevor verheiratet, und Diana konnte es nicht riskieren, dass er auf Umwegen davon erfuhr. Vielleicht würde sie sich Hilary anvertrauen, wenn sich eine Gelegenheit ergab, aber die hatte immer schrecklich viel zu tun.

Um vier Uhr nachmittags landete ihr Flugzeug auf dem Leonardo-da-Vinci-Flughafen. Diana schritt durch die Ankunftshalle und erwartete, draußen einen der Fahrer vom Studio zu sehen. Stattdessen stand Ernesto da und hielt mit einem kecken Grinsen ein Schild mit ihrem Namen in die Höhe.

»Mrs Bailey? Ihr Wagen wartet«, sagte er mit gespielter Förmlichkeit.

»Was machen Sie denn hier?«, fragte sie lachend.

Er bemerkte ihre rotgeweinten Augen und nahm sie fest in den Arm. »Ich wollte Sie dafür entschädigen, dass Sie bei Ihrer letzten Ankunft niemand abgeholt hat. Aber jetzt habe ich noch einen zweiten Plan. Ich lade Sie auf ein paar Bellinis ein, um Sie aufzumuntern. Keine Widerrede.«

»Ich wollte ja gar keine Einwände machen. Ich hätte wahnsinnig gern einen Drink«, sagte sie.

Er fuhr sie nach Trastevere, ein Viertel mit engen, verwinkelten Gassen und hübschen kleinen Plätzen, wo sie noch nie gewesen war. Die Bar, vor der er hielt, war nichts Großartiges. Leere Bierfässer dienten als Tische, dazu gab es kleine mit Leder bezogene Hocker zum Sitzen, und jeder Quadratzentimeter der Wand war mit Zeichnungen bedeckt, von denen viele Aktzeichnungen waren.

»Künstler bezahlen hier damit ihre Drinks, wenn sie kein Geld haben«, erklärte Ernesto. »Das ist eine alte europäische Tradition.«

Sie trank ihren ersten Bellini mit großen durstigen Schlucken, und Ernesto hob einen Finger, um eine weitere Runde zu bestellen. Als sie das zweite Glas halb geleert hatte, begann Diana, ihm alles über ihr Weihnachtsfest zu erzählen.

Sie achtete sorgfältig darauf, die Schwierigkeiten nicht zu übertreiben, und war dankbar, dass Ernesto sie einfach reden ließ und nicht mit seiner eigenen Meinung herausplatzte. Doch als sie fertig war, meinte er nur: »Ihr Mann scheint ein großer Narr zu sein.«

Diese Worte brachten Diana erneut zum Weinen. »Aber ich liebe ihn«, schluchzte sie. »Ehrlich.«

Ernesto legte den Arm um sie und zog ihren Kopf an seine Schulter. »Sie verdienen jemanden, der Sie leidenschaftlich liebt, jemanden, der alles tut, um Sie glücklich zu machen. Ich glaube, Sie werden so jemanden finden, wenn Sie sich gestatten, nach ihm Ausschau zu halten.«

»Ich kann nicht einmal daran denken, jemand anderen zu suchen, solange ich verheiratet bin. Warum ist bloß alles so kompliziert?«

Der Barmann brachte ihnen zwei Schüsseln mit Nudeln und zwei in Servietten eingerollte Gabeln. Diana war überrascht, denn sie hatte nicht geglaubt, dass man in diesem Lokal Essen bestellen konnte.

»Es ist auch kein Restaurant«, erklärte ihr Ernesto. »Er bringt uns, was seine Frau heute Abend für die Familie gekocht hat. Sie teilen es mit uns. Deswegen mag ich Trastevere. So sollten in Rom alle essen.«

Die Nudeln waren einfach in Butter geschwenkt und mit Parmesan bestreut, und alles schmolz einem im Mund. Kurz nachdem sie die Schüsseln geleert hatten, stand schon die dritte Runde Bellinis vor ihnen. Diana merkte, dass der Alkohol ihre Verzweiflung ein wenig milderte und dass ihr ganz leicht im Kopf wurde.

»Wie war Weihnachten bei Ihrer Familie?«, fragte sie. »So laut und chaotisch, wie Sie erwartet hatten?«

»Es war traurig«, erklärte ihr Ernesto. »Mir hat jemand gefehlt.«

»Sie meinen die Freundin, von der Sie mir erzählt haben, die einen reicheren Mann geheiratet hat?« Sie runzelte die Stirn. Hatte er nicht gesagt, dass das Jahre her war?

Er lehnte sich zu ihr hinüber. »Nein, jemand, der mir näher steht.« Er flüsterte ihr ins Ohr. »Ich habe *dich* vermisst, Diana.«

Diese Worte trafen sie völlig unerwartet, aber als Ernesto ihr Kinn zart mit der Hand umfing und die Lippen auf die ihren legte, wehrte sie sich nicht. Der Kuss war anfänglich nur eine leise Berührung, wurde jedoch zunehmend intensiver. Gleichzeitig strich er ihr über den Kopf, ließ die Hand immer und immer wieder über ihr Haar gleiten, als liebkoste er ein Kätzchen. Einen Augenblick lang gestattete sich Diana, ihren Gefühlen nachzugeben und nicht auf die Stimme in ihrem Kopf zu hören, die sie warnte: Du bist verheiratet. Du solltest jetzt sofort damit aufhören. Doch dann übermannten sie Schuldgefühle, und sie zog sich von ihm zurück.

»Das solltest du nicht tun.«

Ernesto streichelte ihr über die Wange. »Du bist wunderschön, Diana. Du hast ein Gesicht, das kein Make-up und keine Tricks braucht. Ich möchte dich einmal ganz früh am Morgen anschauen, wenn deine Augen noch schläfrig sind und du eine Falte vom Kissen auf der Wange hast.«

Ihre Lippen brannten von seinen Küssen, aber irgendwie schaffte sie es, Überreste von Willenskraft zu mobilisieren. »Bitte bring mich nach Hause. Ich bin ein bisschen beschwipst, sonst hätte ich es niemals zugelassen, dass du mich küsst. Ich hoffe, ich habe dir keine falschen Hoffnungen gemacht.«

»Wie du willst«, flüsterte er und hob die Hand, um die Rechnung zu verlangen.

Als sie im Auto zurückfuhren, streichelte er ihr mit festen, sinnlichen Bewegungen übers Knie, und sie unternahm keinen Versuch, ihn davon abzuhalten. Die Berührung fühlte sich wunderbar an. Vor Dianas Pension zog Ernesto sie noch einmal fest an sich, aber sie wehrte ab, als er sie auf den Mund küssen wollte.

»Danke, dass du mich abgeholt hast«, sagte sie und entzog sich ihm. »Und danke für die Drinks und das Abendessen. Aber jetzt muss ich gehen.«

Er sprang aus dem Auto, um ihr den Koffer die Treppe hinauf bis in ihr Stockwerk zu tragen. Vor ihrer Zimmertür nahm sie den Koffer von ihm entgegen und wollte ihm Gute Nacht sagen, doch er streckte die Arme aus, um sie zu umfangen.

»Einen Gutenachtkuss. Einen ganz kleinen«, beharrte er, und sie gab sich der wunderbaren Berührung seiner Lippen hin, ehe sie sich wieder von ihm losmachte.

»Ich muss jetzt in mein Zimmer«, sagte sie mit mehr Festigkeit in der Stimme, als sie empfand.

»Ich werde von dir träumen«, erwiderte er und schaute ihr tief in die Augen, ehe er sich umdrehte und die Treppe hinunterging.

Sie schloss die Tür hinter sich zu und warf sich aufs Bett, erregter und verwirrter als je zuvor in ihrem Leben.

Kapitel 24

Kurz nach Neujahr führte Scott Rosalia zum Abendessen aus. Sie hatte ihm zu Weihnachten ein Hemd gekauft. Er hatte kein Geschenk für sie. Das war schon der erste peinliche Augenblick.

»Das wäre doch nicht nötig gewesen«, sagte er zu ihr. »Das ist wirklich zu viel.«

Der Abend wurde zusehends gespannter, mit viel lang anhaltendem Schweigen und kaum unterdrückten Tränen. Scott bedauerte, dass er nicht einfach vorgeschlagen hatte, irgendwo einen Kaffee trinken zu gehen. Dann hätte er die Sache rasch hinter sich bringen können und wäre jetzt schon auf dem Nachhauseweg. Stattdessen sah er sich gezwungen, Konversation zu machen und über seine Eltern, seine Arbeit und ihre Familie zu plaudern.

»Sieht ganz so aus, als würde es für mich dieses Jahr jede Menge zu tun geben«, begann er, nachdem das Hauptgericht abgetragen war. »Mein Chefredakteur will, dass ich mehr reise. Ich weiß zurzeit gar nicht, wann ich in Rom sein werde und wann nicht. Da fände ich es nicht fair, von dir zu verlangen, dass du auf mich wartest.« Du Feigling, dachte er. Warum kannst du nicht einfach ehrlich sein?

»Aber natürlich warte ich auf dich!«, rief Rosalia.

»Die Sache ist die: Ich möchte das nicht. Ich will nicht das Gefühl haben, irgendwelche Verpflichtungen zu haben oder so. Meine Arbeit geht vor, und ich muss an meine Karriere denken. Ich kann mich nicht binden.« Es klang alles ganz plausibel. Langsam glaubte er es schon selbst.

»Was meinst du damit?« Sie schien es nur sehr langsam zu begreifen. Vielleicht lag es an der Fremdsprache.

Scott senkte die Stimme. »Ich will damit sagen, dass du dich mit anderen Jungs treffen solltest. Ich kann dir nichts bieten. Du bist ein tolles Mädchen, und du hast was Besseres als mich verdient.«

Sie schaute verwirrt und beteuerte, dass sie nur ihn wollte. Erst als er brutal ehrlich wurde – »Es tut mir leid, aber ich möchte mich nicht mehr mir dir treffen« –, begannen die Tränen zu fließen, und er kam sich wie ein echter Schweinehund vor.

Er begleitete Rosalia zu ihrem Schwesternheim zurück und spürte die anklagenden Blicke aller, an denen sie vorübergingen. Denn die junge Frau schluchzte und schnäuzte sich in sein Taschentuch, während sie sich hölzern auf seinen Arm stützte. Vor der Tür gab es noch eine lange Umarmung, und dann – endlich, endlich! – war er frei.

Scott trabte die Straße hinunter, und der Trab wurde zum Sprint, weil er einen möglichst großen Abstand zwischen sich und Rosalia bringen wollte, falls es ihr doch noch einfiel, ihm hinterherzulaufen. Jetzt reizte ihn der Gedanke, schnell high zu werden. Also machte er sich auf den Weg zur Via Margutta und spazierte herum, bis er irgendwo Partygeräusche hörte. Er stieg die Treppe zu einem großen, offenen Raum hinauf und trat völlig unbehelligt ein. Eine junge Frau mit bis auf die Hüften fallendem dunkelblondem Haar kam auf ihn zu. Sie sprach Englisch mit nordeuropäischem Akzent.

»Hast du Lust, ein bisschen Pott zu rauchen?«, fragte sie und schwankte, offensichtlich selbst bereits ziemlich high.

»Klar!« Er grinste. »Hast du was?«

Sie zog einen Joint aus der Tasche und winkte ihm, er sollte ihr auf einen Balkon folgen, wo sie sich im Schneidersitz auf dem Boden niederließ. Ihre Fußsohlen waren schwarz vor Dreck. Scott gesellte sich zu ihr, und während sie rauchten, nutzte er die Gelegenheit, ihr ein paar Fragen zu stellen.

»Hier in der Gegend gibt's ja jede Menge Stoff. Hast du eine Ahnung, wo das Zeug herkommt?«

Sie nickte mit verträumten Augen. »Ja, klar. Die jungen Kerle mit ihren schnittigen Autos bringen das aus dem Süden rauf. Ich kenne ein paar. Es ist am billigsten, wenn du direkt bei denen und nicht bei den Dealern kaufst.«

»Und wo kann man die finden?« Er merkte bereits nach ein paar Zügen die Wirkung des Joints. Das Zeug musste ziemlich stark sein.

»Du findest die nicht. Die finden dich. Die hängen immer auf diesen Partys rum …« Sie lehnte sich ein bisschen zurück, um in den Raum zurückzuschauen. »Da bei der Tür ist einer, der mit der Sonnenbrille.«

Scott drehte sich um.

»He, was ist eigentlich mit deiner Nase passiert?«, fragte die junge Frau. »Du siehst irgendwie komisch aus.«

»Eine Herde Elefanten ist über mich weggetrampelt«, antwortete er. »Ich hab Glück, dass ich überhaupt noch lebe.«

»O Gott, das ist ja unglaublich! Wirklich? Du bist ein lustiger Typ.« Sie beugte sich zu ihm herüber und berührte seine Nase, fuhr mit den Fingern über die Narben. Er schloss die Augen und genoss den Kontakt. Zumindest schwand so die Erinnerung an den unangenehmen ersten Teil des Abends mit Rosalia.

Als er die Augen wieder aufschlug, war die junge Frau fort, also stand er auf und ging zu dem jungen Kerl mit der Sonnenbrille.

»Ich habe gehört, du weißt, wie die Drogen in die Stadt kommen. Ich würde dir gutes Geld zahlen, wenn du mir erzählst, was du darüber weißt.«

»Warum das denn?«, fragte der Mann. Scott musste sich

gewaltig anstrengen, um seinen starken süditalienischen Akzent zu verstehen.

»Ich bin Journalist und will darüber schreiben. Dein Name wird nicht erwähnt, und ich verrate natürlich auch keine Einzelheiten, an denen man dich erkennen könnte. Aber ich zahle dir …« Er nannte einen Preis, und der junge Typ nahm die Sonnenbrille ab und starrte ihn an.

»Und woher weiß ich, dass ich dir trauen kann?«

»Ich muss nicht mal deinen Namen kennen«, erklärte ihm Scott. »Kannst ja einen erfinden. Beantworte mir einfach ein paar Fragen, und du kriegst das Geld bar auf die Hand.«

Der Mann dachte darüber nach. »Okay, aber nicht hier. Da gibt es eine Bar in Testaccio …« Er nannte ihm die Adresse. »Da bin ich am Dienstag um sieben, aber nur eine halbe Stunde.«

»Ich komme«, versprach Scott. »Wie soll ich dich anreden?«

Der junge Mann zuckte die Achseln. »Enzo. Ja, warum nicht Enzo?«

Scott wollte die Verabredung mit einem Handschlag besiegeln, aber »Enzo« hatte sich schon abgewandt und ging die Treppe hinunter. Scott machte sich auf die Suche nach der jungen Frau mit den langen Haaren, um sich von ihr zu verabschieden und ihr für den Joint zu danken.

»Gehst du schon? Ich komme mit«, sagte sie. Sie hängte sich bei ihm ein. Zuerst glaubte er, er sollte sie zu einem Taxi oder zu ihrer Wohnung begleiten. Doch auf der Straße fragte sie ihn, wo er wohnte, und hatte anscheinend beschlossen, mit ihm nach Hause zu gehen.

Scott bemerkte, dass sie immer noch nackte Füße hatte. »Wo sind denn deine Schuhe?«

»Hab ich irgendwo verloren«, sagte sie leichthin. »Egal.«

»Es ist eiskalt! Du kannst doch im Januar nicht barfuß

laufen!« Scott zog die eigenen Schuhe aus, damit sie darin weitergehen konnte. Sie schlappten ihr an den Füßen, und er ging derweil vorsichtig auf Socken. Es war eiskalt, aber zumindest regnete es nicht, und er hatte seinen Motorroller in der Nähe geparkt.

In seiner Wohnung zog sich die junge Frau sofort das Kleid aus und begann Scotts Hose aufzumachen. Wow!, dachte der. Das ist mal was ganz anderes. Die junge Frau war flachbrüstig, aber er mochte ihr dichtes dunkelblondes Haar und ihre langen, schlanken Beine. Was würden seine Freunde wohl denken, wenn er ihnen davon erzählte?

Sie hatten Sex, und dann fiel Scott in einen tiefen Drogenschlaf. Als er am nächsten Morgen aufwachte, bot er der jungen Frau an, sie zum Frühstück einzuladen, aber sie lehnte ab, zog sich einfach ihr Kleid wieder über und ging barfuß auf die Straße. Sie fragte nicht einmal, ob sie sich wiedersehen würden. Er war höchst erfreut darüber, wie unkompliziert alles gewesen war. Er kam sich sehr modern und sexy vor.

Als er ins Büro kam, reichte ihm die Sekretärin seine Nachrichten. Es war erst zehn Uhr morgens, aber Rosalia hatte bereits zweimal angerufen und gefragt, ob sie sich noch einmal treffen könnten. Er beschloss, nicht darauf zu reagieren.

Kapitel 25

Am nächsten Morgen schwebte Diana auf dem ganzen Weg nach Cinecittà wie auf Wolken. Sie war immer noch völlig überwältigt von den Ereignissen des Vorabends. Als sie ins Produktionsbüro kam, hatte sie das Gefühl, irgendwie anders auszusehen. Aber alle riefen ihr »Frohes neues Jahr« und »Wie war Weihnachten?« zu, und niemand beschuldigte sie, eine leichtlebige Frau zu sein, die einen Mann geküsst hatte, der nicht ihr Ehemann war.

Sie ging mit Hilary zur Drehbuchbesprechung, und als sie ins Büro zurückkam, lag ein kleines Päckchen auf ihrem Schreibtisch, in eine Serviette eingewickelt und mit einem Zettel: »Falls du Hunger hast.« Es war ein Schokoladencroissant. Ernesto hatte sie auf der Reise nach Ischia mit diesen *cornetti* bekannt gemacht. Das Päckchen musste also von ihm sein.

Diana spürte, wie ihr das Blut in die Wangen schoss. Sie musste mit ihm reden und ihm erklären, dass es keine solchen Küsse mehr geben durfte. Sobald er vorbeikam, würde sie mit ihm nach draußen gehen, mit ihm reden und sich für ihr Verhalten entschuldigen.

Aber sie begegnete Ernesto an diesem Morgen nicht. Zur Mittagszeit ging sie Helen besuchen, die sich riesig freute, sie zu sehen.

»Ich habe dich *so* vermisst«, rief Helen und umarmte sie fest. »Schau mal, ich habe dir ein Geschenk mitgebracht.« Sie zog es aus der Handtasche.

Diana machte das hübsch eingepackte Päckchen auf und fand darin einen Kholstift und einen blassrosa Lippenstift. »Wunderschön. Vielen Dank.« Sie hatte Helen schon vor der

Abreise nach London ein kleines Goldkettchen geschenkt. »Und wie war's bei dir zu Hause?«

Helen rümpfte die Nase. »Meine Schwester hat furchtbar mit ihrem Freund und mit ihren schicken neuen Kleidern angegeben. Die ist so schrecklich eingebildet.«

»Ich bin sicher, sie meint es nicht so …«

»Doch. So war sie auch in unserer Kindheit schon. Na ja, zumindest muss ich nicht mehr mit ihr in einem Haus leben.«

»Warst du schon bei deinen Kätzchen?«, fragte Diana, um das Thema zu wechseln.

Helen machte ein trauriges Gesicht. »Ich kann sie nirgends finden. Ich bin gestern dort gewesen. Die Mutter war noch da, aber alle Babys sind fort. Ich habe versucht, mit Händen und Füßen einen der Gärtner nach ihnen zu fragen. Ich glaube, er hat gesagt, dass er ein Zuhause für alle gefunden hat, aber ich bin mir nicht sicher. Vielleicht kannst du für mich übersetzen?«

Diana sah einen Gärtner mit einer Schubkarre und eilte zu ihm. Auf ihre Frage hin erklärte er ihr, man hätte die Kätzchen alle in einen Sack gesteckt und ertränkt. Sie waren irgendwie unter das Holzfundament einer Tonbühne gekrabbelt und hatten eines Morgens mit ihrem Miauen die Dreharbeiten gestört. Also hatte er sie mit Leberstückchen hervorgelockt und *pronto* ins Jenseits befördert.

Normalerweise log Diana nicht, aber diesmal machte sie eine Ausnahme. »Sie sind alle bei Familien hier vor Ort untergekommen«, erklärte sie Helen, die beruhigt schien.

»Wie schade. Ich hätte gern eines behalten, aber ich nehme an, ich hätte es ohnehin nach den Dreharbeiten nicht mit nach Hause nehmen dürfen. Es ist wohl besser so.«

Beim Lunch überredete Diana Helen, ein Sandwich zu essen, anstatt nur Cola zu trinken. »Dein guter Vorsatz für dieses Jahr sollte sein, dich anständig zu ernähren«, schlug sie vor.

Blitzschnell erwiderte Helen: »Nein, mein guter Vorsatz ist, mir einen Freund zu suchen!« Sie fragte Diana, ob sie sie um Hilfe bitten dürfte. »Du musst mir helfen, die Anständigen zu finden, damit ich meine Zeit nicht mit Mistkerlen verplempere.«

»Ich glaube, da überschätzt du mich. Ich habe nicht besonders viel Erfahrung mit Männern.« Sie errötete, als sie das sagte, weil sie an den vergangenen Abend denken musste. Der war ihr eigentlich den ganzen Tag nicht aus dem Kopf gegangen. Später auf der Damentoilette lehnte sie sich an die kühlen Kacheln und war erneut ganz überwältigt von der Erinnerung an die Wirkung dieser Küsse – dieser Küsse, die es nie wieder geben durfte, redete sie sich mit Bestimmtheit ein.

Am Nachmittag musste sie sich sehr zusammenreißen, ehe sie bei Trevor anrief, um ihm zu sagen, dass sie gut angekommen war. Am anderen Ende der Leitung herrschte betretenes Schweigen, und sie befürchtete bereits, Trevor könne irgendwie Gedanken lesen.

Nach einer langen Pause sagte er endlich. »Ich vermisse dich jetzt schon, Diana.« Sie hatte solche Gewissensbisse, dass sie ihm kaum antworten konnte. Als sie den Hörer auflegte, merkte sie, dass ihre Hände zitterten.

Kurz vor Ende des Arbeitstages kam noch eine späte Anfrage von Joe Mankiewicz. Er wollte etwas über Cleopatras Besuch in Rom wissen. Es war beinahe sieben Uhr, als Diana endlich ihre Notizen fertig getippt hatte. Sie hoffte, dass noch ein Fahrer auf dem Gelände war, und ging hinaus, um sich beim Wachmann am Tor zu erkundigen. Da hupte jemand hinter ihr. Sie schaute in das Auto und sah Ernesto, der sie zu sich winkte.

»*Ciao, bellissima*!«, sagte er lächelnd. »Ich habe auf dich gewartet, um dich mitzunehmen. Steig ein.«

Sie war ganz verwirrt vom Widerstreit ihrer Gefühle: geschmeichelt, dass er so aufmerksam gewesen war, kribbelig, wenn sie ihn nur sah, und doch vom schlechten Gewissen geplagt.

»Ich habe was für dich gekauft«, sagte er, als sie auf dem Beifahrersitz Platz genommen hatte. Er reichte ihr eine einzige weiße Rose, langstielig und vollkommen.

»Das sollst du nicht machen.« Sie nahm die Rose, schüttelte aber den Kopf. »Ich werde keine Affäre mit dir anfangen. Ich kann nicht. Wir können Freunde sein, sonst nichts.« Sie roch an der Rose. Sie hatte einen ganz schwachen süßlichen Duft.

Ernesto grinste, als er den Motor anließ. »Okay, sind wir eben Freunde! Es gibt ein Restaurant, in das ich dich gern mitnehmen würde. Lass uns da hingehen, als *Freunde*.«

Er plauderte ungezwungen über alles, was an diesem Tag am Set passiert war. Doch seine Hand schlich sich wieder auf ihr Knie, und nach einem winzigen Zögern schob sie sie fort.

Das Restaurant, in das er sie führte, war klein, dunkel und ungeheuer voll. Sie wurden an einem Ecktisch so eng aneinandergedrückt, dass sein Oberschenkel sich an ihren schmiegte. Genau deswegen hatte er es wohl ausgewählt, überlegte Diana. Sie konnte die Wärme seines Beines durch ihren Rock hindurch spüren. Er hielt ihr ein Stück Artischocke hin, und sie knabberte errötend daran. Erst jetzt wurde ihr klar, wie furchtbar einsam sie seit ihrer Ankunft in Rom gewesen war. Mit Ernesto konnte sie über alles reden, er hörte zu und reagierte. Plötzlich war sie nicht mehr allein.

Im Auto vor ihrer Pension legte er die Arme um sie und küsste sie, wie sie es geahnt hatte. Sie wollte es auch. Als sie ihn bat, damit aufzuhören, zog er sich zurück, schaute ihr ins Gesicht, entdeckte das Verlangen in ihren Augen und machte weiter. Diesmal strich er sanft mit dem Handrücken an ihrer Brust entlang, und sie fuhr zusammen.

Er flüsterte ihr ins Ohr: »Wenn du mich mit reinnehmen würdest, könnten wir auf deinem Bett liegen und uns noch ein bisschen weiterküssen. Ich würde sofort gehen, wenn du mich darum bittest.«

»Ich kann nicht«, antwortete sie seufzend und verspürte ein Ziehen im Bauch. Als wüsste er es, streichelte er ihr über den Magen.

»Du kannst schon. Aber ich will dich nicht drängen, kleine Diana. Ich bin dir völlig verfallen, doch ich halte mich zurück, bis du das nicht mehr möchtest.«

Als er sie küsste, wurde sie von ihrer ungeheuren Lust beinahe verzehrt. Sein fremdländischer Akzent, seine leicht gebräunten Wangen, umrahmt vom pechschwarzen Haar, die unglaubliche Sanftheit seiner Berührungen – noch nie im Leben hatte sie solche Begierde verspürt.

»Bis du das nicht mehr möchtest«, hatte er gesagt. Nicht »falls«, sondern »bis«. Hielt er das für unvermeidlich? Es durfte nicht geschehen. Sie konnte das nicht tun. Sie musste damit aufhören, jetzt gleich.

Als sie sich mühsam von ihm losgerissen hatte und die Treppe zu ihrem Zimmer hochgegangen war, hatte sie weiche Knie, und ihre Lippen waren ganz wund. Im Bett versuchte sie sich Trevors Gesicht vorzustellen. Sie malte sich aus, wie entsetzt er bei dem Gedanken wäre, dass sie einen anderen Mann küsste. Sie versuchte sich daran zu erinnern, wie geborgen sie sich in ihrem gemeinsamen Ehebett in seinen Armen gefühlt hatte. Doch alles, was ihr in den Sinn kam, waren Ernestos Gesicht und sein Duft und seine Berührung.

Was wäre denn, wenn ich eine Affäre mit ihm hätte?, wagte sie zu denken. In drei Monaten, sobald die Dreharbeiten beendet waren, wäre alles ohnehin vorbei. Wäre das so schlimm?

Aber ihr war vollkommen klar, dass es sehr schlimm sein würde. Wie konnte sie nach einer Affäre, die – das wusste sie genau – wild und leidenschaftlich werden würde, in ihre leidenschaftslose Ehe zurückkehren? Wie konnte sie ein Leben lang Routinesex mit Trevor ertragen, mit Bildern von Ernesto im Kopf?

Vielleicht könnte ich in einer herrlichen Affäre mit Ernesto ein paar neue Techniken lernen und dann zu Hause Trevor mit viel größerem Selbstbewusstsein verführen?

Dann würde sich Trevor sicher fragen, wo sie das gelernt hatte. Und er würde es wissen.

Könnte ich es irgendwie hinbekommen, eine Affäre zu haben, ohne dass jemand etwas herausfindet? Eine gefährliche Vorstellung, aber sie setzte sich sofort in ihrem Kopf fest, so dass sie kaum noch an etwas anderes denken konnte.

Ernesto und sie gewöhnten sich bald an, jeden Abend gemeinsam essen zu gehen. Hinterher saßen sie immer noch im Auto und küssten sich leidenschaftlich. Bei der Arbeit versuchten sie sich so zu verhalten wie immer. Doch Dianas Wangen glühten und die Knie wurden ihr weich, wenn er nur ins Produktionsbüro spaziert kam. Falls sie dort allein waren, drückte er sie stets fest auf ihren Stuhl und gab ihr einen schnellen heimlichen Kuss. Beinahe hätte Hilary sie einmal erwischt. Diana war sich nicht sicher, ob sie nicht doch etwas mitbekommen hatte, nahm aber an, dass sie nichts wusste, weil sie keinerlei Kommentar abgab.

Die Dreharbeiten nahmen ihren Lauf. Inzwischen wurde an allen Ecken und Enden von Cinecittà über Elizabeth Taylor getuschelt. Weihnachten hatten sie und Eddie Fisher die

Adoption eines einjährigen deutschen Mädchens abgeschlossen, eines Waisenkindes, dem sie den Namen Maria
gaben. Die Kleine war aber nicht mit ihnen nach Rom gekommen, denn sie hatte schwere Hüftprobleme, die viele
Operationen durch Spezialisten erforderlich machten.
Gleichzeitig hatte Louella Parsons, die berüchtigtste Klatsch-
kolumnistin Hollywoods, eine Titelgeschichte veröffentlicht,
in der sie behauptete, die Scheidung von Elizabeth und Eddie stünde unmittelbar bevor, und andeutete, diese Informationen stammten aus »italienischen Quellen«.

»Das ist doch lächerlich!«, rief Helen. »Warum sollten sie
ein Kind adoptieren, wenn sie sich scheiden lassen wollen?
Das glaube ich keine Sekunde. Liz liebt ihre Kinder leidenschaftlich. Sie geht nirgends ohne sie hin.«

Diana stimmte ihr zu. »Wir wissen ja genau, dass sich
Journalisten alles Mögliche aus den Fingern saugen. Die
Wahrheit bedeutet ihnen gar nichts. Denk doch nur an all
die Geschichten, die über unsere Dreharbeiten in der Zeitung stehen und von denen wir wissen, dass sie frei erfunden sind.«

Später kam Eddie ins Büro, um ein paar Einzelheiten des
Drehplans für die Woche zu überprüfen. Er schien in der für
ihn üblichen entspannten Stimmung zu sein.

»War der Weihnachtsmann nett zu Ihnen?«, fragte er Diana und bewunderte dann die Krokodillederjacke, die sie ihm
zeigte.

»Und was ist mit Ihnen?«, erkundigte sich Diana.

Er grinste. »Ein Rolls-Royce. Der gute alte Weihnachtsmann!« Er küsste sich die Fingerspitzen. »Einen wunderschönen Tag noch, Mädels.«

Eine römische Zeitung druckte eine Geschichte, nach der
Elizabeth Taylors Haushälterin angeblich behauptet hatte,
Elizabeth behandele Eddie wie einen Bediensteten. Das

klang allerdings plausibel, dachte Diana. Was Elizabeth wollte, das bekam sie auch. Wenn sie in der Maske ein paar kleine Wodkas in ihre Cola kippen wollte, musste Helen oder eine andere junge Frau aus der Make-up-Abteilung zur Bar flitzen und die holen. Wenn sie früher mit den Dreharbeiten aufhören wollte, weil sie sich noch für eine Party zurechtmachen musste, dann tat Joe Mankiewicz ihr den Gefallen. Oft konnte man ihre schrillen Rufe hören – »Eddie, wo sind meine Schuhe?« – »Hol mir meinen Morgenrock!« –, wenn man an ihrer Garderobe vorüberging. Seit ihrer Kindheit war sie von Menschen umgeben, die ihr jeden Wunsch von den Augen ablasen. Das bedeutete aber nicht, dass sie eine üble Person war. Sie konnte sich einfach nicht mehr daran erinnern, dass sie einmal nicht berühmt gewesen war. Sie kannte nichts anderes.

Das war jedenfalls Dianas Meinung bis zum 22. Januar, knapp zwei Wochen nach ihrer Rückkehr nach Rom. Es war der erste Tag, an dem Elizabeth eine Szene mit Richard Burton als Marc Anton drehen sollte. Diana hatte am Morgen das Drehbuch gelesen und wusste, dass die beiden sich in Caesars Villa treffen und sofort zueinander hingezogen fühlen sollten, obwohl Cleopatra weiterhin Caesars Geliebte blieb. Es war eine der Schlüsselszenen des Films. Historisch war sie natürlich überaus ungenau. Caesar hätte die ägyptische Königin niemals zu einem so wichtigen Treffen mit seinem jungen General und verschiedenen Senatoren mitgenommen – wenn ein solches Treffen überhaupt jemals stattgefunden hatte. Diana erwähnte das bei der Drehbuchbesprechung, aber Joe Mankiewicz zuckte nur die Achseln und nuschelte: »Dichterische Freiheit, Süße.«

Die Dreharbeiten waren gut verlaufen, berichteten alle. Nur hatte Richard verkatert gewirkt und Elizabeth schien beschwipst gewesen zu sein. Man raunte sich zu, zwischen den beiden »stimme die Chemie«, was für den Film nur gut war. So etwa ist es wohl auch zwischen mir und Ernesto, überlegte Diana. Chemie. Mit Trevor hatte sie das nie erlebt. Jedenfalls nicht so.

Nachdem man auf Tonbühne 11 fertig war, machte sich Diana auf die Suche nach Joe Mankiewicz. Sie hatte ein paar Informationen über die Hafenstadt Tarsus, um die er sie gebeten hatte. In seinem Büro fand sie ihn nicht, also ging sie Richtung Tonbühne und überlegte, ob er vielleicht unterwegs aufgehalten worden war oder mit jemandem ein Schwätzchen hielt. Da sah sie Elizabeth und Richard, die sehr nah beieinander standen, in einer Lücke zwischen einem Wohnwagen und einem Bürogebäude unweit ihrer Garderobe. Beide waren noch im Kostüm. Er hatte die Arme rechts und links von ihr an die Wand gestemmt, so dass sie ihm nicht entkommen konnte. Ihr Kopf war nach hinten gelehnt, und sie starrte zu ihm hinauf.

Diana sprang sofort zurück. Sie wollte nicht bemerkt werden. Mit pochendem Herzen machte sie kehrt und schlug einen anderen Weg ein. Sekunden später schaute sie noch einmal über die Schulter zurück und sah Elizabeth auf ihre Garderobe zurennen.

Wenn die beiden sich nur unterhalten wollten, warum dann an einem so abgelegenen Ort? Diana hegte keinen Zweifel: die beiden flirteten miteinander. Aber vielleicht war das nur die Hitze des Augenblicks. Sie fragte sich, ob Schauspieler, die vor der Kamera große Gefühle spielen mussten, diese für einen winzigen Augenblick auch wirklich empfanden. Sie hoffte jedenfalls, dass es so war, schon allein um Eddies willen. Er war so nett. Wie schrecklich wäre es, wenn man ihn derart verletzte.

Am Abend konnte sie es sich nicht verkneifen, Ernesto davon zu erzählen. Der tippte sich nur wissend an die Nase.

»Hab ich dir nicht gesagt, dass das passieren würde? Ich hab das schon vor Monaten gewusst, nicht weil sie irgendwas getan oder gesagt hätten, sondern weil Eddie sich ihr gegenüber so seltsam verhält. Der Mann ist ein Trottel.«

»Dann müssen sie aber sehr vorsichtig sein«, meinte Diana. »Wenn ich sie beobachten konnte, wer weiß, wer sie noch gesehen hat.«

»Die werden sich nicht verstecken können. Am Filmset kann man nichts verbergen«, erklärte ihr Ernesto.

»Ich hoffe, wir können unsere Freundschaft geheim halten.« Plötzlich war ihr sehr ängstlich zumute. »Ich möchte nicht, dass alle über mich tratschen. Das wäre schrecklich.«

Er küsste sie in den Nacken, und sie bebte vor Lust. »Du bist wunderschön, Diana, aber ich freue mich feststellen zu können, dass du keine bekannte *Femme fatale* bist. Unsere Freundschaft ist unsere Privatsache, und ich habe begriffen, warum das so bleiben muss. Es geht mir sehr gegen die Natur, denn am liebsten würde ich bei allen damit angeben: ›Seht nur, welche wunderbare Frau sich von mir küssen lässt! Was habe ich getan, um solche Freude zu verdienen?‹«

Er bedeckte jeden Quadratzentimeter ihres Gesichts mit Küssen, und sie schmiegte den Kopf an die Rückenlehne des Sitzes und meinte, vor Begierde vergehen zu müssen. Wenn sie mit Ernesto zusammen war, schien alles so gut und richtig. Doch später, wenn sie im Bett lag und jede Zärtlichkeit noch einmal durchlebte, dachte sie an Trevor und fühlte sich wie ein übles Miststück.

Kapitel 26

Zur verabredeten Zeit fand sich Scott in der Bar in Testaccio ein, die der junge Typ vorgeschlagen hatte, der sich Enzo nannte. Da hockte der auch schon in einer dunklen Ecke bei einer Tasse Kaffee.

»Zuerst das Geld«, forderte er, kaum dass sich Scott hingesetzt hatte. Scott reichte ihm den Umschlag mit der geforderten Summe in Lire. Enzo zählte rasch nach und stopfte sich das Geld in die Jackentasche.

»*Allora*, was willst du wissen?«

»Ich habe gehört, dass die Drogen in Rom vom Süden per Auto hierhergebracht werden. Stimmt das? Und warum versucht die Polizei dann nicht, diese Transporte aufzuhalten?«

Enzo lächelte verwundert. »Du glaubst doch nicht, dass die auf dem Beifahrersitz liegen und hübsch ordentlich beschriftet sind? Natürlich nicht. Die sind in Koffern mit doppelten Böden, in verborgenen Fächern in den Autotüren, in Tennisbällen oder Arzneifläschchen. Ich kenne jemanden, der Heroin in einer Madonnenstatue transportiert. Das halte ich allerdings für gotteslästerlich, aber was kann man schon machen?«

Scott musste ihn bitten, einige der weniger vertrauten Redewendungen zu wiederholen, bis er sich an den starken Akzent gewöhnt hatte, weil Enzo in den Wörtern oft andere Silben betonte. Der junge Mann erzählte ihm, dass er aus Neapel stammte, und gab sich redlich Mühe, langsamer und deutlicher zu sprechen.

»Was passiert, wenn das Zeug in Rom ist? Wo bringt ihr es hin?«

Enzo schaute über die Schulter. »Ich sage ja nicht, dass ich selbst so was mache«, betonte er vorsichtig, »aber ich habe gehört, dass es in der Via Spagna eine Reparaturwerkstatt gibt, wo sie die Wagen zur Wartung hinschaffen. Wenn sie dort nach ein, zwei Tagen wieder abgeholt werden, sind sie leer. *Capisce*?«

Scott war misstrauisch. »Warum erzählst du mir das? Ist es für dich nicht riskant, dich mit mir zu treffen?«

»Nicht so riskant wie für dich, Kumpel«, antwortete Enzo und breitete die Hände aus. »Du kennst mich nicht, du weißt nicht, wo ich wohne. Ich könnte dir einen Haufen Lügen auftischen – aber rein zufällig tue ich das nicht. Ich will, dass dieser Handel aufhört. Ich will raus, aber sie lassen mich nicht. Wenn man einmal dabei ist, kann man nie wieder weg.«

»Sie? Wen meinst du mit ›sie‹?«

»Das kann ich dir nun wirklich nicht sagen.«

Scott zog das Foto von Gina Ghianciaminas Bruder aus der Tasche, dem Mann, der ihn angegriffen hatte. Es war ein bisschen verschwommen, aber man konnte ihn ungefähr erkennen. »Kennst du den?«

Enzo nickte sofort. »Klar, den kennt jeder.«

»Wie heißt er?«

»Alessandro Ghianciamina.«

Scott kniff die Augen zusammen. Alessandro also? »Ist der in den Drogenhandel verwickelt?«

»Das ist allgemein bekannt«, erwiderte Enzo. »Das weiß wirklich jeder.«

»Und warum tut die Polizei nichts dagegen?«

Enzo rieb die Fingerspitzen aneinander. »Die Polizei, die Richter, die Politiker: alle drücken beide Augen zu, um diese Familie zu schützen. Mit denen legt sich niemand an.«

»Kannst du dir vorstellen, wie ich das so schlüssig beweisen könnte, dass die Polizei einfach einschreiten muss?«

Enzo lachte laut auf und schüttelte belustigt den Kopf.

»Du bist so jung, mein lieber Freund. Du wirst in Rom allerdings nicht lange überleben, wenn du weiter solche Fragen stellst. Du hast ein Riesenglück gehabt, dass du an mich geraten bist, weil ich dein Geld nehme und dir Dinge erzähle, die du an jeder Straßenecke auch umsonst erfahren hättest. Das sind alles offene Geheimnisse. Wenn du aber weiter rumrennst und Leute auf Partys nach Beweisen gegen die Ghianciaminas ausquetschen willst, dann liegst du noch vor dem Sommer im Leichenschauhaus.« Er schob geräuschvoll seinen Stuhl zurück. »Ich glaube, mehr habe ich dir nicht zu sagen.«

Scott stand auf, um ihm die Hand zu schütteln. »Das ist in Ordnung. Du hast mir bestätigt, dass ich auf der richtigen Fährte bin, und das ist schon mal ein Anfang. Kann ich mich wieder mit dir in Verbindung setzen, wenn ich noch mehr Informationen brauche?«

»Ganz bestimmt nicht. Es war blöd genug, mir zu vertrauen. Mach das nie wieder, denn beim nächsten Mal gerätst du garantiert an den Falschen, und der geht dann schnurstracks zu den Ghianciaminas.«

Scott zuckte die Achseln. »Ich denke mal, wenn du mich hintergehen wolltest, wärst du heute nicht allein gekommen. Vielleicht irre ich mich ja auch.«

Trotzdem schaute er auf der Rückfahrt ins Büro immer wieder über die Schulter. Jedes Mal, wenn ein Motorrad laut dröhnend losfuhr oder ein Kind schrie, zuckte er zusammen. Im Büro schrieb er alles auf, was er von dem Gespräch noch wusste, und versuchte sich so genau wie möglich an Enzos Formulierungen zu erinnern. Er würde das Treffen so schildern wie in einem Roman, er würde dabei die neuen Techniken benutzen, die Norman Mailer so perfekt beherrschte. Er würde die Bar beschreiben, den Mann mit dem falschen Namen und all die dramatischen Pausen und verstohlenen Blicke über die Schulter. Er hatte im Kopf bereits angefangen, den Text zu verfassen, obwohl er natürlich noch sehr viel mehr Informationen benötigte.

Das Telefon klingelte, und er nahm ab.

»Scott?« Es war sein Chefredakteur. »Wie kommt es, dass Sie der einzige gottverdammte Journalist in ganz Rom sind, der noch keine Story über Taylor und Burton vorgelegt hat?«

»Ich bin dran, Boss«, antwortete er sofort. Die Gerüchte über die Affäre der beiden waren heute Morgen in allen italienischen Zeitungen zu lesen gewesen.

Scott flitzte in die Via Veneto hinunter, um Gianni zu suchen. »Was kannst du mir erzählen?«, fragte er. »Gibt es was, das sonst noch niemand gedruckt hat?«

Gianni lachte glucksend. »Ein Freund von einem Freund arbeitet in Cinecittà im Make-up-Wagen für die Männer. Er erzählt, dass Richard Burton heute Morgen zur Maske erschienen ist, die Faust im Triumph hochgereckt hat« – Gianni machte die Bewegung vor – »und angegeben hat, dass er letzte Nacht Elizabeth Taylor flachgelegt hat.«

»Hat er auch erzählt, wo die üble Tat vollbracht wurde?«, fragte Scott.

Gianni prustete vor Lachen. »Auf dem Rücksitz von Burtons Cadillac.«

Scott kehrte ins Büro zurück und diktierte die Geschichte.

Kapitel 27

Gegen Ende Januar spitzten sich die Dinge zu. Eines Nachmittags rief Diana bei Trevor an, der wegen irgendeiner vermeintlichen Beleidigung durch den Kollegen, auf den er so neidisch zu sein schien, außerordentlich schlecht gelaunt war. Am Telefon hörte sich seine Stimme weinerlich an, fast wie die eines Kindes, das mit den Geschwistern um die Liebe der Eltern wetteiferte. Als Diana aufgelegt hatte, schoss ihr der Gedanke durch den Kopf: Manchmal kann ich ihn nicht einmal mehr leiden. Sie hatte immer Trevors umfassende Bildung und Intelligenz bewundert, aber was Frauen betraf – was sie betraf –, war er blind, taub und stumm. Wieso begriff er nicht, dass sein Verhalten sie vertrieb?

Beim Abendessen mit Ernesto war sie in leichtsinniger Stimmung und ließ beinahe unbewusst zu, dass er ihr Weinglas zwei- oder dreimal wieder vollschenkte – sie hatte zu zählen aufgehört. Der Alkohol machte sie lockerer, wagemutiger. Als Ernesto später vor ihrer Pension hielt, beugte sie sich zu ihm hinüber, um ihn zu küssen, und war überrascht, als er sich zurückhielt.

»Heute Nacht ist es draußen kalt, Kleines«, meinte er. »Zu kalt, um im Auto zu sitzen.«

Sie zögerte keine Sekunde. »Dann lass uns hochgehen.«

Sie erinnerte sich daran, dass er früher einmal vorgeschlagen hatte, einfach nur auf dem Bett zu liegen und sich zu küssen, und dass er versprochen hatte, zu gehen, sobald sie ihn darum bat. Jetzt stellte sie sich vor, dass genau das passieren würde, als sie zusammen die Treppe hinaufstiegen. So fing es auch an. Er küsste sie sanft und lange auf den Mund, drehte sie dann auf den Bauch und streichelte sie mit festen, ruhigen Bewegungen vom Hinterteil bis zum Kopf hinauf. Nun rollte er sie auf den Rücken und streichelte sie weiter. Sie reckte den Kopf hoch und gierte nach seinen Küssen. Es war wohl mindestens eine Stunde vergangen, ehe er langsam anfing, sie auszuziehen, und eine weitere halbe Stunde lang streichelte er ihren nackten Körper. Als sie sich dann endlich liebten, war das für Diana eine vollkommene Offenbarung. Sie hatte nicht gewusst, auch nur geahnt, dass sie so reagieren könnte. All die neuen Gefühle waren für sie völlig unbekannt und überwältigend.

Danach lag sie in einem Nebel von Sinnlichkeit und purer Verwunderung in seinen Armen. Trevor war bisher ihr einziger Liebhaber gewesen, und mit ihm war Sex nie so gewesen. Er hatte wahrscheinlich keine Ahnung, dass man einer Frau auf diese Weise Genuss verschaffen konnte. Woher wusste Ernesto das? Darüber wollte sie lieber nicht nachdenken. Er war eingeschlafen. Sie betrachtete sein Gesicht im Mondschein und schrieb in Gedanken ihre gesamte Zukunft um. Wer war dieser unglaubliche Mann? Würde er sich als der Mensch herausstellen, mit dem sie den Rest ihres Lebens verbringen wollte?

Als Diana am nächsten Morgen die Augen aufschlug, atmete Ernesto sanft neben ihr. Die Begierde übermannte sie, als sie sich an die köstlichen Empfindungen der vergangenen Nacht erinnerte. Doch dann dachte sie an Trevor und wusste, dass sie etwas Ungeheuerliches getan hatte und dass es kein Zurück gab. Plötzlich stieg Angst in ihr auf. Trevor wäre am Boden zerstört, wenn er es herausfände.

»*Buongiorno, bellissima*«, murmelte Ernesto. Er zog sie in eine Umarmung, die in unwiderstehliches Liebesspiel überging, so dass sie sich schließlich in Windeseile zurechtmachen musste und keine Zeit mehr zum Frühstücken hatte, ehe das Studioauto kam.

»Pass auf, dass die *padrona* dich nicht sieht«, warnte sie Ernesto, als sie die Treppe hinuntergingen. »Sonst ist sie vielleicht ungehalten, dass ich einen Übernachtungsgast hatte.«

»Die Pension vermietet häufig Zimmer an Filmgesellschaften. Du wirst feststellen, dass die *padrona* es durchaus gewöhnt ist, dass nicht alle Gäste immer im eigenen Zimmer schlafen.«

»Ich will nicht, dass jemand im Studio davon erfährt«, sagte sie. »Es wäre Trevor gegenüber nicht fair.«

»Ich verstehe«, erwiderte er lächelnd und strich ihr über die Wange. »Aber kann ich dich heute Abend sehen?«

»Ja, o ja, bitte«, hauchte sie, und sie mussten beide über ihre Begeisterung lachen. Ihr kam ein letzter Gedanke. Sie näherte sich seinem Ohr und flüsterte: »Und du sorgst dafür, dass ich nicht schwanger werde, nicht? Das kann ich nicht riskieren.«

Er lachte über ihre Schüchternheit. »Hast du die Gummis im Mülleimer nicht gesehen? Beruhige dich, Diana. Ich passe auf. Ich bin kein windiger Schurke, ich lasse nicht zu, dass dir etwas Schlimmes zustößt.«

»Das weiß ich doch«, sagte sie errötend. »Danke.«

Er blieb im Haus hinter der Tür stehen, als sie in das Studioauto einstieg, damit der Fahrer sie nicht zusammen sah.

So fühlte sich also die Liebe an, dachte sie. Wie leicht hätte es sein können, dass ich mein Leben lang dieses Gefühl niemals kennengelernt hätte. Was für ein verschwendetes Leben das gewesen wäre!

Es war verkehrt, mit einem anderen Mann zu schlafen, solange man noch verheiratet war – natürlich war es das, aber jetzt war es zu spät. Es gab kein Zurück.

Den ganzen Morgen über bekam sie rein gar nichts erledigt. Ihr Herz schlug rascher, als sie über die Möglichkeiten nachdachte, die sich ihr nun boten. Sie hatte noch nie zuvor über eine Scheidung nachgedacht, aber jetzt schien ihr dies möglich, vielleicht sogar wünschenswert. Sicherlich konnte es doch nach einer so leidenschaftlichen Nacht kein Zurück geben? Für Trevor war es selbstverständlich, dass sie zu ihm gehörte. Ernesto schien alles an ihr zu schätzen und zu genießen. Sie versuchte sich die Worte zurechtzulegen, mit denen sie Trevor mitteilen würde, dass sie einen Liebhaber hatte, konnte aber den Gedanken an sein verletztes Gesicht nicht ertragen.

Endlich beschloss sie, im Augenblick hätte es keinen Sinn, über dergleichen nachzudenken. Sie würde alle paar Tage von der Arbeit aus bei Trevor anrufen, einfach nur, um mit ihm in Kontakt zu bleiben. In der übrigen Zeit würde sie ihn aus ihren Gedanken verbannen und abwarten, wie sich die Dinge mit Ernesto entwickelten. Der sprach bereits von der Zukunft: welche Sehenswürdigkeiten er ihr im Frühling zeigen wollte, wo sie dann essen gehen sollten, durch welche Parks sie spazieren würden. Er ging davon aus, dass sie ein Paar waren, und sie ebenfalls.

Doch jedes Mal, wenn sie Eddie Fisher auf dem Studiogelände sah, regte sich ihr schlechtes Gewissen.

»Wie finden Sie dieses herrliche Wetter?«, rief er ihr im Vorbeigehen zu, und Diana war peinlich berührt, als sie ihm zustimmte, es wäre wirklich wunderbar. Sollte sie ihm verraten, dass sie seine Frau in einem intimen Gespräch mit ihrem Filmpartner gesehen hatte? Nein, natürlich nicht.

Als sie wenige Tage später mit Helen beim Mittagessen saß, hörte sie, wie ein paar Kameraassistenten auf Italienisch einen schlüpfrigen Witz über Burton und Taylor rissen, die »das Tier mit den zwei Rücken machten«. Sie schaute zu Helen, um zu sehen, ob die das auch verstanden hatte. Aber die Freundin war in Gedanken versunken.

»Du isst immer noch nicht ordentlich«, tadelte Diana sie. »Wenn du noch mehr abnimmst, fällst du beim nächsten Windstoß um.« Das hatte ihr Vater immer zu ihr gesagt, wenn sie als Kind im Essen herumstocherte.

Helen schrak zusammen. »Ich war in Gedanken ganz weit weg«, sagte sie und schüttelte sich. »Ich habe heute keinen Hunger. Ich trinke nur eine Cola.«

»Meinst du, es stimmt, was die alle über Elizabeth Taylor und Richard Burton erzählen?«, fragte Diana. »Du weißt doch, wie die Leute hier übertreiben.«

Helen zog die Nase kraus. »Das stimmt schon. Ich habe die beiden Dutzende von Malen gesehen. Die schleichen sich immer zusammen weg. Neulich war sie in der Maske, und er streckte den Kopf zur Tür herein und fragte, ob sie Lust auf einen Cocktail in seinem Wohnwagen hätte, und da war sie sofort weg. Eine Dreiviertelstunde später kam sie wieder, und ihr Make-up war so ruiniert, dass sie alles abnehmen und noch einmal von vorn anfangen mussten. Mr Mankiewicz schickte einen Boten nach dem anderen von der Tonbühne und ließ fragen, was sie so lange aufhielt.«

»Es muss seltsam sein, wenn man so berühmt ist. Sie wird ständig beobachtet, so dass sie gar nichts geheim halten kann.«

»Eddie und Sybil müssen doch inzwischen die Zeitungsberichte gelesen haben. Stell dir mal vor, wie das für die beiden sein muss. Wie beschämend, wenn die ganze Welt weiß, dass man betrogen wird! Ich weiß nicht, wie man das jemandem antun kann, den man angeblich liebt.«

Helen sprach so leidenschaftlich, dass Diana überrascht war. Sie schaute sie genau an. Sie war sehr blass, und ihre blauen Augen wirkten in ihrem hübschen kleinen Gesicht riesig. Unter dem Tisch tappte sie nervös mit dem Fuß. »Geht es dir gut?«, fragte Diana.

Helen zuckte die Achseln. »Du kennst mich doch. Ich bin nur sauer, dass alle anderen einen Freund haben, nur ich nicht. Und Liz und Richard leisten sich je einen Ehepartner und einen Geliebten!« Sie lachte wenig überzeugend. »Ich nehme mal an, das macht mir alles nicht mehr so viel aus, wenn ich selbst nicht mehr allein bin.«

»Irgendwelche neuen Kandidaten in Sicht?«, erkundigte sich Diana, konnte sich dann aber nicht mehr konzentrieren, als ihr Helen eine lange Liste von Männern vorbetete, die ihr am Set gefielen, und ihr berichtete, was der eine zu ihr gesagt hatte und warum der andere ihr lieber war. Das erschien ihr alles so kindisch. Trotzdem wunderte sie sich, dass Helen noch keinen Freund gefunden hatte. Sie war außerordentlich hübsch und hatte ein tolles Gespür für Mode; sie war eine phantastische Tänzerin und ging jeden Abend aus; und sie hatte eine Art naive Ehrlichkeit, die sehr sympathisch war. Wahrscheinlich war sie zu ehrlich und gab zu viel von sich preis. Vielleicht schreckte das die Männer ab. Das und die Tatsache, dass sie zu viel trank.

Diana beschloss, Ernesto zu sagen, dass sie bald einmal einen Abend mit Helen verbringen wollte. Sie verspürte der jungen Frau gegenüber einen Beschützerinstinkt. Vielleicht konnte sie ihr ein wenig helfen.

Kapitel 28

Scott lud Gianni auf ein Bier in eine Pianobar in der Nähe der Via Veneto ein. Sie bestellten sich am Tresen Peronis und schauten sich in dem geschäftigen Raum um. An allen Tischen saßen modisch gekleidete Männer und Frauen. Die meisten waren Ausländer, erklärte ihm Gianni, viele arbeiteten am *Cleopatra*-Film mit. In der Ecke spielte jemand Klavier, aber Scott konnte über die lauten Gespräche hinweg kaum einen Ton hören. Die Tür zur Terrasse war geschlossen, denn es war eine kalte, regnerische Nacht. Durch die Regentropfen auf der Scheibe sah er verzerrt die Lichter der Stadt.

»Kommt Elizabeth Taylor manchmal her?«, fragte Scott, und Gianni schüttelte den Kopf.

»Es ist hier zu öffentlich. Sie geht nur zu privaten Partys oder in Restaurants, wo man ihr einen ruhigen Tisch außer Sichtweite der Allgemeinheit gibt. Und Sie können sicher sein, dass sie nirgendwo mit Mr Burton hingeht, denn jeder Fotojournalist in Rom ist ihnen auf den Fersen. Das erste Bild von den beiden zusammen ist Millionen wert. Ich tu, was ich kann, Chef«, sagte er grinsend, »aber warten Sie nicht drauf.«

»Schade.«

Scott fragte Gianni nach seinen Kontaktleuten am Set und erkundigte sich, ob vielleicht einer von denen ein Foto besorgen könnte. Aber Gianni antwortete, das sei jetzt so gut wie unmöglich. Man hatte die Sicherheitsvorkehrungen noch verstärkt, und es war allgemein bekannt, dass jeder, der in Cinecittà mit einer Kamera erwischt wurde, rausfliegen würde.

Scott behielt die Leute vom Set im Auge. Eine Gruppe junger Frauen schien besonders viel zu trinken. Eine Karaffe Wein nach der anderen wurde an diesem Tisch bestellt und geleert. Wenn er mit denen ins Gespräch käme, könnte er sie vielleicht ein bisschen aushorchen, aber das würde wohl nicht funktionieren, wenn er sich an den ganzen Tisch heranmachte. Er musste versuchen, eine allein zu erwischen. Eine blonde junge Frau schien besonders schwer angeschlagen zu sein. Sie hatte den Kopf auf die Hände gelegt und die Augen halb geschlossen, bis ihre Ellbogen vom Tisch rutschten und sie aufschrak. Scott behielt sie im Blick und fing sie ab, als sie von der Damentoilette zurückkam.

»Entschuldigen Sie«, sagte er mit einem Grinsen. »Ich habe gerade zu meinem Freund hier gesagt, wie attraktiv Sie sind, und er hat gewettet, dass Sie sich von mir keinen Drink spendieren lassen. Helfen Sie mir?«

Sie zögerte, und Scott verfluchte seine gebrochene Nase. Früher hatte er nie Probleme gehabt, Mädchen anzuquatschen, aber jetzt wirkte sein Gesicht wohl wenig vertrauenerregend.

»Sie wollen mir einen Drink spendieren?«, nuschelte die junge Frau, die sehr langsam zu begreifen schien.

»Klar! Was hätten Sie denn gern?«

»Ein Prosecco wäre wunderbar.«

Scott rief den Barmann heran und bestellte das Getränk. »Bleiben Sie bei mir und reden mit mir, oder müssen Sie wieder zu Ihren Freundinnen zurück?«

»Ein Weilchen könnte ich bleiben«, sagte sie. »Das sind nicht meine Freundinnen. Ich gehe nur mit ihnen aus.«

»Sie arbeiten wohl alle bei dem *Cleopatra*-Film mit? Das muss Spaß machen.«

Sie war hübsch, aber sie konnte kaum noch aufrecht stehen. Sie schwankte in ihren Schuhen mit den hohen Bleistiftabsätzen hin und her, und man hatte beinahe Angst, ihre mageren Knöchel würden durchbrechen. Ihre blauen Augen schielten, und sie nuschelte sehr langsam.

»Ja, es geht so.«

»Das muss doch ganz schön aufregend sein, die Stars aus nächster Nähe zu sehen. Welche mögen Sie am liebsten?«

Sie überlegte. »Elizabeth Taylor habe ich früher gemocht, denn sie ist nett. Sie hat mir gleich am ersten Tag der Dreharbeiten ein Autogramm gegeben. Einmal habe ich sie am Lid gekratzt, als ich eines von den Glitzerdingern für ihr Make-up draufgeklebt habe, und sie hat so freundlich reagiert. Sie hat allen erzählt, sie wäre selbst schuld gewesen, weil sie sich bewegt hätte.«

»Das war wirklich nett. Den Eindruck kriegt man ja aus den Zeitungen nicht, was?«

»Nein, die schreiben alle so gemein über sie.« Der Prosecco kam. Die junge Frau griff gierig danach und nahm einen großen Schluck. Dann rutschte ihr das Glas durch die Finger. Das Getränk spritzte auf ihr Kleid, und das Glas zerbrach auf dem Holzboden in unzählige Splitter.

»Hoppla!« Sie schaute entsetzt nach unten.

Der Barmann reichte einen Stapel Papierservietten herüber, und Scott begann, ihr Kleid zu trocknen, während jemand mit Handfeger und Kehrblech auftauchte und die Scherben aufkehrte.

»Sie scheinen sehr müde zu sein, Schätzchen«, sagte Scott taktvoll. »Warum lassen Sie sich nicht von mir nach Hause bringen, damit Sie aus diesem nassen Kleid rauskommen?«

Die junge Frau schaute bedauernd auf die Reste des Glases. Offensichtlich wollte sie noch etwas trinken, aber Scott war inzwischen klar, dass er nichts Brauchbares aus ihr herausbekommen würde, wenn sie noch mehr trank.

»Okay«, stimmte sie zu. »Ich sag nur meinen Freundinnen Bescheid.«

Gianni hob das Glas und stieß mit Scott an, denn dessen erfolgreiche Taktik hatte ihn beeindruckt. »Bis morgen, Chef. Und tun Sie nichts, was ich nicht tun würde.«

Vor dem Hotel beschloss Scott, ein Taxi zu rufen. Obwohl der Regen aufgehört hatte, fürchtete er, die junge Frau könnte hinten von der Vespa herunterfallen. Außerdem hätten sie im Fond eines Taxis mehr Gelegenheit zum Reden. Sie nannte ihm eine Adresse in der Nähe, und sobald sie losfuhren, begann Scott, sie auszufragen.

»Und was halten Sie von Richard Burton? Sie haben doch gesagt, Elizabeth Taylor wäre nett. Ist er das auch?«

»Der spricht nicht mit mir«, nuschelte sie. »Niemand spricht mit mir, außer Diana.«

»Haben Sie ihn mal mit Elizabeth Taylor gesehen? Oder halten die ihre Affäre geheim?«

»Das ist widerlich«, sagte sie. »Ich finde das nicht richtig. Das tut zu vielen Menschen weh.«

Ihr Kopf sank an Scotts Schulter. Er seufzte. Heute würde er aus ihr nicht mehr viel herausbekommen. Er versuchte eine andere Taktik. »Könnte ich Sie mal zum Abendessen einladen?«, fragte er. »Irgendwann später in der Woche? Sie sind sehr hübsch.«

»Sie kennen ja nicht mal meinen Namen«, antwortete sie. »Ich heiße Helen.«

»Ich bin Scott. Also, wie wär's, Helen? Darf ich Ihnen ein Abendessen spendieren?«

Das Taxi hielt bei der Adresse, die sie angegeben hatte, und Scott ging um das Auto herum, um die Tür aufzumachen und ihr aus dem Wagen zu helfen, machte aber dem Fahrer ein Zeichen, dass er auf ihn warten sollte.

»Wie wäre es, wenn ich Sie am Freitag um sieben hier abhole?«

»Sie meinen, ein richtiges Rendezvous?«, fragte Helen mit großen Augen.

»Klar.« Scott verzog das Gesicht. Würde sich daraus schon wieder eine Situation entwickeln, aus der er nur mit Mühe herauskam?

»Aber was mache ich denn heute Abend?«, fragte sie und runzelte die Stirn.

»Sie sollten wahrscheinlich ins Bett gehen und sich ausruhen. Es ist schon nach elf.

»Nein, das meine ich nicht.« Sie flüsterte ihm verschwörerisch zu. »Sie haben wohl kein Zeug dabei?«

»Was für Zeug?«

Sie kratzte sich an der Nase, als juckte es sie, dann am nackten Arm.

»Oh … Sie wissen schon. Stoff, um high zu werden.«

Er war schockiert, weil sie so jung war, aber da konnte der Schein trügen. »Tut mir leid, nein.«

Sie seufzte und ging auf den Innenhof ihrer Pension zu.

»Bis Freitag«, rief er ihr hinterher, aber er war sich nicht sicher, ob sie ihn gehört hatte, denn sie drehte sich nicht um.

Kapitel 29

Am 17. Februar kam Diana zur Drehbuchbesprechung. Im Raum herrschte eine äußerst angespannte Atmosphäre. Joe telefonierte, und die Presseleute des Films redeten eifrig an allen anderen Apparaten. Walter war nirgends zu sehen. Diana setzte sich und wartete, während alle ihre aufgeregten Gespräche führten.

»Wo ist sie jetzt? Wo ist er?«

»Hat schon jemand was gesagt?«

»Ich habe gerade mit dem Krankenhaus telefoniert. Sie ist immer noch da.«

»Wer ist im Krankenhaus?«, flüsterte Diana dem Scriptgirl zu, das neben ihr saß.

»Elizabeth. Sie hat gestern Abend eine Überdosis genommen.«

»Was hat sie?« Diana bekam eine Gänsehaut.

»Richard hat mit ihr Schluss gemacht. Zuerst hat sie daraufhin versucht, durch eine geschlossene Glastür zu spazieren, und dann hat sie Pillen genommen.« Die junge Frau genoss es offensichtlich, ihr die neueste Nachricht zu überbringen. »Eddie Fisher hat nämlich Sybil besucht und ihr unverblümt mitgeteilt, dass alle Gerüchte wahr sind und ihr Mann seine Frau bumst. Sybil hat Richard gesagt, er müsse Elizabeth fallenlassen – und siehe da, er hat postwendend gehorcht.«

»Sie hat ernsthaft versucht sich umzubringen? Wegen einer Affäre, die gerade einmal ein paar Wochen dauert? Bist du sicher?« Diana konnte es nicht fassen.

»Na ja, sie ist im Krankenhaus.«

Diana war von dieser Nachricht beunruhigt. Sie verliebte

sich jeden Tag mehr in Ernesto, aber wenn zwischen ihnen Schluss wäre, dann würde sie niemals an Selbstmord denken. Das schien ihr eine obsessive Verhaltensweise zu sein, die von großer Unsicherheit zeugte. Wie konnte die berühmteste Frau der Welt so unsicher sein? Lag es vielleicht daran, dass Elizabeth gewöhnt war, alles zu bekommen, was sie wollte, und es nicht ertragen konnte, wenn man ihre Pläne durchkreuzte? Oder war alles nur ein Trick, damit Richard sich schuldig fühlte und sie ihn zurückbekam?

»Okay, Leute«, verkündete Joe und hob die Hand, um Ruhe zu fordern. »Klar, dass wir heute nicht drehen. Wir brauchen vielleicht ein paar Tage Pause, aber ich möchte, dass ihr trotzdem alle am Set seid. Walter ist bei Elizabeth, und er sagt, dass Eddie gerade eingetroffen ist. Wir verbreiten eine Story von einer Lebensmittelvergiftung und ersticken alle anderen Gerüchte im Keim. Kapiert?« Zustimmendes Murmeln war zu hören. »Das ist im Augenblick alles.«

Diana verließ das Büro wie vom Donner gerührt. Bis jetzt hatten alle auf dem Gelände von Cinecittà die Burton-Taylor-Affäre als beste Unterhaltung betrachtet, eine Art Film im Film. Jetzt begriff sie, dass es hier um die Gefühle von Menschen ging und dass wirklicher Schaden angerichtet wurde. Diana war nicht nur Beobachterin, ihr wurde klar, wie sehr sie selbst auch Gefahr lief, jemandem ähnliche Schmerzen zuzufügen. Sie konnte sich zwar nicht vorstellen, dass in ihrer eigenen Dreiecksgeschichte eine der betroffenen Personen eine Überdosis nehmen würde, aber die Menschen steckten ja voller Überraschungen. Für sie war es eine Warnung, und sie wusste, dass sie sie nicht außer Acht lassen sollte.

Ein paar Tage später drehte Elizabeth wieder, und das private Drama schien so gut wie vergessen. Nur die Besitzer des Restaurants, in dem sie am Abend vor ihrem Selbstmordversuch gegessen hatte, behaupteten, sie könnte sich bei ihnen unmöglich eine Lebensmittelvergiftung zugezogen haben, und klagten wegen Geschäftsschädigung. Diana vermutete, dass eine größere Summe sie beruhigen würde. Das Allerletzte, was man jetzt brauchte, war ein Gerichtsverfahren, in dem die Ereignisse dieses Abends abgehandelt wurden.

Richard drehte in Paris einen anderen Film. Also verlief alles im Augenblick recht friedlich. Seine PR-Agentin veröffentlichte eine vage Pressemitteilung, in der sie die Gerüchte über die Affäre zwar nicht ausdrücklich dementierte, aber betonte, dass Richard niemals etwas tun würde, das Elizabeth Taylor verletzen könnte, weder privat noch beruflich.

»Klar, dass er das nicht ableugnet«, meinte Ernesto zynisch. »Was Besseres hätte ihm nicht passieren können. Wenn du mit einer solchen Berühmtheit schläfst, kennt dich bald auch jeder. Dann kannst du deine Gagenforderungen an deinen neuen Status anpassen. Starruhm färbt ab.«

Dianas Abneigung gegen Richard wurde womöglich noch größer. Hatte er das alles vielleicht von Anfang an geplant? Sie hoffte, dass die beiden sich professionell verhalten und gut miteinander arbeiten würden, wenn er wieder in Cinecittà auftauchte.

Ein paar Tage später erschien Richard mit einer langbeinigen Blondine am Set, die ihn um einige Zentimeter überragte. Alle glotzten mit offenen Mäulern, als die beiden Arm in Arm von seinem Wohnwagen zur Tonbühne gingen.

»Sie heißt Pat Tunder«, erklärte Candy Diana. »Sie ist Tänzerin im Copacabana Klub in New York. Er hatte eine Affäre mit ihr, als er am Broadway in *Camelot* aufgetreten ist.«

Alle Augen waren auf Elizabeth gerichtet, um zu sehen, wie sie auf diesen Neuankömmling reagieren würde. Die

Klatschmäuler brauchten auch nicht lange zu warten. Gleich am Nachmittag entbrannte ein heftiger Streit zwischen Elizabeth und Richard, den man bis auf die Straße vor der Tonbühne hören konnte, wo Diana gerade mit Helen einen Espresso trank.

»Du verdammter Hurensohn!«, kreischte Elizabeth. »Ich weiß mehr über Schauspielerei, als du je lernen wirst, du mit deinen affigen englischen Theatermanieren. Wage bloß nicht, mir noch mal zu sagen, wie ich eine Szene zu spielen habe, sonst sorge ich dafür, dass du aus diesem Film rausfliegst.«

Richard schaute sich belustigt unter den Umstehenden um. »Dein Busen kann besser schauspielern als du. Der ist zumindest nicht hölzern und schrill wie deine Dialoge. Los, mach schon, versuch doch, ob du es schaffst, dass ich rausfliege. Die Rechtsanwälte können die Arbeit gut gebrauchen.«

»Du kannst mich mal, du arroganter, fieser walisischer Zwerg!« Mit hocherhobenem Haupt stürzte sie auf ihre Garderobe zu, noch im vollen Cleopatra-Make-up und mit einem violetten, tief ausgeschnittenen Kleid, das hinter ihr durch den Schlamm schleifte. Richard rannte an Diana und Helen vorüber in die Bar, und sie hörten, wie er einen doppelten Whisky bestellte. Die langbeinige Blondine stakste zu ihm hinüber, schien sich aber über ihre Rolle nicht ganz im Klaren zu sein.

»Schrecklich, dass Leidenschaft im Nu in Hass umschlagen kann«, sagte Diana leise zu Helen. Sie konnte sich nicht vorstellen, wie so etwas möglich war, aber sie nahm an, dass es in der Affäre zwischen den beiden wirklich nur um Sex ging. Sie hatten keine Zeit gehabt, einander kennenzulernen wie sie und Ernesto. Sie konnten den Luxus langer, entspannter Abendessen in Restaurants nicht genießen, nicht über ihr Leben, ihre Hoffnungen und Ängste sprechen und über die Dinge, die sie liebten. Sie konnten nicht in den Armen des anderen einschlafen und am nächsten Morgen aufwachen, um das schlummernde Gesicht des anderen zu sehen. Diana liebte es, Ernestos Gesicht zu betrachten: sie konnte seine Ohrmuscheln, die Form seines Adamsapfels betrachten und die vereinzelten grauen Haare an seinen Schläfen, die er sofort ausrupfte, wenn er sie bemerkte. Sie lauschte gern seinem Atem und spürte die Wärme, die von seiner goldbraunen Haut ausging. Der Sex spielte immer noch eine große Rolle in ihrer Beziehung und wurde immer besser, aber sie waren auch verwandte Seelen. Je näher sie ihn kennenlernte, desto mehr verliebte sie sich in ihn.

Helen starrte in ihr Wasserglas, schien in Gedanken unendlich weit weg zu sein.

»Geht's dir gut?«, fragte Diana mit plötzlicher Besorgnis. »Ich hol mir ein Teilchen. Soll ich dir eins mitbringen?«

»Nein, ich habe vorhin schon was gegessen. Trotzdem danke.«

»Hast du diese Woche mal einen Abend Zeit, dass wir zusammen was unternehmen können? Wir haben Ewigkeiten keine Pizza mehr gegessen.«

»Ich versuche, nicht so viel auswärts zu essen, denn ich bin total pleite. A propos …« Sie zögerte und verzog ein wenig das Gesicht. »Du könntest mir nicht bis zum Zahltag ein bisschen Geld leihen? Ich bin wirklich knapp bei Kasse diesen Monat.«

»Klar kann ich das. Wie viel brauchst du denn?« Diana machte ihre Geldbörse auf und schaute nach. »Ich habe vierzigtausend Lire bei mir. Würde das reichen?«

Helen war schrecklich verlegen. »Bist du sicher, dass du dann nicht Probleme kriegst? Ich könnte nicht … Ich zahle es dir zurück, sobald …«

»Kein Problem. Und sei nicht albern, mit dem Zurückzahlen hat es keine Eile.«

Auf dem Rückweg ins Produktionsbüro dachte sie besorgt über Helen nach. Die bekam ein anständiges Gehalt und sollte eigentlich gut davon leben können, aber Haushalten war wohl nicht gerade ihre Stärke. Hoffentlich würde sie lernen, ein wenig vorsichtiger mit Geld umzugehen.

Hilary war im Büro, rauchte eine Zigarette und trank Tee.

»Haben Sie von dem Krawall vor der Tonbühne gehört?«, fragte Diana. »Elizabeth und Richard haben sich gestritten, dass die Fetzen flogen.«

Hilary schnaubte. »Das ist gar nichts, verglichen mit ihrem Verhalten am Set. Sie ist rasend vor Eifersucht wegen dieses New Yorker Püppchens. Entweder sie brüllt ihn an, oder sie zeigt ihm die kalte Schulter und ignoriert ihn völlig. Ihn scheint das alles nur zu belustigen.«

»Wie schafft es Joe da, Regie zu führen? Mit dem möchte ich wirklich nicht tauschen.«

Hilary grinste. »Er sagt, wenn man mit Tigern in einem Käfig ist, darf man sie niemals merken lassen, dass man Angst vor ihnen hat.«

Diana lachte. Das Bild schien sehr gut zu passen. Als sie am Abend nach dem Sex mit Ernesto in einem sinnlichen Dämmerzustand im Bett lag, wiederholte sie Joes Kommentar. Ernesto lachte herzlich, und sie freute sich, denn sie brachte ihn gern zum Lachen.

Er drehte sich um und küsste sie noch einmal. »Ich glaube, ich gehe mal eben auf eine Zigarette raus. Bin gleich wieder da.«

Sie fand es gut, dass er nie in ihrem Zimmer rauchte, sondern sich dazu auf die Vordertreppe setzte. Sie hatte ihn nie darum gebeten; er machte es aus Höflichkeit. Natürlich war sie daran gewöhnt, dass in ihrer Umgebung Leute bei der

Arbeit und in Restaurants rauchten, aber es war schön, den Geruch nicht in dem Zimmer zu haben, in dem sie nachts schlief.

Ein wenig später entschloss sie sich, auch hinauszugehen und ihm Gesellschaft zu leisten. Sie zog sich ein Kleid und eine Strickjacke über, schlüpfte in ein Paar Schuhe und ging auf Zehenspitzen die Treppe hinunter, um die *padrona* nicht zu wecken, die früh zu Bett ging. Als sie die Haustür öffnete, konnte sie Ernesto nicht auf der Treppe sitzen sehen und schaute die Straße auf und ab. Schräg gegenüber war eine Bar, und durch das Fenster erblickte sie Ernesto, der ihr den Rücken halb zugewandt hatte und telefonierte. Wen konnte er denn zu dieser nächtlichen Stunde anrufen? Seine Mutter vielleicht?

Diana spazierte hinüber, und als sie in die Bar trat, konnte sie hören, wie er den Ausspruch mit dem Käfig und den Tigern auf Italienisch wiederholte. Sie blieb verwundert stehen. Ernesto hatte sie noch nicht bemerkt. Warum sollte er jemandem diese Geschichte erzählen? Als Nächstes berichtete er, dass Burton und Tunder später noch in Harry's Bar gehen würden und dass Paolo versuchen sollte, sie dort zu erwischen.

»Wer ist Paolo?«, fragte sie, als er den Hörer wieder einhängte. Er fuhr zusammen und drehte sich mit schuldbewusster Miene zu ihr um.

»Diana!«

»Wer ist Paolo?«, fragte sie noch einmal.

»Setz dich und trink was. Ich erkläre es dir.« Er deutete auf einen Tisch im hinteren Teil der Bar. »Möchtest du einen Bellini?«

»Nein, ich will wissen, wer Paolo ist. Warum erzählst du es mir nicht gleich, dann bin ich beruhigt.«

Ernesto zuckte die Achseln. »Das ist ein Fotograf. Manchmal gebe ich ihm einen Tipp, wenn ich weiß, wo Leute hingehen, und wenn er ein Foto macht, bekomme ich ein bisschen Geld. Das ist alles.«

Sie runzelte die Stirn. »Aber mit wem hast du gesprochen?«

»Mit einem Journalisten. Mit dem arbeite ich von Zeit zu Zeit zusammen.«

Diana war wütend. »Du hast gerade einem Journalisten eine Geschichte erzählt, die mir Hilary im Vertrauen mitgeteilt hat? Wenn die in der Zeitung gedruckt wird, denkt sie, dass ich das an die Presse ausgeplaudert habe. Ich kann einfach nicht glauben, dass du so was tust.«

Ernesto ging in Verteidigungsstellung. »Du hast mir nicht gesagt, dass es vertraulich war.«

»Ich bin davon ausgegangen, dass das nicht nötig ist. Geht alles, was ich dir erzähle, schnurstracks an die Presse? Ist es dir ganz egal, in was für einem schlechten Licht ich dann erscheine?«

»So beruhige dich doch, Diana.« Er versuchte ihr den Arm um die Schulter zu legen und sie zu einem freien Tisch hinten in der Bar zu führen, aber sie schüttelte ihn ab.

»Diese Leute haben auch Gefühle. Sybil Burton liest die Geschichten. Eddie Fisher liest sie. Es ist schrecklich, dass du anscheinend nichts Schlimmes daran findest, alles sofort weiterzutratschen. Ich frage mich, wie es um deine Moral bestellt ist, offen gestanden.«

Ernesto schaute ihr in die Augen. »Bist du dir sicher, dass du mir was von Moral erzählen kannst? Wer hat denn eine Affäre hinter dem Rücken des Ehemanns?«

Diana zuckte zusammen, und Ernesto ruderte sofort zurück. »Es tut mir leid, *cara mia*. Verzeih mir.«

Sie machte auf dem Absatz kehrt und rannte über die Straße zu ihrer Pension zurück und die Treppe zu ihrem Zimmer hinauf. Ernesto folgte ihr auf den Fersen. Sie lag auf dem Bauch auf dem Bett, und er setzte sich neben sie. »Es tut mir so leid. Das hätte ich nicht sagen dürfen. Ich kann es nicht ertragen, dir weh zu tun. Ich liebe dich, Diana.« Er legte den Arm um sie und küsste sie auf die Wange. »Du bedeutest mir mehr als alles auf der Welt.«

Sie lag weiter mit dem Gesicht nach unten, und er begann ihr den Rücken zu streicheln, wie in jener Nacht, als sie zum ersten Mal miteinander geschlafen hatten. Er sprach leise mit ihr. »Ich habe dir doch schon erzählt, wie wichtig es für mich ist, dass ich genug Geld verdiene, um meine Familie unterstützen zu können. Das ist nur eine Einkommensquelle für mich. Ich sage meinem Kontaktmann nichts als triviale Dinge, und ich hätte nicht gedacht, dass diese Tigergeschichte jemanden verletzen könnte. Ich habe mich geirrt, und es tut mir leid.«

Sie erwiderte nichts, ließ aber zu, dass er sie auszog und liebte. Nachher lag sie noch lange wach. Es war ihr erster Streit gewesen, aber auch das erste Mal, dass Ernesto gesagt hatte, er liebte sie. Sie wünschte, er hätte diese Worte unter anderen Umständen ausgesprochen, aber sie hallten noch in ihr nach.

Sie war enttäuscht, dass er am Set herumspionierte und Informationen an einen Journalisten weitergab. Sie wusste, dass das wahrscheinlich sehr viele Leute taten, denn die Belohnungen waren verlockend. Aber sie fand es schäbig. Und doch bewunderte sie ihn, weil er seine Großfamilie unterstützte, und wenn er ein bisschen mehr brauchte, als er bei Cinecittà verdiente, dann war das eine Methode, sich einen zusätzlichen Verdienst zu beschaffen. Außerdem, wer war sie denn, sich moralisch aufs hohe Ross zu setzen? Ernesto hatte recht, sie war die Letzte, die jemand anderen verurteilen durfte.

Kapitel 30

Am folgenden Freitag ging Scott zu Helens Pension, um sie zum Abendessen abzuholen, aber die *padrona* erklärte ihm, sie wäre noch nicht von der Arbeit zurück. Er fuhr zu der Pianobar, wo er sie kennengelernt hatte, aber auch dort war sie nirgends zu sehen. Es blieb ihm nichts anderes übrig, als die Augen aufzuhalten. Er hatte das Gefühl, sie könnte eine nützliche Quelle für Klatsch aus Cinecittà sein, wenn sie erst einmal unter dem Einfluss von Alkohol stand – oder von Drogen oder was zum Teufel sie sonst auch immer nahm.

Das nächste Mal sah er sie ein paar Wochen später. Da saß sie in einer schäbigen Bar hinter der Galleria Nazionale d'Arte Antica mit einem Italiener zusammen. Scott ging hinein und bestellte sich ein Bier, aber Helen schien ihn nicht wiederzuerkennen. Sie sah schrecklich aus. Ihr Haar hing strähnig herunter, sie hatte dunkle Ringe unter den Augen und schaute jämmerlich drein. Sie schien den Mann um etwas anzuflehen. Er verweigerte ihr, was immer sie wollte, doch Scott war zu weit weg, um Einzelheiten verstehen zu können. Plötzlich sprang der Mann auf, schob dabei geräuschvoll seinen Stuhl über den Boden und ging fort. Helen legte den Kopf auf die Arme und begann zu schluchzen. Ihre Schulterblätter zeichneten sich scharf unter dem Stoff ihres Kleides ab wie die Flügel eines kleinen Vogels.

»Helen, was ist denn los?«, fragte Scott, der zu ihr herübergeeilt war. »Bitte weine nicht.«

Sie schaute zu ihm auf, die Augen von Tränen und Wimperntusche verschmiert.

»Erinnerst du dich nicht mehr an mich? Scott. Ich habe

dich vor ein paar Wochen im Taxi nach Hause gebracht. Wir wollten zusammen zum Abendessen gehen.«

Er konnte sehen, dass ihr eine vage Erinnerung kam.

»Scott!«, sagte sie. »Natürlich. Du kannst mir nicht zufällig ein bisschen Geld leihen? Ich brauche es echt dringend.« Wieder rollten ihr die Tränen über die Wangen. »Ich habe solche Schwierigkeiten. Ich weiß nicht, was ich tun soll.« Sie machte ihre Handtasche auf und suchte mit zitternden Händen nach einem Papiertaschentuch.

Scott zog sein eigenes Stofftaschentuch heraus, das zum Glück sauber war, und reichte es ihr. »Erklär mir dein Problem, und dann sehen wir mal, wie ich dir helfen kann. Möchtest du zuerst was trinken?«

»O Gott, ja. Prosecco bitte.«

Er bestellte ihr einen Prosecco und für sich noch ein Bier. Als er sich hinsetzte, schien Helen ein wenig gefasster. Aber ihre Hände zitterten noch, als sie das Glas hob.

»Also, was ist los?«, fragte er.

»Ich bin eine solche Närrin gewesen«, sagte sie, und die Tränen schossen ihr wieder in die Augen. »Ich wollte einfach dazugehören. Alle anderen haben auch Drogen genommen, da habe ich mitgemacht, aber die anderen können sie mal nehmen und mal nicht, nur mir gelingt das nicht. Zuerst war es okay, aber jetzt fühle ich mich richtig elend, wenn ich keine nehme, und ich kann nicht mehr gut in der Maske arbeiten, weil mir die Hände so zittern, und ich kann auch nichts essen, sonst bekomme ich schreckliche Magenkrämpfe. Und jetzt bin ich pleite bis zum Zahltag, und Luigi gibt mir keinen Stoff mehr.«

»War das Luigi, mit dem ich dich gerade gesehen habe?«

Sie nickte, und Scott speicherte die Information ab.

»Was für Drogen hast du denn genommen?«

»Sie nennen es *eroina*. Man raucht es in einer kleinen Pfeife.« Sie wollte ihre Handtasche öffnen, um ihm das Pfeifchen zu zeigen, aber er streckte die Hand aus, um sie daran zu hindern, das in aller Öffentlichkeit zu tun.

»Heroin.« Er schürzte die Lippen. »Darüber weiß ich ein bisschen was, und, ehrlich gesagt, nichts Gutes. Du musst so schnell wie möglich von dem Zeug loskommen. Ich erkundige mich mal, was die beste Methode wäre.« Er hatte vom »kalten Entzug« gehört und von den Nebenwirkungen, unter denen Heroinsüchtige litten, wenn sie die Droge nicht mehr nahmen, und fragte sich, ob es in Rom ein Krankenhaus gab, in dem Helen Hilfe finden könnte. Vielleicht würde Gianni etwas darüber wissen.

»Ich will nicht, dass das jemand in Cinecittà mitkriegt.« Sie wirkte verängstigt. »Die würden mich bestimmt rausschmeißen.«

»Das bleibt unser Geheimnis«, versicherte ihr Scott.

»Kannst du nicht heute schon jemanden auftreiben? Ich muss morgen früh zur Arbeit und weiß nicht, wie ich das schaffen soll.« Ihre Finger umklammerten sein Handgelenk, und sie schaute ihn flehend an.

»Du armes Mädchen.« Scott runzelte angestrengt die Stirn. »Sieh dich doch an! Du bist viel zu jung, um in einem solchen Schlamassel zu stecken. Ich habe einen Freund, der vielleicht helfen kann. Der ist wahrscheinlich auf der Via Veneto, aber wenn wir ihn heute Abend nicht antreffen, kannst du doch morgen am Set anrufen und sagen, dass du Grippe hast.«

Sie seufzte. »Das habe ich schon so oft gemacht, dass sie es mir wohl nicht noch einmal glauben.«

»Erzähl mir ein bisschen was über dich«, bat er sie, als sie an ihren Drinks nippten. Dann kam alles heraus – die kleinbürgerliche englische Erziehung, die Schwester, die viel glamouröser war und alles besser konnte. Helen war das menschliche Gesicht des hässlichen Drogengeschäfts, die arme Unschuldige, einsam und verletzlich in einer fremden Stadt. Sie erzählte ihm, dass sie einundzwanzig Jahre alt war, sie sah aber aus, als könnte sie noch ein Schulmädchen sein.

Als sie ihren Prosecco ausgetrunken hatte, bezahlte er und führte sie nach draußen zu seiner Vespa. »Glaubst du, dass du dich festhalten kannst?«, fragte er. Sie nickte, bibberte aber in ihrem leichten Wollmantel so sehr, dass Scott ihr galant seine Lederjacke anbot.

Er fuhr vorsichtig zur Via Veneto und dann ganz langsam den Hügel hinauf, bis er Gianni beim Hotel Imperiale erblickte. »Warte hier«, sagte er zu Helen und eilte hinüber, um Gianni das Problem zu erklären.

Gianni erzählte, dass sein Schwager als Techniker im Krankenhaus arbeitete und vielleicht jemanden kennen würde, der helfen könnte. Also gingen sie in eine Bar, während er telefonierte. Man gab ihm eine Telefonnummer, dann eine andere, und schließlich erreichte er einen Arzt, der bestätigte, dass er Menschen mit solchen Problemen behandelte. Er benutzte Vitaminspritzen, um Heroinsüchtigen einen Entzug ohne Nebenwirkungen zu ermöglichen.

Der Arzt sprach Englisch, also reichte Gianni den Hörer an Scott weiter.

»Sie meinen, es ist kein kalter Entzug nötig?«, fragte Scott. »Wie funktioniert das?«

»Mit einer besonderen Mischung von Vitaminen, die gegen die Entzugserscheinungen angehen. Ich benutze die Formel seit drei Jahren, und sie funktioniert jedes Mal, solange die Patientin wirklich clean werden will.«

»Das will sie«, versicherte ihm Scott. »Sie ist verzweifelt. Wann könnte sie zu Ihnen kommen?«

»Ich wohne über der Praxis. Wenn es ein Notfall ist, bringen Sie sie gleich heute Abend. In etwa einer Stunde?«

»Wie viel kostet es?«, fragte Scott und zuckte zusammen, als er den Preis hörte. Helen würde sich das niemals leisten können, aber er beschloss, dass er es bezahlen würde. Sie war so süß und verletzlich. Unter anderen Umständen hätte er sich vielleicht zu ihr hingezogen gefühlt, doch jetzt verspürte er nur Beschützergefühle.

»Wir kommen«, sagte er.

Nachdem er aufgelegt hatte, fragte er Gianni: »Sind Sie sicher, dass dieser Typ in Ordnung ist?«

Gianni zuckte die Achseln. »Er ist ein Freund von einem Kollegen meines Schwagers, und es ist eine gute Adresse. Warum nicht?«

Helen hüpfte vor Freude auf und ab und klatschte in die Hände, als Scott es ihr erzählte. »Oh, das ist ja toll! Du bist mein großer Held! Ja bitte! Lass uns hinfahren!«

Das Haus des Arztes lag im Norden der Stadt beim Parco di Villa Glori. Scott war völlig durchgefroren, weil Helen immer noch seine Lederjacke trug und er in seinem Rippenpullover bibbern musste. Sie klammerte die Arme um seine Taille, und er konnte sie schniefen hören, entweder vor Kälte oder weil sie weinte – da war er sich nicht sicher.

»Alles in Ordnung?«, fragte er, als sie vom Motorroller stiegen.

»Ich habe Angst«, flüsterte sie. »Kommst du mit?«

»Natürlich. Ich lass dich nicht im Stich. Ich bleibe die ganze Zeit an deiner Seite.«

Der Arzt war rundlich und hatte graue Haare. Er trug eine schwarze Hornbrille und sprach Englisch. Das war ein Segen, denn Helen konnte kaum ein paar Worte Italienisch. Zuerst fragte er sie, welche Drogen sie genommen hatte. Sie kramte ihr Pfeifchen hervor, und er untersuchte es und warf es dann in den Mülleimer. Er fragte sie, wie oft sie die Droge genommen hatte, und sie erzählte, dass es zuerst nur ein-, zweimal pro Woche war, dann aber immer mehr, bis sie das Zeug jeden Tag nahm, weil sie sonst nicht mehr arbeiten konnte. Der Arzt schrieb sich die Entzugserscheinungen auf, die sie hatte, und erkundigte sich dann nach ihrem allgemeinen Gesundheitszustand. Sie hatte die üblichen Kinderkrankheiten gehabt, aber keine Operationen. Er maß ihren Blutdruck und hörte sich mit dem Stethoskop ihre Herztöne an. Dann schaute er zu Scott und fragte, ob sie verhüteten. Scott erklärte, er sei nur ein Freund, nicht ihr Liebhaber. Helen sagte, dass sie keine Liebhaber hätte. Ihre Stimme zitterte nervös, und Scott drückte ihr aufmunternd die Hand.

»Ich gebe Ihnen nun eine hochwirksame Spritze mit Multivitaminen«, erläuterte der Arzt. »Die ist gegen die Entzugserscheinungen von *eroina*. Sie wird ein paar Tage anhalten, und wenn Sie danach noch eine Spritze brauchen, können Sie zu mir zurückkommen. Wenn die Droge völlig aus Ihrem Körper verschwunden ist, geht es Ihnen wieder gut.«

»Wie schnell wirkt das?«, fragte Helen und kratzte sich am Bein.

»Sie bemerken die erste Veränderung bereits nach einer Stunde, wenn nicht vorher. Essen Sie heute Abend nichts, aber trinken Sie viel Wasser, und lassen Sie es langsam angehen. Sie brauchen vor allem Ruhe.«

»Okay«, stimmte sie zu.

»Wer bezahlt?«, erkundigte sich der Arzt, und Scott blätterte ihm die Summe aus seiner Brieftasche hin. Er betrachtete die beruhigende Anzahl von gerahmten Zertifikaten an der Wand. Der Arzt verschwand in einem Nebenzimmer und kehrte mit einer Spritze zurück, in der sich eine goldgelbe Flüssigkeit befand. Helen murmelte ängstlich vor sich hin.

»Sieh nicht hin«, meinte Scott. »Halte meine Hand und schau mich an.«

Der Arzt nahm ihren anderen Arm, klopfte leicht darauf,

um in der Armbeuge eine gute Vene zu finden, und stach dann die Nadel hinein. Helen packte kurz Scotts Hand noch fester, aber sie gab keinen Laut von sich, während die Flüssigkeit in ihre Adern floss. Der Arzt zog die Nadel heraus, klebte ihr ein kleines Pflaster auf den Einstich, wünschte ihr viel Glück und ermunterte sie, stark zu sein.

Scott führte sie aus der Praxis, und die beiden stiegen auf die Vespa, um nach Hause zu fahren.

»Ich weiß, dass du nichts essen sollst, aber möchtest du noch irgendwo hingehen und was trinken?«, fragte er, als sie vor Helens Pension standen.

»Ich glaube, ich sollte heute mal früh ins Bett gehen«, sagte sie und blinzelte. »Aber vielen Dank, Scott. Du warst wirklich toll.«

Scott umarmte sie, und im Licht der Straßenlaterne konnte er sehen, dass ihre Gesichtsfarbe schon rosiger war und ihre Augen wacher wirkten.

»Ich komme morgen Abend vorbei und sehe nach, ob es dir gut geht«, versprach er und gab ihr einen raschen Kuss auf die Stirn.

Sie berührte die Stelle, als wäre sie überrascht, und schenkte ihm dann ein süßes, kindliches Lächeln.

Kapitel 31

Dianas Vertrag mit der Twentieth Century Fox sollte Ostern auslaufen, in weniger als zwei Monaten. Sie hatte keine Ahnung, was sie danach machen würde. Der Gedanke, Ernesto verlassen zu müssen, schien ihr kaum erträglich, aber wie konnte sie ohne Einkommen in Rom bleiben? Sie erwähnte dies ihm gegenüber nie. Es war noch zu früh in der Beziehung, um ihn derartig unter Druck zu setzen. Doch es ging ihr nicht aus dem Kopf. Und was sollte sie Trevor sagen? Wie ihre Entscheidung auch ausfallen würde, es würde furchtbar werden.

Als sie sich die ständig veränderten Zeitpläne anschaute, die Candy im Büro tippte, wurde ihr klar, dass die Dreharbeiten noch einige Monate über den April hinaus weitergehen würden. Die großen Außenaufnahmen mit den Massenszenen – zum Beispiel Cleopatras Einzug in Rom, die Ankunft ihres Schiffes in Tarsus, die Seeschlacht von Actium und das große Finale in Alexandria – sollten alle nach Ostern stattfinden. Vielleicht meinte Walter, Diana hätte ihnen bis dahin alles Wissenswerte gesagt und man würde ihre Dienste nicht mehr brauchen. Das erwähnte sie einmal Hilary gegenüber.

»Habe ich richtig verstanden, dass man mich für die Außenaufnahmen nicht mehr braucht? Mein Vertrag läuft Mitte April ab.«

»O Gott, wirklich? Das müssen wir aber ganz schnell ändern. Ich bin mir völlig sicher, dass Walter und Joe Sie bis zum bitteren Ende dabei haben möchten. Sie haben sogar neulich darüber gesprochen, dass sie Sie im Sommer für die Schlacht in der Wüste mit nach Ägypten nehmen wollen.«

»Ehrlich?« Dianas Herz machte einen Sprung. Das bedeutete weitere sechs Monate Mitarbeit am Film, weitere sechs Monate mit Ernesto. Aber was würde Trevor dazu sagen?

Walter ließ sie wissen, dass es ihn sehr freuen würde, wenn sie in Rom bliebe, bis dort die Dreharbeiten abgeschlossen waren. Das war im Augenblick für Ende Juni geplant. Dann würden sie im August mit einer stark verkleinerten Mannschaft nach Ägypten fliegen.

»Könnten Sie das machen?«, fragte Hilary mit wissendem Blick. »Zu den gleichen Bedingungen.«

»Liebend gern!« Diana strahlte. »Das sind phantastische Neuigkeiten!«

Sie brachte es nicht über sich, Trevor am Telefon davon zu erzählen, denn der würde sicherlich ihrer Begeisterung einen Dämpfer versetzen. Also schrieb sie ihm noch am gleichen Abend einen Brief und erklärte ihm, wie weit man hinter dem Zeitplan herhinkte, teilweise wegen der Romanze zwischen Taylor und Burton, aber auch, weil alles bei diesem Film einfach länger als erwartet dauerte. Sie fuhr fort, dass sie das Gefühl haben würde, alle im Stich zu lassen, wenn sie jetzt ginge, ehe ihre Arbeit erledigt war. Es täte ihr sehr leid, wenn ihm das Unannehmlichkeiten bereiten würde, aber sie glaubte, so lange bleiben zu müssen, wie sie hier gebraucht wurde.

Trevor hatte ihr nie auf den Brief geantwortet, den sie ihm im vergangenen September geschrieben hatte, und auch während der zweimal wöchentlich geführten Telefonate war er nicht sonderlich gesprächig. Also war Diana überrascht, als bereits zwei Tage später der Kurier aus London einen Brief von ihm brachte. Sie saß an ihrem Schreibtisch und fand in dem Umschlag einen niederschmetternd aufrichtigen Liebesbrief. Alles Blut wich ihr aus dem Gesicht.

Ich bin ein Idiot. Es hat mich unermesslich verletzt und de-

primiert, dass Du es über Dich gebracht hast, mich für so viele Monate zu verlassen, aber mir ist klar geworden, dass ich Dir gegenüber diese Gefühle nie zum Ausdruck gebracht habe. Vielleicht denkst Du, dass ich mich mit Deiner Abwesenheit ganz gut eingerichtet habe, aber ich habe geglaubt, Du würdest bei Deinem Weihnachtsbesuch begreifen, wie elend mir zumute war. Ich vermisse Dich mehr, als ich es je für möglich gehalten hätte. Ich finde unsere Telefongespräche furchtbar, weil ich höre, wie fröhlich und aufgeregt Deine Stimme klingt, und dann bist Du wieder fort, und ich bin allein. Weißt Du, dass Du nie sagst, dass Du mich vermisst? Ich glaube auch nicht, dass Du mich vermisst. Das Einzige, was mich aufrecht gehalten hat, war, dass ich die Tage bis Ostern gezählt habe, bis zu dem Tag, an dem wir wieder zusammen sein könnten. Ich wünsche mir immer noch all das, was wir früher geplant haben: Ich liebe Dich und möchte, dass Du die Mutter unserer Kinder wirst. Ich möchte mit Dir an meiner Seite leben und mit Dir zusammen alt werden. Bitte sage mir, dass Du das auch noch willst.

Wir waren zu lange voneinander getrennt, Diana, und ich habe das Gefühl, dass Du mir immer weiter entgleitest. Lass mich bitte in den Osterferien nach Rom kommen. Dann können wir Zeit miteinander verbringen, die Sehenswürdigkeiten anschauen und uns wieder ins Gedächtnis rufen, warum wir geheiratet haben. Bitte lass uns das mit offenen Herzen tun. Ich möchte meine wunderbare Frau zurückhaben.

Diana saß wie erstarrt da. Nur ihre Hände zitterten, während sie entsetzt auf die Seiten mit der vertrauten Handschrift starrte.

»Schlechte Nachrichten?«, fragte Hilary.

Diana biss sich auf die Lippe. »Trevor will Ostern herkommen«, flüsterte sie.

»Aber ich dachte, Sie beide hätten sich getrennt? Ich …
verzeihen Sie, aber ich habe Sie mit Ernesto gesehen und bin
davon ausgegangen, dass Sie Ihre Ehe beendet haben, als Sie
Weihnachten zu Hause waren.«

Diana wurde puterrot. »Nein, leider habe ich mich da in
einen ziemlichen Schlamassel hineinmanövriert. Wie kann
ich nur Trevor davon abhalten, herzukommen? Welchen
Grund sollte ich ihm nennen? Ich weiß einfach nicht, was
ich tun soll!« Was hatte sie denn erwartet? Dass er die Verzögerung ihrer Heimkehr um ein paar weitere Monate einfach klaglos hinnehmen würde? Wenn er nach Rom käme,
wäre das eine Katastrophe, in jeder Hinsicht.

»Sie müssen Ernesto bitten, sich zurückzuziehen. Er wird
das verstehen.« Sie bemerkte die nackte Furcht in Dianas
Augen. »Sie haben sich doch nicht etwa ernsthaft in ihn verliebt, oder? Das ist alles so blitzschnell passiert. Sie müssen
vorsichtig sein, meine Liebe.« Sie runzelte die Stirn, während sie Diana die Schulter tätschelte. »Affären am Filmset
halten nie lange.«

Diana wandte den Kopf ab. Das mochte für Schauspieler
und Schauspielerinnen stimmen, aber Hilary wusste ja
nicht, wie sehr sie und Ernesto verliebt waren. Wie denn
auch?

Diana hatte an diesem Tag am Schreibtisch Anforderungsformulare durchzuschauen. Sie versuchte merkwürdige Be-
stellungen zu begreifen, zum Beispiel, warum man für die
nubischen Sklavinnen sechsunddreißig blaue Brusttücher
für Nonnen geordert hatte. Doch die Wörter und Zahlen verschwammen ihr vor den Augen, als sie sich vorstellte, dass
Trevor und Ernesto einander gegenüberstehen würden. Sie
war sich sicher, dass Ernesto alles verraten würde. Irgendwie
musste sie die beiden voneinander fernhalten. Oh, was für
ein Durcheinander! Bisher hatte sie sich für eine anständige

Person gehalten, aber jetzt würde sie gezwungen sein, den beiden Männern weh zu tun, die sie am allermeisten auf der Welt liebte.

Am Abend sollte Diana auf einer Party Elizabeth Taylors dreißigsten Geburtstag mitfeiern. Eddie Fisher hatte eigens vorbeigeschaut und alle aus dem Produktionsbüro eingeladen. Er hatte breit gegrinst und war offensichtlich in Jubelstimmung. Er hatte den Kampf gewonnen, sein Rivale war besiegt.

Man munkelte, dass Elizabeth sehr wütend auf ihn war, weil er Sybil Burton von der Affäre erzählt hatte, aber sie hatte ihn nicht hinausgeworfen, und nun plante er die tollste Geburtstagsparty aller Zeiten für sie. Er wollte der Welt beweisen, dass sie immer noch zusammen waren, immer noch verliebt.

Diana würde wieder das violette Kleid tragen müssen, denn sie hatte nichts anderes, das festlich genug wäre. Sie bat Helen um Hilfe beim Make-up, aber die behauptete, sie hätte bereits eine andere Verabredung.

»Ein Rendezvous?«, fragte Diana lächelnd. Helen schüttelte den Kopf.

»Nein, nichts dergleichen, nur ein Freund.« Mehr verriet sie nicht.

»Du siehst viel besser aus. Hast du deinen Appetit zurückbekommen?«

»Ja, es geht mir gut. He, es tut mir wirklich leid, dass ich dir dein Geld bisher nicht zurückzahlen konnte. Ich bin noch dabei, alle meine Schulden zu regeln.«

»Vergiss es einfach«, sagte ihr Diana. »Betrachte es als Geschenk.«

»Danke«, sagte Helen strahlend. »Das hilft mir sehr. Viel Spaß heute Abend.«

Diana hatte ein schlechtes Gewissen, weil sie Helen nicht

zu der Party einlud. Eddie hatte gesagt, dass jeder einen Partner mitbringen könnte, und also nahm Diana Ernesto mit. Doch sie wusste, dass Helen liebend gern mitgegangen wäre, und hoffte, dass sie nicht verletzt war, weil sie sie nicht gebeten hatte.

Sie fuhren mit dem Taxi zur Hostaria dell Orso, einem Gebäude aus dem vierzehnten Jahrhundert zwischen der Piazza Navona und dem Tiber. Die Party wurde in einer umschlossenen Säulenhalle abgehalten, dem sogenannten Borgia-Saal, hinter dem man Steinsäulen mit korinthischen Kapitellen sehen konnte. Diana erklärte Ernesto, dass die korinthischen Säulen am stärksten verziert waren, mit spitz auslaufenden Akanthusblättern und Schnecken. Er schaute sie bewundernd an.

»Ich liebe es, dass du all diese Dinge weißt.«

»Heute Abend spionierst du doch nicht, oder?«, fragte sie. »Ich möchte nicht allein dastehen, während du rausrennst, um alles haarklein deinen Journalistenfreunden zu erzählen oder bei Paolo anzurufen.«

»Natürlich nicht.« Er schien verletzt zu sein, aber am leichten Flackern seiner Augen konnte sie sehen, dass er genau das geplant hatte. Sie lernte allmählich seine Gesichtszüge zu lesen. Jetzt musste er sich einen überzeugenden Grund ausdenken, wenn er sich verdrücken wollte, und sie würde ihr Bestes tun, um ihn daran zu hindern.

Man bot ihnen Dom-Pérignon-Champagner an und führte sie an einen Tisch auf der anderen Seite des Raums. Alle plauderten, lauschten der Musik, die vom Nachtklub herüberwehte, wo sie später tanzen würden, und warteten darauf, dass Elizabeth und Eddie eintrafen. Sie kamen natürlich zu spät, aber Elizabeth sah umwerfend aus in dem eisblauen Satinkleid mit dem weißen Pelzjäckchen darüber und mit ihrer kunstvoll aufgetürmten Frisur. Sie setzte sich neben Rex

Harrison und Rachel Roberts, gegenüber von Joe und Walter. Keine Spur von den Burtons. Eddie klatschte in die Hände und bat um Ruhe, damit er seine Geburtstagsgeschenke überreichen könnte.

Zunächst gab es einen antiken, mit Smaragden eingefassten Spiegel: Elizabeth jauchzte vor Freude, als sie ihn auspackte.

»Ich liebe Geschenke, aber das hier ist doch recht groß«, verkündete sie theatralisch. »Hast du nicht noch was Kleineres, Schatz?«

Eddie grinste und zog das Etui eines Juweliers aus der Brusttasche. Er klappte es auf und reichte es seiner Frau, die einen Ring herausnahm und sich an den Finger steckte. Es war ein riesiger Brillantring, der das Licht der Kronleuchter aus Muranoglas einfing und in blitzenden Strahlen durch das ganze Zimmer reflektierte.

»Sie schauspielert«, flüsterte Diana Ernesto zu. »Was für eine seltsame Szene. Es sieht aus, als hätten sie das geprobt. Warum hat er ihr ein so besonderes Geschenk nicht unter vier Augen überreicht?«

»Du magst ja viel wissen, mein Schatz«, sagte Ernesto und nahm sie bei der Hand, »aber du hast keine Ahnung, wie die Reichen und Berühmten leben. Hier geht es nur um eine öffentliche Aussage. Eddie will der Welt verkünden, dass er seinen Platz als Ehemann von Elizabeth Taylor, der berühmtesten Frau der Welt, zurückerobert hat.«

»Das verstehe ich nicht. Wieso muss die Welt das wissen? Reicht es nicht, dass sie einander haben, ohne peinliche öffentliche Verlautbarungen?«

»Ah, aber es geht ja genau darum, dass es eigentlich nicht stimmt. Er weiß es, sie weiß es, und die meisten Leute hier im Raum auch. Du bist die seltene Ausnahme. Ich liebe deine Naivität.«

Diana begriff allmählich. »Willst du damit sagen, dass es nicht wahr ist?«

»Klar, sie ist wieder mit Richard zusammen. Ich habe sie selbst gesehen. Sie hatte sich ein Tuch um den Kopf gebunden, als sie heute Nachmittag in seinen Wohnwagen gerannt ist, und Minuten später schaukelte das Gefährt wie wild. Die beiden sind süchtig. Sie können einander jetzt nicht mehr aufgeben.«

»O nein, der arme Eddie.« Diana schaute zu ihm hinüber, als er gerade seiner Frau mit erhobenem Glas zuprostete. Und der arme Trevor, dachte sie für sich. Der arme Trevor.

Kapitel 32

Diana hatte nur wenige Wochen nach Elizabeth Taylor Geburtstag, plante aber, ihn so ruhig wie möglich zu begehen. Sechsundzwanzig war kein Alter, das man feiern musste. Verglichen mit all den wunderschönen jungen Schauspielerinnen und Visageistinnen und Assistentinnen, die in Cinecittà arbeiteten, fühlte sie sich uralt. Ernesto wollte den Tag aber nicht ohne festliche Note verstreichen lassen. Als sie am Morgen aufwachte, stellte sie fest, dass er fortgegangen war, um Blumen zu kaufen – gelbe Rosen mit weißem Schleierkraut – und ihr eines der mit Schokolade gefüllten *cornetti* zu bringen, die sie besonders mochte.

»Das ist erst der Anfang. Dein richtiges Geschenk gibt es später, wenn wir zu Abend essen«, versprach er, als sie ihn dankbar küsste.

Die zweite Überraschung des Tages kam mit der Ankunft des Kuriers aus London. Auf einem großen braunen, an sie adressierten Umschlag erkannte sie Trevors Schrift. Was um alles in der Welt konnte das sein? Sie setzte sich an ihren Schreibtisch, öffnete den Umschlag und zog ein Buch heraus. *Fahles Feuer* von Wladimir Nabokow, einem russischen Autor, der sieben Jahre zuvor den skandalträchtigen Roman *Lolita* geschrieben hatte. Diana und Trevor hatten das Buch beide sehr bewundert und verächtlich von den Kritikern gesprochen, die das Konzept des unzuverlässigen Erzählers nicht zu begreifen schienen und glaubten, Nabokow befürwortete sexuelle Beziehungen zu Minderjährigen. Diana war sehr erpicht darauf, sein nächstes Buch zu lesen, das gerade eben erst in die Läden gekommen war.

Es steckte aber noch etwas in dem Umschlag: das Etui eines Juweliers. Diana machte es nach einem ängstlichen Zögern auf und war über die Maßen gerührt, als sie ein Bettelarmband erkannte, das ihrer Mutter gehört hatte, eines jener Armbänder, an die man Erinnerungen an Orte hängen konnte, die man besucht hatte. Es baumelten bereits ein winziger Schild mit dem Schweizer Wappen, eine Fee aus Cornwall, ein piktisches Symbol von der Insel Skye und ein paar andere Souvenirs daran. Der Verschluss war vor langer Zeit kaputtgegangen, und Diana hatte es nur als Erinnerungsstück aufgehoben. Doch als sie es jetzt näher betrachtete, bemerkte sie, dass Trevor es hatte reparieren lassen und dass es so gut wie neu war.

»Ich dachte, das möchtest du vielleicht haben«, hatte er auf eine kleine Karte mit Blumen geschrieben. »Vielleicht kannst du auch einen Anhänger aus Rom hinzufügen. Meiner wunderbaren Frau alles Gute zum Geburtstag.«

Sie konnte sich nicht daran erinnern, wann Trevor zum letzten Mal ein Geschenk selbst ausgesucht hatte, außer Büchern natürlich – sie schenkten einander oft Bücher. Dass er das Armband ihrer Mutter hatte reparieren lassen, war eine sehr liebevolle Geste. Diana legte es sich um das Handgelenk, und Hilary kam herüber, um es zu bewundern.

»Haben Sie Geburtstag?«, fragte sie, als sie die Karte bemerkt hatte. »Du liebe Güte, Sie hätten was sagen sollen. Dann hätte ich Ihnen ein Geschenk gekauft. Warum gehen wir nicht alle später auf einen Drink aus?«

»Ich glaube, Ernesto hat Pläne«, sagte Diana und runzelte die Stirn, als ihr klar wurde, dass sie entweder das Armband abnehmen oder es ihm erklären müsste.

In der Tür tauchte Eddie Fisher auf.

»Stellen Sie sich vor: Diana hat heute Geburtstag!«, rief Hilary.

»Herzlichen Glückwunsch!«, sagte er lächelnd und kam

zu ihr herüber, um sie zu umarmen. »Höchstens achtzehn, oder? Ich wünschte, ich könnte bleiben und mit Ihnen feiern, aber ich bin nur schnell vorbeigekommen, um mich zu verabschieden, weil ich geschäftlich nach New York muss.«

»Wie schade«, sagte Diana und meinte es ernst. »Bleiben Sie lange weg?«

Er zuckte die Achseln. »Muss einfach mal sehen, wie lange die Dinge dauern.« Er hatte einen seltsamen Gesichtsausdruck. Vielleicht meinte er, dass er warten müsse, wie sich seine Ehe entwickeln würde, nicht seine Geschäftsbesprechungen.

Er hatte den Arm immer noch um Dianas Schulter, als die Tür aufging und Ernesto mit einer rosaweißen Geburtstagstorte hereinkam. Er schaute finster.

»Oh, sehen Sie nur!«, rief Hilary. »Der wunderbare Ernesto hat einen Kuchen mitgebracht. Aber ohne Kerzen? Bei uns in England haben wir Kerzen auf der Geburtstagstorte.«

Diana machte einen Schritt weg von Eddie. »Die Torte ist perfekt, wie sie ist. Was für eine großartige Idee. Sollen wir alle ein Stück davon essen?«

»Ich muss meinen Flug erwischen«, antwortete Eddie, und seine Stimme klang ein wenig melancholisch. »Aber meine herzlichsten Glückwünsche, Diana.«

Diana hatte keine Zeit, weiter über ihn nachzudenken, denn Candy hatte Tee gekocht, und Hilary schnitt den Kuchen an. Nachdem sie gegessen hatten, fragte Ernesto, ob er unter vier Augen mit ihr reden könnte, und so traten sie zusammen auf den Rasen vor dem Büro.

Sobald sie außer Hörweite waren, fragte er wütend: »Wieso hast du dich so an Eddie rangeschmissen?«

Sie war verdattert. »Sei nicht albern! Er hat mich in den Arm genommen, weil Hilary ihm gesagt hat, dass ich heute Geburtstag habe. Du bist doch nicht etwa eifersüchtig?«

Ernesto schien ein wenig besänftigt. »Nun, er ist ja jetzt wieder zu haben. Was weiß ich denn, vielleicht hat er versucht, dich zu verführen.«

»Moment mal. Was meinst du, er ist wieder zu haben?«

»Richard ist gestern Abend völlig betrunken in Elizabeths Villa aufgetaucht und hat verlangt, dass sie sich zwischen ihnen entscheidet – und sie hat Richard gewählt. Deswegen schleicht sich jetzt Eddie nach New York davon.«

»Woher weißt du das alles? Hast wohl auch Spione in der Villa, was?« Ihre Augen verengten sich voller Verachtung.

Ernesto schüttelte den Kopf. »Sie hatte gerade eine Gesellschaft zum Abendessen, und viele Gäste haben diese Szene miterlebt. Am Set reden alle darüber, nicht nur ich.«

»Oh, der arme Eddie. Das ist ja furchtbar.« Sie fühlte mit ihm. Es war schlimm genug, wenn man abgewiesen wurde, ohne dass man öffentlich gedemütigt wurde.

Plötzlich fiel Ernestos Blick auf ihr Handgelenk. »Wo hast du das Armband her? Von ihm?«

»Von Eddie? Natürlich nicht! Du dummer Junge!« Sie berührte seine Wange. »Das hat meiner Mutter gehört. Ich trage es nicht oft.« Sie wandte den Kopf ab, damit er nicht sehen konnte, wie sie wegen dieser kleinen Lüge errötete. »Ich muss jetzt zur Tonbühne 7. Joe wollte, dass ich mir das versenkte Bad ansehe.«

Es war interessant, dass Ernesto tatsächlich eifersüchtig sein konnte. Das gefiel ihr irgendwie, denn es bewies, wie viel ihm an ihr lag. Doch nun musste sie darauf achten, ihm keinen weiteren Grund zur Eifersucht zu geben. Ihr grauste bei dem Gedanken, wie er auf die Nachricht reagieren würde, dass Trevor Ostern zu Besuch kommen würde. Das würde ihn sehr verletzen. Sie musste genau überlegen, wann sie es ihm beibringen wollte.

Am Abend überreichte ihr Ernesto beim Essen ein weiteres Geburtstagsgeschenk – ein silbernes Kreuz an einer Kette. Es war sehr hübsch, aber Diana war ein wenig verwundert, dass er ihr ein so traditionell katholisches Schmuckstück gekauft hatte.

»Ich dachte, du könntest es tragen, wenn ich dich meiner Familie vorstelle«, sagte er. »Wenn meine Mutter es sieht, geht sie bestimmt davon aus, dass du Katholikin bist, und dann verläuft die Begegnung sicher sehr viel besser.«

Dianas Puls raste. »Du willst, dass ich deine Familie kennenlerne?«

»Natürlich. Du bist doch meine Freundin.« Er langte über den Tisch hinweg und drückte ihr die Hand. »Leider ist meine Mutter im Augenblick krank, sie hat etwas, das wir *fuoco di San Antonio* nennen, aber wenn es ihr besser geht …«

Diana kannte diesen Ausdruck nicht, erkundigte sich aber nach den Symptomen der Krankheit und begriff, dass es sich wohl um Gürtelrose handelte. »Ich freue mich darauf, sie kennenzulernen, wann immer sie kann.«

Sie war gerührt, dass er Schritte unternahm, um ihre Beziehung offiziell zu machen. Er schien aufrichtig darum bemüht, dass sie funktionierte. Sie erschrak, als ihr klar wurde, dass sie zum katholischen Glauben übertreten musste, wenn er sie bat, ihn zu heiraten. Würde seine Kirche Geschiedene überhaupt aufnehmen? Sie war sich nicht sicher.

Als sie sich in dieser Nacht liebten, verspürte Diana eine ganz besondere Intensität und hatte das Gefühl, noch ein bisschen mehr in Ernesto verliebt zu sein. Doch während er schlief, lag sie wach. Sie war von Gewissensbissen wegen Trevor geplagt, der sich solche Mühe gegeben hatte, seine Geschenke so umsichtig auszuwählen. Sie fühlte sich schuldig, weil sie ihn betrog. Das hatte er nicht verdient.

Sie versuchte sich vorzustellen, was sie an Elizabeth Taylors Stelle getan hätte. Was wäre gewesen, wenn sie und Trevor zu Hause Leute zum Abendessen zu Besuch gehabt hätten und Ernesto hereingeplatzt wäre und verlangt hätte, dass sie sich zwischen ihnen entschied? Sie konnte sich die beiden einfach nicht in einem Zimmer vorstellen, aber sie wusste genau, dass sie Trevor niemals öffentlich gedemütigt hätte. Zum Glück lebten sie in verschiedenen Ländern und waren durch Hunderte von Meilen getrennt. Doch wenn sie an Ostern dachte, lief es ihr kalt über den Rücken. Sie konnte Trevor nicht schreiben, dass er nicht kommen sollte, und Ernesto hatte sie noch immer nichts von dem bevorstehenden Besuch erzählt, obwohl der in weniger als einem Monat sein würde. Sie war feige, und es zerriss sie beinahe.

Zumindest hatte Elizabeth eine Entscheidung getroffen und etwas unternommen. Vielleicht war sie einfach nur mutiger als Diana. Sie musste Nerven aus Stahl haben. Aber warum hatte sie dann im Februar eine Überdosis genommen, als Richard mit ihr Schluss gemacht hatte? Vielleicht hatte sie sich Richard in den Kopf gesetzt und war zu allem entschlossen, um ihn zu bekommen. Diana schüttelte sich. Wie konnte jemand wie sie versuchen, sich in die Gedanken eines so außergewöhnlichen Stars zu versetzen? Sie hatten nichts miteinander gemeinsam, außer dass sie beide eine eintönige Ehe und einen aufregenden Liebhaber hatten. Trotzdem fühlte sie sich mit Elizabeth verbunden, denn sie versuchten, jede auf ihre Weise, mit den Männern in ihrem Leben irgendwie klarzukommen.

Zehn Tage später bekam Diana einen Einblick in Elizabeths Seelenlage, der sie völlig umdenken ließ. In Cinecittà spielten sich jeden Tag kleinere Dramen ab. Doch am 26. März wurde eine große Krise daraus, als ein *paparazzo* es schaffte, mit einem Teleobjektiv eine Aufnahme von Elizabeth und Richard zu machen, wie sie sich vor ihrer Garderobe küssten, mit Morgenmänteln über ihren Filmkostümen. Es war der erste greifbare Beweis für die Affäre, und das Bild ging sofort um die Welt. Am nächsten Morgen war die Aufregung so groß, dass Dianas Studiochauffeur nicht durch die versammelte Menge der *paparazzi* am Eingangstor kam und sie auf einem Umweg hereinschmuggeln musste.

Überall am Set sah man Exemplare von *Gente*, der italienischen Zeitung, die das verschwommene Bild auf der Titelseite zeigte, vorsichtig gefaltet und so in Jackentaschen oder Handtaschen verborgen, dass keiner der Beteiligten Anstoß nehmen konnte. Mittags in der Bar ging die Nachricht von Tisch zu Tisch, dass Richard eine Pressemitteilung herausgegeben hatte, in der er die Wahrheit über diese Affäre, von der ohnehin jeder wusste, eingestand – aber hinzufügte, dass er seine Frau Sybil niemals verlassen würde. Wie würde Elizabeth darauf reagieren?

Einer jener außerordentlichen Zufälle, die es in Cinecittà so oft zu geben schien, verlangte, dass Elizabeth an diesem Nachmittag eine wütende Eifersuchtsszene drehen sollte. Cleopatra hat erfahren, dass ihr Geliebter Marc Anton in Rom Octavians Schwester geheiratet hat. Obwohl die Ehe eindeutig nur aus politischem Kalkül geschlossen wurde, reagiert Cleopatra mit einem Tobsuchtsanfall. Laut Drehbuch soll sie Marc Antons Besitztümer mit einem Schwert in Stücke hacken. Diana hatte die entsprechenden Drehbuchseiten am Morgen gelesen und war verblüfft, wie gut im Augenblick der Film das wirkliche Leben widerspiegelte.

Diana war inzwischen bekannt, und es gelang ihr gelegentlich, auf den Tonbühnen bei den Dreharbeiten vorbeizuschauen. Das wollte sie heute Nachmittag auch versuchen. Sie verspürte beinahe einen Beschützerinstinkt für Elizabeth, obwohl das lächerlich war. Die Frau kannte nicht einmal ihren Namen.

Im Zentrum der Szene stand ein großes, von goldenen

Gazevorhängen umgebenes Bett. Diana hielt sich an einer Hinterwand im Schatten auf, als Elizabeth auftauchte und Joe zu ihr herüberging, um mit ihr zu sprechen.

»Ruhe am Set. Wir drehen«, rief der Regieassistent, und dann hörte man die vertrauten Worte: »Ton ab« – »Läuft.« – »Kamera ab.« – »Läuft.« Der Mann mit der Klappe rief: »Klappe 57, die erste« und klatschte die Holzbretter zusammen. »Und Action!«, rief Joe.

Elizabeth begann mit irrem Blick, Marc Antons Kleider mit einem römischen Schwert zu zerfetzen. »Schnitt!«, rief Joe und bat dann um eine weitere Aufnahme. In der folgenden Szene musste Elizabeth alle Fläschchen und Ziergegenstände von ihrem Toilettentisch fegen, und auch hier waren mehrere Aufnahmen nötig. Die Skriptgirls hatten alle Hände voll zu tun, die Gegenstände jedes Mal an genau derselben Stelle zu positionieren. In der letzten Einstellung sprang Elizabeth aufs Bett und hackte mit dem Schwert darauf ein, bis die Federn herausquollen. Sie geriet völlig außer sich und stach schluchzend immer und immer wieder auf die Matratze und die Kissen ein. Joe vergaß »Schnitt!« zu rufen. Alle waren wie gebannt.

Endlich sagte jemand: »Sie hat sich verletzt«, und Diana bemerkte, dass Blut auf den Laken war. Joe eilte auf das Set und legte den Arm um Elizabeth, die nun hemmungslos weinte. Er führte sie rasch hinaus in ihre Garderobe. Es herrschte Stille, bis die Tür hinter ihnen zuging, dann sagte ein Scriptgirl: »Ich hoffe, davon müssen wir nichts noch mal drehen.«

»Geht es Ihnen gut?«, fragte eine Stimme neben Diana. Erst jetzt merkte sie, dass sie selbst auch weinte.

Kapitel 33

Scott ging am Abend, nachdem Helen ihre Vitaminspritze bekommen hatte, in ihrer Pension vorbei und stellte fest, dass sie fröhlich und unternehmungslustig wirkte.

»Es geht mir prächtig. Ich wünschte, ich hätte schon vor Monaten von diesem Arzt erfahren. Vielen, vielen Dank, Scott.« Sie warf ihm die Arme um den Hals.

»Hast du Lust auf ein Abendessen? Meine Vespa steht um die Ecke.«

»Ich habe keinen Hunger, aber wir könnten was trinken gehen, wenn du magst.«

Scott schaute auf ihre mageren Arme. »Du musst was essen, Schätzchen. Du bist ja nur Haut und Knochen.«

»Ich weiß. Meine Kleider passen mir alle nicht mehr. Ich bin sicher, mein Appetit kommt bald wieder.« Sie lachte. »Weißt du was? Könnten wir ein Eis essen gehen? Ich liebe Eis.«

»Sicher. Ich kenne nicht weit von hier ein Eisdiele.« Sie war ihm aufgefallen, weil sie ihn an eine amerikanische Milchbar erinnerte, mit Barhockern an einer Theke. Es waren keine anderen Kunden da. Sie wählten Plätze mit Blick auf die Straße und schauten in die Karte.

»Könnte ich einen von denen haben?« Helen deutete auf ein Bild an der Wand, das einen Eisbecher mit drei Kugeln Eis – Vanille, Erdbeere und Schokolade – und rosa Sirup und Schokostreuseln zeigte. »Der sieht himmlisch aus.«

Scott lachte und bestellte einen solchen Becher für sie und für sich nur einen Kaffee.

»Was machst du beruflich?«, fragte sie. »Hast du es mir erzählt, und ich habe es vergessen? Dafür bin ich berühmt.«

Scott beschloss, nicht zu erwähnen, dass er Journalist war. Die Presse hatte in Cinecittà keinen sehr guten Ruf, und er wollte nicht, dass sie glaubte, er sei nur freundlich zu ihr, weil er Informationen über Taylor und Burton bekommen wollte. »Ich bin Schriftsteller. Einer, der noch auf den großen Durchbruch wartet.«

»Wie romantisch!« Helen leckte einen Löffel Eiscreme. »Schreibst du Liebesgeschichten?«

»Nicht direkt. Ich schreibe Krimis, und manchmal kommt auch Liebe darin vor. Gangster und ihre Liebchen. Sag mal, ich habe mich gefragt, ob du und Luigi je ein Paar wart?«

Helen schauerte und schüttelte den Kopf, sah ihm aber nicht in die Augen. »Er ist widerlich«, rief sie mit Nachdruck. »Ich hasse ihn aus tiefster Seele.« Die Frage schien sie bestürzt zu haben, und es tat ihm leid, sie überhaupt gestellt zu haben, denn nun hörte sie auf zu essen und spielte nur noch mit ihrem Eislöffel, während das Eis im Becher schmolz.

»Ich hoffe, er lässt dich jetzt in Ruhe. Aber sag mir, wenn du Probleme mit ihm kriegst, dann bekommt er es mit mir zu tun. Okay?«

Sie nickte, aber er hatte ihrer Stimmung einen Dämpfer verpasst. »Hast du eine Freundin?«, fragte sie, und Scott begann ihr alles über Rosalia zu erzählen, die ihn immer noch ab und zu im Büro anrief.

»Ich verstehe nicht, wie man so wenig Stolz haben kann«, beschwerte er sich.

Helen schaute in die Ferne. »Wenn sie dich wieder für sich gewinnen könnte, dann könnte sie so tun, als hättest du sie nie abgewiesen, als wäre alles bloß ein Missverständnis gewesen. Dann würde sie nicht mehr glauben, dass sie ein Mädchen ist, das die Männer immer nur verlassen.«

»Gibt es solche Mädchen?«

»Ich denke schon«, sagte Helen nachdenklich. »Du nicht?«

»Nein, ich glaube, dass diese Mädchen nur noch nicht den Richtigen getroffen haben. Und vielleicht aufhören sollten, so verzweifelt zu suchen.«

Plötzlich stützte Helen den Kopf auf die Hände und schien völlig erschöpft zu sein. »Ich muss heute früh ins Bett, Scott. Tut mir leid, ich bin nicht gerade eine lustige Gesellschaft.«

»He, ich freue mich, dass du auf dem Weg der Besserung bist. Lass uns in ein paar Tagen essen gehen, wenn du deinen Appetit zurück hast. Warum gibst du mir nicht deine Telefonnummer?«

Helen kritzelte die Telefonnummer ihrer Pension auf ein Streichholzbriefchen. »Ich werde nicht mit einem Anruf rechnen, denn du hast ja gerade erzählt, dass du einer von den Kerlen bist, die nicht auf die Anrufe von jungen Damen reagieren.«

»Idiotin!«, erwiderte er grinsend. »Natürlich rufe ich an. Wir sind Freunde. Ich gehe nur den Mädchen aus dem Weg, die mich bereits nach dem zweiten Rendezvous zum Altar schleifen wollen.«

Als er sie zu Hause absetzte, umarmte er sie, drückte sie fest und küsste sie auf die Stirn. Sie wirkte sehr verletzlich, als er losfuhr. Er wollte versuchen, sie bald wiederzusehen. Vielleicht konnte er mehr über diesen Luigi herausfinden, um Helen vor ihm zu schützen.

Jeden Abend ging Scott auf ein paar Gläser Bier in eine der Bars in der Gegend um die Via Veneto oder Via Margutta. Er hielt die Augen auf und beobachtete aufmerksam das Kommen und Gehen, besonders die verstohlenen Transaktionen, bei denen Geld den Besitzer wechselte und kleine Papierbriefchen überreicht wurden. Schon bald bemerkte er Luigi, den Dealer, den er mit Helen gesehen hatte. Diesmal redete der Kerl mit einem Schauspieler, den Scott zu kennen glaubte. Sie verschwanden zusammen auf der Herrentoilette, dann kam der Schauspieler als Erster heraus und schaute sich vorsichtig um, ehe Luigi herausschlenderte und sich neben Scott an die Bar stellte.

»*Bella serata*«, versuchte Scott es auf Italienisch, und Luigi schaute auf. »Sprechen Sie Englisch?«

»Wenn ich Lust dazu habe.«

»Im Augenblick wimmelt die Stadt ja nur so vor Schauspielern. Das muss gut fürs Geschäft sein.« Luigi zuckte die Achseln, und Scott fuhr fort. »Ich habe gehört, dass die alle entweder Alkoholiker oder drogenabhängig sind. Klar, die müssen bei der Arbeit den ganzen Tag lang so tun, als wären sie jemand anderer, und abends brauchen sie dann bewusstseinsverändernde Chemikalien, damit sie nicht sie selbst sein müssen.«

»Sehr tiefsinnig«, erwiderte Luigi. »Sie sind wohl Philosoph?«

»Nein, Geschäftsmann«, log Scott. »Schauen Sie mal, das ist nur eine Vermutung, und es tut mir leid, wenn ich mich täusche, aber ich habe Sie gerade mit dem Typen auf der Herrentoilette verschwinden sehen und mich gefragt, ob Sie zufällig wissen, wo ich Kokain kriegen kann? Ich habe mir sagen lassen, dass es in Rom ziemlich leicht ist, an Drogen zu kommen. Jemand hat mit erzählt, dass manche Barmänner es unter dem Tresen verkaufen, wenn sie einen kennen. Doch auf die Weise ist es mir bisher noch nicht gelungen.«

»Da wäre auch die Qualität nicht besonders«, sagte Luigi verächtlich. »Jedes Mal, wenn das Zeug den Besitzer wechselt, wird es mit *farina*, mit Mehl, verschnitten. Wenn Sie reinen Stoff haben wollen, müssen Sie ihn direkt von einem Dealer kaufen.«

»Das klingt ja ganz so, als wüssten Sie bestens Bescheid. Kann ich Ihnen einen Drink ausgeben?«

»Klar.« Luigi verzog das Gesicht, als wäre es ihm egal, und er bestellte einen Kaffee und einen Jack Daniels.

»Und wie geht das, wenn berühmte Leute Drogen kaufen wollen?«, fragte Scott. »Angenommen Elizabeth Taylor hätte Lust auf ein paar Tabletten LSD für eine Party. Wie würde sie die kriegen?«

Luigi warf ihm ein listiges Lächeln zu. »Ich nehme an, sie hat Vertraute, die für sie Erkundigungen einziehen. Sie könnten zum Beispiel so jemand sein.«

»Nun, vielleicht bin ich das«, sagte Scott und grinste. »Da könnte also ein Dealer viele berühmte Leute beliefern, ohne es überhaupt zu wissen?«

»Manche vielleicht. Andere haben eine persönlichere Beziehung zu ihren Kunden, wissen genau, welche Art von Produkt sie vorziehen, kennen die gewünschte Stärke und Reinheit und sorgen dafür, dass sie das liefern. Der Kunde zahlt ihnen Spitzenpreise, und sie garantieren Topqualität.«

»Ich wette, Sie kennen einen Haufen berühmter Leute«, deutete Scott an. »Wer sind denn Ihre liebsten Berühmtheiten?«

Das war der Wendepunkt. Luigi konnte es sich nicht verkneifen, mit den internationalen Stars anzugeben, mit denen er Geschäfte gemacht hatte. Die Namen kamen ihm flüssig von den Lippen. Er behauptete, manche würden immer nach ihm fragen, wenn sie in Rom waren, und er hätte sie noch nie enttäuscht. Viele der Namen waren auf der ganzen Welt in aller Munde.

»Die Via Veneto ist mein Revier. Jeder, der hier Stoff kaufen will, kommt um mich nicht herum.«

Scott machte sich in Gedanken Notizen, wusste aber, dass er diese Informationen niemals veröffentlichen konnte, wenn der einzige Zeuge ein zwielichtiger italienischer Dealer war.

»Es wäre mir eine Ehre, wenn Sie mir ein bisschen was verkaufen könnten«, meinte Scott. »Da kann ich mich in dem Gedanken sonnen, mich in illustrer Gesellschaft zu bewegen. Wie funktioniert das?«

Luigi schaute sich vorsichtig um. Der Barmann bediente gerade jemanden am anderen Ende des Tresens. »Wollen Sie Kokain?« Er nannte einen atemberaubend überzogenen Preis für ein Briefchen mit diesem Zeug.

Scott ahnte, dass es ein Vielfaches des Marktpreises war und Luigi ihn für einen gutgläubigen Trottel hielt, aber er nickte. Er hatte gerade eben genug Bargeld bei sich. »Soll ich auf die Herrentoilette gehen?«, fragte er.

»Verdecken Sie das Geld mit Ihrer Hand, und wir schütteln uns die Hände. Sie müssen anschließend die Bar sofort verlassen.«

Das Geschäft wurde getätigt, und Scott verabschiedete sich. Als er die Straße hinunterspazierte, überlegte er, was er jetzt mit dem Kokain anfangen sollte. Er hatte noch nie welches genommen und hätte zu gern gewusst, wie das sein würde, aber allein wollte er es nicht probieren. Er hatte gehört, dass Kokain die Empfindungen beim Sex ungeheuer steigerte, und wünschte sich, er hätte die Telefonnummer der langhaarigen, barfüßigen jungen Frau. Er stieg auf seine Vespa und fuhr zu dem Gebäude in der Via Margutta, wo er sie getroffen hatte, aber dort waren alle Lichter aus, und es war nichts los. Er konnte nicht einmal nach ihr fragen, denn er kannte ihren Namen nicht. Schade.

Er steckte das Briefchen in die hintere Hosentasche und fuhr nach Hause, um die Notizen von seinem Gespräch mit Luigi für einen weiteren neuen Abschnitt seines Artikels aufzuschreiben. Schade, dass er nicht alle berühmten Namen nennen konnte, die Luigi als Drogenkunden angegeben hatte. Aber man konnte nicht alles haben …

Kapitel 34

»Das war's also«, meinte Candy, als Diana am Morgen des 3. April im Produktionsbüro ankam. Sie warf ihr eine Zeitung hin, auf der die Schlagzeile »Elizabeth und Eddie – Scheidung!« stand.

Diana war schockiert davon, wie rasch alles ging. Sie ließ sich auf ihren Stuhl fallen und las schnell die Titelgeschichte. Anscheinend hatte Eddie Elizabeth aus New York angerufen und ein paar Reporter im Zimmer bei sich gehabt. Er wollte sie dazu überreden, ihm zu versichern, dass sie ihn immer noch liebte, aber sie demütigte ihn, indem sie sich weigerte. Als Nächstes wurde ihm in einem Schreiben mitgeteilt, Elizabeth werde eine Pressemeldung herausgeben und darin das Ende ihrer dreijährigen Ehe »in beiderseitigem Einvernehmen« verkünden.

»Und was ist mit dem Kind, das sie im Januar adoptiert haben? Maria, so hieß das Mädchen doch?«

»Keiner von beiden hat es oft gesehen, denn die Kleine war zu krank, um nach Rom zu kommen, also glaube ich nicht, dass das arme Ding überhaupt ins Spiel kommt.« Candy verschränkte die Arme. »Aber Liz' andere Kinder müssen ziemlich verstört sein. Die wissen ja nicht, wen sie jetzt Papa nennen sollen. Sehen Sie nur.« Sie nahm eine weitere Zeitung zur Hand, diesmal eine italienische, und zeigte Diana ein verschwommenes Foto von Richard Burton bei einem Picknick mit Elizabeth und ihren Kindern.

»Verlässt er also Sybil?«

»Wer weiß? Sybil ist mit ihren Mädchen wieder in London, und sie hält sich sehr bedeckt.«

Diana wurde plötzlich klar, dass ihr Eddie am meisten

leidtat, weil sie ihn mochte. Aber natürlich musste auch Sybil leiden. Warum ließ sie sich das gefallen? Sie schien sehr bodenständig und vernünftig zu sein. Sollte sie also nach Rom zurückkommen und um ihre Ehe kämpfen oder Richard für immer hinauswerfen?

Da nun beide Ehepartner nicht mehr in der Nähe waren, kamen Elizabeth und Richard aus ihrem Versteck. Beinahe jeden Abend wurden sie fotografiert, wie sie zum Abendessen und anschließend in einen Nachtklub gingen. In Cinecittà saßen sie da und hielten Händchen und küssten sich in der Bar oder gaben Cocktailpartys in ihrer Garderobe oder seinem Wohnwagen. Wenn eine von Richards Szenen gefilmt wurde, saß Elizabeth an der Seite und schaute still zu. Wenn Diana ihr auf dem Weg zur Tonbühne über den Weg lief, strahlte sie und rief »Hi!« Sie hüpfte beinahe, war so lebendig und glücklich wie eine Lerche am Himmel. Die beiden waren verliebt und wollten es der ganzen Welt zeigen.

Ist es wirklich so einfach?, überlegte Diana. Wenn ich Trevor sagen würde, dass ich die Scheidung will, wäre ich dann auch so glücklich? Das glaubte sie nicht. Sie wusste, dass sie von Schuldgefühlen geplagt sein würde. Wenn es doch nur möglich wäre, ihrem Herzen zu folgen, ohne dass dabei jemand verletzt wurde! Sie hasste sich dafür, dass sie eine Ehebrecherin war.

Als Trevor anrief, um ihr zu sagen, dass er seinen Flug gebucht hatte und am 15. April ankommen würde, schon in einer Woche, da wusste Diana, dass sie nun handeln musste. Am Abend teilte sie es Ernesto mit und tat so, als hätte sie es selbst eben erst erfahren. Wie erwartet, hatte er einen Wutanfall.

»Wo wird er übernachten? Du wirst doch nicht mit ihm schlafen? Das ist ja widerlich. Wie kannst du mir das antun?«

»Ich schlafe im selben Bett wie er, aber ich verspreche dir, dass wir uns nicht lieben werden. Das machen wir nie.«

»Und was ist mit meinen Sachen? Mit meinem Rasierzeug?« Ernesto hatte alles, was er brauchte, in ihrem Zimmer untergebracht, damit er nicht vor der Arbeit noch einmal zu seiner Mutter nach Hause musste.

»Es tut mir leid, aber es wäre das Beste, wenn du alles mitnehmen würdest, während er hier ist. Ich will nicht, dass er sich wegen Ehebruch von mir scheiden lässt.«

»Was hat der Scheidungsgrund schon zu bedeuten? Du *bist* doch eine Ehebrecherin, nicht? Warum sagst du es ihm nicht, und dann können wir ohne Versteckspiel zusammensein.«

Schließlich beruhigte er sich, nachdem Diana versprochen hatte, Trevor um die Scheidung zu bitten. Zunächst stimmte sie Ernesto nur um des lieben Friedens willen zu, aber je mehr sie darüber nachdachte, desto fairer erschien es ihr. Es war einfach fairer, Trevor alles, auch das Schlimmste, offen zu sagen und ihn nicht in trügerischer Hoffnung zu wiegen. Ernesto bat sie eindringlich, das Thema gleich am ersten Tag anzuschneiden und ein Hotelzimmer für Trevor zu buchen. Doch Diana weigerte sich.

»Ich liebe dich, Ernesto«, sagte sie leise. »Du bist der Mann, mit dem ich zusammen sein will. Aber du musst es mir überlassen, wie ich die Sache angehe, um Trevor so wenig wie möglich weh zu tun. Ich will hinterher noch in den Spiegel schauen können.«

Schließlich war er beruhigt, aber sie war zutiefst verstört. Sie hatte die Dinge einfach schleifen lassen und versucht, der Situation aus dem Weg zu gehen, aber jetzt würde ihr keine Wahl mehr bleiben. Sie empfand unendlichen Schmerz, wenn sie über eine Trennung von Trevor nachdachte. Er war ihre Familie, ihre einzige Sicherheit auf der Welt. Das war kein Grund, eine unglückliche Ehe zu verlängern, aber sie hatte eine Höllenangst, was dann aus ihr werden sollte. Wo würde sie wohnen, sobald die Dreharbeiten hier abgeschlossen waren? Wie würde sie ihren Lebensunterhalt verdienen? Ernesto beteuerte ihr stets seine Liebe, aber er hatte sie nicht gefragt, ob sie ihn heiraten würde. Sie verstand gut, dass er ihr keinen Antrag machen wollte, solange sie noch mit einem anderen verheiratet war, aber es musste ihm doch klar sein, dass Diana nicht so reich war wie Elizabeth Taylor und daher überlegen musste, wie sie zu einem Dach über dem Kopf kam.

Viel Geld zu haben, das machte alles leichter, überlegte Diana, als sie in den Zeitungen las, dass Richard Elizabeth bei Bulgari ein Collier aus Smaragden und Brillanten für hundertfünfzigtausend Dollar gekauft hatte. Geld konnte einen vor vielen Problemen schützen – aber es brachte andere mit sich. Am 12. April wurde die berühmte und reiche Elizabeth mit einer Situation konfrontiert, die sie nicht mit einem Lachen abtun konnte.

Diana hatte mit Helen zu Mittag essen wollen, doch die war in der Bar nirgends zu sehen. Also spazierte Diana auf die Tonbühnen zu. Sie ging den Hinweisschildern zur Maske nach und war überrascht, dass dort Elizabeth Taylor saß und mehrere Make-up-Expertinnen und Frisörinnen um sie herumwuselten. Eine davon war Helen.

»Hi!«, begrüßte Elizabeth Diana und kniff die Augen ein wenig zusammen, als hätte sie sie erkannt, könnte sich aber im Augenblick nicht auf ihren Namen besinnen. »Haben Sie schon die neueste Nachricht gehört? Der Vatikan hat mich öffentlich verurteilt. Der Papst hat erklärt, man müsste mich aus der anständigen Gesellschaft ausstoßen. Wie hat er es gleich genau formuliert?« Sie nahm eine ziemlich zerfledderte Zeitung zur Hand, auf der Diana den Titel *L'Osservatore*

Della Domenica erkannte, und klatschte damit auf die Lehne ihres Stuhls. »Jemand hat es vorhin für mich übersetzt. Da steht, dass ich erotisch unstet bin.« Sie stieß ein kleines raues Lachen aus. »Was für ein Witz! Ist hier jemand im Raum, der nicht erotisch unstet ist?«

Alle schauten einander an und versicherten ihr, auch sie seien sehr unstet. Helen scherzte mit gespielter Trauer. »Schön wär's!«

»Diese verdammte katholische Kirche! Wen kümmert denn ihre Meinung? Ein Haufen unverheirateter alter Kerle in langen Kleidern wollen mir sagen, dass ich meine Kinder nicht richtig erziehe! Die können mich doch alle mal am Arsch lecken.« Elizabeth sprach tapfere Worte, aber an der Anspannung um ihre Augen und an dem leichten Zittern der Stimme konnte Diana erkennen, dass diese Sache sie ungeheuer verstört hatte.

Diana nahm die Zeitung auf. Es war ein offener Brief, der eindeutig an Elizabeth gerichtet war. Er begann: »Sehr geehrte gnädige Frau, als Sie vor Kurzem sagten, dass Ihre Ehe (genauer gesagt, Ihre vierte Ehe) ein Leben lang anhalten würde, gab es Menschen, die recht skeptisch den Kopf schüttelten.«

Am Ende des ersten Absatzes wurde angedeutet, dass ihre Kinder für sie nicht zu zählen schienen, da sie sich ausschließlich darauf konzentrierte, ihre eigenen libidinösen Bedürfnisse zu befriedigen, während sie die Kleinen mit sich herumschleppte.

Diana sprang zum Ende des Schreibens, wo vorgeschlagen wurde, man sollte ihre Kinder einer Bauersfrau mit einem reinen Gewissen anvertrauen, anstatt sie in der Obhut einer launischen Prinzessin zu lassen.

»Diese Kinder brauchen einen ehrenwerten Namen, keinen berühmten Namen, eine ernsthafte Mutter, keine schöne Mutter, einen verlässlichen Vater, keinen Neuankömmling, der jeden Augenblick wieder fortgeschickt werden kann.« Diana hielt die Luft an und hoffte, dass niemand diesen Abschnitt für Elizabeth übersetzt hatte.

Die dunklen Augen ruhten auf ihr. »Wir sind uns noch nicht vorgestellt worden, oder?«, fragte Elizabeth.

»Ich bin Diana Bailey, historische Beraterin bei diesem Film.« Sie streckte die Hand aus, und Elizabeth schüttelte sie und schaute Diana freundlich an.

»Und sagen Sie mir, Diana, wie ist Ihr Liebesleben?«

»Kompliziert«, antwortete Diana leise.

»Gilt das nicht für uns alle, Schätzchen?«, sagte Elizabeth mit schleppender Stimme. »Viel Glück mit Ihren Komplikationen. Ich hoffe, der Vatikan verurteilt Sie nicht auch.«

Diana merkte, dass sie diese Frau wirklich mochte. Sie war verletzlich, aufrichtig und, wenn man einmal nicht mehr von ihrem Ruhm und ihrer Schönheit geblendet war, sehr menschlich.

»Ich würde dem *Osservatore* nicht zu viel Bedeutung beimessen. Er wird ja nicht vom Papst selbst geschrieben – nur von ein paar rechthaberischen Kardinälen –, drückt also nicht die offizielle Meinung des Vatikans aus.«

»Nun, dafür kann man schon mal dankbar sein«, meinte Liz mit einem Lachen. »Vielleicht schicken sie dann doch nicht gleich einen Exorzisten her, um mir den Dämon auszutreiben.« Sie schlug sich die Hände vor den prächtigen Busen.

»Es ist sehr nett, Sie endlich richtig kennenzulernen«, sagte Diana, »aber ich wollte eigentlich nur Helen zum Mittagessen abholen.«

Helen zögerte. Sie wollte sich so lange wie möglich im Schein der Berühmtheit sonnen, aber Diana hatte einen Riesenhunger.

»Auf Wiedersehen, Mädels«, rief ihnen Elizabeth hinterher.

»Du siehst toll aus«, sagte Diana, legte Helen einen Arm
um die Schulter und drückte sie fest, sobald sie draußen auf
dem Flur waren. »Es tut mir leid, dass wir uns in letzter Zeit
so selten sehen, aber es war die Hölle los. Mein Mann
kommt am Wochenende.«

Sie erwartete, dass Helen etwas dazu sagen würde, aber sie
schien nichts von Dianas Affäre mit Ernesto mitbekommen
zu haben. Diana hoffte, dass Hilary die einzige Person am
Set war, die etwas bemerkt hatte. Helen hatte nie Fragen gestellt, und daraus konnte man wohl schließen, dass außerhalb des Produktionsbüros keine Gerüchte kursierten.

»Ich würde mich freuen, wenn du ihn kennenlernen würdest. Kommst du mal abends mit uns essen?« So könnten sie
peinliches Schweigen vermeiden, denn Helens Geplauder
würde jede Gesprächspause füllen.

»In Ordnung«, sagte Helen, wenn auch ohne große Begeisterung. »Warum nicht?«

Kapitel 35

Am Abend des 12. April plauderte Scott gerade an einer Biegung in der Via Veneto mit Gianni, als ein glänzend poliertes schwarzes Auto vor ihnen zum Stehen kam.

»*Sono loro!* Sie sind's!«, rief jemand, und schon drängelten sich alle Fotografen um den besten Platz. Gianni gesellte sich nicht zu ihnen, sondern kletterte einen Laternenpfahl hinauf und schrie Scott zu, er solle ihm seine Kamera reichen.

Die Tür des Wagens wurde geöffnet. Richard Burton stieg aus, ging ums Auto herum und machte Elizabeth Taylor die Tür auf. Niemand war sich sicher gewesen, ob sie am Abend nach der Verlautbarung des Vatikans ausgehen würden, aber da waren sie, in Lebensgröße und wunderbar herausgeputzt. Sie trug ein schwarzes Kleid, das so eng war, dass es aussah, als hätte man es ihr auf den Leib geklebt, und Scott bemerkte, dass sich keinerlei Unterwäsche darunter abzuzeichnen schien. Um den Hals trug sie das berühmte Bulgari-Collier aus Brillanten und Smaragden, das Burton ihr kürzlich geschenkt hatte. Er hoffte, dass Gianni eine gute Aufnahme gelang, denn dann konnte er einiges dazu schreiben.

Normalerweise eilten die beiden mit gesenkten Köpfen direkt in die Bar oder in das Restaurant, in das sie gehen wollten, aber heute blieben sie stehen und achteten darauf, dass jeder Fotograf die gewünschten Aufnahmen machen konnte. Sie antworteten den Reportern nicht, die ihnen Fragen zu ihrer Reaktion auf den empörten Aufschrei aus dem Vatikan zuriefen, aber Scott spürte, dass dies bereits ihre Antwort war. Es war ein wohldurchdachtes »Ihr könnt uns mal, wir scheren uns einen Scheiß um euch!«, das an die

Kardinäle gerichtet war. Die beiden wurden ihm immer sympathischer.

Wie konnte es die Kirche in der heutigen Zeit wagen, einen einzigen Menschen herauszuheben, dessen Ehe gescheitert war, da doch Millionen anderer auf der Welt in der gleichen Lage waren? Elizabeth Taylor war nicht einmal katholisch. Sie war für Ehemann Nummer drei, Mike Todd, zum jüdischen Glauben übergetreten. Wie ungehörig, dass die Kirchenfürsten eines Landes eine Besucherin so angriffen, deren bloße Anwesenheit dem Land viel Geld und Arbeitsplätze gebracht hatte. Nach den neuesten Schätzungen würde *Cleopatra* fünfundzwanzig Millionen Dollar kosten. Es war bei weitem der teuerste Film, der je gedreht wurde, und ein großer Teil dieses Geldes floss in die italienische Wirtschaft und damit auch in die Truhen der Kirche. Genau so einen Artikel würde Scott schreiben, überlegte er: über die lächerliche Scheinheiligkeit des Vatikans und den Einfluss, den er auch 1962 noch auf die italienische Regierung hatte.

Er lungerte so lange vor dem Grand Hotel herum, bis er aus verlässlicher Quelle gehört hatte, dass Burton und Taylor nach dem Essen in den Cha Cha Club gehen würden. Scott wollte versuchen, dort hineinzukommen. Nicht viele Türsteher in Rom wussten, dass er Journalist war. Sie hielten ihn für einen gutaussehenden jungen Amerikaner mit Geld, so dass er immer noch Zutritt zu Klubs hatte, aus denen andere Journalisten längst verbannt waren. Er wurde gleich in den Cha Cha Club durchgewinkt, kaufte sich ein Bier und spazierte herum, um nach Anzeichen für Drogenhandel Ausschau zu halten. Zu seiner Überraschung sah er Helen, die mit einem Getränk in einer Ecke saß.

»He, ich wollte morgen bei dir anrufen«, erklärte er. »Wie geht es dir?«

»Gut. Ich bin mit ein paar Mädels von der Arbeit hergekommen, aber die tanzen mit Italienern.« Sie verzog das Gesicht.

»Die Vitaminspritze wirkt also noch, was?«

»Ich habe noch ein paar mehr gebraucht, aber ich fühle mich danach immer so wunderbar, dass es sich lohnt.«

Scott runzelte die Stirn. »Das muss ein teures Vergnügen sein. Ich dachte, der Arzt hat gesagt, es ist nur noch eine weitere Behandlung nötig?«

»Typisch, dass ich wieder mehr brauche!« Sie lachte. »Jämmerlich, was?«

»Ich habe letzte Woche diesen Luigi in einer Bar ganz offen Drogen verkaufen sehen. Er ist ein finsterer Geselle. Wie bist du nur an den geraten?«

»Eine von den anderen jungen Frauen hat ihn mir empfohlen.« Die Band begann einen beliebten italienischen Schlager zu spielen: »*Quando, quando, quando*«, und Helen wippte im Rhythmus der Trommel mit dem Fuß.

»Möchtest du tanzen?«, fragte er. »Aber ich warne dich, ich kann es nicht besonders gut.«

»Liebend gern.« Sie stand schon und strahlte ihn an. »Ich tanze für mein Leben gern.«

Nach einem kleinen Wackler von Kopf bis Fuß glitt sie in ihre ureigene Version des Twist, mit trägen, aber doch fließenden und sinnlichen Bewegungen.

»Wow! Du bewegst dich aber toll!«, rief Scott ihr zu, und sie lächelte zurück.

Er tat sein Bestes, um mit ihr Schritt zu halten, aber eigentlich wollte er ihr nur einfach zuschauen. Sie hatte einen tollen Rhythmus in ihren knochigen Hüften, und sie änderte ihre Bewegungen ständig. Manche Mädchen machten ja von Anfang bis Ende einer Nummer stets dasselbe. Doch sie erfand ihre eigenen tollen kleinen Bewegungen, setzte die Hände, den Kopf, ihren ganzen Körper ein. Sie tanzten drei

Nummern, aber als dann ein langsames Lied gespielt wurde, warf Scott die Arme in die Luft und sagte: »Mir reicht es jetzt mit der öffentlichen Demütigung. Können wir uns bitte hinsetzen?«

Scott holte Getränke für sie, und sobald sie Platz genommen hatten, fragte er sie weiter über Luigi aus. »Lebt er vom Dealen oder hat er noch einen anderen Job?«

»Großer Gott, nein, der dealt nur. Er hat morgens, mittags und abends zu tun. Er hat Dutzende von Kunden. Du würdest es nicht glauben, wie viele Leute in Rom Drogen nehmen.«

»Der ist also eine Art Boss? Ist er Mister Big?«

Sie überlegte. »Irgendwas zwischendrin, glaube ich. Er kontrolliert die Via Veneto, das ist ein wichtiger Bezirk, aber ich bin mal mit ihm in ein Haus an der Küste gefahren, wo Männer waren, die viel bedeutender waren als er. Er war damals total nervös. Ich habe gesehen, wie er eine Pistole ins Handschuhfach seines Autos gelegt hat.«

Scott war entsetzt. »Warum hat er dich mitgenommen?«

»Das habe ich mich damals auch gefragt. Ich nehme an, er hatte Angst vor diesen Männern und dachte, sie würden sich anständig benehmen, solange ich dabei bin. Was übrigens gestimmt hat. Es waren etwa ein halbes Dutzend Typen da, und einer von denen hat mir ein Pfeifchen *eroina* gegeben, nach dem mir ganz wirr im Kopf wurde. Dann haben sie alle angefangen, über mich zu lachen.« Die Worte purzelten ihr nur so aus dem Mund. Sie schien sich der Gefahr nicht bewusst zu sein, in der sie geschwebt hatte.

»Großer Gott, Helen! Was hast du dir dabei gedacht? Die hätten dich umbringen oder vergewaltigen können! Alles Mögliche hätte dir zustoßen können!«

»Ich weiß. Daran habe ich erst später gedacht. Damals wollte ich nur Stoff, und Luigi hat mir versprochen, mir was zu geben, wenn ich mit ihm dort hinfuhr. Also habe ich es gemacht.« Sie zuckte die Achseln. »Gott sei Dank hast du mich von dem Zeug losgekriegt, sonst weiß ich nicht, was noch passiert wäre.«

Scotts Gedanken rasten. »Wo war das Haus an der Küste? Kannst du dich daran erinnern?«

»Es war irgendwo hinter Anzio. Wir sind durch die Stadt gefahren und dann wieder heraus, wo eine Straße zur Küste abzweigt. Da war es. Ein wirklich großes Haus, direkt am Meer, mit Palmen und einem Swimmingpool im Garten. Und auf der anderen Seite der Bucht stand ein alter Turm.«

»Weißt du, wem es gehört? Hat irgendjemand einen Namen erwähnt?«

»Nein, keine Namen von Leuten, nein.« Ihre toupierte Hochfrisur verrutschte, und sie schob sie mit der Hand wieder zurecht. »Aber ich habe mir gemerkt, dass das Haus Villa Armonioso hieß. Es war ein Schild am Tor. Ist das nicht seltsam? ›Die harmonische Villa‹, und dann ist das Haus voller Drogendealer! Warum willst du das eigentlich alles wissen?«

Scott breitete die Arme aus. »Ich bin völlig verblüfft darüber, wie viel Drogenhandel es hier gibt.«

»Leg dich nicht mit Luigi an«, riet ihm Helen. »Er ist kein netter Mensch, den willst du nicht zum Gegner haben. Er ist sehr sauer auf mich, weil ich das Heroin aufgegeben habe. Er hatte wohl gehofft, dass ich ihn vielen anderen Leuten aus Cinecittà vorstellen würde, vielleicht sogar Drogen für ihn ans Set bringen würde. Zum Glück war ich nie so verzweifelt.«

Plötzlich war Aufregung in der Bar. Die Menge wich zurück. Elizabeth Taylor und Richard Burton trafen ein und gingen auf einen für sie und ihre Begleiter reservierten Tisch zu. Auch Roddy McDowall und sein Freund John waren dabei. An diesem Tisch wurde der Alkohol gleich in Flaschen und nicht in Gläsern serviert, wie Richard lautstark verlangt hatte.

»Das ist heute das zweite Mal, dass ich mit ihr in einem Raum bin.« Helen erzählte Scott von der Szene in der Maske. Er versuchte sich alles genau zu merken, was Elizabeth gesagt hatte, um es dann in dem Artikel zu schreiben, den er seinem Chefredakteur schicken wollte. »Von einer Miss Taylor nahestehenden Quelle wurde berichtet, dass sie die Anschuldigung, erotisch unstet zu sein, mit einem Lachen abgetan hat.«

Scott hielt ein Auge auf den Taylor-Burton-Tisch und bemerkte, dass Elizabeth ihre Drinks genauso schnell herunterkippte wie Richard und dass sie reichlich angeschlagen wirkte. Ihr Haar war völlig verstrubbelt. Plötzlich sprang sie auf, warf dabei ihr Glas um und rannte auf den Ausgang zu, wankte auf ihren hochhackigen Schuhen.

Scott beschloss, ihr zu folgen. »Ich muss morgen früh raus«, erklärte er Helen. »Aber es war toll, dich zu sehen. Lass uns bald wieder mal was zusammen unternehmen.«

»Ich habe meinen Appetit zurück. Vielleicht könnten wir zu Abend essen?«, schlug sie vor.

»Ich habe diese Woche viel zu tun, aber wie wäre es nach Ostern?« Er umarmte sie. »Pass auf dich auf, Süße. Und sei vorsichtig, mit wem du über Luigi redest, sonst könntest du große Schwierigkeiten bekommen.«

»Ich weiß. Ich passe auf.« Sie hob ihr Gesicht zu ihm, und er küsste sie auf die Wange. Sie wirkte ungeheuer jung und er verspürte plötzlich große Sorge um sie. Sie plapperte zu viel, und sie kannte ein paar wirklich gefährliche Leute.

Draußen vor dem Klub traf er Gianni und fragte ihn, ob er es geschafft hatte, ein Foto von Elizabeth zu machen, wie sie aus dem Klub rannte.

»Ja«, antwortete der, »aber ich weiß nicht, ob Sie es verwenden möchten. Sie hatte den Kopf gesenkt, ihr Haar war in Unordnung, und sie weinte.«

»Sind Sie sicher?«

»O ja. Sie hat hemmungslos geweint«, verriet er ihm.

»Dann benutze ich es, wenn die Aufnahme halbwegs ordentlich ist«, sagte ihm Scott, schwang sich auf seine Vespa und fuhr ins Büro zurück, um seine Story zu schreiben.

Kapitel 36

Am nächsten Morgen kam eine junge Amerikanerin ins Produktionsbüro und suchte Diana.

»Mrs Bailey? Miss Taylor möchte mit Ihnen sprechen, wenn Sie einen Moment Zeit haben.«

Erst begriff Diana nicht, wen die Frau mit »Miss Taylor« meinte, dann dämmerte es ihr. »Sie meinen Elizabeth Taylor?«

»Ja.«

»Warum will sie mich denn sehen?«

Die junge Frau zuckte die Achseln. »Das hat sie nicht gesagt. Sie ist in ihrem Wohnwagen auf dem Außengelände.«

Diana stand auf und nahm ihre Handtasche. »Ich komme sofort.«

Sie lief über eine der Hauptstraßen, die durch Cinecittà führten. Es war sehr viel los, denn Tausende von Komparsen wurden gerade für die Szene in Position gebracht, in der Cleopatra in Rom eintrifft. Diana klopfte an die Tür von Elizabeths Wohnwagen und wartete, bis sie die Antwort »herein« hörte. Sie wollte ja den Star nicht in der Unterwäsche überraschen.

Elizabeth saß auf einem Sessel, das Haar schon unter dem Haarnetz zusammengefasst, das sie unter ihrer Cleopatra-Perücke trug. Schweres Make-up bildete eine Art Maske über ihrer Haut, und dicke schwarze Linien umrahmten ihre Augen und schwangen sich dann wie Rabenflügel bis zu den Schläfen empor. Sie trug das bodenlange vergoldete Kettenhemd, das Diana in Irene Sharaffs Atelier gesehen hatte, das Kleid, das über zwanzig Pfund wog und von dem sich Diana sicher war, dass es bestimmt nicht bequem war.

»Danke, dass Sie gekommen sind. Ich hoffe, Sie haben nicht gerade was wirklich Wichtiges gemacht.« Sie forderte Diana mit einer Handbewegung auf, sich auf einen Klappstuhl ihr gegenüber hinzusetzen. »Sie müssen ja alle Hände voll zu tun haben, damit Joe sich an die historischen Fakten hält. Eine echt schwierige Aufgabe!«

Diana lachte. »Das habe ich längst aufgegeben.«

»Ich habe Erkundigungen über Sie eingezogen«, sagte Elizabeth und schaute Diana mit ihren violetten Augen an. »Alle sagen mir, was für eine großartige Intellektuelle Sie sind.«

Diana errötete und schüttelte den Kopf. »O nein, ganz bestimmt nicht.«

Elizabeth sprach weiter: »Ich fahre ein paar Tage in Urlaub, und mir sind die Bücher ausgegangen. Wir waren im englischen Buchladen, aber da habe ich auch nichts gefunden, was ich gern lesen wollte. Kennen Sie den? Er wird von zwei wirklich reizenden Engländerinnen geführt, die eigens für mich länger offen hatten, also musste ich ein paar Bücher kaufen, aber keines davon reizt mich.«

»Ich wusste nicht, dass es einen englischen Buchladen gibt.«

»Jedenfalls habe ich überlegt, ob Sie mir vielleicht ein, zwei Bücher über das alte Ägypten leihen könnten? Ich bringe sie nach Ostern wieder. Ich finde es schrecklich, nichts zu lesen zu haben, und ich dachte mir, Sie sind die beste Person, die ich fragen kann.«

»Oh, ich verstehe.« Diana überlegte, welche Bücher sie mitgebracht hatte. »Die meisten meiner Bücher sind sehr akademisch.« Sie errötete wieder. Würde Elizabeth denken, dass sie sie beleidigte, indem sie andeutete, sie könnte die vielleicht nicht verstehen?

Das schien ihr nichts auszumachen. »Schätzchen, ich lese

alles, vom Kitschroman bis zur Doktorarbeit. Ich werde mit allem zufrieden sein, was Sie für lesenswert halten. Ich finde, ich sollte mehr über das alte Ägypten wissen, da ich es doch angeblich regiere.« Sie lachte heiser und trank einen großen Schluck aus einem Glas, das aussah, als enthielte es Cola. »He, wollen Sie auch was trinken?«

»Nein, danke. Ich könnte Ihnen einfach ein paar Bücher herbringen, und Sie können sich aussuchen, was Sie möchten. Ich habe welche im Büro, aber die meisten sind in meiner Pension. Die könnte ich morgen herschaffen.« Diana überlegte, dass Grace Macurdys *Hellenistic Queens*, eine sehr lesbare Biografie, Elizabeth gefallen könnte.

»Ich habe vor, schon heute Abend abzureisen, aber ich könnte ja später meinen Fahrer in Ihre Pension schicken. So um sieben? Wäre das in Ordnung?«

»Überhaupt kein Problem«, versicherte ihr Diana. Es fiel schwer, nicht auf Elizabeth zu starren, wenn man in ihrer Nähe war. Diana merkte, dass sie abwechselnd starrte und wegschaute. Sie fürchtete, das könnte unhöflich wirken, als wäre sie unaufmerksam.

Eine Assistentin klopfte an die Tür und kam mit der schwarzen Cleopatra-Perücke herein. Elizabeth schickte sie mit einer Handbewegung weg. »Jetzt nicht. Die setze ich erst im letzten Augenblick auf. Ich brauche noch ein wenig Zeit allein mit Diana. Geht das?« Die Frau ging wieder.

»Das Wetter ist perfekt für Ihre Szene«, meinte Diana. »Das ist auch ein Glück, denn gerade werden siebentausend Komparsen in Position gebracht.«

Elizabeth hob erneut ihr Glas und nahm einen weiteren Riesenschluck. »Das ist ein absolut beschissenes Timing, so bald nach dem Brief aus dem Vatikan. Ich hoffe, sie hassen mich nicht alle. Sie glauben doch nicht, dass die mich ausbuhen werden, oder?«

Diana war schockiert über Elizabeths unflätige Art, sich auszudrücken, wollte aber nicht naiv wirken, indem sie das zeigte. Also stammelte sie nur: »Großer Gott, nein, ich bin sicher, dass sie das nicht tun werden. Natürlich nicht.«

»Ich hoffe, Sie haben recht. Doch es ist schließlich ein katholisches Land, und ich bin ›erotisch unstet‹, nicht wahr?« Ihre Stimme bebte leicht, und Diana begriff, dass Elizabeth verstört war. Die Kritik hatte sie doch etwas getroffen.

»Wir wissen beide, wie lachhaft dieser Brief ist. Ich arbeite überall am Set, und ich versichere Ihnen, dass es niemanden gibt, der den Brief nicht für völlig absurd hält. Alle sind auf Ihrer Seite.«

»Das will ich verdammt noch mal auch hoffen.« Elizabeth trank in großen Schlucken weiter. Erst jetzt begriff Diana, dass in dem Glas Alkohol sein musste. Elizabeth schien nicht betrunken zu sein, doch es roch in der Garderobe schon ein bisschen nach Schnaps.

»Das ist alles so ein beschissenes Durcheinander. Ich habe die Nase voll davon, mir darüber Sorgen zu machen. Ich drehe mich immer im Kreis.« Sie seufzte tief. »Und wie geht es Ihrem komplizierten Liebesleben? Ist es so schwierig wie meines?«

Normalerweise war Diana sehr zurückhaltend, aber es erschien ihr nur fair, ihre Probleme mit Elizabeth zu teilen, da die so aufrichtig gewesen war. Sie merkte, dass sie der Schauspielerin alles beichten wollte. »Ich habe einen Ehemann in London, aber in unserer Ehe geht es gerade nicht sonderlich gut. Vor drei Monaten habe ich eine Affäre mit jemandem hier in Rom angefangen, und morgen kommt mein Mann auf Osterurlaub. Also eine ziemliche Katastrophe.«

Elizabeth lehnte sich mit funkelnden Augen vor. »Ist Ihr Liebhaber Italiener oder Amerikaner?«

»Italiener und eifersüchtig.« Diana zog eine Augenbraue

245

in die Höhe. »Ich hätte die Sache schon viel früher klären sollen, aber ich habe den Kopf in den Sand gesteckt. Sie sind viel mutiger als ich.«

Elizabeth warf den Kopf in den Nacken und prustete los. »Ich? Mutig? Zum Teufel, nein! Ich hätte das Gleiche gemacht wie Sie, aber die Presse hat mich ja nicht gelassen. Ich liebe Eddie – immer noch –, doch Richard hat mich einfach umgeworfen, wie eine Springflut. Er ist zu kraftvoll und überwältigend. Er nennt mich ›Ozean‹. Ist das nicht wunderschön?«

»O ja.« Diana erinnerte sich an einen Bericht aus der Anfangszeit der Dreharbeiten, in dem Richard sie als »Miss Titten« bezeichnet hatte, erwähnte das aber nicht.

»Ich bin völlig willenlos, wenn er mit seiner unglaublichen Dichterstimme mit mir redet und mit seinen scharfen Augen, denen nichts entgeht, einfach durch mich hindurchschaut. Dann bin ich verloren, besiegt, ergebe mich ohne jeden Widerstand.« Es war eine theatralische Rede, aber Diana begriff, dass jedes Wort ehrlich gemeint war. Elizabeth schaute ganz verträumt und blinzelte heftig, wahrscheinlich weil sie wusste, dass keine Zeit mehr war, ihr üppiges Augen-Make-up zu reparieren.

Es klopfte an der Tür, eine junge Frau schaute herein und teilte Elizabeth mit, man wäre am Set für sie bereit. Die Assistentin hielt ihr die Perücke hin, aber Elizabeth scheuchte sie erneut weg. »Die können warten«, sagte sie.

Sobald sie wieder allein waren, meinte sie: »Gott, Diana, was sollen wir Frauen bloß machen?« Sie drückte Diana die Hand. Ihre Hand war viel wärmer als die von Diana.

Plötzlich stiegen in Diana Beschützerinstinkte auf. Es schien verrückt. Die berühmteste Frau der Welt hatte doch gewiss Dutzende von Bediensteten und Gefolgsleuten. Aber vielleicht war es gerade deswegen so schwierig, gute Ratschläge zu bekommen. »Ich nehme an, wir müssen einfach mit beiden Beinen auf dem Boden bleiben und vernünftig denken«, antwortete sie. »Unsere Entscheidungen betreffen außer uns noch andere Menschen, und da sollten wir sicher sein, dass es nicht nur vorübergehende Gefühle sind.« Sie dachte an Elizabeths Situation und die Wahrscheinlichkeit, dass ihre Affäre nur so lange dauern würde wie die Dreharbeiten. Sie hatte nicht so sehr ihre eigene Lage im Blick, denn da waren zumindest keine Kinder betroffen.

»Glauben Sie, dass Ihre Gefühle für Ihren italienischen Liebhaber sich ändern werden?« Das war eine Herausforderung, der Augenblick der Wahrheit.

»Nein«, flüsterte Diana. »Das glaube ich nicht.«

»Also folgen Sie Ihrem Herzen«, hauchte Elizabeth. »Die Wunden der Menschen heilen mit der Zeit. Ich habe es nie erlebt, dass ein gebrochenes Herz länger als ein Jahr zum Heilen braucht.«

Diana hatte in der Zeitung gelesen, dass sich Eddie Fisher in New York an jeder Schulter ausweinte, die sich ihm anbot, und sie fragte sich, ob er sich in einem Jahr erholt haben würde.

Wieder klopfte es an der Tür. »Alle warten, Miss Taylor.«

Sie seufzte und trank ihr Glas leer. »Geben Sie meiner Assistentin Ihre Adresse? Die schickt Ihnen dann den Chauffeur, damit er heute Abend die Bücher abholt. Und bitte kommen Sie nach Ostern und erzählen mir, wie es mit Ihrem Ehemann war.«

Diana versprach das. Während Elizabeths Perücke festgesteckt wurde, schrieb sie ihre Adresse auf und verabschiedete sich.

Sie ging geradewegs zur Kulisse des Forums, wo Tausende von Komparsen standen und warteten. Das Drehbuch verlangte, dass Cleopatra mit ihrem Sohn Caesarion oben auf einer zehn Meter hohen Sphinx in die Stadt einfuhr. Diese Idee ging auf einen Bericht über ihren Einzug in Rom zurück, den Plutarch überliefert hatte und den Diana keinen Augenblick glaubte. Als Caesar 47 vor Christus nach Rom zurückkehrte, war er tatsächlich mit einer Prozession in der Stadt eingezogen, begleitet von einigem Jubel und vielen höhnischen Bemerkungen über die ägyptische Königin, die ihn verhext zu haben schien. Diana fand es nicht plausibel, dass sich Cleopatra dem Spott (oder schlimmeren Angriffen) der Römer aussetzen wollte, und hielt es für viel wahrscheinlicher, dass sie sich in die Stadt geschlichen und heimlich, still und leise dort eingerichtet hatte.

Die Kamera lief, und die riesige Sphinx mit Cleopatra und ihrem »Sohn« obendrauf bewegte sich langsam vorwärts, passte aber nur knapp durch den Titusbogen. Die Sphinx kam zum Stillstand, und sechs riesige nubische Sklaven stiegen hinauf, um die Plattform herunterzuheben, auf der die beiden saßen. Diana hielt die Luft an, als die Träger die Stufen hinunterschritten. Wäre die Plattform starr gewesen, so wäre Elizabeth nach vorn gekippt und auf den Boden gestürzt. Sie wurde jedoch durch eine Kippvorrichtung waagerecht gehalten.

Das Drehbuch verlangte eine Einstellung, in der die Komparsen genau in diesem Augenblick riefen: »Cleopatra, Cleopatra.« Diana stand ziemlich weit hinten und beobachtete, wie die Kamera geschäftig aufgebaut wurde und die Menschenmenge das Zeichen erhielt, mit dem Rufen anzufangen.

»Liz!«, brüllten sie. »Viva Liz!« Eine riesige Welle aus Rufen brandete auf, verebbte, wurde wieder lauter. Sie hörte andere Rufe: »*Baci, baci*!«, und sah, wie jemand Liz Handküsse zuwarf. Die Menge bestätigte brüllend ihre Unterstützung für Elizabeth Taylor, keine Spur von Buhrufen. Diana wünschte, sie hätte Elizabeths Gesicht sehen können, sobald sie begriff, dass alle Menschen so eindeutig auf ihrer Seite standen. Die Szene war im Kasten, aber die Rufe gingen weiter, als man ihr von der Plattform herunterhalf, und die Worte verschwammen zu einem unverständlichen Sprechgesang.

So hört sich also Ruhm an, dachte Diana. So muss es sein, wenn man die berühmteste Frau der Welt ist.

Kapitel 37

Diana beschloss, Ernesto nichts von dem vertrauten Gespräch mit Elizabeth zu erzählen. Er würde sicher zu viele Fragen dazu stellen, warum sich der Star ausgerechnet ihr anvertraut hatte. Außerdem wollte sie nicht riskieren, dass er alles brühwarm an seine Kontaktleute bei der Presse weitergab. Es tat ihr leid, denn sie freute sich über diese Begegnung wie ein kleines Kind und hätte zu gern mit jemandem darüber geredet. Doch ihr fiel niemand ein, dem sie etwas darüber hätte sagen können, ohne Elizabeths Vertrauen zu missbrauchen.

Beim Abendessen war Ernesto niedergeschlagen und flehte sie erneut an, Trevor gleich bei der Ankunft mitzuteilen, dass ihre Ehe zu Ende war.

»Das kann ich nicht«, erklärte ihm Diana. »Eine Beziehung von sechs Jahren kann ich nicht in fünf Minuten wegwerfen. Aber du bist der einzige Geliebte, den ich will. Bitte lass mir Zeit, die Sache auf meine Weise zu erledigen.«

Er liebte sie in dieser Nacht mit besonders großer Energie – beinahe als wollte er sein Territorium markieren. Ihr tat leid, was er ihretwegen durchmachen musste. Wäre die Situation umgekehrt, so wäre sie zutiefst verunsichert. Sie hatte jedoch nie vorgegeben, nicht verheiratet zu sein, und er hatte von Anfang an gewusst, dass es auch schwierige Zeiten geben würde. Trotzdem war es schrecklich, ihn so unglücklich zu sehen.

Diana sorgte dafür, dass ein Wagen Trevor vom Flughafen abholen und gleich nach Cinecittà bringen sollte. Einerseits hatte sie an diesem Nachmittag einiges für Joe zu erledigen, andererseits wollte sie ihrem Mann das Set zeigen, ehe das

Studio über Ostern geschlossen wurde. Sie war sich sicher, dass er die Nase über die überlebensgroße Kulisse des Forum Romanum und über den viel zu kleinen Venustempel rümpfen würde, aber sie war auch stolz auf alles, was man auf die Beine gestellt hatte, und sie hoffte, dass er ein wenig beeindruckt sein würde. Ernesto arbeitete zurzeit nicht auf dem Gelände, also bestand keine Gefahr, dass sie ihm zufällig über den Weg liefen. Sonst hätte sie alles anders geplant. Sie befürchtete, er könnte doch eine Szene machen.

Zufällig war Walter Wanger im Produktionsbüro, als Trevor ankam, und schaltete sofort seinen überschwänglichen, altmodischen Charme ein.

»Ich bin entzückt, Sie endlich kennenzulernen, Sir. Diana hat uns viel von Ihnen erzählt. Sie hat mir sogar versprochen, mir Ihre Biografie von Plutarch zu leihen, die, wie ich höre, wohl das ausschlaggebende Werk zu dieser Persönlichkeit ist. Was für eine große Ehre, dass Sie gekommen sind und uns an unserem bescheidenen Set besuchen.«

Diana hatte schon miterlebt, wie Walter mit seinem Charme alle möglichen Leute umgarnte, von der königlichen Hoheit über italienische Regierungsbeamte bis hin zu hartgesottenen Journalisten. Es gelang ihm beinahe immer, die Menschen für sich zu gewinnen. Trevor war da keine Ausnahme. Er strahlte förmlich, als Walter darauf bestand, ihn persönlich über das Außengelände zu führen. Diana spazierte neben den beiden her, sagte nur sehr wenig und sorgte sich, weil Trevor so dünn und blass aussah. Er ging leicht gebeugt, unterhielt sich aber angeregt mit Walter über Filme, die im antiken Rom spielten. Beide äußerten sich ähnlich abfällig.

»*Spartacus* ist ein wunderbar gemachter Film«, stimmte Walter ihm gerade zu, »doch die Geschichte ist ein wenig schwer zu glauben. Kubrick ist ein guter Freund von mir, aber er hätte noch ein paar weitere Experten konsultieren sollen.«

Diana lächelte, als sie sich daran erinnerte, wie begeistert er auf der *Spartacus*-Party im vergangenen Oktober über den Film geredet hatte. Jetzt sagte er nur, was Trevor seiner Meinung nach hören wollte.

Auf dem Weg zur Pensione Splendid plauderten Trevor und sie im Auto über die Fortschritte bei den Dreharbeiten und darüber, wie weit sie in der Geschichte schon waren. Diana verdrehte die Augen, als sie ihm von Cleopatras triumphaler Ankunft in Rom und den »Viva-Liz«-Rufen berichtete.

Er lachte. »Wie, hast du gesagt, hat Irene Sharaff das Ganze genannt? Hollywood am Tiber?«

Diana war verblüfft, dass er sich daran erinnerte. Er hatte anscheinend bei all den verkrampften, einseitigen Telefongesprächen doch zugehört.

Als sie ihn in ihr Zimmer führte, fürchtete sie, die *padrona* könnte kommen und einen Kommentar dazu abgeben, dass sie schon wieder anderen Herrenbesuch hatte. Was wäre, wenn Ernesto irgendein Zeichen für seine Anwesenheit hinterlassen hatte, das alles verraten würde? Aber es war nichts Außergewöhnliches zu hören oder zu sehen. Trevor nickte nur, trat ans Fenster und schaute eine Weile hinaus, während Diana seinen Koffer auspackte und die Hemden aufhängte, die er mitgebracht hatte.

»Das ist also deine berühmte Aussicht! Sehr schön.«

Sie gingen zum Abendessen in die Trattoria herunter, und Trevor aß mit herzhaftem Appetit, immer noch bestens gelaunt. Er hatte sich offenbar vorgenommen, umgänglich zu sein und sie zu ihrem Leben hier in Rom auszufragen. Hätte er das nur Weihnachten getan, so hätten sich die Dinge vielleicht ganz anders entwickelt.

»Ich habe mich über das Drama um Burton und Taylor auf dem Laufenden gehalten«, sagte er. »Wusstest du, dass inzwischen die *Times* regelmäßig darüber berichtet? Was ist bloß aus der Welt geworden?«

Diana war erstaunt. Die *Times* brachte normalerweise keine Klatschgeschichten, und selbst wenn, dann hätte Diana nicht erwartet, dass Trevor sie lesen würde. »Dann hast du also von der Verurteilung durch den Vatikan gehört?«

»Empörend! Warum verurteilt der Papst nicht die wirklich schlechten Menschen wie Chruschtschow oder Ho Chi Minh? Er trivialisiert seine Kirche, wenn er meint, sich mit Schauspielern und Schauspielerinnen befassen zu müssen, die nur das tun, was Schauspielerinnen und Schauspieler eben seit undenklichen Zeiten tun. Bereits Plinius berichtet von Affären am Theater.«

»Elizabeth macht gute Miene zum bösen Spiel, aber es nimmt sie sehr mit.« Diana erzählte Trevor von dem Gespräch, das sie geführt hatten, und sagte schließlich: »Sie hat viel zu verlieren.«

»Vielleicht«, antwortete Trevor, »aber nicht so viel wie Richard Burton.«

»Wie meinst du das?«

»Zunächst einmal wird er seine Kinder verlieren, wenn seine Frau sich von ihm scheiden lässt. Es muss für geschiedene Männer sehr schwierig sein, die Kinder nur zu den Zeiten sehen zu dürfen, die ihnen das Gericht vorschreibt – wenn es anständige Männer sind, jedenfalls.«

Diana war beim Wort »geschieden« zusammengezuckt, da das Thema sie in letzter Zeit sehr beschäftigt hatte.

Trevor fuhr fort: »Aber ich glaube auch, dass man ihn als Schauspieler nicht mehr so ernst nehmen wird, wenn er in einem Atemzug mit dem weltweiten Starrummel um Miss Taylor genannt wird. Die *Times* spekuliert ja jetzt schon, dass er diese Affäre aus purer Berechnung angefangen hat, um seine Filmgagen in die Höhe zu treiben, und dass das, wenn er eine Laufbahn in den neuesten Hollywoodfilmen anstrebt, genau die richtige Taktik war. Aber seine Freunde vom englischen Theater haben sich offen auf Sybils Seite geschlagen und beteuern, sie wollten mit ihm nichts mehr zu tun haben, wenn er sie verlässt. Sogar seine Familie in Wales sagt das. Bei dieser Entscheidung muss er also seine Glaubwürdigkeit als Schauspieler, seine Freunde, seine Familie und seine Kinder gegen die unbestreitbaren Vorzüge von Miss Taylor in die Waagschale werfen.«

»Du liebe Güte, so habe ich das noch nie gesehen.« Diana hatte Richard Burton immer für einen arroganten Weiberhelden gehalten und nicht weiter über seine Sicht der Dinge nachgedacht.

»Wenn Elizabeth Taylor diesen Preis gewinnen will, dann muss sie ihn langsam und schmerzlich von seinen walisischen Wurzeln und von allem, woran er glaubt, losreißen. Ich kann sie mir nämlich irgendwie nicht vorstellen, wie sie an einem Samstagabend in Pontrhydyfen im Miners' Arms Ale trinkt und ›Myfanwy‹* singt.«

Diana lachte über dieses absurde Szenario. »In Hollywood gibt's vermutlich nicht mal Ale.«

»Die haben wahrscheinlich nicht mal Pubs. Und ganz sicher kein anständiges Theater.«

Später gingen sie freundschaftlich Arm in Arm die Treppe zu ihrem Zimmer hinauf, aber Diana stellte klar, dass Sex nicht in Frage käme. Sie ging ins Bad, um sich ihr Nachthemd anzuziehen, und als sie ins Bett stieg, wickelte sie sich fest in die Decke und rutschte so nah wie möglich an die Wand, so dass Trevor reichlich Platz hatte.

* Walisischer Frauenname »liebe Frau«, auch eines der beliebtesten walisischen Lieder.

»Gute Nacht«, flüsterte er heiser. Er versuchte nicht, den Arm um sie zu legen, wie er das zu Hause immer machte.

Sie antwortete leise: »Schlaf gut.« Beide lagen noch eine ganze Weile wach. Sie konnten es am Atem des anderen hören, aber keiner wagte ein weiteres Wort zu sprechen, weil keiner diese Büchse der Pandora öffnen wollte. Wenn sie einmal anfingen, über ihre Eheprobleme zu reden, wer weiß, wo das enden würde?

Als Diana am nächsten Morgen aufwachte, lag Trevor neben ihr und blätterte in seinem Romführer von Baedeker, zeichnete mit dem Finger auf einer Karte eine Route nach. Seine Hände hatten ihr immer gefallen, sie waren groß und stark, mit langen, eleganten Fingern.

»Hier rät man uns, wir sollten einen Fremdenführer engagieren, der uns das Kolosseum und das Forum näherbringt. Was meinst du?«

Diana lachte. »Ich glaube, dieser Fremdenführer müsste *dich* bezahlen. Denn du würdest so viel mehr wissen als er!«

»Ich kann es gar nicht glauben, dass du noch nicht dort warst! Wie konntest du sechs Monate in Rom leben, ohne dir das alles anzuschauen?«

Sie überlegte. An vielen Sonntagen hätte sie allein dort herumspazieren können, und sie glaubte, dass auch Ernesto sie mitgenommen hätte, hätte sie ihn darum gebeten, aber sie hatte immer mit Trevor hingehen wollen. Er war ein so glänzender Historiker, dass er ihr Verbindungen aufzeigen würde, von denen kein Reiseführer auch nur geträumt hätte.

Sogar am Ende ihrer Straße bemerkte er bereits etwas, an dem sie jeden Tag vorbeispaziert war, ohne es zu sehen. Ein altes steinernes Wasserrohr ragte aus der Ecke eines Gebäudes, und ringsum erwies sich bei näherer Betrachtung eine Reihe von gekreuzten Linien als römisches Graffiti. Trevor beugte sich herunter, notierte alles sorgfältig auf dem Vorsatzblatt seines Baedekers und zeigte es dann Diana.

»Wie Bienen führen auch Liebende ein süßes Leben«, übersetzte sie und errötete bis zu den Haarwurzeln.

»Sehr poetisch«, meinte Trevor. »Andere dokumentierte römische Graffiti erzählen von Kindern, die gestorben sind, oder es sind Listen der gängigen Preise für Prostituierte in der Gegend. Aber ich denke, in dieser Straße hat wohl ein echter Romantiker gelebt. Oder vielleicht eine Romantikerin? Wer weiß?«

Sie fuhren mit dem Bus quer durch die Stadt zum Kolosseum, stellten aber fest, dass es mit Osterurlaubern überfüllt war, und beschlossen, kurz vor Toresschluss noch einmal zurückzukommen, wenn sich die Menschenmassen vielleicht verlaufen hätten. Stattdessen spazierten sie den Palatin hinauf und sahen sich die Überreste der Häuser an, in denen die politische Elite ihre Intrigen geplant und einander durch eine Reihe von Tunneln und Durchgängen besucht hatte. Dann gingen sie hinunter zu den herrlichen Ruinen: den Tempeln, den Statuen und offiziellen Gebäuden der Republik und schließlich zurück zur Arena der Gladiatoren. Den ganzen Tag lang redeten sie ununterbrochen. Es gab so viel zu bedenken.

Deswegen habe ich ihn geheiratet, begriff Diana. Das haben wir gemeinsam. Sie mochte Trevor sehr gern, sie wünschte ihm nur das Allerbeste, aber sie war nicht mehr in ihn verliebt und fühlte sich nicht zu ihm hingezogen. Diesen Platz in ihrem Herzen hatte inzwischen Ernesto erobert. Doch gleichzeitig konnte sie es nicht über sich bringen, Trevor zu erklären, dass ihre Ehe zu Ende war. Manchmal ertappte sie ihn dabei, wie er sie so unendlich traurig anschaute, dass es ihr beinahe das Herz brach. Doch keiner von ihnen sprach irgendwelche heiklen Themen an. Es war so wunderbar, die

Nähe zwischen ihnen wiederzuentdecken, dass sie das nicht gefährden wollten.

Die Woche verging wie im Flug. Sie besichtigten die Vatikanischen Museen, die berühmten Kirchen, die Galerien und Villen der Stadt. Sie aßen, wann immer sie Hunger hatten, und legten eine Pause für eine Tasse Kaffee oder ein Bier ein, wenn ihnen die Füße weh taten. An einem Abend aßen sie, wie verabredet, mit Helen, aber die Gespräche waren bemüht, da Helen und Trevor nur sehr wenig gemeinsam hatten. Die junge Frau plapperte aufgeregt über das Make-up, das sie beim Film benutzten, und Diana konnte sehen, dass Trevor zwar versuchte, höflich zu sein, aber bereits einen leicht glasigen Blick bekommen hatte.

»Sie wirkt verstört«, sagte er danach. »Sie hat kaum einen Bissen gegessen, und doch hat sie beinahe eine Flasche Wein getrunken. Ist sie eine enge Freundin von dir?«

»Ich mag sie«, sagte Diana. »Sie ist ein echtes Naturtalent. Aber du hast recht, sie trinkt zu viel. Vielleicht, weil es hier so viel billiger ist als zu Hause. Ich mache mir Sorgen um sie.«

»Manche Leute zeigen, wenn es um Alkohol geht, weniger Willensstärke als andere. Jack Robertson in der Abteilung betrinkt sich bei der Weihnachtsparty immer richtig und muss dann in ein Taxi geschleift werden. Sonst ist er ja wirklich ein schlauer Kerl, aber wenn er mal mit dem Gin angefangen hat, ist er bald völlig von der Rolle.«

Diana hätte beinahe gesagt, sie hätte auch festgestellt, dass sie in Rom mehr trank als zu Hause. Doch sie schluckte die Bemerkung herunter, denn Trevor hätte vielleicht unangenehme Fragen danach gestellt, mit wem sie trinken ging.

Sie hatte sich die ganze Woche freigenommen. Am Mittwoch brachte jedoch ein Fahrer eine Nachricht von Hilary, in der sie Diana fragte, ob sie für eine Stunde ins Büro kommen und ihnen Ratschläge zu den Tänzen in der großen Prozession geben könnte. Die wurden gerade geprobt und sollten in etwas mehr als einer Woche gefilmt werden. Trevor sagte, er würde auf ihrem Zimmer bleiben und lesen, bis sie zurückkam.

Als sie nach Cinecittà hinausfuhr, begann Dianas Herz schneller zu schlagen. Würde Ernesto am Set sein? Sie brannte darauf, ihn zu sehen. Es schien Ewigkeiten her zu sein, seit sie in seinen Armen gelegen hatte. Sie vermisste seinen Duft, die Art, wie sie sich mit ihm ganz als Frau und ganz lebendig fühlte. Er hatte sich allerdings vielleicht die Woche freigenommen, um Zeit mit seiner Familie zu verbringen. Sie sollte sich nicht zu viele Hoffnungen machen.

Als sie ankam, ging sie schnurstracks in Joes Büro. Zusammen begaben sie sich zur Probe der Tänzer. Die Choreographie hatte Fred Astaires Choreograph Hermes Pan entworfen. Sie war sehr sportbetont und enthielt viele gymnastische Elemente wie Brücken, hohe Sprünge und schnelle Pirouetten. Es war ein festlicher Tanz, der vor Zuschauern aufgeführt wurde, und die Designer hatten sich alle Mühe gegeben, ein richtiges Spektakel daraus zu machen.

»Männer würden aber nicht mit Frauen tanzen«, erklärte Diana. »Wenn es Paare gibt, dann müssten es Männer mit Männern oder Frauen mit Frauen sein.«

»Gute Anmerkung«, meinte Joe. »Dann wollen wir mal dafür sorgen, dass wir das richtig hinkriegen.«

Sie schauten etwa eine halbe Stunde zu, stimmten Einzelheiten ab und besprachen sie mit dem Choreographen. Dann kam die Generalprobe. Der Rhythmus der Trommeln setzte ein. Junge Frauen in bunten Kostümen, die kaum mehr als Bikinis waren, tanzten durch den Venustempel. Dann folgten die Schlangenbeschwörer, die Kobras aus Plastik um die Körper geschlungen hatten, und wanden und verrenkten sich im Takt. Rote und gelbe Rauchwolken waberten durch die Luft, und es wurden Pfeile mit langen Papierstreifen abgeschossen. Es traten Stabhochspringer auf, Rechtecke aus Goldpapier regneten herab, dann kamen Leute mit silbernen und goldenen Federn am Helm, und Hunderte von Tauben wurden in den Himmel freigelassen. Es war ein außergewöhnlicher Anblick, und er würde sicher einer der Höhepunkte des Films werden, eine der Szenen, der man den phänomenalen Etat der Produktion ansehen konnte.

Als Diana danach auf das Produktionsbüro zuging, tippte ihr jemand von hinten auf die Schulter, und sie wirbelte herum.

»Du bist hier!« Ernesto strahlte und zog sie eng an sich. »Ist er weg? Hast du es ihm gesagt?«

Sie schmiegte sich an ihn. Es war ihr gleichgültig, wer sie beobachtete, so sehr war sie von der vertrauten Trunkenheit der Begierde erfüllt. »Nein, noch nicht. Ich musste heute herkommen, um die Tänze zu überprüfen.«

Ernesto wich sofort zurück. »Du hast es ihm noch nicht gesagt?«

»Ich dachte, ich warte bis zu seinem letzten Abend hier. Es ist ja nicht mehr lange, und ich will ihm seinen Aufenthalt in Rom nicht verderben. Er kann seinen Rückflug nicht umbuchen, und wir wären also ohnehin gezwungen, zusammen zu sein.« Sie griff seinen Arm. »Bitte sei nicht böse, Ernesto. Ich sehe dich in ein paar Tagen, denn er fliegt am Sonntag zurück.«

Er erhob wütend die Stimme. »Du hast ja keine Ahnung, wie es für mich ist. Am liebsten würde ich in dein Zimmer stürmen und ihn umbringen, nur weil er dir nah ist, und du sagst mir, ich soll geduldig sein? Du verlangst zu viel von mir, Diana. Ich kenne keinen Mann, der sich das gefallen lassen würde.«

Er war sehr aufgebracht, und Diana wusste nicht, was sie sagen sollte, um ihn zu besänftigen. »Ich liebe dich. Ich will mit dir zusammen sein, aber ich kann einfach nicht so grausam sein …«

»Zu mir aber sehr wohl. Nun, ich bin nicht sicher, ob ich in ein paar Tagen noch auf dich warte.«

Diana war schockiert. »Willst du mir drohen?«

»Ich sage nur, dass du mich von dir stößt und dass mir das nicht gefällt.« Er schaute finster, schmollte wie ein Kind, das seinen Willen nicht bekommt.

Sie berührte seine Wange. »Es tut mir leid, aber du kennst die Lage. Drei Tage, das ist doch nicht zu viel verlangt. Wollen wir uns am Samstagabend zum Essen treffen, in dem Restaurant hinter dem Pantheon?« Es war eines ihrer Lieblingslokale: dunkel und lauschig, mit guter Hausmannskost.

»Vielleicht«, sagte er. »Vielleicht aber auch nicht.«

Er machte auf dem Absatz kehrt und rannte davon. Doch Diana zweifelte keine Sekunde daran, dass er in dem Lokal auf sie warten würde. Sein Stolz hatte gelitten, aber er würde darüber hinwegkommen, sobald er sie wieder für sich allein hätte. Sie fuhr schnell in die Stadt und zu Trevor zurück. Die nächsten Tage verbrachten sie mit Besichtigungen.

Am letzten Abend wurde ihr klar, dass sie etwas sagen musste, um ihre Position deutlich zu machen. In Gedanken hatte sie das viele Male geprobt, hatte versucht, die richtigen Worte zu finden, aber schließlich eröffnete Trevor das Gespräch und begann mit einer Entschuldigung.

»Es war falsch, dass ich versucht habe, dich davon abzuhalten, nach Rom zu fahren. Ich habe jetzt gesehen, wie viel es dir bedeutet und wie sehr dich deine Kollegen in Cinecittà zu schätzen wissen. Verzeihst du mir, dass ich so ein Trottel war?«

Diana errötete. »Natürlich.«

»Ich weiß, dass uns das entfremdet hat. Ich möchte dich nur um eines bitten: Triff keine übereilten Entscheidungen, die du später vielleicht bereust. Deine Gedanken sind im Augenblick ganz auf Rom konzentriert, doch all diese Leute kehren schon bald in ihr eigenes Leben zurück, und dann musst du darüber nachdenken, wo du sein und was du als Nächstes tun möchtest.«

»Aber ich dachte …« Sie konnte die richtigen Worte nicht finden. »Es scheint dir gegenüber nicht fair.«

Seine Augen waren traurig, aber er fuhr ruhig fort: »Natürlich hoffe ich, dass du dich doch dafür entscheidest, in unser Zuhause zurückzukehren, und ich werde dich dort von ganzem Herzen willkommen heißen … Aber ich weiß, dass wir viele Probleme haben. Versprichst du mir zumindest, dass du nichts endgültig entscheidest, ehe die Dreharbeiten abgeschlossen sind?«

Diana zögerte. Sie hatte Ernesto versprochen, Trevor noch vor seiner Abreise um die Scheidung zu bitten. Doch was Trevor gesagt hatte, war vernünftig. Bisher war ihr Aufenthalt in Rom ein einziger Urlaub gewesen. Sie hatte keine Ahnung, wie es sein würde, wenn sie versuchte, sich hier ein Leben aufzubauen. Sie erinnerte sich an Trevors Bemerkung, dass man Richard Burton von seinen walisischen Wurzeln losreißen müsste, wenn er in Hollywood ein Leben mit Elizabeth Taylor führen sollte, und sie wusste, dass auch sie sehr viel zu verlieren hatte. Würde sie es schaffen, sich hier in Rom eine berufliche Laufbahn aufzubauen? Würden ihre Freunde sich auf Trevors Seite schlagen und sie meiden? Diese Entscheidung durfte sie nicht übereilt treffen.

»Ich verspreche es«, sagte sie langsam. »Natürlich verspreche ich es.«

Vielleicht war sie einfach zu feige, zu ängstlich, um ihre Sicherheit aufzugeben. Vielleicht konnte sie es nicht über sich bringen, Trevor zu verletzen. Aber sie sah auch keinen Sinn darin, jetzt überstürzt auf eine Scheidung zu drängen, solange sie sich noch keine Alternative für ihre Zukunft vorstellen konnte. Bisher hatte Ernesto auch noch nicht gesagt, wie er sich das alles vorstellte.

Sie war ungeheuer erleichtert, dass sie nun die Entscheidung noch ein wenig hinauszögern durfte, obwohl sie sich davor fürchtete, es Ernesto mitteilen zu müssen. Er wollte hören, dass ihre Ehe zu Ende war, und nicht, dass sie nur auf Eis lag. Er würde sehr wütend sein.

Kapitel 38

Scott wollte unbedingt herausfinden, wem die Villa an der Küste gehörte, die Helen ihm beschrieben hatte. Seine Sekretärin erklärte ihm, dass das *Catasto*, das Kataster der Grund- und Immobilienbesitzer, bei der Kommunalverwaltung der Region aufbewahrt wurde – in diesem Fall in Anzio. Dort könnte er sich Informationen über den aktuellen Besitzer, vielleicht auch über Vorbesitzer erbitten.

Sobald er einen freien Morgen hatte, fuhr Scott nach Anzio. Er hatte seine Kamera und das Fernglas mitgenommen, das er zu Weihnachten bekommen hatte. Vielleicht würde er doch noch Verwendung dafür finden. Er saß unendlich lange in einer Warteschlange bei der Stadtverwaltung, ehe man ihm gestattete, seinen Antrag auf Information über die Villa Armonioso einzureichen. Man teilte ihm mit, die Antwort würde am Nachmittag gegen fünf Uhr vorliegen. Also fuhr er aus der Stadt und die Küstenstraße entlang. Tatsächlich verlief die Straße ein wenig vom Meer entfernt, war ab und zu durch Dünen und gelegentlich durch ein Gebäude von der Küste getrennt. Scott hielt bei einer abgelegenen Bar am Straßenrand an und erkundigte sich nach dem Weg. Der Barmann erklärte ihm, etwa nach einer halben Meile würde eine Straße zur Villa Armonioso abzweigen.

Es war alles genauso, wie Helen es beschrieben hatte. Scott fuhr ein Stück die schmale Straße hinein, blieb aber stehen, als er Stacheldraht und Wachleute bemerkte. Auf dem Gelände um die Villa wuchsen Palmen und üppige Büsche, und er konnte einen glitzernden Swimmingpool ausmachen und jenseits des Hauses das Blau des Meeres durchscheinen sehen. Ein Stück weiter die Küste entlang erkannte er auf einer

Landspitze einen alten Turm. Es musste der Ort sein, an den Luigi Helen mitgenommen hatte.

Scott fuhr zur Hauptstraße zurück und schaute sich nach einer Stelle um, wo er seine Vespa verstecken konnte. Schließlich entdeckte er einen verlassenen Schuppen und schob den Motorroller hinein. Dann kletterte er über die Dünen, bis er etwa hundert Meter von der Villa entfernt den Strand erreichte. Er setzte sich hinter ein paar grüne Büsche mit winzigen gelben Blüten und zog das Fernglas hervor. Zwei Wachmänner patrouillierten an dem Stacheldrahtzaun. Sie hatten Schäferhunde an der Leine, was Scott ziemlich beunruhigte. Sollten sie seinen Feldstecher aufblitzen sehen, so würde er behaupten, er wolle Vögel beobachten. Allerdings würde er in Teufels Küche kommen, wenn sie sich danach erkundigten, welche Vögel er genau im Visier hatte.

Eine schwarze Limousine fuhr durch das Tor. Scott entzifferte das Nummernschild mit Hilfe seines Feldstechers und schrieb die Nummer auf. Das Auto blieb zwanzig Minuten, und als es das Gelände verließ, kamen zwei weitere an. Es waren teure Wagen; die Besitzer hatten eindeutig Geld. Irgendwann standen einmal sechs Autos auf dem Hof vor dem Haus; es herrschte ein reger Verkehr. Jedem Zuschauer musste klar sein, dass hier etwas Illegales vor sich ging. Warum überwachte die Polizei das Haus dann nicht? Wenn sie eine Razzia in dieser Villa machte, würde sie sicherlich lohnende Beute finden. Scott malte sich aus, wie Helen nachts mit Luigi hergekommen war. Was für ein ungeheures Risiko war sie eingegangen, als sie sich diesem Mafiatypen anvertraut hatte! Ihre Verletzlichkeit ängstigte ihn.

Um fünf Uhr fuhr er zur Stadtverwaltung zurück und wartete erneut in einer langen Schlange. Dann reichte man ihm einen Zettel, auf dem als Besitzer der Villa Armonioso eine Firma namens Costruzioni Torre Astura verzeichnet war. Scott seufzte. Das brachte ihm gar nichts. Er hatte gehofft, dass man ihm den Namen einer Person mitteilen würde. Jetzt musste er herausfinden, wem dieses Bauunternehmen gehörte und was es genau machte. Warum hatte er nur gedacht, dass diese Spur leicht zu verfolgen sein würde? Natürlich war sie das nicht!

Scott verbrachte das Osterwochenende im Büro und arbeitete an seinem Artikel über den Drogenhandel in Rom. Er beschloss, auch über Helen zu schreiben, ohne ihren Namen zu nennen oder Einzelheiten zu erwähnen, mit deren Hilfe man sie identifizieren könnte. Er brauchte für seine Geschichte ein unschuldiges, aber anonymes Opfer, so dass er zeigen konnte, wie übel die Machenschaften dieser Leute waren. Er gab sich große Mühe mit der Beschreibung der jungen Frau inmitten der skrupellosen Drogenbarone: »Wie ein Engel in einem Weihnachtsmärchen, doch in ihren Adern hat sich das Gift festgesetzt.« Er beschrieb sie in der Praxis des Arztes, ihre zerbrechliche magere Gestalt, die Angst in ihren hübschen blauen Augen, wie sie seine Hand so fest umklammerte, dass es schmerzte, als der Arzt ihr die Spritze gab. Er schrieb und korrigierte, strich unnötige Wörter und zermarterte sich das Hirn nach dem perfekten Adjektiv, um die jämmerliche Szene genau zu schildern.

Am Ostersonntag rief ihn morgens die Redaktion aus Milwaukee an.

»Der Chef sagt, die *Sunday Times* in London hat eine Titelgeschichte mit Bildern von Liz und Richard im Urlaub in Santo Stefano gebracht. Du sollst sofort dort hinfahren.«

»Oh, Scheiße!«, fluchte Scott. »Wie spät ist es bei euch? Warum liegt der Chef nicht im Bett?«

»Hier ist es drei Uhr morgens. Er hat gestern Wind von dieser Story gekriegt, und wir versuchen seitdem, dich zu erreichen.«

Scott erinnerte sich daran, dass er das Telefon in seiner Pension vor ein paar Tagen nach einem weinerlichen Anruf von Rosalia ausgestöpselt hatte. Er hatte wohl vergessen, den Stecker wieder reinzutun.

»Das Telefon ist kaputt«, log er. »Ich sehe mal, was ich rausfinden kann, und rufe später zurück.«

Seine Drogengeschichte würde warten müssen. Wo zum Teufel war Santo Stefano? Er rief einen alten Freund vom College an, der in London lebte, und ließ sich von ihm den Artikel aus der *Sunday Times* vorlesen, aber davon wurde er auch nicht schlauer. Liz und Richard hatten unter falschen Namen eine Villa angemietet und versuchten inkognito zu bleiben, aber man hatte sie beim Sonnenbaden erwischt, als sie auf Felsen lagen und sich gegenseitig mit Orangenschnitzeln fütterten. Inzwischen waren sämtliche Fotografen und Journalisten aus ganz Italien und sonstwo auf dieser winzigen Insel eingetroffen. Ein großes Foto zeigte Liz in einem Bikini und Richard in der Badehose. Die *Sunday Times* berichtete, dass die beiden sich im Augenblick im Belagerungszustand befanden, sich in ihrer Villa verschanzt hatten, ringsum von Presseleuten eingekreist, die versuchten, sie mit Rufen aus der Deckung zu locken. Scott seufzte. Er würde keine exklusiven Informationen bekommen, wenn er mit einer Horde von *paparazzi* dort herumhing.

Er schwang sich auf seine Vespa und raste quer durch die Stadt zu Giannis Wohnung. Obwohl der gerade mit seiner Familie beim Osteressen saß, war er sofort einverstanden und machte sich auf nach Santo Stefano. Scott fuhr nach Hause, stöpselte sein Telefon ein und wartete auf Nachrichten. Gianni rief erst am folgenden Tag an, um zu berichten, dass Elizabeth Taylor Santo Stefano verlassen hatte und ohne Richard auf der Rückreise nach Rom war. Niemand kannte den Grund dafür. Scott beschloss, ihr vor ihrer Villa an der Via Appia Antica mit der Kamera aufzulauern. Er hoffte, es könnte ihm vielleicht gelingen, ein paar exklusive Schnappschüsse zu machen, weil all die anderen *paparazzi* nicht in der Stadt waren. Er parkte in der Nähe des Eingangstores, begriff aber gleich, dass er sich gründlich geirrt hatte. Es wimmelte nur so von Fotografen. Sie hockten auf den Bäumen, standen dichtgedrängt auf dem Bürgersteig und saßen in ihren Autos, die Füße lässig aufs Lenkrad gelegt.

Der Abend brach herein. Während Scott wartete, plauderte er mit ein paar *paparazzi* und erfuhr, dass Sybil Burton mit Walter Wanger im Grand Hotel beim Abendessen ein »Krisengespräch« führte. Er erklärte sich einverstanden, einem anderen Fotografen ein Bild von den beiden abzukaufen, wie sie gemeinsam auf die Via Veneto kamen.

Um zwei Uhr morgens wollte er gerade aufgeben und sich auf den Heimweg machen, als das Tor aufging und ein Wagen aus der Villa herausfuhr. Die *paparazzi* begannen wie wild zu fotografieren. Scott schaute in das Auto und erblickte auf dem Rücksitz eine in Decken gehüllte Gestalt.

»Ist sie das? War sie die ganze Zeit hier? Ich dachte, sie ist noch nicht wieder zurück?«

»Ja, das war sie«, versicherte man ihm.

Scott stieg auf seine Vespa und folgte dem Wagen durch Rom, bis er vor einem Privatkrankenhaus stehenblieb. Er konnte nicht durch die Sicherheitstore gelangen, sah aber, wie die in Decken gehüllte Gestalt hineingeführt wurde. War sie krank? Niemand war bereit, einen Kommentar abzugeben.

Am folgenden Tag kam Gianni nach Rom zurück. Doch keiner seiner Kontaktleute konnte herausfinden, warum Elizabeth Taylor im Krankenhaus war. Also beschloss Scott, bei Helen vorbeizuschauen, um vielleicht von ihr etwas zu erfahren.

Sie machte die Tür auf und wirkte putzmunter, kein Vergleich zu der zerbrechlichen Gestalt, über die er in seiner Drogenstory geschrieben hatte.

»Wow! Du siehst unglaublich gut aus!«, sagte er, und sie strahlte. »Wie wäre es mit dem Abendessen, über das wir gesprochen haben?«

»Phantastisch!« Sie schien begeistert. »Gib mir eine halbe Stunde, damit ich mich umziehen kann.«

Scott wartete in der Bar auf der anderen Straßenseite, bis sie in einem knielangen Pünktchenkleid mit einer großen Schleife an der Taille auftauchte. Als sie zu einer nahe gelegenen Trattoria fuhren, musste sie im Damensitz auf seiner Vespa Platz nehmen, denn ihr Kleid war so eng, dass sie nicht rittlings sitzen konnte.

»Wie geht's in Cinecittà?«, erkundigte sich Scott, als sie Cocktails schlürften und die Speisekarte studierten. »Habt ihr heute gedreht?«

»Nein. Geplant war es ja, aber Elizabeth Taylor konnte nicht kommen. Also haben wir nur herumgesessen und gewartet. Es war sterbenslangweilig.«

»O je. Warum war sie nicht da?«, fragte Scott. »Haben sie euch das gesagt?«

»Ich sollte es eigentlich nicht erzählen …«

»Was?«

»Nun ja …« Sie zögerte, und er wusste, dass sie es ihm trotzdem verraten würde. »Wenn du es nicht weitererzählst … Elizabeth und Richard waren am Wochenende weg. Sie hatten einen Riesenstreit, und er hat sie geschlagen.«

Scott war überrascht. »Bist du dir da sicher?«

»Ja, sie hat ein blaues Auge. Joe – das ist der Regisseur –

ist gekommen und hat mit ihrer Make-up-Frau gesprochen, wie sie es abdecken wollen. Aber sie müssen erst warten, bis die Schwellung abgeklungen ist. Manchmal denke ich, wir müssen bis in alle Ewigkeit hier bleiben und diesen Film drehen. Es gibt eine Verzögerung nach der anderen. Ursprünglich hat man mich für zehneinhalb Wochen eingestellt. Jetzt sieht es ganz danach aus, als würden daraus zehn Monate werden, bis wir fertig sind.«

Der Kellner kam und nahm ihre Bestellung auf. Scott bat um eine Flasche Chianti. »Hast du eigentlich Gelegenheit, mit Elizabeth Taylor zu reden, oder wird ihr Make-up woanders gemacht als das der anderen?«

Helen schlürfte den letzten Schluck ihres Cocktails. »Normalerweise wird sie in ihrer Garderobe geschminkt, aber ich habe sie schon oft getroffen. Du glaubst ja gar nicht, wie nett die ist. Alle mögen sie.«

Scott fragte sie, was man im Augenblick am Set von Richard Burton hielt, und Helen rümpfte die Nase. »Ich denke nicht, dass er ein netter Mensch ist. Erst hat er sich hinter Elizabeths Rücken über sie lustig gemacht. Und als sie sich im Februar ein Weile getrennt hatten, hat er diese Freundin aus New York mitgebracht, diese Pat. Das war auch nicht sonderlich nett von ihm, oder?«

»Auch das blaue Auge ist nicht gerade freundlich«, meinte Scott.

Helen zuckte die Achseln. »So sind die Männer manchmal. Sie zeigen einem gern, wer der Boss ist.«

»He!« Scott lachte. »Bitte steck mich nicht in diese Schublade. Ich habe noch nie eine Frau geschlagen.«

Helen lächelte ihn an. »Du bist auch ein Engel. Du hast mir das Leben gerettet. Ich glaube nicht, dass du einen einzigen miesen Knochen im Leib hast.«

Scott war ganz verlegen. Sie würde wohl sehr enttäuscht

sein, wenn sie herausfand, dass er über sie schrieb. Er hoffte, sie würde die Story nie lesen. »Die Vitaminspritzen haben also geholfen, ja?«

Helen strahlte. »Dieser Arzt wirkt Wunder. Ich habe meine Energie zurück, und ich fühle mich wie neugeboren. Es ist seltsam, wenn ich daran denke, wie anders ich unter Drogen war. Stattdessen bin ich jetzt wohl vitaminsüchtig.«

Scott nahm sich vor, den Arzt um nähere Informationen zu dieser Wunderkur zu bitten. Wenn es so einfach war, warum verschrieb man die nicht jedem Heroinsüchtigen?

Scott hatte auf einer langen Bank an der Wand Platz genommen, während Helen ihm gegenüber auf einem Stuhl saß, aber nachdem sie gegessen hatten, gesellte sie sich zu ihm.

»Du bist absolut der netteste Mensch, den ich in Rom kenne, außer Diana«, sagte sie. »Sie ist die netteste Frau, und du bist der netteste Mann.«

Sie lehnte sich zu ihm herüber, um ihn zu küssen, doch er wandte den Kopf ab, so dass sie ihn auf die Wange küsste.

»Tut mir leid, Helen, aber ich bin nicht der Richtige für dich. Ich bin nicht nett genug zu Mädels. Am besten bleiben wir nur Freunde, du und ich.«

Helen lächelte. »Ja, das hatte ich mir schon gedacht, nachdem du mir von Rosalia erzählt hattest. Ich habe hier nicht besonders viel Glück mit den Männern. Ich dachte, letzte Woche hätte ich jemanden kennengelernt, aber er hat seither nicht mehr angerufen. Du kannst mich nicht zufällig einem deiner Freunde vorstellen?« Sie starrte ihn an, ihre Pupillen waren riesig und schwarz, und sie hatte nie hübscher ausgesehen.

»Ich denke mal drüber nach«, versprach Scott. »Das müsste dann aber ein ganz besonderer Mensch sein. Überlass das nur mir.«

Kapitel 39

Trevor reiste am Samstag nach Ostern ab. Diana winkte mit wahrhaft gemischten Gefühlen hinter ihm her. Sie würde seine Gesellschaft vermissen, nicht aber das Unbehagen, das sie spürte, wenn er ihr den Arm um die Schultern legte oder sie bei der Hand nahm oder wenn sich im Bett zufällig ihre Beine streiften. Es fühlte sich nicht richtig an, von einem anderen Mann als Ernesto berührt zu werden.

Sie vermisste ihren Liebhaber. Andererseits hätte sie auch gern etwas mehr Zeit für sich gehabt, um klar im Kopf zu werden, anstatt sich sofort mit Ernesto zum Abendessen zu verabreden. Gleichzeitig erregte sie der Gedanke, wieder mit ihm im Bett zu liegen, Haut an Haut, seine Lippen auf den ihren zu spüren. Das Verlangen nach ihm schmerzte sie beinahe körperlich, und als er zehn Minuten später als vereinbart im Restaurant eintraf, sprang sie von ihrem Stuhl auf, rannte ihm entgegen und warf ihm die Arme um den Hals.

Ernesto erwiderte die Umarmung, aber als sie sich hinsetzten, wirkte er kühl und distanziert. Diana plauderte über die Sehenswürdigkeiten, die sie besucht hatten, und erzählte ihm Anekdoten über die Stadt. Als sie sich bei Ernesto nach dem Osterfest bei seiner Familie erkundigte, waren seine Antworten sehr einsilbig.

»Was ist los?«, fragte sie schließlich. »Habe ich irgendwas getan, das dich so verärgert?«

Er zuckte die Achseln.

»Die letzten zehn Tage hast du mit einem anderen Mann geschlafen. Warum sollte mir das was ausmachen?«

Diana seufzte. »Ich schwöre, dass es keinen Körperkontakt gegeben hat. Er ist jetzt nur noch wie ein alter Freund. Er hat nicht einmal versucht, mit mir Sex zu haben.«

»Wann lässt du dich also scheiden? Darüber hast du noch gar nichts gesagt.«

Diana holte tief Luft, ehe sie ihm die Vereinbarung erklärte, dass sie nichts endgültig entscheiden würde, bis die Dreharbeiten abgeschlossen waren. »Du musst verstehen, dass es nicht so einfach ist. Wo soll ich zum Beispiel wohnen, wenn ich Trevor verlasse? Wo arbeiten? Ich kann es nicht darauf ankommen lassen, obdachlos zu werden.«

»Du bleibst also bei ihm, um ein Dach über dem Kopf zu haben? Dann bist du nur eine *puttana*, eine Hure!«

Diana rang nach dieser grausamen Bemerkung um Atem. »Ich weiß, dass du verletzt bist, aber das bedeutet nicht, dass du mich beleidigen darfst. Das geht gar nicht.«

Das Essen wurde serviert. Diana bemerkte, dass Ernesto versuchte, seine finstere Stimmung zu überwinden. »Ich kann nicht anders.« Er schaute sie traurig an. »Ich liebe dich zu sehr. Verzeih mir.«

Während der Mahlzeit redeten sie über den Film, und Ernesto erzählte ihr von Elizabeth Taylors blauem Auge und dem schweren Bluterguss an der Nase. »Angeblich hat sie sich gestoßen, als das Auto auf der Heimfahrt von Santo Stefano plötzlich bremsen musste.« Er zog die Augenbrauen in die Höhe. »Das glaubt keiner auch nur eine Sekunde lang. Man sagt, dass es mindestens drei Wochen dauern wird, bis die Schwellung genug abgeklungen ist und sie wieder mit den Dreharbeiten anfangen können.«

»O Gott, die arme Elizabeth. Was ist wohl die nächste Katastrophe? Dieser Film ist wie verhext.«

»Die nächste Katastrophe ist, dass Joe die Außenszenen in Torre Astura diese Woche drehen wollte, aber die Armee auf dem Gelände nebenan ein Manöver veranstaltet und dabei natürlich Schüsse abgefeuert werden. Wir bezahlen Pacht, und sie haben die Kulissen schon aufgebaut, konnten aber immer noch nicht drehen. Walter gibt natürlich mir die Schuld.«

»Dafür kannst du doch nichts. Ich bin allerdings überrascht, wie chaotisch es bei diesem Film zugeht, dass wir von Krise zu Krise taumeln. Es wird ein reines Wunder sein, wenn überhaupt eine zusammenhängende Geschichte dabei herauskommt.«

Nach dem Essen fuhren sie in Dianas Pension zurück. Als sie die Treppe hinaufgingen, schlug Ernestos Stimmung erneut um. »Hast du wenigstens das Bett frisch bezogen, nachdem er abgefahren ist?«, fragte er herrisch.

»Natürlich. Ich habe die Bettwäsche heute Morgen der *padrona* gegeben. Es ist alles frisch.«

Ernesto hob ein Kissen hoch und roch daran. »Hast du die Matratze umgedreht?«

Sie seufzte. »Ich dachte nicht, dass das nötig wäre.«

Sofort riss er alles herunter und bestand darauf, die Matratze umzudrehen und das Bett neu zu machen. Als er fertig war, zog er sie darauf und hatte Sex mit ihr. Er war grob und lieblos. Keine Küsse, kein Streicheln, keine Bemühung, auch sie zu befriedigen. Es ging nur um Besitz, schlicht und einfach. Sie lag da und fühlte sich einsam und jämmerlich.

Danach drehte sich Diana zur Wand. Tränen begannen ihr über die Wangen zu rollen. Sie versuchte sie aufzuhalten, aber das machte alles nur noch schlimmer.

Ernesto versuchte sie zu besänftigen. »*Cara mia*, nicht weinen. Ich wollte dich nicht schlecht behandeln. Aber ich bin nun mal ein eifersüchtiger, besitzergreifender Italiener und kann den Gedanken nicht ertragen, dass du mit jemand anderem zusammen bist. Es macht mich völlig fertig.« Jetzt weinte sie noch mehr. Er begann ihr über die Haare zu streicheln. »Ich liebe dich. Bitte hör auf zu weinen.« Er drehte sie zu sich herum und küsste ihr die Tränen weg. »Ich werde dich weiterküssen, an Stellen, wo du noch nie geküsst worden bist, bis du um Gnade winselst.«

Endlich beruhigte sie sich, und als sie einander erneut liebten, war es wieder zärtlich und wunderschön, und sie fühlte sich besser. Danach lag sie in seinen Armen wach und dachte über die verwirrenden vierundzwanzig Stunden nach, angefangen mit dem Versprechen, das sie Trevor gegeben hatte, bis hin zu ihrer Versöhnung mit Ernesto. Ihr fiel auf, dass der ihr beim Essen nichts versprochen hatte, als sie erwähnt hatte, dass sie darüber nachdenken musste, wo sie nach einer Scheidung von Trevor leben würde. Er hatte nicht angeboten, mit ihr eine Wohnung in Rom zu suchen, hatte sie nicht gebeten, ihn zu heiraten, sobald die Scheidung endgültig war. Selbst wenn er das täte, würde sie nach Italien umziehen können? Ihr wurde klar, dass sie nicht einmal wusste, ob Ernesto Kinder wollte. Sie nahm es an. Alle Männer wollten Kinder. Würde er sich wünschen, dass sie seine Kinder bekam und eine italienische Hausfrau wurde? Sie konnte sich nicht vorstellen, diese Rolle zu übernehmen. Es waren noch jede Menge Gespräche zu führen.

Am nächsten Tag kehrte sie an ihren Schreibtisch zurück. Dort wartete ein Haufen Arbeit auf sie: Anforderungsformulare für die Kostüme der Komparsen bei der großen Prozessionsszene, die Pläne für die Alexandria-Szenen, die in Torre Astura gedreht werden sollten, sobald das Armeemanöver vorbei war. Mittags machte sie sich auf die Suche nach Helen, die aber nirgends in der Make-up-Abteilung zu finden war. Es schien auch niemand zu wissen, wo sie war. Diana schrieb ihr einen Zettel und bat sie, sich bei ihr zu melden. Vielleicht hatte man ihr gesagt, dass sie nicht kommen musste, weil nicht gedreht wurde. Das Gelände wirkte sehr verlassen.

Auf dem Rückweg zum Produktionsbüro sah Diana, dass ein Auto vorfuhr und Elizabeth Taylor bei Joes Büro ausstieg. Sie trug eine riesige Sonnenbrille und einen Mantel mit Leopardenmuster. Sie wirkte sehr klein und zerbrechlich.

Als sie Diana bemerkte, winkte sie ihr zu und rief: »Hallo«, verschwand aber gleich in Joes Büro. Sie hatte ja gesagt, Diana sollte nach Ostern mal vorbeischauen, aber jetzt war offensichtlich nicht der richtige Zeitpunkt dafür.

»Richards Frau und Kinder sind gekommen«, erzählte ihr Hilary. »Er verbringt in ihrer Villa Zeit mit ihnen. Inzwischen sind Elizabeths Eltern von LA hergeflogen, um sie zu besuchen. Ich glaube, alle geben sich Mühe, die beiden zur Vernunft zu bringen, damit sie diese wahnwitzige Affäre beenden. Es werden dabei zu viele Menschen verletzt.« Sie schaute Diana streng an, und die errötete und fragte sich, ob das auch ein Kommentar zu ihrer eigenen Affäre sein sollte.

Wie kam die äußerlich so ruhige Sybil mit der Sache klar? Hatte sie beschlossen, energisch zu werden und Richard dazu zu bringen, Vernunft walten zu lassen? Wie ging es ihrer behinderten Tochter? Und was war mit Elizabeths Kindern und dem kürzlich adoptierten Baby Maria? Zumindest wurden in Dianas Situation nur drei Menschen verletzt: Trevor, Ernesto und sie selbst. Die Taylor-Burton-Romanze war ungleich komplizierter.

Diana fragte sich, ob Elizabeth Gewissensbisse wegen dem Leid quälten, das sie anderen zufügte. Allen am Set schien es so, als sei sie diejenige, die Richard nachlief. Man sah sie immer wieder, wie sie zu Richards Garderobe rannte, wie sie an der Seite stand, wenn seine Szenen gedreht wurden. Sie wollte ihn unbedingt haben, und sie ließ sich nicht davon abbringen – zumindest sah man das in Cinecittà so.

Als Diana in die Bar ging, um sich ein Sandwich und eine Tasse Kaffee zu holen, hörte sie ein Gespräch zwischen ein paar amerikanischen Kameraleuten mit an und begriff, dass man bereits Wetten abschloss. Würde Richard Sybil wegen Elizabeth verlassen? Es stand drei zu eins dagegen.

Kapitel 40

Scott hatte das Päckchen Kokain, das er von Luigi gekauft hatte, auf dem Frisiertisch in seinem Zimmer liegen. Er hoffte immer noch, es zu probieren, sobald es ihm wieder einmal gelang, eine junge Frau abzuschleppen. Er erschrak sehr, dass eines Tages, als er nach Hause kam, seine *padrona* im Zimmer aufgeräumt und das gefaltete Papier mit dem Kokain ordentlich mit ein paar Streichholzbriefchen gestapelt hatte. Hätte sie sich auch nur ein wenig ausgekannt, so hätte sie gleich begriffen und die *Carabinieri* gerufen. Vielleicht sollte er das Zeug doch lieber wegwerfen, anstatt eine gerichtliche Verurteilung im Ausland zu riskieren? Andererseits war es wohl auch eine Art Beweis. Also beschloss er, das Briefchen mit ins Büro zu nehmen und dort zu verstecken. Wenn es dann jemand fand, konnte er alles seinem Vorgänger in die Schuhe schieben.

Als seine Sekretärin mittags zum Essen gegangen war, suchte er nach einem sicheren Versteck. Erst schaute er nach losen Bodendielen, unter denen er das Päckchen verstauen konnte. Das machten sie doch in den Filmen so, oder? Er konnte aber keine finden. Dann tastete er hinter den Aktenschränken nach einem kleinen Vorsprung, auf dem er das Päckchen deponieren konnte, aber auch da war nichts. Die Wände waren holzgetäfelt, und er fuhr mit den Händen an den Paneelen entlang. Er bemerkte, dass bei den Fensterläden eines ein wenig vorstand, als würde ein Teil des Klappladens dort hineingefaltet. Er machte die Läden auf und zu und konnte keinen Grund finden, warum das Paneel an dieser Stelle tiefer sein sollte. Er griff mit den Fingern darunter, aber es bewegte sich nichts. Dann versuchte er, das Paneel seitwärts zum Fenster hinzuschieben. Immer noch nichts. Erst als er es nach oben drückte, konnte er das Paneel mit etwas Mühe verschieben. Dahinter sah er eine Vertiefung, die etwa dreißig Zentimeter hoch und fünfzehn Zentimeter breit war. Es waren säuberlich mehrere Papierstapel darin aufbewahrt, ordentlich mit Büroklammern zusammengehalten.

Scott zog die Papiere heraus und blickte auf die Krakelschrift, mit der sie bedeckt waren. Sofort erkannte er Greggs Kurzschrift, die er gelernt hatte und die in Europa nicht benutzt wurde. Der Schreiber dieser Seiten musste also Amerikaner gewesen sein. Scott setzte sich auf die Kante seines Schreibtisches und las langsam die oberste Seite. Er konnte den Namen eines prominenten Ministers ausmachen. Der Autor schrieb, der Mann hätte am 12. Januar 1960 ein Bestechungsgeld von vier Millionen Lire angenommen, damit er einen Gesetzesentwurf vorlegte, der irgendeine technische Einzelheit betraf, die mit Schiffen zu tun hatte, die Fracht von italienischen Häfen aufnahmen, ohne in den Hafen einzulaufen. Scott überflog die Seite, konnte aber nicht herausfinden, wer das Bestechungsgeld gezahlt hatte. Dahinter war ein mit winzigen Buchstaben bedrucktes Zollformular geheftet. Scott blätterte weitere Seiten durch, bis er auf dem Deckblatt eines anderen Stapels den Namen Ghianciamina entdeckte. Es ging um ein Treffen mit einem Regierungsbeamten.

Plötzlich fürchtete er, seine Sekretärin könnte jederzeit zurückkommen. Er steckte den Stapel mit dem Namen Ghianciamina in die Innentasche seines Jacketts, packte den Rest samt dem Kokain in die Vertiefung und schob das Paneel wieder an seinen Platz. Es glitt nun leicht zurück, und Scott fragte sich, wer für diese findige Tischlerarbeit verantwortlich war. Es gab nur eine Erklärung: Die Daten auf den Papieren waren alle um 1960, also hatte sein Vorgänger Bradley Wyndham sie hier hinterlassen.

Den ganzen Nachmittag über saß Scott an seinem Schreibtisch, hörte das Klappern der Schreibmaschine aus dem Nebenzimmer und sorgte sich wegen der Dokumente in seiner Jackentasche. Er wagte nicht, sie hervorzuziehen und zu lesen, überlegte sich aber, dass sie belastend sein mussten. Warum sonst ein so besonderes Versteck? Was war, wenn er von der Vespa stürzte oder überfallen wurde und man das in seiner Tasche fand? Dann könnte er ernsthaft Probleme bekommen.

Plötzlich schien es ihm unerlässlich, Bradley Wyndham aufzuspüren und nach seinen Recherchen zu befragen. Sobald es im mittleren Westen Morgen war, rief er bei seinem Chefredakteur an und fragte, ob man eine Nachsendeadresse von Bradley hätte. Er erklärte, er hätte etwas von ihm im Büro gefunden und würde es ihm gern schicken.

»Er hat nie eine Nachsendeadresse angegeben«, erklärte ihm der Chefredakteur. »Ich war ganz schön wütend. Er hat an einem Freitag angerufen, um zu kündigen, und mich gebeten, sein letztes Monatsgehalt auf ein Schweizer Bankkonto einzuzahlen. Als ich am Montag angerufen habe, war er schon weg. Seither haben wir nichts von ihm gehört. Ziemlich unprofessionell, und wenn er ein Zeugnis von mir hätte haben wollen, ich hätte ihm den Kopf abgerissen.«

Scotts Magen verkrampfte sich. Es hörte sich ganz so an, als hätte Bradley jemanden in Rom sehr verärgert und hätte überstürzt abreisen müssen. Was für eine andere Erklärung konnte es geben?

Er ging zu seiner Sekretärin, einer unverheirateten, grauhaarigen Frau in den Fünfzigern, die auch für Bradley gearbeitet hatte. Ob sie vielleicht etwas wusste?, fragte er sich.

Sie schüttelte den Kopf. »Er hat sich nicht einmal verabschiedet. Ich bin am Montag wie immer zur Arbeit gekommen, und er ist nicht aufgetaucht. Ich habe ihn nie wiedergesehen.«

Scott trommelte mit den Fingern auf den Schreibtisch. »Können Sie sich vorstellen, wie ich mit ihm Verbindung aufnehmen könnte?«

Sie überlegte einen Augenblick, blätterte dann in einer Kartei auf ihrem Schreibtisch, bis sie zum Buchstaben »W« kam. »Ich bin mir sicher, ich habe mal die Adresse seines Bruders gehabt. Bradley hat mich damals gebeten, ihm Weihnachtsgeschenke zu schicken. Er hat mir seine Adresse aufgeschrieben, und die habe ich abgelegt. Hier ist sie. Es ist in Ohio.«

Scott sah sich die Adresse an. »Sie haben ja auch die Telefonnummer«, sagte er erfreut.

»Ja, die haben sie für den Zoll gebraucht.«

»Ich glaube, ich rufe später mal bei ihm an.«

Er wartete, bis seine Sekretärin am Abend nach Hause gegangen war. Dann rief er bei der Vermittlung an und bat um die Verbindung. Als ein Mann an den Apparat ging, sagte Scott: »Ich rufe aus Rom an und versuche, mit Bradley Wyndham Kontakt aufzunehmen. Ich habe seinen Job hier übernommen.«

»Ich kenne niemanden, der Bradley Wyndham heißt«, sagte die Stimme. »Sie müssen sich verwählt haben.« Dann wurde es am anderen Ende still.

Scott überlegte einen Augenblick. Warum hatte der andere so abrupt aufgelegt? Wenn er wirklich nichts wusste, hätte er da nicht weitere Fragen gestellt, um sicher zu sein, dass er den Namen nicht falsch verstanden hatte? Er rief erneut an, und sobald er durchgestellt wurde, sagte er rasch: »Sagen Sie Bradley, dass ich seine Papiere gefunden habe und mich mit ihm treffen möchte.«

Erneut wurde es still in der Leitung.

Kapitel 41

Am 8. Mai wurde in Cinecittà die Prozessionsszene gedreht. Siebentausend Komparsen mussten so tun, als betrachteten sie die tanzenden jungen Frauen und Schlangenbeschwörer, die durch den Venustempel zogen. Die Szene würde der Ankunft von Cleopatra und ihrem Sohn auf der Sphinx vorangehen. Als Diana ankam, hörte sie ein Geräusch, das dem Summen eines riesigen Bienenschwarms ähnelte: Die Komparsen strömten durch einen Nebeneingang auf das Studiogelände und machten sich auf den Weg zu dem großen Lagerhaus, wo sie mit Kostümen ausgestattet wurden und Perücken und Make-up bekamen. Ein paar Eindringlinge scharten sich in einer aufgeregten Gruppe um Elizabeth Taylors Garderobe. Sie hatten keine Ahnung, dass sie sich heute hier gar nicht aufhielt. Ihr Auge war noch immer blau und geschwollen.

Ernesto saß an Dianas Schreibtisch und plauderte mit ihr, als Hilary ins Produktionsbüro kam; sie sah recht mitgenommen aus.

»Der Mann am Tor hat die Passierscheine nicht richtig überprüft. Es sind also ziemlich viele Unbefugte aufs Gelände gekommen. Überall stehen einem Fremde im Weg und glotzen.« Sie ließ sich auf ihren Stuhl fallen und zog eine Zigarette heraus. Ernesto sprang auf, um ihr Feuer zu geben.

»Können wir irgendwie helfen?«, fragte Diana.

»Eigentlich …« Hilary inhalierte tief und kniff die Augen gegen den Rauch zusammen. »Könntet ihr euch Kostüme besorgen und euch unter die Menge mischen, um nach Dingen Ausschau zu halten, die nicht ins alte Rom passen, Sachen wie Zeitungen und Armbanduhren?«

Diana schaute zu Ernesto, und der zuckte mit den Achseln. »Warum nicht? Vielleicht können wir uns dann auf der Leinwand sehen, wenn der Film in die Kinos kommt.«

»Wir hatten aber noch keine Anprobe für Kostüme«, meinte Diana.

»Die haben bestimmt was in eurer Größe auf Lager.« Hilary schaute sie beide an. »Aber ihr beeilt euch besser. Um zwölf fangen wir mit dem Drehen an.«

Diana kicherte, als sie zur Kostümabteilung rannten. Wie lustig, dass sie jetzt tatsächlich in dem Film auftreten würde, an dem sie schon seit sieben Monaten mitarbeitete und mit dem Ernesto seit über einem Jahr zu tun hatte. Natürlich wusste sie, dass es höchst unwahrscheinlich sein würde, dass sie sich in der Menschenmenge im fertigen Film erkennen würde. Aber sie fand schon den bloßen Gedanken daran wirklich aufregend.

Es waren noch jede Menge Kostüme übrig. Also suchte sie sich eine authentisch wirkende Tunika und eine Halskette aus falschen Perlen aus, legte alles an und stellte sich in die Warteschlange für das Make-up. In der Maske roch es stark nach verbranntem Haar, da man den Frauen mit Brenneisen Locken drehte, die man irgendwie für »römischer« hielt als glattes Haar. Als Diana an die Reihe kam, strich ihr eine der jungen Frauen eine Art orange Creme aufs Gesicht, die ihr eine rasche Bräune zauberte. »Die Haare gehen. Das passt so«, sagte sie und schaute entsetzt auf die lange Schlange, die noch wartete.

Diana hatte sich mit Ernesto in der Bar bei der Tonbühne verabredet. Er stand schon in der kurzen Tunika eines Centurions und mit einem Helm auf dem Kopf da. Seltsamerweise passte das zu ihm. Er hatte ein klassisches Römergesicht mit einer scharfen Nase und muskulöse Beine, genau wie ein Centurion.

Er lachte, als er sie sah. »Deine Arme passen nicht zu deinem Gesicht. Du siehst aus, als hätten sie dich vom Hals abwärts gebleicht.«

»Dann halte ich wohl besser die Arme aus dem Bild. Lass uns mal losgehen und sehen, was wir tun können.«

Ernesto bot ihr einen Schluck von seinem Bier an. Als sie ablehnte, trank er es aus und folgte ihr zum Außengelände. Diana hatte gehört, dass bei den Proben zu den Massenszenen Frauen ziemlich oft ins Hinterteil gekniffen wurden und sich Männer eng an die leicht bekleideten Mädels drängten, doch jetzt bemerkte sie nichts dergleichen. Die Leute standen mit ernster Miene da und schauten zu Joe Mankiewicz, der auf einer Plattform hockte und in ein Gespräch mit einem der Kameramänner vertieft war.

Diana und Ernesto bahnten sich ihren Weg durch die Menge, baten die Leute, Armbanduhren und Schmuck abzulegen. Eine junge Frau hatte eine moderne toupierte Hochfrisur. Diana schickte sie weg, damit sie sich eine Perücke besorgte. Inzwischen war es ein Uhr, und noch immer hatte niemand Anweisungen gegeben. Die Hitze war unerträglich, und Diana merkte, wie ihr das Make-up auf dem Gesicht zu zerlaufen begann. Sie fragte sich, wie Elizabeth es stundenlang mit Make-up und Perücke aushielt. Bei ihr kamen dann ja auch noch die komplizierten Kostüme und die drückende Hitze auf den Tonbühnen hinzu. Das musste alles sehr unbequem sein.

Endlich verkündete Joe über ein Megaphon, sie würden gleich mit dem Drehen anfangen. Alle Komparsen sollten so wirken, als wären sie völlig entzückt von den großartigen Dingen, die sie zu sehen bekamen. Joe bat sie, sich vor Augen zu halten, dass sie noch nie dergleichen gesehen hatten. Man würde ihnen Einsätze gegeben und zeigen, was sie zu tun hatten. Mehr Schauspielkunst wurde von ihnen nicht erwartet. Diana hörte die vertrauten Anweisungen: »Ruhe am Set. Wir drehen. Ton ab, Kamera ab … und Action!«

Unmittelbar danach ertönte bereits der Befehl »Schnitt!« über den Lautsprecher. Joe sprach mit jemandem, der neben ihm stand, sofort von der erhöhten Plattform sprang und auf die Menge zurannte.

Diana folgte dem Mann mit den Augen. Was war schiefgelaufen? Sie stellte sich auf die Zehenspitzen und sah gleich, wo das Problem lag: Ein Mann hatte sich eine Kühlbox umgehängt. In seiner unmittelbaren Umgebung verputzten ein paar Komparsen hastig ihre Eiscreme. Zwischen den Aufnahmen war es ihnen erlaubt, etwas zu sich nehmen, aber im Film durfte man das natürlich nicht sehen.

»So ist's recht!«, sagte Ernesto mit einem kleinen Lachen. »Wir Römer lassen keine Gelegenheit aus, ein gutes Geschäft zu machen.«

»Unglaublich!« Diana schüttelte den Kopf und sah, wie man den Übeltäter vom Set führte. Es war ja nicht schlimm, solange er nicht versuchte, vor laufender Kamera Eiscreme zu verkaufen.

»Wir Italiener haben die Eiscreme erfunden, weißt du«, behauptete Ernesto.

»Nein, das habt ihr nicht. Es gibt Aufzeichnungen über eine ähnliche Speise aus dem Jahr 3000 vor Christus in China. Wahrscheinlich hat Marco Polo das Rezept nach Italien mitgebracht.« Sie unterbrach sich, weil sie merkte, wie besserwisserisch das wohl geklungen hatte. Doch Ernesto lachte nur und strich ihr über die Schulter.

»Meine kleine Intelligenzbestie«, flüsterte er bewundernd.

Endlich begann man wieder mit dem Filmen. Die Menge brüllte und gurrte und staunte, wie man sie angewiesen hatte, verrenkte sich die Köpfe nach der unsichtbaren Prozession, die längst gefilmt war. Man hatte des Gefühl, dass wirklich gefeiert wurde, dass es ein stolzer Augenblick für alle war, etwas, von dem sie ihren Kindern erzählen könnten. Diana und Ernesto jubelten mit dem Rest der Menge, und sie umarmten und küssten einander ganz offen. Diana war unglaublich glücklich. Das Leben in Cinecittà war aufregend, sie hatte einen wunderbaren Liebhaber, und die Sonne schien.

Die Aufnahme wurde noch ein paarmal wiederholt, aber trotz der großen Hitze beschwerte sich niemand. Alle wünschten sich, dass dieser Augenblick so lange wie nur irgend möglich andauerte. Man vernahm sogar ein enttäuschtes Raunen, als Joe sich auf Italienisch für die Mitarbeit bedankte und die Komparsen bat, die Kostüme zur Garderobe zurückzubringen.

Im Umkleidebereich für die Frauen wimmelte es nur so vor Menschen. Also holte sich Diana ihr Sommerkleid aus der Ecke, wo sie es abgelegt hatte, und ging in Richtung Produktionsbüro, um sich dort umzuziehen und abzuschminken. Unterwegs winkte sie ein paar Leuten zu und trat kurz in die Bar, um sich eine eisgekühlte Limonade zu kaufen. Als sie am Haupteingang des Studios vorüberkam, trat ihr eine junge Italienerin in den Weg, kreischte sie wütend und heftig gestikulierend an. Zunächst vermutete Diana, die Frau hätte ihr Kind aus den Augen verloren, aber sie deutete auf Diana und schrie: »Sei tu! Du bist es!« Das begriff Diana überhaupt nicht. Was sollte sie sein?

»Hai rubato mio marito. Hai rubato il padre dei miei quattro figli.«

Ihre Worte klangen hysterisch und waren kaum zu verstehen. Diana schaute sich um, ob ihr jemand helfen könnte, herauszufinden, was diese Frau ihr sagen wollte. Doch weit und breit war niemand zu sehen, der Italienisch zu sprechen schien. Frustriert machte die Frau ihre Handtasche auf und zog ein Foto heraus, das sie Diana hinhielt. Darauf war Ernesto zu sehen, mit einem Baby auf dem Arm und von drei weiteren Kindern umringt. Ein kleines Mädchen saß auf seinem Schoß. Konnten das die Kinder seiner Schwester sein? Diana versuchte sich daran zu erinnern, welche von denen Kinder hatte.

»Sind Sie seine Schwester?«, fragte sie auf Italienisch.

»Nein, ich bin seine Ehefrau. Das sind seine Kinder. Und Sie sind eine Hure.«

Diana glaubte, sie müsste in Ohnmacht fallen. »*Ma lui non è sposato* – Aber er ist nicht verheiratet.«

Die Frau hielt ihr die Hand hin, um ihr den Ehering zu zeigen. »Seit zehn Jahren sind wir verheiratet«, sagte sie beharrlich. »Seit zehn Jahren. Aber seit Januar haben unsere Kinder ihren Papa kaum zu sehen bekommen, weil er bei dieser englischen Hure ist.« Sie spuckte verächtlich auf die Erde.

Diana schaute noch einmal auf das Foto. Welchen Grund sollte die Frau haben, all das zu sagen, wenn es nicht der Wahrheit entsprach? Diana fiel keiner ein. Aber Ernesto hatte sie doch seiner Mutter vorstellen wollen! Wie konnte er das tun, wenn er verheiratet war? Die Antwort schoss ihr sofort in den Kopf: Er hätte es niemals getan. Es waren nur schöne Worte gewesen. Und die Freundin, die ihm das Herz gebrochen hatte? Hatte es die gegeben? Stimmte überhaupt irgendwas von dem, was er ihr gesagt hatte?

Jetzt schluchzte seine Frau.

»Es tut mir so leid«, sagte Diana zu ihr. »Ich hatte keine Ahnung, dass er verheiratet ist.«

Die Frau weinte immer noch. Diana wusste nicht, was sie tun sollte. Es stand ihr nicht zu, dieser Fremden Trost zu spenden. »Ich werde mich ab jetzt nicht mehr mit ihm treffen. Es tut mir leid.« Sie reichte das Foto zurück.

»*Puttana inglese*! Englische Hure!«, kreischte die Frau. »*Sgualdrina*! Dirne!«

Dann steckte sie das Foto wieder in ihre Handtasche und ging langsam durch das Tor vom Studiogelände. Diana sah ihr nach, wie sie über die Straße zur Bushaltestelle lief. Schockiert stand sie dann ein paar Minuten völlig reglos da.

Als die Frau die Haltestelle erreicht hatte, drehte sie sich noch einmal um und schaute böse durch das Tor zurück. Erst da fand Diana die Kraft, weiter auf das Produktionsbüro zuzugehen.

Kapitel 42

Diana zog sich rasch um und bestellte telefonisch einen Studiochauffeur, der sie in ihre Pension bringen sollte. Sie hatte immer noch die dicke Schminke und den Lidstrich im Gesicht. Der Fahrer versuchte, einen Scherz darüber zu machen, aber ihre Gedanken waren ganz woanders.

Was bin ich für eine Närrin! Warum habe ich nichts geahnt? Wie konnte er nur?

Es kam ihr nicht in den Sinn, die Geschichte der Frau in Frage zu stellen. Ihre Verzweiflung war echt gewesen, und das Foto war Beweis genug. Sie hatte wohl die Gelegenheit beim Schopf gepackt und sich ans Set geschlichen, als wegen der Prozessionsszene so viele Fremde auf dem Gelände waren. Nur so hatte sie es geschafft, ihren Mann in flagranti mit seiner Geliebten zu erwischen – mit *ihr*, Diana!

Wie konnte sie sich in Ernesto so getäuscht haben? War ihre Menschenkenntnis so schlecht? Und wichtiger: was würde sie sagen, wenn er später bei ihr in der Pension auftauchte?

Sie badete, um sich den Schmutz des Tages abzuwaschen, lag dann auf dem Bett und starrte an die Decke, während die Hitze allmählich nachließ. Die Haut an ihren Wangen und Armen war von der Sonne verbrannt und spannte. Eine leichte Brise wehte den Vorhang ins Zimmer. Diana überlegte, dass ein langer Streit mit Ernesto jetzt ungefähr das Letzte war, was sie brauchte. Sie würde ihm einfach sagen, dass Schluss war, und ihn bitten, seine Sachen zu packen und zu gehen. Sie wollte nicht Dutzende von Entschuldigungen hören. Was sagten die fremdgehenden Männer in den Filmen doch immer? »Meine Frau versteht mich nicht.« Nun, vielleicht verstand sie ihn nicht, aber sie hatte Kinder mit ihm, und das änderte in Dianas Augen einfach alles.

Ernesto versuchte gar nicht zu leugnen, dass er verheiratet war und Kinder hatte. Aber er versuchte, eine Million Entschuldigungen für sein Verhalten vorzubringen. »Ich konnte nicht anders, ich musste mich einfach in dich verlieben, Diana. Nach unserer Reise nach Ischia wusste ich, dass du der Mensch bist, mit dem ich mein Leben verbringen will. Ich habe zu jung geheiratet, und wir haben nichts gemeinsam. Meine Frau ist ungebildet, sehr einfach, aber du – du bist ein Genie.«

»Du hast mich angelogen und immer weiter und weiter gelogen.«

Ernesto schaute gequält. »Ich hatte keine Wahl. Ich fand es schrecklich, dich anlügen zu müssen, aber wenn ich dir erzählt hätte, dass ich verheiratet bin, wärst du nicht zu mir gekommen. Ich wollte, dass du mich liebst. Ich brauche dich, *cara mia*.«

Diana fasste sich mit beiden Händen an den Kopf und hätte am liebsten geschrien. »Du hättest mich niemals heiraten können. In Italien ist die Scheidung nicht möglich, und doch wolltest du mich dazu bringen, mich von meinem Mann scheiden zu lassen. Warum hast du das bloß getan?«

»Ich will dich mit niemandem teilen. Der Gedanke, dass dieser Mann in unserem Bett geschlafen hat, macht mich ganz wild. Diana, wir können immer noch zusammen sein. Ich verlasse meine Frau, wir nehmen uns eine Wohnung. Ich möchte den Rest meines Lebens jeden Morgen neben dir aufwachen.« Er streckte die Hand aus, um ihr über die Wange zu streicheln. Sie zuckte zusammen.

»Auf gar keinen Fall. Ich kann es nicht glauben, dass du ein solches Schwein bist. Ich möchte, dass du deine Sachen packst und verschwindest. Ich will dich ab jetzt nicht einmal mehr in meiner Nähe haben.«

»Überstürze nichts. Denk ein paar Tage drüber nach. Bitte brich mir nicht das Herz.«

Er schien wirklich bestürzt zu sein. Aber er zeigte keinerlei Reue. Für Diana war die Entscheidung völlig klar. »Da gibt es nichts nachzudenken, Ernesto. Geh zu deiner Frau und deinen Kindern zurück. Sag ihr, dass es mir leid tut. Und bleib mir vom Leib.«

Er begann seine Hemden und Hosen zusammenzulegen. Diana schaute zu und trieb ihn in Gedanken zu größerer Eile an. Es war kaum zu glauben, dass sie sich noch vor wenigen Stunden am Filmset öffentlich geküsst hatten, einer entzückt über die Gegenwart des anderen, einen Augenblick lang vollkommen glücklich. Wie naiv sie gewesen war!

»Kann ich noch einen letzten Kuss bekommen?«, fragte Ernesto mit traurigen braunen Augen, und ihr Körper, der Verräter, sehnte sich danach, sich an ihn zu schmiegen und seine Lippen ein letztes Mal auf den ihren zu spüren, aber sie war zu wütend.

»Mach einfach, dass du rauskommst!«, befahl sie ihm, und er ging, nicht ohne ihr über die Schulter einen vorwurfsvollen Blick zuzuwerfen.

Diana schenkte sich ein Glas Wasser ein, setzte sich auf den Balkon und schaute zu, wie das Licht langsam verlosch und die Straßen wie jeden Abend belebter wurden. Sie fühlte sich alt und enttäuscht, und sie war völlig erschöpft.

Was ist so schlimm an der Sache? Ich hatte einfach eine Affäre. Überall in Cinecittà haben Männer und Frauen Affären. So ist es eben am Filmset. Die meisten kehren wieder zu ihrem alten Leben zurück und vergessen alles schon bald. Das würde wahrscheinlich bei Elizabeth und Richard auch so sein, wenn man glauben durfte, was so gemunkelt wurde.

Aber für sie, Diana, war es eine große Sache – eine riesengroße Sache. Sie fühlte sich besudelt und ausgenutzt. Sie war entsetzt über all das Leid, das sie Ernestos Frau unwissentlich zugefügt hatte. Und sie hatte eine ungeheure Wut auf ihn, weil er zwischen ihr und Trevor so viel Schaden angerichtet hatte. Sie weinte nicht – sie konnte nicht –, sondern saß nur lange nach Einbruch der Dunkelheit auf dem Balkon, schaute auf die Lichter der Stadt und lauschte dem Dröhnen der Vespas, die von ihren Fahrern zu Bars und Nachtklubs gelenkt wurden. Ihre Liebesaffäre war vorbei, aber das Leben ging weiter.

Als sie am nächsten Morgen das Produktionsbüro erreichte, fragte sie Hilary, ob sie unter vier Augen mit ihr reden könnte, und erklärte ihr, was sie am vergangenen Nachmittag erfahren hatte. Hilary umarmte sie sofort.

»Hölle und Verdammnis, Sie armes Ding! Ich habe mir Sorgen gemacht, dass er vielleicht verheiratet ist, aber Sie schienen sich so sicher zu sein … Es tut mir unendlich leid. Man kann den italienischen Männern einfach nicht trauen. Daran hat sich seit Cleopatras Tagen nichts geändert.« Sie trat einen Schritt zurück und tätschelte Diana die Schulter.

»Es geht mir schon besser. Aber ich komme mir so dämlich vor. Meinen Sie, dass außer Ihnen jemand davon gewusst hat?«

»Meine Güte, machen Sie sich darüber keine Sorgen. Wenn es jemand weiß, dann gibt er ihm die Schuld, nicht Ihnen.« Sie runzelte die Stirn. »Aber ein Problem haben wir jetzt schon, denn ich nehme an, Sie wollen nicht, dass er Sie nach Torre Astura begleitet. Ich habe gerade gehört, dass wir morgen ans Set dürfen, und ich wollte euch beide fragen, ob ihr es euch ansehen könnt.«

Diana war besorgt. »Kann ich nicht allein hinfahren? Ernesto hat mich in Ischia auch nur durch die Gegend kutschiert. Mein Italienisch ist gut genug. Wenn Sie mich mit einem Fahrer hinschicken und mir sagen, mit wem ich reden soll, komme ich allein klar.«

»Ja, das ist wohl der beste Plan. Ich sage Walter Bescheid, dass wir es so machen.«

»Sonst verraten Sie ihm aber nichts?«

Hilary tätschelte ihr die Hand. »Von mir wird niemand etwas erfahren.«

»Ich fahre gleich morgen früh hin. Es wird mir guttun, von hier wegzukommen.«

»Nehmen Sie eine Reisetasche mit und bleiben gleich ein paar Tage. Von der Seeluft bekommen Sie wieder einen klaren Kopf.«

»Das glaube ich auch. Danke.«

Sie gingen zusammen zur Drehbuchbesprechung, dann zurück ins Büro. Diana war nervös, denn sie fürchtete die ganze Zeit, dass Ernesto auftauchen könnte. Sie fühlte sich einer Begegnung mit ihm noch nicht gewachsen. Aber zum Glück war von ihm keine Spur. Mittags ging sie zur Maske, um dort nach Helen zu suchen. Die sortierte gerade Lippenstifte in einen goldenen Kasten ein.

»Hunger?«, fragte Diana.

»Nein, aber ich komme mit.« Sie sah müde und blass aus.

»Du musst nach der Massenszene gestern völlig fertig sein. Wie viele Leute hast du geschminkt?«

»Wir durften die Komparsen nicht schminken. Gewerkschaftsregeln oder so. Aber ich habe mir sagen lassen, dass es völlig verrückt gewesen ist. Wir haben keine Grundierung von Max Factor mehr und mussten erst nachbestellen. Ich kann nicht viel machen, ehe die Lieferung kommt.«

Diana kaufte sich ein Mortadella-Sandwich und holte zwei Cola für sie beide, setzte sich dann mit Helen an ihren gewohnten Tisch. »Was ist denn so bei dir losgewesen?«, erkundigte sie sich. »Ist ja schon eine Weile her, seit wir das letzte Mal miteinander geredet haben.«

»Na ja …« Helen lächelte schlau. »Ich weiß, dass ich das immer sage und dass nie was draus geworden ist, aber ich habe mir jemanden ausgeguckt. Einen Mann.«

»O ja? Kenne ich den?«

»Eigentlich …« Sie machte eine Pause, ehe sie breit grinste. »Es ist Ernesto, der Typ, der hier als Problemlöser arbeitet. Findest du den nicht auch wunderbar?«

Diana starrte sie völlig fassungslos an. Hatte Helen wirklich nie Wind von ihrer Affäre bekommen? Wie seltsam, dass sie ausgerechnet heute von dieser neuen Verliebtheit erzählte. »Ich habe schlechte Nachrichten für dich«, sagte sie. »Der ist verheiratet und hat vier Kinder.«

Helen machte eine wegwerfende Handbewegung. »Hier sind alle verheiratet. Das macht doch nichts, oder? Ich könnte trotzdem eine kleine Affäre mit ihm haben. Wir sind nur einmal hier. Du sagst immer, dass es so was nur einmal gibt. Und dass wir so viel Spaß haben sollten wie möglich …«

Sie sprach nicht weiter, als sie den entsetzten Ausdruck auf Dianas Gesicht wahrnahm.

»Ich kann einfach nicht glauben, dass du seiner Frau so etwas antun würdest! Es ist unmoralisch.« Ihr war speiübel, und sie schob das Sandwich von sich weg. »Du hast doch so abfällig über Richard und Elizabeth geredet.«

Helen versuchte sich zu rechtfertigen. »Er hat mich angemacht, weißt du. Es ist nicht so, dass ich ihn angequatscht hätte oder so. Du weißt doch, wie schwer es mir gefallen ist, einen Freund zu finden, obwohl alle anderen schon einen haben. Ich dachte, jetzt wäre ich mal mit dem Spaß an der Reihe.«

Diana sprach ganz langsam. »*Wann* hat er dich angemacht, Helen?«

Sie überlegte. »Das erste Mal zu Ostern. Du warst mit Trevor unterwegs, also hatte ich keine Gelegenheit, dir davon zu erzählen. Dann kam er gestern Abend in den Klub, als wir tanzen waren. Er war wirklich wahnsinnig nett zu mir.« Plötzlich brach sie in Tränen aus. »Es tut mir leid, dass du nicht damit einverstanden bist, aber du hast gut reden mit deiner wunderbaren Ehe und deinem Doktortitel und deinem Leben, in dem alles perfekt ist. Ich möchte auch gern irgendwann heiraten.«

Diana merkte, wie sie langsam die Fassung verlor. Ihr war, als stünde sie an einem Abgrund und der Boden unter ihren Füße gäbe nach. »Wenn du heiraten willst, solltest du mal versuchen, mit ledigen Männern auszugehen. Lass die Finger von Ernesto!«

»Aber ich mag ihn«, jammerte Helen durch Tränen hindurch.

»Du dummes, rücksichtsloses Ding!« Inzwischen schrie Diana, war sich vage darüber im Klaren, dass andere Gäste in der Bar ihnen aufmerksam lauschten. »Bedeutet es dir gar nichts, dass wegen deiner Handlungen andere Menschen verletzt werden? Ist alles nur ein Spiel für dich? Bist du nur auf Sex aus? Dann bin ich sicher, dass du hier jede Menge Männer finden wirst, die dir einfach genau das bieten, wenn du diese Art Mädchen bist.« Das war gemein gewesen. Sie versuchte sich zu beherrschen. »Schau mal, es tut mir leid, aber bitte gehe nicht mit Ernesto aus. Ich habe seine Frau kennengelernt, und sie ist eine anständige Person. Sie hat das nicht verdient.«

Helen legte den Kopf auf die Arme und schluchzte. Diana schob geräuschvoll ihren Stuhl zurück und stand auf. Sie sollte Helen trösten. Sie war nicht wütend auf Helen, sondern auf Ernesto. Er musste am vergangenen Abend von ihr weg und schnurstracks wieder auf die Pirsch gegangen sein.

Und er wusste, dass Helen eine Freundin von ihr war, warum hatte er es also auf sie abgesehen? Ihr kam der Verdacht, dass er versuchte, sie zu verletzen, um sich zu rächen, weil sie die Affäre beendet hatte.

Sie überlegte noch einmal, ob sie Helen trösten sollte, aber sie brachte es nicht fertig. Sie war zu wütend. Außerdem wollte sie, dass Helen ihre Worte ernst nahm und die Finger von Ernesto ließ. Also nahm sie ihre Handtasche und verließ ohne ein weiteres Wort die Bar. Die anderen Gäste schauten ihr hinterher.

Den ganzen Nachmittag über hatte Diana ein schlechtes Gefühl wegen dieses Streits. Helen war unschuldig und naiv. Sie hatte sich sicher wie ein Kind gefreut, als Ernesto sich an sie heranmachte. Der Schurke in diesem Stück war er. Diana hoffte, dass er Helens Unschuld nicht schon ausgenutzt hatte. Aber so schnell war doch wohl nicht einmal er? Sie runzelte die Stirn. Allerdings hatte Helen auch schon die Osterzeit erwähnt. Wenn er sich schon damals auf sie gestürzt hatte, war er wirklich ein Schwein.

Der Gedanke ging ihr nicht mehr aus dem Kopf. Also machte sie sich um fünf Uhr auf den Weg in die Make-up-Abteilung, um sich bei Helen zu entschuldigen. Dort erklärten ihr die Italienerinnen, Helen wäre heute früher gegangen. Diana eilte zurück zum Haupttor, um dort den Wachmann zu fragen, ob Helen schon von einem Auto abgeholt worden war. Wenn nicht, dann wollte sie die Freundin zum Abendessen einladen, damit sie reden konnten. Eigentlich sollte sie ihre eigene Affäre mit Ernesto beichten, so dass Helen begriff, warum sie so ausgerastet war.

»*Sta in quel bar di là,* sie ist in der Bar da«, erklärte ihr der Mann und deutete auf ein schäbig wirkendes Lokal ein Stück weiter die Straße hinunter.

Diana ging die staubige Hauptstraße entlang, vorbei an

einem einsamen *paparazzo* und einem Stück Brachland, auf dem ein paar Ziegen weideten. Als sie die Bar erreichte, sah sie Helen mit dem Italiener namens Luigi da sitzen. Diana zögerte. Sie hatte den Typen nie gemocht und beschloss, die beiden nicht zu stören. Sie würde Helen alles erklären, wenn sie aus Torre Astura zurück war. Dann konnten sie sich versöhnen.

Kapitel 43

Jeden Abend legte Scott einen Stapel Papiere in das Versteck im Büro zurück und nahm einen anderen heraus. Der Verfasser hatte gründliche Arbeit geleistet, und das Bild, das sich Scott bot, verstörte ihn sehr. Die Unterlagen erläuterten, dass man 1955 in einem Streit um Schutzgelderpressung zwei sizilianische Mafiabosse, Gaetano Galatolo und Nicola D'Alessandro, ermordet hatte und dass sich seitdem das Gleichgewicht der Macht in der sogenannten »Cosa Nostra« zugunsten von Michele Cavataio, einem gefürchteten Gangster mit dem Spitznamen Cobra, verschoben hatte. Es stand dort, dass Rom das Zentrum des europäischen Heroinhandels war, dass Opium aus Nordafrika oder dem Nahen Osten hier ankam, in Labors in ganz Italien weiterverarbeitet wurde und dann von hier in die USA oder ins übrige Europa geschmuggelt wurde. Cavataio hatte unzählige Kontakte in Rom, wo er sich die treue Gefolgschaft von Ministern, Richtern und allen möglichen anderen wichtigen Menschen erkauft hatte. Auf den verschiedensten Ebenen arbeiteten Leute für ihn. Don Ghianciamina stand in der Hierarchie ziemlich weit oben. Ein Foto von ihm war bei den Papieren und zeigte einen korpulenten Mann mit Silberhaar und einer Halbbrille auf der Nase.

Scott war ganz aufgeregt. Dies war das erste Dokument, das ihm erlauben würde, die Ghianciaminas mit seinem Exposé über Drogen in Verbindung zu bringen. Was hatte er denn bisher gefunden? Eine junge Frau, die mal Heroin genommen hatte, einen Mann, der Drogen aus Süditalien herbrachte und in einer Werkstatt deponierte, und einen Dealer, der in den Bars und Klubs rings um die Via Veneto sein

Unwesen trieb. Wenn er jemanden beschuldigen konnte, der etwas weiter oben im System war, und es schaffte, seine Story mit dieser zusätzlichen Information auszupolstern, dann könnte daraus eine wirklich gute journalistische Arbeit werden. Die Story, die den Pulitzer-Preis gewinnen würde, was sein Vater immer von ihm erwartet hatte. Zudem könnte sie den Ghianciaminas einen Haufen Probleme einbringen, so dass Scott auch noch Rache genommen hätte.

Plötzlich fragte er sich, ob Don Ghianciamina oder sein Sohn Alessandro bei den Männern gewesen waren, die Helen in der Villa an der Küste getroffen hatte. Wenn er an die schicken Autos dachte, die er dort gesehen hatte, so schienen es Leute aus der obersten Führungsebene zu sein, die da ein- und ausgingen. Es wäre wunderbar, wenn Helen sie identifizieren könnte.

Um sieben Uhr, zu der Zeit, wenn viele Römer nach der Arbeit heimwärts fuhren, ehe sie am Abend wieder ausgingen, beschloss Scott, bei Helen vorbeizuschauen. Die *padrona* saß nicht im Innenhof, und er war sich nicht sicher, welches Helens Zimmer war. Also klopfte er an die erste Tür. Eine Italienerin mit einem Baby auf dem Arm machte auf.

»*Sì?*«

»*Una ragazza inglese. Con i capelli biondi. Dove abita?*«, fragte Scott. »Das blonde englische Mädchen. Wo wohnt es?«

Die Frau machte einen Schritt aus ihrer Wohnung und deutete auf ein Zimmer auf der nächsten Etage und zwei Türen weiter.

»*Grazie.*«

»*Prego.*« Sie blieb draußen und schaute ihm hinterher, als er die Treppe hochging.

Er klopfte an und wartete. Er konnte hören, dass sich drinnen jemand bewegte, aber es kam niemand an die Tür.

Also klopfte er noch einmal, und endlich öffnete Helen die Tür einen Spalt weit. Sie hielt eine Hand in die Höhe, um ihre Augen gegen das Licht zu schützen, aber er konnte sehen, dass sie geweint hatte.

»Geht's dir gut? Was ist passiert?«

»Nichts. Alles in Ordnung.« Sie atmete in großen Schluchzern und schien außerordentlich bestürzt zu sein.

»So sieht es aber nicht aus. Was hältst du davon, wenn ich dich auf einen Drink einlade und du mir alles erzählst?«

Sie schnäuzte sich lautstark in ein zerknülltes Taschentuch. »Du kannst mir nicht helfen. Vergiss es.«

Scott streckte die Hand aus und wollte sie umarmen, aber sie zog sich von ihm zurück. »Warum nicht gemeinsam Abendessen? Vielleicht könnte ich dich aufheitern. Ich erzähle dir meine allerbesten Witze.«

»Ich kann nicht. Warum fragst du mich überhaupt? Du fühlst dich nicht zu mir hingezogen, und dein Mitleid brauche ich nicht.« Tränen rollten ihr nun unaufhaltsam über die Wangen.

»Ich habe niemals Mitleid mit dir gehabt!«, protestierte er. »Ich mag dich. Wir sind Freunde. Ich möchte den Abend mit dir verbringen.«

»Es tut mir leid. Du musst jetzt gehen.« Sie versuchte die Tür zu schließen, aber er streckte die Hand aus, um sie daran zu hindern.

»Helen, das hat doch nichts mit Drogen zu tun, oder? Du hast nicht etwa wieder angefangen, das Zeug zu nehmen?«

Sie weinte noch mehr. »Ich hatte keine Wahl. Ich konnte mir die Vitaminspritzen einfach nicht mehr leisten, und ich fühle mich schrecklich, wenn ich keine kriege. Da bleibt mir nichts anderes übrig, wenn ich meinen Job nicht verlieren will«, stammelte sie.

»Aber ich dachte, du brauchst nur ein, zwei von diesen Vitaminspritzen. Warum bist du immer wieder hingegangen? Die haben doch ein Vermögen gekostet!«

»Ich bin ohne sie nicht klargekommen. Ich bin wahrscheinlich zu willensschwach – und jetzt kann ich sie nicht mehr bezahlen.«

»Das ist doch Wahnsinn! Wir gehen gleich zu diesem Arzt und sorgen dafür, dass er dir hilft. Oder wir suchen uns einen anderen. Gib nicht auf, Helen. Ich bin bei dir. Ich verspreche, wir schaffen das. Warum lässt du mich nicht rein?«

In heller Panik packte sie die Tür. »Nein, das geht nicht. Es passt gerade gar nicht. Bitte geh, Scott. Ich kann nicht mit dir ausgehen, und damit basta.«

Sie versuchte die Tür wieder zu schließen, aber Scott hielt sie immer noch fest. So konnte er sie nicht allein lassen. Außerdem war dies vielleicht die einzige Möglichkeit, die Ghianciaminas mit seiner Drogengeschichte zu verbinden. Er musste sie dazu überreden, mit ihm zusammenzuarbeiten. Er improvisierte.

»Hör mal zu, ich sage dir jetzt die Wahrheit, Helen, aber du musst das für dich behalten. Ich arbeite für die CIA. Wir versuchen hart gegen die Drogenlieferungen durchzugreifen, die in die USA kommen. Wir wollen die großen Dealer erwischen. Ich möchte, dass du dir ein paar Fotos anschaust und mir sagst, ob du von den Leuten welche in der Villa Armonioso gesehen hast.«

Sie hörte zu weinen auf und starrte ihn mit weit aufgerissenen Augen an. »Bist du wirklich bei der CIA? Hast du einen Ausweis?«

»Nicht dabei. Ich ermittle verdeckt. Es ist sehr wichtig. Du könntest eine Menge anderer junger Leute davor bewahren, das durchzumachen, was du gerade erleidest. Du könntest ihnen vielleicht das Leben retten.«

Würde sie wirklich so gutgläubig sein, dass sie ihm das abnahm? Sie starrte ihn an und überlegte. »Du hast mir gesagt, dass du Schriftsteller bist.«

»Ja, das ist meine Tarnung. Es ist ein Zeichen dafür, wie sehr ich dir vertraue, dass ich dich jetzt eingeweiht habe. Bitte, schaust du dir die Bilder an? Tust du das für mich?«

»Ich war damals ziemlich high, also bin ich nicht sicher, wie viel ich noch weiß. Die waren alt, weißt du. Vierzig oder so.«

»Kommt dir dieses Gesicht bekannt vor?« Er reichte ihr das Zeitungsfoto von Don Ghianciamina.

Sie starrte es prüfend an und schüttelte dann den Kopf. »Nein, ich glaube nicht, dass jemand da war, der *so* alt ist.«

Scott nahm das Foto wieder an sich und gab ihr seinen Schnappschuss von Alessandro.

Sie blickte einen Augenblick auf das Bild. »Ja, der könnte dort gewesen sei. Ich bin mir nicht hundertprozentig sicher, aber ich erinnere mich daran, dass ich gedacht habe, er hätte Echsenaugen.«

»Ja, da hast du recht. Das hilft mir wirklich weiter.«

Sie schniefte, als würde sie jeden Augenblick wieder zu weinen anfangen.

»Möchtest du, dass ich mit dir zu dem Vitamindoktor gehe und er dir noch eine Spritze gibt? Ich zahle.«

»Nein, ich würde lieber allein hingehen.«

Scott zog seine Brieftasche heraus und blätterte ein paar Banknoten hin. »Bist du sicher? Das ist genug für eine, nur damit du weitermachen kannst. Aber ich werde mal mit dem Arzt reden und fragen, warum es dir noch nicht besser geht. Ich bin sicher, wir können noch was anderes probieren. Gib die Hoffnung nicht auf, hörst du?«

Sie ließ den Kopf hängen.

Er legte ihr den Finger unter das Kinn und hob es sanft

an. »Ich gehe nicht, ehe du mich davon überzeugt hast, dass alles in Ordnung ist.«

Sie nickte beinahe unmerklich. »Ja, es geht mir gut.«

Scott küsste sie auf die Wange und ließ sie die Tür schließen. Aber er blieb noch einen Augenblick dort stehen. Er hatte kein gutes Gefühl dabei, sie in diesem Zustand allein zu lassen. Doch er wusste nicht, was er sonst tun sollte. Er wünschte, er hätte ihre Freundin Diana kennengelernt. Vielleicht würde sie mit einer anderen jungen Frau offener reden.

Endlich machte er kehrt und ging langsam wieder die Treppe hinunter. Die Frau mit dem Baby warf ihm einen empörten Blick zu, als wäre er schuld daran, dass Helen weinte.

Kapitel 44

Auf dem Weg nach Torre Astura kurbelte Diana das Fenster des Autos herunter und ließ die heiße, staubige Brise über sich wehen. Es war ihr gleichgültig, dass sie ihr Haar völlig verstrubbelte. Ihr war egal, wie sie aussah. Das interessierte niemanden mehr. In Gedanken ging sie noch einmal all die Lügen durch, die Ernesto ihr aufgetischt hatte: die Gürtelrose seiner Mutter, die Geschichten über die Kinder seiner Schwester (sie nahm an, er hatte von seinen eigenen erzählt) ... und die allergrößte Lüge: dass er sie liebte. Ihr wurde klar, dass sie ihn überhaupt nicht gekannt hatte. Sie hatte ihn als eine bestimmte Person gesehen, dabei war er ein ganz anderer, ein Mensch, den sie nicht ergründen konnte. Warum versuchte jemand, die Ehe einer Frau zu zerstören, obwohl er selbst nicht die geringste Absicht hatte, sie zu heiraten? Das erschien ihr absolut sinnlos. Sie vermutete, dass sie ihn nicht wirklich geliebt hatte. Sie hatte sich in eine Wunschvorstellung verliebt, in ein Hirngespinst, das niemals existiert hatte.

Die Fahrt dauerte anderthalb Stunden und führte durch Felder und über Flüsse. Schließlich kamen sie zu einem Tor vor einem eingezäunten Areal. Diana zeigte einem Wachmann ihren Studioausweis und wurde auf das Gelände gefahren.

Sofort erblickte sie die Kulissen für Alexandria, die man am Strand aufgebaut hatte, und hielt überrascht die Luft an. Sie waren so viel besser als die, die sie im Vorjahr im Pinewood Studio gesehen hatte. Das türkisblaue Mittelmeer bildete einen wunderbaren Hintergrund, und die grelle Sonne ließ die nachgebildeten Gebäude gleißend hell leuchten. Das

Serapeum war großartig, mit mehreren breiten Treppen, die zu den Säulengängen hinaufführten. Sphinx-Statuen mit Habichtköpfen saßen auf Podesten, und Riesenskulpturen von Cleopatra II. und Cleopatra III. begrüßten die Schiffe, die an dem halbrunden Steg anlegten. Seitlich war die schwarze Pyramide von Cleopatras Mausoleum zu sehen, an der noch gebaut wurde. Es war alles gar nicht schlecht. Nein, eigentlich sogar ziemlich gut.

Diana ließ ihre Reisetasche im Auto und ging zum Landungssteg hinunter, wo Zimmerleute an einem römischen Schlachtschiff arbeiteten. Die Takelage, die Segel, die Öffnungen, aus denen die Ruder hervorschauten, das geschwungene Steuerruder – bei allem schien man ihren Ratschlägen gefolgt zu sein. Ein paar Dinge waren noch zu korrigieren: Die Vertäuung stimmte nicht ganz, und einige der kleineren Boote, die Ladung an Land transportieren sollten, wirkten zu modern. Mehrere Reusen, die auf dem Steg lagen, sahen eher griechisch als ägyptisch aus, aber das war einleuchtend. Diana setzte sich auf den Steg, ließ die Beine über dem Wasser baumeln und zog ihr Notizbuch hervor.

Kurz nach ihrer Ankunft, gegen ein Uhr, legten die Zimmerleute ihre Werkzeuge weg und gingen zum Mittagessen. Diana blieb sitzen, froh über die Gelegenheit, sich in ihrer Arbeit zu verlieren. Als sie ihre Notizen am Steg fertiggeschrieben hatte, spazierte sie zum Serapeum hinauf. Natürlich war es nur eine Fassade, aber es wirkte majestätisch – genau wie es sein sollte. Damals hatten Zeitgenossen es als das herrlichste Gebäude der Welt beschrieben. Das echte Gebäude hatte 391 nach Christus ein rasender christlicher Mob zerstört. Aber es waren so viele Berichte darüber erhalten, dass sich die Historiker ziemlich sicher waren, wie groß es gewesen war, wie es ausgesehen hatte und wie der Tempel des Gottes Serapis verziert war, den man 300 vor Christus errichtet hatte.

Als Nächstes musterte Diana die schwarze Pyramide mit Marmoreffekten, die Cleopatras Mausoleum darstellte. In ihrem Inneren würde sich die ägyptische Königin das Leben nehmen. Laut Plutarch hatte man den im Sterben liegenden Marc Anton in Ketten dort hinaufgezogen, weil die große Vordertür, wenn sie einmal versiegelt war, nicht mehr geöffnet werden konnte. Die Pyramide war mindestens zwei Stockwerke hoch. Das Dach war unvollendet geblieben, denn Cleopatra hatte beim Bau auf Schnelligkeit gedrängt. Doch war die Pyramide bestimmt ein riesiges, wehrhaftes Gebäude gewesen, das die Truppen Octavians nicht leicht einnehmen konnten. Die Filmkulisse wirkte wenig stabil, war also nicht sonderlich überzeugend. Diana hoffte trotzdem, dass sie auf der Leinwand gut aussehen würde.

Sie hatte von der Hitze bereits leichte Kopfschmerzen, und ihr war ein bisschen übel. Sie hatte nicht gefrühstückt. Vielleicht sollte sie herausfinden, wo die Männer zu Mittag aßen. Bestimmt würde es ihr besser gehen, sobald sie etwas im Magen hatte und vor der unbarmherzigen Sonne im Schatten Zuflucht fand.

Das Studioauto war nicht mehr da. Der Fahrer hatte ihre Reisetasche im Häuschen des Wachmanns beim Eingangstor abgegeben. Der gab ihr nun eine Wegbeschreibung zu der Pension, die ein wenig weiter die Straße hinunter lag und wo man ein Zimmer für sie reserviert hatte. »Zimmer elf«, fügte der Mann noch hinzu, nachdem er in einer Liste nachgeschaut hatte. Die Trattoria, in der anderen Richtung gleich um die Ecke, würde bis drei Uhr Mittagessen servieren. Diana schaute auf die Uhr und beschloss, zuerst zu Mittag zu essen. Auf der Speisekarte gab es die volle Auswahl von Nudel-, Fisch- und Fleischgerichten, aber sie brachte nur eine Schale Minestrone und ein Brötchen herunter. Ihr Magen war völlig verkrampft, und sie fühlte sich ganz elend, als hätte man sie zusammengeschlagen oder als hätte sie ein Lastwagen überrollt. Sie wollte erst einmal besonders behutsam mit sich umgehen, bis der Aufruhr ihrer Gefühle etwas abgeklungen war und sie Ernestos ungeheuren Verrat ein wenig verarbeitet hatte.

In den Sommermonaten, wenn mittags die Temperaturen bis über 30 Grad stiegen, machten die italienischen Handwerker von eins bis vier Mittagspause. Diana hätte ihre Notizen gern mit dem Vorarbeiter der Zimmerleute besprochen, wusste aber, dass niemand so bald wieder am Set auftauchen würde. Ihr war warm, und sie fühlte sich schmuddelig von der Reise. Vielleicht sollte sie in die Pension gehen und baden? Doch dann überlegte sie es sich anders: Sie war doch am Meer, also konnte sie genauso gut schwimmen gehen. Sie holte einen Badeanzug und ein Handtuch aus ihrer Reisetasche und machte sich auf zum Strand, um sich ein ruhiges Fleckchen zu suchen.

In der einen Richtung konnte sie das Militärlager sehen. Folglich schlug sie die entgegengesetzte ein, lief hinten an der Kulisse vorbei und stieg dann über einen taillenhohen Zaun ins Niemandsland. Wellen plätscherten an einen Strand mit goldgelben Kieselsteinen. Nach einer Weile waren nirgendwo mehr Menschen zu sehen, und ein großer Fels bot ihr ein wenig Schutz vor der Sonne. Unter ihrem Sommerkleid zog sie ihren Schlüpfer aus und streifte sich den geringelten Badeanzug über, den sie kürzlich bei Rinascente erworben hatte. Sie hatte überlegt, ob sie sich einen Bikini kaufen sollte, war aber vor dem Gedanken zurückgeschreckt, so viel Haut zu zeigen. Mit ein wenig Mühe hakte sie unter dem Kleid ihren Büstenhalter auf und zog die obere Hälfte des Badeanzugs hoch, während sie das Kleid immer noch lose über der Schulter hielt. Sie war sich ziemlich sicher, dass niemand zuschaute, wollte aber kein Risiko eingehen.

Nah beim Ufer war das Wasser seicht und warm, aber ein paar Meter weiter draußen fiel der Boden steil ab, und es wurde kühler. Sie schwamm eine Weile, schaute einem Schwarm winziger silberner Fische zu, die unter ihr dahinschwebten, und ließ sich dann auf dem Rücken treiben. Hier draußen im Wasser kam sie mit ihren Gefühlen ein wenig besser klar. Sie hatte einen Riesenfehler gemacht, als sie sich in Ernesto verliebt hatte – was für eine Idiotin sie gewesen war, ihm zu vertrauen! –, aber es war doch kein Weltuntergang. Natürlich wäre es besser gewesen, wenn es nie geschehen wäre. Aber nun war es passiert, und jetzt musste sie sich an die plötzliche Veränderung gewöhnen. Sie konnte sich nur schwer vorstellen, wie ihre Ehe weiterbestehen sollte. Zum Glück hatte sie Zeit, um vernünftig darüber nachzudenken, ohne dass Ernesto ihre Gedanken benebelte. Der arme Trevor! Es fiel ihr schwer, sich auszumalen, dass sie wieder mit ihm schlafen würde. Sollte sie ihren Seitensprung beichten, wenn sie zu ihm zurückging? Es würde ihn so verletzen. Doch es schien ihr unfair, ihm alles zu verheimlichen.

Dianas Gedanken kehrten zu Helen und ihrem Streit zurück. Die arme, naive Helen, die glaubte, dass sich endlich ein Mann für sie interessierte. Wie mies, dass es ausgerechnet ein verheirateter Mann war. Helen musste dringend jemanden finden, der die Schönheit und die Unschuld ihrer Seele erkannte, der sich in sie verlieben und ihr mehr Selbstbewusstsein verleihen würde. Diana beschloss, mehr Zeit mit Helen zu verbringen, jetzt, da sie wieder allein war. Wenn sie abends zusammen ausgingen, konnte sie vielleicht dafür sorgen, dass Helen nicht mehr so viel trank, und alle potenziellen Freunde in Augenschein nehmen. Vielleicht konnte sie ihr sogar helfen, einen netten Partner zu finden, ehe die Dreharbeiten abgeschlossen waren.

Sie schwamm zum Strand zurück, legte sich auf ihr Handtuch, um trocken zu werden, und spürte, wie das Salz auf der Haut juckte. Sie würde einen ziemlichen Sonnenbrand bekommen, da war sie sich sicher. Aber sie wusste, dass sie eine kühlende Lotion im Kulturbeutel mitgebracht hatte. Die Kiesel fühlten sich hart an. Sie schlief trotzdem ein und wachte ein wenig später auf, weil sie ein seltsamer Traum verwirrt hatte. Inzwischen war die Sonne über den Himmel gewandert, und zu ihrem Schrecken sah sie, dass es schon sechs Uhr war. Die Zimmerleute würden bald Feierabend machen, wenn sie nicht schon fort waren. Sie würde am nächsten Morgen mit ihnen reden müssen. Jetzt wollte sie in die Pension gehen und sich frisch machen.

Die Küste bildete an dieser Stelle eine Landzunge. Diana überlegte, dass es wohl besser wäre, nicht wieder so zurückzulaufen, wie sie gekommen war, sondern den Weg über ein Feld abzukürzen und zur Hauptstraße zu gehen. Sie zog ihr Kleid über den Badeanzug und machte sich in diese Richtung auf. Auf halbem Weg meinte sie, aus dem Augenwinkel eine rasche Bewegung zu sehen, und hatte plötzlich Angst, dass es hier Schlangen geben könnte. Sie wusste nicht genau, ob es in Italien Giftschlangen gab. Aber wenn, dann war diese Art von Brachland mit trockenen Büschen genau das Umfeld, wo man welche finden könnte. Diana beschleunigte ihre Schritte und trat fest auf, um die Schlangen zu verjagen.

Das Feld war von der Straße durch ein Dickicht aus dürren Büschen getrennt. Diana suchte eine Lücke und zwängte sich hindurch, aber ein scharfer Ast schnellte zurück und zerkratzte ihr die Wange.

»Mist!«, schrie sie auf und berührte die Wunde. Das Salz auf ihrer Haut brannte darin, und an ihren Fingern war Blut. Dieser Kratzer würde gar nicht schön aussehen.

Sie holte beim Wachmann ihre Reisetasche ab und ging zu ihrer Pension.

»Zimmer elf?«, fragte sie die *padrona*, erhielt aber die Antwort, Zimmer elf wäre noch nicht saubergemacht und fertig.

»Sie können stattdessen Zimmer zwei haben. Es ist ein besseres Zimmer«, sagte die Frau. »Nach hinten, mit einem eigenen Patio und mit Meerblick.«

Das Zimmer war vielleicht besser als die anderen, aber in Dianas Augen doch ziemlich primitiv. Die Schauspieler und Schauspielerinnen, das Produktionsteam, die Leute vom Make-up und die Frisörinnen würden nicht hier wohnen, wenn die Alexandria-Szenen gedreht wurden. Man würde sie morgens mit dem Bus von Rom hierher karren und jeden Abend zurückfahren. Die Zimmer in dieser ziemlich heruntergekommenen Pension waren nur für die Männer bestimmt, die die Kulissen bauten. An der Decke im Badezimmer prangte Schimmel, und die Matratze waren völlig durchgelegen. Aber für eine Nacht würde es gehen.

Diana badete, um sich das Salz von der Haut zu waschen, und versuchte nicht darüber nachzudenken, wo die braunen Flecken im Email der Badewanne wohl herrührten. Dann setzte sie sich auf ihren Patio, um ihr Haar zu trocknen. Die Sonne war schon beinahe untergegangen, aber man konnte immer noch die vagen Umrisse des Serapiums und das Meer dahinter ausmachen. Ihr knurrte der Magen, aber sie konnte sich nicht dazu aufraffen, noch einmal zum Essen in die Trattoria zu gehen. Sie würde sich unbehaglich fühlen, wenn sie dort ganz allein inmitten all der anderen Gäste saß. Lieber wollte sie warten und sich morgen früh auf dem Weg zum Set ein *cornetto* und einen Kaffee holen.

Sobald ihr Haar halbwegs trocken war, ging sie zu Bett, zog sich das Laken über und schlief ein.

Kapitel 45

Im Büro traf ein Telegramm für Scott ein: »Bezüglich Fund, bei Redebedarf morgen Genf, Best Western Hotel.« Mehr stand nicht da. Der Name des Absenders war auf dem Zettel nicht verzeichnet, aber das Telegramm war in einem Postamt in Genf aufgegeben worden. Es musste von Bradley Wyndham sein. Niemand sonst konnte von seinem »Fund« wissen. Scott zögerte keine Sekunde. Er rief auf dem Flughafen an, um herauszufinden, wann es Flüge nach Genf gab, fuhr dann zu einem Reisebüro in der Via del Corso, buchte und bezahlte ein Ticket für den folgenden Morgen. Das war teuer, aber Scott hoffte, die Kosten als Spesen abrechnen zu können.

Es war ein Alitalia-Flug in einem Düsenjet. Die Stewardessen mit ihren kurzen Röcken und grünen Uniformjacken waren ganz besonders attraktiv. Scott lehnte sich behaglich zurück, als ihm eine der jungen Frauen einen Kaffee und ein mit Sahne gefülltes *Cannolo* brachte. Als sie sich herüberlehnte, um sein Tischchen herunterzuklappen, zwickte der Mann aus der Reihe gegenüber sie ins Hinterteil. Sie schrie auf und schimpfte, er sei ein ungezogener Junge. Scott merkte, dass sie am liebsten sehr viel mehr gesagt hätte, aber ihre Wut herunterschluckte.

Nach der Ankunft nahm er sich ein Taxi zum Hotel, wo ihm der Mann am Empfang beim Einchecken eine Nachricht reichte, die jemand für ihn hinterlassen hatte. »Kommen Sie um vier Uhr in das Straßencafé an der Place du Bourg-de-Four.« Scott hätte beinahe laut gelacht. Er kam sich vor wie ein drittrangiger Geheimagent in einem zweifelhaften Film über den Kalten Krieg, setzte sich aber trotzdem in ein Taxi und ließ sich zur verabredeten Zeit zu diesem Platz fahren. In der Mitte stand ein Brunnen, und es gab nur ein einziges Café, vor dem im Freien Tische und Stühle standen. Scott musterte die Gäste, doch es schien niemand nach ihm Ausschau zu halten. Also setzte er sich an einen freien Tisch und überlegte, wie sein Gegenüber ihn zu erkennen hoffte.

»Scott Morgan?«, fragte eine Stimme hinter ihm. Er drehte sich um und sah einen drahtigen Geschäftsmann im Anzug und mit einer dunklen Sonnenbrille. »Bradley Wyndham.« Sie begrüßten sich mit Handschlag, und der Mann setzte sich.

»Gut, Sie zu treffen, Bradley. Das kommt mir alles sehr geheimnisvoll vor. War die Heimlichtuerei nötig?«

Bradley nahm die Sonnenbrille ab und schaute ihn mit durchdringenden blauen Augen an. »Ja. Es hätte ja einer von der Cosa Nostra sein können, der meine Papiere im Büro gefunden hat und mich herlocken wollte. Ich bin sehr erleichtert, dass Sie es sind.«

»Woher wissen Sie, dass ich nicht einer von der Cosa Nostra bin?«, fragte Scott grinsend.

Bradley lächelte nicht. »Ich habe recherchiert: Harvard-Abschluss in Internationalen Beziehungen, kleinere Erfolge in der Leichtathletikmannschaft, Vater Medienzar. Ich habe Ihr Foto im *Harvard Crimson* gesehen. Sonst hätte ich Sie nicht angesprochen.«

»Großer Gott! Solche Angst haben Sie vor denen?«

»Aber sicher. Und die sollten Sie auch haben. Die Leute fackeln nicht lange. Man hat mir gesagt, ich hätte zwei Tage Zeit, um für immer aus Rom zu verschwinden. Ich habe die Warnung beherzigt. Es geht ja nicht nur um mich – ich muss auch meine Frau und meine beiden Kinder schützen.«

Der Mann hat ein ehrliches Gesicht, überlegte Scott. Er war vielleicht um die Vierzig und schlank, hatte eine hohe

Stirn und bereits mehr graue als braune Haare. Er wirkte fit. Aber es war sein offener Blick, der einem Vertrauen einflößte.

»Wer hat Ihnen den Hinweis gegeben, Sie sollten gehen?«

Bradley schaute sich um und überprüfte, dass niemand nah genug saß, um das Gespräch mithören zu können. »Ein Mann namens Alessandro Ghianciamina.«

Scott schnürte es die Brust zusammen. »So, so, mein alter Freund Alessandro«, bemerkte er trocken. »Der ist für die Form meiner Nase verantwortlich.« Inzwischen triefte sie nicht mehr ständig, aber schief war sie immer noch.

»O Gott! Wenn er Sie schon kennt, können Sie nicht über diese Angelegenheit schreiben. Er wird hinter ihnen her sein, ehe die Druckerschwärze auf dem Papier getrocknet ist.«

»Er weiß nicht, dass ich Journalist bin.« Scott erklärte, was geschehen war, und Bradley pfiff leise durch die Zähne.

»Sie haben sich an die Schwester von Alessandro Ghianciamina rangemacht? Was für ein Pech … Hören Sie, ich begreife, dass Sie jung und ehrgeizig sind, aber es gibt leichtere Methoden, um sich als Journalist einen guten Ruf zu erarbeiten, als hinter diesen Kerlen herzuforschen. Die zögern nicht, Sie umzubringen. Genauer gesagt, es wäre eine Gnade, wenn sie Sie nur umbringen.«

Ein Kellner kam, und sie bestellten schwarzen Kaffee.

»Aber Sie müssen doch wollen, dass diese Geschichte veröffentlicht wird«, widersprach ihm Scott. »Warum hätten Sie sich sonst die Mühe gemacht, die Papiere an einem Ort zu verstecken, wo man sie früher oder später finden würde?«

»Meine kleine Tischlerarbeit hat Ihnen also gefallen?« Er lächelte. »Das habe ich getan, damit das Manuskript nicht in falsche Hände fällt. Als man mich aufforderte, die Stadt zu verlassen, habe ich sie einfach dagelassen.«

»Seltsamerweise habe ich gerade an einer ähnlichen Geschichte gearbeitet. Ich habe eine Frau kennengelernt – eine Drogensüchtige –, deren Dealer sie in eine Villa an der Küste bei Anzio mitgenommen hat, wo das Heroin verteilt wird. Sie hat Alessandro Ghianciamina als einen der Typen identifiziert, die auch dort waren. Die Villa gehört einer Firma namens Costruzioni Torre Astura ...«

»Die eines der Unternehmen der Ghianciaminas ist«, ergänzte Bradley.

»Wirklich?« Scott war ganz aufgeregt.

»Ja, das Baugeschäft wird gern dazu genutzt, Drogengelder zu waschen. Die Ghianciaminas haben an der ganzen Küste entlang Luxusvillen gebaut. Es ist interessant, dass Ihre Zeugin dort mitbekommen hat, dass Drogen verteilt wurden. Allerdings können Sie das ja kaum drucken, oder? Nicht wenn es nur durch die Aussage einer einzigen Person gestützt ist. Da müssen Sie schon mehr rausfinden. Es ist nur eine Vermutung, aber ich wette, bei der Villa liegt auch ein Motorboot vor Anker, das nachts Pakete zu den in der Bucht wartenden Containerschiffen bringt. Die Küstenwache haben sie bestimmt bestochen, dass sie nicht hinsieht. Wenn Sie dafür Beweise finden könnten, hätten sie wirklich was in der Hand – aber sicher erwischt die Polizei nur wieder die kleinen Gangster, die das Boot fahren. Kein Staatsanwalt wird es je schaffen, Gaetano oder Alessandro was anzuhängen, dem unbezwingbaren Vater-Sohn-Team.«

Der Kaffee kam. Bradley gab einen Löffel Zucker in seine Tasse und rührte gedankenverloren. »Ich vermute, dass sie alle in den nächsten fünf bis zehn Jahren von einem rivalisierenden Clan ausgelöscht werden. Im Augenblick werden viele amerikanische Gangsterbosse aus den USA ausgewiesen und kommen in die alte Heimat zurück. Die möchten natürlich jetzt auch ein Stück vom Kuchen abhaben. In der

Bauindustrie herrscht ein mörderischer Wettbewerb, und es würde mich nicht überraschen, wenn es in den nächsten paar Jahren zu einem regelrechten Krieg kommt und Leichen die Straßen Roms pflastern. Ich hoffe nur, dass Ihre nicht eine davon ist.«

Scott spürte, wie ihm die Haare zu Berge standen, als er sich daran erinnerte, wie er am Boden gelegen hatte und Alessandro und seine Freunde auf ihn eingeschlagen und eingetreten hatten. Sie waren schon damals bereit gewesen, ihn umzubringen. Er hätte leicht sterben können, wenn einer ihrer gemeinen Tritte ihn am Kopf getroffen hätte. Vielleicht hatte Bradley recht, und er sollte die Angelegenheit nicht weiter verfolgen. »Arbeiten Sie noch als Journalist?«, fragte er.

»Na ja …« Bradley rümpfte die Nase. »Als so eine Art Journalist. Ich bin bei einer Schweizer Bank angestellt und mache eine Zeitschrift für ihre Investoren. Wir haben ein wunderbares Leben, segeln im Sommer auf dem See und fahren im Winter Ski. Als Job ist es einträglich, ungefährlich und sterbenslangweilig. Sicherlich nicht das, was ich mir erträumt habe, als ich mit dem College fertig war.«

»Könnten Sie nicht in die Staaten zurückgehen und dort für eine Zeitung arbeiten? Oder nach London? Die Ghianciaminas würden Sie doch sicher nicht bis dorthin verfolgen, solange Sie nicht über sie schreiben?«

Bradleys Gesicht bekam auf einmal einen gehetzten Ausdruck. »Zuerst dachte ich, dass ich weiterhin in Rom bleiben könnte. Ich war ehrgeizig, wollte die Geschichte unbedingt in die Zeitung bringen – genau wie Sie. Und dann hat Alessandro am Tag nach der Aufforderung, die Stadt zu verlassen, meine sechsjährige Tochter von der Schule abgeholt. Die Lehrer haben ihn einfach gewähren lassen und später bei uns angerufen. Er hat mit ihr eine Fahrt in seinem schicken Alfa Romeo gemacht und ihr Süßigkeiten gekauft, ehe er sie vor unserer Haustür absetzte.« Er zwinkerte. »Sie war nur eine halbe Stunde weg, aber wir waren außer uns vor Angst. Ich bin sofort rausgerannt, als ich sie gesehen habe. Alessandro hat gehupt und mir noch zugewinkt, ehe er fortgefahren ist.«

»Ach, du heilige Scheiße!«

»Sie begreifen also, dass ich vielleicht eines Tages wieder einmal für eine Zeitung schreiben werde, aber nicht solange meine Kinder noch klein sind und die Ghianciaminas frei rumlaufen. Selbst wenn ich wollte, würde meine Frau mich nicht lassen. Sie wollte nicht einmal, dass ich mich heute mit Ihnen treffe … Da fällt mir noch was ein. Ich weiß nicht, wie Sie an die Telefonnummer meines Bruders gekommen sind, aber würden Sie sie bitte vernichten? Nichts in dem Büro darf einen Hinweis auf meinen Aufenthaltsort geben. Ich verlasse mich auf Sie, Scott! Machen Sie mit Ihren Recherchen, was Ihr Gewissen Ihnen befiehlt, aber versprechen Sie mir, dass nichts, was Sie herausfinden, bis zu mir zurückverfolgt werden kann. Nach unserem heutigen Treffen sind Sie allein.«

Scott nickte. »Kapiert.«

Er stellte noch ein paar Fragen zu den Ministern, die auf der Gehaltsliste der Cosa Nostra standen, und nach den Gesetzen, die man als Gegenleistung für Bestechungsgelder verabschiedet hatte. Dann sprachen sie über den Chefredakteur des *Midwest Daily* und dessen Vorliebe für Geschichten über die Reichen und Berühmten. Scott brachte Bradley mit den alberneren Artikeln über Elizabeth Taylor und Richard Burton zum Lachen.

»Die neueste Nachricht ist, dass Sybil Burton endlich das Schweigen gebrochen und dem *Express* in London ein Interview gegeben hat, in dem sie behauptet, Elizabeth Taylor sei eine enge Freundin der Familie und Richard führte sie nur zum Abendessen aus, um sie über das Scheitern ihrer letzten Ehe hinwegzutrösten. Hat nicht Debbie Reynolds genau das Gleiche gesagt, als Eddie seine ersten Rendezvous mit Elizabeth hatte? Dass er sie nur tröstete, nachdem Mike Todd gestorben war?«

»Die arme Sybil. Ich glaube nicht, dass sie das auch nur eine Sekunde lang glaubt. Sie versucht verzweifelt, ihre Würde zu wahren, aber sie kämpft auf verlorenem Posten.«

»Es ist, als wären in Rom alle verrückt geworden. Aus diesem Chaos wird niemand ohne Blessuren hervorgehen.«

Sie redeten über die ausländischen Presseleute, die in der Bar des Eden Hotel herumhingen. Bradley meinte, Joe sei einmal ein wunderbarer Schriftsteller gewesen, der sein Talent allmählich in den Bars der Städte versoff, in die man ihn schickte.

»Glauben Sie, dass er tatsächlich Truman Capote kennt?«, erkundigte sich Scott.

Bradley schnaubte verächtlich. »Sagt er das? Vielleicht hat man sie mal auf einer Party miteinander bekanntgemacht, aber ich würde nicht darauf wetten, dass sich Mr Capote an seinen Namen erinnert.«

Plötzlich schaute Bradley auf die Uhr und sprang auf. »Ich muss gehen. Meine Frau wartet, und sie wird nervös, wenn ich zu spät komme.«

Scott erhob sich und schüttelte ihm die Hand. »Danke, dass Sie sich mit mir getroffen haben. Ich weiß das sehr zu schätzen.«

»Passen Sie auf sich auf, Scott. Denken Sie an meine Worte.« Bradley setzte mit einem letzten Kopfnicken seine Sonnenbrille wieder auf, eilte über den Platz und verschwand in einer Gasse.

Es war zu spät, um noch nach Rom zurückzufliegen. Scott

aß im Hotel zu Abend und ging dann auf einen Drink in die Bar, wo er eine englische Stewardess namens Cheryl kennenlernte. Er lud sie auf ein paar Cocktails ein und schaffte es, sie in sein Zimmer zu locken, wo sie befriedigenden, wenn auch leicht beschwipsten Sex hatten. Am nächsten Morgen gab sie ihm ihre Telefonnummer in London, aber er verlor sie bereits auf dem Weg zum Flughafen.

Kapitel 46

Diana wurde kurz nach dem Morgengrauen wach, weil in der Ferne eine Männerstimme etwas brüllte. Sie hob den Kopf und versuchte die Worte zu verstehen. Es klang wie »*Aiuto*! – Hilfe!« Sie machte die Tür zum Patio auf und schaute hinaus. Die rosa-gelbe Sonne war gerade über dem Horizont aufgestiegen, und das Mittelmeer glitzerte stahlgrau in der Ferne.

Da war es wieder: »*Aiuto. C'è qualcuno*? Hilfe! Ist denn niemand da?« Es klang dringend.

Diana zog sich das Nachthemd über den Kopf und streifte sich rasch ihre Kleider über. Sie nahm den Zimmerschlüssel, schloss die Patiotür hinter sich zu und ging über das Brachland, das die Pension vom Strand trennte. Wie am Tag zuvor trat sie bei jedem Schritt fest auf und schaute zu Boden, weil sie sich vor Schlangen fürchtete.

Die Alexandria-Kulisse ragte am Horizont auf. Dahinter meinte Diana, eine Gestalt im Wasser zu sehen, die sich auf den Landungssteg zubewegte. Es war ein Mann. Jetzt beschleunigte er seine Schritte. Er trug etwas leuchtend Rotes. Etwas war wohl ins Wasser gefallen, und er holte es wieder heraus. Er stieg die Stufen zum Kai hinauf. Erst als er den Gegenstand auf den Boden legte, bemerkte Diana, dass es ein Mensch war. Ein anderer Mann tauchte auf, und die beiden beugten sich hinunter. Diana fing an zu rennen.

»*Cosa è successo? Sta bene*? Was ist geschehen? Ist alles in Ordnung?«, rief sie, als sie die Kulisse erreichte.

»*E' annegata una ragazza*«, schrie einer der Männer zurück. Ein Mädchen war ertrunken.

»Sind Sie sicher?« Sie sah, dass es ein sehr dünnes blondes

Mädchen war, das ein rotes Kleid trug. Die Beine waren ausgestreckt wie die schmalen Läufe eines Rehs. Plötzlich erschrak Diana, weil ihr diese Gestalt irgendwie bekannt vorkam.

Als sie bei den Männern ankam, versagten ihr die Knie. Unter dem verfilzten blonden Haar war Helens Gesicht zu sehen, mit schwarzem Augen-Make-up verschmiert. Diana schrie auf. Wie ein Tierlaut stieg der Ruf aus ihrem Innersten auf. Dann schob sie den Mann zur Seite, begann mit Mund-zu-Mund-Beatmung und drückte die Hände fest auf Helens Brust. Das hatte sie im Erste-Hilfe-Kurs bei den Pfadfinderinnen so gelernt – zweimal atmen, viermal den Brustkorb zusammendrücken. Das letzte Mal hatte sie das nach dem Herzanfall versucht, den ihr Vater vor ihren Augen erlitten hatte, und es hatte nichts genutzt.

»Sie kennen Sie?«, fragte einer der Männer.

Diana keuchte zwischen zwei Druckbewegungen. »Es ist Helen. Meine Freundin! Holen Sie Hilfe!« Sie bemerkte, dass der erste Mann militärische Tarnkleidung trug und der andere wie ein Wachmann aussah. »Schnell!«, schrie sie und fragte sich, wieso er es überhaupt nicht eilig hatte.

»Es ist zu spät«, antwortete der Wachmann auf Englisch. »Sie ist tot.«

»Nein!«, schrie Diana. »Das kann nicht sein. Bitte rufen Sie einen Krankenwagen. *Chiami un'ambulanza.*« Sie deutete auf das Wachhäuschen. Was hatten die beiden denn?

Der Wachmann stand auf und rannte in die Richtung. Diana machte weiter. Ihr ging nur eines durch den Kopf: Ich muss sie retten. Ich muss. Sie ist zu jung, um zu sterben.

»Komm schon, Helen«, feuerte sie sie an, während sie ihr auf den Brustkorb drückte. »Komm schon, versuche es zumindest.« Sie japste nach Luft und atmete sie dann in Helens Mund aus, während sie ihr die Nase zuhielt. Die Brust hob und senkte sich mit diesen Atemzügen, aber es war kein Puls zu spüren, kein Zeichen, dass das Herz wieder zu schlagen begonnen hatte.

Tränen begannen über Dianas Wangen zu rollen, aber sie machte immer weiter. Helen, komm zurück. Du schaffst das. Bitte. Tu's für mich.

Sie erinnerte sich an Geschichten, die sie in den Zeitungen gelesen hatte: Ärzte hatten jemandes Herz wieder zum Schlagen gebracht, nachdem er schon zwanzig Minuten tot gewesen war. Sie hatte gehört, dass der Stoffwechsel sich verlangsamt, wenn man in kaltem Wasser ist. Alle möglichen wundersamen Rettungen fielen ihr ein, als sie im stetigen Rhythmus weitermachte, zwei Atemzüge, viermal auf den Brustkorb drücken. Aber Helens Haut war eiskalt. Diana versuchte, einen Puls am Nacken zu fühlen, doch da war nichts. Sie hob einen von Helens Armen hoch und erwartete, dass er schlaff sein würde, aber er war ganz steif. Der Ellbogen ließ sich nicht beugen. Die Worte des Wachmanns – »Sie ist tot« – kamen ihr wieder in den Sinn. Wie lange war Helen im Wasser gewesen?

»Ich war gleich da drüben«, flüsterte sie. »Warum bist du nicht zu mir gekommen? Warum?«

Sie hob Helens Kopf und drückte ihn an sich, wiegte sie hin und her und sprach leise mit ihr. »Es tut mir leid, es tut mir so leid. Jetzt bist du in Sicherheit, jetzt bist du bei mir.« Sie fühlte sich wie eine Mutter, die ihre Tochter hält. Nichts und niemand durfte ihr mehr ein Leid antun. Sie hatte es nicht geschafft, ihr das Leben zu retten, jetzt blieb ihr nur, diesen Körper vor weiterem Schaden zu bewahren.

Der Wachmann kehrte zurück und sagte ihr, die Polizei sei unterwegs. Er schaute sie verwundert an, also erklärte sie. »Sie war meine Freundin. Sie war meine beste Freundin hier in Italien.«

Der Soldat nahm eine Zigarette heraus und bot auch dem Wachmann eine an. Der schüttelte den Kopf. Diana fand es nicht richtig, hier zu rauchen, während Helen tot am Boden lag. Sie machte den Mund auf, um das zu sagen, aber es kamen keine Worte heraus. Die nehmen das alle so lässig. Wie können sie so gleichgültig bleiben, wenn eine junge Frau gestorben ist? Sie beugte sich hinunter, um die marmorweiße Stirn zu küssen, und wieder flehte sie: »Bitte verzeih mir. Es tut mir leid, so leid.«

Als der Krankenwagen kam, wollte Diana Helen nicht gehen lassen. Sie fragte, ob sie sie begleiten dürfte – es schien ihr nicht richtig, sie allein fortzulassen. Doch der Polizist sagte, dass er Aussagen von ihnen allen aufnehmen wollte. Es waren bestimmte Formalitäten einzuhalten. Sie versuchte ihn umzustimmen, aber es gelang ihr nicht.

Der Krankenwagenfahrer, der Helen auf eine Bahre hob, schien ein wenig überrascht darüber, wie leicht sie war. Sie wirkte beinahe durchsichtig. Diana ging nebenher, als man Helen zum Krankenwagen trug, der gleich vor dem Tor geparkt hatte. Sie versuchte den Ausdruck auf Helens Gesicht zu lesen. Hatte sie Angst gehabt, als sie starb? War sie über etwas bestürzt gewesen? Die Miene war ausdruckslos, die Augen blickten leer, boten keinen Anhaltspunkt. Helen war einfach nicht mehr da.

Diana drückte ihrer Freundin ein letztes Mal die Hand, ehe diese in den Krankenwagen gehoben wurde und die Türen sich hinter ihr schlossen. Als das Auto fortfuhr, begann Diana zu zittern. Sie hatte ein Rauschen in den Ohren, und irgendwo in ihrem Kopf begriff sie, dass sie wohl unter Schock stand. Was geschah nun? Was sollte sie tun? Sie musste jemanden anrufen und informieren – aber wen?

Ein Mann, den sie noch nie gesehen hatte, gab ihr eine Tasse mit süßem, heißem Kaffee. Sie nippte ein wenig davon und verbrannte sich den Gaumen. Jemand anderer brachte ihr ein Handtuch, und sie merkte, dass sie pitschnass war, weil sie Helen an sich gedrückt hatte. Der Soldat hatte auch ein Handtuch um die Schultern. Sie setzte sich auf die Stufen des Serapeums, des herrlichsten Gebäudes aus dem dritten Jahrhundert vor Christus. Ein Polizeibeamter kam zu ihr, um mit ihr zu reden.

Zunächst fragte er, wer Helen war und woher sie einander kannten. Sie erklärte es. Dann fragte er Diana, warum sie sich in Torre Astura aufhielt. Sie berichtete ihm, dass es ihre Aufgabe war, die Kulissen zu überprüfen, dass sie aber nicht wüsste, warum Helen hier gewesen war oder wann sie angekommen war. Sie hatte sie hier nicht gesehen – erst heute Morgen, als es zu spät war. Sie gab ihm die Telefonnummer des Produktionsbüros in Cinecittà, denn von dort musste jemand in England anrufen und Helens Eltern benachrichtigen. Neue Tränen stiegen in ihr auf. Wer würde die schrecklichste Nachricht überbringen müssen, die Eltern bekommen konnten?

Dann fragte der Polizist, ob Helen Feinde gehabt hätte. Es war eine so absurde Frage, dass Diana ungläubig lachte, ein seltsames Lachen, das eher wie ein Schnauben klang. »Großer Gott, nein. Sie war ein Engel.«

Warum fragte er das? Dachte er, dass jemand für ihren Tod verantwortlich war? Ernestos Name kam ihr in den Sinn, aber sie verwarf den Gedanken sofort. Er konnte doch keinen Grund haben, Helen umzubringen. Das war albern. »Sie hatte keine Feinde«, sagte sie laut und wiederholte es dann noch einmal auf Italienisch.

»Der Soldat hat mir gesagt, Sie hätten immer wieder beteuert, es täte Ihnen leid. Was tut Ihnen leid, Mrs Bailey?«

Diana erzählte von ihrem Streit vor zwei Tagen. Sie sagte, dass Helen mit einem Mann ausgehen wollte, mit dem sie eine Affäre gehabt hatte, und dass ihr der Gedanke zuwider war, weil er eine Frau und Kinder hatte. Der Polizist musterte sie eingehend, ehe er das aufschrieb, und sie schämte sich. Es klang völlig unmoralisch und passte überhaupt nicht zu ihr. Er fragte sie nach dem Namen des Mannes, und sie nannte ihn. Ernesto würde sehr wütend sein.

Inzwischen zitterte Diana noch heftiger, obwohl die Sonne schon heiß vom Himmel brannte. Es war ein merkwürdiges Gefühl, als hätte sie keinen Kontakt mehr mit der Welt ringsum.

»Vielleicht sollten Sie sich eine Weile hinlegen«, schlug der Polizist vor. »Aber bleiben Sie bitte hier. Fahren Sie nicht nach Rom zurück, bis wir Ihnen die Erlaubnis geben. Wir müssen später noch einmal mit Ihnen reden.«

Diana stand auf und ging zur Pension. Ihre Beine schienen nicht zu ihr zu gehören. Sie hatte ein Summen im Kopf, und alles schien unendlich weit weg zu sein. Nichts war wirklich. War das tatsächlich Helen gewesen? Hatte sie sich vielleicht geirrt?

Aber sie wusste, dass sie sich nicht geirrt hatte. Helen war tot. Der Polizist hatte recht. Sie sollte sich hinlegen, bis die Welt nicht mehr so unendlich fern zu sein schien.

Kapitel 47

Diana lag auf ihrem Bett und starrte auf die Risse in der Zimmerdecke. Draußen im Flur konnte sie hören, wie die anderen Gäste einer nach dem anderen das Bad benutzten. Das Wasser rauschte wie ein Sturzbach durch die uralten Rohre. Wie konnte es sein, dass Helen tot war? Wie war es möglich? Sie war zu jung zum Sterben. Diana hatte nicht den Hauch einer Ahnung, was passiert sein mochte.

Als alle Handwerker zur Arbeit an der Kulisse aufgebrochen waren, wurde es still im Haus. Diana erinnerte sich daran, dass sie mit dem Vorarbeiter der Zimmerleute hatte sprechen wollen, aber es fiel ihr einfach nicht mehr ein, was sie ihm hatte sagen wollen.

Ihr linkes Auge begann zu zucken. Da begriff sie, dass sie noch nicht einmal richtig geweint hatte. Ihr rollten ein paar Tränen über die Wangen, mehr nicht. Wann würde das große Weinen anfangen? Sie würde weinen, das war sicher, aber jetzt noch nicht, denn sie musste entscheiden, was zu tun war. Sie sollte bei einigen Leuten anrufen, um es ihnen zu sagen – aber bei wem?

Hilary. Plötzlich sehnte sie sich danach, mit der vernünftigen, praktisch denkenden Hilary zu sprechen. Der Wachmann hatte doch bestimmt ein Telefon. Vielleicht würde er ihr erlauben, es zu benutzen.

Sie setzte sich auf. Das Zittern hatte aufgehört, aber sie trug noch immer die feuchte Kleidung, und nun war auch das Bett feucht geworden. Sie hatte ein zweites Kleid mitgebracht, aber das hatte ein buntes Sommermuster mit kleinen Orangenblütenzweigen auf hellgrünem Grund und schien ihr nicht angemessen. Sie zögerte lange und überlegte, ob sie hier irgendwo schwarze Kleidung kaufen könnte, ehe ihr klar wurde, dass es völlig egal war, was sie anzog. Helen war fort, und nichts konnte sie zurückbringen.

Inzwischen hatte ein anderer Mann im Wachhäuschen Dienst, und er warf ihr einen seltsamen Blick zu, erlaubte ihr aber sofort, hereinzukommen und das Telefon zu benutzen. Ihre Hände zitterten heftig, also wählte er für sie und reichte ihr dann den Hörer.

Candy kam an den Apparat.

»Kann ich bitte mit Hilary sprechen?«, fragte Diana mit brechender Stimme.

Es trat eine Pause ein, und sie hörte Stimmengemurmel, ehe Hilary ans Telefon kam. »Sind Sie das, Diana?«

Diana öffnete den Mund und wollte reden, aber es kamen keine Wörter heraus. Stattdessen kamen nun die Tränen und ließen sich nicht aufhalten. »Es geht um Helen ...«, keuchte sie zwischen zwei Schluchzern.

»Ich weiß. Die Polizei hat uns informiert. Gott, es ist einfach schrecklich. Walter möchte, dass ich bei ihren Eltern anrufe, weil er findet, dass das eine Aufgabe für eine Frau ist, aber ich habe keine Ahnung, was ich sagen soll. O Diana, Sie armes Ding, versuchen Sie nicht mehr zu weinen.«

Diana tat vor Schluchzen schon die Brust weh, und sie bemühte sich zu sprechen. Der Sicherheitsmann reichte ihr ein Taschentuch, und sie schnäuzte sich fest. »Ich ... ich habe ewig lange versucht, sie zu retten, aber es war z-z-z-zu spät. Sie war schon t-t-t-tot.«

Am anderen Ende der Leitung hörte sie ein leises missbilligendes Geräusch. »Sie sollten jetzt da nicht allein sein. Ich schicke Ihnen ein Taxi, das Sie nach Rom zurückbringt. Wenn ich eine Firma aus dem Ort nehme, kann der Wagen in der nächsten halben Stunde bei Ihnen sein.« Es hörte sich an, als hätte Hilary alles im Griff. »Kommen Sie gleich nach

Cinecittà«, sagte sie dann. »Sie müssen jetzt unter Freunden sein.«

»A-a-aber die Polizei hat gesagt, dass ich hierbleiben muss ...«

»Das ist lächerlich. Ich bitte unsere Rechtsanwälte, mit denen zu reden. Gehen Sie in Ihre Pension zurück, packen Sie Ihre Sachen und warten Sie auf das Taxi. In ein paar Stunden sind Sie hier, und dann sehen wir weiter.«

»In Ordnung«, stimmte Diana zu. Es tat gut, einen Plan zu haben.

Sie reichte dem Wachmann den Hörer zurück und wollte ihm auch schon sein Taschentuch zurückgeben, aber er deutete mit einer Handbewegung an, dass sie es behalten könnte.

Das Taxi kam recht schnell, und auf der Rückfahrt nach Rom beruhigte sich Diana ein bisschen. Sie fragte sich, was die anderen am Set von der Sache halten würden. Hilary hatte Helen nicht persönlich gekannt, Candy auch nicht. Sie wussten nicht, wie entmutigt sie in letzter Zeit gewesen war, und hatten ganz sicher keine Ahnung von ihrem Flirt mit Ernesto. Also würden sie auch kein Licht auf die Geschehnisse werfen können. Aber unter Umständen konnten sie erklären, warum Helen überhaupt in Torre Astura gewesen war. Hatte man sie vielleicht hingeschickt, um die Make-up-Vorräte zu überprüfen? Das schien unwahrscheinlich. Das hätte doch jeder machen können.

Hilary wartete im Büro, als Diana dort eintraf. Sie schickte Candy hinaus, damit die das Taxi bezahlte, ehe sie Diana herzlich umarmte.

»Was für eine grässliche Erfahrung! Sie war eine gute Freundin von Ihnen, nicht wahr?« Sie tätschelte Diana die Schulter. »Setzen Sie sich und erzählen mir alles, während ich uns eine Tasse Tee mache.«

»Es gibt kaum etwas zu erzählen«, antwortete Diana und schüttelte den Kopf, während sie gegen die Tränen ankämpfte. »Ich bin heute Morgen aufgewacht, weil ein Soldat um Hilfe gerufen hat. Und als ich am Set ankam, hatte er Helen bereits aus dem Wasser gezogen, und sie war tot. Ich habe versucht, sie wiederzubeleben … aber vergebens.« Sie saß an ihrem Schreibtisch und starrte mit leerem Blick auf den vertrauten Ablagekorb und das Telefon.

Hilary stellte den Wasserkocher an. »Hat sie Sie gestern Abend nicht gefunden? Sie hat den Mädchen in der Make-up-Abteilung gesagt, dass sie Sie suchen wollte. Sie meinte, sie müsste dringend mit Ihnen reden.«

»Wirklich?« Diana spürte, wie ihr ganz übel wurde. Sie vergrub das Gesicht in den Händen und stöhnte. »Wir hatten uns gestritten. Wahrscheinlich wollte sie sich wieder mit mir vertragen.« Hilary schaute sie fragend an. »Wir hatten uns am Tag zuvor entzweit, wegen Ernesto. Sofort nachdem unsere Affäre zu Ende war, hat er sich an Helen herangemacht, und sie war sehr von ihm angetan, auch nachdem ich ihr von seiner Frau erzählt hatte. Ich habe sie angeschrien, und das hätte ich nicht tun dürfen. Ich fühle mich einfach schrecklich deswegen.«

Hilary setzte sich hin und wartete, dass das Wasser kochen würde. »Sie haben sie also nicht gesehen? Das ist seltsam. Der Polizist, der angerufen hat, hat den Eindruck erweckt, dass Sie bei ihr waren, als sie gestorben ist. Das müssen die falsch verstanden haben.«

»Nein, die haben da was verwechselt. Ich habe erst heute Morgen davon erfahren. Ich nehme an, sie war allein.«

Hilary spitzte die Lippen. »Meinen Sie, sie hat Selbstmord begangen?«

Der Gedanke war Diana nicht gekommen, und sie war schockiert, dass Hilary ihn in Erwägung zog. Eine junge Frau musste alle Hoffnung verloren haben, wenn sie einen so drastischen Schritt tat. Sie ging in Gedanken alle möglichen Gründe für einen Selbstmord durch, aber es passte keiner. Selbst wenn Helen schwanger gewesen sein sollte, hätte man doch etwas machen können. Sie hatte gehört, dass man in London ohne große Probleme Hebammen finden konnte, die eine unerwünschte Schwangerschaft beendeten. Zugegeben, in der Stadt des Papstes würde das wohl sehr viel schwieriger sein. Aber wenn Helen schwanger war, wessen Kind war es dann? Doch sicher nicht Ernestos?

Diana begriff, dass sie Hilarys Frage noch nicht beantwortet hatte. »Nein, das passt alles nicht. Warum sollte sie so weit fahren und sich dann umbringen, ehe sie mich gefunden hat? Es sei denn, sie war beschwipst. Manchmal hat sie mehr getrunken, als gut für sie war.« Diana hatte das Gefühl, Helen zu verraten, als sie das sagte, da Helen sich nun nicht mehr verteidigen konnte. Sie wünschte, sie hätte ihre Worte zurücknehmen können.

»Haben Sie das auch der Polizei gegenüber erwähnt?«

Diana schüttelte den Kopf. »Ehrlich gesagt, ich kann mich nicht mehr erinnern, was ich der Polizei gesagt habe. Ich war heute Morgen so schockiert, dass ich kaum sprechen konnte. Ich muss bestimmt noch mal mit denen reden.«

Candy kam ins Büro zurück. »Haben Sie Diana schon von Helens Mutter erzählt?«, fragte sie. Hilary warf ihr einen warnenden Blick zu.

»Haben Sie mit ihr gesprochen? O Gott, wie hat sie es aufgenommen?«

Candy antwortete: »Zuerst wollte sie es nicht glauben, und dann hat sie so laut geschrien, dass ich es am anderen Ende des Büros gehört habe. Ich denke, ihre Familie kommt her. Ich frage mich, wo die Beerdigung sein wird. Wir sollten alle hingehen, alle Schauspieler und das ganze Team. Das würde ich mir wünschen, wenn ich es wäre: Unmengen von Blumen und tolle Musik.«

Diana war es unangenehm, dass Candy diese Nachricht wie jeden anderen Klatsch vom Set behandelte. Sie hatte keine Lust, mit ihr darüber zu reden. Hilary brachte ihre eine Tasse Tee.

»Ich glaube, ich tippe meine Notizen von gestern noch ab«, sagte Diana. »Ich muss mich beschäftigen, und mir fällt nichts anderes ein, was ich tun könnte.«

»Sind Sie sicher?« Hilary runzelte die Stirn. »Sie sind sehr blass und Sie zittern. Haben Sie heute überhaupt schon etwas gegessen?«

Diana wurde plötzlich bewusst, dass sie seit dem Mittagessen vom Vortag nichts zu sich genommen hatte.

»Dann nehme ich Sie jetzt mit in die Bar«, sagte Hilary mit ihrer besten Lehrerinnenstimme. »Wir schauen, dass Sie was in den Magen bekommen, und dann schicken wir Sie nach Hause ins Bett. Aber zuerst trinken Sie Ihren Tee.«

Diana schaute zum Telefon. Es würde ihr guttun, bei Trevor anzurufen. Er hatte Helen kennengelernt und würde verstehen, welchen Schock Diana erlitten hatte. Aber er würde fragen, warum Helen nach Torre Astura gekommen war, und Diana konnte ihm unmöglich von dem Streit erzählen, weil sie dann die Sache mit Ernesto hätte beichten müssen. Es war ein furchtbarer Schlamassel.

Sie war jetzt kaum in der Lage, selbständig zu denken, also befolgte sie Hilarys Anweisungen, trank brav ihren Tee aus und ging mit ihr in die Bar. Es war schon nach drei Uhr, und es gab keine Sandwiches mehr, aber jemand machte ihr eines mit frischen Tomaten. Sie kaute teilnahmslos, ohne etwa zu schmecken.

»Nehmen Sie sich das Wochenende frei«, schlug Hilary vor. »Gönnen Sie sich viel Ruhe, essen Sie regelmäßig. Und kommen Sie bloß nicht vor Montagmorgen wieder zur Arbeit. Wir drehen nur ein paar Zwischenszenen, nichts Wichtiges.«

Ich will nicht zwei Tage allein sein. Was fange ich da mit mir an? Diana wollte gerade protestieren, als sie merkte, dass sie tatsächlich ungeheuer müde war. Vielleicht konnte sie einfach nur schlafen.

Nach dem Essen bugsierte Hilary Diana in ein Studioauto und schickte sie in die Pensione Splendid zurück. Diana schloss ihre Zimmertür auf, setzte sich ans Fenster, schaute über die Dächer und versuchte, klar zu denken.

Wäre sie doch nur zurückgegangen, um den Streit mit Helen noch am gleichen Nachmittag zu bereinigen! Wäre sie doch nur in das Café hineingegangen, in dem sie sie mit Luigi hatte sitzen sehen! Sie konnte sich immer noch nicht vorstellen, was passiert war, aber es dämmerte ihr allmählich, dass Helen noch leben würde, wenn sie sich wieder vertragen hätten – und das war eine schwere Bürde für sie.

Kapitel 48

Am nächsten Morgen wurde Diana von lautem Klopfen geweckt. Sie zog den Morgenmantel über und machte die Tür auf. Draußen standen zwei Polizisten, dahinter ihre *padrona*.

»Mrs Bailey, Sie sollten doch in Torre Astura bleiben. Wir müssen Ihnen ein paar Fragen stellen«, sagte einer auf Englisch.

Diana verschränkte die Arme schützend vor der Brust. »Ja, natürlich. Wenn ich mich nur erst anziehen könnte.« Sie nickte der *padrona* zu, die über diesen Besuch überhaupt nicht erfreut war.

»Wir warten unten auf Sie, und dann fahren wir Sie zur Wache. Bringen Sie Ihre Papiere mit.«

Als sie sich ankleidete, schüttelte sich Diana in Gedanken. Sie musste der Polizei alles erzählen, was sie wusste, damit die herausfinden konnte, was mit Helen passiert war. Sie mussten dieses Rätsel unbedingt lösen, denn sonst würden ihre Freunde und ihre Familie sich ein Leben lang Fragen stellen. Diana war sich immer noch nicht darüber im Klaren, was sie von der Sache halten sollte, aber solche Dinge konnte die Polizei ja besser. Wenn sie den Polizisten alles erzählte, würden die den Fall schon aufklären. Sie war ein wenig nervös, unterdrückte das aber. Sie war eine intelligente Frau, die in Oxford einen Doktortitel erworben hatte. Sie würde schon klarkommen.

Sie saß hinten im Polizeiauto, und der Wagen fuhr etwa zwanzig Minuten in Richtung Cinecittà, bis er endlich vor einem großen Gebäude anhielt, das ein Schild über der Tür als *Questura Polizia di Stato* auswies. Man führte sie gleich in ein kleines Zimmer mit einem Tisch und drei Stühlen.

Das einzige Fenster war hoch oben in einer Wand. Ihr knurrte der Magen, und sie wünschte, sie hätte rasch etwas gefrühstückt, ehe sie das Haus verließ.

»Könnte ich bitte ein Glas Wasser haben?«, fragte sie auf Italienisch.

»Setzen Sie sich, Mrs Bailey«, sagte einer der Polizisten zu ihr. »Wir wollen die ganze Geschichte vom Anfang an durchgehen. Jemand wird Ihnen zu gegebener Zeit Wasser bringen. Können Sie auf Italienisch antworten, oder möchten Sie, dass wir Ihnen einen Dolmetscher besorgen?«

Sie konnte heraushören, dass er sich nicht die Mühe machen wollte, einen Dolmetscher zu holen, also erklärte sie sich einverstanden, Italienisch zu antworten.

Sie wollten ihren Pass, ihre Aufenthaltsgenehmigung und die Arbeitserlaubnis sehen, die ihr die Twentieth Century Fox besorgt hatte. Sie fragten sie nach ihrer Arbeit in England und nach der Beschäftigung ihres Ehemanns, wollten wissen, wie sie ihre Post nach Cinecittà bekommen hatte und wann sie Helen kennengelernt hatte. Viele der Fragen schienen mit der Sache nichts zu tun zu haben, aber Diana beantwortete sie mit großer Aufrichtigkeit. Ein junger Beamter schrieb alles auf, und manchmal legte sie eine Pause ein, damit er nachkommen konnte.

Alle machten völlig versteinerte Gesichter, als Diana über ihre Affäre mit Ernesto redete. Sie hatten schon ungläubig geschaut, als sie erklärt hatte, dass sie ihren Ehemann in England zurückgelassen hatte, um im Ausland zu arbeiten. Also konnte sie nicht erwarten, dass sie verstehen würden, welch schrecklichen Fehler sie begangen hatte, als sie sich mit einem verheirateten Mann einließ. Sie hatten sie längst als liederliches Frauenzimmer abgestempelt. Endlich kam das Wasser. Es war lauwarm und schmeckte schal, aber sie trank es dankbar in großen Schlucken.

Als Nächstes hatte sie die schwierige Aufgabe, ihren Streit mit Helen zu erklären. Sie senkte den Kopf und wählte ihre Worte sehr sorgfältig, um ihnen verständlich zu machen, was geschehen war. Sie erwähnte, dass sie um fünf Uhr noch einmal in die Maske gegangen war, um Helen zu suchen, dass sie sie später mit einem Freund namens Luigi in einem Café gesehen hatte.

»Wer ist dieser Luigi?«, fragte einer der Beamten eindringlich.

»Ich weiß es nicht«, antwortete sie ihm ehrlich. »Helen hat nie über ihn geredet. Wir haben ihn oft in Bars oder Klubs gesehen, aber sie schien ihm nicht besonders nahezustehen. Ich bin mir nicht sicher, warum sie sich am letzten Mittwoch mit ihm getroffen hat.«

»Wie sieht er aus?«

Diana beschrieb ihn, so gut sie konnte. Dunkles, lockiges Haar, dunkler Teint.

»Wissen Sie, wo wir ihn finden könnten?«

»Er ist abends gewöhnlich irgendwo in der Gegend um die Via Veneto. Aber ich weiß nicht, wo er wohnt oder arbeitet. Tut mir leid.«

»Kennen Sie einen jungen Amerikaner mit kurzem blondem Haar? Einer Nachbarin zufolge hat er Helen am Mittwochabend in ihrem Zimmer besucht.«

Diana ging in Gedanken eine Liste der Amerikaner durch, die Helen in Cinecittà vielleicht gekannt hatte, konnte sich aber nicht vorstellen, wer dieser Mann gewesen sein könnte.

»Sie war während dieses Besuchs sehr verzweifelt. Die Nachbarin hat gehört, dass sie geweint hat. Am nächsten Morgen ist sie ins Filmstudio gegangen, hat aber nicht gearbeitet. Sie hat gesagt, dass sie sich nicht wohl fühle, und am Nachmittag hat sie dann wohl beschlossen, Sie zu suchen.

Haben Sie eine Vorstellung, was der Grund dafür gewesen sein könnte?«

Diana wiederholte, sie könne nur annehmen, dass Helen sich mit ihr versöhnen wollte, sie aber in Torre Astura nicht gefunden hatte.

Es war stickig in dem Verhörzimmer, und Diana war ganz schwach vor Hunger. Plötzlich stand der Beamte, der sie verhörte, auf und verließ ohne eine Erklärung den Raum. Sie sprach den jüngeren Mann an, der das Protokoll schrieb, und fragte: »Ob ich wohl noch ein Glas Wasser bekommen könnte, bitte?« Sie musste es zweimal wiederholen, ehe er verstand, worum sie ihn gebeten hatte. Wenn er solche Probleme hatte, ihr Italienisch zu verstehen, dann ließ sie das befürchten, dass seine Aufzeichnungen nicht sehr genau waren.

»Bald«, antwortete er, ohne zu sagen, wann das sein würde.

Der erste Beamte kam zurück. »Wir möchten die beiden Männer finden, mit denen Helen sich in der Nacht vor ihrem Tod getroffen hat. Vielleicht wären Sie so gut, uns heute Abend zu begleiten und uns bei der Identifizierung dieses Luigi zu helfen?«

Diana erklärte sich einverstanden. »Ja, wir können gern nach ihm Ausschau halten.«

Die Polizei setzte sie um die Mittagszeit zu Hause ab, und sie eilte sofort in die Trattoria, um dort etwas zu essen. Sie war halb verhungert und bestellte mehr, als sie schaffen konnte. »Die Augen waren wieder mal größer als der Bauch«, so hatte ihr Vater sie immer geneckt, und bei dieser Erinnerung strömten ihr schon wieder die Tränen über das Gesicht.

Um zehn Uhr abends kam derselbe Polizist sie abholen und fuhr sie in Begleitung eines anderen Beamten, den sie noch nicht kennengelernt hatte, zur Via Veneto. Sie fühlte sich ein wenig unbehaglich, als sie mit zwei uniformierten Polzisten an der Seite in die Nachtklubs ging. Die Leute drehten sich zu ihnen um und starrten sie an. In einer Bar war eine Gruppe, die sie aus Cinecittà kannte, und die Leute flüsterten hinter vorgehaltener Hand, während sie zusahen, wie sie sich im Raum umschaute.

Sie führte die beiden Polizisten in vier Lokale, ohne dass sie Erfolg hatten, aber als sie die letzte Bar verließen, kam ihnen plötzlich Luigi entgegen.

»Das ist er«, sagte sie und deutete auf ihn. »Das ist Luigi.«

Er sah, wie sie auf ihn zeigte, und seine Augen huschten blitzschnell von ihr zu den Polizisten, als überlegte er, ob er fliehen solle. Sie stellten sich neben ihn, und der erste Polizist fragte, ob es ihm etwas ausmachen würde, einige Fragen zu Helen zu beantworten.

»Nein, natürlich nicht«, sagte er gleich. »Ich war sehr traurig, als ich erfahren habe, was geschehen ist. Ein gemeinsamer Freund hat es mir vorhin erzählt.«

»Können Sie mit auf die Wache kommen?«, fragten sie, und er war einverstanden.

»Danke. Das war alles, was wir von Ihnen wissen wollten, Mrs Bailey«, sagten sie zu Diana. »Rufen Sie uns an, wenn Ihnen einfällt, wer der Amerikaner gewesen sein könnte.«

Sie versprach das und sah zu, wie die Polizisten mit Luigi zum Auto gingen. Plötzlich drehte der sich noch einmal um und warf ihr einen so giftigen Blick zu, dass sie erstarrte. Er hatte die Lippen zu einem verächtlichen Grinsen verzogen, und der blanke Hass blitzte aus seinen Augen. Er schaute sie an, als wolle er sie töten, und er hätte es vielleicht auch versucht, wenn die Polizisten nicht gewesen wären.

Diana lehnte sich an eine Mauer und war zutiefst aufgewühlt. Sie war nun überzeugt, dass Luigi etwas mit Helens Tod zu tun hatte. Vielleicht war sie vor ihm weggelaufen, als sie nach Torre Astura kam, er aber hatte sie eingeholt und umgebracht, ehe sie Diana gefunden hatte. Wie um alles in der Welt hatte Helen so jemanden kennengelernt? In diesem Augenblick hatte er jedenfalls ausgesehen, als könnte er einen Mord begehen.

Das Polizeiauto fuhr mit Luigi auf dem Rücksitz los. Panik ergriff Diana, als sie sich daran erinnerte, dass Luigi wusste, wo sie wohnte. Am allerersten Abend, an dem sie mit Helen ausgegangen war, hatte er im Taxi gesessen, als sie in der Pension abgeholt wurde. Würde er sich daran erinnern? Sie wohnte im zweiten Stock und ließ gewöhnlich nachts die Fensterläden offen, aber heute entschloss sie sich, sie zuzuklappen, ehe sie zu Bett ging. Sie würde auch die Tür verriegeln. Denn plötzlich fühlte sie sich nicht mehr sicher.

Kapitel 49

Sobald er wieder in Rom war, rief Scott bei Gianni an und verabredete sich mit ihm auf ein Bier, damit der ihm die Neuigkeiten mitteilen konnte, die er verpasst hatte.

»Was macht die Geschichte mit Liz und Richard?«, fragte er. »Sind sie zusammen oder nicht?«

»Sybil ist hier«, erklärte ihm Gianni. »Also sind sie nicht zusammen. Ich habe ein paar Bilder von ihr, wie sie gestern Abend mit Richard zu Abend gegessen hat. Elizabeth ist mit ihren Eltern, die gerade aus Amerika zu Besuch sind, zu Hause geblieben. Ich nehme an, sie ist nicht erfreut über diese Entwicklung.«

»Nein, bestimmt nicht.«

»Die große Neuigkeit ist, dass die Twentieth Century Fox vielleicht ihren Präsidenten Spyros Skouras rauswirft, weil der Etat für *Cleopatra* so ungeheuer überzogen wird. Es sieht ganz so aus, als würde der Film dreißig statt der ursprünglich geplanten zwei Millionen kosten. Wenn Skouras nächste Woche die Abstimmung im Aufsichtsrat überlebt, wäre das ein Wunder. Er war hier, um Gespräche mit Walter Wanger zu führen, ist aber heute wieder nach Hause geflogen.«

Scott grinste. »Ich glaube, ich rufe mal bei meinen Freunden in der Presseabteilung an und erkundige mich.«

»Ach, und jemand vom Team ist an einem der Drehorte bei Anzio ertrunken. Es wurde aber noch kein Name genannt.«

»Meinen Sie, dass da eine Geschichte drin ist?«

»Wer weiß?«

Es war Samstagabend, doch Scott ging kurz ins Büro, um ein paar Telefonate zu erledigen. Zuerst rief er seinen Chefredakteur an, und während sie sich unterhielten, überlegte Scott, was sein Chef wohl sagen würde, wenn er wüsste, dass er sich gerade in Genf mit Bradley Wyndham getroffen hatte. Er erwähnte das natürlich nicht. Er musste irgendeinen anderen Grund für diese Reise erfinden, wenn er die Spesen dafür abrechnen wollte.

»Ich habe ein paar Bilder von der Hochzeit von Prinz Juan Carlos von Spanien und Prinzessin Sophia von Griechenland rübergeschickt«, sagte der Chefredakteur. »Die sollten Sie inzwischen auf dem Schreibtisch haben. Man sagt mir, dass das ein wahrer *Who is Who* der königlichen Häuser Europas war. Unsere Frauenseite will was über die Kleider machen, aber niemand weiß, wer all die verdammten Leute sind. Könnten Sie das rausfinden und in ein paar Stunden zurückrufen?«

Das wäre also mein Samstagabend gewesen, dachte Scott. Er hätte nicht so viel dagegen gehabt, wenn es eine anständige Story gewesen wäre und nicht so eine blöde Modesache.

»Nächste Woche möchte ich, dass Sie ein Profil von dem neuen italienischen Präsidenten Antonio Segni verfassen. Fünfzehnhundert Wörter und ihr Name über dem Artikel. Was bedeutet es, ein christlicher Sozialist in der Democrazia Cristiana zu sein? Wie unterscheidet sich Segni von seinem Vorgänger? Wie steht er zur Sowjetunion? Ist er nett zu Kindern und Tieren? Sie wissen schon, Scott. Strengen Sie sich an.«

Scott schnaufte laut. Diese Art von Geschichte brauchte viel Zeit und Recherchen. Sein Chefredakteur würde mehr erwarten als wiedergekäute Zitate aus der Pressemappe. Aber Scott wusste, dass er keine Chance hatte, einen Termin für ein Interview mit Segni zu bekommen. Warum hatte er bloß diesen verdammenden Artikel über die Kommunistische Partei geschrieben? Das haftete ihm immer noch an wie ein übler Geruch.

»Oh, und wenn Sie Ihre Story über den *Cleopatra*-Etat morgen schicken, können wir sie am Tag vor der Aufsichtsratssitzung drucken. Versuchen Sie auch, was über die Lasterhaftigkeit der Filmstars einzuflechten, ja?«

Scott versprach es.

Als er den Hörer aufgelegt hatte, öffnete er den Umschlag mit den Hochzeitsfotos und schaute sie durch. Er kannte keine Menschenseele darauf, aber er würde die Fotos in die Bar vom Hotel Eden mitnehmen und die Pressekollegen bitten, ihm zu helfen.

Ehe er das Büro verließ, rief er noch im Pressebüro der *Cleopatra*-Produktion an.

»Hallo, Scott Morgan hier. Ich habe gehört, dass es Spyros Skouras an den Kragen gehen soll, und überlege, ob er wohl Walter Wanger mit in den Abgrund reißt. Irgendwelche Kommentare, die ich in meine Story einbauen könnte?«

»Wir äußern uns nur zu Dingen, die hier in Rom geschehen«, war die Antwort. »Über Angelegenheiten in Hollywood kann ich Ihnen nichts sagen.«

»Na gut, dann können Sie mir vielleicht verraten, ob Elizabeth Taylor und Richard Burton irgendwann in nächster Zeit wieder zusammenkommen?«

»Ich habe leider meine Kristallkugel nicht dabei. Da kann ich Ihnen auch nicht helfen.«

»Gibt's eine Chance auf ein Interview mit Miss Taylor?«

»Kommt nicht in die Tüte.«

Und während des ganzen fröhlichen Wortwechsels vergaß Scott ganz, sich danach zu erkundigen, wer am Set von Anzio ertrunken war.

Kapitel 50

Als Diana am Montagmorgen im Produktionsbüro in Cinecittà eintraf, saß ein Ehepaar mittleren Alters dort und redete mit Hilary. Sie schaute die Frau genauer an, und ihr
war sofort klar, wer sie war, denn ihr Gesicht war eine ältere,
müdere Version von Helens. Sie hatte sorgfältig frisiertes
blondiertes Haar und tiefe Schatten unter den Augen.

»Das sind Helens Eltern, Mr und Mrs Sharpe«, stellte Hilary die beiden vor, und Diana wurde ganz kleinlaut, als sie
ihnen die Hand schüttelte und Beileidsworte murmelte.

»Helen hat uns erzählt, was für gute Freundinnen Sie waren«, sagte die Mutter. »Ich weiß, es ist bestimmt schwierig
für Sie, aber dürfen wir Ihnen vielleicht ein paar Fragen stellen? Wir versuchen uns das Ganze zusammenzureimen, und
wir haben keine Ahnung ...«, sie unterbrach sich, den Tränen nahe.

»Die Polizei scheint nicht viel darüber zu wissen, was geschehen ist«, sagte Helens Vater. »Und das macht es für uns
noch schwerer.«

Diana führte sie in einen Aufenthaltsraum, der außerhalb
des Verwaltungsgebäudes lag und wo so früh am Morgen
zum Glück noch nicht viel los war. Sie beantwortete all ihre
Fragen zu dem Morgen in Torre Astura, an dem sie so verzweifelt versucht hatte, Helen wiederzubeleben. Die beiden
hörten aufmerksam zu, als wollten sie kein einziges Wort
verpassen.

Helens Vater fragte, was Diana über die Ermittlungen der
Polizei wusste, und war überrascht, als sie ihnen erzählte,
dass man einen Italiener namens Luigi zum Verhör auf die
Wache mitgenommen hatte.

»Die Polizei hat ihn gar nicht erwähnt. Sie sagten, sie suchen nach einem blonden Amerikaner, der am Abend zuvor kurz bei Helen aufgetaucht ist ... Sie kommen heute mit der Nachbarin, die ihn gesehen hat, nach Cinecittà, um festzustellen, ob sie den Mann vielleicht hier finden können. Sie scheinen ein Verbrechen nicht auszuschließen.«

Diana fragte sich, warum die Polizei Luigi nicht erwähnt hatte. Vielleicht war sie noch damit beschäftigt, Beweise zusammenzutragen. Helens Vater wollte wissen, ob sie Luigi näher kannte, aber sie verneinte das.

Nachdem sie die Fragen zu Helens Tod beantwortet hatte, führte Diana Helens Eltern über das Studiogelände; zuerst ging sie mit ihnen in die Maske. Sie zeigte ihnen Helens Pinsel, die alle ordentlich und sauber in einer Plastikhülle steckten, und ihr Autogrammbuch mit der Unterschrift von Elizabeth Taylor. Helens Mutter nahm es in die Hand und schwankte ein wenig, von ihren Gefühlen überwältigt. Ihr Mann legte den Arm um sie, um sie zu stützen.

Diana erzählte ihnen, dass Helen ein wandelndes Lexikon gewesen war, was all die Stars anging. Sie berichtete ihnen, dass Helen ihr geholfen hatte, ihre Garderobe auf den neuesten Stand zu bringen, damit sie endlich in den sechziger Jahren ankam, und dass sie zu besonderen Anlässen ihre Frisur und ihr Make-up gemacht hatte. »Sie war hier sehr glücklich«, sagte sie, auch wenn das nicht ganz stimmte. »Sie hatte die Arbeit, die sie liebte, war umgeben von glamourösen Filmstars und lebte in einer herrlichen Stadt.«

»Ich denke, das ist ein kleiner Trost«, sagte ihr Vater in einem Ton, der verriet, dass es überhaupt kein Trost war.

»Sie war immer die sensiblere von meinen beiden Mädchen«, merkte Helens Mutter an. »Julia – das ist meine ältere Tochter – hat all das Selbstbewusstsein mitbekommen, während Helen sich viel zu sehr darum sorgte, was die Leute über sie dachten. Sie hat nie begriffen, dass sie etwas ganz Besonderes war. Schon als Kleinkind hat sie wunderbar gesungen und getanzt, aber sie war zu schüchtern, um vor irgendjemandem außer der Familie aufzutreten, wie sehr wir sie auch dazu ermutigt haben.«

»Ja, ich habe sie tanzen gesehen. Sie war toll«, sagte Diana. Sie erinnerte sich auch daran, wie Helen Stücke aus Schlagern trällerte.

Plötzlich schien sie ihre klare, süße Stimme in Gedanken zu hören, und Schmerz ergriff sie. Das war alles so schwer. Sie wusste, dass sie für Helens Eltern stark sein musste. Doch durch deren Anwesenheit fühlte sie sich nur noch schuldiger, weil sie ihrer Tochter keine so gute Freundin gewesen war.

»Wir haben alles getan, was wir konnten, um ihr Selbstvertrauen ein bisschen zu stärken, aber sie hatte es sich in den Kopf gesetzt, dass wir nur auf ihre Schwester stolz waren. Das stimmte nicht, müssen Sie wissen.« Ihre Mutter schniefte laut. »Haben Sie schon Kinder, Diana?«

Diana schüttelte den Kopf.

»Lassen Sie mich Ihnen eines sagen, man hat oft die sensiblen ein kleines bisschen lieber, weil sie einen mehr brauchen. Da kann man gar nichts machen.« Sie zog ein Taschentuch hervor und schnäuzte sich. »Entschuldigen Sie.«

Später trieb Diana der Gedanke um, dass die beiden vom Geschehen wie betäubt gewesen waren. Die Trauer und der Schock waren noch ganz neu für sie; sie begannen gerade zu begreifen, dass diese Tragödie den Rest ihres Lebens überschatten würde.

Als Diana zum Produktionsbüro zurückkehrte, bemerkte sie erst, dass Ernesto draußen vor der Bar saß, als sie schon neben ihm stand und ihn nicht mehr übersehen konnte.

»Ich habe das von Helen gehört«, sagte er. »Wie geht es dir?«

»Bin ein bisschen wacklig auf den Beinen«, antwortete sie und blieb bei seinem Tisch stehen. »Es ist alles so seltsam. Ich kann nicht mal ansatzweise begreifen, was da passiert ist. Ich nehme an, du hast von meinem Streit mit ihr gehört?«

Er nickte und hatte zumindest so viel Anstand, verlegen zu schauen. »Hast du der Polizei davon erzählt?«

»Ja, ich denke, die wollen vielleicht auch mit dir reden.«

Er zuckte die Achseln. »Ich kann ihnen nichts erzählen. Ich kannte sie ja kaum.«

Ach ja?, dachte Diana sarkastisch. Du hast versucht, sie zu verführen, aber nicht sie kennenzulernen? Sie schwieg jedoch. »Sie suchen auch einen Mann, mit dem sie sich am Tag vor ihrem Tod getroffen hat, einen blonden Amerikaner. Kannst du dir vorstellen, wer das gewesen sein könnte?«

Ernesto überlegte und schüttelte dann den Kopf.

»Und sie verhören einen Italiener namens Luigi. Ich habe sie mit ihm in einem Café in der Nähe des Studios gesehen, und die Polizei wollte ihn befragen, also sind wir am Samstagabend zusammen auf die Via Veneto gegangen. Ich habe ihn identifiziert …« Ihre Stimme erstarb, als sie Ernestos erschrockenen Gesichtsausdruck bemerkte. »Was ist denn?«

»Bist du naiv, Diana! Weißt du wirklich nicht, wer Luigi ist?«

»Nein. Helen hat ihn mir nie vorgestellt.«

Ernesto pfiff leise durch die Zähne. »Das ist ein Drogendealer. Er hat Helen Stoff geliefert. Der wird gar nicht erfreut sein, dass du ihn da hineingezogen hast.«

Diana fuhr zurück. »Drogen! Helen hat doch keine Drogen genommen. Sie hat manchmal zu viel getrunken, aber …«

»Sie hat Drogen genommen, das kannst du mir glauben. Sie war eine sehr gute Kundin von Luigi. Hast du nie ihre Stimmungsschwankungen bemerkt? Manchmal war sie der

343

strahlende Mittelpunkt der Party, und manchmal war sie so gut wie reglos.« Ernesto sah ihr gerade in die Augen. »Sie hatte große Probleme.«

»Aber warum hat sie mir nichts davon gesagt?«

»Ich nehme an, sie hat sich geschämt. Sie hat so zu dir aufgeschaut.«

Diana war völlig benommen. Sie versuchte Argumente gegen Ernestos Behauptung zu finden, aber sie wusste nicht genug über Drogen. »Und warum hast du es mir nicht erzählt?«

Er schaute weg. »Ich mische mich nicht in Dinge ein, die mich nichts angehen.«

Was für ein Blödsinn!, dachte sie. Er verkauft Nachrichten über die Stars des Films an Journalisten. Das wollte er ihr doch nicht ernsthaft weismachen?

Ernesto stand auf und sagte leise, aber eindringlich: »Ich gebe dir einen guten Rat, Diana. Sag der Polizei, dass es in dem Café sehr dunkel war und du dich vielleicht geirrt hast, als du dachtest, Helen säße mit Luigi dort. Den solltest du dir besser nicht zum Feind machen.«

»Aber er hat vielleicht Helen umgebracht. Ich kann doch nicht lügen.«

Ernesto tätschelte ihr die Schulter, und sie fuhr vor seiner Berührung zurück. »Überleg es dir sehr gut. Selbst wenn Luigi für ihren Tod verantwortlich ist, wird er niemals dafür verurteilt werden. Leute wie er werden das nie. Du bringst dich selbst in Gefahr, und ohne triftigen Grund.«

Er lehnte sich zu ihr hinüber, um sie auf die Wange zu küssen, aber sie drehte sich weg. Er zuckte die Achseln und sagte nur noch: »Auf Wiedersehen, Diana. Pass gut auf dich auf.« Dann ging er auf das Eingangstor zu.

Diana war vollkommen verstört von diesem Gespräch. Was für eine schlechte Freundin sie doch gewesen war, wenn

Helen sich ihr nicht einmal wegen ihres Drogenproblems hatte anvertrauen können. Sie war so sehr mit ihrer eigenen Affäre beschäftigt gewesen, dass sie alle Warnsignale, die man eigentlich nicht hatte übersehen können, einfach nicht beachtet hatte. Sie schämte sich, dass sie Helen im Stich gelassen hatte, schämte sich, weil sie nur an sich gedacht hatte, und verspürte nichts als Verachtung für Ernesto, der sich an eine so verletzliche junge Frau herangemacht hatte. Er hatte sich durch und durch als Schweinehund erwiesen!

Ganz bestimmt würde sie seinem Rat, ihre Aussage über Luigi zurückzunehmen, nicht folgen. Sie wollte alles in ihrer Macht Stehende versuchen, um der Polizei dabei zu helfen, Helens Mörder zu finden und ihn hinter Gitter zu bringen. Das war das Mindeste, was sie tun konnte.

Kapitel 51

Am Montagmorgen druckte die italienische Presse ein grobkörniges Foto von Helen, die mit ein paar anderen jungen Frauen vom *Cleopatra*-Set in einem Straßencafé saß. Erst jetzt begriff Scott, dass sie die Person war, die in Torre Astura ums Leben gekommen war.

»Großer Gott!«, rief er und erschreckte seine Sekretärin. »Die kenne ich.«

Helen strahlte in die Kamera, hielt ihren Drink in die Höhe, als prostete sie jemandem zu; sie sah atemberaubend jung und hübsch aus. Scott stiegen die Tränen in die Augen. Was zum Teufel war passiert?

Neben dem Foto stand, dass der Polizei ihre Todesumstände verdächtig erschienen, und Scott vermutete sofort, dass man sie umgebracht hatte, weil sie dem Falschen irgendwas über Drogen ausgeplaudert hatte. Vielleicht hatte Luigi Wind davon bekommen. Es war sehr töricht von ihm gewesen, sie zur Villa der Ghianciaminas mitzunehmen. Sie war jung und redete gern und schien das Wort Vorsicht nicht zu kennen. Wenn Luigi mitbekommen hatte, dass sie über diesen Ausflug sprach, hatte er keine andere Wahl, als sie zum Schweigen zu bringen.

Scott überprüfte das Datum, an dem sie ertrunken war, und sah, dass es der Tag nach ihrer letzten Begegnung war. Sie war an jenem Abend sehr verzweifelt gewesen. Vielleicht wusste sie da bereits, dass Luigi hinter ihr her war. Er versuchte sich daran zu erinnern, was sie gesagt hatte: Sie hatte darüber geklagt, dass sie sich die Vitaminbehandlung nicht mehr leisten könne, und angedeutet, dass sie wieder Drogen nahm. Scott hatte vermutet, dass sie so verzweifelt war, weil es sich als weitaus schwieriger erwiesen hatte, vom Heroin wegzukommen, als sie gehofft hatte. Aber vielleicht hatte etwas anderes dahinter gesteckt. Hatte Luigi sie bedroht? War er vielleicht zu diesem Zeitpunkt sogar in ihrem Zimmer gewesen? Wollte Helen ihn deswegen nicht hereinlassen?

Scott war wild entschlossen, die Wahrheit herauszufinden. Zuerst rief er den Vitamin-Arzt an, um zu erfahren, ob Helen an diesem Abend noch bei ihm gewesen war, um sich die Spritze geben zu lassen, für die er ihr das Geld dagelassen hatte.

»Helen Sharpe?«, antwortete der Arzt. »Ich habe sie seit fast einer Woche nicht mehr gesehen.«

»Wissen Sie nicht, dass sie tot ist?«, fragte Scott. »Sie ist letzten Donnerstag in der Nacht ertrunken. Die Morgenzeitungen waren heute voll davon.«

Er hörte, wie der Arzt tief Luft holte. »Ich hatte keine Ahnung. Das tut mir leid.«

»Ich habe sie am Abend vor ihrem Tod noch einmal besucht, und sie hat mir erzählt, dass sie wieder mit den Drogen anfangen musste, weil sie sich Ihre Behandlungen nicht mehr leisten konnte. Das hat mich ein bisschen stutzig gemacht, denn ich meinte mich zu erinnern, Sie hätten gesagt, sie würde nur eine oder zwei Injektionen brauchen, dann wäre sie geheilt.«

»Ja, so hätte es sein sollen«, erklärte ihm der Arzt. »Aber Miss Sharpe war eine sehr ängstliche junge Dame, die nicht daran glaubte, dass sie die Sucht allein besiegen könnte. Hätte ich gewusst, dass sie so zu kämpfen hat, hätte ich ihr kostenlose Behandlungen angeboten.«

Während der Unterhaltung machte sich Scott in Kurzschrift Notizen von allem, was der Arzt antwortete. »Was ist sonst noch in diesen Spritzen? Warum ist sie immer wieder zu Ihnen gekommen, um sich welche von Ihnen geben zu lassen?«

»Darüber bin ich Ihnen gegenüber nicht zur Auskunft verpflichtet ...«

»Soll ich der Polizei den Vorschlag machen, Sie einmal aufzusuchen und Ihr Mittel daraufhin zu überprüfen, ob es vielleicht zu Helens Tod beigetragen hat?«

Es trat eine lange Pause ein. »Ich verabreiche gleichzeitig auch immer Amphetamine, um den Patienten Auftrieb zu geben. Sie werden feststellen, dass das eine ganz übliche Verfahrensweise ist. Ansonsten sind es hauptsächlich die Vitamine A und B.«

»Großer Gott!« Scott war wütend auf sich. Wenn er zurückdachte, waren die Anzeichen deutlich zu sehen gewesen, aber es war ihm nicht in den Kopf gekommen, was hier geschehen war. Jede Menge Ärzte gaben Amphetaminspritzen – man munkelte, dass Joe Mankiewicz, der Regisseur von *Cleopatra*, jeden Morgen eine bekam –, aber das war wirklich das Letzte, was Helen in ihrem labilen Zustand gebraucht hatte. Sie war von einer stark suchtbildenden Droge auf eine andere umgestiegen. »Das sollten Sie besser der Polizei erzählen.«

Der Arzt räusperte sich. »Ich sehe nicht ein, warum. Schließlich ist sie nicht an einer Überdosis gestorben, oder? Ich dachte, Sie hätten gesagt, sie sei ertrunken?« Er war jetzt eindeutig in der Defensive.

»Die Polizei hält die Todesumstände für ungeklärt.«

»Das hat doch nichts mit mir zu tun. Der hippokratische Eid verbietet es mir, mit Dritten über meine Patienten zu reden, also muss ich dieses Gespräch jetzt leider beenden.«

»Aber sicherlich ist doch der hippokratische Eid ...« Scott wollte sagen, dass der Eid seiner Meinung nach nicht über den Tod des Patienten hinaus bindend war, aber der Arzt hatte bereits aufgelegt.

Scott war wütend auf sich. Warum hatte er Helen zu jemandem mitgenommen, für den er sich nicht persönlich verbürgen konnte? Er hätte erst weitere Erkundigungen einziehen sollen. Als er an diesem Abend bei einem Glas Peroni in der Pianobar hockte, in der er Helen und ihre Freundinnen oft gesehen hatte, war er zutiefst aufgewühlt. Er starrte auf den Tisch, an dem sie meist gesessen hatten, und versuchte sich Helen dort vorzustellen. Sie hatte große Probleme gehabt, sicherlich, aber sie war auch eine wunderbare junge Frau gewesen, völlig ohne jeden Falsch. Wenn er an jenem letzten Abend nur nicht weggegangen wäre! Er hätte darauf bestehen sollen, dass sie ihm sagte, was sie so bedrückte.

Er wusste, dass er zur Polizei gehen und dort von Helens Drogenkonsum erzählen sollte, falls man nicht ohnehin schon davon wusste. Er würde sagen, dass er ein Freund war, der sie in einem Nachtklub kennengelernt und versucht hatte, ihr von der Sucht wegzuhelfen. Er sollte der Polizei wohl auch sagen, dass er sie am Abend vor ihrem Tod noch einmal gesehen hatte.

Scott fragte sich, welche Theorien die Polizei wohl verfolgte. Vielleicht hatte man schon jemanden verhaftet. O Scheiße! Plötzlich wurde ihm klar, dass er dann womöglich vor Gericht gegen Luigi oder einen seiner Kumpane aussagen musste. Das wollte er auf keinen Fall riskieren. Dann würde es sehr schwierig für ihn werden, weiter an seinem Artikel zu arbeiten. Vielleicht würde Alessandro Ghianciamina sich sogar daran erinnern, dass er der Kerl war, der seine Schwester angemacht hatte. Das war viel zu gefährlich.

Also beschloss er, ein paar Tage abzuwarten, was die Zeitungen berichteten, ehe er sich vorwagte. Hier stand einiges für ihn auf dem Spiel.

Kapitel 52

Am Dienstag, dem 15. Mai, erschienen kurz vor neun Uhr morgens zwei Polizisten in der Pensione Splendid, als Diana gerade mit einer Tasse Kaffee dasaß und auf das Studioauto wartete. Sie mochte inzwischen den italienischen Espresso mit seinem kräftigen Aroma sehr; das war ganz etwas anderes als der langweilige gemahlene Kaffee von Lyons, den Trevor zu Hause vorzog. Der Espresso katapultierte einen in den Tag, ließ einen hellwach werden.

»Signora Bailey? Wir müssen Ihnen noch ein paar Fragen stellen. Würden Sie uns bitte auf die Wache begleiten?«

Diana war überrascht. »Ich war am Samstag vier Stunden lang dort. Muss ich heute wirklich noch einmal hin? Können Sie mir Ihre Fragen nicht hier stellen?«

»Leider nicht. Sie müssen mitkommen.«

Sie seufzte laut. »Kann mich hinterher jemand nach Cinecittà bringen? Ich habe eine Besprechung.«

»Wir werden das arrangieren.«

Diana bat sie zu warten, bis der Studiofahrer kam, und trug dem auf, Hilary mitzuteilen, dass sie später kommen würde. Dann stieg sie in das Polizeiauto und wurde wieder zur Questura Polizia di Stato hinausgebracht. Zumindest hatte sie diesmal bereits gefrühstückt.

Man führte sie in denselben luftlosen Raum mit dem kleinen Fenster hoch oben in der Wand, und der Beamte, der sie am Samstag befragt hatte, kam wieder herein.

»Danke, dass Sie gekommen sind«, begann er. »Ich habe noch einige Dinge mit Ihnen zu klären. Wenn es Ihnen nichts ausmacht, gehen wir sie der Reihe nach durch.« Diana nickte. »Zunächst bin ich immer noch ein wenig verwundert über Ihren Streit mit Helen am 9. Mai. Ein paar Zeugen haben ihn mir beschrieben, und sie meinen, dass Helen geweint hat und Sie sie angeschrien haben. Trifft das zu?«

Mit wem hatte er geredet? Diana versuchte sich zu erinnern, wer an jenem Tag in der Bar gewesen war, aber es gelang ihr kaum: da war einer der Kameraleute gewesen und ein Regieassistent, dessen Namen sie nicht kannte. »Ich habe nur einmal die Stimme erhoben, und zwar gegen Ende unserer Unterhaltung. Am Anfang haben wir normal geplaudert, dann bin ich wütend und lauter geworden, und sie hat zu weinen angefangen. Anstatt weiter zu streiten, bin ich weggegangen, um mich zu beruhigen. Das ist alles.«

»Sie waren wütend auf sie, weil sie eine Affäre mit einem Mann anfangen wollte, mit dem Sie gerade Schluss gemacht hatten. Warum hatten Sie etwas dagegen, da Sie doch nicht mehr mit ihm zusammen waren?«

Gott, das war alles so kompliziert! »Weil er verheiratet war. Es war seiner Frau und seinen Kindern gegenüber nicht fair.«

»Aber Sie sind ohne Bedenken mit ihm ausgegangen?«

»Da wusste ich noch nicht, dass er verheiratet war. Er hat mich angelogen. Ich habe sofort mit ihm Schluss gemacht, als ich es herausgefunden hatte.« Während sie sprach, wurde ihr klar, dass die Polizei das bisher nicht mitbekommen hatte. Kein Wunder, dass der Beamte eine schlechte Meinung von ihr hatte.

»Mir scheint, Sie haben sich gestritten, weil Sie beide denselben Mann wollten. Ist das nicht die Wahrheit?«

Es wäre lächerlich gewesen, wäre nicht alles so traurig. Sie sprach langsam, weil sie die Sache ein für alle Male klären wollte. »Helen wusste gar nicht, dass ich mit Ernesto zusammen war. Wir haben das bei der Arbeit geheim gehalten. Ich habe die Beziehung sofort beendet, als ich erfahren hatte, dass er verheiratet ist. Dann versuchte er Helen zu verführen. Unser Streit hat angefangen, weil sie mit ihm ausgehen wollte und ich ihr davon abgeraten habe, weil er eine Frau hat. Beantwortet das Ihre Fragen?«

»Nein, ich habe noch viele andere«, sagte er und schaute auf seine Notizen. Ein jüngerer Polizist schrieb eifrig alles mit.

»Sagen Sie mir, Signora Bailey, wie sind Sie zu diesem Kratzer auf Ihrer Wange gekommen?«

Dianas Hand flog unwillkürlich an die Stelle, wo immer noch eine etwa fünf Zentimeter lange Schramme war. Sie erzählte dem Beamten, wie sie sich das Gesicht zerkratzt hatte, als sie vom Strand zur Straße zurückging. Warum wollte er das überhaupt wissen?

»Sagen Sie mir noch einmal, was Helen ihren Freundinnen in Cinecittà erzählt hat? Warum wollte sie nach Torre Astura fahren und Sie suchen? Ist es nicht möglich, dass sie hinter Ihnen hergereist ist, um sich weiter mit Ihnen über diesen Mann zu streiten?«

»Nein.« Diana schüttelte vehement den Kopf. »So war sie nicht. Ich weiß nicht, warum sie zu mir wollte, aber vielleicht hatte sie vor jemandem Angst, oder sie war sehr verzweifelt und wollte sich von einer Freundin trösten lassen.«

»Aber Sie sagten, dass sie Sie nicht gefunden hat. Sie haben sich nicht gesehen, nachdem sie dort angekommen war? Das stimmt doch?«

»Ja, das ist richtig. Ich habe sie erst am nächsten Morgen gesehen, als der Soldat sie aus dem Wasser gezogen hatte. Ich habe keine Ahnung, was passiert ist, vielleicht hatte sie vor jemandem Angst und vielleicht ist der ihr gefolgt, und sie haben sich gestritten, und der Streit hat dazu geführt, dass sie ertrunken ist. Was anderes fällt mir dazu nicht ein.« Vor ihrem geistigen Auge sah sie Helen, die um sich schlug, während Luigi ihren Kopf unter die Wasseroberfläche drückte. Sie hätte sich bestimmt mit aller Kraft gewehrt und versucht, sich zu befreien, aber sie war so klein und zart, und er war ein starker Kerl. Sie hätte gegen ihn keine Chance gehabt.

»Das soll ich also genau so in Ihre Aussage aufnehmen? Sind Sie sicher?«, fragte der Beamte und schaute sie durchdringend an.

Sie zermarterte sich das Hirn und versuchte sich zu erinnern, ob sie irgendeine Einzelheit ausgelassen hatte. »Das letzte Mal habe ich sie lebend gehen, als sie mit Luigi am Abend zuvor in dem Café saß. Hat er Ihnen etwas darüber gesagt, wie ihre Verfassung bei dieser Begegnung war?«

Der Polizist schaute sie kühl an. »Der Mann, den Sie identifiziert haben, war zu diesem Zeitpunkt nicht einmal in der Nähe von Cinecittà. Er hat ein Alibi. Wir haben es überprüft, und es ist wasserdicht. Sie haben sich also geirrt.«

Sie keuchte auf. »Er kann kein Alibi haben! Ich habe ihn mit eigenen Augen gesehen! Wussten Sie, dass er Drogendealer ist? Er ist ein schlechter Mensch, und ich habe Angst vor ihm. Ich hatte gehofft, dass Sie ihn noch in Haft haben.«

»Wieso denken Sie, dass er Drogenhändler ist? Nehmen Sie selbst Drogen, Signora Bailey?« Seine Stimme klang jetzt sehr streng.

»Nein, niemals! Ernesto hat es mir erzählt. Er hat gesagt, dass Helen Drogen nimmt und dass sie sie von Luigi kauft. Dem sollten Sie nachgehen. Ich bin sicher, dass er etwas mit Helens Tod zu tun hat. So wie er mich am Samstagabend angeschaut hat …«

Der Beamte stand auf. »Wir lassen Ihre Aussage tippen, und ich bringe sie Ihnen dann und bitte Sie, sie zu unterschreiben.«

Diana schaute auf die Uhr. Es war schon beinahe halb elf, die Drehbuchbesprechung würde sie also wohl ganz verpassen. Warum brauchte die Polizei nur so lange, um den offensichtlichsten Tatverdächtigen zu verhaften? Wenn Luigi unschuldig wäre, hätte er kein falsches Alibi angegeben. So verhielt sich nur jemand, der etwas zu verbergen hatte. O Gott, die arme Helen. Es war unerträglich, sich vorzustellen, wie sie versuchte, vor ihm wegzulaufen, weil sie dachte, bei Diana wäre sie in Sicherheit, und wie er sie dann eingeholt hatte, ehe sie Diana finden konnte. Sie musste Todesängste ausgestanden haben. Diana fragte sich, warum Luigi sie verfolgt haben mochte, und nahm an, dass Helen ihm Geld schuldete.

Es dauerte über eine Stunde, bis die Aussage getippt war, und während dieser Zeit ließ man Diana allein in dem Verhörzimmer sitzen, ohne ihr auch nur ein Glas Wasser zu geben. In Großbritannien musste einem die Polizei unter solchen Umständen doch bestimmt mindestens eine Tasse Tee oder so etwas bringen? Endlich ging die Tür auf, und man legte ihr die Aussage vor. Sie war auf Italienisch geschrieben, also las sie sie sorgfältig durch, war sich aber der Nuancen nicht sicher, die der Wortwahl zugrunde lagen. Doch die Fakten standen so da, wie sie sie angegeben hatte, und sie wollte schnell hier weg, also unterschrieb sie.

Sie stand auf, nahm ihre Handtasche und wollte gehen, doch da kam der Beamte wieder ins Zimmer, überprüfte ihre Unterschrift auf der Aussage und sagte dann etwas, das sie so verblüffte, dass sie ihn bitten musste, es zu wiederholen.

»Signora Diana Bailey, wir verhaften Sie unter dem Verdacht, in der Nacht vom 10. zum 11. Mai Helen Sharpe umgebracht zu haben. Sie bleiben in Haft, bis das Beweismaterial einem Richter vorgelegt werden kann, und zu diesem Zeitpunkt können Sie sich, wenn Sie es wünschen, von einem Rechtsanwalt vertreten lassen.«

Diana sackte auf den Stuhl zurück und packte die Tischkante mit beiden Händen. »Nein!«, rief sie. »Sie haben alles missverstanden! Ich hätte Helen nicht töten können. Sie war doch meine *Freundin*. Ich könnte niemanden töten. Das ist lächerlich.« Sie streckte die Hand nach der Aussage aus, weil sie sich fragte, ob sie versehentlich etwas Belastendes unterschrieben hatte, aber der Beamte riss ihr das Papier weg.

»Diese Polizisten werden Sie in die Haftanstalt bringen.« Zwei Männer näherten sich, und einer packte ihre Handgelenke.

»Bitte hören Sie mir zu. Das ist alles ein großes Missverständnis. Vielleicht hätten wir doch einen Dolmetscher hinzuziehen sollen. Ich weiß nicht, wie Sie mich so falsch verstehen konnten.« Es musste doch etwas geben, das sie ihm sagen könnte, damit er endlich begriff. Aber er drehte sich nur um und ging ohne ein weiteres Wort aus der Tür. Der Mann, der ihre Handgelenke umfasst hielt, zog sie hoch. Und dann kam der zweite Mann mit Handschellen.

»Nein«, rief sie. »Rufen Sie in der britischen Botschaft an, bitte. Das ist alles ganz verkehrt.«

Man riss ihr die Hände auf den Rücken, und mit einem Klicken schnappten die Handschellen zu. Als man sie aus dem Hinterausgang der Wache zu einem wartenden Auto führte, flehte sie die Männer immer noch an. »Bitte rufen Sie die britische Botschaft an. Rufen Sie Hilary Armitage in Cinecittà an. Bitte sagen Sie *irgendjemandem*, dass ich hier bin.«

Aber die beiden ließen nicht erkennen, dass sie irgendetwas dergleichen tun würden. Es sah so aus, als sei sie jetzt ganz auf sich allein gestellt.

Kapitel 53

Man schob Diana hinten in das wartende Polizeiauto, und ein Polizist stieg vorn ein, um den Wagen zu fahren. Er sah sehr jung aus, und sie vermutete, dass er keinen sehr hohen Rang bekleidete und ihr wohl nicht helfen konnte, aber trotzdem bombardierte sie ihn mit Fragen.

»Wo bringen Sie mich hin?«

»Ins Mantellate, die Frauenabteilung des Gefängnisses Regina Coeli.«

»Aber ich bin unschuldig. Was sollte ich tun?«

»Ein Richter entscheidet, ob Sie unschuldig sind.«

»Wann werde ich dem Richter vorgeführt?«

»Bald«, antwortete er. »In den nächsten achtundvierzig Stunden.«

Das waren zwei ganze Tage – und zwei Nächte! Sie konnte unmöglich zwei Tage im Gefängnis verbringen. Das war alles lächerlich. Sie musste mit Hilary sprechen und sich einen Anwalt nehmen.

»Ich muss telefonieren. Wo kann ich telefonieren?«

»Im Regina Coeli.« Er war ein Mann weniger Worte, und nach einer Weile gab sie auf.

Das Regina Coeli lag am Fluss in Trastevere unterhalb des Janiculum-Hügels, und das gelb angestrichene Mantellate war ein ehemaliges Kloster in einer Seitenstraße. Der Fahrer half ihr aus dem Auto und führte sie in den Empfangsbereich.

»Kann ich bitte telefonieren?«, fragte sie einen der Wärter, erhielt aber die Antwort: »Später, später.«

Man durchsuchte ihre Handtasche und tastete sie am ganzen Körper ab, um herauszufinden, ob sie nicht etwas Verbotenes in den Taschen hatte. Dann nahm man ihr die Handschellen ab, und ein Wärter führte sie durch einen engen Flur und eine Treppe hinauf. Ihre Schritte hallten laut, und sie konnte in der Ferne Metall klappern hören. Das Gebäude schien nur aus Stein und Metall zu bestehen.

»Da wären wir«, sagte der Wärter, öffnete die Tür einer winzigen Zelle und bedeutete ihr mit einer Geste, sie solle eintreten.

»Nein, ich muss erst telefonieren«, sagte Diana mit so fester Stimme, wie sie nur konnte. »Ich werde bei der Arbeit erwartet.«

»Sie können später anrufen«, erwiderte ihr der Wärter.

Es gab keine Verhandlung, kein Mitgefühl. Er wollte mit seiner Arbeit weitermachen. Diana trat in die Zelle, und sofort wurde die Tür hinter ihr zugeschlagen und verriegelt. Panik überkam sie. O Gott, was würde nur aus ihr werden?

Die Zelle war kühl, hatte dicke Mauern und ein Fenster hoch oben, durch das sie den wolkenlosen blauen Himmel sehen konnte. Die erste Stunde saß sie einfach nur zitternd auf der Kante des schmalen Betts. Sie wollte einen klaren Kopf bekommen, damit sie wieder besser denken konnte – aber es gab tatsächlich nichts, was sie tun konnte, jedenfalls im Augenblick. Ihr war schlecht vor Angst, und irgendwann beugte sie sich über den Deckeleimer, der in einer Ecke stand, und dachte, sie müsste alles ausspucken, was sie im Magen hatte. Sie würgte, aber ohne Erfolg, außer dass ihr jetzt auch noch der Hals weh tat. Sobald ihr nicht mehr so übel war, sollte sie in Gedanken vielleicht noch einmal alles durchgehen, was geschehen war. Möglicherweise fiel ihr dabei das eine Indiz ein, das die Polizei davon überzeugen würde, dass sie einen schrecklichen Fehler gemacht hatte.

Ihre Stimmung schwankte zwischen großem Optimismus – sobald Hilary erfahren hatte, was ihr zugestoßen war, würde sie einen der Rechtsanwälte von Twentieth Century Fox hinzuziehen, der sie sofort freibekommen würde – und tiefster Verzweiflung. Was war, wenn alle sie für schuldig hielten? Was, wenn auch Helens Eltern dachten, dass sie es getan hatte? Man würde sie vielleicht für schuldig befinden, und sie war sich gar nicht sicher, ob es in Italien nicht noch die Todesstrafe gab. Wurden Verbrecher gehängt oder vor ein Erschießungskommando gestellt?

Erst vor sieben Jahren hatte man Ruth Ellis in Großbritannien aufgehängt, nachdem die ihren Liebhaber David Blakely erschossen hatte. Es hatte damals einen großen Skandal gegeben, und alle möglichen wichtigen Persönlichkeiten hatten sich dagegen ausgesprochen, aber sie hatte das Gefühl, dass die Italiener vielleicht eine Gerechtigkeit nach dem Motto »Auge um Auge« bevorzugten. Sie waren ja schließlich erst vor kurzer Zeit aus der finsteren Zeit des Faschismus wieder aufgetaucht und im Krieg Gegner von Großbritannien gewesen. Vielleicht hegten sie noch antibritische Gefühle?

Stopp! Ich darf nicht so weiterdenken, sonst werde ich verrückt! Konzentriere dich, Diana, konzentriere dich.

Nichts, was sie bisher erlebt hatte, hatte sie auf diese Zelle von drei mal drei Metern mit dem schmalen Bett und dem Deckeleimer vorbereitet. Sie ging zur Tür und hielt das Ohr ans Holz, versuchte auf die Geräusche draußen zu lauschen. Es war ein Klappern zu vernehmen, und sie meinte gelegentlich Stimmen auszumachen, aber niemand antwortete, als sie rief: »Hallo! Ist da jemand?«

Sie dachte an die Zeitungsberichte, die sie über Leute gelesen hatte, die im Ausland im Gefängnis gesessen hatten, und sie war sich sicher, dass man ihnen erlaubt hatte, dass ein britischer Konsularbeamter sie besuchte. Höchstwahrscheinlich sollten sie auch die nächsten Verwandten benachrichtigen – in ihrem Fall Trevor. Aber sie hatte keine Ahnung, welche Rechte sie hier in Italien hatte. Oh, wenn sie doch nur mit Trevor sprechen könnte! Er könnte dann beim Auswärtigen Amt anrufen und die Leute dort einschalten. Er war ein so gescheiter Mann, ihm würde bestimmt etwas einfallen, wie er sie hier herausbekommen könnte.

Im Laufe des Nachmittags bekam sie großen Durst. Es gab in der Zelle kein Wasser, keine Erfrischung irgendeiner Art, nicht einmal einen Wasserhahn, an dem sie sich die Hände waschen konnte. Ihre Gedanken jagten von einem Thema zum anderen. Konnte die *padrona* in der Pension in Torre Astura nicht bestätigen, dass sie die ganze Nacht über im Bett gelegen hatte? Nein, ihr Patio ging ja unmittelbar auf den Strand hinaus. Jeder, der Helen kannte, würde bezeugen, dass sie eine sanftmütige Person war, die sich niemals auf eine Prügelei eingelassen hätte. Und sicherlich würde man das auch über sie, Diana, sagen, oder? Und dann konnte sie keinen klaren Gedanken mehr fassen, denn ihr Mund und ihr Hals waren völlig ausgetrocknet, und sie konnte nur noch an ein großes Glas mit eiskalter Limonade denken.

Sie schaute den Zeigern ihrer Uhr zu, wie sie langsam über das Zifferblatt krochen, und rechnete aus, wie lange es dauern würde, bis die Botschaft jemanden schickte. Wenn sie die Mitteilung um, sagen wir mal, die Mittagszeit bekommen hatten, dann hätte es möglich sein müssen, jemanden bis zwei zu ihr kommen zu lassen, aber auf ihrer Uhr war es bereits nach vier. Dann erinnerte sie sich daran, dass die Italiener während der heißesten Mittagszeit im Sommer nie arbeiteten, dass also frühestens gegen fünf Uhr jemand erscheinen würde.

Kurz nach fünf hörte sie Schlüssel klirren und sprang erwartungsvoll auf, aber es war nur eine Wärterin, die ein Tablett mit Essen brachte. Diana schaute es an: Es waren ein

Teller Eintopf, ein kleiner Salat und ein nicht identifizierbares rosafarbenes Dessert.

»*Acqua, per favore.* Wasser, bitte.« Sie fasste sich an den Hals, um ihren Durst zu demonstrieren, und die Wärterin nickte. Sie stellte das Tablett auf ihr Bett und ließ die Zellentür offen, während sie einen Krug Wasser und ein Glas holen ging. Einen Sekundenbruchteil lang überlegte Diana, ob sie einfach aus der Tür stürmen sollte, aber sie wusste, dass das Wahnsinn gewesen wäre. Die Wärterin kehrte zurück, gab ihr das Wasser und begann die Tür wieder zu verriegeln.

»*Chiami l'ambasciata britannica, per favore*«, flehte Diana sie an. »Rufen Sie die britische Botschaft an.«

»*Domani, domani*«, antwortete die Wärterin, und Diana sank der Mut. Das hieß »morgen«. Wie konnte man von ihr erwarten, dass sie die Nacht an diesem Ort verbrachte?

Helen, wo bist du? Wenn du nur zurückkommen und denen die Wahrheit sagen könntest …

Die Tür ging zu. Diana setzte sich hin und schenkte sich ein Glas Wasser ein. Die Galle stieg ihr hoch, wenn sie das Essen nur roch, und sie wusste, dass sie keinen Bissen herunterbringen würde. Sogar das Wasser ließ sie würgen, obwohl es frisch und kühl war.

Um halb sechs kehrte die Wärterin zurück, und Diana nahm an, dass sie das Tablett holen wollte, also hob sie es hoch, um es ihr zu geben, aber die Frau sagte: »*No, hai un visitatore.*«

Oh, Gott sei Dank! Sie hatte Besuch! Jemand war gekommen, um sie hier herauszuholen.

Sie stellte das Tablett mit einem Klirren wieder auf das Bett zurück und folgte der Frau nach draußen, einen Flur entlang und ein paar Treppen hinauf in einen Raum mit einem Tisch und ein paar Stühlen. Die Tür stand offen, und drinnen saß ein sehr elegant aussehender Mann mit silbergrauem, nach hinten gekämmtem Haar, der einen hellgrauen Anzug trug.

»Hallo, Miss Bailey«, sagte er, stand auf und streckte ihr die Hand hin. »Bartolomeo Esposito. Ich bin Ihr Rechtsanwalt.«

Als sie den Arm ausstreckte, um ihm die Hand zu schütteln, stieg ihr ein Hauch von Schweiß in die Nase, und sie bemerkte, wie verschwitzt ihre Achseln waren. Sie war sich sicher, dass sie am Morgen ihr Deodorant verwendet hatte. Die Worte aus der Reklame kamen ihr in den Kopf – »Arrid, so trocken wie die Wüste«. Aber es hatte wohl nicht funktioniert. Vielleicht hatte die Furcht sie mehr als sonst schwitzen lassen. Sie sorgte sich, dass auch Signor Esposito es riechen könnte, und hielt die Ellbogen fest an die Seite gepresst.

Wie lächerlich, sich jetzt über so etwas Gedanken zu machen! Dieser Mann konnte ihre Unschuld beweisen. Das war alles, worauf es ankam. Sie musste ihn davon überzeugen, dass sie ehrlich, vernünftig und verlässlich war und dass man ihr großes Unrecht angetan hatte.

»Bitte, nehmen Sie Platz«, sagte er in geschäftsmäßigem Ton, setzte sich hin und schlug einen Aktenordner auf.

Diana setzte sich ebenfalls.

Kapitel 54

Signor Esposito war vielleicht Anfang fünfzig, überlegte sie, und er sah aus, als wären seine Dienste ziemlich teuer. Sie beobachtete seine Hände, als er die Papiere durchblätterte. Sie schienen manikürt zu sein, hatten kurze, sehr gepflegte Nägel. Ob sich italienische Männer maniküren ließen?

»Hilary Armitage hat mich im Namen der Twentieth Century Fox gebeten, Ihren Fall zu übernehmen.«

Diana hatte einen Kloß im Hals. Der Gedanke, dass Hilary wusste, dass sie hier war, und ihr zu helfen versuchte, war wunderbar.

»Ich habe Ihre Aussage gelesen, auch die Anklage gegen Sie. Mir scheint, dass wir zwei Probleme haben: die Tatsache, dass Helen und Sie Rivalinnen waren und sich um denselben Mann gestritten haben, und die Zeugin, die ausgesagt hat, dass sie in Torre Astura gesehen hat, wie sich Helen mit einer anderen Frau prügelte.«

»Was?«, rief Diana. »Das ist unmöglich! Ich habe Helen in Torre Astura nicht getroffen. Und wir wollten nicht denselben Mann und haben uns schon gar nicht um einen geprügelt. Das ist alles völlig falsch.«

Er nickte. »Gut. Die Polizei holt die Frau zur Gegenüberstellung nach Rom. Es würde natürlich helfen, wenn sie Sie nicht identifizieren kann.«

Diana war völlig verdattert. »Wer um alles in der Welt ist sie? Wann soll diese Gegenüberstellung sein? Ich hoffe bald, damit ich hier rauskomme.«

Er runzelte die Stirn, so dass eine tiefe Furche über seiner Nasenwurzel entstand, und lehnte sich auf den Ellbogen vor. »Ich hoffe, sie ist morgen. Am Donnerstag gibt es eine Anhörung, bei der der Staatsanwalt vom Untersuchungsrichter eine Genehmigung für die weiteren Ermittlungen erwirken will.«

Diana stöhnte auf, und ihr Magen verkrampfte sich. »Ich kann nicht bis Donnerstag hierbleiben. Ich kann einfach nicht. Ich muss doch meine Arbeit machen.«

Er fuhr im gleichen nüchternen Ton fort. »Es besteht keine Möglichkeit, dass Sie vor Donnerstag freigelassen werden. Eine Mordanklage ist eine sehr ernste Sache. Aber wir sorgen dafür, dass Sie es hier so bequem wie möglich haben, während wir an Ihrer Verteidigung arbeiten.«

»Und ich komme bestimmt am Donnerstag frei?«

»Nein, sicher ist das nicht. Nur wenn wir den Richter davon überzeugen können, dass es keinen Grund gibt, Sie weiter hier festzuhalten. Wir müssen alle Indizienbeweise widerlegen, die gegen Sie ins Feld geführt wurden, und das könnte eine Weile dauern.«

Diana begann den Ernst ihrer Lage zu begreifen, und sie fing an, leise zu weinen.

»Fassen Sie sich, Miss Bailey«, sagte er, wenn auch in freundlichem Ton. »Ich möchte Sie jetzt bitten, mir Ihre Beziehung zu Helen zu beschreiben. Was für eine Freundschaft war das? Wie viel Zeit haben Sie miteinander verbracht? Und dann berichten Sie mir bitte mit Ihren eigenen Worten über Ihre Beziehung zu diesem Mann« – er schaute auf seine Papiere hinunter – »Ernesto Balboni und über Helens Interesse an ihm.«

Diana schniefte noch einmal und versuchte, nicht mehr zu weinen, damit sie seine Fragen beantworten konnte. Während sie sprach, machte er sich Notizen; das beruhigte sie. Er sprach fließend Englisch, und sie konnte sehen, dass er alles verstand, was sie sagte. Sie hatte das Gefühl, endlich etwas Sinnvolles zu tun. Wenn sie in ihrer Aussage klar, präzise und akkurat war, würde er doch gewiss begreifen, dass sie ein anständiger Mensch war und niemals fähig gewesen wäre, einen Mord zu begehen. Sie hatte ja noch nicht einmal eine Mausefalle gekauft, um die kleine Maus zu töten, die manchmal nachts in der Pension durch ihr Zimmer huschte.

»Sehen Sie mich doch an!«, sagte sie und hielt ihre Arme hoch. »Ich bin nicht stark. Wie soll ich Helen zum Meer geschleift und ihr den Kopf so lange unter Wasser gedrückt haben, bis sie ertrunken ist?«

Er schaute sie scharf an und schrieb dann etwas auf. »Interessant. Sie wissen also nicht, dass sie eine Kopfverletzung hatte?« Diana machte große Augen und schüttelte den Kopf. Er fuhr fort: »Ja, es sieht so aus, als hätte sie einen Schlag auf den Kopf bekommen und wäre bewusstlos gewesen, als sie ins Wasser fiel. Deswegen hat man Selbstmord ausgeschlossen.«

»Sie glauben mir doch, oder?« Plötzlich war das für Diana sehr wichtig.

Er nickte. »Nachdem ich mir angehört habe, was Sie zu sagen hatten, glaube ich Ihnen.« Er tätschelte ihr die Hand. »Aber wir müssen handfeste Beweise finden. Ich nehme nicht an, dass Sie eine Vorstellung haben, wer Helen getötet haben könnte?«

»Doch, ich glaube, dass es ein Drogenhändler namens Luigi war – ich kenne seinen Nachnamen nicht. Die Polizei hat ihn schon befragt und wieder freigelassen. Er hat sie angelogen, denn ich habe ihn ganz bestimmt am Tag vor Helens Tod mit ihr gesehen, auch wenn er behauptet, er hätte ein Alibi.«

Signor Esposito machte sich dazu ein paar Notizen und versprach, er würde versuchen, mehr herauszufinden. Vielleicht würde sich das Personal der Bar, in der Luigi Helen ge-

troffen hatte, an ihn erinnern – aber wenn er als Drogenhändler bekannt war, dann wollten sie sich wahrscheinlich
aus der Sache heraushalten.

»Lassen Sie mich Ihnen jetzt etwas über die Rechte mitteilen, die Sie in der Haft haben. Sie dürfen einmal am Tag Besuch empfangen, und Sie dürfen den Besuch bitten, Ihnen
Kleidung und Toilettenartikel mitzubringen. Ihnen ist ein
Anruf am Tag gestattet, und Sie sollten Zugang zu einem
Badezimmer haben, um sich mindestens einmal am Tag
waschen zu können. Ich habe mir sagen lassen, dass Sie im
Augenblick in einer Einzelzelle untergebracht sind. Normalerweise müssten Sie dafür etwas bezahlen, aber ich nehme
an, dass man auf das Ergebnis der Anhörung vor dem Untersuchungsrichter wartet, ehe man Sie in eine Zelle mit jemand
anderem verlegt. Damit beschäftigen wir uns, wenn es nötig
ist, am Donnerstag.«

Heute war Dienstag. Donnerstag schien unendlich weit
weg. Der Anwalt bemerkte ihren verängstigten Gesichtsausdruck. »Ich nehme an, Sie waren noch nie zuvor im Gefängnis.«

»Natürlich nicht!«

»Die Zeit wird vergehen. Vielleicht könnten Sie sich ein
paar Bücher mitbringen lassen. Bitte versuchen Sie, die Ruhe
zu bewahren, und zermartern Sie sich nicht das Hirn, welche kleinen Einzelheiten Sie vielleicht übersehen haben, die
Ihrem Fall nutzen könnten.«

Sie war immer noch den Tränen nahe, aber seine Stimme
beruhigte sie ein wenig. Zwei Tage waren in einem ganzen
Leben nicht viel. Sie musste einfach durchhalten. »Wäre es
möglich, dass ich schon heute ein paar von meinen Sachen
aus der Pension gebracht bekomme?«

»Schreiben Sie eine Liste von allem, was Sie haben möchten, und ich bitte Hilary Armitage, das zu arrangieren.«

Er reichte ihr Stift und Papier, und sie schrieb auf die Liste: Zahnbürste und Zahnpasta, Waschlappen und Seife, Shampoo, Kleidung für den Tag und für die Nacht, Bücher, Stifte und Papier und viele Flaschen Wasser.

»Darf ich telefonieren? Meinen Sie, dass ich meinen Ehemann in London anrufen dürfte?«

Der Rechtsanwalt schaute überrascht. »Sie sind verheiratet?«

Sie nahm an, dass er nicht auf den Gedanken gekommen war, weil sie über ihren Liebhaber geredet hatten. Sie streckte ihm ihren Ringfinger mit dem schlichten goldenen Ehering hin. »Ja.«

»Natürlich wird man Ihnen diesen Anruf gestatten. Möchten Sie gleich jetzt telefonieren?«

Sie schaute auf die Uhr. Wenn man die Stunde Zeitunterschied berücksichtigte, wäre Trevor jetzt gerade auf dem Nachhauseweg von der Arbeit. Hatte er dienstags irgendwelche Vereinssitzungen? Sie glaubte es nicht. »Vielleicht in einer Stunde?«

»Gut. Ich sage dem Wärter, dass er Sie in einer Stunde holen soll, und ich erkläre ihm auch, dass Sie in England anrufen werden.«

»Danke«, flüsterte sie.

Er legte seine Papiere zusammen, stieß sie ein paarmal auf den Tisch, um sie auszurichten, legte sie dann in eine Mappe und schob seinen Stuhl zurück. Helen geriet in Panik, weil er sie gleich verlassen und man sie wieder in die Zelle zurückführen würde, wo sie allein wäre.

»Signor Esposito, noch eine letzte Frage«, sagte sie mit leiser Stimme. »Haben Sie … gibt es hier die Todesstrafe?«

»Auf keinen Fall! Wir finden es barbarisch, dass Sie in Ihrem Land noch Leute hinrichten. Die Todesstrafe ist in Italien bereits 1889 abgeschafft worden. Sie wurde unter Mussolini kurz wieder eingeführt, aber die letzte Hinrichtung hier war 1945. Sie werden feststellen, dass unsere Gesetze sehr menschenfreundlich sind, Mrs Bailey.«

Das war doch schon einmal was! Und trotzdem hatte die Polizei in ihrem Fall einen Riesenfehler begangen, mit dem sie sich kaum versöhnen konnte. »Wann sehe ich Sie wieder?«, fragte sie.

»Am Donnerstagmorgen vor der Anhörung. Inzwischen können Sie mich anrufen, wenn Ihnen noch etwas einfällt.« Er reichte ihre eine Visitenkarte mit goldgeprägtem Namen. »Es wird alles gut, Diana. Sie kommen da durch.«

Sie spitzte die Lippen und nickte.

Er rief eine Wärterin und sprach in schnellem Italienisch mit ihr, erklärte wohl die Sache mit dem Telefongespräch, und dann winkte er ihr noch einmal zu und war fort. Das Einzige, was sie beruhigte, war, dass sie in einer Stunde mit Trevor sprechen konnte. Sie würde ihm alles erzählen, und er würde sich einen Plan ausdenken. Er würde wissen, was zu tun war.

Aber als die Wärterin sie eine Stunde später nach oben führte und das Gespräch angemeldet wurde, klingelte es nur, und niemand ging an den Apparat. Nach zwanzig Klingeltönen sagte ihr die italienische Vermittlung, dass niemand antwortete und sie später noch einmal anrufen sollte.

»Bitte versuchen Sie es länger«, flehte sie, aber nach weiteren zwanzig Klingelzeichen beendete die Vermittlung das Gespräch. Diana brach zusammen. Als die Wärterin sie wieder in ihre Zelle hinunterführte, schluchzte sie hemmungslos, und sie schluchzte bis tief in die Nacht hinein.

Kapitel 55

Am Mittwochmorgen brachten einige italienische Zeitungen Artikel, in denen berichtet wurde, man hätte Diana Bailey, eine sechsundzwanzigjährige Historikerin, die an der *Cleopatra*-Produktion mitarbeitete, im Zusammenhang mit dem Tod der Make-up-Assistentin verhaftet, die man in Torre Astura ertrunken aufgefunden hatte. Unter der schrillen Schlagzeile »*Gelosia*! Eifersucht!« schrieb eine Zeitung, Diana, eine verheiratete Frau, hätte ihren Mann in England verlassen, um eine heiße Affäre mit einem Italiener anzufangen. Als eine jüngere, hübschere Kollegin ihr den Liebhaber abspenstig machte, konnte sie ihre Wut nicht zügeln, war über ihre Rivalin hergefallen und hatte ihr Blutergüsse und Schrammen beigebracht, ehe sie sie ertränkte. Der Artikel verurteilte im Weiteren das unmoralische Klima am Set in Cinecittà, wo alle mit der Ehefrau oder dem Ehemann anderer Leute schliefen. Es wurde berichtet, dass Sybil Burton nach England abgereist war und dass kurz darauf Elizabeth Taylor und Richard Burton wieder zusammen gesehen wurden, wie sie übereinander herfielen wie die Tiere. Kein Wunder, dass andere Leute am Set ihrem Beispiel folgten.

Scott las alle Artikel nacheinander und versuchte die Fakten mit dem in Übereinstimmung zu bringen, was er von Helens Leben wusste. Aber es wollte nichts zusammenpassen. Drogen hin oder her, Helen war einfach viel zu sanftmütig für so etwas gewesen. Sie hätte niemals einer anderen den Freund ausgespannt oder sich gar wegen eines Mannes geprügelt. Scott hatte sie nie mit einem Freund gesehen. Die Presseberichte hatten einen so hysterischen Ton, dass er ihnen instinktiv misstraute. Helen hatte immer so begeistert von Diana gesprochen. Als er später mit Gianni darüber redete, stimmte der ihm zu.

»Ich glaube, ich habe zu Hause ein paar Fotos von Diana«, sagte er. »Ich bringe sie Ihnen mit, und dann können Sie sehen, dass sie nicht so aussieht, als wäre sie zu solchen Dingen fähig. Aber stille Wasser gründen tief.«

Gianni fuhr schnell nach Hause und traf sich wenig später mit Scott in einem Café an der Via Veneto. Zusammen beugten sie sich über Aufnahmen von einer Frau mit mausbraunem Haar, die im vergangenen Oktober entstanden waren, als sie zur *Spartacus*-Party ins Grand Hotel ging. Sie wirkte leicht verschreckt, wohl wegen des Blitzlichts, und sie schien sich in ihrem enganliegenden kurzen Kleid und mit ihrer hochtoupierten Frisur nicht besonders wohl zu fühlen. Irgendwie passte das alles nicht zu ihr. Sie wirkte verkleidet und unnatürlich.

»Ich hatte sie noch nie zuvor gesehen und habe die Fotos gemacht, falls sie sich als VIP herausstellte«, erklärte Gianni. »Aber als ich sie meinem Kontakt am Set gezeigt habe, hat er gemeint, sie wäre nur die neue historische Beraterin.«

»Gut, dass Sie die Bilder aufgehoben haben. Ich schicke gleich heute Abend eines an meinen Chefredakteur. Warum verkaufen Sie die anderen nicht? Da können Sie noch etwas dazuverdienen.«

Gianni strahlte. »Ich war mir nicht sicher, ob Sie mir erlauben würden, sie an andere Zeitungen zu verscherbeln.«

»Klar doch. Bringen Sie sie Jacopozzi bei der Associated Press und schlagen Sie den bestmöglichen Preis heraus. Die sollten ordentlich was wert sein, wenn Sie sie freigeben, ehe alle anderen eines haben.«

»Mach ich, Chef.« Gianni stand eifrig auf.

»Moment! Erwarten Sie eigentlich, dass Liz und Richard heute Abend ausgehen? Was munkelt man auf der Straße?«

»Sie geht heute nicht aus, glaube ich. Sie hat einen Brief mit einer Morddrohung gegen sich und die Kinder erhalten, also hat man die Sicherheitsmaßnahmen rings um ihre Villa verdreifacht. Ich hab vorhin mal vorbeigeschaut, und da gehen bewaffnete Polizisten Streife, und ein Polizeiauto war vor der Tür geparkt.« Er schniefte verärgert. »Es wird schwierig sein, Aufnahmen von ihr zu machen, weil sie alle Fotografen rausgeschmissen haben, die in den Bäumen saßen, von denen aus man in ihren Garten schauen konnte.«

»Haben Sie das auch schon mal gemacht?«

»Klar«, sagte Gianni und grinste. »Warum nicht?« Er hängte sich die Kamera schräg über die Schulter, schwang sich auf seinen Motorroller und winkte Scott im Wegfahren noch einmal zu.

Scott saß tief in Gedanken versunken da und rührte in seinem Espresso. Er war überzeugt, dass Helens Tod etwas mit ihrer Drogensucht zu tun haben musste. Vielleicht hatte sie sich deswegen so untypisch verhalten und auf eine Schlägerei eingelassen? Vielleicht war sie in der Nacht vor ihrem Tod so verzweifelt gewesen, weil Diana sie zur Rede gestellt hatte? Aber was hatte sie in Torre Astura vorgehabt, wahrscheinlich gar nicht weit von der Villa bei Anzio entfernt, von der sie ihm erzählt hatte? Die arme Helen. Falls die Ghianciaminas sie umgebracht hatten, hoffte er nur, dass es schnell gegangen war und sie nicht lange gelitten hatte.

Er beschloss, dass es Zeit war, zur Polizei zu gehen und dort zu erzählen, was er wusste. Er sprang auf seine Vespa und fuhr zu der Polizeiwache im Osten der Stadt. Dem Pförtner erklärte er, er hätte Hinweise zum Tod des Make-up-Mädchens von der *Cleopatra*-Produktion. Er bat darum, mit jemandem sprechen zu dürfen, der mit dem Fall zu tun hatte. Er wurde in ein Verhörzimmer geführt, wo man ihn etwa eine halbe Stunde warten ließ, ehe ein Beamter erschien.

Scott erzählte ihm, dass Helen drogensüchtig gewesen war und dass er versuchte hatte, ihr dabei zu helfen, von dem Zeug loszukommen.

»Waren Sie Ihr Freund?«, fragte der Beamte.

»Nein, nur ein Freund.« Er erzählte ihm von dem Arzt mit den Vitaminspritzen und schrieb dessen Namen und Adresse auf ein Stück Papier, das er von seinem Notizblock abgerissen hatte. Der Beamte nahm den Zettel, ohne auch nur einen Blick darauf zu werfen.

»Ich habe sie am Abend vor ihrem Tod gesehen, und sie war sehr verzweifelt, weil die Behandlung nicht anschlug. Ich glaube, sie hatte vielleicht wieder angefangen, Heroin zu nehmen.«

»Wo haben Sie sie getroffen?« Jetzt hatte er die Aufmerksamkeit des Beamten erregt.

»Ich bin zu ihr gegangen, etwa um sieben Uhr.«

»Ah«, rief der Beamte, der über diese Mitteilung erfreut schien. »Sie sind also der Amerikaner, den man da gesehen hat. Unsere Zeugin hat berichtet, dass die junge Frau geweint hat. Ist das wahr?«

»Sie war sehr verzweifelt«, stimmte ihm Scott zu.

»Und Sie haben mit ihr gesprochen. Sind Sie ins Zimmer gegangen?«

»Nein. Wir haben eine Weile vor der Tür miteinander gesprochen, und ich habe sie eingeladen, mit mir zum Abendessen zu gehen, aber sie wollte allein sein, also bin ich schließlich gegangen. Jetzt wünschte ich, ich wäre geblieben.«

»Hat sie Ihnen von ihrem neuen Freund erzählt?«

»Nein. Ich habe sie nie mit einem Freund gesehen, und sie hat auch niemals einen erwähnt. Sie hat nur von Typen gesprochen, die sie mochte, die aber nie bei ihr angerufen haben«, erinnerte er sich.

»Aha. Nun, vielen Dank für Ihre Hilfe, Herr …« Er stand auf.

»Morgan.« Scott war überrascht. »Wollen Sie nicht, dass ich eine Aussage mache? Sie haben nichts von dem aufgeschrieben, was ich gesagt habe.«

»Wir sind uns sicher, dass wir die Schuldige inzwischen verhaftet haben. Es gibt Beweise gegen sie, von denen die Öffentlichkeit noch nichts gehört hat. Wenn Helen gelegentlich *eroina* genommen hat, ist das für unseren Fall nicht relevant.«

»Es ist bestimmt relevant«, beharrte Scott. »An dem Abend, als ich sie besucht habe, war sie wegen der Drogen verzweifelt, nicht wegen eines Freundes. Helen hat viel über Diana geredet und immer gesagt, sie sei ihre beste Freundin.«

»Deswegen war ihre Auseinandersetzung ja auch so erbittert.« Der Beamte schien ungeduldig zu werden. »Wenn das alles ist, Mr Morgan, verabschiede ich mich. Ich habe viel zu tun.«

Scott erhob sich zögernd. »Noch eins: können Sie mir etwas über den Drohbrief an Elizabeth Taylor sagen? War er auf Englisch oder auf Italienisch geschrieben?«

»Auf Italienisch. Auf Wiedersehen, Mr Morgan.«

Scott spazierte aus der Wache und dachte darüber nach. Der Brief konnte von einem religiösen Fanatiker stammen, der sich die Ansicht des Vatikans zu eigen gemacht hatte, dass Elizabeth Taylor eine liederliche Schlampe wäre. Das war aber nur eine Theorie. Er fragte sich jedoch, ob sie vielleicht etwas getan hatte, das die Cosa Nostra in der Stadt geärgert hatte. Das war immerhin eine Möglichkeit.

Als er wieder im Büro war, rief er bei der Presseabteilung von *Cleopatra* an, um dazu etwas in Erfahrung zu bringen, aber dort spielte man die Sache herunter und meinte, Elizabeth sei nicht im Geringsten besorgt. Sie hätte Briefe von

Verrückten bekommen, seit sie das erste Mal im Alter von zwölf Jahren die Arme um Lassie gelegt hatte, und ihrer Meinung nach war dieser Brief nichts anderes. Die erhöhte Polizeipräsenz vor ihrer Villa würde allerdings während ihres gesamten restlichen Aufenthaltes in Rom beibehalten werden. Die italienische Polizei könne nicht tatenlos zusehen, wie der größte Filmstar der Welt bedroht werde, solange sie für Miss Taylors Sicherheit verantwortlich war.

Kapitel 56

Während ihrer ersten Nacht im Gefängnis hielt die Angst Diana wach. Um zehn Uhr schlug eine Kirchenglocke, und das Licht wurde gelöscht. Nur das bleiche Mondlicht, das durch ihr Fenster fiel, half ihr, sich in der Zelle zu orientieren. Sie nickte kurz ein und war völlig verwirrt, als sie aufwachte. Sie musste sich an der Wand entlangtasten, um den Deckeleimer zu finden und sich zu erleichtern. In der Ferne konnte man Klappern hören, undeutliches Murmeln, und irgendwann vernahm sie über sich eine Bewegung in der Luft, als teile sie sich ihre Zelle mit Fledermäusen oder großen Nachtfaltern. Jedes Geräusch versetzte sie erneut in Panik.

Um sieben Uhr früh schlug wieder eine Kirchenglocke, und das Licht wurde eingeschaltet. Diana versuchte sich ein wenig zu beruhigen, indem sie eines der Bücher aus dem Päckchen zur Hand nahm, das Hilary ihr am vergangenen Abend hatte schicken lassen. *Hellenistic Civilisation* von Tarn und Griffith war ein Klassiker, den sie immer wieder gern las. Aber heute verschwammen die Wörter auf den Seiten. Sie konnte sich nicht konzentrieren, aber es war schon ein Trost, einfach das Buch in der Hand zu halten und darin zu blättern.

Die Tür ging auf, und eine neue Wärterin erschien, die ihr ein Tablett mit Milchkaffee, etwas Brot und einen Brief brachte. Diana merkte, dass sie großen Hunger hatte. Sie trank einen großen Schluck Kaffee und biss von dem Brot ab, ehe sie den Umschlag aufriss.

Die Schrift sah aus wie die von Hilary, und ein rascher Blick auf die Unterschrift bestätigte das.

Meine liebe Diana,

ich kann einfach nicht glauben, was geschehen ist! Wir stehen hier alle unter Schock. Niemand nimmt der Polizei ein Wort von dem ab, was sie sich gegen Sie zusammengereimt hat. Das ist alles völlig lächerlich, und wir haben der Polizei das auch gesagt. Übrigens meinen das Helens Eltern ebenfalls – sie lassen ganz herzliche Grüße ausrichten. Bleiben Sie stark und seien Sie versichert, dass wir für Sie tun, was wir können. Signor Esposito ist einer der besten Anwälte in Rom, und ich bin sicher, er bekommt Sie bald frei.

Heute fangen wir mit dem Drehen der Mausoleums-Szenen an, und Joe ist gar nicht mit dem Korb zufrieden, in dem die Viper sitzen soll. Er hat ganz schön geflucht, dass man Sie daran hindert, hier zu sein und ihm Ratschläge zu geben. Wenn Sie also Anmerkungen zu den Körben (oder den Vipern) haben und wenn es Sie ein wenig ablenkt, schreiben Sie uns.

Halten Sie die Ohren steif. Wir stehen alle hinter Ihnen und können es gar nicht abwarten, dass diese schreckliche Zeit für Sie vorüber ist und Sie wieder bei uns in Cinecittà sind.

Mit lieben Grüßen
Hilary

Hilary hatte nicht erwähnt, wie Diana dem Studio die Post zukommen lassen sollte. Doch Diana beschloss, schon einmal ein paar Notizen zu einem solchen Schlangenkorb zu machen, einfach um ihre Gedanken zu beschäftigen. Wenige Historiker glaubten, dass Cleopatra an einem Schlangenbiss gestorben war, da diese Geschichte erst lange nach ihrem Tod aufgeschrieben wurde und Zeitgenossen wie Plutarch und Strabo sie nicht erwähnt hatten. Es schien unwahrscheinlich, dass eine Königin, die gern alles bis in die kleinste Kleinigkeit kontrollierte, sich darauf verlassen würde, dass man ihr in einem Korb voller Feigen eine Giftschlange hereinschmuggeln würde, damit sie sich so das Leben nehmen konnte. Zudem waren Vipern für ihre Trägheit berüchtigt, und vielleicht hätte die Schlange gar nicht zubeißen wollen. Und selbst nach einem Biss wäre es ein langsamer, sehr schmerzhafter Tod gewesen. Viel wahrscheinlicher war, dass Cleopatra eines der vielen Gifte genommen hatte, die den Ägyptern bekannt waren und mit denen sie selbst vertraut war, weil sie sie viele Male gegen ihre Feinde eingesetzt hatte.

Diana hatte noch die alternative Theorie, dass Octavian Cleopatra umgebracht haben könnte und alles so arrangiert hatte, dass es wie Selbstmord aussah. Eine gefangene Cleopatra war ein politisches Problem, das er nicht gebrauchen konnte. Und er hätte ihr Volk gegen sich gehabt, wenn er befohlen hätte, sie öffentlich hinzurichten. Sie war die Mutter von Caesars Sohn, und die Ägypter hielten sie für eine Inkarnation der Göttin Isis. Octavian wollte auf keinen Fall Gefahr laufen, dass man ihn beschuldigte, eine Göttin getötet zu haben, also schien es die sinnvollste Lösung, sie zu vergiften und das Ganze wie einen Selbstmord aussehen zu lassen.

All das schrieb Diana auf, obwohl sie wusste, dass sie ihre Zeit verschwendete. Joe und Walter waren zweifellos ganz versessen auf den dramatischen Schluss, den Shakespeare so populär gemacht hatte: Cleopatra lässt den Körper ihres sterbenden Geliebten in ihr Mausoleum hinaufziehen und scheidet dann selbst aus dem Leben, indem sie eine Viper an ihre Brust drückt. Diana zeichnete noch eine Skizze von der Art von Deckelkorb, in dem man die Viper vielleicht hereingeschmuggelt hatte. Es war ein Korb, in dem normalerweise Obst transportiert wurde, wie er auf vielen Wandgemälden abgebildet war.

Sie schrieb ihre Notizen zu Ende und schaute auf die Uhr. Zu ihrem Entsetzen musste sie feststellen, dass es erst halb zehn am Morgen war. Womit um alles in der Welt sollte sie den Rest des Tages ausfüllen?

Eine Wärterin kam herein, um sie ins Badezimmer zu begleiten, und Diana fragte sie, ob sie dafür sorgen könne, dass der Brief in Cinecittà abgeliefert wurde. Die Wärterin schlug vor, dass Diana, wenn sie später Besuch bekäme, den bitten sollte, ihr zu helfen. Sie schien freundlich, diese Morgenwärterin, und Diana plauderte eine Weile mit ihr, nachdem sie sich gewaschen hatte. Sie fragte, wie lange sie schon im Gefängnis arbeitete (zwei Jahre), und erzählte ihr dann von ihrer Arbeit beim Film und ihren Bemühungen, alles historisch genau zu machen, während die Produzenten es nur auf Drama und Effekthascherei abgesehen hatten.

»Haben Sie *La Taylor* kennengelernt?«, fragte die Wärterin und benutzte den Namen, den die italienische Presse Liz Taylor gegeben hatte.

»Ja, sie ist eine sehr nette Frau«, antwortete Diana. »Als ich sie kennengelernt habe, ist es mir zunächst schwergefallen, sie nicht ständig anzustarren, denn sie ist viel schöner als alle Menschen, die ich je gesehen habe. Aber als ich sie dann besser kannte, habe ich gemerkt, dass sie auch nur ein Mensch ist: sie trinkt, sie raucht, sie flucht viel, und sie ist wirklich sehr lustig. Sie ist verwöhnt und führt natürlich ein sehr extravagantes Leben, aber sie ist doch sehr aufmerksam und achtet auf die Leute in ihrer Umgebung.«

»Sie ist nicht schlecht. Aber ich finde meine Tochter viel schöner«, meinte die Wärterin. Als sie ein Foto herauszog und Diana eine wunderhübsche junge Italienerin zeigte, stimmte ihr Diana zu, dass diese Tochter wirklich bildschön sei.

Die Wärterin musste an die Arbeit zurück, aber jedes Mal, wenn sie mit Essen oder einer Tasse Kaffee in Dianas Zelle zurückkam, hatte sie weitere Fragen zu den Stars am Set und blieb gute zehn Minuten. Das vertrieb Diana ein wenig die Zeit.

Diana fragte sich, ob Elizabeth Taylor von ihrer Verhaftung gehört hatte. Würde sie an Dianas Unschuld glauben, und wenn ja, konnte sie vielleicht für sie irgendwelche Verbindungen spielen lassen? Sie hatte doch bestimmt viele einflussreiche Freunde.

Doch dann kehrten Dianas Gedanken zu der Anklage gegen sie zurück. Sie ging noch einmal jede Einzelheit durch und versuchte, einen Sinn darin auszumachen. Wer um alles auf der Welt war diese Zeugin, die behauptete, sie hätte gesehen, wie sich Helen mit einer anderen Frau prügelte? Warum sollte sich Helen prügeln, es sei denn, man hatte sie angegriffen und es ging um ihr Leben? Und warum hatte die Zeugin dann nicht eingegriffen und Helen geholfen? Vielleicht hatte sich Helen ja mit Luigi geprügelt und nicht mit einer anderen Frau. Diana hoffte, dass jemand nach der Gegenüberstellung, bei der die Frau sie mit Sicherheit nicht erkennen würde, deren Geschichte etwas kritischer betrachten würde. Vielleicht würde Signor Esposito die Gelegenheit bekommen, das zu tun.

Sie hoffte auch, dass jemand Ernesto befragen würde, der dann bestimmt bestätigen würde, dass sie und Helen keineswegs beide um seine Liebe kämpften. Warum sollte sie sich mit Helen um ihn prügeln, da sie doch die Beziehung mit ihm beendet hatte? Sie nahm an, dass er nicht gern eine Aussage machen würde, weil ihn die Wahrheit nicht sonderlich gut dastehen ließ, aber dies war ein Notfall. Jedes Mal, wenn ihr ein neues Argument einfiel, schrieb sie es auf, und schon bald hatte sie eine Liste, die über mehrere Seiten ging.

Und immerzu musste sie an Helen denken, und sie fragte sich, was wirklich in jener Nacht geschehen war. Sie hoffte, dass der Schlag auf den Kopf Helen schnell bewusstlos gemacht hatte und dass ihre Freundin weder Ängste noch Schmerzen ausgestanden hatte. Es war ihr unerträglich, dass sie so nahe gewesen war, aber die Pension nicht mehr erreicht hatte. Diana konnte sich nur vorstellen, dass Luigi sie vorher abgefangen hatte.

Eine Glocke läutete, und eine Wärterin brachte das Mittagessen. Es schien Diana, dass jeder Abschnitt des Tages von der alten Glocke des Klosters eingeläutet wurde. Diana fragte, ob sie einen Anruf machen dürfte. Trevor war um diese Zeit immer in seinem Büro, kaute gewöhnlich auf einem Sandwich mit Fischpaste herum. Man führte sie nach oben in ein kleines Büro, wo sie der Vermittlung die Telefonnummer gab und wartete, dass man sie verbinden würde. Nach scheinbar unendlich vielem Klicken und Summen und Piepsen klingelte endlich das Telefon in der City University in London, beinahe tausend Meilen entfernt.

»Büro von Dr. Bailey«, ertönte die Stimme seiner Sekretärin.

»Hier spricht Diana. Ich rufe aus Rom an. Könnten Sie mich bitte zu Trevor durchstellen?«

Nach einem Zögern oder einem Leitungsfehler kam die Antwort: »Er ist nicht hier, Diana. Ich weiß nicht, wo er ist. Er hat um drei Uhr ein Tutorium, also denke ich, dass er bald auftaucht. Soll ich ihm etwas ausrichten?«

Dianas Mut sank. Sie durfte nur einmal am Tag telefonieren, und das war es nun schon. Wie furchtbar, dass sie ihn verpasst hatte. »Könnten Sie ihn bitten, in Cinecittà anzurufen und mit Hilary Armitage zu sprechen? Sagen Sie ihm, dass es dringend ist.«

Sie musste Cinecittà buchstabieren und der Sekretärin die Telefonnummer sagen, die Trevor bestimmt zu Hause auf dem Block neben dem Telefon im Flur vergessen hatte.

»Lassen Sie es sich da unten gut gehen?«, fragte die Sekretärin. »Hier ist so grausig schlechtes Wetter.«

Diana überging die Frage. »Bitte vergessen Sie nicht, es ihm zu sagen. Vielen herzlichen Dank!«

Zumindest würde er bald Bescheid wissen. Er würde wissen, was zu tun war.

Als sie wieder in ihrer Zelle war, las sie Hilarys Brief noch einmal und wünschte sich, sie hätte ihr heutiges Telefongespräch dazu benutzt, statt bei Trevor bei ihr anzurufen. Würde Signor Esposito ihr sagen, dass Diana einen Besucher am Tag haben durfte? Würde sie vielleicht später vorbeischauen? Wenn ja, dann konnte ihr Diana die Notizen über die Körbe und die Vipern mitgeben.

Sie verspürte den starken Wunsch, bei den Filmarbeiten nicht im Abseits zu stehen, und beschloss, sich die Zeit damit zu vertreiben, Notizen zu allen Szenen zu machen, die noch zu drehen waren: Marc Antons Selbstmord und Cleopatras Tod im Mausoleum, die Seeschlacht von Actium und die Ankunft von Cleopatras Schiff in Tarsus. Das hielt sie beschäftigt – das und die Gespräche mit der freundlichen Wärterin.

Gegen fünf Uhr ging die Tür ihrer Zelle auf, und ein anderer Wärter erschien. »*Un visitatore.* Ein Besucher«, sagte er ihr. »*Venga con me.* Kommen Sie mit.«

Wunderbar, dachte sie. Ich hoffe, es ist Hilary. Oder vielleicht jemand von der britischen Botschaft.

Sie folgte dem Mann die Treppe hinunter zum Besuchsraum, hielt ihre Notizen an sich gepresst. Aber als sie zur Tür hineinschaute, gaben ihre Knie beinahe unter ihr nach. Da stand, einen abgeschabten braunen Koffer zu Füßen – Trevor, völlig erschöpft. Ihre Erleichterung war überwältigend. Diana rannte schnurstracks auf ihn zu und umarmte ihn fest, und Tränen rannen ihr über die Wangen. Als sie hoch schaute, glänzten seine Augen.

»Walter Wanger hat mich gestern Nachmittag angerufen«, erklärte er ihr. »Er hat sich tausendmal entschuldigt. Hat nicht viel gesagt. Dass man dich unter Mordverdacht verhaftet hätte und es sich wohl um eine Verwechslung handelte. Es klang alles nach einer lächerlichen, frei erfundenen Geschichte, aber ich habe den ersten Flug heute Morgen genommen, nur für alle Fälle.«

»Ich habe vorhin bei deiner Sekretärin angerufen. Sie scheint nicht mal zu wissen, dass du das Land verlassen hast.«

»Ich telefoniere später mit ihr und bitte sie, eine Vertretung für mich zu organisieren, denn ich fahre nicht eher aus Italien wieder nach Hause, bis ich dich mitnehmen kann. Was ist das bloß für ein Land? Es ist skandalös, dass man dich so behandelt.« Sein Gesicht spiegelte Wut und verwirrtes Erstaunen. So etwas passierte Leuten wie ihm nicht. Leuten wie ihr auch nicht.

Sie saßen da und hielten sich über den Tisch hinweg bei den Händen. »War das tote Mädchen nicht die Freundin von dir, die ich kennengelernt habe?«

Diana holte tief Luft. Sie hatte gehofft, dass dieser Augenblick niemals kommen würde, aber jetzt blieb ihr nichts anderes übrig, als ihm alles zu erzählen, einschließlich der Tatsache, dass sie eine Affäre gehabt hatte.

»Ja, es war Helen«, begann sie. »Es tut mir so leid, Trevor. Ich habe dich so enttäuscht.«

Beide weinten, als sie beschrieb, wie sie sich von Ernesto hatte verführen lassen und was für Folgen diese Affäre gehabt hatte. Trevor ließ die ganze Zeit über ihre Hand nicht los, und ihm liefen die Tränen über die Wangen. Die Nachricht schien ihn nicht sonderlich zu überraschen, und sie fragte sich, ob er Ostern etwas dergleichen vermutet hatte, als er sie bat, keine endgültige Entscheidung zu treffen, ehe die Dreharbeiten beendet waren. Vielleicht hatte er eine Veränderung an ihr wahrgenommen, die weit mehr umfasste als nur ein paar neue Kleider.

Als Nächstes beschrieb sie ihm, was Helen passiert war, und sprach von ihren verzweifelten Versuchen, sie am Landesteg wiederzubeleben.

»Warum hast du nicht bei mir angerufen«, fragte er.

»Ich wünschte, ich hätte es getan, aber dann hätte ich dir doch auch von Ernesto erzählen müssen.« Sie berichtete zu Ende, sprach noch von Luigi, der Zeugin, die behauptete, gesehen zu haben, wie sie sich mit Helen prügelte, und dem eleganten Anwalt, der sie vertrat.

Der Wärter hatte den Raum verlassen, damit sie ungestört waren, aber nun steckte er den Kopf zur Tür herein und sagte: »*Solo dieci più minuti*« – nur noch zehn Minuten.

Sie wandten sich praktischen Dingen zu. Diana schrieb Trevor Hilarys Telefonnummer auf und vertraute ihm die Notizen an, damit er sie Hilary überbringen konnte. Dann machte sie ihre Handtasche auf und gab ihm die Telefonnummer ihres Anwalts und die Schlüssel zu ihrem Zimmer in der Pensione Splendid, wo er übernachten konnte. Wenn sie Glück hatte, konnte sie sich am folgenden Tag dort zu ihm gesellen.

»Ich werde mir von Signor Esposito sagen lassen, wo die Anhörung stattfindet, und ich werde ganz bestimmt dort sein«, versprach ihr Trevor. »Ich lasse draußen ein Taxi warten, das uns gleich mitnehmen kann.«

»Oh, das wäre himmlisch. Dann könnten wir irgendwo schön zu Mittag essen, um zu feiern.«

Der Wärter an der Tür räusperte sich. »*Signora, è ora.*« Es ist Zeit.

Diana stand auf, und Trevors Stimme brach, als er sagte: »Ich kann es kaum ertragen, dich hier zurückzulassen, Diana. Ich wünschte, ich könnte an deiner Stelle hierbleiben.«

»Es ist schon gut«, erklärte sie ihm mit Bestimmtheit. »Es ist nicht so schlimm. Ich komme irgendwie zurecht.«

Nachdem er gegangen war und sie wieder in ihrer Zelle saß, sorgte sie sich mehr um ihn als um sich selbst. Er gehörte an die Universität und war in dieser Welt der Filmstars, Drogenhändler und Kriminellen völlig hilflos. Er sprach nicht einmal Italienisch. Aber es war wunderbar, zu wissen, dass er hier in Rom und noch immer an ihrer Seite war – nach allem, was sie ihm erzählt hatte. Das war ganz außergewöhnlich.

Kapitel 57

Am Donnerstagmorgen fuhr man Diana in einem Gefängnisauto quer durch die Stadt bis zu einem barocken Gebäude
aus Kalkstein, auf dessen Dach die Skulptur einer Quadriga
prangte und über dessen Tür eine Statue der Justitia zu sehen
war. Das ganze Gewicht der Geschichte schien in den Steinen dieses streng wirkenden Bauwerks zu ruhen. Diana
wurde durch die Eingangshalle in einen großen Raum mit
hoher Decke geführt. Ihr Herz klopfte heftig, und sie konzentrierte sich nur darauf, einen Fuß vor den anderen zu setzen. Signor Esposito erwartete sie bereits und winkte sie zu
sich. Ein Richter kam in den Raum, ein älterer Herr mit einer dicken Brille. Er nickte den beiden Anwälten zu, und die
Anhörung begann.

Zunächst legte der Vertreter der Anklage seine Beweise
vor, und Diana hörte genau zu. Sie fuhr zusammen, als er
verkündete, Ernesto Balboni würde bezeugen, dass er eine
sexuelle Beziehung zu ihr und auch zu Helen gehabt hätte.
Es war ein furchtbarer Gedanke, aber sie glaubte es einfach
nicht. Helen hätte ihr davon erzählt, sie konnte doch kein
Geheimnis für sich behalten. Sie schrieb eine Notiz für Signor Esposito: »Ich glaube kein Wort davon. Er lügt.«

Danach verlas der Staatsanwalt die Zeugenaussagen über
ihren Streit in der Bar. Die Zeugen sagten aus, Helen sei am
nächsten Tag sehr bestürzt gewesen und habe allen erzählt,
sie müsse unbedingt Diana finden. Dann folgte der Bericht
des Wachmanns vom Filmset in Torre Astura, der sagte, er
hätte Helen die Wegbeschreibung zur Pension und Dianas
Zimmernummer gegeben. Sie sei allein gewesen. Das war
merkwürdig. Was war bloß zwischen dem Wachhäuschen

am Tor und Dianas Pension geschehen, wo die *padrona* sie laut ihrer Aussage nicht gesehen hatte? Der Ankläger sagte, eine ortsansässige Frau behauptete, sie hätte beobachtet, wie sich die beiden jungen Frauen etwa um Mitternacht an der Straße prügelten, einander an den Haaren zogen und kreischten. Leider konnte man sie nicht bitten, Diana zu identifizieren, weil am Morgen die italienischen Zeitungen Dianas Foto gedruckt hatten.

Diana war völlig entgeistert. »Woher hatten die mein Foto?«, schrieb sie auf einen Zettel, und Signor Esposito zuckte nur ratlos die Achseln.

Dann berichtete der Ankläger, dass ein Soldat ausgesagt hätte, dass Diana, nachdem er Helen aus dem Wasser gezogen hatte, sofort zum Strand heruntergerannt gekommen wäre, beinahe als hätte sie nur darauf gewartet, dass jemand die Leiche finden würde und sie mit demonstrativen Wiederbelebungsversuchen ihre Unschuld beteuern könnte, obwohl die junge Frau eindeutig bereits tot war. Er erwähnte, Diana hätte immer wieder »Es tut mir leid, es tut mir so leid« gesagt.

Diana schüttelte den Kopf. Sie hatte unter Schock gestanden. Wie konnte man das so falsch auslegen?

Schließlich sagte der Polizist, der sie in Torre Astura befragt hatte, aus, sie hätte einen üblen Kratzer auf der Wange gehabt und den Ort verlassen, obwohl man ihr ausdrücklich anderslautende Anweisungen gegeben hatte.

So formuliert, klang das alles sehr belastend, und Diana beobachtete, wie der Richter sich Notizen machte. Von Zeit zu Zeit schaute er Diana streng an.

Jetzt war Signor Esposito an der Reihe. Er stand auf und erklärte zunächst, dass es in Dianas Ehe Probleme gegeben und sie dann den schweren Fehler begangen hatte, Trost bei einem Mann zu suchen, der sich am Ende schließlich als verheiratet und als ein notorischer Verführer entpuppt hatte. Diana war dankbar, dass Trevor draußen wartete und das nicht mit anhören musste. Es klang alles so, als wäre sie ungeheuer naiv gewesen, und das stimmte wohl auch. Signor Esposito erwähnte, dass sie keine Eltern und sonstige Familie mehr hatte und in Rom sehr einsam gewesen war. Sie hätte bei den Dreharbeiten für *Cleopatra* eine sehr verantwortungsvolle Aufgabe übernommen. Wohl kaum verwunderlich, dass sie anderweitig Trost gesucht hatte.

Er ging ausführlich auf Dianas berufliche Leistungen ein, versuchte das Bild zu korrigieren, das die italienische Presse von ihr gezeichnet hatte, und stellte sie als eine bestens beleumundete, gebildete und gut=erzogene junge Frau dar, ehe er ihre Version der Ereignisse in der fraglichen Nacht wiedergab. Er erwähnte, dass Helen mit einem Drogenproblem zu kämpfen hatte und daher mit einigen höchst zweifelhaften Personen in Kontakt gekommen war, obwohl er Luigi nicht namentlich erwähnte. Helen sei eine sehr verletzliche, verstörte junge Frau gewesen, die sich inmitten der zumeist älteren und erfahreneren Leute am Set recht unwohl fühlte. Er berichtete, dass Diana versucht hatte, ihr zu helfen, sie aber leider am Tag vor Helens Tod Streit bekommen hatten. Und er betonte, dass Diana zu dem Zeitpunkt, als Ernesto Balboni versuchte, Helen zu verführen, ihre Beziehung zu ihm bereits beendet hatte. Sie hatte mit ihm Schluss gemacht, sobald sie erfahren hatte, dass er verheiratet war.

»Wir wissen nicht, was der armen jungen Frau in Torre Astura widerfahren ist, aber meine Mandantin hat sie dort nicht getroffen. Die Polizei muss ihre Ermittlungen fortsetzen, um den wahren Schuldigen zu finden, und wir werden alles tun, um sie dabei zu unterstützen.«

Diana biss sich auf die Lippen. Das klang überzeugend. Der Gedanke, dass Helen und sie sich prügelten, war einfach lächerlich. Sie schaute den Richter an, um eine Ahnung zu bekommen, was er wohl dachte, doch seine Miene verriet nichts. Nachdem er beide Seiten gehört hatte, stand er auf und verließ den Gerichtssaal, um über seine Entscheidung nachzudenken.

»Wie ist es gelaufen?«, fragte Diana.

»Wir müssen abwarten«, erwiderte Signor Esposito. »Es gab ein paar Überraschungen in den Darlegungen der Anklage.«

Für Diana war die größte Überraschung gewesen, dass Ernesto für die Anklage ausgesagt hatte. Sie war sich sicher, dass er log, wenn er behauptete, eine »Beziehung« zu Helen gehabt zu haben, aber warum tat er das? Er musste sie wirklich hassen.

Knapp zehn Minuten später kam der Richter zurück. Sein Urteil war kurz und knapp. Angesichts der vielen Indizienbeweise, die gegen Signora Bailey vorlagen, befand er, dass ihre Verhaftung wegen des Mordverdachts an Helen Sharpe rechtmäßig sei. Und in Anbetracht des schweren Vergehens und der Tatsache, dass sie bereits den Tatort verlassen hatte, obwohl die Polizei sie gebeten hatte, das nicht zu tun, weil sie zudem Ausländerin war und Fluchtgefahr bestand, verfügte er, dass sie in Haft bleiben müsse, solange die Untersuchungen der Polizei noch nicht abgeschlossen waren.

Diana schlug die Hände vors Gesicht, um einen Schrei zu unterdrücken. »Wie lange wird das sein?«, fragte sie, sobald sie sich wieder ein wenig gefasst hatte.

»Die Vorbereitungen für einen Mordprozess können über ein Jahr dauern«, sagte Signor Esposito und tätschelte ihr die Schulter. »Aber keine Sorge – wir bekommen Sie lange vorher frei.«

Ein Wärter kam, um sie abzuholen, und sie stand völlig benommen auf.

»Erklären Sie es meinem Mann?«, fragte sie. »Sagen Sie ihm, er soll sich keine Sorgen machen.«

»Natürlich.«

Als man sie durch die Eingangshalle zum Gefängnisauto zurückführte, sah sie Trevor im Wartebereich. Sie rief seinen Namen, und als er aufschaute, warf sie ihm eine Kusshand zu, ehe man sie durch eine Tür zum Wagen geleitete und sie die kurze Fahrt zurück nach Regina Coeli antrat.

Kapitel 58

Scott Morgan war zur Anhörung in der Sache Diana Bailey in den Palazzo di Giustizia gekommen, weil er hoffte, dass man ihm vielleicht erlauben würde, als Zuhörer daran teilzunehmen. Doch ein Beamter informierte ihn, dass nur der Richter, die Anwälte und die Angeklagte im Gerichtssaal sein durften. Trotzdem beschloss er, noch zu bleiben und auf das Ergebnis zu warten. Er fragte den Beamten, in welchem Saal die Anhörung stattfand, und setzte sich in die Nähe der Tür. Eine Bank weiter saß ein gelehrt aussehender Mann, der besorgt und fehl am Platz wirkte. Scott vermutete, dass es sich um einen Freund Dianas handelte. Der Mann war wie ein Engländer gekleidet, trug Hemd und Schlips, Hosen und Socken, und seine Füße steckten in Gladiatorensandalen.

Eher als erwartet ging die Tür zum Saal auf, und man führte Diana in Handschellen heraus.

»Trevor«, rief sie und warf dem wartenden Mann eine Kusshand zu. Er stand halb auf und breitete die Arme weit aus, erwartete offensichtlich, dass sie zu ihm hinrennen würde. Als man sie stattdessen durch einen Ausgang führte, eilte er hinter ihr her und rief: »Diana! Moment! Wo bringen Sie sie hin?«

Ein Anwalt kam aus dem Saal und rief den Mann zu sich. Die beiden setzten sich hin und steckten die Köpfe zusammen. Sie saßen nicht weit von Scott entfernt, aber sie sprachen so leise, dass er nichts hören konnte. Der Mann wirkte verzweifelt, und da begriff Scott, dass es Dianas Ehemann sein musste.

Der Rechtsanwalt redete etwa zehn Minuten leise mit ihm, erhob sich dann und wollte gehen, wurde aber gleich

von italienischen Presseleuten umringt, die ihm Fragen zuriefen. Trevor wirkte benommen und ging auch auf den
Ausgang des Gebäudes zu.

»Mr Bailey«, sprach ihn Scott an. »Scott Morgan. Ich war
ein Freund von Helen, und möglicherweise kann ich Ihnen
im Fall von Diana helfen. Haben Sie Zeit für ein Gespräch?«

»Wer sind Sie?«, fragte der Mann und runzelte die Stirn.

»Ich bin Journalist, und ich kannte Helen. Ich bin überzeugt, dass Ihre Frau unschuldig ist. Und ich könnte Dinge
wissen, die ihr helfen.«

»Für welche Zeitung arbeiten Sie? Sie wollen nicht zufällig über diese Sache schreiben?«

»Ich begreife, warum sie misstrauisch sind, aber ich verspreche Ihnen, dass ich über nichts schreibe, das Sie mir sagen. Ehrenwort.« Er streckte ihm die Hand hin. »Darf ich Sie
zu einem Kaffee einladen?«

»Gut«, stimmte Trevor zu und schüttelte ihm die Hand.

Sie gingen zu einer Bar in der Nähe, in der außer dem Besitzer und einem am Boden schnüffelnden Hund niemand
war. Scott erzählte Trevor zunächst von seinem Artikel über
den Drogenhandel in Rom und berichtete, wie er Helen kennengelernt hatte.

Trevor hörte aufmerksam zu. Der Kaffee kam. Seine Hand
zitterte, als er die Tasse hochhob, und er verschüttete ein wenig Kaffee in die Untertasse.

»Möchten Sie einen Kognak dazu?«, fragte Scott. »Ich
nehme auch einen.«

»Ja, vielleicht hilft mir das«, antwortete Trevor. Er war den
Tränen nahe und brauchte etwas, das ihn aufrichten würde.

Scott erzählte Trevor von seinen Begegnungen mit Luigi,
beschrieb dann seinen Besuch bei Helen am Abend vor ihrem Tod und erzählte, in welch aufgelöstem Zustand er sie
angetroffen hatte.

»Sie hat sich sehr deutlich über Luigi geäußert, und ich frage mich, ob er sie vielleicht bedroht hat. Es war ziemlich deutlich, dass sie völlig am Boden zerstört war, aber sie wollte mir den Grund nicht nennen. Diana war in Rom ihre engste Freundin, und ich bin sicher, deswegen hat sie am nächsten Tag versucht, sie zu finden. Nur dass sie es nicht ganz geschafft hat.«

Trevor nickte und dachte darüber nach. »Aber was kann ich jetzt tun, Mr Morgan? In diesem Land kommt man nicht gegen Kaution frei, und ich kann doch nicht zulassen, dass meine Frau ein Jahr im Gefängnis sitzt. Es ist eigentlich ungeheuerlich. Wir sind nicht solche Leute.«

»Das weiß ich doch«, sagte Scott beruhigend. »Das sieht man doch. Keine Ahnung, was sich der Richter gedacht hat.«

Trevor schüttelte den Kopf. »Ich kann außerdem nicht verstehen, warum diese eine Zeugin behauptet, gesehen zu haben, wie die beiden sich prügelten. Sie muss sich irren. Und Ernesto Balboni, der Mann, mit dem Diana eine Affäre hatte« – er verzog das Gesicht – »scheint auch ausgesagt zu haben, dass er gleichzeitig eine mit Helen hatte. Diana glaubt das nicht. Aber warum lügt er? Das müssen wir ebenfalls noch herausfinden.«

»Es wäre für Sie sicher schwierig, mit Balboni Kontakt aufzunehmen. Wahrscheinlich würden Sie ihm am liebsten eine reinhauen. Aber ich könnte es versuchen, wenn Sie möchten. Ich wette, ich kann ihm eine unbedachte Bemerkung entlocken.«

»Sind Sie sicher, dass es uns nicht verboten ist, uns mit Zeugen in Verbindung zu setzen?« Trevor hatte seinen Kognak ausgetrunken und schien etwas gefasster.

»Nur wenn wir versuchen, sie einzuschüchtern.« Scott lächelte leicht. »Wir wollen Adressen und Telefonnummern

austauschen, damit wir uns nicht aus den Augen verlieren.«
Er riss eine Seite von seinem Notizblock und kritzelte seine
Adresse darauf. Trevor schrieb die Adresse von Dianas Pension darunter, riss die untere Hälfte des Blattes ab und reichte es Scott zurück.

»Das Telefon funktioniert leider nicht, aber Sie können
mich jeden Abend nach dem Essen im Zimmer antreffen.
Ich habe sonst nichts zu tun, als dort zu sitzen und zu lesen.«

Scott wusste nicht, was er darauf sagen sollte. »Wir werden diesen Fall lösen, Trevor. Versuchen Sie, sich nicht zu
viele Sorgen zu machen.«

Trevor legte den Kopf schief. »Keine Sorgen machen? Sie
sind nicht verheiratet, oder, Mr Morgan?« Scott schüttelte
den Kopf. »Nein, das dachte ich mir.«

Als sie die Bar verließen, fragte Scott, ob er Trevor irgend-
wohin mitnehmen könne. Doch der antwortete, er würde
lieber mit dem Bus fahren. Das Nahverkehrssystem in Rom
schien sehr gut zu funktionieren. Und dann ging er mit hän-
genden Schultern fort.

Als er wieder in seinem Büro war, rief Scott bei der Presseabteilung von *Cleopatra* an. »Eine Ihrer Mitarbeiterinnen ist
tot, und eine andere sitzt wegen Mord in Untersuchungs-
haft. Haben Sie einen Kommentar dazu?

»Das ist eine Privatangelegenheit und liegt in den Händen
der Polizei. Sonst haben wir dazu nichts zu sagen.«

»Könnte ich vielleicht mit Ernesto Balboni reden?«

»Nein.«

»Glauben Sie, dass die Morddrohung gegen Elizabeth Taylor vielleicht etwas mit dem Tod von Helen Sharpe zu tun
hat?« Das war nur wild geraten, brachte ihm aber auch nichts.

»Machen Sie sich nicht lächerlich«, antwortete man ihm,
und dann war die Leitung tot.

Kapitel 59

Diana war völlig benommen, als man sie nach der Anhörung ins Gefängnis Regina Coeli zurückbrachte. Vielleicht würde sie ein ganzes Jahr ihres Lebens dort verbringen müssen – vielleicht noch länger, wenn man sie in der Gerichtsverhandlung für schuldig befand. Vielleicht würde sie nie wieder außerhalb der gelben Mauern des Mantellate leben.

Ein Wärter holte sie am Eingang ab und sagte ihr, dass er sie in eine andere Zelle bringen würde.

»Warum ziehe ich um?«

»Sie müssen sich jetzt die Zelle mit jemandem teilen.«

»Mit einer anderen Gefangenen?« Blöde Frage, natürlich mit einer anderen Gefangenen. O Gott, was für ein Mensch würde das sein? Sie würden sie doch nicht mit einer gewalttätigen Frau zusammensperren, oder?

Man führte sie zunächst in ihre alte Zelle, wo sie ihre Bücher, Kleider und Toilettensachen zusammenpackte. Dann ging es zwei Treppen hinauf. Geräusche hallten im Treppenhaus wider: Schritte auf den alten Steinen, Rufe und seltsames, nicht zu identifizierendes Klirren. Die hohen Decken verstärkten den Nachhall jedes Schrittes.

Der Wärter begleitete sie durch einen langen Korridor und sperrte dann die Tür zu einer Zelle auf. Drinnen erblickte Diana eine Frau, die etwa so alt war wie sie selbst und auf einem schmalen Bett saß. An der anderen Wand stand ein zweites, leeres Bett. Die Frau schaute Diana misstrauisch an, musterte ihre bleiche Haut und das mausbraune Haar.

»*Parli italiano?*«, fragte sie. »Sprichst du Italienisch?«

»*Sì.*«

»*Quello è il tuo letto là*. Das da ist dein Bett.« Sie deutete auf das andere Bett.

Diana setzte sich hin, und der Wärter schloss die Tür hinter ihr ab. »Ich heiße Diana. Ich bin Engländerin«, sagte sie auf Italienisch.

»Donatella.« Sie hatte dickes schwarzes Haar, das ihr bis fast auf die Taille hing, und herbe Gesichtszüge. »Weswegen bist du hier?«

Diana erklärte, dass man sie beschuldigte, eine Freundin ermordet zu haben, dass das aber nicht stimmte. »Und du?«, fragte sie.

»Pah!« Die Frau spuckte verächtlich aus. »Diebstahl. Von meinem eigenen Schwager, dem Hurensohn, angezeigt.«

Sie erklärte es lang und breit und fuchtelte wild mit den Armen, um die wichtigsten Punkte zu unterstreichen, als spräche sie in Gebärdensprache mit einer schwerhörigen Person. Ihr Mann war vor zwei Jahren gestorben, erzählte sie, und hatte sie mittellos und mit drei Kindern hinterlassen. Ihr Schwager war reich, besaß eine ganze Ladenkette, und sie hatte ihn um Hilfe gebeten. Er gab ihr Arbeit in einem seiner Läden, zahlte ihr aber nur einen Hungerlohn, und sie geriet mit der Miete in Rückstand. Es blieb ihr gar nichts anderes übrig, als ab und zu ein paar Hundert Lire aus der Kasse zu nehmen. Sie hatte keine Wahl. Aber ihr Schwager hatte ihr eine Falle gestellt und einige Scheine markiert. »Ich habe zwei genommen – mehr nicht. Zweihunderttausend Lire! Er hat die Polizei angerufen, und sie haben meine Tasche durchsucht und mich dann verhaftet.«

»Wie konnte er so was tun?«, fragte Diana fassungslos. Das waren ungefähr siebenundfünfzig Pfund, keine Riesensumme, zumal sie ja zur Familie gehörte. »Der Onkel deiner Kinder hat dir das angetan?«

Donatella zuckte mit den Schultern. »Er ist ein Schweinehund. Wenn ich ihn das nächste Mal sehe, kratze ich ihm die Augen aus, wirklich und wahrhaftig.« Ihre Züge verhärteten sich, und Diana traute ihr das ohne weiteres zu.

»Erzähl mir deine Geschichte«, forderte Donatella sie auf. »Wenn du unschuldig bist, warum bist du dann hier?«

Diana erklärte ihr die Umstände, die zu ihrer Verhaftung geführt hatten, und ihren Verdacht, dass der wahre Schuldige ein Drogenhändler war. Donatella verzog das Gesicht. »Das ist ein Problem. Die großen Dealer werden gewöhnlich nicht verurteilt. Aber wenn du für die Filmstudios arbeitest, können die dir doch einen Superanwalt stellen, und dann kommst du schon frei. He, wusstest du, dass du, wenn du Geld hast, was bezahlen kannst, damit du eine Einzelzelle und mehr Essen bekommst?«

»Wirklich?« Sie erinnerte sich vage daran, dass Signor Esposito so etwas erwähnt hatte, aber sie war sich so sicher gewesen, dass sie heute freikommen würde, dass sie nicht besonders gut zugehört hatte. »Ich war die letzten beiden Tage allein in meiner Zelle, und ich glaube, ich hätte lieber Gesellschaft – wenn es dir nichts ausmacht, heißt das. Aber ich will um das zusätzliche Essen bitten. Vielleicht könnten wir es uns teilen.«

»Gute Idee.« Donatella lachte, und Diana sah, dass ihr ein Schneidezahl fehlte. »Hast du also *La Taylor* kennengelernt?«

»Ja, natürlich!« Diana erzählte ihr von ihrer Arbeit an dem Film und davon, wie obsessiv der Star des Films war. Unter den gegebenen Umständen hatte sie nicht das Gefühl, besonders diskret sein zu müssen. Also beschrieb sie, wie Elizabeth Richard erbarmungslos verfolgt hatte und wie er trotzdem immer wieder zu seiner Frau zurückkehrte. »Man sollte doch denken, dass sie jeden Mann kriegen könnte, den sie haben will, aber wahrscheinlich hat sie sich ausgerechnet den einzigen in den Kopf gesetzt, der sie am Ende doch abblitzen lassen wird. Ist es nicht seltsam, dass manche Frauen so was immer wieder machen?«

»Mir geht es genauso! Warum fallen wir immer auf die bösen Buben herein?« Donatella verdrehte die Augen zur Decke. Sie hatte unzählige Fragen zu den Stars des Films, und die Zeit verging wie im Flug. Man brachte eine Mahlzeit, und dann durften sie eine Stunde aus der Zelle, um sich die Füße zu vertreten. Donatella stellte Diana einigen Frauen vor, und schon bald stand sie im Zentrum der Aufmerksamkeit, während sie das Leben am Set und die kleinen Verfehlungen der Stars beschrieb.

»Wann ist Besuchsstunde?«, fragte sie Donatella. »Ich hoffe, mein Mann kommt.«

»Besuch ist gleich nach dem Mittagessen. Heute hast du ihn verpasst«, sagte Donatella, und Diana zog ein langes Gesicht. »Aber du kannst ihn anrufen, wenn du *gettoni* für das Telefon hast.«

Beinahe wäre Diana in Tränen ausgebrochen. »Ich habe *gettoni*, aber das Telefon in meiner Pension ist kaputt, also kann ich mich nicht mit ihm in Verbindung setzen.« Sie war tieftraurig, wenn sie an Trevor dachte, der erfahren würde, dass er sie heute nicht mehr besuchen durfte. Vielleicht würde er zum Gefängnis gehen und am Tor zurückgeschickt werden. Sie wünschte, sie könnte ihm eine Nachricht zukommen lassen, dass es ihr gut ging. Sie konnte den Gedanken kaum ertragen, wie sehr ihn das alles wahrscheinlich mitnahm. Er hatte vorhin so dünn und müde ausgesehen, und jetzt war er sicher außer sich vor Sorgen.

Zurück in der Zelle, legte sich Diana aufs Bett, während Donatella sich wusch. Sie war völlig niedergeschlagen. Und sie war so glücklich gewesen. Sie liebte ihre Arbeit. Sie liebte das Leben in Rom. Sie liebte ihre Freundschaft mit Helen.

Eine Weile hatte sie geglaubt, Ernesto zu lieben. Jetzt war ihr all das genommen worden. Selbst wenn sie aus dem Gefängnis freigelassen wurde, ihr Leben würde nie wieder dasselbe sein.

Kapitel 60

Am Morgen nach der Anhörung stand Trevor in aller Frühe auf. Er war entschlossen, etwas Nützliches zu tun, ehe er Diana besuchte, damit er ihr von Fortschritten berichten konnte. Er schaute in seinem nicht mehr ganz neuen Baedeker nach, der ihm mitteilte, dass die britische Botschaft auf der Via Settembre XX war. Er fand mit Hilfe der Karten aus dem Stadtführer zu Fuß dorthin, aber dort war nur eine Ruine mit viel verstreutem Schutt zu sehen. Ein einsamer Wachmann in einem Torhäuschen schrieb ihm eine andere Adresse auf – die Villa Wolkonsky –, doch als er in seinem Baedeker nachsah, stellte er fest, dass die sehr weit weg war, gerade noch innerhalb der aurelianischen Mauer, die einen der sieben Hügel der Stadt umringte, und er musste ein Taxi nehmen.

»Ja, wir sind 1946 im alten Gebäude ausgebombt worden«, erklärte ihm ein Konsularbeamter, als er die Botschaft endlich gefunden hatte. »Es war ein Anschlag zionistischer Terroristen. Es gibt Pläne, ein neues Gebäude zu errichten, aber in der Zwischenzeit sind wir hier am Ende der Welt untergebracht. Was kann ich für Sie tun?«

Trevor erklärte, wer er war, und der Beamte nickte mitfühlend. »Wir sind mit dem Fall vertraut und hatten geplant, jemanden zu Ihrer Frau zu schicken. Wie schlägt sie sich?«

»Sie ist eine starke Frau, aber zu Unrecht eingesperrt zu sein, das würde jeden auf eine harte Probe stellen.«

»Ja, natürlich. Der Fall war ein gefundenes Fressen für die italienische Presse; sie hat versucht, sie als zutiefst unmoralisch darzustellen. Mein Rat wäre, prominente Freunde um Leumundszeugnisse zu bitten. Das könnten zum Beispiel Arbeitskollegen von ihr sein, in England oder hier in Rom.

Dann lassen Sie Ihren Anwalt diese Referenzen an die Presse verteilen, und so können Sie vielleicht dafür sorgen, dass die öffentliche Meinung sich auf die Seite Ihrer Frau schlägt. Ist sie religiös?«

»Nein.«

Der Beamte schnalzte mit der Zunge. »Schade. Sie können also nicht sagen, dass sie ihre Zeit mit Beten verbringt?«

»Das wäre eine glatte Lüge.«

»Keine Sorge. Schauen Sie mal, wie Sie mit den Referenzen klarkommen, und melden Sie sich, wenn Sie weitere Hilfe benötigen.«

Trevor durfte das Botschaftstelefon benutzen und rief in seiner Universitätsabteilung an, um Urlaub aus familiären Gründen zu erbitten, der ihm sofort gewährt wurde. Die Geschichte war an diesem Morgen auch in der britischen Presse erschienen, und man vermutete in London bereits, dass er deswegen nicht zu seinen Vorlesungen erschienen war.

Er rief Dianas früheren Chef im British Museum an, dann den Rektor ihres Colleges in Oxford und bat beide, ein Leumundszeugnis für Diana zu schreiben. Alle waren ungeheuer mitfühlend und völlig verdutzt über die Lage, in der sich Diana befand.

Als Nächstes rief er im Produktionsbüro von Cinecittà an und verabredete ein Treffen mit Hilary. Es ging ihm gut, solange er etwas zu tun hatte, aber als er in einem kleinen Café am Kolosseum allein bei einem Kaffee saß, merkte er, wie ihn der Mut verließ. Der Konsularbeamte hatte ihm eigentlich so gut wie gar nicht geholfen. Er hatte wesentlich mehr Hilfe erwartet, aber es schien, als läge es nur an ihm und Signor Esposito, dass überhaupt etwas geschah.

Seine größte Angst war immer gewesen, dass Diana sich in Rom in einen anderen Mann verlieben könnte. Er war zu alt und zu gesetzt für sie. Er vermutete schon länger, dass er die

Hand einer so außerordentlichen Frau nur hatte gewinnen können, weil sie nach dem Tod ihres Vaters so völlig den Boden unter den Füßen verloren hatte und nach jedem Strohhalm gegriffen hatte, der sich ihr bot. Nun, vielleicht würde sie ihn verlassen, aber jetzt brauchte sie ihn als den Halt in ihrem Leben, und das wollte er für sie sein. Er würde dieses Problem mit seiner Intelligenz angehen, alles tun, was in seinen Kräften stand, und nicht ruhen, bis er es gelöst hatte. Allerdings hoffte er, dass er Dianas Liebhaber nicht treffen musste. Das wäre dann doch ein wenig zu viel verlangt.

Er konzentrierte sich darauf, zu überlegen, wen er noch wegen Zeugnissen für Diana ansprechen könnte. Er stellte eine Liste zusammen und schrieb dann kurze Briefe, die er von Hilary verteilen oder über den Kurierdienst von Cinecittà nach London schicken lassen wollte. Er wusste nicht, wo er Umschläge dazu kaufen konnte, aber vielleicht konnte man ihm im Büro welche geben.

Er fuhr mit dem Bus quer durch die Stadt zum Regina Coeli und war über eine Stunde vor der Besuchszeit da, weil er sichergehen wollte, dass sie so viel Zeit wie möglich zusammen verbringen konnten. Sie waren diesmal nicht allein, sondern in einem Raum, in dem auch viele andere Frauen Besuche empfingen, und Diana wartete auf ihn. Sobald er sie sah, begriff er, wie deprimiert sie war – wer wäre das nicht? –, dass sie sich aber große Mühe gab, fröhlich zu wirken, genau wie er auch. Er berichtete von all den Freunden, die er um Leumundszeugnisse bitten wollte, und ihr schien das peinlich zu sein.

»Wie schrecklich, dass es so weit gekommen ist, dass ich davon abhängig bin, dass Leute für meinen guten Charakter bürgen.«

Sie reichte ihm einen großen Stapel Notizen, die sie über die kommenden Szenen des Films geschrieben hatte, und bat ihn, diese Hilary zu bringen. »Und kannst du dir bitte von Candy ein Exemplar des neuesten Drehplans geben lassen?«

Das versprach er. »Ich habe einen amerikanischen Journalisten namens Scott Morgan kennengelernt – hat Helen den je erwähnt?« Diana schüttelte den Kopf. »Nun, der hat sich bereit erklärt, uns zu helfen. Er wird mit Ernesto Balboni Kontakt aufnehmen und versuchen, die Wahrheit aus ihm herauszuquetschen.«

Diana ließ den Kopf hängen, schämte sich, dass Trevor diesen Namen aussprechen musste. »Das ist gut.«

»Wie schmeckt das Essen, Schatz?«, fragte er.

Sie rümpfte die Nase. »Eintopf, zerkochte Nudeln, Suppe und so. Es ist essbar, aber das Geschirr hat schon bessere Zeiten gesehen. Ich werde nicht verhungern. Doch wenn wir es uns leisten können, etwas für größere Portionen zu bezahlen, dann teile ich sie mir mit meiner hochinteressanten Zellengenossin.« Sie beschrieb Donatella und machte ihre ausdrucksvolle Redeweise nach, zu der sie Arme und Beine und auch den ganzen übrigen Körper einsetzte.

»Kann ich dir sonst noch was mitbringen? Irgendwas Besonderes?«

»Eigentlich nicht. Vielleicht ein paar Teebeutel. Ich denke, ich würde heißes Wasser für Tee bekommen.«

Nachdem sie alles Geschäftliche geregelt hatten, saßen sie einfach da und hielten sich an den Händen, um sich gegenseitig zu trösten. Trevor war das Herz schwer. Er konnte Diana nicht in die Augen sehen, weil er ihrer Miene ablesen konnte, wie betrübt sie war, und er wollte sie nicht noch trauriger machen, indem er über seine Ängste sprach. Die Situation war unbehaglich, aber sie sprach auch von ihrer Kameradschaft. Als der Wärter »*È ora*! Es ist Zeit!« schrie, drückte Trevor Dianas Hand ganz fest.

»Jede Minute, die ich nicht hier bei dir bin, außer natürlich wenn ich schlafe, werde ich damit verbringen, für deine Freilassung zu arbeiten. Vertraue mir, Diana. Ich bekomme dich hier raus.«

»Danke«, flüsterte sie. Ich habe dich nicht verdient. Das dachte sie, sagte es aber nicht.

Nachdem er das Gefängnis verlassen hatte, schaute er an allen Bushaltestellen nach, die er finden konnte, aber anscheinend fuhr kein Bus direkt nach Cinecittà hinaus. Er musste erst zum Bahnhof Termini fahren und dort umsteigen. Hilary holte ihn am Tor zum Studiogelände ab und winkte ihn an dem Wachmann vorüber. Sie nahm ihn mit in die Bar, wo sie sich eiskalte Limonade bestellten, weil es sehr heiß war.

»Wie geht es ihr?«

»Erstaunlich gut. Vielleicht versucht sie, meinetwegen stark zu sein, aber es gelingt ihr hervorragend.«

»Ich weiß nicht, wie sie das aushält. Ich wäre ein einziges Nervenbündel.«

»Sie schaut, dass sie immer was zu tun hat. Ich glaube, das hilft.«

Trevor reichte ihr die umfangreichen Notizen, die Diana gemacht hatte. Hilary versprach, sie an Joe Mankiewicz weiterzuleiten. Trevor überreichte Hilary auch seine Bitten um Zeugnisse. Manche sollten per Kurier nach London geschickt werden, während andere für Leute waren, die in Rom am Film mitarbeiteten.

»Ich habe auch ein Briefchen für Elizabeth Taylor geschrieben. Diana weiß nichts davon, aber ich habe mich gefragt, ob sie vielleicht ihren Einfluss geltend machen kann.«

Hilary nahm ihm nach einigem Zögern diesen Brief ab. »Sie hat sehr viel zu tun. Ich würde mir nicht zu viel erwarten, aber ich gebe die Nachricht einer ihrer Sekretärinnen.«

»Danke. Irgendein Lebenszeichen von Ernesto Balboni?«

Er hasste den Klang dieses Namens, jede Silbe, jeden Buchstaben. »Dianas Anwalt muss dringend mit ihm reden.«

»Der hat sich krank gemeldet. Niemand hat etwas von ihm gehört. Wir sind sehr wütend auf ihn.«

»Haben Sie seine Adresse?«

»Das hatte ich vermutet, aber ich habe in unseren Unterlagen nachgesehen, und da hat er als Adresse Dianas Pension angegeben. Vorher stand eine andere da, aber die ist durchgestrichen, und ich kann es nicht mehr lesen. Es tut mir so leid.«

Trevor war einen Augenblick ganz still. Das war sehr ärgerlich. Wie sollte Scott Morgan den Mann ohne eine Adresse finden? Wenn der Kerl auch nur ein bisschen Anstand besäße, hätte er freiwillig für Diana ausgesagt. Es war schwer zu begreifen, warum Diana ausgerechnet auf einen solchen Schurken hereingefallen war, aber die waren ja immer am beharrlichsten, überlegte er. An der Uni gab es in der Lateinabteilung auch einen richtigen Weiberhelden, und Trevor hatte ihn einmal auf einer Party beobachtet, wie er sich mit überschwänglichen Schmeicheleien an eine Kollegin herangemacht hatte. Doch er hätte nie vermutet, dass Diana für derlei empfänglich wäre. Ihn schauderte bei dem Gedanken.

Nachdem sie ausgetrunken hatten, nahm ihn Hilary mit ins Büro, wo er all seine Umschläge beschriftete und ein Exemplar des Drehplans bekam.

»Bestellen Sie Diana unsere allerherzlichsten Grüße«, trug ihm Hilary auf. »Sagen Sie ihr, dass wir ihr alle die Daumen drücken.«

Trevor verabschiedete sich und fuhr mit dem Bus zurück in die Stadt. In der Trattoria gegenüber von Dianas Pension aß er irgendwelche zähen Nudeln und trank eine ganze Flasche schweren Rotwein. Sobald er draußen war, brach er alles im Rinnstein wieder aus.

Kapitel 61

Am Freitagabend entdeckte Scott in der Pianobar, in die Helen und ihre Freunde immer gingen, Luigi und näherte sich ihm, um ein wenig mit ihm zu plaudern.

»Wie gehen die Geschäfte?«, erkundigte er sich.

Luigi zuckte die Achseln. »Wie immer. Brauchst du was?«

»Vielleicht«, antwortete Scott. »Was hast du denn an diesem schönen Abend anzubieten?«

»Alles. Ich kann dir alles besorgen, was du willst.«

»Darf ich dich auf einen Drink einladen?«

Luigi ließ sich einen Whisky spendieren, bestand auf Johnny Walker, den teuersten, den sie in der Bar verkauften. Scott trank ein Bier. Er wollte langsam auf eine Frage nach Helen zusteuern, es aber nicht zu offensichtlich machen.

»Bei deinem Job bist du bestimmt ziemlich beliebt«, probierte er es. »Hilft dir das eigentlich, wenn du bei den Damen Süßholz raspelst?«

Luigi war gedrungen, und unter seinem weit aufgeknöpften Hemd schaute eine dicke Matte lockigen dunklen Brusthaars hervor. Er hatte dunkle Haarstoppeln auf den Handrücken, die er sich offensichtlich rasierte. Insgesamt hatte der Kerl große Ähnlichkeit mit einem Gorilla, und Scott konnte sich kaum vorstellen, dass er wegen seiner körperlichen Vorzüge viel Erfolg bei Frauen hatte.

»Wer braucht das schon?«, prahlte Luigi. »Die Frauen rennen mir in Scharen nach. Die wollen alle was von mir, also kriege ich im Gegenzug, was ich will.« Er hatte ein hässliches Funkeln in den Augen. Scott stach sein aufdringliches Rasierwasser in die Nase.

»Davon könnte ich ein bisschen was brauchen. Ich habe

mit den Mädels hier in Rom nicht gerade viel Glück gehabt.«
Scott wusste, dass diese Selbstherabsetzung stets von Vorteil
war, besonders wenn man es mit arroganten Typen zu tun
hatte. Das schmeichelte ihrem Überlegenheitsgefühl.

»Soll ich dich mit ein paar bekanntmachen?«

Das war das Letzte, was Scott jetzt brauchen konnte. »Ich
bin ziemlich wählerisch. Einige von den Mädels vom *Cleopatra*-Dreh sind ja ganz süß, aber die können ziemlich hoch-
näsig sein.«

»Ich kenne ein paar, klar. Heute sind aber keine da.« Sie
schauten sich in der Bar um, die für einen Freitagabend
recht leer war.

»Sag mal, kanntest du nicht das Mädchen vom Make-up,
das ertrunken ist? Ich habe in der Zeitung davon gelesen.«

»Eigentlich nicht.« Luigi schaute ihm nicht in die Augen.
»Ich habe sie nur manchmal hier gesehen.«

»Ich habe sie mal nach Hause gebracht und hatte den Eindruck, dass sie süchtig ist. Die hat immer ausgesehen, als
wäre sie völlig high.«

»Hat sie sich an dich rangemacht?«, fragte Luigi interessiert.

»Nö. Wir haben uns ein bisschen geküsst, aber sie schien
irgendwie ziemlich verkrampft zu sein.« Er fand es schrecklich, so über Helen zu sprechen, aber er wollte Luigi ja zu einer Aussage verleiten. Der hatte ein wissendes Lächeln im
Gesicht, und Scott merkte, dass er nur so darauf brannte, mit
etwas anzugeben. »Bist du bei ihr etwa mal weitergekommen?«

»Aber klar doch. Die hätte alles gemacht, wenn sie Stoff
wollte. Na ja, nicht alles – sie war noch Jungfrau –, aber ein
paarmal hat sie es mir mit der Hand gemacht, oder mir
einen *bocchino* gegeben.« Er machte eine obszöne Geste, indem er seinen Daumen zwischen den Lippen bewegte.

Scott hätte ihm am liebsten eine in die Fresse gehauen. Er ballte die Fäuste und schaffte es so gerade noch, sich zu beherrschen. »Wow, ich wünschte, das hätte ich gewusst. Wann hast du sie denn das letzte Mal gesehen?«

Misstrauen blitzte in Luigis Augen auf, dann entspannte er sich wieder. »Letzte Woche. Das Übliche: kein Geld, brauchte dringend Stoff, also habe ich sie auf eine schnelle Nummer hinters Café mitgenommen. Wahrscheinlich der letzte Sex in ihrem Leben.« Er grinste widerlich.

»Was meinst du, was ist mit ihr passiert? Diese Geschichte mit der historischen Beraterin, die kommt mir irgendwie komisch vor.«

Luigis Gesichtsausdruck wurde sehr vorsichtig. »Ich weiß nicht, und es ist mir auch egal. Eine Schlampe weniger, das kümmert mich nicht.« Ein Muskel in seiner Wange zuckte, und Scott war sich sicher, dass er etwas vor ihm verbarg.

»Findest du es nicht ein bisschen seltsam, dass sie den weiten Weg die Küste runtergefahren ist? Ich habe mich gefragt, ob sie vielleicht da unten einen anderen Dealer kannte und von dem Drogen kaufen wollte, vielleicht, weil sie dich gerade nicht finden konnte.«

Jetzt war Luigi deutlich verschreckt. »Wo zum Teufel soll ich das herwissen? Hör mal, willst du jetzt was kaufen oder nicht? Wenn ich hier die ganze Zeit stehe und mit dir quatsche, mache ich nie ein Geschäft.«

»Ich hätte gern ein bisschen Koks. Treffen wir uns auf der Herrentoilette?«

Als Scott ihm an den Pissoirs das Geld überreichte, kam Luigi auf ihren alten Scherz zurück. »Das ist also für Elizabeth Taylor?« Er grinste breit, und Scott sah eine Goldfüllung in einem seiner Backenzähne.

Scott tippte sich an die Nase. »Ich will nichts ausplaudern.« Er nahm das Briefchen entgegen, das Luigi ihm in die

Hand schob, und sagte dann: »Danke, Kumpel. Man sieht sich.«

Er verließ die Bar, ging um die Ecke in eine Versorgungszufahrt und lehnte sich an die Wand. Ihm war speiübel nach allem, was er gerade erfahren hatte. Prahlte Luigi nur, oder hatte er Helen wirklich zu sexuellen Gefälligkeiten gezwungen, damit sie Stoff bekam? Dass diese hübsche, unschuldige junge Frau diesen widerlichen Kerl berühren musste … Wenn es stimmte, dann würde es erklären, warum sie bei ihrer letzten Begegnung so zerstreut gewirkt hatte. Sie konnte sich keine Vitaminspritzen mehr leisten, fühlte sich aber so schlecht, als sie damit aufgehört hatte, dass ihr nichts anderes mehr einfiel, als zu diesem ekligen Kerl zurückzugehen.

Sie war zwischen Baum und Borke gefangen. Hätte er es doch nur geschafft, sie zu retten! Er hätte mehr versuchen müssen. Jetzt hatte sein Artikel über die Drogen noch einen weiteren Zweck zusätzlich zur Rache an den Ghianciaminas: Er war es Helen schuldig, dass Luigi hinter Gitter kam.

Kapitel 62

Am Samstagmorgen wachte Trevor auf, weil man einen Briefumschlag unter seiner Tür durchschob. Er blinzelte und rief »Hallo?«, doch wer es auch immer gewesen war, hatte schon den Weg die Treppe hinunter angetreten. Er stand auf und schaute sich den Umschlag an. Es stand nur »Professor Trevor Bailey« darauf, darunter die Adresse der Pension. Er setzte sich aufs Bett und machte den Umschlag auf. Seine Augen weiteten sich vor Überraschung, als er die verschnörkelte Unterschrift unten auf der Seite erkannte: Elizabeth Taylor. Die Handschrift war ordentlich, mit großen Schnörkeln und Unterlängen.

Lieber Professor Bailey,

es tut mir sehr leid, von Dianas Problemen zu hören. Ich bin nicht sicher, wie ich helfen kann, aber bitte kommen Sie doch heute Abend um 19 Uhr zum Cocktail in meine Villa, dann können wir uns unterhalten. Mein Fahrer holt Sie um 18.45 Uhr ab.

Mit freundlichen Grüßen

Elizabeth Taylor

»Meine Güte!«, rief er laut. Wie überaus nett von ihr. Wie außerordentlich eigentlich. Er würde Schlips und Anzug tragen müssen, und er beschloss, noch bei einem Frisör um die Ecke vorbeizuschauen und sich ordentlich rasieren und die Haare stutzen zu lassen. Er hatte das Gefühl, man müsste adrett aussehen, wenn man sich mit dem Hochadel Hollywoods traf.

Am Nachmittag besuchte er Diana. Die war gerührt, als sie von Elizabeths Einladung erfuhr, obwohl es ihr peinlich war, dass Trevor sich mit ihr in Verbindung gesetzt hatte.

»Ich hoffe, sie hat jetzt keine schlechte Meinung von mir. Bitte sorge dafür, dass sie die Wahrheit begreift.«

»Natürlich mache ich das, Schatz.«

Sie sieht nicht gut aus, dachte er bei sich. Sie hatte Insektenstiche im Gesicht, an den Armen und Beinen, und sie kratzte immer wieder daran herum. Ihr Teint war grau, und sie hatte dunkle Ringe unter den Augen. Sie behauptete, sie schliefe gut, aber er glaubte ihr kein Wort.

»Kommst du morgen auch?«, fragte sie. »Ich brenne darauf, von eurer Begegnung zu hören. Du musst mir ehrlich sagen, was du von Elizabeth hältst.

Er versprach ihr zu kommen. Es fiel ihm immer schwer, Diana zu verlassen, aber zumindest hatte er heute etwas vor, das ihm den langen Abend verkürzen würde.

Ein Chauffeur in Livree holte ihn zur verabredeten Zeit ab und fuhr ihn zur Via Appia Antica hinaus, zu der alten Römerstraße, die südlich aus der Stadt führte und bis nach Brindisi im Stiefelabsatz Italiens ging.

Trevor dachte darüber nach, dass sie nach Appius Claudius Caecus benannt war, dem Mann, der den ersten Abschnitt hatte bauen lassen. Er wurde später blind – laut Livius, weil man ihn mit einem Fluch belegt hatte. Livius glaubte fest an Flüche.

Um die Villa waren hohe Mauern, und die Wachmänner an den Toren bestanden darauf, Trevor abzutasten, um sicherzugehen, dass er keine Waffen bei sich trug. Trevor schaute sich die Gärten an, die sich in alle Richtungen erstreckten, und bewunderte die Arbeit der Gärtner, die im Sommer sicherlich jeden Tag alle Rasenflächen und Blumenbeete bewässern mussten.

An der Haustür empfing ihn ein Butler, der ihn durch ein kühles Atrium in ein Wohnzimmer führte, von dem aus er einen Swimming Pool sehen konnte, in dem drei kleine Kinder plantschten und kreischten. Ein Pekinese kam angelaufen und schnüffelte an seinem Hosenbein.

»Darf ich Ihnen etwas zu trinken anbieten?«, fragte der Butler, und Trevor bat um ein Glas Wasser. Er ließ sich auf einem bequemen Sessel nieder und schaute sich im Zimmer um. Bunte Teppiche waren auf den marmorgefliesten Böden ausgebreitet, auf einem gläsernen Couchtisch stand eine Vase mit einem großen Strauß weißer Rosen. Ein Bücherregal nahm eine ganze Wand ein. In der Ecke ein Plattenspieler neben Stapeln von Schallplatten. An zwei Seiten reichten die Fenster vom Boden bis zur Decke und ließen viel Licht herein, und fließende durchscheinende Vorhänge blähten sich in einer kleinen Brise, die durch die geöffneten Fenster wehte.

Nach einer Weile erhob sich Trevor, um sich die Bücher anzusehen. Es war eine vielseitige Auswahl: eine Menge Romane, einschließlich *Vom Winde verweht* und Werken von Hemingway, Faulkner und Saul Bellow. Es gab auch Sachbücher über Judaismus, eine Biografie von Tennessee Williams und ein paar Kunstbände. Plötzlich hörte Trevor hinter sich ein Geräusch. Er drehte sich um und sah Elizabeth Taylor die Treppe herunterkommen. Sie trug ein fließendes lindgrünes Kleid und sah sonnengebräunt und wunderschön aus.

»Ich habe hier in Rom nur wenige Bücher. Zu Hause habe ich viel mehr.« Sie reichte ihm die Hand und lächelte ihm freundlich zu. »Hallo, ich bin Elizabeth.«

»Trevor«, sagte er und war geradezu albern aufgeregt. Es fiel ihm schwer, sie direkt anzusehen; vielleicht wurde man davon blind, wie wenn man zu lange in die Sonne schaute.

»Ich habe auch ein paar Bücher von Diana hier. Sie hat sie mir vor einer Weile geliehen. Vielleicht können Sie sie für mich zurückgeben?« Sie deutete auf einen kleinen Stapel, der gesondert dalag. Trevor nahm die Bücher und erwiderte, natürlich könnte er das machen, wenn sie sicher wäre, dass sie sie nicht mehr brauchte. Obwohl Elizabeth schwindelerregend hohe Schuhe trug, reichte sie ihm gerade einmal bis zur Brust.

»Ich lese sehr schnell«, sagte sie und setzte sich ihm gegenüber hin. »Aber jetzt erzählen Sie mir, wie es Diana geht.«

»Sie hält sich tapfer«, antwortete er. Das war seine Standardantwort auf diese Frage. Es schien auch zu stimmen, aber hatte sie überhaupt eine andere Wahl? »Wir tun, was wir können, um sie freizubekommen.«

Der Butler brachte Elizabeth auf dem Tablett einen Drink, und sie schaute auf Trevors Wasserglas. »Wollen Sie nicht einen richtigen Drink? Ich trinke sehr ungern allein.«

»Na gut. Haben Sie Gin?«, fragte er.

»Hat der Papst eine Bibel?«, erwiderte sie mit einem gackernden Lachen. »Ja, natürlich habe ich Gin. Ich trinke meinen mit Cola, aber wir haben auch Limonade oder Orangensaft.«

»Limonade, bitte.« Der Butler ging fort, um ihm seinen Drink zuzubereiten. Elizabeth schlüpfte aus den Schuhen und zog die Beine unter den Körper, das Glas in der Hand.

»Jetzt erzählen Sie mir bitte ganz genau, was mit Diana passiert ist. Ich habe nur sehr vage Informationen.« Sie hörte aufmerksam zu, als Trevor berichtete. Er schaffte es, über Ernesto zu sprechen, ohne dass seine Gefühle in der Stimme durchschimmerten. Er nannte ihn »Dianas italienischen Freund«. Elizabeth zeigte keine Überraschung, was ihn vermuten ließ, dass sie von der Affäre gewusst hatte.

»Sind Sie mit dem Rechtsanwalt zufrieden? Würde es helfen, wenn wir von einem meiner Leute eine zweite Meinung einholen? Ich habe jede Menge Anwälte in meinem Stab.«

»Danke, aber im Augenblick sind wir zufrieden.« Er vermutete, dass ihre Anwälte eher auf Verträge und Finanzen als auf italienisches Strafrecht spezialisiert waren.

»Brauchen Sie Geld? Ich würde mich wirklich gern beteiligen.«

»Nein, du liebe Güte ...« Trevor war verlegen. »Nichts dergleichen ...« Er erklärte, dass der britische Konsularbeamte vorgeschlagen hatte, von hochrangigen Persönlichkeiten Leumundszeugnisse für Diana einzuholen, um die öffentliche Meinung in Italien auf Dianas Seite zu bekommen, und dass er an sie geschrieben hatte, weil sie die berühmteste Person war, die Diana kannte.

Elizabeth seufzte. »Ich weiß nicht, ob sie es schon gehört haben, aber man hält mich hier in Italien für ›erotisch unstet‹. Leider würde meine Unterstützung in den Augen der frommen Katholiken wahrscheinlich das genaue Gegenteil bewirken. Sie würde dann mit mir über einen Kamm geschert.« Sie machte eine ausladende Geste. »Aber ich sorge dafür, dass Walter, Joe und Spyros ihr Zeugnisse geben. Und Irene Sharaff. Bei wem könnte ich es noch versuchen? Vielleicht wäre Fellini gut. Oder Marcello Mastroianni? Und ich glaube, dass Audrey Hepburn in der Stadt ist.« Sie unterbrach sich und trank einen Schluck, während sie überlegte, wen sie in Rom noch kannte.

Trevor war verdattert. »Vielleicht sollten es besser nur Leute sein, die Diana persönlich kennen? Ich wäre Ihnen sehr dankbar, wenn Sie sich dafür einsetzen könnten.«

»Geben Sie meinem Sekretär Dick Hanley die Adresse Ihres Anwalts. Er wird dafür sorgen, dass die Zeugnisse kommen. Ich stelle ihn Ihnen vor, ehe Sie gehen.«

Trevor nippte an dem Drink, den man ihm diskret hingestellt hatte, und verschluckte sich beinahe, weil er so stark war. Er hustete vorsichtig in die Hand.

»Wir haben jetzt nur noch einen Monat zu drehen, aber ich hoffe, dass Diana bald wieder da ist, um uns zu beraten. Walter und Joe produzieren einen Hollywood-Schinken, aber ich weiß, dass Ihre Frau es geschafft hat, ein paar sehr wichtige Veränderungen durchzusetzen. Richard und ich, wir sind sehr von ihrem umfangreichen Wissen beeindruckt.« Ihre Stimme wurde ganz weich, als sie den Namen ihres Liebhabers aussprach, und sie rutschte ein wenig hin und her.

»Ich wusste gar nicht, dass Diana ihn persönlich kennt.«

»Wir haben oft über sie und ihre Ratschläge gesprochen. Er hat eines der Bücher gelesen, die Diana mir geliehen hat, weil er mehr darüber wissen wollte, warum Marc Anton am Ende verrückt wird. Haben Sie ihn schon einmal auf der Bühne gesehen?«

Trevor nickte. »Er ist ein glänzender Schauspieler.«

Sie freute sich darüber. »Er begreift gern das psychologische Profil seiner Rollen und begibt sich ganz in sie hinein.«

»Marc Anton ist schwer zu ergründen. Er war sein ganzes Leben lang ein so zäher Bursche, aber im Tod sehr schwach. Die meisten Geschichtsschreiber gehen sehr unsanft mit ihm um, aber ich habe ein wenig Mitgefühl mit ihm.«

»Meinen Sie nicht, dass ihn die Liebe zerstört hat? Er ist doch völlig zusammengebrochen, als er begriffen hat, dass Cleopatra sich von ihm abgewandt hatte?«

»Ich denke, ihn hat sein ausschweifender Lebenswandel zerstört, denn als es hart auf hart kam, haben seine Leute ihm deswegen nicht mehr vertraut. Die Berichte stammen ja größtenteils von Cicero, der gesagt hat: ›Wir sollten ihn nicht als Menschen betrachten, sondern als ein höchst ungezügeltes Tier.‹« Er lächelte. »Wenn Cicero jemanden nicht leiden konnte, dann hielt er sich mit seiner Kritik nicht zurück.«

Elizabeth war wie gebannt. »Aber das ist ja perfekt. Das muss ich unbedingt Richard erzählen.«

»Ich nehme an, er hat Plutarchs *Leben des Antonius* gelesen. Er geht mit dem Mann ein wenig freundlicher um als Cicero in seinen Brandreden, aber er ist dennoch kritisch. Es gibt viele gute moderne Biografien, aber ich verlasse mich, wenn es möglich ist, lieber auf die Originalquellen.«

»Sind Sie Ägyptologe wie Diana?«

»Nein, ich bin Altphilologe. Ich habe ein Buch über Plutarch geschrieben, also sind unsere Interessen zwar unterschiedlich, aber sie ergänzen sich.«

»Wie faszinierend!«, hauchte Elizabeth. »Ich wette, Sie führen wunderbare Gespräche beim Essen.« Sie schaute auf eine Uhr auf einem Beistelltischchen. »A propos Essen, ich mache mich jetzt besser fertig. Richard ist immer so knurrig, wenn ich zu spät komme.« Sie erhob sich von ihrem Sessel, bewegte sich mit geschmeidiger Sinnlichkeit, die Gedanken bereits auf ihren Liebhaber gerichtet. »Es war faszinierend, Sie kennenzulernen. Ich schicke Ihnen Dick Hanley herunter, und dann können Sie ihm die Adresse von Dianas Anwalt geben. Und viel Glück. Sagen Sie Diana, dass Richard und ich sie voll und ganz unterstützen.«

Sie stand nah bei ihm, als sie ihm die Hand schüttelte, und er konnte ihr Parfüm riechen. Es war bestimmt sehr teuer, aber irgendwie erinnerte es ihn an ein Waschmittel, das Diana immer kaufte. »Ajax: Stärker als der Schmutz«, hieß es in der Werbung.

Sie schwebte die Treppe hinauf, drehte sich oben noch einmal um und winkte ihm zu. Wenige Minuten später erschien Dick Hanley und schrieb sich die Adresse von Signor Espositos Kanzlei auf, ehe er Trevor zu dem Auto zurückbegleitete, das ihn hergebracht hatte.

Als sie durch das Tor der Villa Papa gefahren waren, begann Trevor zu weinen. Er wusste nicht, warum. Vielleicht hatte ihn Elizabeths Freundlichkeit so berührt. Es war eine außerordentliche Situation.

Der Chauffeur klappte das Handschuhfach auf, zog ein weißes Seidentaschentuch heraus und reichte es ihm nach hinten, als wäre er es gewöhnt, dass in seinem Auto erwachsene Männer auf dem Rücksitz weinten.

Kapitel 63

Zur Besuchszeit am nächsten Tag rang sich Diana ein Lächeln ab, als Trevor erzählte, dass Elizabeth Taylor angeboten hatte, für sie ein Leumundszeugnis von Audrey Hepburn zu erwirken.

»Vielleicht kann sie noch eins von John Wayne oder Marilyn Monroe bekommen«, schlug er vor. »Sie hat so getan, als wären diese Berühmtheiten eine Art exklusiver Klub, in dem sie einander um Gefallen bitten können, selbst wenn sie sich nicht persönlich kennen.« Er hatte diese kleine Rede auf dem Weg hierher geprobt, weil er hoffte, Diana damit aufzuheitern.

»So ähnlich wie die Freimaurer, meinst du?« Sie legte den Kopf ein wenig schief. »Vielleicht stimmt es ja.«

»Hilary lässt ganz herzlich grüßen«, sagte ihr Trevor. »Und die Briefe zu deiner Unterstützung kommen bestimmt schon bald in Massen. Ich habe an alle geschrieben, die mir eingefallen sind.«

»Ich bin sicher, das wird viel ausmachen«, antwortete Diana. »Danke.« Aber im Innersten glaubte sie nicht, dass diese Referenzen die Anklagebehörde beeinflussen würden, die überzeugt war, dass sie eine Mörderin war. Warum sollten die sie freilassen, nur weil ihre Freunde sagten, dass sie ein anständiger Mensch war? Die meisten Mörder hatten wahrscheinlich Freunde, die sie für unschuldig hielten.

»Ich habe Scott Morgan, diesen Journalisten, heute Morgen angerufen. Er hört sich in der Stadt um, ob ihm jemand Herrn Balbonis Adresse sagen kann. Er glaubt, dass er sie bald hat.«

Diana schaute betreten auf ihre Hände. Sie fühlte sich immer schrecklich, wenn Trevor gezwungen war, Ernestos Namen auszusprechen. Der war ein so geübter Lügner, dass sie sich nicht vorstellen konnte, dass der Journalist ihm etwas entlocken würde. Aber versuchen konnte er es zumindest.

Trevor fuhr fort: »Ich bin auf dem Weg hierher am Bahnhof Termini vorbeigegangen, um rauszufinden, ob Helen mit dem Zug nach Torre Astura gefahren sein könnte. Man hat gesehen, dass sie Cinecittà etwa um vier Uhr verließ, also hätte sie frühestens einen Zug um halb fünf oder fünf Uhr nehmen können. Laut Fahrplan gehen an den Wochentagen um Viertel nach fünf und dann erst wieder um Viertel nach sieben Züge von Rom nach Anzio, und der letzte Zug fährt um Viertel nach neun. Die Fahrt dauert anderthalb Stunden, weil der Zug unterwegs einige Male hält.«

»Sie hatte nie Geld«, erklärte ihm Diana. »Sie hätte sich wahrscheinlich die billigste Fahrkarte gekauft, eine dritter Klasse.«

»Ich habe heute Morgen den Zug nach Anzio abfahren sehen. Die billigeren Waggons waren vollgestopft mit Landarbeitern, Fahrrädern, Kisten voller Hühner und Körben voller Obst. Mir ist der Gedanke gekommen, dass Helen dazwischen bestimmt jemandem aufgefallen sein muss, wenn sie das rote Kleid anhatte, von dem du gesprochen hast. Es war doch ein Abendkleid, nicht?« Diana nickte. »Sie muss nach der Arbeit nach Hause gegangen sein und sich umgezogen haben. Vielleicht hat sie den Zug um Viertel nach neun genommen, der um Viertel vor elf ankommt. Ich überlege, ob die Polizei versucht hat, Zeugen zu finden, die sie unterwegs gesehen haben?«

»Ich habe nicht den Eindruck, dass die Polizei überhaupt irgendwas tut. Sie hat ihre Schuldige und ein paar sogenannte Zeugen und wartet einfach den Prozess ab.«

»Ich hoffe, das stimmt nicht«, sagte Trevor mit einem

Stirnrunzeln. »Aber genau deshalb habe ich mir überlegt, ob du und ich nicht versuchen sollen, gemeinsam Helens letzte Reise nachzuvollziehen. Vielleicht finden wir ja selbst etwas raus.«

Plötzlich hatte Diana eine Idee. »Moment mal. Wo ist eigentlich ihre Handtasche? Sie wäre niemals ohne ihre Tasche irgendwo hingegangen. Die war aus weißem Lackleder und hatte eine Goldkette als Schulterriemen. Ich frage mich, was aus der Tasche geworden ist?«

Sie sahen einander an, waren eine Sekunde lang voller Hoffnung. »Vielleicht hat Luigi sie gestohlen. Wenn man sie nur in seiner Wohnung finden könnte … Aber so dumm ist er nicht.«

»Entweder das, oder die Tasche wurde zusammen mit Helen ins Wasser geworfen und ist von der Strömung irgendwo hingetragen worden. Das hilft uns auch nicht weiter.«

Sie saßen eine Weile schweigend da und grübelten darüber nach. Dann fingen sie beide gleichzeitig zu sprechen an. »Du zuerst«, sagte Trevor.

»Ich wollte sagen, dass vielleicht irgendwas in der Tasche war, das Aufschluss über ihren Seelenzustand geben könnte. Hat sie eine Rückfahrkarte gekauft? Hatte sie Sachen für eine Übernachtung dabei? … Was wolltest du sagen?«

»Ich bin nicht sicher, dass sie den Zug genommen hat. Ich glaube, Luigi hat sie vielleicht nach Torre Astura gefahren. Möglicherweise schuldete sie ihm Geld, und er wollte sie zu dir bringen, damit du ihr was leihen konntest. Du warst ihre letzte Hoffnung.«

»Natürlich hätte ich ihr Geld gegeben!«

»Aber irgendwas ist schiefgelaufen, nachdem sie angekommen war. Vielleicht hat Helen gedroht, ihn auffliegen zu lassen, und er hat sie umgebracht, ehe sie dich erreichen konnte.«

»Ich fürchte, so ist es gewesen. Doch wie können wir das beweisen?«

Trevor seufzte. »Es macht mir Sorgen, dass die Polizei nicht einmal nach Spuren einer dritten Person sucht. Vielleicht gibt es ja welche, die einem sofort ins Auge springen.« In diesem Augenblick war sein Entschluss gefasst. »Ich glaube, ich fahre selbst nach Torre Astura und schau mich mal um.«

»Willst du das wirklich tun, Trevor? Das könnte gefährlich sein. Ich möchte nicht, dass dir was passiert.«

Er redete weiter, als hätte sie nichts gesagt. Er dachte laut. »Ich bitte Hilary, dafür zu sorgen, dass ich die Erlaubnis erhalte, mich dort am Set umzusehen und mit den Leuten zu sprechen. Jemand muss doch was mitbekommen haben. Ich fahre gleich morgen.«

Diana schloss die Augen. »Danke«, flüsterte sie. Endlich passierte etwas.

»Das bedeutet, dass ich dich morgen nicht besuchen kann«, erläuterte er. »Aber mit ein wenig Glück bin ich übermorgen wieder da und bringe gute Nachrichten.«

»Danke, dass du das machst.« Sie rang sich ein Lächeln ab. »Ich wusste, dass ich mich auf dich verlassen kann.«

Die Worte kamen ihr schwer über die Lippen, und sie blickte unendlich besorgt. Trevor konnte es kaum ertragen, sie so betrübt dasitzen zu sehen. Aber er musste jetzt fort. Die Wärter riefen schon, dass die Besuchszeit vorüber sei.

»Wir sollten in Urlaub fahren, wenn du hier rauskommst«, schlug er vor. »Wo möchtest du gern hinreisen? Wie wäre es mit Athen?«

»Vielleicht«, antwortete Diana ausweichend. »Athen wäre schön.« Aber er bemerkte, dass sie ihm nicht in die Augen schauen konnte.

Kapitel 64

Hilary arrangierte nur zu gern für Trevor einen Besuch in Torre Astura und besorgte ihm sogar ein Studioauto, das ihn in der Pension abholte und dort hinfuhr. Auf der Straße nach Westen hielt er die Augen auf und versuchte sich Helens Gedanken bei dieser Reise vorzustellen, während sie auf die bestellten Felder, die terrakottaroten Bauernhäuser und die Reihen von Zypressen schaute. War es noch hell gewesen, oder hatte sich bereits die Dunkelheit herabgesenkt? Der Fahrer sprach Englisch, so dass Trevor ihn fragen konnte, wie Helen wohl vom Bahnhof in Anzio zum Filmset gekommen war. Er musste die Ereignisse des Abends unvoreingenommen betrachten. Es gab vor Ort einen Bus, erklärte ihm der Fahrer, aber um diese Tageszeit fuhr der wohl nicht besonders oft.

Der Wagen blieb am Tor des Filmgeländes stehen, wo ein Wachmann in seinem Häuschen an der Straße saß. Zum Glück sprach auch der Englisch. Trevor stieg aus, um sich mit ihm zu unterhalten. Der Wachmann erinnerte sich gut an Diana, und sie redeten darüber, wie sie den besagten Tag verbracht hatte. Er sagte, zwischen sechs Uhr abends, als sie ihre Tasche im Wachhäuschen abholte, und dem frühen Morgen, als man Helens Leiche fand, hätte er Diana nicht gesehen. Helen war er überhaupt nicht begegnet, denn von sieben Uhr abends bis sieben Uhr morgens hatte ein Kollege Dienst. Sie arbeiteten in Zwölf-Stunden-Schichten – Tag und Nacht. Seiner Frau gefiele das gar nicht, meinte er. Sie fand, dass die Schichten zu lang waren, aber er freute sich darauf, dass bald all die Stars zu den Außenaufnahmen kommen würden, die in Alexandria spielten.

Da er nicht wusste, was Helen getan hatte, nachdem sie am Set angekommen war, beschloss Trevor, Dianas Schritte nachzuvollziehen. Der Wachmann erzählte ihm, sie wäre gleich zum Landesteg gegangen und hätte angefangen, sich Notizen zu machen. Also ging auch er in diese Richtung, vorbei an einem grellbunten Nachbau des Serapeums und verschiedenen anderen Gebäuden und Skulpturen bis zum Wasser. Am Boden lagen aufgerollte Taue und riesige Segel, daneben ein Stapel Weihrauchgefäße und ein paar golden-blaue Statuen aus Gießharz. Ein Schlachtschiff mit Rudern war am Ende des Stegs vertäut, und als er näherkam, konn-te Trevor erkennen, dass es ein umgebautes Fischerboot war, dem man mitten auf dem Deck ein Türmchen aufgesetzt hatte. Am Ende des Stegs wandte er sich um und schaute auf die in Miniatur nachgebaute ägyptische Stadt zurück, die am Ufer lag. Aus dieser Entfernung wirkte sie ziemlich ein-drucksvoll.

Er ging über den Steg zurück und schaute sich rasch am Set um. Die meisten Kulissen waren nur Fassaden, die von hinten mit Metallgerüsten abgestützt wurden. Ein schwarzes Gebäude, von dem vorn Taue hingen, war wohl Cleopatras Mausoleum. Wer hatte denn entschieden, dass es schwarz sein müsste? Das war es wahrscheinlich nicht gewesen. Er er-kundete auch die anderen Bauten entlang der Küste, versuch-te herauszufinden, was sie wohl sein sollten: Nadeln der Cleopatra, der Palast, die weltberühmte Bibliothek von Ale-xandria. In der Bucht war jedoch kein Leuchtturm zu entde-cken. Wenn man sich schon so viel Mühe gemacht hatte, überlegte er, warum hatte man nicht auch einen Nachbau dieses Weltwunders der Antike, des Pharos von Alexandria, erstellt, den man angeblich weithin über das Mittelmeer hat-te sehen können?

Diana hatte ihm erzählt, dass sie um zwei Uhr in die Trattoria gegangen war, also machte er das auch. Das Lokal war voller Arbeiter in staubigen Overalls. Er aß Nudeln und trank ein Bier, konnte aber die in rasend schnellem Italienisch geführten Gespräche ringsum nicht verfolgen. Ein paarmal hatte er das Gefühl, dass die Männer über ihn sprachen, aber wenn er sich umdrehte, wandten sie rasch den Blick ab.

Er hatte ein Foto von Helen mitgebracht, das er aus einer Zeitung ausgeschnitten hatte. Als er zu Ende gegessen hatte, ging er zu den Männern am nächsten Tisch hinüber und fragte: »Haben Sie diese junge Frau am 10. Mai hier gesehen?« Er sprach langsam und hielt zehn Finger in die Höhe, um sich verständlich zu machen. Sie schüttelten den Kopf. »Reichen Sie es bitte herum«, bat Trevor und machte eine Handbewegung. Reihum schauten sich die Männer an allen Tischen das Foto an und sahen dann zu Trevor herüber, aber keiner von ihnen schien Helen gesehen zu haben. Trevor wünschte, er könnte Italienisch sprechen und sie einzeln fragen, wo sie in jener Nacht gewesen waren. Kannte einer von ihnen die Zeugin, die behauptete, sie hätte gesehen, wie sich Diana und Helen prügelten? Was hoffte er denn herauszufinden, ohne die Sprache zu beherrschen? Die Sache war aussichtslos.

Nach dem Mittagessen begab er sich zur Küste hinunter und vollzog den Weg nach, den Diana eingeschlagen hatte, als sie schwimmen ging. Inzwischen war es glühend heiß geworden. Er rollte die Ärmel seines Hemdes hoch und trug das Jackett über dem Arm, aber ihm war immer noch viel zu warm. Er spürte, wie ihm der Schädel brannte, wo das Haar bereits ein wenig schütter war. Er beugte sich herunter und musterte den Kies, versuchte verzweifelt, irgendetwas Ungewöhnliches zu entdecken.

Wem mache ich eigentlich was vor?, dachte er. Das hat

doch die Polizei alles schon getan. Was für eine Chance habe ich, etwas zu finden, was die übersehen haben?

Nachdem er eine halbe Stunde in südliche Richtung gegangen war, direkt in die Sonne hinein, wurde die Küste steiniger, und er hätte über ein paar sehr große Felsbrocken klettern müssen, um weiterzukommen. Diana hatte aber keine Kletterpartie erwähnt, also kehrte er um und ging wieder in Richtung Set zurück. Er konnte nicht feststellen, wo sie eine Pause eingelegt hatte oder über welches Feld sie zur Straße zurückgegangen war. Egal. Er beschloss, in der anderen Richtung zu suchen und zum Militärlager hinüberzugehen, um sich ein Bild davon zu machen, wo der Soldat gestanden hatte, als er Helens Leiche im Wasser entdeckte.

Hinter dem Nachbau des Serapeums lagen Gerüststangen gestapelt, dazu noch ein paar Segeltuchplanen, Farbeimer und Sperrholz, bis ein Zaun das Filmgelände vom Militärgebiet abgrenzte. Trevor lief zum Ufer hinunter und stellte fest, dass er dort leicht ins Militärlager gelangen konnte. Etwas höher an einem sanft ansteigenden Hang waren Zelte aufgestellt, aber es war niemand zu sehen. Zögernd ging er auf die Zelte zu, und als er sich umdrehte, um über die weite Bucht zu blicken, konnte er sich vorstellen, wo der Soldat gestanden hatte, als er Helens Leiche im Wasser sah. Ihr rotes Kleid war ihm sicher zuerst aufgefallen.

»Signore, questi sono terreni privati. Das ist ein Privatgelände, mein Herr.« Ein Soldat kam auf ihn zu. Er trug ein schwarzes Sturmgewehr, dessen Lauf nach unten gerichtet war.

Instinktiv hob Trevor die Hände. »Tut mir leid. Ich wollte mich nur mal umsehen.« Er wich zurück.

Der Soldat wirkte nicht unfreundlich, schaute Trevor aber hinterher, bis er wieder über die Abgrenzung auf das Filmgelände zurückgekehrt war. Als Nächstes ging er hinter dem

Serapeum entlang, über ein Feld und in die Pension, wo Diana übernachtet hatte. Er konnte einen kleinen Patio an der Rückseite des Hauses sehen und vermutete, dass dort ihr Zimmer lag. Es hatte als einziges Zugang zu dem Patio. Er schaute durch einen Spalt im Fensterladen ins Zimmer, aber er hatte nicht den Eindruck, als wohne inzwischen jemand anderes dort. Er konnte keine persönlichen Habseligkeiten entdecken – nur ein Bett und einen Stuhl.

Auf dem Patio stand eine alte Holzbank. Sie befand sich im Schatten, also ließ er sich darauf nieder und versuchte sich vorzustellen, wie seine Frau hier an jenem Abend gesessen hatte, an dem Helen gestorben war. Die Luft war vom lauten Zirpen der Grillen erfüllt, vom Summen der Bienen in der violetten Bougainvillea und vom fernen, rhythmischen Rauschen der Wellen. Plötzlich überfiel ihn unendliche Müdigkeit und Verzweiflung. Da hatte er nun den weiten Weg zurückgelegt und verstand kein bisschen besser, was geschehen war. Und inzwischen war Diana mit gewöhnlichen Kriminellen eingesperrt. Es fiel ihm nichts ein, was er noch hätte tun können.

Ich bin ein totaler Versager, dachte er, und dieses Wort schien alles zusammenzufassen, was mit ihm nicht stimmte: dass er nicht männlich genug war, dass er nicht fähig war, mit den praktischen Dingen des Lebens zurechtzukommen, und auch, dass er oft sexuell versagte. Kein Wunder, dass sich Diana einen Liebhaber genommen hatte. Das eigentliche Wunder war, dass sie es nicht schon früher getan hatte.

Trevor beschloss, noch bis sieben Uhr in Torre Astura zu bleiben und mit dem Wachmann zu reden, der Nachtschicht hatte. Er war sich nicht sicher, ob Helen bis zum Eingang des Filmgeländes gekommen war, aber wenn, dann hatte sie doch gewiss mit dem Mann gesprochen. Bis dahin waren es noch drei Stunden. Er schloss die Augen und fiel in einen

leichten Halbschlaf. Er konnte die Grillen hören und spürte, wie eine leichte Brise vom Wasser her aufkam, doch seine Lider wurden schwer, und seine Gliedmaßen schienen
mit der Bank zu verschmelzen. Allmählich wurde sein
Schlummer tiefer, und die Geräusche ebbten ab, bis er tief
und fest schlief.

Kapitel 65

Trevor schreckte aus dem Schlaf auf. Die Sonne ging bereits über dem Meer unter, und als er auf die Uhr schaute, sah er, dass es schon beinahe acht war. Vier Stunden waren vergangen. Er war sich nicht sicher, ob der Studiofahrer noch auf ihn wartete. Wenn nicht, dann musste er allein nach Rom zurückfinden.

Sobald er sich vorlehnte, spürte er einen stechenden Schmerz im unteren Rücken. Er musste in einer ungeschickten Haltung geschlafen haben, und das hatte sein altes Leiden wieder ausgelöst. Er umklammerte die Lehne der Bank und erhob sich vorsichtig, stützte sich mit seinem ganzen Gewicht auf beide Arme, ehe er sich langsam aufrichtete. Er massierte die schmerzende Stelle und versuchte, die verkrampften Muskeln zu entspannen, ehe er über das Feld auf das Filmgelände humpelte.

Er ging zum Wachhäuschen, und als er nah genug war, sah er den Wachmann dasitzen und eine Zeitung lesen.

»Hallo, sprechen Sie Englisch?«, fragte Trevor.

»Ein bisschen.« Der Wachmann legte seine Zeitung weg.

»Ich bin der Ehemann von Diana Bailey.«

»Ah ja, ja.« Der Mann schien zu verstehen.

»Darf ich Ihnen ein paar Fragen stellen?«

»Natürlich.« Der Mann zog einen Stuhl für Trevor heran und wischte mit dem Ärmel über die Sitzfläche.

Trevor holte das Foto von Helen aus der Jackentasche. Es hatte inzwischen schon Eselsohren. »Haben Sie diese junge Frau hier gesehen?«

»Ja, ja.«

Trevor war sich nicht sicher, ob der Mann die Frage verstanden hatte. »Dies ist die junge Frau, die im Wasser gestorben ist.« Er deutete auf das Mittelmeer. »Haben Sie sie gesehen, ehe sie gestorben ist?«

»Ja, vorher.«

Trevor spürte, wie Hoffnung in ihm aufkeimte. »Wann haben Sie sie gesehen?«

»Kurz vor zwölf Uhr in der Nacht. *Mezzanotte*. Sie kommt hierher. Sie fragt nach Diana.«

»Was haben Sie ihr gesagt?«

»Ich sage ihr, Diana ist in der *pensione*.« Er deutete in Richtung der Pension.

»War Helen allein?«

»Ja, allein.«

Also war Luigi zu diesem Zeitpunkt nicht bei ihr. »Welchen Eindruck hat sie gemacht?«

»Sie sieht aus traurig.« Er fuhr sich mit der Fingerspitze unter die Augen, um Weinen anzudeuten. »Nicht gut.«

»Und ist sie zur *pensione* gegangen?«

»Ja, ich sehe sie.« Er deutete auf die Tür der Pension.

»Haben Sie sie danach noch einmal gesehen?«

Der Wachmann schüttelte den Kopf. »Nein. Erst am Morgen, als sie ist tot.«

»Sie haben sie nicht mit meiner Frau, mit Diana, gesehen?«

»Nein.« Er schüttelte mit Nachdruck den Kopf.

Also war dieser Wachmann nicht der Belastungszeuge. Wer um alles in der Welt war das dann?

Der Wachmann sprach, brannte offensichtlich darauf, ihm etwas mitzuteilen. »*Non credo che sia vero che qualcuno ha visto loro due lottare. È così tranquillo qui che avrei sentito. Credo che qualcuno stia mentendo.*«*

---

* (ital.) Ich glaube nicht, dass es wahr ist, dass jemand gesehen hat, wie die beiden sich prügelten. Es ist hier so ruhig, dass ich es gehört hätte. Ich glaube, dass jemand lügt.

Trevor konnte nicht verstehen, was er meinte. Der Mann wiederholte es noch einmal, und Trevor versuchte, einzelne Worte herauszuhören, aber er kapierte nichts. Verdammter Mist, dass er immer nur tote Sprachen gelernt hatte.

»Ist mein Fahrer noch hier?«, fragte er und machte eine Lenkbewegung. Vielleicht konnte der Mann für ihn übersetzen.

»Er fährt nach Rom«, antwortete der Wachmann. »Ich rufe Taxi für Sie?« Er machte die Geste des Telefonierens.

Trevor dachte über die Möglichkeiten nach, die ihm noch verblieben. Er wollte nur ungern zurückfahren und nichts vorzuweisen haben. Vielleicht konnte er jemanden finden, der dolmetschte, wenn er dem Wachmann weitere Fragen stellte. Denn der schien der Letzte gewesen zu sein, der Helen lebend gesehen hatte.

»Könnte ich heute hier übernachten?«, fragte er mit einer kleinen Schlafpantomime und deutete auf die Pension. »Vielleicht in Dianas Zimmer?«

»Okay«, sagte der Wachmann. »Zimmer elf.«

Trevor stand von seinem Stuhl auf, zuckte bei dieser Bewegung vor Schmerzen zusammen und fasste sich an den Rücken. Dann schüttelte er dem Wachmann die Hand. »Vielen Dank, Sir. Danke für Ihre Hilfe.«

Der Mann nickte und schaute ihm hinterher, wie er langsam die Straße entlanghumpelte.

Draußen an der Pension war keine Klingel, aber die Tür stand halb offen, also betrat Trevor den Eingangsflur. Ein Radio dudelte ein Lied, das er als »Volare« erkannte. Das hatte Dean Martin gesungen, da war er sich ziemlich sicher, doch dies hier klang wie die italienische Version. Trevor hatte keine Ahnung, woher er dieses unnütze Wissen hatte, doch war er als Aufsichtsperson bei Studentenpartys eingeteilt, und da hatte er es wahrscheinlich aufgeschnappt.

»Hallo?«, rief er. Niemand ließ sich blicken, also rief er noch einmal lauter. »Hallo?«

Ein Teenager kam aus einem Nebenzimmer, aber schon bald war klar, dass das Mädchen gar kein Englisch sprach. Trevor sah mehrere Schlüssel, die hinter einem Stuhl an der Wand hingen, also zeigte er darauf und hielt zehn Finger und dann seinen Daumen in die Höhe, um die Zahl elf anzudeuten. Ohne Gegenfrage händigte ihm das junge Mädchen den Schlüssel zu Zimmer elf aus und wies mit der Hand auf einen dämmerigen Flur.

Er erreichte die Tür, an der die Zahl elf stand, obwohl er einen Augenblick zögerte, denn die zweite Zahl war lose und hing seitlich, so dass sie beinahe wie eine Sieben aussah. Als er den Schlüssel ins Schloss steckte, drehte er sich, und die Tür ging auf. Er schaltete das Licht an, schaute hinein, und ihm fiel sofort auf, dass das Zimmer sehr schäbig war. Das Bett war nicht bezogen, nur eine graue Decke lag auf einer Matratze ohne Laken. Es roch muffig, und schon bald war ihm klar, dass der Gestank vom Müll im Papierkorb herkam. Alles war moderig.

Er trat ans Fenster und zog die Vorhänge auf. Zu seiner Überraschung war dort nur ein Fenster. Wo war der Patio, von dem aus man das Meer sehen konnte? Einige Augenblicke lang stand er da, bis ihm dämmerte, dass Diana in einem anderen Zimmer übernachtet hatte. Er ging zurück und untersuchte an der Tür die Elf mit der losen Ziffer. Das nächste Zimmer war aber die Nummer zwölf, also musste dies Zimmer elf sein. Wie seltsam!

Er wollte gerade die Tür wieder zuziehen, als etwas raschelte und er bemerkte, dass ein Stück Papier unter der Tür klemmte. Er hob das Papier auf und stellte fest, dass es eine aus einem Kalender herausgerissene Seite war, die man halb zusammengefaltet hatte, so dass sie etwa acht Zentimeter breit und fünf hoch war. Das Blatt stammte aus einem englischen Terminkalender, und darauf waren die Tage Montag 4. Mai & Dienstag 5. Mai verzeichnet. Er faltete das Papier auseinander, und was er sah, jagte ihm kalte Schauer über den Rücken.

Die Seite war mit einer krakeligen Schrift beschrieben, vieles war kaum leserlich, aber oben stand »Liebe Diana« und unten »Alles Liebe, deine Helen« mit drei X für Küsschen dahinter. Wieso hatte die Polizei das nicht gefunden? Der Zettel musste doch seit dem Tag hier liegen, an dem Helen gestorben war.

Er setzte sich aufs Bett und begann die Nachricht zu entziffern.

Wo bist du? Ich brauche dich so sehr. Ich habe einen solchen Schlamassel aus allem gemacht, und du bist die Einzige, an die ich mich noch wenden kann. Ich bete, dass du noch nicht abgereist bist. Die Leute haben gesagt, dass du hier übernachtest. Ich habe kein Zimmer und nicht einmal genug Geld, um nach Rom zurückzufahren. Ich will nach Hause, Diana. Ich schaffe es in Italien nicht mehr, aber ich muss mir Geld für ein Flugticket leihen. Ich denke, ich schleiche mich hier aufs Set und suche mir da einen Unterschlupf, bis du mich suchen kommst. Bitte beeil dich. Du bist meine einzige Hoffnung.

Helen hatte das in ihrer Todesnacht geschrieben. Jemand musste ihr gesagt haben, dass Diana in Zimmer elf übernachtete.

Trevor ging in den Empfangsbereich zurück und erklärte dem jungen Mädchen in Zeichensprache, dass sie ihm das falsche Zimmer gegeben hatte. Sie verschwand und kehrte mit einer älteren Frau, der *padrona*, zurück, die zum Glück Englisch sprach. Trevor sagte ihr, wer er war, und zeigte ihr den Brief, den er gefunden hatte.

»*Madre mia*«, rief die *padrona*. »Ich habe sie nicht gesehen.« Sie fragte die junge Frau, die auch versicherte, Helen nicht gesehen zu haben. »Sie muss leise hereingekommen sein, während wir oben waren. Wir haben nichts gehört, nicht einmal eine etwas lautere Stimme. Es hat keinen Streit gegeben. Ich habe der Polizei gesagt, dass Ihre Frau unschuldig ist.«

Trevors erster Instinkt war, die Frau zu bitten, bei der Polizei anzurufen. Die sollte diesen Brief sehen. Doch dann wurde ihm klar, dass der Brief nur bewies, dass Helen nach Diana gesucht hatte. Er bewies nicht, dass sie sie nicht gefunden hatte. Wo konnte Helen hingegangen sein, nachdem sie diesen Brief unter der Tür durchgeschoben hatte? Sie musste über das Feld hinter der Pension gelaufen sein und sich auf das Set geschlichen haben, ohne dass der Nachtwachmann sie bemerkt hatte. Sie hatte sich dort wahrscheinlich einen Unterschlupf gesucht. Er ging in Gedanken die Kulissen durch, all die zweidimensionalen Bauten, und plötzlich war ihm klar: der einzige Ort, an dem Helen geschützt gewesen wäre, war das umgebaute Fischerboot.

Mit dem Brief in der Hand eilte er die Straße hinunter zum Nachtwachmann. Er zeigte ihm das Papier und erläuterte ihm, was seiner Meinung nach geschehen war. Er wiederholte mehrere Male: »Das Boot! Können wir es ansehen?«, und deutete zum Anlegesteg.

Er war sich nicht sicher, wie viel der Wachmann verstanden hatte, aber er nahm eine Stablampe zur Hand und leuchtete Trevor, als sie sich zusammen zum Boot aufmachten. Es lag vertäut am Steg und tanzte auf den Wellen. Sie mussten einen Spalt überspringen, um an Bord zu gehen. Trevor verdrehte sich beim Aufprall auf dem Deck den Rücken und schrie vor Schmerzen auf. Der Wachmann folgte ihm mit sicheren Schritten.

Der kleine, von einem Türmchen gekrönte Bereich auf

dem Deck war das Ruderhaus. Hier hätte Helen nicht schlafen können. Im Laderaum hatte man den Mechanismus eingebaut, der die Ruder bewegte. Man hatte das Boot zwar zum Schlachtschiff umgerüstet, aber es stank immer noch nach dem Fisch, den man hier jahrelang hineingeworfen hatte. Der Wachmann leuchtete mit der Taschenlampe in jede Ecke, doch nichts deutete darauf hin, dass Helen hier gewesen war. Trevor hatte gehofft, ihre Handtasche zu entdecken, oder vielleicht ihre Schuhe – sie war barfuß gewesen, als man sie gefunden hatte, hatte Diana ihm erzählt. Aber es war nichts zu sehen.

Er ging wieder aufs Deck und zum Bug. Das Boot tanzte bei jeder Bewegung der Wellen, und er musste sich an der Reling festhalten, um nicht das Gleichgewicht zu verlieren. Wie hatte Helen das bloß geschafft, besonders wenn sie gerade Drogen genommen hatte und high war?

»Wo hat man ihren Leichnam gefunden?«, fragte er, und der Wachmann deutete auf eine Stelle, die ein paar hundert Meter weiter in der Bucht war.

Trevor trat vorne in den Bug und schaute auf die Stelle. Es war zu dunkel, um sehen zu können, wie die Strömung verlief. Er umklammerte die Reling und spürte unter seinen Fingern eine Unebenheit. Ein Abschnitt passte nicht an den anderen. Als er dagegen drückte, gab die Reling nach, und er stellte fest, dass sie an dieser Stelle gebrochen war. Er rief sofort den Wachmann herbei.

»Sehen Sie nur!«

»*È rotto. Lei avrebbe potuto cadere là*«*, sagte der Mann. Er ruckelte ein bisschen an dem losen Ende; da brach es völlig ab.

Sie starrten beide in das schwarze Wasser drei Meter weiter unten.

---

* (ital.) Die ist verrottet. Da könnte sie hineingefallen sein.

»Ich rufe die Polizei«, sagte der Wachmann, und Trevor stimmte ihm zu. Sein Herz raste vor Aufregung. Helen war vielleicht getaumelt, an die zerbrochene Reling gestoßen und ins Wasser gefallen. Wenn ja, dann war Diana von jedem Verdacht befreit. Aber was war, wenn die Polizei behauptete, Diana hätte sie hinuntergestoßen?

Sie riefen zunächst bei der Staatspolizei an, aber dort ging niemand an den Apparat. »Ist geschlossen«, sagte der Wachmann. Dann telefonierte er mit den Carabinieri und erklärte die Umstände. Trevor hörte, wie er Dianas und Helens Namen mehrere Male sagte, und sein Tonfall war sehr dringlich, aber als er auflegte, sagte er entschuldigend: »Sie kommen morgen früh.«

Trevor war enttäuscht, doch sie hätten ohnehin bei Nacht nicht viel sehen können. Er musste sich gedulden. Er schüttelte dem Wachmann die Hand, versprach, früh am Morgen zurückzukommen, und eilte dann zur Trattoria, um dort zu essen, ehe die Küche schloss. Wenn er nur bei Diana anrufen und ihr die Neuigkeiten berichten könnte! Es war schrecklich, seine neuen Erkenntnisse nicht gleich mit ihr teilen zu können. Aber man konnte Insassen nicht von außerhalb des Gefängnisses anrufen.

Nach dem Essen ging er zur Pension zurück, und die *padrona* zeigte ihm das Zimmer, in dem Diana geschlafen hatte, das mit dem Patio.

»Ihre Frau ist eine sehr nette Lady. Ich hoffe, dass man sie bald freilässt.« Sie bemerkte, dass Trevor sich den Rücken hielt. »Aber was ist denn mit Ihnen? Sie haben Rückenschmerzen. Ich bringe Ihnen Aspirin.«

Dankbar nahm Trevor die Schmerztabletten und ein Glas Wasser entgegen und schluckte sie, ehe er sich vorsichtig auf seinem Bett niederließ und die Kissen so zurechtlegte, dass sie die schmerzende Seite am besten stützten.

Das Zimmer war dunkel und stickig, und er lag da und schwitzte, während seine Gedanken rasten. Sicherlich mussten sie doch Diana nach diesen neuen Funden freilassen? Ihre Affäre war vorüber, und die Arbeit am Film beinahe getan. Hieß das, dass sie zu ihm zurückkehren würde? Würden sie zusammen nach Hause fliegen? Er wusste, dass nichts wie früher sein würde, aber sie konnten doch gemeinsam neu anfangen. Vielleicht würde diese traumatische Erfahrung ihre Beziehung nur stärker machen.

Er stellte sich vor, wie sie in ihrer Wohnung am Primrose Hill mit einer Tasse Tee in der Küche sitzen würden. Doch dieses Bild schien unendlich weit weg zu sein, eher Traum als Wirklichkeit. Er war zu alt, zu schwach und noch dazu nahezu impotent. Es war nicht fair, wenn er sie für sich behielt. Er liebte sie wirklich ... und vielleicht hieß das, dass er sie gehen lassen musste.

Kapitel 66

Als Diana am folgenden Tag in den Besuchsraum kam, war sie überrascht, dort Signor Esposito sitzen zu sehen.

»Wo ist mein Mann?«, fragte sie sofort in heller Aufregung, dass Trevor etwas zugestoßen sein könnte.

»Er ist noch in Torre Astura«, berichtete der Anwalt, »aber er hat angerufen und mich gebeten, Ihnen zu sagen, dass man anscheinend herausgefunden hat, was mit Ihrer Freundin Helen passiert ist.«

Dianas Herz setzte einen Schlag aus. Sie sank auf den Holzstuhl.

»Anscheinend hat sie versucht, Sie in der Pension zu finden, aber an die Tür des falschen Zimmers geklopft. Sie hat Ihnen eine Nachricht hinterlassen und dann auf dem Filmset auf einem Boot Unterschlupf gesucht. Dort ist sie über Bord gefallen und hat sich dabei eine schwere Kopfverletzung zugezogen. Heute Morgen hat die Polizei einen ihrer Ohrringe in der Takelage entdeckt, und die Handtasche hatte sich unter dem Boot in der Ankerkette verfangen.«

»O nein!« Diana fing an zu weinen. Wie dumm und wie tragisch, dass der Tod ein Unfall war. Hatte Helen vielleicht Drogen genommen? Aber das war eigentlich unwesentlich, denn so oder so war Helen tot. Und dann erinnerte sich Diana daran, dass sie ein anderes Zimmer bezogen hatte. Wenn das Mädchen Zimmer elf rechtzeitig fertiggemacht hätte, dann wäre Diana dort gewesen und Helen hätte sie gefunden.

»Auf dem Zettel stand, dass sie nach England zurückwollte und vorhatte, Sie um Geld für ihr Flugticket zu bitten.«

Diana weinte noch mehr, und der Anwalt zog ein makelloses Taschentuch hervor und reichte es ihr. Ihre Tränen schienen ihn nicht zu verstören, beinahe als hätte er in seinem Beruf jeden Tag mit derlei zu tun.

»Natürlich könnte die Anklage immer noch behaupten, dass Sie Ihre Freundin von Bord gestoßen haben, aber Ihr Mann hat mit dem Nachtwachmann in Torre Astura geredet, und der hat versichert, dass er es auf jeden Fall mitbekommen hätte, wenn sich zwei Frauen geprügelt hätten. Heute Nachmittag will die Polizei ihre Zeugin, eine ortsansässige Frau, noch einmal zu ihrer Aussage befragen. Trevor wartet ab, was sie zu sagen hat, und ruft mich dann an. Wenn wir die Fakten kennen, lege ich sie einem Richter vor und bitte ihn, Sie freizulassen.«

Diana wischte sich die Augen und putzte sich geräuschvoll die Nase. Sie rang um Fassung. »Meinen Sie, das könnte klappen?«

Signor Esposito zuckte die Achseln. »Das hängt von der Zeugin ab. Wenn sie glaubhaft ist, haben wir immer noch ein Problem. Aber es sieht heute sehr viel besser für Sie aus als noch gestern. Ihr Mann hat Bemerkenswertes geleistet.«

Diana blickte in ihren Schoß. »Er ist auch ein bemerkenswerter Mann«, sagte sie leise.

Als sie danach wieder in der Zelle war, beschloss sie, Donatella nichts zu erzählen. Die Beziehung zwischen ihnen war ein wenig abgekühlt. Am Morgen hatte Diana bei Hilary anrufen wollen, aber als sie ihre Geldbörse aufmachte, waren keine *gettoni* mehr drin. Man hatte sie bestohlen. Donatella musste die *gettoni* genommen haben, es sei denn, eine andere Frau hatte sich in die Zelle geschlichen, während sie ein Bad nahm. Es hatte keinen Zweck, sich darüber zu beschweren, aber durch diesen Diebstahl war sie vollkommen isoliert. Sie musste warten, bis jemand sie besuchte und ihr mehr *gettoni* mitbrachte, ehe sie wieder Kontakt mit der Außenwelt aufnehmen konnte.

Ihr Herz pochte, aber sie setzte sich auf ihr Bett und zwang sich zu arbeiten, schaute winzige Einzelheiten in ihren Büchern nach und schrieb unzählige Notizen. Niemand würde die je lesen, doch sie musste irgendwie ihre Zeit ausfüllen. Sie konnte den Gedanken nicht ertragen, wie allein und verzweifelt Helen gewesen war – und so nah daran, Diana zu finden, aber einfach nicht nah genug.

Kapitel 67

Trevor verbrachte den Morgen damit, im Torhäuschen darauf zu warten, dass die Polizei ihre Zeugin herbeischaffte. Er sorgte sich um den Nachtwachmann, der nun beinahe 24 Stunden nicht geschlafen hatte, und lud beide Wachleute zu einem frühen Mittagessen ein, das auf Tabletts die Straße hinaufgetragen wurde, so dass sie ihren Posten nicht verlassen mussten.

Kurz nach zwei Uhr fuhr ein Polizeiauto vor, und ein Polizist und eine Italienerin mittleren Alters stiegen aus. Die Frau hatte ein langes, schmales Gesicht und trug die schwarze Kleidung einer Witwe. Ihr graues Haar war zu einem Knoten zusammengefasst. Als sie spürte, dass sie beobachtet wurde, drehte sie sich um und schaute die drei Männer böse an.

Der Polizist bat die Frau, die genaue Stelle zu bezeichnen, wo sich die beiden jungen Frauen geprügelt hatten. Sie wurde sofort unruhig, schaute nervös die Straße auf und ab, als müsste sie sich erst einen überzeugenden Ort ausdenken. Der Tageswachmann übersetzte Trevor alles, was gesagt wurde.

»Saßen Sie in einem Auto?«, fragte der Polizeibeamte, und die Frau bejahte das.

»Wann?«

»Gleich nach Mitternacht.«

»Wo kamen Sie her?«, fuhr der Polizist fort, und sie erwähnte ein Dorf, das ein paar Kilometer entfernt an der Küste lag.

»Wo haben Sie die Frauen gesehen?« Sie schaute sich erneut um, und ihr war offensichtlich klar geworden, dass es eine Stelle sein musste, die man vom Wachhaus nicht im Blick hatte. Sie deutete in die Richtung der Trattoria, die hinter einer Kurve lag. »Da unten.«

Der Nachtwachmann fuhr dazwischen. »Aber ich habe beobachtet, wie Helen zur Pension lief, in diese Richtung. Es war kurz nach Mitternacht. Ich hätte es mitbekommen, wenn sie noch einmal hier vorbeigegangen wäre.«

Die Frau drehte sich erst in die eine und dann in die andere Richtung, schnalzte mit der Zunge und seufzte laut, als wollte sie sich beschweren, dass ihr die Polizei so viele Probleme machte. »Es war sehr dunkel«, sagte sie schließlich. »Ich kann Ihnen die genaue Stelle nicht zeigen.«

»Aber wenn es so dunkel war, wie können Sie dann sicher sein, dass es diese jungen Frauen waren? Haben Sie die Gesichter genau genug ausmachen können, um vor Gericht zu beschwören, dass sie es waren?«

»Ich habe ihr Haar gesehen. Eine war blond, die andere brünett. Das waren keine Italienerinnen. Das konnte ich erkennen. Die sahen wie Engländerinnen aus.«

Der Polizeibeamte schaute streng. »Sie haben also die Gesichter nicht genau gesehen. Sie haben nur zwei ausländisch wirkende Frauen gesehen, als Sie vorbeifuhren. Und Sie wissen nicht einmal, wo Sie sie gesehen haben.«

Jetzt war sie in der Defensive. »Dafür können Sie doch mir nicht die Schuld geben. Ich habe einfach berichtet, was mir aufgefallen ist.«

»Sie haben sich mit diesem Hinweis freiwillig an die Polizei gewandt, er wirkte also zunächst überzeugend. Jetzt ändern Sie Ihre Aussage. Das wird ein Nachspiel haben, da können Sie sicher sein.«

Der Beamte wandte sich Trevor und den Wachleuten zu. »Ich glaube, wir haben genug gehört.«

Trevor fragte sich, warum die Frau sich unaufgefordert bei der Polizei gemeldet hatte, um diese Aussage zu machen, da sie sich über den genauen Vorfall so gar nicht im Klaren war. Er vermutete, dass sie vielleicht eine dieser selbstgerechten Wichtigtuerinnen war, die glauben, dass alle Ausländer unmoralisch sind, besonders wenn sie beim Film arbeiten. Manche Leute steckten einfach gern ihre Nase in anderer Leute Angelegenheiten. Und dann rückte man ja auch irgendwie ins Licht der Öffentlichkeit, wenn man Zeugin in einem Mordfall war. Vielleicht hatte sie das dazu veranlasst.

Trevor rief Signor Esposito an, der war aber nicht da, also hinterließ er eine Nachricht bei dessen Sekretärin.

Der Tagwachmann bestellte ihm ein Taxi, das ihn zum Bahnhof von Anzio bringen sollte. Er verabschiedete sich mit Handschlag von den beiden Wachmännern und dankte ihnen herzlich für ihre Hilfe. Der Nachtwachmann würde nur vier Stunden schlafen können, ehe er wieder Dienst hatte, aber er schien ein guter Kerl zu sein, der sich einfach freute, dass die Wahrheit ans Licht gekommen war.

Auf der Zugfahrt zurück nach Rom konnte Trevor nur an den Augenblick denken, an dem er seine Frau wiedersehen und sie in die Arme schließen würde. Er hoffte, dass das bald sein würde. Vielleicht konnten sie dann am Abend in ein ganz besonderes Restaurant essen gehen. Andererseits war er sehr nervös und fürchtete, dass noch etwas schiefgehen könnte.

Sobald er im Bahnhof Termini ankam, rief er von einer Telefonzelle aus bei Signor Esposito an und erfuhr, dass der Richter in einer Sonderanhörung heute um 19 Uhr Kenntnis von der neuen Beweislage erhalten würde. Es schien unvermeidlich, dass er Dianas Freilassung anordnete, aber der Anwalt warnte Trevor, dass es zu spät sein könnte, um noch am selben Abend alle Formalitäten zu erledigen. Er hatte sich bereits mit der Gefängnisleitung in Verbindung gesetzt.

»Darf ich bei der Anhörung anwesend sein?«, fragte Trevor,

der überlegte, ob seine Rolle als getreuer Ehemann irgendwie einen Einfluss auf das Verfahren haben könnte.

»Nein. Nicht einmal Diana wird dort sein. Nur ich, ein Richter und der Staatsanwalt. Ich komme in die Pensione Splendid und teile Ihnen das Ergebnis mit, sobald wir fertig sind, seien Sie also ab halb acht dort. Ich lasse Ihre Frau noch nicht informieren, für den Fall, dass etwas schiefläuft, aber ich denke, wir haben Grund zum Optimismus.«

Es war erst fünf Uhr am Nachmittag. Trevor hatte noch zweieinhalb Stunden totzuschlagen. Er war normalerweise nicht abergläubisch, aber er entschloss sich, noch nicht bei Hilary anzurufen und ihr von der neuen Anhörung zu erzählen. Er befürchtete nämlich, damit könnte er die Anhörung unter einen schlechten Stern stellen. Der Richter entschied möglicherweise doch noch, dass der Fall vor Gericht verhandelt werden musste. Stattdessen wollte er etwas essen gehen und fuhr mit dem Bus in die Straßen hinter der Piazza Navona, wo Diana und er bei seinem Besuch zu Ostern ein sehr nettes kleines Restaurant gefunden hatten.

Er bestellte Kalbfleisch und saß dann mit einem Kaffee auf der schattigen Terrasse und beobachtete die vorbeispazierenden Leute. Plötzlich hielt eine Vespa neben ihm; auf der saß der Journalist Scott Morgan.

»Wie geht's, wie steht's, Partner? Haben Sie was dagegen, wenn ich mich zu Ihnen setze?«, fragte Scott. »Ich war gerade bei Mr Balboni.«

Trevor zog ihm einen Stuhl heran und winkte dem Kellner. »Was möchten Sie trinken?«

Sie bestellten sich ein Bier, und Scott berichtete ihm seine Neuigkeiten. »Ich weiß nicht, ob es Sie tröstet, dass Ernesto ein feiges Schwein ist und sich zu Hause versteckt hält, weil er Angst vor einem Drogenhändler hat. Gott, ist das ein widerlicher Scheißkerl!«

»Wieso hat er Angst vor einem Drogenhändler?«

»Luigi, der Typ, der Helen Drogen verkauft hat, hat Ernesto genau gesagt, was er der Polizei zu erzählen hätte. Er war anscheinend wütend auf Diana, weil sie ihn auf der Straße identifiziert hatte, und hat beschlossen, sie zu belasten. Deswegen hat er Ernesto und die anderen Zeugen dazu gebracht, gegen sie auszusagen.«

»Großer Gott. Wie um alles in der Welt haben Sie es geschafft, dass er ihnen all das verraten hat?«

Trevor war erstaunt. Und da hatte er gerade gedacht, dass Dianas Liebhaber in seiner Achtung nicht mehr weiter sinken konnte …

»Mit Geld. Ich habe ihn dafür bezahlt. Ich wette, der ist völlig pleite, jetzt da er nicht mehr in Cinecittà arbeitet. Die nehmen ihn sowieso nie wieder, wenn sie erfahren, was er gemacht hat.«

»Dafür werde ich sorgen«, versprach Trevor. »Ich werde es Hilary persönlich mitteilen.«

»Aber wer war die andere Zeugin? Das wüsste ich wirklich zu gern.«

»Die habe ich heute Nachmittag kennengelernt«, sagte Trevor und erzählte, dass er Helens Nachricht gefunden hatte und sie die Stelle entdeckt hatten, wo sie vom Boot gefallen war. Er berichtete auch davon, wie ungenau die Aussage der Frau gewesen war.

»Hieß sie vielleicht Ghianciamina?«, erkundigte sich Scott voller Eifer.

Trevor schüttelte den Kopf. »Ich glaube nicht. Aber ich kann bei meinem Freund, dem Wachmann in Torre Astura, anrufen und fragen, ob er sich an ihren Namen erinnert.«

Scotts Büro lag gleich um die Ecke, und so einigten sie sich, dass sie kurz dort vorbeigehen und telefonieren würden, sobald sie ihr Bier ausgetrunken hatten.

»Ernesto und Helen waren nicht wirklich zusammen, oder?«, fragte Trevor. »Was hat er über sie gesagt?«

»Er versuchte damit zu prahlen, dass sie hinter ihm her war, aber ich denke, über einen Flirt ist es nicht hinausgegangen. Was mich so bestürzt hat, ist, dass Helen ihn an dem Tag vor ihrem Tod um Geld für ihr Flugticket gebeten hat und dass er sich einfach geweigert hat, ihr zu helfen. Wenn sie nur zu mir gekommen wäre!« Aber das konnte sie nicht, denn er hatte ihr nie seine Adresse oder Telefonnummer verraten. Er fühlte sich schrecklich deswegen.

»Meinen Sie, dass Diana von Luigi Gefahr droht, wenn sie aus dem Gefängnis entlassen wird?«, fragte Trevor. »Vielleicht sollte ich sie sofort außer Landes bringen?«

Scott dachte darüber nach. »Ich finde es zum Kotzen, dass er wahrscheinlich ungeschoren davonkommt. Ich wünschte, ich könnte etwas tun, um ihn zu beschuldigen. Die Polizei weiß, dass er Drogenhändler ist, und es sieht so aus, als wollte sie ihn deswegen nicht anklagen. Es war Samstagabend, und er hatte bestimmt die Taschen bis obenhin voll mit Stoff, als sie ihn zum Verhör mitgenommen haben, aber sie haben wohl beschlossen, das Zeug nicht zu finden. Wenn wir ihn nur wegen was anderem belangen könnten! So wie sie schließlich Al Capone wegen Steuerhinterziehung geschnappt haben. Ich wette, Luigi zahlt keine Steuern!«

»Warum muss alles so kompliziert sein? Warum sagen Sie der Polizei nicht einfach, was Sie über ihn wissen?« In jedem anständigen Rechtssystem würde man so etwas ernst nehmen, überlegte er. Das mussten sie doch tun. Selbst die alten Römer hatten Gesetze gegen fälschliche Beschuldigungen.

»Es wäre hilfreich, wenn ich eine Verbindung zwischen Luigi und der Zeugin finden könnte. Wäre es nicht schön, wenn sie sich als seine Tante oder so herausstellen würde?«

»Glauben Sie tatsächlich, dass er so dumm wäre?«

»Weiß nicht. Aber es wäre doch gut.«

Im Büro riefen Sie beim Tagwachmann in Torre Astura an, der Trevor nicht nur den Namen der Zeugin nannte – sie hieß Cecilia Tessero –, sondern auch eine Adresse angab. Sie war die Haushälterin in einer Villa, die zwei Meilen weiter in Richtung Anzio an der Küste lag, sagte er. In einem Haus mit dem Namen Villa Armonioso.

»Die gehört Luigis Chef!«, rief Scott aufgeregt. »Den wird es nicht besonders freuen, wenn seine Haushälterin wegen Meineid angeklagt wird. Scheiße noch mal, in Luigis Schuhen möchte ich jetzt nicht gern stecken.«

»Rufen Sie bei der Polizei an, oder soll ich es tun?«

»Lassen Sie das mich machen«, sagte Scott. »Ich weiß ein bisschen besser, was das alles für Typen sind. Sie und Diana verhalten sich so, als hätten Sie nie etwas von all dem gehört. Holen Sie Ihre Frau aus dem Gefängnis, und machen Sie sich ein schönes Leben.«

O Gott, wenn das nur möglich wäre, dachte Trevor. Er schaute auf die Uhr. Zeit, in die Pension zurückzueilen und auf Nachrichten vom Anwalt zu warten. Er war so nervös, dass er beinahe zu atmen vergaß.

Kapitel 68

Nachdem Trevor gegangen war, überlegte Scott, ob er bei der Polizei anrufen und ihr von Luigis Verbindungen zu den Ghianciaminas erzählen sollte. Aber er wusste bereits, wie man dort reagieren würde. Man würde alle Anklagen gegen die Haushälterin sofort fallenlassen, sobald man herausfand, für wen sie arbeitete. Ernesto würde niemals vor der Polizei eingestehen, dass Luigi Beweise gegen Diana gefälscht hatte. Und wer immer Luigi das Alibi verschafft hatte, würde sicherlich bei seiner Geschichte bleiben. Scott würde warten müssen, bis seine Drogenstory veröffentlicht wurde und die Wahrheit über Luigi ans Licht brachte. Er brauchte immer noch unstrittige Beweise gegen die Familie Ghianciamina, etwas so Großes, dass die Polizei die Augen nicht davor verschließen konnte. Er beschloss, ein zweites Mal zur Villa Armonioso zu fahren, doch diesmal in der Nacht. Es war ja auch spät am Abend gewesen, als Helen dorthin mitgenommen wurde. Vielleicht wickelten sie ja um diese Zeit die meisten ihrer Geschäfte ab.

Ehe er Rom verließ, ging Scott noch einmal in seine Pension und holte den Feldstecher und die Kamera. Er kaufte sich in einer Bar ein paar Sandwiches und eine Flasche Wasser und nahm auch seine Lederjacke mit, falls es später kühl werden sollte. Er war sich nicht sicher, wie lange die Sache dauern würde.

Es war beinahe neun Uhr, als er Anzio erreichte und dann südlich am Hafen vorüber und die Küstenstraße entlang fuhr. Die Abenddämmerung ging bereits in die Nacht über, und draußen vor den Bars und Trattorien wurde die Leuchtreklame eingeschaltet: Coca-Cola, Peroni, Buona Cucina. Zunächst fuhr er an der Abzweigung vorbei, bemerkte seinen Fehler aber schon bald und kehrte um. Er versteckte seinen Roller in dem gleichen alten Schuppen wie zuvor und ging dann zu Fuß über die Dünen. Er war sich völlig klar darüber, dass es diesmal schwieriger sein würde, seine Anwesenheit zu erklären, wenn man ihn erwischte. Er konnte im Dunkeln ja schlecht behaupten, dass er Vögel beobachten wollte.

Gegen halb zehn näherte sich ein Auto. Mit Hilfe seines Feldstechers konnte er das Nummernschild entziffern und die Autonummer aufschreiben, als der Wagen durch das Tor fuhr. Er konnte jedoch nicht sehen, wer ausstieg, weil das Auto an der anderen Seite der Villa parkte. Er aß zwei seiner Sandwiches und trank ein paar Schlucke Wasser, dann machte er es sich so bequem wie möglich und wartete, während die Nacht hereinbrach. Um elf kamen zwei weitere Autos, aber inzwischen war es zu dunkel, um die Nummernschilder zu lesen. Ein Auto fuhr eine halbe Stunde später wieder weg. Ein anderes erschien. Er lehnte sich an eine Düne, um bequemer zu sitzen, und musste wohl eingeschlafen sein. Gegen zwei Uhr morgens wurde er vom Geräusch eines Motorbootes geweckt.

Der Mond war aufgegangen und warf ein unwirkliches weißes Licht auf das Meer, beinahe wie das unnatürliche Licht von den Blitzlichtern der *paparazzi* in der Via Veneto. Durch den Feldstecher konnte Scott sehen, dass das Boot von einer Anlegestelle hinter der Villa aufs Meer hinausglitt. Er schwenkte das Fernglas über den Horizont, und da ragte, vom Mondlicht erhellt, ein riesiges Schiff aus dem Dunkel auf wie ein Gebirge aus dem Nebel. Er schrak zusammen. Es war genau, wie Bradley Wyndham es vorhergesagt hatte: eine Drogenlieferung wurde auf dem Seeweg aus dem Land geschmuggelt, und weit und breit war keine Küstenwache in Sicht.

Scott stellte den Feldstecher scharf, versuchte den Namen des Schiffs zu erkennen, aber er konnte nur ausmachen, dass es zwei Worte waren, dass das erste vielleicht mit RE anfing und das zweite mit A aufhörte. Er knipste ein paar Fotos, während Paletten an Bord gehievt wurden. Wenn die mit Drogen beladen waren, waren sie Tausende und Abertausende von Dollar wert. Eines war sicher: diese Ladung wurde nicht offiziell exportiert und war nicht verzollt worden. Darauf würde er sein letztes Hemd verwetten.

Das Motorboot wendete und kehrte zur Küste zurück. Scott machte noch ein paar Aufnahmen, bis er den Film voll hatte, und betete, dass man darauf die Villa, das Motorboot und das Schiff bei der Übernahme der illegalen Ladung würde erkennen können. Er hegte keinerlei Illusionen, dass er die Welt an einem Tag ändern konnte, aber er war fest entschlossen, diese Leute festzunageln, die am Tod von Helen und wer weiß wie vielen anderen Leuten schuld waren. Die Polizei würde nichts gegen sie unternehmen, er aber sehr wohl. Jetzt war er so weit, dass er seinen Artikel schreiben konnte.

Kapitel 69

An diesem Abend kam um neun Uhr eine Wärterin an die Zellentür und bat Diana, sich nicht für die Nacht umzuziehen, weil die Oberaufseherin kommen und mit ihr sprechen wollte.

»Hast du dich etwa über irgendwas beschwert?«, fragte Donatella mit scharfer Stimme. Das schlechte Gewissen stand ihr ins Gesicht geschrieben, und Diana vermutete, dass sie wohl glaubte, es ginge um den Diebstahl der *gettoni*.

»Nein, das habe ich nicht. Vielleicht ist es wegen meiner Bitte um mehr Essen. Trevor hat das Geld dafür gezahlt.«

Sie saßen schweigend auf ihren Betten und warteten, bis die Oberaufseherin in der Tür erschien. »Signora Bailey? Packen Sie Ihre Sachen. Sie gehen morgen früh nach Hause.«

Das sagte sie einfach ohne jede Vorwarnung, und Diana konnte die Worte erst gar nicht fassen.

»Du glückliche Kuh!«, meinte Donatella. »Kann ich auch mitkommen?«

»Die Anklage gegen Sie wurde fallengelassen«, erklärte die Oberaufseherin Diana. »Sie werden morgen früh um acht freigelassen.«

»Sind Sie sicher?«, fragte Diana. Sie wollte sich keine Hoffnungen machen, aus denen dann doch nichts wurde. Aber die Oberaufseherin bestätigte noch einmal, was sie gerade gesagt hatte, verließ die Zelle und schloss sie für die Nacht ein. Diana starrte ihr hinterher, ganz benommen von dieser Nachricht.

»Dein schicker Anwalt muss irgendein Schlupfloch im

Gesetz gefunden haben«, spekulierte Donatella. »Du könntest ihn nicht zufällig bitten, sich auch mal meinen Fall anzuschauen?«

Aber du bist ja nicht unschuldig, dachte Diana. »Ich frage ihn«, sagte sie laut.

»Du solltest die Polizei wegen ungerechtfertigter Festnahme anzeigen. Du hast nach all dem, was du durchmachen musstest, eine Entschädigung verdient, zudem hat dein guter Ruf Schaden genommen. Die Schweine sollen vor dir kriechen.«

»Ich will kein Geld. Ich werde nur einfach froh sein, dass ich wieder frei bin.«

Die Geschichte der Zeugin war offenbar widerlegt worden. Wer mochte die Frau wohl gewesen sein? Das war zwar jetzt nicht mehr wichtig, aber sie hätte es doch gern gewusst. Sie versuchte zu planen, was sie nach ihrer Freilassung machen würde, aber außer, dass sie Trevor sehen und erfahren würde, was geschehen war, fiel ihr nichts ein. Sie hatte nicht mehr als acht Tage im Gefängnis verbracht, aber die kamen ihr wie Wochen vor. Sie hatte sich bereits an die tägliche Routine der Mahlzeiten auf dem Tablett gewöhnt, an das pünktliche Ausschalten des Lichts und die Bäder, zu denen sie die Wächterinnen ins Badezimmer begleiteten. Das Einzige, woran sie sich nicht gewöhnt hatte, war die Langeweile. Selbst mit ihren Büchern war ihr jede Stunde endlos vorgekommen.

In dieser Nacht konnte sie kein Auge zutun. Sie hörte Donatellas Gemurmel und überlegte, was die Leute in Cinecittà alle zu ihrer Tortur sagen würden. Würde man ihr überhaupt erlauben, weiter am Film mitzuarbeiten? Ob wohl Ernesto noch dort sein würde? Hatte Helens Beerdigung schon stattgefunden, und wenn nicht, würde sie daran teilnehmen können? Und darüber hinaus machte sie sich Sorgen, was nun aus ihr und Trevor werden sollte. Es gab keine Antworten, nur unendlich viele Fragen.

Das Frühstück wurde um sieben Uhr gebracht, und während sie es aßen, warf Donatella Diana seltsame, leicht bösartige Blicke zu.

»Ihr habt Geld, nicht? Ich meine, ihr habt ja in London ein Haus und alles.«

»Wir haben eine Mietwohnung. Wir sind nicht reich«, antwortete Diana, die sich fragte, worauf Donatella hinauswollte.

»Oh.« Es trat eine kleine Pause ein, während beide weiteraßen. Immer noch schaute Donatella zu ihr herüber. »Weißt du, ich habe einen Brief an meine Kinder geschrieben. Könntest du dafür sorgen, dass sie ihn bekommen? Du müsstest ihn meiner Schwester geben; ihr Mann würde ihn zerreißen, wenn er ihn zuerst in die Finger kriegte.«

»Hast du die Adresse draufgeschrieben?«, fragte Diana. »Natürlich sorge ich dafür, dass sie ihn erhalten.« Sie schaute auf die Adresse, kannte aber die Gegend nicht.

»Könntest du ihnen auch ein bisschen Geld geben?« Sie warf Diana einen trotzigen Blick zu. »Schließlich habe ich mich hier drinnen um dich gekümmert. Du hättest ohne mich alle möglichen Schwierigkeiten bekommen können.«

»Ja, ich gebe ihnen Geld. Ich händige es deiner Schwester aus und bitte sie, damit was für die Kinder zu kaufen.«

»Sag ihr, sie soll ihnen damit was zum Anziehen besorgen, ja?«

»Das mache ich.«

Donatella nickte, sagte aber nicht danke, und sie knurrte nur einen Abschiedsgruß, als eine Wärterin kam, um Diana um halb acht abzuholen. Sie ist neidisch, die Ärmste. Sie würde alles darum geben, heute Morgen auch freizukommen, dachte Diana.

Diana wurde in den Empfangsbereich geführt. Sie hatte keine Gelegenheit gehabt, sich zu waschen oder die Zähne zu putzen. Sie musste schrecklich aussehen, und Gott weiß, wie sie roch. Es waren verschiedene Formulare zu unterschreiben, und dann saß Diana auf einer Bank und schaute dem Minutenzeiger zu, wie er über das Zifferblatt der Uhr kroch. Sie durfte keine Sekunde vor acht Uhr entlassen werden. So waren die Regeln. Sie fragte sich, ob Trevor sie abholen würde. Oder würde sie mit dem Bus in die Pensione Splendid zurückfahren müssen?

Um acht Uhr gab es keine große Zeremonie, kein Händeschütteln, keine förmliche Entschuldigung. Eine Wärterin stand einfach auf, öffnete eine große Holztür und bedeutete Diana mit einer Geste, sie solle hindurchgehen. Strahlender Sonnenschein blendete sie nach dem düsteren Licht des Gefängnisses. Die Luft roch frisch, und sie spürte eine leichte Brise auf der Haut.

»Diana!«, sagte Trevors Stimme, und dann umfingen sie seine Arme, und das war gut so, denn ihr wurden die Knie weich. »Ich bin mit dem Bus gekommen, aber jetzt wartet ein Taxi, das uns nach Hause fährt. Ich dachte, das ist besser.« Er redete und redete. »Darf ich deine Tasche tragen?«

Sie gab sie ihm, so von Gefühlen überwältigt, dass sie kein Wort herausbrachte. »Gehen wir«, sagte er. »Wir wollen hier nicht länger als nötig herumstehen.«

Im Taxi hielten sie sich an der Hand, und er erklärte ihr, was geschehen war und warum man sie freigelassen hatte. Sie begann zu weinen, als er ihr sagte, was auf Helens Zettel gestanden hatte. Hätte die *padrona* sie doch bloß nicht in ein anderes Zimmer gesteckt. Diese eine kleine Änderung hatte für Helen zwischen Leben und Tod entschieden.

Sie war bestürzt, als sie erfuhr, dass Luigi Ernesto bedroht und gezwungen hatte, gegen sie auszusagen. Was war, wenn er auch nach ihr Ausschau hielt?

»Ich glaube, wir sollten gleich nach Hause fliegen, Schatz«, sagte Trevor. »Wir können das Risiko nicht eingehen, dass er hinter dir her ist. Wenn wir schnell packen, können wir noch heute Nachmittag einen Flug nach London erwischen.«

Sie dachte kurz darüber nach, wusste aber instinktiv, dass das falsch sein würde. »Nein, so will ich Rom nicht verlassen.«

»Was möchtest du denn tun?«

»Ehrlich? Im Augenblick kann ich nur an ein schönes Bad denken. Und vielleicht einen Espresso mit einem *cornetto*.«

Trevor drückte ihre Hand. »Das Bad kannst du kriegen. Ich bringe dir den Espresso und kaufe dir so viele *cornetti*, wie du essen kannst. Wenn ich es mir leisten könnte, würde ich dir eine Cornetto-Fabrik schenken. Ich bin so froh, dass du wieder frei bist, Liebling.«

Er lehnte sich zu ihr herüber und vergrub sein Gesicht an ihrer Schulter. Sie erkannte nur an einem schwachen Beben, dass er schluchzte.

Kapitel 70

Scott war enttäuscht, als er in der italienischen Presse las, dass die Polizei die Spur des Drohbriefs an Elizabeth Taylor zu einem geistig verwirrten Kanadier zurückverfolgt hatte. Insgeheim hatte er gehofft, dass irgendeine italienische Mafia-Familie – vielleicht sogar die Ghianciaminas – dahintersteckte, aber da hatte er Pech gehabt. Der Briefschreiber war nur einer der vielen Verrückten, die sich Ruhm – oder zumindest traurige Berühmtheit – verschaffen wollen, indem sie mit einer bekannten Persönlichkeit in einem Atemzug genannt werden, die sie zu einem Symbol für alles hochstilisiert haben, was ihnen in ihrem eigenen Leben zum Erfolg fehlt.

Am Tag nach seinem nächtlichen Besuch in Anzio setzte Scott seine Recherchen fort. Zunächst ging er zum Zollamt von Rom, um dort Einsicht ins Schiffsregister zu nehmen, aber es gab Dutzende von Schiffen, deren Namen mit RE begannen und mit A aufhörten: *Regina Carolina, Regina Aurora* … Es würde ihm niemals gelingen, herauszufinden, welches Schiff er gesehen hatte. Als Nächstes zog er Erkundigungen darüber ein, wie man anhand der Autonummer den Besitzer eines Autos ermitteln konnte, hatte aber auch damit keinen Erfolg. Hätte er jemanden irgendwo weiter oben in der Polizeihierarchie gekannt, dann hätte der ihm unter Umständen helfen können, aber Scotts wertvollster Kontakt in Rom war Gianni, und er wusste auch ohne zu fragen, dass solche Auskünfte jenseits der Möglichkeiten des Fotografen lagen.

Trotzdem begann Scott seinen Artikel zu schreiben. Ins Zentrum stellte er H …, eine hübsche, aber naive junge Frau, die in Rom in die finstere Welt der Drogen geschlittert war. Er schrieb über einen Dealer namens L ..., der sie gezielt ins Visier genommen und ihr erst alles Geld abgeknöpft hatte, bis er sie als Gegenleistung für weitere Lieferungen zu sexuellen Gefälligkeiten zwang. Er schrieb über die jungen Männer, die die Drogen in Autos mit Geheimverstecken vom Süden nach Rom brachten und die Wagen dann in Werkstätten abstellten, wo man die Ladung herausnahm. Und er schrieb über eine Mafia-Familie, die G...s, die anscheinend unberührbar waren, weil sie politischen Einfluss besaßen und die Polizei und den Zoll bestochen hatten, so dass niemand sich einschaltete, wenn mitten in der Nacht heimlich Motorboote nicht deklarierte Ladungen zu riesigen Schiffen schafften, die vor der Küste von Anzio vor Anker lagen. Und es stellte auch niemand Nachforschungen an, wenn ein amerikanischer Journalist am helllichten Tag von ihnen auf offener Straße halb tot geprügelt wurde.

Weiterhin berichtete er über Rom als aktuelles Zentrum des Weltdrogenhandels, wo Geld mit Hilfe des blühenden Baugewerbes gewaschen wurde und wo jede Bucht und jede Halbinsel des italienischen Stiefels beste Möglichkeiten für den Schmuggel von Drogen auf internationale Schiffe bot. Er nutzte Bradley Wyndhams Recherchen, die von den Bestechungsgeldern berichteten, die man Politikern zahlte, damit diese Klauseln in Schifffahrtsgesetze einbrachten, mit denen die strengen Bestimmungen gelockert wurden. Und er schloss mit dem Bericht über H...s einsamen Tod, die verzweifelt vor den Leuten zu fliehen versuchte, die sie zerstört hatten, an Deck eines Boots ausgerutscht war, sich den Kopf gestoßen hatte, ins Wasser gefallen und ertrunken war.

Der erste Entwurf dieses Artikels war viel länger als die, die normalerweise im *Midwest Daily* gedruckt wurden, also begann er, zu kürzen, Sätze zu straffen, unnötige Worte zu streichen. Was er geschrieben hatte, tippte er abends selbst, wenn die Sekretärin nach Hause gegangen war, und er versteckte die Seiten danach im Geheimfach hinter den Klappläden.

Wenn er das Büro verließ, war er nervös, als könnte ihm jemand ansehen, was er gerade tat, und versuchen, ihn daran zu hindern. Er überlegte sogar, ob er Gianni fragen sollte, wo er sich eine Waffe zum Selbstschutz besorgen könnte. Er war in Harvard einmal kurz Mitglied in einem Schützenverein gewesen, und obwohl er noch nie mit einer Pistole geschossen hatte, dachte er, er würde im Ernstfall schon wissen, wie man das machte. Vielleicht sollte er sich eine kaufen, ehe der Artikel veröffentlicht wurde.

An den meisten Abenden ging er zur Via Veneto oder zur Piazza di Spagna, um mit Gianni ein Bier zu trinken und sich die neuesten Nachrichten über die Stars erzählen zu lassen und zu erfahren, wo man wohl die besten Fotos machen konnte. Er freute sich immer auf diese Gespräche. Gianni war schnell sein bester Freund in Rom geworden. Aber Scott vertraute ihm nichts über den Artikel an. Gianni spürte sehr wohl, dass es da ein geheimes Projekt gab, und nahm an, dass es mit dem Tod des Make-up-Mädchens in Torre Astura zu tun hatte, stellte aber keine Fragen.

Überall, wo sie hingingen, hielt Scott nervös Ausschau nach Luigi. Es schien unwahrscheinlich, aber wenn Ernesto über ihr Gespräch geredet und Luigi Erkundigungen eingezogen hatte, dann hatte er vielleicht kapiert, dass Scott Reporter war und, mehr noch, dass er über ihn recherchierte. Er war um einiges größer als der Dealer und sicher viel fitter, würde ihn also in einem ehrlichen Faustkampf bestimmt besiegen. Aber was, wenn der Kerl einen Schlagring hatte wie Alessandro Ghianciamina? Oder ein Messer? Oder Freunde, die ihm zu Hilfe kommen würden?

Zum Glück war von Luigi die ganze Woche lang weit und breit nichts zu sehen. Er hielt sich wohl bedeckt.

Eines Abends ging Scott nach ein paar Bieren mit Gianni ins Büro zurück, um einige Papiere aus dem Versteck zu holen, die er heute Abend noch lesen wollte. Da klingelte das Telefon, und er nahm automatisch den Hörer ab.

»Scott!«, brüllte sein Chefredakteur. »Ich kann's nicht fassen! Sind Sie das wirklich? Ich habe so lange nichts von Ihnen gehört, dass ich schon dachte, Sie hätten gekündigt und vergessen, es mir zu sagen!«

»Tut mir leid, Chef. Ich arbeite an einer richtig großen Sache. Ich kann den Artikel in ein paar Tagen schicken.«

»Ich will nichts, was in ein paar Tagen kommt! Ich will etwas für die Zeitung von morgen! Was ist am Set von *Cleopatra* los? Was sind die neuesten Nachrichten über Taylor und Burton? Sie haben genau zwei Stunden, um eine Geschichte zusammenzuschustern, sonst streiche ich Sie von der Gehaltsliste. Kapiert?«

Scott verzog das Gesicht. Er war noch nicht so weit, dass er die Drogenstory schicken konnte, und er glaubte nicht, dass es die Leser im Mittleren Westen sehr interessieren würde, dass Diana im Gefängnis gewesen war und nun wieder freigelassen wurde.

Plötzlich fiel ihm etwas ein, das Gianni kurz zuvor erwähnt hatte. Anscheinend gab es eine Szene im Film, in der Cleopatra Marc Anton eine Ohrfeige gibt und er so heftig zurückschlägt, dass sie hinfällt. Elizabeth hatte sich geweigert, ein Double zu nehmen, obwohl sie Probleme mit dem Rücken hatte, die sich durch den Sturz verschlimmern konnten. Jedenfalls hatte man das belichtete Material mit dieser Szene wie immer zur Entwicklung nach Hollywood geschickt. Auf besonderen Wunsch von Elizabeth Taylor wurde nämlich ein

Filmaufnahmeverfahren namens Todd-AO benutzt, das sich ihr verstorbener Ehemann Mike Todd ausgedacht hatte, und der belichtete Film konnte nicht in Rom entwickelt werden. Beim Transport war ausgerechnet diese Filmrolle beschädigt worden, und die Szene musste nachgedreht werden, was Elizabeths Rücken erneut gefährden würde.

»Vielleicht haben Elizabeth und Richard einfach Spaß daran, einander zu ohrfeigen«, schrieb Scott. »Nichts beflügelt die Leidenschaft so sehr wie ein kleiner handgreiflicher Streit. Obwohl in ihrem Fall diese Leidenschaft bereits lichterloh lodert.«

Er zuckte ein wenig zusammen, als er diesen klischeehaften Satz noch einmal las. Es war nicht das Beste, was er je geschrieben hatte, aber es würde reichen. Er telefonierte den Text rüber und machte sich auf den Heimweg.

Kapitel 71

Am Nachmittag ihres ersten Tags in Freiheit kam Signor Esposito mit Papieren, die Diana unterschreiben musste, und er brachte auch einen großen Packen Briefe mit, die er zu ihrer Unterstützung von Kolleginnen und Kollegen in England und in Rom erhalten hatte. Sie war völlig verdattert, als sie die wunderbaren Dinge las, die darin standen: »ein wahrhaft guter Mensch«, »absolut glaubwürdig und ehrlich«, »ich würde ihr meine Kinder anvertrauen«.

Sie war besonders erstaunt, dass John De Cuir, der Szenenbildner, einen Brief geschrieben hatte, denn sie waren sich über die Bauten wahrhaftig nicht immer einig gewesen. Es war sogar ein Schreiben von Rex Harrison dabei, obwohl sie eigentlich außer »Guten Morgen« kaum etwas mit ihm geredet hatte. Sie überlegte, ob ihm jemand erzählt hatte, dass sie auf der Weihnachtsparty Rachel Roberts vor dem heißblütigen Italiener gerettet hatte. Die beiden waren inzwischen verheiratet und wieder in England, weil er all seine Szenen abgedreht hatte.

Die größte Überraschung war allerdings ein Brief von Sybil Burton, die schrieb, sie sei von Dianas Unschuld überzeugt. Wie rührend, dass sie Diana unterstützte, mit der sie nur einmal geredet hatte. Vielleicht wäre es wichtig gewesen, die Hilfe der »betrogenen Frau« erwirkt zu haben.

Während des ganzen ersten Tags in Freiheit drängte Trevor Diana, sie solle ihre Habseligkeiten zusammenpacken und mit ihm nach Hause fliegen. Er meinte, es könnte gefährlich für sie sein, wenn sie in Rom bliebe. Diana hörte sich seine Argumente an, antwortete aber, dass sie nicht glaubte, Luigi würde sie persönlich verfolgen. Er hatte seine Rache bekommen, und er musste sich darüber im Klaren sein, dass alle sofort mit dem Finger auf ihn zeigen würden, falls ihr etwas zustoßen sollte. Sie versprach Trevor, nicht allein in die Stadt zu gehen und sich außerhalb des Studiogeländes nur mit einem Studiofahrer zu bewegen. Sie wollte unbedingt bleiben. Sie hätte es als persönliches Versagen empfunden, wenn sie das Set jetzt verlassen würde, da die wichtigsten Szenen doch erst in den nächsten paar Wochen gedreht werden sollten.

»Gut«, gestand ihr Trevor schließlich zu, als sie am Abend in der Trattoria um die Ecke bei einer Flasche Valpolicella saßen. »Aber wenn du bleibst, bleibe ich auch. Ich lasse mir Urlaub geben. Das Semester ist ohnehin fast zu Ende, und vielleicht sind sie einverstanden, dass sie mir die Examensklausuren meiner Studenten zum Korrigieren hierherschicken. Das kann ich genauso gut hier erledigen.«

Dankbarkeit stieg in Diana auf. »Das würdest du tun? Es wäre wunderbar, dich hier zu haben.«

»Ich rufe gleich morgen früh an und sehe zu, was ich aushandeln kann.«

Diana hatte bereits mit Hilary telefoniert und gesagt, dass sie am folgenden Tag wieder nach Cinecittà kommen würde, so dass um acht Uhr ein Studioauto auf sie wartete.

»Gut, dass Sie wieder da sind, Signora Bailey«, sagte der Fahrer lächelnd, und sie stellte ihm ihren Mann vor, der sie begleiten würde.

Mit einem leichten Zögern schritt sie durch das Tor des Studiogeländes, denn vielleicht würde ihr doch jemand die Schuld an Helens Tod geben. Es erleichterte sie sehr, dass sie Trevor an ihrer Seite wusste. Der Wachmann grüßte sie, und ein paar Leute winkten ihr über den Rasen zu, doch als sie ins Produktionsbüro kamen, wurde sie von Hilary und Candy überschwänglich willkommen geheißen.

»Wie geht es Ihnen? War es sehr schrecklich?«, fragte Hilary und umarmte sie. »Der bloße Gedanke, in einem römischen Gefängnis zu sitzen, jagt mir kalte Schauer über den Rücken.«

»So schlimm war es nun auch wieder nicht.« Diana wandte sich zu Candy um und umarmte sie ebenfalls.

»Sie haben abgenommen«, sagte die. »Jetzt sehen Sie fast aus wie Audrey Hepburn. Das ist laut *Vogue* der letzte Schrei.«

Hilary verdrehte die Augen. »Es gibt wahrscheinlich einfachere Schlankheitskuren, Candy. Versuchen Sie doch, einmal im Leben taktvoll zu sein.«

Diana setzte sich an ihren Schreibtisch und zog für Trevor einen Stuhl heran. Sie zeigte ihm, wie das Telefon funktionierte, und sie unterhielten sich noch eine Weile, bis die internationale Verbindung stand und er mit dem Leiter seiner Abteilung an der Universität in London sprechen konnte.

»Ernesto ist weg, müssen Sie wissen«, erzählte ihr Hilary. »Man hat ihm den Vertrag gekündigt.«

Diana nickte. Das war eine willkommene Nachricht. Es hatte ihr davor gegraust, ihm hier zufällig über den Weg zu laufen.

»Und Helens Beerdigung war gestern, zu Hause in Leamington Spa. Sie sollte im engsten Familienkreis mit nur ein paar Freunden stattfinden. Das Studio hat einen Kranz geschickt und eine Karte von uns allen.«

»Ich wünschte, ich hätte dabeisein können.« Diana beschloss, an Helens Eltern zu schreiben, um sich für ihren eigenen, unbeabsichtigten Anteil an dieser Tragödie zu entschuldigen und einige Aspekte der Geschichte zu erläutern, die ihnen die Polizei vielleicht nicht mitgeteilt hatte. Es war das Mindeste, was sie tun konnte. Sie verdienten es, die Wahrheit zu erfahren.

»Und die einzige andere Neuigkeit vom Set ist, dass wir wieder mal sparen. Sie versuchen jetzt Elizabeths Szenen so schnell wie möglich abzudrehen, damit sie sie nicht weiter für die Überschreitung des Termins bezahlen müssen. Und keine Chilis von Chasen's mehr!« Hilary wedelte mit dem Zeigefinger, machte sich über den Irrwitz dieser Maßnahmen lustig. »Inzwischen ist der Etat weit über die dreißig Millionen Dollar angestiegen, aber ein Dollar für eine Schüssel Chili ist nicht mehr drin.«

Diana lächelte. »Regt sich Elizabeth sehr darüber auf?«

»Überhaupt nicht. Ich glaube, sie weiß genau, dass sie es ziemlich übertrieben hat. Sie macht sich viel mehr Sorgen, was aus ihrer wunderbaren Affäre wird, wenn die Dreharbeiten zu Ende sind. Denn Sybil erwartet bestimmt, dass Richard in den Schoß der Familie zurückkehrt.«

»O Gott, ja. Das wird traumatisch für alle beide.«

»*Wenn* er geht. Das werden wir noch sehen. Also, kommen Sie nachher zur Drehbuchbesprechung mit? Hier ist der aktuelle Drehplan.« Sie reichte Diana das getippte Blatt. »Der ändert sich allerdings stündlich. Ich glaube, sie wollen heute die Todesszene mit der Viper filmen. Ich habe vorhin den Betreuer der Schlange gesehen.«

»Sie benutzen eine echte Schlange?« Diana schauderte unwillkürlich. Sie hatte nicht viel für Schlangen übrig.

»Ja, wir machen ein paar Aufnahmen mit der Schlange, aber wir lassen natürlich keine echte Schlange auch nur in die Nähe unserer Stars. Noch mehr Katastrophen können wir bei diesem Film nicht riskieren.«

Bei der Drehbuchbesprechung kamen Walter, Joe und alle anderen zu Diana herüber und schüttelten ihr die Hand, um sie wieder am Set zu begrüßen. Danach ging man zum Tagesgeschäft über. Walter verkündete, dass er die Anweisung erhalten hätte, alle noch verbleibenden Szenen mit Elizabeth

Taylor bis zum 9. Juni abzudrehen, damit man sie von der Gehaltsliste streichen konnte, und alle Filmarbeiten spätestens am 30. Juni abzuschließen. Ab diesem Datum würden auch allen anderen die Spesen gestrichen – Mieten, Studioautos, kostenlose Mahlzeiten, alles. Es war also ein Ende der herrlichen Zeiten abzusehen. Sobald man die Szene mit der Viper gefilmt hatte, würde ein Team von zweihundertfünfunddreißig Personen plus Schauspielern sich auf den Weg nach Torre Astura und von dort nach Ischia machen.

Es gab Murren und ungläubige Kommentare. Niemand hielt es auch nur im Entferntesten für möglich, dass man bis zum 9. Juni mit Elizabeth Taylors Szenen fertig sein würde, denn sie wurde ja auch noch für einige Szenen auf Ischia benötigt. Für die Rückansichten von Liz Taylor konnte man ja ein Double nehmen, aber ansonsten war Elizabeth durch niemanden zu ersetzen.

»Diana, ich glaube nicht, dass wir Sie nach Torre Astura mitnehmen müssen«, sagte Walter und tätschelte ihr den Arm. »Es würde uns mehr nützen, wenn Sie nach Ischia fahren und dort einen letzten Blick auf die Vorbereitungen werfen könnten, ehe wir alle dort einfallen.«

Diana war erleichtert. Es wäre ihr schwergefallen, nach Torre Astura zu reisen, denn dort wären all die schrecklichen Erinnerungen wieder in ihr aufgestiegen, und sie war dankbar, dass Walter so fürsorglich war, ihr das zu ersparen.

Auf dem Rückweg von der Drehbuchbesprechung kam sie an Elizabeth Taylors Garderobe vorbei und beschloss, bei ihr anzuklopfen und sich für die Unterstützung zu bedanken. Eine Assistentin machte ihr die Tür auf, und sie konnte sehen, dass Elizabeth im weißen Bademantel und ohne Make-up dasaß, das Haar mit einem breiten, babyrosa Haarband zurückgehalten. Ohne Make-up war sie womöglich noch schöner.

»Diana!«, rief sie, sprang auf und kam ihr entgegengelaufen, um sie zu umarmen. »Ich war mir nicht sicher, ob Sie zur Arbeit kommen würden. Es ist großartig, Sie hier zu sehen! Bitte erzählen Sie mir alles. Wie war das Leben hinter Gittern?«

Diana lachte. »Ich habe es ja nur acht Tage genossen, bin also kaum Expertin, aber so schlimm war es nun auch wieder nicht. Ich habe sogar eine neue Freundin gewonnen.« Sie erzählte Elizabeth von Donatella, der Diebin, und sagte dann, dass sie mit einem Studiowagen am Abend zu Donatellas Schwester fahren und der ein paar Lire für die Kinder geben wollte. »Versprochen ist versprochen.«

»Die scheint ja ein schönes Früchtchen zu sein. Wie seltsam, dass sie Sie um Geld gebeten hat. Das muss ich Richard erzählen.«

»Wie geht es Richard?«, fragte Diana vorsichtig. Wie alle anderen auf dem Gelände wollte sie unbedingt wissen, wie sich die Beziehung entwickelte, aber nicht neugierig erscheinen.

Elizabeth nahm eine Zigarette und zündete sie sich an, hielt sie vorsichtig zwischen Zeigefinger und Daumen und schürzte die Lippen, um Rauch auszublasen. Sie war eine elegante Raucherin. »Wir stehen beide sehr unter Druck von allen Seiten. Herrgott, haben Sie gehört, dass eine Kongress-Abgeordnete versucht, eine Entschließung durchzubringen, die mich daran hindern soll, nach Amerika zurückzukehren?«

»Wie will sie das denn schaffen? Sie sind doch amerikanische Staatsbürgerin!«

»Ja, aber ich bin in London geboren. Diese Frau«, sagte sie mit einem Stirnrunzeln, »Iris Blitch heißt sie, behauptet, ich wäre moralisch verkommen und zöge die Moral aller anderen Amerikaner in den Schmutz. Richard hat im Scherz gesagt, dann müssten sie ganz Hollywood ausweisen und den halben Kongress dazu.« Sie tastete im Regal hinter sich nach einem halbvollen Glas und nahm einen großen Schluck daraus.«

»Sie kann Sie nicht tatsächlich aus Amerika verbannen, oder?«

»Natürlich nicht. Ich habe einen amerikanischen Pass. Die Anwälte sagen, selbst wenn die Frau eine solche Entschließung durchbekommt, ließe sie sich nicht durchsetzen. Großer Gott, wenn es nicht mal der Papst schafft, dass ich aus Italien rausgeworfen werde, dann wird diese Frau das in den USA ganz bestimmt nicht schaffen. Ich sollte ihr eine Karte schreiben, was meinen Sie? Irgendwas Zuckersüßes. Vielleicht bitte ich sie, für mich zu beten?« Sie prustete los, ein gar nicht damenhaftes Schnauben.

Diana lachte. »Das würde ihr sicher gut gefallen. Ich wette, sie organisiert bereits Gebetsstunden für Sie.«

»Ich kann alle Gebete brauchen, die ich kriegen kann, glauben Sie mir. Und wo ist Ihr entzückender Ehemann?« Elizabeth zwinkerte ihr zu. »Haben Sie den wieder nach London zurückverfrachtet?«

»Nein, er bleibt während der restlichen Dreharbeiten bei mir. Es wird uns guttun, einige Zeit hier miteinander zu verbringen.«

»Sie beide müssen mal zum Cocktail zu uns kommen. Wie wäre es mit morgen? Nein, Moment mal, morgen nicht, da haben wir den Kronprinzen von Spanien zum Essen da … Samstag. Passt es Ihnen am Samstag? Um sieben? Richard will Sie unbedingt kennenlernen.«

Diana errötete. Richard Burton wollte sie unbedingt kennenlernen? Sicher nicht. »Samstag geht gut. Ich weiß, dass Trevor sehr gern die Bekanntschaft von Richard machen würde. Er hat oft zu mir gesagt, dass er ihn für den besten Schauspieler seiner Generation hält.«

»Wirklich?« Sie freute sich darüber wie ein kleines Mädchen. »Ich fand Trevor sehr nett. Ich kann sehr gut begreifen, warum Sie ihn geheiratet haben.« Sie zwinkerte Diana keck zu. »Einem Mann mit einem klugen Kopf konnte ich noch nie widerstehen.«

Diana lachte leise. Es erschien ihr merkwürdig, dass Elizabeth so gut mit ihrem Mann klargekommen war, denn die beiden hätten nicht unterschiedlicher sein können: die ehebrecherische Diva, die seit ihrem zwölften Lebensjahr für ihre populären Filme berühmt war, und der ernsthafte Altphilologe, der nicht einmal den Kauf eines Fernsehgerätes in Betracht zog, weil er Fernsehen für zu seicht hielt. Die Tür ging auf, und Elizabeths Visagistin kam herein. Sie trug einen riesigen Koffer, in dem es bei jedem Schritt klirrte und klapperte.

»Sie müssen mich entschuldigen«, sagte Elizabeth und drückte ihre Zigarette aus. »Ich muss mich jetzt darauf vorbereiten, meine letzten Worte im Film an eine Gummischlange zu richten.«

Diana lachte leise vor sich hin, als sie wieder in Richtung Produktionsbüro unterwegs war, wo ihr Ehemann, der mit dem klugen Kopf, auf sie wartete.

Kapitel 72

Scott las seinen Artikel Dutzende Male durch, feilte daran herum und fügte aussagekräftigere Adjektive ein, bis er schließlich nichts mehr zu verbessern fand. Der Artikel war immer noch viel länger als die, die sein Chefredakteur normalerweise druckte, aber vielleicht könnte man ihn in zwei bis drei Fortsetzungen veröffentlichen. Er hatte den Text in Szenen und Dialogen angelegt, genau wie in der neuen Art des Journalismus, den er so bewunderte, und er hatte versucht, bestimmte Einzelheiten einzufangen, welche eine Persönlichkeit für den Leser deutlicher umrissen: Helens schlangengleiches Tanzen, wie sie sich mit ihren schmalen Hüften genau im Takt der Musik wiegte, wie ihr toupiertes Haar hin und her wogte; die schwarzen Stoppeln auf Luigis Handrücken, auf denen er das Haar abrasiert hatte, seine glänzenden schwarzen Schuhe; das raue Bellen der Schäferhunde bei Don Ghianciaminas Villa.

Anstatt anzurufen und die Story zu diktieren, schickte er sie mit einem Spezialkurier an den Chefredakteur. Die Leute, die am Telefon das Diktat entgegennahmen, waren für ihre Schlampigkeit berüchtigt, und er wollte nicht riskieren, dass sich auch nur ein einziger Fehler einschlich. Nachdem das kleine Päckchen weg war, wartete er und zuckte jedes Mal zusammen, wenn das Telefon klingelte. Das könnte sein großer Durchbruch als Journalist werden, der Artikel, mit dem er Aufsehen erregen würde. Er würde mit seinem Chefredakteur über seine persönliche Sicherheit sprechen müssen, sobald sie sich auf ein Veröffentlichungsdatum geeinigt hatten. Vielleicht würde die Zeitung einen Leibwächter bezahlen. Taylor und Burton hatten welche – warum nicht

auch er? Inzwischen hielt er sich nur an sehr belebten Orten
auf und parkte seinen Roller so nah an der Haustür, wie er
nur konnte. Wenn er in Bars ging, hielt er immer Ausschau
nach Luigi, sah ihn aber nirgends.

Eines Abends, etwas mehr als eine Woche nach Dianas
Entlassung aus dem Gefängnis, saß Scott in einer Pianobar
in der Nähe der Via Veneto, als er einen Italiener aus der Damentoilette kommen sah, der ein paar Banknoten in seine
Brieftasche steckte. Kurz darauf tauchte eine der jungen
Amerikanerinnen vom *Cleopatra*-Set auf und wischte sich
mit dem Finger über die Nasenlöcher. Es war völlig offensichtlich, dass gerade Drogen den Besitzer gewechselt hatten. Aber es überraschte Scott, dass ein anderer Dealer die
Stirn hatte, dort Handel zu treiben, wo bisher ausschließlich
Luigis Terrain gewesen war.

Der Mann stand nur wenige Meter von ihm entfernt an
der Bar und rührte Zucker in seinen Espresso.

Scott ging zu ihm hin. »Hi, wie geht's denn so?«, sagte er
auf Englisch.

»Okay.«

»Sie wissen nicht zufällig, wo Luigi ist?«

»Woher kennen Sie Luigi?«

Scott senkte die Stimme. »Er hat mir manchmal Päckchen
mitgebracht.«

Der Mann schaute ihn scharf an. »Was für Päckchen?«

»Kokain«, flüsterte Scott und hoffte, dass er nicht gerade
einen Riesenfehler machte. Vielleicht war der Mann ein ver-
deckter Polizeiermittler? Oder ein Freund von Luigi, der
ihm eine Falle stellen wollte?

»Vielleicht kann ich da behilflich sein«, meinte der Mann,
und Scott atmete erleichtert auf.

»Hätte Luigi was dagegen, wenn ich von Ihnen kaufe? Das
ist hier normalerweise sein Terrain.«

»Luigi ist weg.«

Scott starrte ihn an. »Wohin? Arbeitet er jetzt woanders?«

»Nein, weg. Verschwunden. Sie sehen ihn nie wieder.« Der Ton war sachlich nüchtern, und genau das machte die Aussage so gruselig.

Scott pfiff leise durch die Zähne. »Was zum Teufel ist denn passiert? Hat er was gemacht, was die großen Bosse verärgert hat?«

»Wer weiß, mein Freund?« Der Mann schaute ihn mit stahlblauen Augen unverwandt an, und Scott hatte den Eindruck, dass der Kerl genau wusste, was geschehen war. Vielleicht hatte er Luigi sogar selbst umgebracht und war dann mit dessen lukrativem Terrain an der Via Veneto belohnt worden. »Also, wollen Sie was kaufen?«

Scott fühlte sich verpflichtet, ein kleines Briefchen Kokain zu erwerben, also begaben sie sich auf die Herrentoilette, wo der Handel abgewickelt wurde.

»Ich frage mich, ob das was mit dem englischen Mädchen zu tun hatte, das in der Nähe von Anzio ertrunken ist?«, spekulierte Scott und beobachtete das Gesicht des neuen Dealers ganz genau. »Ich habe gehört, dass Luigi versucht hat, eine ihrer Freundinnen, die ihn wohl geärgert hatte, in die Sache reinzuziehen. Vielleicht hätte er sich raushalten sollen.«

Die Miene des Dealers war eisig, sein Gesicht eine starre Maske, aber die Augen glitzerten misstrauisch. »Wer sind Sie?«

»Niemand. Ein Kunde. Das ist alles.« Scott zog sich zurück. »Gut, Sie kennengelernt zu haben. He, wie sollte ich Sie ansprechen?«

»Nennen Sie mich Luigi. Der Name bringt Glück, finden Sie nicht? Und passen Sie gut auf sich auf, mein Freund.«

Scott zitterte, als er endlich wieder draußen auf der Straße stand. Er schwang sich sofort auf seinen Roller und fuhr in Höchstgeschwindigkeit los, war plötzlich sehr nervös bei dem Gedanken, dass ihm der neue Dealer vielleicht folgen würde. Er hatte ja blitzschnell auf die Frage reagiert, warum Luigi Diana beschuldigt hatte. Zweifellos wusste der Kerl Bescheid darüber, denn er hatte nicht gefragt: »Was meinen Sie damit?« Er wusste es.

Die Ghianciaminas waren offenbar nicht sonderlich erfreut gewesen, dass Luigi ihre Haushälterin in seine kleinliche Racheaktion gegen Diana mit hineingezogen hatte. Das hatte die Aufmerksamkeit auch auf sie gelenkt. Jemand hatte beschlossen, dass Luigi beseitigt werden musste. Großer Gott! Scott tat es schon jetzt leid, dass er dem neuen Dealer verraten hatte, dass er etwas davon wusste. Was hatte er sich bloß dabei gedacht?

Er fuhr im Zickzack durch die Straßen der Stadt, bis er sicher war, dass ihm niemand folgte, und dann zu seinem Büro, um das Kokainbriefchen ins Geheimversteck zu bringen. Er erwog kurz, sich etwas davon reinzuziehen, denn seine Nerven lagen blank, aber er überlegte es sich anders. Er musste jetzt hellwach sein. Er konnte nicht sicher sein, wer inzwischen alles nach ihm suchte.

Kapitel 73

Diana ging wieder ins Kaufhaus Rinascente, um sich ein neues Kleid für die Cocktaileinladung bei Elizabeth und Richard zu kaufen. Sie wollte unbedingt einen guten Eindruck machen. Das war natürlich lächerlich, denn mit Elizabeth würde sie niemals mithalten können, was das Aussehen betraf, aber es ging hier nicht um einen Wettbewerb. Sie wollte schick sein, einen anderen Aspekt ihrer Persönlichkeit zeigen, damit sie nicht in der Schublade der nachlässig gekleideten Akademikerin landete.

Sie stöberte zwei Stunden lang in der Kleiderabteilung, probierte Verschiedenes an, konnte sich aber nicht entscheiden. Helen fehlte ihr sehr. Helen hatte eine natürliche Eleganz besessen, eines ihrer vielen Talente.

Schließlich erbarmte sich eine Verkäuferin, als Diana dastand und zwischen vier Kleidern hin und her schwankte – einem im Leopardenmuster, einem mit Pünktchen, einem aus Chiffon mit glänzenden Steinen, einem in einem bunten Rhombenmuster –, von denen keines so ganz das Richtige war.

»Ist es für eine Party?«, fragte die Frau.

»Ja, für eine Cocktaileinladung bei Freunden.«

Die Frau verschwand und kam mit einem schlichten, schillernden tannengrünen Seidenkleid in der aktuellen A-Linie zurück, das knapp über dem Knie endete. Sie hielt es Diana an, und sofort war klar, dass dies genau das Richtige war: schlicht und dezent. Sie konnte ihre Perlenkette dazu tragen. Wie lächerlich, dass sie so lange gebraucht hatte.

Am folgenden Samstag zog sie sich eine Stunde vor der

geplanten Abfahrt um und begann, Make-up aufzutragen. Sie versuchte, so feine Lidlinien um ihre Augen zu zeichnen, wie Helen es gemacht hatte. Sie verrieb sie ein wenig mit dem Finger und wischte diesen dann gedankenverloren am Rock ihres Kleides ab. Als sie herunterschaute, sah sie Grundierung auf dem Stoff, die sie mit einem Schwämmchen abwischen musste. Es blieb ein feuchter Fleck. Was bin ich doch für eine Schusseltante!, dachte Diana.

»Warum bist du so nervös?«, fragte Trevor, als sie am Fenster stand und den Rock ihres Kleides hin und her wedelte, um ihn in der Abendsonne zu trocknen, und dabei betete, dass kein Wasserrand bleiben würde. »Das sind auch nur Menschen.«

»Ich weiß. Natürlich weiß ich das.« Sie kicherte. »Aber ich stelle fest, dass du ebenfalls dein bestes Jackett trägst und sogar eine Krawatte umgebunden hast. Richard habe ich noch nie mit Schlips gesehen.«

»Wirklich? Dann nehme ich meinen auch wieder ab.« Er lockerte den Knoten, zog sich den Schlips über den Kopf und machte den obersten Hemdenknopf auf. »Du siehst übrigens wunderschön aus. Dieses Kleid unterstreicht das Grün in deinen Augen.«

»Danke, Liebling.«

Sie waren beide mindestens eine halbe Stunde zu früh fertig und saßen ein wenig verlegen am Fenster und tranken Tee, bis es Zeit war, ein Taxi zu rufen.

Als sie bei der Villa Papa aus dem Auto stiegen, fragten die Sicherheitsleute in entschuldigendem Ton, ob sie Dianas Handtasche durchsuchen dürften, und tasteten Trevors Jackett und Hosenbeine ab, ehe der Butler sie in den sonnendurchfluteten Salon führte, in dem Trevor schon einmal gewesen war. Alles sah ziemlich genauso aus, nur dass jetzt der Strauß auf dem Sofatisch aus dunkelroten Rosen bestand und ein Kind seine Eisenbahn mit Schnur zum Ziehen mitten auf dem Teppich zurückgelassen hatte.

Sie setzten sich ein wenig unsicher auf ein Sofa. Sekunden später kam Richard Burton in den Raum geeilt, und sie erhoben sich beide, um ihm die Hand zu schütteln.

»Diana, Trevor, wie gut, Sie kennenzulernen«, sagte er, und seine durchdringend blauen Augen wanderten von einem zum anderen. »Wie geht es Ihnen, Diana? Ich hoffe, Ihre Gefangenschaft hatte keine bleibenden üblen Nachwirkungen?«

»Mir geht es gut, danke. Ich bin sehr gut behandelt worden. Alles war vollkommen zivilisiert. Wenn Sie je ins Gefängnis müssen, dann kann ich das Regina Coeli nur empfehlen.« Sie redete zu viel. Irgendetwas an ihm machte sie nervös. Vielleicht war es die herrliche Stimme, vielleicht die Tatsache, dass sie ihn vorher nur einmal aus der Nähe gesehen hatte, als er Candy im Büro anbrüllte.

»Ich glaube nicht, dass man es als zivilisiert bezeichnen kann, wenn man für etwas im Gefängnis sitzt, was man nicht getan hat. Es scheint mir ungeheuerlich, dass Trevor mit einem einzigen Besuch in Torre Astura Beweise gefunden hat, die die Polizei völlig übersehen hatte. Aber wenn Sie sicher sind, dass sie keinen bleibenden Schaden davongetragen haben, dann ist das wohl die Hauptsache.« Der Butler stand da und wartete auf Anweisungen. »Mögen Sie beide Champagner?«

Sie nickten einhellig, obwohl Trevor, soweit Diana das wusste, noch nie welchen getrunken hatte.

»Eine Flasche Bollinger, bitte«, bat Richard den Butler. »Wir wollen feiern. Elizabeth wird sich zu uns gesellen, aber wahrscheinlich erst in etwa einer Stunde, denke ich, denn sie hat noch nicht einmal angefangen mit ihrer Frisur, die unglaublich viel Zeit in Anspruch nimmt.«

»Laut Martin Luther ist das Haar ›die schönste Zierde der Frau‹«, zitierte Trevor.

Richard antwortete: »So geputzt als wär es bloß für sie, und nichts von jenen elenden Künsteleien mancher Frauenzimmer, ihre Reize zu erhöhen. Ihr langes Haar flog ungebunden und nachlässig um den Kopf herum.«

Diana war wie gebannt. Leute bezahlten Unsummen, um diesen Mann auf der Bühne zu erleben, und sie begriff, warum das so war, denn er wandelte sich, schlüpfte in eine Rolle, dass man gleich bezaubert war, wenn man ihn sah und hörte. Seine Worte trugen einen aus der Wirklichkeit fort, dass man glaubte, die Frau mit dem nachlässigen langen Haar vor sich zu sehen.

»Terentius, *Heauton Timorumenos*«[*], stellte Trevor fest. »Ist es Bacchis, wie sie Antiphila preist? Wie sind Sie denn an ein so wenig bekanntes Stück geraten?«

»Mein Schauspiellehrer war sehr gründlich. Er hat mir Terentius empfohlen, weil seine Sprache so einfach und elegant ist, aber es ist mir bisher noch nicht gelungen, einen Regisseur davon zu überzeugen, dessen Werke wieder aufzuführen.«

»Nein, die haben wohl die Prüfung der Zeit nicht bestanden. Und es ist ja auch umstritten, ob er die Stücke selbst geschrieben hat. Cicero und Quintilian hielten das für unwahrscheinlich.«

Der Champagnerkorken knallte, und der Butler reichte Diana ein Glas.

»Auf Ihre Freiheit«, brachte Richard lächelnd als Trinkspruch aus. »Mögen Sie nie wieder ins Gefängnis kommen …«

»Darauf trinke ich gern«, stimmte sie ihm zu, und sie stie-

---

[*] Terentius Lustspiele, übers. u. komm. von Johann Friedrich Roos, Band 1, Gießen 1796, S. 263.

ßen alle an, ehe sie an ihren Gläsern nippten. Der Champagner war köstlich. Diana fand, dass er sogar noch besser war als der Dom Pérignon, den sie vor vielen Monaten auf Elizabeths Geburtstagsfeier getrunken hatte. Vor dem Gefängnis. Ihr Leben schien nun aufgeteilt zu sein in die Zeit vor und die Zeit nach dem Gefängnis. Es war noch zu früh, um zu sagen, ob diese Erfahrung sie verändert hatte, sie fühlte sich jedenfalls anders, konnte es aber nicht genau beschreiben. Vielleicht war es das Wissen darum, dass sie ganz unten gewesen war und überlebt hatte. Wenn sie damit zurechtkam, unschuldig wegen Mord im Gefängnis zu sitzen, ohne völlig aus der Fassung zu geraten, dann würde sie mit allem fertig. Es tat gut, das über sich zu wissen.

Richard und Trevor sprachen über W. H. Auden, den sie beide flüchtig kannten, und warfen sich abwechselnd Verszeilen zu, hin und her, wie bei einem Tennisspiel. Diana lächelte. Sie würden es nicht zugeben, aber sie versuchten beide, den anderen zu beeindrucken. Es war sehr unterhaltsam anzuschauen.

Plötzlich bemerkten alle eine Bewegung auf der Treppe und wandten sich um. Elizabeth stieg zu ihnen hinab. Sie trug eine weiße Hose, die so eng war, dass man hätte meinen können, sie wäre aufgemalt, und einen grellrosa Kaftan aus fließendem Chiffon.

Diana hatte in ihrem schicken grünen Kleid und mit ihrer Perlenkette sofort das Gefühl, viel zu fein angezogen zu sein. Trevor wollte auf sie zugehen, um sie zu begrüßen, bemerkte aber, dass Richard nicht aufgestanden war, und setzte sich wieder hin.

»Komme ich viel zu spät? Ich sehe, ihr habt schon ohne mich angefangen.« Sie nahm das Glas, das der Butler auf dem Tablett dagelassen hatte, und schenkte sich aus der Flasche ein, die in einem Eiskübel stand.

»Dein Zuspätkommen ist Teil deines Charmes, meine Liebe. Man weiß, dass man sich immer darauf verlassen kann.«

Diana drehte sich zu Richard um und war verblüfft darüber, wie sehr sich seine Miene verändert hatte. Er starrte Elizabeth an wie ein kleiner Junge: verletzlich, anbetend, ungläubig, dass er das Glück gehabt hatte, sich eine solche Superfrau einzufangen. Als sie an ihm vorüberglitt, um Diana und Trevor zu begrüßen, streckte er unwillkürlich die Hand aus, um den Stoff ihrer Hose zu berühren, als müsste er sich versichern, dass sie Wirklichkeit war. Seine Augen wichen nicht von ihr, als sie Trevor die Hand schüttelte und Diana umarmte, dann ihre hochhackigen goldenen Sandalen von den Füßen kickte und sich mit angezogenen Beinen auf einen Sessel lümmelte.

»Wir haben gerade über Auden gesprochen«, erklärte ihr Richard. »Erinnerst du dich? ›Ich liebe dich, Liebe, ich lieb dich,/Bis der Fluss den Berg überspringt,/Bis sich China und Afrika treffen/Und der Fisch auf der Straße singt.‹«[*]

»Ist das nicht wunderschön?«, sagte sie. »Du kennst ihn, nicht? Du musst mich ihm unbedingt mal vorstellen. Er scheint ja ein Teufelskerl zu sein.« Die Art und Weise, wie sie das sagte, klang sehr englisch, und Diana begriff, dass Elizabeth sich bereits Richards klassischer, an Shakespeare geschulter Aussprache anpasste und in seiner Gegenwart sehr viel weniger amerikanisch wirkte.

»Er ist sehr schüchtern. Er würde sicher kein Wort herausbringen, wenn du vor ihm ständest. Aber das würde nicht weiter auffallen, denn du kannst ja endlos reden.« Er riss mühsam den Blick von ihr los, um sich an Diana und Trevor zu wenden. »Auf keiner Gesellschaft, die Elizabeth

---

[*] Übertragen von Ernst Jandl. Aus: Wystan Hugh Auden, Poesiealbum 92, planet_lyrik@planetlyrik.de

besucht, gibt es je peinlich berührtes Schweigen, denn es gibt kein Schweigen. Punktum.«

»Und doch«, trällerte sie, »bist es heute Abend du, der ständig redet, Schatz.«

Es war nicht zu übersehen, wie hingerissen die beiden voneinander waren. Zwischen ihnen sprühten die Funken. Jeder hing an den Lippen des anderen, hatte ständig die kleinste Handbewegung im Blick, das Verschränken eines Beins, das kleinste Zucken eines Muskels. Sie lauschten auf jeden Atemzug und Herzschlag des anderen.

Sie versuchen, alles übereinander zu erfahren, dachte Diana. Sie sind einander hoffnungslos verfallen. Sie kannte diese Art der sexuellen Abhängigkeit, denn sie hatte sie mit Ernesto erlebt; und sie kannte die Liebe, denn ihr Herz setzte beinahe aus, wenn sie sah, wie Trevor vor Rückenschmerzen zusammenzuckte. Bei Elizabeth und Richard schien alles zu stimmen: die Gefühle und das Körperliche, dazu noch eine Seelenverwandtschaft. Sie waren einander wirklich mit Haut und Haar verfallen.

Und dann dachte sie an Sybil und die Kinder, und ihr wurde klar, wie sehr sich Richard quälen musste. Trevor hatte recht; ganz gleich, welche Entscheidung er traf, er musste verlieren.

Sie redeten inzwischen über Marc Anton, und Diana wusste, dass sie sich an diesem Gespräch beteiligen sollte, aber sie genoss die Rolle der Zuschauerin und hörte dem zu, was ihr Mann über diesen verkommenen, schwierigen Menschen erzählte und wie Elizabeth und Richard mit ihm Szenen und Zeilen aus Joes Drehbuch besprachen. Ein paarmal verwies Richard bei einer Frage auf Elizabeth, und sie strahlte geradezu vor Stolz.

Sie ist es nicht gewöhnt, dass man ihren Verstand ernst nimmt, überlegte Diana. Sie ist begeistert von seinem Intellekt, und sie fühlt sich geschmeichelt, dass er sie als Gleich-gestellte behandelt. Sie erinnerte sich daran, dass Elizabeth ihr einmal erzählt hatte, dass Richard sie »Ozean« nannte, und begriff, dass es für eine Frau, die gewohnt war, für ihre oberflächliche Schönheit gepriesen zu werden, sicherlich unwiderstehlich war, wenn man sie für so tiefgründig wie das Meer hielt.

Elizabeth und Richard erzählten gerade von ihrem Tref-fen mit dem Kronprinzen von Spanien und seiner neuen Ehefrau beim Abendessen am vergangenen Tag. »Sie ist ein schüchternes kleines Ding. Ich glaube, es gibt keinen Zwei-fel daran, dass er sich eine Jungfrau geschnappt hat«, scherz-te Richard.

»Da fällt mir ein Witz ein«, erwiderte Elizabeth. »Ein Mann fragt eine junge Frau, mit der er gerade geschlafen hat: ›Bin ich der erste Mann, mit dem du je im Bett warst?‹ Da antwortet sie: ›Könnte sein. Dein Gesicht kommt mir ir-gendwie bekannt vor.‹«

Richard lachte am allerlautesten, und Elizabeth strahlte vor Vergnügen. Diana begann sich Sorgen zu machen, dass sie vielleicht zu ruhig war. Sie hatte kaum etwas gesagt, seit Elizabeth da war, aber ihr war klar, dass die beiden liebend gern Publikum hatten. Es belebte ihre Unterhaltungen. Sie schalteten dann in einen höheren Gang. Sie wollten den Menschen zeigen, wie glücklich sie waren. Und das war un-ter Leuten leichter, denn wenn sie allein waren, würden sie unweigerlich auf gefährliches Terrain geraten – zum Beispiel auf seine Frau und seine Kinder zu sprechen kommen. In Gesellschaft konnten sie ein echtes Liebespaar sein anstatt zwei schuldbewusste Ehebrecher.

Zwei Flaschen Champagner waren schnell geleert, und Diana fühlte sich schon recht beschwipst, obwohl sie wuss-te, dass sie selbst keine halbe Flasche getrunken hatte. Trevor wirkte erhitzt, aber glücklich. Es war das erste Mal, dass sie ihn wirklich glücklich sah, seit Walter Wanger angerufen und sie gebeten hatte, zur Mitarbeit am Film nach Rom zu kommen.

»Gehen wir irgendwas essen?«, schlug Richard vor. »*Fettuccine* bei Alfredo? Ich bitte Dick Hanley, uns einen Tisch zu reservieren.«

»Wir sollten Diana und Trevor besser vor dem warnen, was sie da draußen erwartet.« Elizabeth schaute Richard kurz in die Augen und wandte sich dann den beiden zu. »Seit dem Anfang dessen, was Richard und ich *Le Scandale* nennen, ist die Aufmerksamkeit der Presse ziemlich furchterregend. Wenn das Auto anhält, müssen Sie rasch aussteigen und mit gesenktem Kopf direkt auf den Eingang des Restaurants zusteuern. Schauen Sie bloß nicht zu den Fotografen hin, und reagieren Sie auf gar keinen Fall auf irgendetwas, was die sagen. Die können ziemlich gemein sein, und man hört besser gar nicht hin.«

»O ja, *Le Scandale* hätte uns zu Einsiedlern machen können, wenn wir das zugelassen hätten.« Richard stand auf. »Aber wenn man in Rom ist, sollte man tun, was die Römer tun und bei Alfredo essen gehen.«

Trevor lachte leise. »Sie wissen sicher, dass dieses Zitat auf einen Brief des heiligen Augustus zurückgeht, in dem er sagt, dass die Römer am Samstag fasten und dass man das auch machen sollte, wenn man sich in Rom aufhält? Heute ist zwar Samstag, aber ich komme um vor Hunger, also sollten wir *fettuccine* essen gehen.«

Richard legte Elizabeth den Arm um die Schulter. »Ich glaube, dieser Mann weiß einfach alles. Wir sollten ihn uns warmhalten. Er könnte uns später bei Streitfällen nützlich werden.«

»Sag doch nicht so was, Schatz. Wir streiten uns doch

nie.« Das war offensichtlich ein Witz, den nur die beiden verstanden, da sie ihre Augenbrauen bedeutungsvoll in die Höhe zog und er lachte.

Trevor saß auf dem Beifahrersitz von Elizabeths Auto neben demselben Fahrer, der ihm nach seinem ersten Besuch hier ein Seidentaschentuch gereicht hatte. Diana nahm mit den beiden Stars auf dem Rücksitz Platz. Ihr Bein wurde an Richards gepresst, aber da sie genug Champagner getrunken hatte, war sie so entspannt, dass sie den Augenblick genoss. Sie hatte ihre Meinung über Richard gründlich geändert, jetzt da sie seine emotionale Seite kennengelernt hatte und ihn Gedichte hatte rezitieren hören. Sie hatte das Gefühl, ganz etwas Besonderes zu sein, durch die Gegenwart der beiden geehrt, deren große Liebesgeschichte sie aus nächster Nähe miterleben durfte.

Das Auto fuhr bei Alfredo's vor, und Diana stieg aus. Zu spät merkte sie, dass sie auf der Straßenseite und nicht auf dem Bürgersteig war und sich den Weg durch eine Horde von Fotografen bahnen musste, um zum Eingang des Restaurants zu gelangen. Der Geräuschpegel war ungeheuerlich, als rauschte ein Dampfzug unmittelbar neben einem vorbei, und die Attacke der vielen Blitzlichter verwirrte sie. Ein Sekunde lang wusste sie gar nicht, in welche Richtung sie gehen sollte, geblendet, als wäre sie schneeblind.

»Kommen Sie.« Richards Stimme ertönte unmittelbar neben ihr, und er fasste sie beim Ellbogen und zog sie hinter sich her, als er sich einen Weg durch die Menge bahnte. Sie konnte vor Blitzlichtern nichts sehen, aber sie hörte jemanden rufen: »Ist das deine neue Schlampe, Richard?« Schockiert begriff sie, dass von ihr die Rede war.

Sie schoben sich durch die Tür des Restaurants, und sofort verebbte der Lärm ein wenig. Elizabeth und Trevor waren bereits drinnen und warteten auf sie. Diana bemerkte, dass Trevor ein wenig benommen wirkte. Wie konnten Elizabeth und Richard bloß jedes Mal, wenn sie ausgingen, diesen Aufruhr aushalten? Das erschien Diana ein sehr hoher Preis für den Ruhm zu sein.

»Danke, dass Sie mich gerettet haben«, sagte sie zu Richard.

Er grinste. »Willkommen in unserem Leben. Das war Ihre Feuertaufe.«

Der berühmte Alfredo begrüßte sie höchstpersönlich und führte sie an einen ruhigen Tisch im hinteren Teil des Lokals. Diana hatte die Augen starr nach vorn gerichtet, aber sie war sich trotzdem bewusst, dass alle die Köpfe nach ihnen verrenkten, während sie durch den Raum gingen.

»Ich glaube, wir wollen alle *fettuccine*«, bestellte Richard und schaute sich am Tisch um.

»O ganz bestimmt«, stimmte ihm Elizabeth zu. »Kennen Sie die Geschichte? Die ist so romantisch! Alfredos Frau hat ihren Appetit verloren, als sie mit ihrem ersten Kind schwanger war. Sie konnte den Gedanken an Essen nicht ertragen, und er machte sich große Sorgen um sie. Also ging er in die Küche, um ein Gericht zu erfinden, dem sie nicht widerstehen könnte. Und das Ergebnis waren die *fettuccine Alfredo*, die nun überall auf der Welt serviert werden. Ich finde das zauberhaft. Erfindest du auch einmal ein Gericht für mich, Richard?«

»Wenn das Wunder geschieht und du je deinen ungeheuren Appetit verlierst, dann denke ich mal drüber nach.«

Sie saßen eng nebeneinander auf einer Bank. Elizabeth zog eine Zigarette heraus, und Richard sprang auf, um sie ihr anzuzünden. Er schenkte ihr Wasser ein, breitete ihr die Serviette über die Knie, achtete auf jedes ihrer kleinsten Bedürfnisse, und sie blühte unter seiner Aufmerksamkeit auf.

Rotwein wurde gebracht, und Diana nahm ein Glas. Sie

merkte, dass sie langsam betrunken wurde, aber diesmal wollte sie sich das gestatten. Sie wurde gesprächiger und erzählte Klatsch vom Set. Dass sie zum Beispiel den Verdacht hegte, Joe Mankiewicz und seine Assistentin Rosemary Matthews seien allmählich mehr als nur Arbeitskollegen.

»Joe ist ein stilles Wasser«, stellte Richard fest. »Das freut mich für ihn.«

Ich benehme mich schon wie Helen, überlegte Diana mit leichten Gewissensbissen. Aber schließlich war Cinecittà voller Klatsch und Tratsch, und keiner von beiden war verheiratet, so dass sie keinem geschadet hatte.

Das Gespräch wurde immer alberner, und sie brachten Trinksprüche auf die bevorstehende Reise nach Ischia aus, auf die Viper, die Cleopatra in die Brust biss, und auf den armen, dummen Marc Anton. Richard griff immer wieder nach der Pfeffermühle oder der Weinflasche, nur damit er rein zufällig noch einmal mit der Hand Elizabeths herrlichen Busen streifen konnte, und sie lächelte nachsichtig. Als Erwiderung auf eine freche Bemerkung drehte sie sich zu ihm hin und küsste ihn auf die Wange, so dass ein vollkommener Abdruck ihres Mundes in Lippenstift dort prangte, und lachte dann lauthals. Es war offensichtlich, wie sehr sie die Gesellschaft des anderen genossen.

Trevor bot an, sich die Rechnung zu teilen, aber Richard wollte davon nichts wissen. Dann mussten sie noch einmal durch das Spalier der Fotografen Spießruten laufen, um zum Auto zurückzugelangen. Diesmal war die dem Restaurant am nächsten gelegene Wagentür geöffnet, und Diana eilte mit gesenktem Kopf hin und sprang in die Limousine. Als sie sich umdrehte, sah sie Richard, den Arm um Elizabeth gelegt, und beide standen mit hoch erhobenem Kopf da, während zwanzig oder dreißig Blitzlichter gleichzeitig aufleuchteten und sie mit einem gespenstischen Schein umgaben. Es war ein herrlicher, aber auch erschreckender Anblick.

Der Fahrer setzte Diana und Trevor bei Dianas Pension ab, und sie küssten sich alle zum Abschied – Richard küsste Trevor sogar auf den Mund, was allen ungeheuer lustig erschien –, und dann stiegen sie die Treppe hinauf und fielen ins Bett.

Diana schlief ein, zwei Stunden, schlug aber um vier Uhr morgens die Augen auf und war plötzlich hellwach. Sie ließ die wunderbaren Erinnerungen des Vorabends noch einmal Revue passieren, besonders das lebendige und lebensbejahende Glück, das Richard und Elizabeth über die Nähe des anderen empfanden. Sie wusste, dass sie dergleichen noch nie erlebt hatte. Ihre Beziehung zu Trevor hatte mit Trost und Unterstützung zu tun, mit intellektueller Anregung und praktischen Erwägungen. Sie mochten einander sehr, aber diese alles verzehrende Leidenschaft hatte es nie gegeben. Sie hatten nie diese überschäumende Freude empfunden, nur weil sie beieinander waren. Und jetzt, da Helens Tod ihr bewusst gemacht hatte, wie zerbrechlich jede Existenz war, fragte sich Diana, ob das wirklich reichte. Sie konnte doch jeden Augenblick von einem Auto überfahren werden oder mit dem Flugzeug abstürzen oder von einem Boot fallen.

War das Leben nicht zu kurz, um sich mit einer liebevollen Kameradschaft zufriedenzugeben, anstatt nach der »großen Liebe« zu suchen, die Richard und Elizabeth gefunden hatten? Sie wollte Trevor auf keinen Fall noch mehr weh tun. Sie war sich jedoch nicht sicher, ob sie beide überhaupt die Wahl hatten, zu dem Leben zurückzukehren, das sie vorher geführt hatten.

Kapitel 74

Einige Tage vergingen, und immer noch hatte sich Scotts Chefredakteur nicht zu seinem Artikel geäußert. Er war überrascht, denn er wusste, dass er gut geschrieben war, und er glaubte, dass die Story spannend war und die amerikanischen Leser interessieren würde, weil viele der geschmuggelten Drogen auf den Straßen ihrer Städte landeten, über Italien ins Land kamen. Wieso also diese Verzögerung? War der Chefredakteur vielleicht im Urlaub? Aber der nahm doch nie frei. Debattierten sie darüber, wie sie die Geschichte so herausbringen sollten, dass sie maximale Wirkung hatte?

Der Anruf kam an einem Montagabend, als Scott gerade das Büro verlassen wollte.

»Es ist phantastisch geschrieben, Scott. Und Sie sind offensichtlich bei Ihren Recherchen sehr mutig gewesen – manche würden es vielleicht tollkühn nennen. Aber leider können wir das nicht drucken.«

Scott ließ sich auf seinen Stuhl plumpsen, ihm hatte es den Atem verschlagen. »Machen Sie keine Witze! Warum nicht?«

»Zunächst einmal hat die Rechtsabteilung die Story mit dem Rotstift durchgesehen, und dabei ist nur sehr wenig übriggeblieben. Sie können die Namen ändern und mit kleinen Sternchen abkürzen, so viel Sie wollen; jeder, der in Rom die Story liest, wird sofort wissen, von wem die Rede ist, und das ist dann Verleumdung. Es sei denn, Sie können Ihre Behauptungen beweisen, was eindeutig nicht der Fall ist.«

»Ich habe gerade herausgefunden, dass Luigi tot ist, der wird also keine Anzeige erstatten«, erwiderte Scott.

»Ja, aber der wichtigste Teil der Story betrifft ja die ganz

oben, wo die Ghianciaminas Regierungsmitglieder beste-
chen, und so was kann man einfach nicht sagen, oder? Die
bringen Sie dafür entweder um oder zeigen Sie an oder beides.«

»Die versuchen vielleicht, mich umzubringen, aber anzeigen würden sie mich niemals, denn da würden sie ja mit den
Fingern auf sich selbst deuten und sagen: ›Schaut her, wir
sind die Mafiafamilie, von der er schreibt.‹ Begreifen Sie das
nicht? Das ist doch das Schöne daran.«

Ein heiseres Lachen war die Antwort. »Sie haben mir ja in
den Monaten, die Sie auf diesem Posten sind, schon man-
ches Mal Kopfschmerzen bereitet, aber glauben Sie mir, lebendig sind Sie mir lieber. Ich möchte nicht, dass einer von
meinen Reportern niedergeschossen wird, wenn es sich irgendwie vermeiden lässt.«

Scott suchte verzweifelt nach weiteren Argumenten. »Sie
müssen die Story drucken. Ich kündige, wenn Sie es nicht
tun. Ich gehe einfach, genau wie Bradley.«

»Wenn Sie gingen, würde ich an Ihrer Stelle einfach einen
neuen Korrespondenten einstellen, und Sie hätten nichts erreicht. Schauen Sie mal, Scott, werfen Sie Ihre Story nicht
weg. Heben Sie sie auf. Machen Sie irgendwann einmal ein
Buch über die Mafia draus. Recherchieren Sie weiter, solange Sie dort sind, und schicken Sie es an einen Verlag, nachdem Sie Italien verlassen haben und sich irgendwo anders
sicher eingerichtet haben. Mein Berlin-Korrespondent wird
im Herbst versetzt, und der Job gehört Ihnen, wenn Sie Lust
hätten, von der vordersten Front des Kalten Krieges zu berichten.«

Scott war wie vom Donner gerührt. Liebend gern würde
er nach Berlin gehen, wo die Regierung der Deutschen Demokratischen Republik gerade angefangen hatte, eine zweite Mauer zu errichten, die nur wenige Meter von der ersten

entfernt war, und so ein Niemandsland zu schaffen. Trotzdem wollte er, dass seine Story veröffentlicht wurde. »Wenn
ich mehr Beweise gegen die Ghianciaminas finde, drucken
Sie meinen Artikel dann?«

»Nein.«

»Was ist, wenn ich ihn anderswo anbiete, zum Beispiel bei
einer Zeitschrift?«

»Ich würde Sie wahrscheinlich nicht davon abhalten, auch
wenn es Ihren Vertrag verletzen würde. Aber warten Sie bis
zum Herbst, und geben Sie mir die Chance, Sie aus Rom
rauszuholen, ehe die Story gedruckt wird. Können wir uns
darauf einigen?«

Scott stimmte zu, beschloss aber, sich sofort auf die Suche
nach einer Zeitschrift zu machen, denn es konnte Monate
dauern, bis er eine finden würde, die den Artikel drucken
wollte. Er hatte keine Kontakte in dieser Branche, und er
wollte nur ungern seinen Vater um Hilfe bitten. Er beschloss
also, ins Hotel Eden zu gehen und zu schauen, ob ihm dort
jemand einen Tipp geben konnte. Er hoffte, dass die Aus-
landskorrespondenten nach wie vor jeden Abend dort an
der Bar hockten und tranken. Er war schon seit Wochen
nicht mehr im Hotel Eden gewesen, aber er verließ sich darauf, dass sie Gewohnheitstiere waren.

Es erwartete ihn eine Überraschung, als er auf die Dachterrasse spazierte und der versammelten Menge »Hallo
Jungs!« zurief.

Ein kleiner Mann mit einem Babygesicht und einer runden Brille mit schwarzem Gestell wandte sich um und
schaute ihn fragend an. »Nun, das ist aber mal ein Hübscher.
Wer stellt mich vor?«

Joe trat einen Schritt vor. »Truman, das ist Scott Morgan
vom *Midwest Daily*. Scott, das ist Truman Capote.«

Und das war er zweifellos, seine ganzen einssiebenundfünfzig, sein hoher, verweiblichter Südstaatenakzent und der Nadelstreifenanzug mit dem Seidentuch in der Brusttasche. Scott war wie vor den Kopf geschlagen. Also hatte Joe doch die Wahrheit über seine Freundschaft mit Capote erzählt!

»Entzückt, Sie kennenzulernen, Scott Morgan«, verkündete Capote und hielt Scotts Hand viel länger als nötig fest.

Truman erzählte die Anekdote weiter, die er gerade angefangen hatte, als Scott aufgetaucht war. »Die arme Elizabeth ist völlig außer sich, weil die ärgerliche Ehefrau ihn einfach nicht gehenlassen will. Sie äfft sie übrigens ganz besonders böse nach. ›Ri-chard, komm und bring den Müll raus, Richard.‹« Er sprach im Falsett, das beinahe wie ein Quieken klang. »Sie hat mich angerufen und angefleht: ›Komm nach Rom, Schätzchen, dann können wir Hexen zusammen ein paar Zaubersprüche aufsagen, damit Sybil wieder in ihren verregneten walisischen Bergen verschwindet.‹ Das machen wir also jetzt: Zauberprüche aufsagen!« Er kippte den Rest seines Drinks herunter und rief den Barmann herbei. »Ich hätte gern einen Justerini & Brooks, Schätzchen. Einen großen, wenn’s recht ist.«

»Das ist ein J & B Whisky«, flüsterte Joe Scott zu. »Er rastet völlig aus, wenn ein Barmann das nicht weiß. Zum Glück hat der hier ihn schon mal bedient.«

»Was gibt’s bei dir Neues, Basket?«, fragte einer von den anderen, und sie erklärten Truman Capote, wie er zu dem Spitznamen gekommen war.

»Kürzlich wieder im Körbchen gelandet, Basket?«, fragte der mit einem lüsternen Blinzeln.

»O ja, und wie«, begann Scott, ehe er die Doppeldeutigkeit begriff. »Ja, ja, lacht nur, Jungs.« Er wartete, bis sie aufgehört hatten zu kichern, ehe er fortfuhr. »Ich wollte fragen, ob einer von euch irgendwelche Redakteure bei Zeitschriften kennt, die vielleicht an einem neuen Artikel über den

Drogenhandel in Italien interessiert wären? Mein Redakteur will nichts damit zu tun haben.«

»Drogen? Wie ungezogen! Hast du persönliche Recherchen anstellen müssen?«, fragte einer der Zeitungsfritzen.

»Sie könnten mir nicht zufällig ein bisschen was besorgen, oder?«, erkundigte sich Truman Capote. »Ein bisschen Koks vielleicht?«

»Klar«, stimmte Scott zu. »Ich hab was im Büro. Wir könnten nachher dort vorbeigehen, wenn Sie möchten.«

»Ist er nicht bezaubernd?« Truman wandte sich an die Gruppe. »Das hat ihm die Mama aber gut beigebracht, dass man mit seinen Freunden teilen soll. Ich mag den Jungen sehr.« Er legte Scott den Arm um die Taille und musste sich dazu gewaltig strecken. Mit der anderen Hand deutete er Scott an, er sollte sich zu ihm herunterbeugen, damit er ihm etwas ins Ohr flüstern konnte. »Warum lassen Sie mich nicht Ihre Geschichte lesen, Scott? Und wenn sie mir gefällt, zeige ich sie meinem Verlag. Die lesen nichts, was ihnen nicht empfohlen wurde, aber ich könnte mich ja für Sie einsetzen.«

Scott war entzückt. Vor ihm stand der Mann, der *Frühstück bei Tiffany* geschrieben hatte und den man allgemein für einen der geistreichsten Schriftsteller in New York hielt. Es würde ihm sicher nutzen, wenn er auf seiner Seite war. »Das wäre wunderbar!«, rief er aus. »Der nächste Justerini & Brooks geht auf mich.«

Schon bald floss der Alkohol in Strömen, und es gab ein hitziges Streitgespräch über Präsident Kennedys politische Entscheidung, die Wälder von Vietnam aus der Luft mit Agent Orange zu besprühen, um dem Vietkong die Deckung der Bäume zu nehmen, aus der sie die Südvietnamesen angreifen konnten. Einer der Journalisten argumentierte, dass es gegen die Genfer Konvention verstieß, wenn man über ein

Land flog und dessen Ernte zerstörte, aber Truman Capote unterstützte die Regierungspolitik leidenschaftlich. Scott hatte den Eindruck, dass er geradezu verliebt in Präsident Kennedy war; er schien ja fast zu glauben, der Mann könne übers Wasser laufen.

»Erinnere dich nur an die Schweinebucht«, mahnte jemand.

»Mein lieber Junge, die CIA hat ihn da voll auflaufen lassen. Die haben ihn absichtlich falsch beraten. Jeder, der jemanden in Washington kennt, weiß das.«

Wenn jemand so fest auf seiner Meinung beharrte, konnte man nichts machen. Truman zitierte alle möglichen gutunterrichteten Quellen, angefangen von seinem Freund Norman Mailer bis zu seinem ganz besonderen Freund Dashiell Hammett. Er warf beinahe in jedem Satz einen neuen berühmten Namen ins Gespräch.

Scott trank nur Bier, aber er hatte nichts gegessen, und irgendwann nach der fünften Runde Getränke wurde ihm schlecht. Er ging auf die Herrentoilette, um sich zu übergeben, und als er aus der Kabine kam, wartete Truman draußen auf ihn.

»Sollen wir jetzt gehen? Ich habe Elizabeth gesagt, dass ich nicht allzu spät zurückkommen würde, und ich möchte wirklich gern noch bei Ihnen im Büro vorbeigehen.«

»Klar, ich nehme Sie dahin mit.«

»Wir wollen uns heimlich aus dem Staub machen und den Langweilern da drinnen die Rechnung überlassen, ja? Ich habe das Gefühl, dass ab jetzt der Abend hier sehr uninteressant wird.«

Scott grinste. »Klar. Haben Sie einen Wagen, oder möchten Sie, dass ich Sie auf meiner Vespa mitnehme?«

»Ah, die Vespa! Das Symbol des *Dolce Vita*. Was für ein verführerisches Angebot!«

Als sie zum Büro fuhren, hielt er Scotts Hüften umschlungen, schmiegte sich für dessen Geschmack ein wenig zu eng an, und Scott war froh, dass sie nicht weit zu fahren hatten. Oben im Büro brach Truman in Entzücken über das ausgeklügelte Geheimfach aus, und als er die drei unberührten Briefchen mit reinem Kokain sah, musste er sich unbedingt gleich ein paar Linien reinziehen. Scott weigerte sich, es ihm gleichzutun. Angesichts von Helens Schicksal hatte er sich das völlig aus dem Kopf geschlagen.

»Hier ist eine Kopie meines Artikels«, sagte Scott und zog die Blätter aus dem Versteck. Er hatte drei Durchschläge gemacht und das Original an den Chefredakteur geschickt. Blieben ihm immer noch zwei Kopien. »Und ich schreibe meine Telefonnummer drauf, damit Sie mir sagen können, wie Sie ihn finden. Wie kann ich Sie erreichen?«

Truman hielt ihm eine schlichte weiße Visitenkarte hin, auf der nur sein Name und eine Telefonnummer in Manhattan standen. »Das ist eine Ehre. Ich gebe diese Karte nicht allen und jedem, aber ich glaube, Sie haben Potenzial, junger Scott. Ich finde, wir sollten in Verbindung bleiben. Wir könnten vielleicht irgendwann einmal zusammenarbeiten.«

»Wie bald, meinen Sie, können Sie mir etwas über meinen Artikel sagen?«

»Ich fliege am Donnerstag nach New York zurück, und nächste Woche habe ich eine Verabredung mit meinem Verleger. Er ist manchmal ein bisschen langsam, aber Sie hören ganz bestimmt innerhalb des nächsten Monats von uns.«

Scott war enttäuscht. Er hatte gehofft, dass sich die Dinge schneller entwickeln würden. Aber er konnte den Artikel ohnehin nicht veröffentlichen, solange er noch in Rom war, also war es vielleicht gut so.

»Keine Sorge, Schätzchen. Ich bin auf Ihrer Seite. Wenn Sie Talent haben, kümmere ich mich drum, dass Sie gedruckt werden. Und jetzt möchte ich, wenn Sie nichts dagegen haben, ein Taxi nehmen und zu Elizabeth zurückfahren. Die Fahrt auf Ihrer Vespa war ja spannend, aber ich glaube nicht, dass meine Nerven so etwas gleich wieder aushalten würden. Einen guten Abend Ihnen, mein überaus bezaubernder Freund.«

Erst nachdem Capote gegangen war, fiel Scott auf, dass er ihm kein Geld für die drei Briefchen Kokain angeboten hatte, die er eingesackt hatte. Na gut. Es war ein kleiner Preis, den er zahlen musste, wenn er das große Ganze betrachtete.

Kapitel 75

Zwei Tage nach ihrem Abendessen mit Elizabeth und Richard, als Dianas Kater gerade völlig verflogen war, machten Trevor und sie sich auf den Weg nach Ischia. Sie fuhren mit dem *Rapido* nach Neapel und dann mit einem Luftkissenboot über die Bucht. Diana verspürte leichte Gewissensbisse, als sie Trevor die Inseln am Horizont benannte, weil sie sich an jenen Abend erinnerte, als Ernesto sie ihr gezeigt hatte, lange ehe irgendetwas zwischen ihnen gewesen war. Das war allerdings der Anfang seiner Verführung gewesen, begriff sie heute. Er hatte alles von langer Hand geplant, war bereit gewesen, lieber auf den richtigen Augenblick zu warten, als sich gleich während ihres Aufenthaltes auf Ischia auf sie zu stürzen.

Es war ein heller, sonniger Junitag. Das Mittelmeer leuchtete in einem außergewöhnlich strahlenden Hellblau, während der Himmel eher azurblau war. Die beiden Farben verschmolzen am Horizont in einem dunstigen Schimmer miteinander. Eine kleine Brise vom Meer her machte die Temperatur sehr angenehm. Alles wäre vollkommen gewesen, wenn nur Helen nicht gestorben wäre und die Zukunft von Dianas Ehe nicht so sehr in der Schwebe hinge.

»Lass uns dies hier einfach genießen«, sagte Trevor, und sie hatte das gespenstische Gefühl, er hätte ihre Gedanken gelesen. Er musste wissen, dass er für sie sexuell nicht mehr attraktiv war. Er schien sich auch für sie nicht zu interessieren. Im Bett kuschelten sie, mehr nicht.

»Ja, das wollen wir machen«, sagte sie und meinte es ernst.

Der größte Teil der Schauspieler und des Teams war in der eigens zu diesem Zweck erbauten Pensione Cleopatra untergebracht, aber die Produktionsmitarbeiter wohnten im nahe gelegenen Hotel Jolly. Man hatte den Ballsaal in ein Büro mit Schreibtischen, Schreibmaschinen und Telefonen verwandelt, und durch die Glastüren konnte Diana den Swimmingpool glitzern sehen. Sie trugen ihr Gepäck aufs Zimmer, aber Diana wollte unbedingt gleich zum Hafen hinunter und die Boote inspizieren, insbesondere die von Cleopatra und Marc Anton. Wie hatten die Schiffsbaumeister die letzten Details umgesetzt?

Als das Taxi auf der gewundenen Straße in die kleine Bucht hinunterfuhr, konnte Diana Cleopatras Schiff, die *Antonia*, schon von Weitem ausmachen, weil der golden gestrichene Schiffskörper herrlich in der Sonne glänzte. Das Schiff war riesig, wunderbar verziert, die scharlachroten Segel waren um die Masten gewickelt, und unzählige Statuen waren an Bug und Heck zu sehen. Das Schiff ankerte in tiefem Wasser, war aber über eine Reihe schwimmender Planken mit dem Landungssteg verbunden, die ein Tau als Geländer hatten. Es sah alles ziemlich wackelig aus. Sie stiegen aus dem Taxi und gingen auf den Steg zu.

Einer der Bootsbauer erkannte sie.

»*Signora Bailey, cosa pensi della nostra creazione?* Was halten Sie von unserem Werk?«, fragte er und deutete mit einer ausladenden Handbewegung auf das Schiff.

»*Magnifico*«, erwiderte sie. »Besser als das Original.«

Er erklärte ihr, dass er sie, nachdem sie sich auf Cleopatras Schiff umgesehen hatte, in einem Motorboot zu Marc Antons Schiff hinausfahren wollte, das weiter draußen in der Bucht vor Anker lag.

Trevor und sie traten auf die glitschigen Planken, die unter ihrem Gewicht schwankten und sie ins Meer zu werfen drohten. Diana hielt sich krampfhaft am Tau fest und schritt vorsichtig über die Spalten zwischen den Planken. Große silbrige Fische zogen unten ihre Kreise, als erwarteten sie, bald gefüttert zu werden. Als sie die golden bemalte Bordwand des Schiffes erreicht hatten, mussten sie über eine Strickleiter an Bord klettern.

»Erwarten die ernsthaft, dass Elizabeth Taylor das in vollem Cleopatra-Kostüm macht?«, rief sie über die Schulter zurück. »Das muss ich mir unbedingt ansehen.«

Als sie an Deck waren, bemerkten sie, dass jede Oberfläche, wo das irgend möglich war, mit Schnörkeln, Weihrauchgefäßen oder Statuen ägyptischer Gottheiten verziert war. Historisch korrekt war das nicht, aber es war spektakulär – wie das achte Weltwunder, meinte Trevor, mit nur einer winzigen Spur Ironie in der Stimme. Die örtlichen Schiffsbauer hatten sechs Monate daran gearbeitet, seit sie die Grundform gesehen und ihnen Ratschläge zu den Masten gegeben hatte. Seither hatte sich das Schiff in einen schwimmenden Palast verwandelt, der jeder Königin Ehre gemacht hätte, ob aus dem alten Ägypten oder dem modernen Hollywood.

Es erübrigte sich, Details zu kritisieren, denn es war keine Zeit mehr, noch etwas zu verändern. Diana schrieb sich auf, wo die einzelnen Szenen gefilmt werden sollten, und erwähnte ein paar Probleme, mit denen sich die Scriptgirls beschäftigen mussten, aber ihr war klar, dass dies die absolute Glanznummer des Films sein würde. Hier würde jedem klar werden, warum der Etat so überzogen worden war.

Sie kletterten die Strickleiter wieder hinunter und dann ins Motorboot des Schiffsbauers, das sie zu Marc Antons zweckmäßigerem Schlachtschiff brachte, aus dessen Bug riesige Stahlspitzen ragten. Alles war genauso, wie sie es sich vorgestellt hatte, und sie war entzückt. Sie schauten sich auch noch die anderen Schiffe an, die an der Seeschlacht von Actium beteiligt sein würden, und Diana erklärte sie für vollkommen.

»Das war's!«, verkündete sie. »Meine Arbeit ist getan. Jetzt muss ich nur noch eine Woche entspannt warten, bis die Schauspieler und das Team kommen. Warum erkunden wir nicht ein wenig die Insel?«

Die ganze Woche lang wanderten sie, schwammen in abgeschiedenen Buchten und aßen und tranken in Restaurants und Bars vor Ort, und Diana merkte, wie langsam die Spannung von ihr abfiel. Die Kombination aus warmer Sonne und sanfter Bewegung half auch Trevor, dessen Rücken ihm keinen Ärger mehr machte. Trevor wurde braun und sah viel gesünder aus. Im Laufe der Woche wurde es auf der Insel immer geschäftiger. Zunächst kamen einige junge Männer auf ihren Motorrollern mit riesigen Kameras.

»Da sind sie wieder«, seufzte Trevor. »Sie bereiten sich auf die Liz-und-Richard-Show vor.«

»Hier werden die beiden kein Privatleben haben, außer in den vier Wänden ihres Hotelzimmers – vielleicht nicht einmal da. Jemand hat mir erzählt, man hätte entdeckt, dass ein neues Zimmermädchen im Hotel Regina Isabella, wo Richard und Elizabeth wohnen werden, in Wirklichkeit eine Journalistin der Zeitschrift *Novella* ist.«

Es schien jedoch, als hätten Elizabeth und Richard jede Hoffnung auf ein Privatleben aufgegeben, denn anstatt in einem Privatboot auf die Insel überzusetzen, kamen die beiden mit einem Hubschrauber, dessen Surren ihre Ankunft schon lange vorher ankündigte. Der Lärm wurde ohrenbetäubend, als der Hubschrauber sich näherte und auf dem einzigen Landeplatz der Insel fünf Minuten von ihrem Hotel entfernt aufsetzte. Jeder *paparazzo* auf Ischia stand mit gezückter Kamera da, als sich die Türen des Hubschraubers öffneten, und alle hatten reichlich Gelegenheit zu Aufnahmen vom berühmtesten Paar der Welt.

Das Filmen der Seeschlacht verlief ganz nach Plan. Am 23. Juni sollte die Ankunft der *Antonia* in Tarsus gedreht werden – an diesem Tag hatte die Affäre Cleopatras mit Marc Anton begonnen. Natürlich wurden wie bei jedem Außendreh verschiedene Einstellungen gefilmt: Totalen und Großaufnahmen, und es gab wie immer viele Unterbrechungen und Warterei, wenn die Kamerawinkel geändert wurden. Das goldene Schiff hätte langsam in den Hafen einlaufen sollen, mit flatternden scharlachroten Segeln und wehenden Palmwedeln an Bord, zum Klang von Pfeifen, Harfen und Flöten, aber es war keine Musik zu hören. Stattdessen vernahmen die Zuschauer den Lärm der Flugzeuge über ihnen und das Schwatzen der gaffenden Menge. Trotzdem war es aufregend. Farbiger Rauch stieg in feinen Spiralen von den Weihrauchgefäßen auf. Cleopatra stand unter einem goldenen Baldachin, von zwei silbernen Katzengöttern eingerahmt und von Dutzenden wunderschöner junger Frauen umgeben. Die silbernen Ruder glitten funkelnd durchs Wasser, obwohl das Schiff in Wirklichkeit von einem Motor angetrieben wurde.

Hunderte von winzigen Booten waren im Wasser. Cleopatras Dienerinnen warfen Münzen vom Deck der *Antonia*, und fünfundsiebzig Schwimmer aus der italienischen Olympiamannschaft tauchten danach. Die Luft war erfüllt vom honigsüßen Duft, den Blumen für Hunderte von Dollar ausströmten, die in der Hitze der Mittagssonne dahinwelkten.

Es war Elizabeths letzter offizieller Drehtag, und es schien angemessen, dass dies ihre letzte Szene sein sollte. Sie war königlich, unbezähmbar, die Herrscherin über alles, worauf ihr Auge fiel. Behängt mit Gold und Juwelen, hätte sie eigentlich in der Junihitze schwitzen müssen, aber kein einziges Schweißtröpfchen zeigte sich auf ihrer makellosen Stirn.

Diana fragte sich, wie sich Elizabeth wohl fühlte. Der Tag nahte, an dem Richard die folgenschwere Entscheidung treffen musste: Sybil, seine Freunde, seine Familie und das englische Theater – oder Elizabeth und ein Leben als Superstar in Hollywood.

Elizabeth gab an diesem Abend in ihrer Suite eine Party, zu der auch Diana und Trevor eingeladen waren. Diana erwartete, dass die Schauspielerin emotional sehr aufgewühlt sein würde. Hilary sagte ihr, Walter hätte dafür gesorgt, dass ein Krankenwagen bereit stand, falls sie irgendeine Dummheit beging, aber das erschien Diana übertrieben.

Aber bei Elizabeth wusste man ja nie.

Diana trug das violette Kleid, das sie zusammen mit Helen ausgesucht hatte, und als sie ankamen, bewunderte Elizabeth es überschwänglich.

»Sie sind so schmal. Ich kann mit meinen breiten Mamahüften diesen Stil überhaupt nicht tragen.« Sie tätschelte ihre Hüften mit einem verschwörerischen Lächeln.

Man reichte ihnen türkisfarbene Cocktails, und Trevor grummelte Diana ins Ohr, dass ihm ein Bier viel lieber gewesen wäre. Die Suite wimmelte nur so von Leuten. Man drängelte sich auf den Balkonen, um den Sonnenuntergang zu bewundern, lümmelte auf Elizabeths riesigem Bett herum oder tanzte zu einer Reihe von Singles, die auf einem Plattenspieler liefen. »*I can't stop loving you*«, sang Ray Charles, und alle Augen wandten sich zu Elizabeth, die so tat, als würde sie es nicht merken.

Diana hatte ein Notizbuch mitgebracht und nutzte die Gelegenheit, um mit den Schauspielern und dem Team, die alle am nächsten Tag abreisen würden, Adressen und Telefonnummern auszutauschen. Alle schworen sich ewige Freundschaft, aber Diana fragte sich, wie viele wohl wirklich in Verbindung bleiben würden, sobald sie wieder in Kalifornien oder New York oder London waren. Sie kannte diese Leute nun acht Monate, und manche arbeiteten schon über ein Jahr zusammen. Durch die Intensität der Dreharbeiten war das Gefühl entstanden, man hätte es mit engen Freunden zu tun, aber das war keine echte Freundschaft, wie sie aus gemeinsamen Interessen und langfristiger Loyalität entsteht. Sie war künstlich und aus den Anforderungen der Arbeit entstanden.

Trevor wurde in den Kreis um Richard Burton hineingezogen. Man redete dort über britische Schriftsteller, die als »zornige junge Männer« bekannt waren: John Osborne, Arnold Wesker, Edward Bond und Harold Pinter. Würde man ihre Werke auch in zwanzig Jahren noch lesen? Trevor war der Ansicht, dass sie für den Augenblick schrieben und sich nicht halten würden, aber Richard vertrat eine andere Meinung.

Diana verließ die Suite einen Augenblick, um sich im Hotel umzuschauen, das wesentlich eleganter war als ihres. Sie ging durch die prächtigen Empfangsräume und spazierte dann durch eine Glastür in einen üppigen Garten hinaus. Dort stand Elizabeth ganz allein am Swimming Pool.

»Geht es Ihnen gut?«, fragte Diana, und Elizabeth wandte sich zu ihr um.

»Ja. Ich habe nur einen Augenblick Ruhe gebraucht. Es ist so wunderschön hier, finden Sie nicht?«

»Soll ich Sie allein lassen, damit Sie den Frieden genießen können?«

»Nein, kommen Sie, wir schwatzen ein bisschen. Zigarette?«

Sie hielt Diana die Packung hin, aber die schüttelte den Kopf.

»Wie geht es zwischen Ihnen und Trevor? Meinen Sie, Sie beide werden es schaffen?«

Die Direktheit dieser Frage verdatterte Diana. Sie wusste nicht, was sie antworten sollte.

Elizabeth lächelte. »Nein, antworten Sie nicht. Ich glaube, ich weiß es. Er ist ein wirklich netter Mann, und man fühlt sich wohl in seiner Gesellschaft, aber er ist nicht Ihr Liebster. Sie müssen also entscheiden, ob Ihnen das genügt. Manch einer hat es sehr viel schlechter getroffen. Manch einer macht aus allem einen Riesenschlamassel ...«

Sie zog an ihrer Zigarette und blies den Rauch in einer langen Wolke aus. »Richard und ich haben uns heute Morgen zur Bucht hinuntergeschlichen, um den Sonnenaufgang anzuschauen, und es war wunderbar. Keine Fotografen, nur wir – das habe ich zumindest gedacht. Richard ist wieder ins Bett gegangen, und ich bin noch geblieben und habe zugesehen, wie die Sonne immer höher stieg. Und dann habe ich bemerkt, dass ein alter Fischer da saß und seine Netze flickte. Er sah aus, als wäre er beinahe hundert Jahre alt.«

Sie berührte ein klotziges Brillantarmband an ihrem Handgelenk. »Ich habe dieses Armband irgendwo verloren, und ich denke, es muss am Strand gewesen sein. Heute Nachmittag hat dann der Empfang angerufen und mir gesagt, es wäre heute Morgen hier abgegeben worden, und der Beschreibung nach muss der Finder der Fischer gewesen sein. Aber ich verstehe nicht, warum er es nicht verkauft hat. Mit so viel Geld hätte er ein ganz anderes Leben führen können. Wenn er um einen Finderlohn gebeten hätte, hätte ich ihm den sehr gern bezahlt.«

Sie schaute auf die Bucht hinaus. »Ich nehme an, er ist zufrieden mit seinem Leben, so wie es ist. Er strahlte eine Ruhe und Weisheit aus, dass ich ihn zu gern um Rat gefragt hätte. Ich wollte ihn fragen, was ich mit dem Rest meines Lebens anfangen soll.« Sie lachte heiser. »Natürlich ist mir dann eingefallen, dass ich kein Italienisch spreche und ihn also gar nicht fragen konnte.«

»Was meinen Sie, was hätte er gesagt?«

»Nun, er ist wahrscheinlich katholisch und glaubt zweifellos, dass ich ›erotisch unstet‹ bin!« Sie fror ein wenig in ihrem schulterfreien Abendkleid. »Aber was ich gern von ihm gehört hätte: Folgen Sie Ihrem Herzen. Denn ganz gleich, was die Leute von mir denken, das habe ich vor. Ich habe keine Wahl. So bin ich eben.«

Sie ließ ihre erst zu drei Vierteln gerauchte Zigarette fallen und trat sie mit einem ihrer spitzen Bleistiftabsätze aus. »Kommen Sie, wir wollen auf die Party zurückgehen. Ich brauche noch einen Cocktail.«

Diana folgte ihr ins Hotel und zermarterte sich das Hirn nach einer weisen Bemerkung, mit der sie auf dieses Geständnis reagieren könnte. Doch dann wurde ihr klar, dass das nicht nötig war. Es war bereits alles gesagt.

Epilog

Mitte Juli kaufte sich Scott ein Exemplar der *International Herald Tribune* und las dort zu seiner großen Verblüffung einen Artikel mit dem Titel »La Dolce Vita« von Truman Capote, der beinahe Wort für Wort seiner Story entsprach. Der Mistkerl hatte alles geklaut, angefangen von seiner Beschreibung von Helens Tanzstil bis hin zu Luigis rasierten Handrücken. Der einzige Unterschied war, dass der Name der Ghianciaminas nicht einmal angedeutet wurde und dass die Villa in Anzio und der Überfall auf Scott nicht erwähnt wurden. Wütend rief Scott beim Chefredakteur der Zeitung an, aber er konnte nicht beweisen, dass die Story von ihm stammte, denn Truman hatte behauptet, Scott für Recherchen eingestellt zu haben. Scott fühlte sich hintergangen und war deprimiert. Alles, was er sonst nach einem Jahr in Rom vorzuweisen hatte, waren ein paar alberne Geschichten über Filmstars, die eine Affäre hatten, und über einen hoffnungslos schlecht gemanagten Film, der den Etat um ein Vielfaches überzogen hatte. Toll!

Anfang August berichtete der *Corriere della Sera*, dass Alessandro Ghianciamina bei einem Autounfall mit Fahrerflucht ums Leben gekommen war. Die Einzelheiten ließen Scott vermuten, dass ein professioneller Killer ihn beseitigt hatte. Neue Mafiabosse drängten auf den römischen Drogenmarkt und schalteten die Konkurrenz aus. Scott war nicht glücklich, triumphierte nicht, dass der Mann, der ihm die Nase gebrochen hatte, nun tot war. Ihm tat die arme Gina leid, die einen Bruder verloren hatte. Aber hauptsächlich war er erleichtert, dass er sich über eine Sache weniger Sorgen machen musste.

Ende September, als gerade die Kubakrise die Welt an den Rand eines Atomkrieges brachte, wurde Scott nach Berlin versetzt. Zumindest konnte er jetzt ernsthafte Berichte schreiben. In den nächsten Jahren machte er sich einen Namen und wechselte vom *Midwest Daily* zur *New York Times*. Er heiratete eine rätselhafte junge ostdeutsche Frau namens Suse, die durch das Niemandsland aus Ostdeutschland geflohen war und als Beweis dafür eine Schussnarbe an der Wade hatte.

Ende der sechziger Jahre schrieb Scott endlich sein Buch über Helens Tod in Torre Astura, den Drogenhandel in Rom und die Korruption im Herzen der italienischen Regierung. Das Buch erhielt gute Rezensionen, hatte aber das Pech, 1969 zu erscheinen, im gleichen Jahr wie Mario Puzos Roman *Der Pate*, der es im Verkauf meilenweit hinter sich ließ. 1971 erschien Scotts Buch über den Kalten Krieg, und er wurde dafür mit dem Pulitzer-Preis ausgezeichnet. Der Preis und seine prägnanten Berichte von der Front des Kalten Krieges in Berlin machten ihn im ganzen Land bekannt.

Sein Vater starb 1973 plötzlich, ohne Scott je gesagt zu haben, wie stolz er auf ihn war. Aber zu diesem Zeitpunkt war das ohnehin nicht mehr wichtig.

Am 15. Juli 1962 kehrte Trevor nach London zurück, und Diana flog mit einem stark verkleinerten Drehteam und einer Reihe von Schauspielern nach Alexandria. Richard war dabei, aber Elizabeth konnte ihn nicht nach Ägypten begleiten. Man fürchtete, dass es Proteste gegen sie geben würde, weil sie sich öffentlich für Israel ausgesprochen hatte.

Man drehte unter großen Schwierigkeiten in einem kleinen Wüstendorf namens Edkou. Das Chaos war noch größer als in Rom, denn Schiffsladungen mit Perücken und Make-up waren nicht angekommen, die Statisten streikten, und die trockene, unbarmherzige Hitze erschöpfte und entkräftete alle. Doch am 24. Juli war alles im Kasten. Diana sagte Richard, Joe, Walter und Hilary endgültig Lebewohl und flog nach London zurück.

Dort fing sie an, Bewerbungen an Film- und Fernsehgesellschaften zu schicken und sich zu erkundigen, ob man dort historische Berater brauchte. Zu ihrer Freude antwortete ihr ein BBC-Produzent und fragte an, ob sie bei einer Serie mitarbeiten wolle, die im Herbst gedreht werden sollte. Sie handelte von Richard Löwenherz und den Kreuzzügen, nicht von Cleopatra, aber Diana war zuversichtlich, dass sie helfen konnte. Auf diese Weise wechselte sie ziemlich reibungs- und problemlos den Beruf.

In der Zeitung las sie, dass Elizabeth und Richard nach den Dreharbeiten zusammen Urlaub gemacht und dann versucht hatten, wieder getrennte Wege zu gehen. Er kehrte zu Sybil und den Mädchen zurück – aber nur für kurze Zeit. Innerhalb weniger Monate wurde er bereits wieder zusammen mit Elizabeth fotografiert. Sie konnten einfach nicht voneinander lassen.

Diana und Trevor verbrachten den Herbst in ihrer Wohnung am Primrose Hill und kamen recht und schlecht miteinander aus. Keiner sprach das Thema Ehe an, aber es machte auch keiner Anstalten, die eheliche Beziehung wiederzubeleben. Sie waren nicht unglücklich, und es war auch niemand anderes auf den Plan getreten, also schien es nicht dringend zu sein, ihre Eheprobleme zu klären. Im Januar 1963 war nur zwei Häuser weiter eine Wohnung zu vermieten, und Diana machte zögerlich den Vorschlag, sie könnte dort hinziehen. Mit ihrem Gehalt bei der BBC konnte sie sich die Miete leisten, und sie brauchten beide mehr Raum. Keiner von beiden gestand sich ein, dass sie damit wieder einen Schritt weiter auf das Ende ihrer Ehe zusteuerten. Das verstand sich von selbst.

Im Juni 1963 reisten Diana und Trevor zusammen nach New York, um die Premiere von *Cleopatra* im Rivoli Theater am Broadway zu erleben. Sie hegten keine allzu hohen Erwartungen. Diana war enttäuscht, als sie hörte, dass Elizabeth und Richard nicht zur Premiere kommen würden, aber gleichzeitig war ihr klar, dass Elizabeth ohnehin keine Zeit für ein nettes Gespräch unter vier Augen gehabt hätte. Die beiden bewegten sich hier in völlig anderen Kreisen, wo kaum Platz für zwei Historiker war, die einmal in Rom mit ihnen zu Abend gegessen hatten.

Diana kaufte sich für die Premiere ein extravagantes neues Kleid, und sie war froh darüber, denn die Fotografen waren in hellen Scharen angetreten. Joe gab am Eingang des Kinos der Presse Interviews, und Rosemary Matthews war an seiner Seite. Diana konnte kurz mit ihnen sprechen und ihnen zu ihrer kürzlich erfolgten Heirat gratulieren. Sie schienen sich miteinander sehr wohl zu fühlen. Nach all dem Chaos, dem astronomischen Etat, all dem Verrat und den Intrigen war zumindest eine *Cleopatra*-Liebesgeschichte glücklich ausgegangen.

Die Dreharbeiten zum Film *Cleopatra*

Cleopatra war nicht der erste Film, bei dessen Produktion der Etat weit überzogen wurde, und er war auch nicht der letzte, sicherlich jedoch der unvergesslichste – und der unterhaltsamste.

»In einer Notsituation ausgedacht, in Verwirrung gedreht und in blinder Panik vollendet.« So lauten die berühmten Worte des Regisseurs zur Produktion des 1963 erschienenen Films *Cleopatra*. Was als kommerzieller Kassenschlager für zwei Millionen Dollar geplant war und der Twentieth Century Fox aus einer finanziellen Notsituation helfen sollte, entwickelte sich schließlich zu einem der teuersten Filme, die je gedreht wurden, selbst nach den Maßstäben des 21. Jahrhunderts. Damals brachte er eines der berühmtesten Studios in Hollywood an den Rand des Ruins.

Man wollte Elizabeth Taylor und Richard Burton die Schuld daran geben und behauptete, ihre Eskapaden hätten den Film in Verruf gebracht. Das Studio versuchte, von ihnen 50 Millionen Dollar Schadenersatz einzuklagen. Taylor ihrerseits verklagte das Studio, und es kam zu einer außergerichtlichen Einigung. Aber wenn man heute die Sachlage betrachtet, ist klar, dass Liz Taylor in gewisser Weise für das finanzielle Chaos mitverantwortlich war.

Miss Taylor behauptete immer, sie hätte gescherzt, als sie dem Produzenten Walter Wanger gesagt hatte, für eine Million Dollar – eine in jenen Tagen nie dagewesene Gage – würde sie die Cleopatra spielen. Wanger nahm diese Aussage jedoch ernst und gab sogar Taylors anderen Forderungen nach. So garantierte er ihr zum Beispiel zehn Prozent der Bruttoeinnahmen und ungeheure Honorare für Überstunden. Außerdem versprach er ihr die Verwendung eines speziellen Filmverfahrens – Todd-AO –, das ihr verstorbener Ehemann Mike Todd entwickelt hatte und an dem sie die Rechte besaß. Mit achtundzwanzig Jahren war sie bereits eine reiche Frau, aber sie würde noch viel reicher werden. Spätestens jetzt stand fest: Was Miss Taylor wollte, das bekam sie auch.

Man hatte auf einem Außengelände in Hollywood drehen wollen, aber die Taylor bestand darauf, dass im Ausland gefilmt wurde, weil das für sie steuerlich günstiger war. In den Pinewood Studios bei London wurden phantastische Kulissen gebaut, und aus LA wurden sogar echte Palmen eingeflogen. Man engagierte Rouben Mamoulian als Regisseur, und am 28. September 1960 begannen die Dreharbeiten – und wurden drei Tage später wieder eingestellt, weil Elizabeth Taylor sich erkältet hatte.

Alle warteten gespannt, während die herbstlichen Regenschauer die Vergoldung an den Außenkulissen zerstörten und der Wind die armen Palmen zerzauste. Dann ging das Gerücht um, Miss Taylor sei vom Drehbuch nicht sonderlich angetan. Der Regisseur wurde abgelöst, und Joe Mankiewicz übernahm diesen Posten. Mit ihm hatte die Taylor bereits *Plötzlich im letzten Sommer* gedreht. Nach Weihnachten nahm man die Dreharbeiten wieder auf.

Aber nicht lange darauf erkrankte Elizabeth an einer Lungenentzündung. Am 4. März brach sie in ihrer Suite im Dorchester Hotel zusammen. Es wurde ein Notfall-Luftröhrenschnitt durchgeführt, und sie musste viermal nach einem Herzstillstand wiederbelebt werden. Einen Monat später flog sie nach Hause, um sich in LA zu erholen. Das Filmprojekt schien endgültig gescheitert zu sein.

La Dolce Vita

Walter Wanger wollte seinen Star aber nicht aufgeben. Er ließ in den Studios von Cinecittà in einem Vorort von Rom neue Kulissen bauen, stellte eine beinahe völlig veränderte Riege von Schauspielern und ein neues Team zusammen. Wieder einmal begannen die Dreharbeiten, diesmal am 25. September 1961. Die ursprünglich für Caesar und Marc Anton vorgesehenen Schauspieler (Peter Finch und Stephen Boyd) wurden durch Rex Harrison und Richard Burton, einen aufsteigenden Stern am Theaterhimmel, ersetzt. Joe Mankiewicz schrieb das Drehbuch um.

Aber er war damit längst nicht fertig, als die Dreharbeiten anfingen. Jeden Abend arbeitete er bis tief in die Nacht hinein daran, und er schrieb manchmal noch an Szenen, die am nächsten Nachmittag gedreht werden sollten. Das bedeutete, dass man mehr oder weniger in chronologischer Reihenfolge filmen musste und nicht weit vorausplanen konnte – so dass sich alle Schauspieler und das ganze Team mit vollem Gehalt und allen Spesen ständig in Rom aufhalten mussten. Die Dreharbeiten waren ursprünglich auf 64 Tage angesetzt, dauerten schließlich aber beinahe zwei Jahre. Richard und Sybil Burton trafen zum Beispiel bereits am 19. September 1961 in Rom ein, doch Burton drehte seine erste Szene im Januar 1962. Daran kann man sehen, wofür der Etat ausgegeben wurde!

Die Wogen am Set schlugen bereits hoch, lange ehe Taylor und Burton begannen, sich zu heimlichen Rendezvous in ihre Wohnwagen oder ins Büro von Miss Taylors Privatsekretär davonzustehlen. Probleme mit den Elefanten, Probleme mit einem Truppenübungsplatz neben dem Gelände, auf dem die Alexandria-Szenen gedreht werden sollten, zwei Landminen aus dem 2. Weltkrieg, die man am Strand fand. Dazu kam noch das spezielle Filmverfahren, auf dem Miss Taylor bestanden hatte. Das belichtete Material konnte nur in Hollywood entwickelt werden und musste zur Bearbeitung dorthin geflogen werden. Der Regisseur bekam also die »Muster«, d. h. die gefilmten Szenen, nicht wie üblich am nächsten Tag, sondern erst etwa zwei Wochen nach ihrer Aufnahme zu sehen. Inzwischen änderte sich das Körpergewicht der Hauptdarstellerin ständig, was ihre fünfundsechzig Kostümwechsel recht schwierig gestaltete.

Als einmal das Gerücht durchgesickert war, dass Marc Anton und Cleopatra auch im wirklichen Leben eine Affäre hatten, drehte die Presse durch. Fellini hatte in seinem Film *La Dolce Vita* (1960) den Begriff »*paparazzi*« geprägt, aber 1962 ging die Fotografenmeute auf den Vespas in Rom sehr viel weiter, als er das gezeigt hatte. Die Fotografen warfen sich buchstäblich Taylor und Burton in den Weg, ließen ihre Blitzlichter in deren Gesichter explodieren, drängten ihr Auto von der Straße ab, schrien unflätige Beleidigungen und belagerten sie, als sie über Ostern auf die Insel Santo Stefano reisten und dort Urlaub machten. (Bei dieser Gelegenheit verpasste Burton Elizabeth ein blaues Auge, und die Dreharbeiten kamen drei Wochen zum Erliegen, während ihr Bluterguss abklang.)

Der Film schlitterte von einer Krise in die nächste. Der Etat stieg täglich um astronomische Beträge, und als man im Juni nach Ischia umzog, um dort die Seeschlacht von Actium zu filmen (mit echten Schiffen, von denen einige über sechzig Meter lang waren), hatte man Walter Wanger als Produzenten entlassen – ihn aber angewiesen, er solle trotzdem dableiben und den Film fertig machen. Der Präsident der Twentieth Century Fox, Spyros Skouras, sah sich zum

Rücktritt gezwungen, und man setzte Darryl F. Zanuck als seinen Nachfolger ein. Der wiederum entließ Joe Mankiewicz, bis er begriff, dass er ihn brauchte, wenn aus den vielen Stunden belichtetem Material überhaupt ein halbwegs sinnvoller Film werden sollte. Also bestach er den Regisseur, damit er wieder zurückkam und beim Schnitt half.

Die Premiere in New York

Mankiewicz hatte immer zwei Filme aus dem Stoff machen wollen – *Caesar und Cleopatra* und dann als zweiten Teil *Marc Anton und Cleopatra*. Zanuck jedoch bestimmte, dass das Material auf einen einzigen Film zusammengeschnitten werden sollte. Am Schluss war dieser Film knapp vier Stunden lang. Viele Szenen waren auf dem Boden des Schnittraums gelandet, darunter einige der besten mit Burton. Taylor und Burton lehnten es ab, zur New Yorker Premiere im Juni 1963 zu kommen, und entschuldigten sich mit »anderweitigen Verpflichtungen«. Doch die Taylor sagte, als sie den Film in London gesehen habe, sei ihr »körperlich übel geworden«. Die Kritiken waren im Großen und Ganzen vernichtend und gingen besonders mit Elizabeth grausam um – »Miss Taylor ist die pure Langeweile in einem hoch geschlitzten Rock« – während man von Richard schrieb, er sehe aus »wie ein besoffener Typ auf dem Uni-Gelände«.

Joe Mankiewicz heiratete seine Regieassistentin Rosemary Matthews, also hatte die Sache zumindest in seinem Privatleben ein Happy End. Seine Karriere war jedoch endgültig vorbei. Auch Walter Wanger machte keinen weiteren Film. Richard Burton löste sich langsam und schmerzvoll aus seiner Ehe mit Sybil und heiratete Elizabeth am 15. März 1964. Zehn Jahre später ließen sie sich scheiden, heirateten dann 1975 erneut, aber diese Ehe hielt nur neun Monate.

Trotz der Gesamtkosten von vierundvierzig Millionen Dollar spielte Cleopatra ab 1966 Gewinne ein, und der Film wurde mit vier Oscars ausgezeichnet (allerdings keinem für einen Schauspieler oder den Regisseur). Er ist sehenswert, aber sehr, *sehr* lang.

Hat Walter Wanger wohl je darüber nachgedacht, was ihm Spyros Skouras geantwortet hatte, als er vorschlug, Elizabeth Taylor zu engagieren?

»Tu's nicht«, hatte der Präsident des Studios ihm dringend geraten. »Die macht zu viel Ärger.«

Doch die Schauspieler und die Teammitglieder, die keine Verantwortung für die finanzielle Katastrophe zu tragen hatten, waren sich alle einig, dass die zehn Monate in Italien der Urlaub ihres Lebens gewesen waren.

Danksagungen

Ich hätte dieses Buch nicht ohne die Hilfe von John Gayford schreiben können. Dieser Schauspieler übernahm in dem 1963 erschienenen Film *Cleopatra* die Rolle eines Centurions und ist im fertigen Film oft hinter Richard Burton zu sehen. Er hat sich unglaublich viel Zeit genommen, hat meine vielen Fragen am Telefon oder per E-Mail beantwortet und ist mit mir den Text bis ins kleinste Detail durchgegangen. Sein Wissen über die Entstehung des Films und das Leben in Rom Anfang der sechziger Jahre waren unschätzbar wertvoll für mich. Seine witzigen E-Mails haben mir jeden Arbeitstag erhellt! Ich bin ihm unendlichen Dank schuldig!

Dank auch an Francesca Annis, die im Film eine der Dienerinnen von Elizabeth Taylor spielte und meine Fragen zum Leben am Set beantwortet hat. Dank auch an Aurelio Cappozzo und Laura Ronchetti, die mir wertvolle Hinweise zum italienischen Rechtswesen in den 1950er Jahren gegeben haben.

Allen, die mehr über die Entstehung des Films erfahren möchten, empfehle ich Walter Wangers Buch *My Life with Cleopatra* (Mein Leben mit Cleopatra) und das Buch *The Cleopatra Papers* (Die Akte Cleopatra) von Jack Brodsky und Nathan Weiss, die beide 1963 erschienen sind; außerdem den Dokumentarfilm *Cleopatra: The Film that Changed Hollywood* (Cleopatra: Der Film, der Hollywood veränderte). Und schauen Sie sich den Film an. Der ist ein Genuss und ganz bestimmt viel besser, als die Kritiker damals behaupteten.

Wie immer ein riesiges Dankeschön an Karen Sullivan, meine erste Leserin, die eine hervorragende Nase für gute

Geschichten und Personen hat. Auch Anne Nicholson hat mir einige sehr kluge Ratschläge gegeben. Dank an Karel Bata für seinen Rat zu technischen Aspekten des Filmemachens und an Luke Sullivan für seine Hilfe mit den italienischen Dialogen. Herzlichen Dank an alle im Team bei Avon: Caroline Ridding, Sammia Rafique, Helen Bolton, Lydia Newhouse, Becke Parker, Claire Power, Cleo Little, Tom Dunstand und Cicely Aspinall sowie die unglaubliche Claire Bord, deren Redaktion immer ins Schwarze trifft.

Schließlich ein ganz besonderer Dank an Vivien Green, die beste Agentin, die man sich nur wünschen kann. Sie ist klug, amüsant, steht voll hinter ihren Autoren und verhandelt ungeheuer geschickt. Sie an meiner Seite zu haben, war mein entscheidender Vorteil. Ich werde ihr immer zu ungeheurem Dank verpflichtet sein.